한국 여성문학 자료집 ❻

해방 이후부터 1960년대까지
한국 여성작가 작품목록

이 자료집은 2009 한국연구재단의 지원에 의하여 수행된 기초연구과제의 결과물임. ('해방 이후부터 1960년대까지 한국 여성문학 자료 수집·정리' KRF-322-2009-1-A00074)

해방 이후부터 1960년대까지
한국 여성작가 작품목록

구명숙·김진희·송경란 편저

역락

일러두기

1. 『해방 이후부터 1960년대까지 한국 여성작가 작품목록』은 2009년 7월부터 2012년 6월까지 한국연구 재단의 지원으로 수행된 숙명여자대학교 한국어문화연구소의 기초연구과제인 '해방 이후부터 1960년 대까지 한국 여성문학 자료 수집·정리'(KRF-322-2009-1-A00074)의 결과물로서 『한국 여성문학 자료집』 6권에 해당한다.

2. 본 자료집의 한국 여성문학 작품들은 1945년 8월 15일부터 1969년 12월 31일까지 발표되었거나 출판된 것으로, '작가·장르·작품명(단행본명)·발표 매체 유형·발표지(출판사)·발표 시기·비고'를 표기한 후 통시적 기준에 따라 목록으로 정리하였다.

3. 본 자료집에 목록으로 정리한 한국 여성문학 작품들(1945-1969)은 기본적으로 시, 소설, 수필, 희곡, 비평 등의 장르로 구분하였다. 작품 원문에 동시, 시조, 동화, 시나리오, 수기 등의 세부 장르 표기가 기재되어 있는 경우에는 이를 '비고' 항목에 표기하였다. 이들은 당시의 여성문학 작품에서 기본 '장르 유형'에 포함할 만큼의 비중을 갖고 있지는 않지만, 독자적 형식을 갖고 있어 개별적으로 표기해야 할 필요성이 있는 장르들이다. 또한 작가나 발표지의 기획의도에 따라 장르를 표기한 것도 있다.

4. 본 자료집의 한국 여성작가(1945-1969) 선정 기준은 다음과 같다. 첫째 당시 문단에서 지속적으로 활동한 여성, 둘째 문인이 되기 위해 자가본 창작집을 출간하거나 문학동인 활동을 한 여성, 셋째 잡지나 신문에서 '추천'을 받거나 수상 경력이 있는 여성, 넷째 문학 이외의 분야에서 활동하며 글을 쓴 여성 학자·예술가·언론인 등이다.

5. 본 목록은 한국 여성작가 377명을 '가나다 순'으로 구분한 후, 각 작가의 작품을 장르별로 유형화하였다. 각 작가의 장르별 작품목록은 통시적으로 정렬하였다. 발표 시기가 같은 경우에는 '신문, 잡지, 단행본'의 출처 순으로 정렬하였다.

6. 작가에 대해서는 기본 연보(생몰연도, 본명이나 필명, 출생지, 최종 학력, 등단작, 대표활동)를 표기하였으며, 작품목록은 최초 발표 지면 혹은 초간본 등, 1차 문헌에 수록된 것을 당시의 표기법에 의거하여 수록하였다. 작품이나 작가에 대해 보충설명이 필요한 경우 비고에 표기하였다. 특히 비고에서 발표지의 코너명이나 작품의 장르 등은 작은따옴표(' ')로 표시하였다.

7. 비고의 기호 중 '*'는 필자 소개나 원문에 대한 참고 등의 '특기 사항'을 표기한 것이다.

8. 작가의 작품 중 일부는 소장처나 발표 시기가 불확실하여 관련 항목에 '미상'으로 표기하였고 '비고' 항목에 참고사항을 기재하였다.

ㄱ

강계순 姜桂淳

1937년 경남 김해 출생. 호 죽남(竹南). 성균관대 불문과 졸업. 1959년 『사상계』 3월호에 시 「풍경화」·「낙일 (落日)」·「영상(影像)」이 추천됨.

시 43편

구분	작품명	매체	출처	발표 시기	비고
1	풍경화	잡지	『사상계』 7권3호(통권68호)	1959.3	'신인작품'
2	낙일(落日)	잡지	『사상계』 7권3호(통권68호)	1959.3	'신인작품'
3	영상(影像)	잡지	『사상계』 7권3호(통권68호)	1959.3	'신인작품'
4	역두(驛頭)에서	잡지	『사상계』 7권9호(통권74호)	1959.9	
5	생성(生成)	잡지	『시작업』 2집	1960.8.20	*『시단』 1집(1963.5)의 '강계순 편'에 수록
6	눈이 오거든	잡지	『사상계』 9권11호(통권101호)	1961.11	'사상계사 출신 시인집'
7	꽃 나무는 색갈이 없다	잡지	『사상계』 9권12호(통권102호)	1961.12	
8	화분(花盆)	잡지	『신사조』 1권5호(통권5호)	1962.6	*『현대문학』 통권119호(1964. 11)에도 수록
9	광화문 거리	잡지	『시단』 1집	1963.5	
10	초하소묘(初夏素描)	잡지	『시단』 2집	1963.7	'시단·Ⅱ: 강계순 편'
11	탑	잡지	『시단』 2집	1963.7	'시단·Ⅱ: 강계순 편'
12	향일성 식물(向日性 植物)	잡지	『사상계』 11권9호(통권124호)	1963.8	
13	가을	잡지	『시단』 3집	1963.9	'시단·Ⅲ: 여류시선'
14	마지막 대화	잡지	『여상』 2권12호	1963.12	'여상시단'
15	분만(分娩)	잡지	『시단』 4집	1964.3	
16	밤	잡지	『문학춘추』 1권5호(통권5호)	1964.8	'신진여류시10인집'
17	벽	잡지	『시단』 5집	1964.8	
18	빨래	잡지	『여류시』 1집	1964.9.5	
19	3등 병실	잡지	『여류시』 1집	1964.9.5	
20	눈[雪]	잡지	『사상계』 12권10호(통권139호)	1964.10	

구분	작품명	매체	출처	발표 시기	비고
21	시레네(Sirens)	잡지	『여류시』 2집	1964.12.5	
22	의미	잡지	『여류시』 2집	1964.12.5	
23	브람스(Brahms)	잡지	『시단』 7집	1965.3	
24	유리잔	잡지	『여류시』 3집	1965.4.5	
25	저녁 서시(序詩)	잡지	『시문학』 3호	1965.6	
26	꽃	잡지	『시단』 8집	1965.8	'강계순 소시집'
27	봄비	잡지	『시단』 8집	1965.8	'강계순 소시집'
28	생상(Saint-Saëns)	잡지	『시단』 8집	1965.8	'강계순 소시집'
29	얼룩	잡지	『시단』 8집	1965.8	'강계순 소시집'
30	봄을 위한 소네트	잡지	『세대』 4권3호(통권32호)	1966.3	'시와 시작 노오트'
31	비둘기	잡지	『신동아』 19호	1966.3	
32	벽(壁) (2)	잡지	『사상계』 14권4호(통권158호)	1966.4	
33	러쉬·아워	잡지	『여상』 5권5호	1966.5	
34	부부	잡지	『주부생활』 2권5호	1966.5	'이달의 시'
35	꽃병	잡지	『현대시학』 1권5호	1966.6	
36	해동(海童)	잡지	『학원』 15권7호	1966.7	
37	여름날 꿈은	신문	《서울신문》	1966.8.6	'금주의 시단'
38	혼례	잡지	『여상』 6권4호	1967.4	
39	다시 유월에	신문	《서울신문》	1967.6.24	
40	나목(裸木)	잡지	『현대문학』 통권151호	1967.7	
41	비둘기 2	잡지	『사상계』 16권11호(통권187호)	1968.11	
42	비둘기 3	잡지	『여류문학』 2호	1969.5	
43편	비둘기 4	잡지	『현대시학』 3호	1969.6	

수필 6편

구분	작품명	매체	출처	발표 시기	비고
1	내 남편의 장 단점	잡지	『가정생활』 1권9호	1961.9	
2	아까샤꽃 : 어릴 때 그 시절	잡지	『여상』 2권6호	1963.6	'지정제 수필' / 시인
3	딸이 아버지에게 보내는 문범(文範)	잡지	『여상』 2권7호	1963.7	
4	시작(詩作) 노오트	잡지	『여상』 2권12호	1963.12	'여상시단' / *수록시 「마지막 대화」
5	비와 사슴과	잡지	『여류시』 제1집	1964.9.5	
6편	잊어버린 언어	잡지	『세대』 4권3호(통권32호)	1966.3	'시와 시작 노오트'

강선영 姜善泳

1925년 서울 출생. 무용가. 중요무형문화재 92호. 한성준(韓成俊)에게 사사. 일본예술대학 무용 전공. 1953년 <태평무>를 공연한 이래 국내외에서 활동.

수필 8편

구분	작품명	매체	출처	발표 시기	비고
1	한성준(韓成俊) 선생 : 황홀경(怳惚境)의 명무(名武)	신문	《연합신문》	1955.2.4	
2	승무(僧舞)와 황진이(黃眞伊)	잡지	『여성계』 4권7호	1955.7	'승무 유래' / 강선영고전무용연구원장
3	나의 파리(巴里) 나의 회상	잡지	『자유문학』 6권4호(통권49호)	1961.4 / 5	
4	나의 가을	신문	《한국일보》	1961.10.19	
5	내가 즐겨 가는 하이킹 코스 : 전설에 얽힌 명성산	신문	《조선일보》	1964.7.1	
6	오오사까의 우리 한국인들	잡지	『명랑』 10권2호(통권110호)	1965.2	무용가
7	여름과 나	잡지	『정경연구』 2권7호(통권18호)	1966.7	무용가
8편	여름에 생각나는 일	잡지	『세대』 7권8호(통권73호)	1969.8	무용가

강성희 姜誠姬

1921~2009년. 본명 강순보(姜順寶). 극작가. 평남 평양 출생. 이화여대 영문과 졸업. 『현대문학』에 희곡 「자장가」(1965년 3월)·「뭔가 단단히 잘못됐거든」(1969년 12월)이 추천됨.

수필 2편

구분	작품명	매체	출처	발표 시기	비고
1	정원(庭園)	잡지	『주부생활』 3권6호	1959.6	
2편	지각생	잡지	『현대문학』(통권180호)	1969.12	'추천완료소감(희곡)'

희곡 3편

구분	작품명	매체	출처	발표 시기	비고
1	자장가	잡지	『현대문학』(통권123호)	1965.3	'추천'
2	소원성취	잡지	『기관지』	1967	
3편	뭔가 단단히 잘못됐거든	잡지	『현대문학』(통권180호)	1969.12	'완료 추천'

강순정 姜純貞

1969년 시나리오 「이브의 초상」로 제2분기 서울문예 시나리오 현상공모 당선. 1970년 「아담 곁의 이브」라는 제목으로 영화화.

수필 1편

구분	작품명	매체	출처	발표 시기	비고
1편	잎이 피기엔 아직 이른 때인데	신문	≪서울신문≫	1969.8.14	'1969년 제2분기 서울문예 시나리오 「이브의 초상」 당선소감'

희곡 1편

구분	작품명	매체	출처	발표 시기	비고
1편	이브의 초상(총7회)	신문	≪서울신문≫	1969.8.30 -9.23	'1969년 제2분기 서울문예 시나리오 공모 당선작'

강신재 康信哉

1924~2001년. 서울 출생. 이화여전 가사과 중퇴. 1949년 『문예』에 소설 「얼굴」(9월)·「정순이」(11월)가 추천됨.

소설 94편 + 소설 단행본 4권

구분	작품명	매체	출처	발표 시기	비고
1	분노(憤怒)	잡지	『민성』 5권7호(통권36호)	1949.6	
2	얼굴	잡지	『문예』 1권2호(통권2호)	1949.9	
3	정순이	잡지	『문예』 1권4호(통권4호)	1949.11	
4	눈이 나린 날	잡지	『문예』 2권1호(통권6호)	1950.1	
5	성근네	잡지	『신천지』 5권1호(통권42호)	1950.1	
6	백조의 호수	잡지	『여학생』 2권2호	1950.3	
7	진나(眞那)의 결혼식	잡지	『혜성』 2호	1950.3	
8	병아리	잡지	『부인경향』 1권6호	1950.6	
9	안개	잡지	『문예』 2권6호(통권11호)	1950.6	
10	관용(寬容)	잡지	『신사조』	1951.11	
11	백야(白夜)	신문	≪서울신문≫	1952.1.20 -22	
12	눈물	잡지	『문예』(통권13호)	1952.1	
13	C항(港) 야화(夜話)	잡지	『협동』(통권33호)	1952.1	
14	봄의 노래 : 어느 젊은 대학생의 옛 노-트에서	잡지	『주간국제』 4호	1952.3.31	'단편소설'

구분	작품명	매체	출처	발표 시기	비고
15	상흔(傷痕)	잡지	『여성계』 1권3호	1952.11	
16	전투기	잡지	『코메트』 1호	1952.11	
17	그 모녀(母女)	잡지	『문예』 4권1호(통권15호)	1953.1	
18	영옥이의 눈물	잡지	『학원』 2권7호	1953.7	
19	실처기(失妻記)	신문	≪서울신문≫	1953.8.10 -17	
20	여정(旅情)	잡지	『현대공론』 1권1호(통권1호)	1953.10	
21	동화(凍花)	잡지	『문예』 4권5호(통권19호)	1953.11	
22	산기슭	잡지	『신천지』 9권3호(통권61호)	1954.3	
23	부두(埠頭)	잡지	『현대공론』 2권9호(통권11호)	1954.11	
24	야회(夜會)	잡지	『신태양』 3권27호(통권27호)	1954.11	
25	포옹(抱擁)	잡지	『여성계』 3권11호	1954.11	
26	적은 숙녀(淑女)	잡지	『학생계』 1권8호	1954.11 / 12	‘순정소설’
27	감상지대(感想地帶)	신문	≪평화신문≫	1954.12 -1955.1	*단행본 『청춘의 불문율』(여원사, 1960)에도 수록
28	포말(泡沫)	잡지	『현대문학』 3호	1955.3	
29	유언(遺言) (상-하)	신문	≪한국일보≫	1955.3.24 -25	‘신춘꽁뜨리레②’
30	쌘달	잡지	『현대문학』 8호	1955.8	
31	향연(饗宴)의 일기	잡지	『여원』 1권1호	1955.10	*『전쟁문학집』(육군본부, 1962)에 「향연의 기록」이라는 제목으로 수록
32	낙조	잡지	『여성계』 4권11호	1955.11	
33	신(神)을 만들다	잡지	『전망』 1권4호	1956.1	
34	위선자와 사과	잡지	『명랑』 1권1호(통권1호)	1956.1	
35	바아바리 코오트	잡지	『문학예술』 3권3호(통권12호)	1956.3	
36	어떤 해체	잡지	『현대문학』 15호	1956.3	
37	별 없는 밤에도	잡지	『향학』 1권4호	1956.4	
38	낙조전(落照前)	잡지	『현대문학』 21호	1956.9	‘한국문협상 수상(‘60)’
39	해결책	잡지	『여성계』 5권10호	1956.10	
40	화려한 은행나무	잡지	『여성계』	1956	
41	파국(破局)	잡지	『주부생활』 1권6호	1957.6	그림 김훈(金薰)
42	표선생(表先生) 수난기(受難記)	잡지	『여원』 1권6호	1957.6	
43	해방촌 가는 길	잡지	『문학예술』 4권7호(통권28호)	1957.8	
44	애인(愛人)	잡지	『신태양』 6권10호(통권61호)	1957.10	
45	팬터마임	잡지	『자유문학』 3권2호(통권11호)	1958.2	
46	청춘의 불문율(不文律) (총12회)	잡지	『여원』 4권2호-5권1호	1958.2 -1959.1	*단행본(여원사, 1960) 출간
47	구식 여자	잡지	『주부생활』 2권4호	1958.4	‘단편소설’ / 그림 김세종(金世鍾)

구분	작품명	매체	출처	발표 시기	비고
48	승부	신문	≪세계일보≫	1958.5.11	'꽁트'
1권	회화	단행본	계몽사	1958	'소설집'
49	절벽(絶壁)	잡지	『현대문학』 53호	1959.5	
50	옛날의 금잔디	잡지	『자유문학』 4권6호(통권27호)	1959.6	
51	진주빛 람프	잡지	『주부생활』 3권7호	1959.7	그림 우경희(禹慶熙)
2권	여정(旅情)	단행본	중앙문화사	1959	'소설집'
52	젊은 느티나무	잡지	『사상계』 8권1호(통권78호)	1960.1	
53	비-너스 탄생	잡지	≪부인일보≫	1960.11.6 -[미상]	그림 정영수/*1회만 수록
54	착각 속에서	잡지	『현대문학』 72호	1960.12	
55	책임의 소감	신문	≪조선일보≫	1961.1.22	'꽁트'
56	원색(原色)의 회랑(廻廊)(총211회)	신문	≪민국일보≫	1961.2.1 -8.31	·
57	사나이	잡지	『여성공원』 1호	1961.2	'단편소설'/그림 이억영(李億榮)
58	양관(洋館)	잡지	『자유문학』 6권2호(통권47호)	1961.2	
59	사랑의 가교(假橋)(총240회)	신문	≪국제신보≫	1961.11.1 -1962.6.30	
60	상(像)	잡지	『현대문학』 88호	1962.4	
61	검은 골짜기의 풍선(風船)	잡지	『현대문학』 90호	1962.6	
62	재난(災難)	잡지	『미의 생활』 1호	1962.8	'단편소설'/그림 천경자(千鏡子)
63	길	잡지	『학원』 11권7호	1962.9	
64	황량한 날의 동화(童話)	잡지	『사상계』 10권12호(통권114호)	1962.11	
3권	임진강의 민들레	단행본	을유문화사	1962	'한국신작문학전집 2'
65	마성(魔性)의 여자	잡지	『여상』 2권1호	1963.1	'단편소설'
66	먼 하늘가에(총7회)	잡지	『보건세계』 10권1-7호(통권85-91호)	1963.1-7	'연재소설'/그림 김영주(金榮注)
67	그대의 찬손(총14회)	잡지	『여원』 9권1호-10권2호	1963.1 -1964.2	
68	바람의 선물(총22회)	잡지	『학원』 12권3호-13권12호	1963.3 -1964.12	
69	젊은이들과 늙은이들	잡지	『가정생활』 3권4호	1963.4	'단편소설'/그림 이충근(李忠根)/*『여류문학』 2호(1969.5)에도 수록
70	파도(총9회)	잡지	『현대문학』 102-110호	1963.6 -1964.2	
71	푸른 아침에(총10회)	잡지	『새길』 108-117호	1963.9 -1964.7	'연재소설'
72	그들의 행진(行進)	잡지	『세대』 1권5호(통권5호)	1963.10	
73	복불복(福不福)	잡지	『현대생활』 1호	1964.6	
74	이 찬란한 슬픔을(총17회)	잡지	『여상』 3권7호-4권11호	1964.7 -1965.11	*단행본(신태양사 / 육민사, 1966) 출간

구분	작품명	매체	출처	발표 시기	비고
75	신설(新雪)(총266회)	신문	≪한국일보≫	1964.9.11 -1965.7.22	*단행본(문원각, 1967) 출간
76	봉변(逢變)	잡지	『협동』 17호	1964.11	'창작'
77	TABU	잡지	『문학춘추』 1권8호(통권8호)	1964.11	
78	이브 변신	잡지	『현대문학』 129호	1965.9	
79	강물이 있는 풍경(風景)	잡지	『사상계』 13권13호(통권154호)	1965.12	
80	유라의 가을	잡지	『여학생』 1권1호	1965.12	'단편소설' / 그림 이제하(李祭夏)
81	보석(寶石)과 청부(請負)	잡지	『한국문학』 1호(1966년 봄호)	1966.2	
82	투기(妬忌)	잡지	『문학』 1권1호(문학사, 통권1호)	1966.5	
83	녹지대(綠地帶)와 분홍의 애드벌룬	잡지	『창작과 비평』 3호	1966.6	
84	점액질(粘液質)	잡지	『신동아』 22호	1966.6	
85	호사(豪奢)	잡지	『한국문학』 2호(1966년 여름호)	1966.6	
86	레이디·서울(총256회)	신문	≪대한일보≫	1966.10.17 -1967.8.14	
4권	오늘과 내일	단행본	정음사	1966	*'한국신작문학전집 4'로 을유문화사(1967)에서 재출간
87	사랑의 숲엔 그대 향기가(총11회)	잡지	『여상』 6권4호-7권2호	1967.4 -1968.2	*단행본 『숲에는 그대의 향기』 (대문출판사, 1969)로 출간
88	이 겨울(총76회)	신문	≪중앙일보≫	1967.12.8 -1968.3.7	
89	기수(旗手)의의 언덕(총11회)	잡지	『새가정』 15권1-11호	1968.1-12	'연재소설' / 그림 송방
90	유리의 덫(총231회)	신문	≪조선일보≫	1968.4.27 -1969.1.24	*단행본(국민문고사, 1969) 출간
91	어느 여름 밤	잡지	『월간중앙』 3호	1968.6	그림 손동진(孫東鎭)
92	돌아서면 남	잡지	『여류문학』 1호	1968.11	'연재소설'
93	야광충(夜光蟲)(총23회)	잡지	『주간중앙』 16-38호	1968.12.8 -1969.5.18	'연재소설' / 그림 문학진(文學晉)
94편	오늘의 선녀(총14회)	잡지	『여원』 15권1호-16권2호	1969.1- 1970.2	

수필 103편 + 수필 단행본 1권

구분	작품명	매체	출처	발표 시기	비고
1	어린 날의 감동(感動)	잡지	『문예』 1권4호(통권4호)	1949.11	'당선소감'
2	거울처럼	잡지	『부인경향』 1권3호	1950.3	
3	뷔너스의 실종 (상)	신문	≪부산일보≫	1951.11.5	'문화 : 수필' /*하편은 미발표
4	들국화초	잡지	『신태양』 1권5호	1952.12	
5	사람의 마음	잡지	『현대공론』 2권7호	1954.9	
6	개성(個性)	잡지	『현대문학』 1호	1955.1	
7	개나리	잡지	『여성계』 4권4호	1955.4	
8	오월 아침에	잡지	『협동』 49호	1955.6	

구분	작품명	매체	출처	발표 시기	비고
9	창경원(昌慶苑)	잡지	『교통』 2권5호(통권6호)	1955.6	'여류작가'
10	가을밤이야기	잡지	『여성계』 4권10호	1955.10	
11	나의 작가수업	잡지	『현대문학』 12호	1955.12	
12	횃불을 드는 사람	잡지	『여성계』 4권12호	1955.12	
13	신년수상(新年隨想)	신문	《연합신문》	1956.1.1	
14	순이의 세배(歲拜)	신문	《중앙일보》	1956.1.21	'여성수필' / 규수작가
15	봄	신문	《경향신문》	1956.3.19	'여류춘상(女流春想)'
16	만추(晩秋)	신문	《평화신문》	1956.11.17	
17	근본문제는 인간애 : 시어머니와 며느리	잡지	『여원』 2권12호	1956.12	
18	낯선 길	잡지	『현대문학』 27호	1957.3	
19	내 욕심과 봄	잡지	『여성계』 6권3호(통권92호)	1957.5	
20	목단원(牧丹園) (상-하)	신문	《평화신문》	1957.6.2 / 4	
21	인종(忍從)을 조화(調和)로 바꾸자	잡지	『여원』 3권10호	1957.10	
22	영화에서 본 남성상 : 여성의 사랑 앞에 매우 약한 남성형(男性型)들	잡지	『여성계』 6권5호(통권94호)	1957.12	
23	나의 문학과 결혼전후	신문	《동아일보》	1958.6.17	
24	특선(特線)	잡지	『한국평론』 1권2호	1958.6	
25	해외로 띄우는 편지 : 미국에 있는 우인(友人)에게	잡지	『신문예』 3호	1958.8.10	
26	나와 예술	신문	《조선일보》	1958.12.17	
27	작품이 훌륭해도 불행 : 내가 독자의 위치에 설 때	신문	《동아일보》	1958.12.23	
28	복숭아꽃	신문	《서울신문》	1959.2.12	'영춘화상(迎春花想)' / 소설가
29	문학적 각서(文學的覺書) : 행복감이라는 것	신문	《동아일보》	1959.5.13	
30	해방동이	잡지	『여원』 5권6호	1959.5	
31	여자 나이 스물다섯	잡지	『여원』 5권7호	1959.6	
32	올드미쓰론	잡지	『여원』 5권8호	1959.7	
33	잠자는 가인(佳人)	잡지	『여원』 5권9호	1959.8	
34	여자답다는 것	잡지	『여원』 5권10호	1959.9	
35	여성 자신의 일과 행복	신문	《동아일보》	1959.10.15	
36	선의의 여인들	잡지	『여원』 5권11호	1959.10	
37	생활자로서의 여성	잡지	『여원』 5권12호	1959.11	
38	또 연륜이 바뀌는가	신문	《조선일보》	1959.12.2.	'세모수상(歲暮隨想)'
39	삼십대의 여성들	신문	《동아일보》	1960.1.30	
40	남성의 폭력 : 보이지 않는 폭력	잡지	『주부생활』 4권2호	1960.2	소설가

구분	작품명	매체	출처	발표 시기	비고
41	내 못 이룬 꿈을 실현하라	잡지	『여원』 6권2호	1960.2	
42	독서와 주부 : 실생활에 도움이 되는 것부터	신문	《동아일보》	1960.10.20	
43	연기(煙氣)	신문	《서울경제신문》	1960.12.6	'잡기장(雜記帳)' / 소설가
44	작자의 말	신문	《민국일보》	1961.1.23	*연재소설 『원색의 회랑』 광고
45	초라한 고료(稿料)도 받아보고 : 애들 커가는 보람을 느껴	신문	《서울경제신문》	1961.1.24	'수입백서(收入白書)' 12회 / 소설가
46	구정(舊正)과 함께 봄은 오고	신문	《한국일보》	1961.2.16	
47	우연(遇然)의 조작은 쓰지 않으런다	잡지	『여원』 7권2호	1961.2	
48	'태백산맥' 기행(紀行)	잡지	『수필』 1권2호	1961.5	
49	작자의 말	신문	《국제신보》	1961.10.15	'다음 연재소설 『사랑의 가교(假橋)』'
50	살아가는 길	잡지	『주간새나라』 27호	1962.2.5	'여인백상(女人百想)' / 소설가
51	이봄이 가기 전에	잡지	《최고회의보》 6호	1962.3	
52	바다 예찬, 여름 예찬	신문	《경향신문》	1962.6.23	
53	남존여비의 잔재(殘滓)를 고발한다	잡지	『여원』 8권9호	1962.9	
54	전쟁영화와 감상(感傷)	신문	《대한일보》	1962.11.1	
55	연하장 교환 : 더욱 크고 빛나고, 박경리씨에게	신문	《대한일보》	1963.1.1	
56	구정(舊正) 유감(有感)	신문	《경향신문》	1963.1.24	
57	막을 수 없는 비극이었나? 최일병(崔一兵)의 총살형이 준 교훈	신문	《경향신문》	1963.3.21	
58	그 슬픔을 이겨 내신 어머니	잡지	『여상』 2권5호	1963.5	'특집·어머니 : 어머니 초상' / 여류작가
59	적은 힘들을	신문	《동아일보》	1963.7.13	'서사여화(書舍餘話)'
60	시민(市民)의 조형미(造形美)	신문	《동아일보》	1963.7.23	'서사여화'
61	전시대(前時代)의 유물, 성실이 깃들어야	잡지	『여상』 2권7호	1963.7	'속담을 도마 위에 놓고'-구변(口辯)-'문제·일 잘하는 아들보다 말 잘하는 아들 낳아라' / 소설가
62	프로 권투와 정치	신문	《동아일보》	1963.8.1	'서사여화'
63	영국의 귀족계급	신문	《동아일보》	1963.8.13	'서사여화'
64	어색한 외래어	신문	《동아일보》	1963.8.22	
65	승려의 「바베큐」	신문	《동아일보》	1963.9.4	'서사여화'
66	사나이	신문	《동아일보》	1963.9.14	'서사여화'
67	그래도 지구는 돈다	신문	《동아일보》	1963.9.24	'서사여화'
68	소설의 ABC도 모르는 채	잡지	『소설계』 6권12호(통권64호)	1963.12	'이달의 특집 : 우리가 문단에 나올 무렵'
69	당로자(當路者)는 들으라 : 도회지 「부엌의 아우성」	신문	《서울경제신문》	1964.1.1	

구분	작품명	매체	출처	발표 시기	비고
70	신문과 정의(正義)	신문	《한국일보》	1964.4.12	
71	재즈·고전·전자음악	잡지	『음악세계』 2호	1964.5	
72	여류작가 주위를 맴돌고	잡지	『소설계』 7권7호	1964.7	
73	64년 종장(終章) 세모(歲暮)에 생각나는 일 : 30년전 풋내기 의사 부처(醫師夫妻)의 딸은……	신문	《동아일보》	1964.12.29	
74	새해 설맞이 여류수상 : 설빔	신문	《조선일보》	1964.12.31	
75	봄을 기다리며	신문	《부산일보》	1965.2.18	'여류수필릴레이 : 화신(花信)' / 작가
76	봄과 내 작업과	잡지	『세대』 3권4호(통권22호)	1965.5	여류작가
77	해방20년 여성 변천사	신문	《전남일보》	1965.8.15	
78	안주인이 이득을 보아야	잡지	『주부생활』 1권5호	1965.8	'우리 집의 가족회의'
79	과잉보호	잡지	『재무』 118호	1965.10	
80	그 곳 여성 지켜줘요	신문	《서울신문》	1965.11.16	'파월(派越)장병에 보내는 여류작가들의 기원'
81	가을 밤	잡지	『새길』 128호	1965.11	
82	역시 새해엔 새 플랜을	신문	《조선일보》	1966.1.11	'신춘 여류수상'
83	미담(美談) 기사와 여성 독자의 눈, 당사자들은 가혹한 희생을 치르고 있다 : 끔찍한 자학 행위	신문	《조선일보》	1966.4.9	
84	4월 : 「데모」의 회상	신문	《서울신문》	1966.4.16	'청우첩(晴雨帖)-공동제목 : 4월' / 소설가
85	이런 비극은 다시 없어야 한다 : 연달은 자녀들의 집단항거	신문	《경향신문》	1966.6.20	
86	작자의 말	신문	《대한일보》	1966.10.11	'강신재여사의 야심작 예고 : 새 연재소설 「레이디·서울」'
87	한국적 친절(親切)	잡지	『시문학』 19호	1966.10 / 11	'에세이'
1권	사랑의 아픔과 진실	단행본	육민사	1966	수필집
88	현역(現役)과 퇴역(退役)	신문	《경향신문》	1967.3.4	
89	'컬렉터'의 성격	신문	《경향신문》	1967.3.15	
90	지식과 정신을 가르치던 은사(恩師)	잡지	『여학생』 3권3호	1967.3	'옛스승에의 추억' / 소설가
91	신문과 나	신문	《한국일보》	1967.4.6	
92	없는 것에 대한 꿈	신문	《경향신문》	1967.4.8	
93	잔디와 나	잡지	『새길』 142호	1967.4	
94	생각하는 생활 : 부부동반	신문	《동아일보》	1967.5.5	
95	어머니 마음…딸의 마음 <3> : 예쁘고 귀엽다는 말과는 차원이 다른 "천사"	신문	《대한일보》	1967.5.6	어머니 강신재 여사 / 작가
96	오이디푸스 왕	신문	《경향신문》	1967.5.15	
97	무섭던 이야기	잡지	『부부』 7권5호(통권73호)	1967.5	소설가

구분	작품명	매체	출처	발표 시기	비고
98	이상적인 연인상(戀人像) : <이노크 아아든>의 이노크	잡지	『여학생』 3권9호	1967.9	'와이드 특집 : 내 마음을 사로잡은 일인(一人)의 이상상(理想像)' / 작가
99	작자의 말	잡지	『주간중앙』 16호	1968.12.8	'연재소설 『야광충』 연재에 대한 작가의 말
100	강이 보이는 잡목(雜木)의 숲 : 젊은 느티나무	잡지	『월간중앙』 13호	1969.4	'명작의 현장' / 작가
101	주부가 글을 쓸 때 : 두려움 없는 반복의 노력을	신문	《한국일보》	1969.8.28	
102	경보(警報) 개량했으면…	신문	《대한일보》	1969.9.23	'발언대' 99회 / 작가
103편	믿어지지 않는 방화범(放火犯)	신문	《중앙일보》	1969.10.31	

희곡 1편

구분	작품명	매체	출처	발표 시기	비고
1편	갈소리(褐沼里)	잡지	『문학예술』 3권9호(통권18호)	1956.9	

비평 11편

구분	작품명	매체	출처	발표 시기	비고
1	평론가의 예술적 감각 : 백철 씨(白鐵氏)의 평(評)을 박(駁)한다 (상-하)	신문	《동아일보》	1959.5.26 -27	
2	내가 구상하는 작중인물 : 거짓에 둔감한 사람	신문	《조선일보》	1960.6.20	
3	『대지(大地)』 왕룡(王龍)의 처(妻) 아란(阿蘭)	신문	《서울신문》	1963.6.18	'소설 속의 여인상' / 여류소설가
4	작가에의 요망-시인에게 : 난해하여도 좋으나	잡지	『현대문학』 114호	1964.6	
5	한국의 문학독자론 소설독자론 : 적은 독서 인구	잡지	『현대문학』 119호	1964.11	
6	연재소설 <신설(新雪)>을 끝내고 : 연애감정의 진실에 따랐다	신문	《한국일보》	1965.7.25	
7	위대한 욕망	신문	《동아일보》	1966.3.29	'영화수상(映畵隨想)'
8	리자의 연인	신문	《동아일보》	1966.6.16	'영화수상'
9	초우(草雨)	신문	《동아일보》	1966.7.12	'영화수상'
10	제7회 여상(女像) 여류신인문학상 작품발표 소설선후평(小說選後評)	잡지	『여상』 7권1호	1968.1	'소설선후평'
11편	내 작품의 주인공들 : 『신설(新雪)』의 「나미」, 『임진강의 민들레』의 「옥엽(玉葉)」, 『이브 변신』의 「아가다」 (총2회)	신문	《대한일보》	1968.10.31 / 11.12 / 12.5	'내 작품의 주인공들'(7-9)

강영숙姜映淑

1932년 생. HLKA서울방송국 아나운서, MBC 아나운서 등 역임. 1974년 예지원(禮智院)을 개원. 현재 예지원 원장.

수필 10편

구분	작품명	매체	출처	발표 시기	비고
1	행복(幸福)한 내일(來日)을 믿으며	신문	《한국일보》	1955.5.15	'백인백상(百人百想)' 62회 / HLKA 아나운서
2	민족사회의 변(辯) 「침묵에의 고애(苦哀)」	신문	《대한일보》	1962.12.5	
3	이 몸이 새라면 저 하늘 저 멀리	잡지	『공군』 79호	1963.10	'위문편지' / 강영숙(아나운서)
4	그해는 지났다	신문	《경남일보》	1964.1.12	
5	사랑하곺은 계절	신문	《매일신문》	1964.10.30	'5색발언'
6	만우절(萬愚節)의 보루(報復)	잡지	『여원』 11권4호	1965.4	
7	담임선생	잡지	『학원』 15권2호	1966.2	'공동제 수필 : 교정(校庭)' / MBC 아나운서
8	어항을 마주하여	잡지	『여원』 14권5호	1968.5	
9	어린이에 실망주지 말자	신문	《대한일보》	1969.5.31	'발언대' 61회 / 여류방송인클럽 회장
10편	나와 리크리에이션-서예(書藝) : 풍류에 젖는 마음	잡지	『주부생활 5권7호	1969.7	'특집 : 주부와 리크리에이션'

강유정姜由楨

1932년 경남 진주 출생. 본명 강숙자(姜淑子). 한국 여성 연극연출가 1호. 1950년 신극협의회 단원으로 연극과 인연. 1966년 국내 최초의 여성 극단인 '극단 여인극장' 창단.

수필 2편

구분	작품명	매체	출처	발표 시기	비고
1	추위	잡지	『주부생활』 4권12호	1968.12	여인극장 대표
2편	다시 포도의 계절을 기다리며	잡지	『주부생활』 5권12호	1969.12	'권말부록 · 송년수상 여류 15인집 : 새해를 기다리는 마음들' / 연출가 · 여인극장대표

강은교姜恩喬

1945년 서울 출생. 연세대 영문과 및 동대학원 졸업. 1968년 9월, 시 「순례자의 잠」·「가을이야기」로 『사상계』 신인문학상 당선. '70년대' 동인.

시 13편

구분	작품명	매체	출처	발표 시기	비고
1	나의 이름위에 내리는 눈	잡지	『현대시학』 1권6호	1966.7	
2	연가 A	잡지	『문예수첩』 1권1호	1966.7	
3	야행(夜行)	신문	≪경남일보≫	1968.2.17	
4	가을이야기	잡지	『사상계』 16권9호(통권185호)	1968.9	'제10회 『사상계』 신인문학상 시부문 당선작품'
5	순례자의 잠	잡지	『사상계』 16권9호(통권185호)	1968.9	'제10회 『사상계』 신인문학상 시부문 당선작품'
6	자전(自轉)	잡지	『사상계』 16권12호(통권188호)	1968.12	
7	자전(自轉) 9	잡지	『여류문학』 2호	1969.5	
8	성북동	잡지	『현대시학』 3호	1969.6	
9	동방의 햇빛 하나가	신문	≪중앙일보≫	1969.8.15	
10	나비와 지구(地球)	잡지	『월간문학』 2권8호(통권10호)	1969.8	
11	극장	잡지	『현대시학』 6호	1969.9	'신진시인특집 : 강은교 편'
12	창(窓)의 이 쪽	잡지	『현대시학』 6호	1969.9	'신진시인특집 : 강은교 편'
13편	물	잡지	『시인』 1권10호	1969.12	'70년대동인특집'

수필 4편

구분	작품명	매체	출처	발표 시기	비고
1	어둠의 말	잡지	『사상계』 16권9호(통권185호)	1968.9	'당선소감'
2	뱀 이야기	잡지	『학원』 18권6호	1969.6	시인
3	사후의 햇볕은	잡지	『여원』 15권6호	1969.6	
4편	가을의 절창(絶唱) : 기러기 울어 예면	잡지	『여학생』 5권10호	1969.10	'지정제 수필 : 가을의 절창(絶唱)' / 여류시인

강인숙 姜仁淑

1933년 함남 이원 출생. 서울대 국문과와 숙명여대 대학원 졸업. 『현대문학』에 평론 「자연주의의 한국적 양상」(1964년 9월)·「춘원과 동인의 거리」(1965년 2월)가 추천됨. '신상' 동인. 현재 영인문학관 관장.

수필 15편

구분	작품명	매체	출처	발표 시기	비고
1	현기증	잡지	『현대문학』 122호	1965.2	'천료소감(평론)'
2	두다리로 대지(大地)에 서다(교육)	잡지	『여원』 11권8호	1965.8	
3	두개의 악몽	잡지	『여상』 5권4호	1966.4	
4	체면을 밟고 넘는 대결의 정신	잡지	『여상』 5권7호	1966.7	
5	가장 일반적이고 평범한 남편	잡지	『주부생활』 2권10호	1966.10	'제일특집 : 남편 연구·이상적인 남편론' / 평론가
6	여성의 벗, 거울	잡지	『여상』 6권2호	1967.2	
7	안방에서의 무언(無言)은 멋이 아니다	잡지	『여상』 6권5호	1967.5	
8	바다	잡지	『세대』 5권10호(통권51호)	1967.10	건대 강사·국문학
9	본디 여자는 성선(性善)이다	잡지	『여상』 7권1호	1968.1	
10	소 잃은 외양간도 고쳐야합니다	잡지	『여원』 14권3호	1968.3	여원시론
11	봉기풀	잡지	『주부생활』 5권3호	1969.3	문학평론가
12	질서의 의미	잡지	『신상』 2권1호(통권3호)	1969.3(봄)	신상 동인·건대 강사·국문학
13	숨쉬는 오늘의 여학생	잡지	『여학생』 5권5호	1969.5	'논단' / 문학평론가
14	「어포인트먼트」를 하자	신문	《대한일보》	1969.10.14	'발언대' 105회 / 건대 강사·문학평론가
15편	쥐 이야기	잡지	『신상』 2권4호(통권6호)	1969.12(겨울)	신상 동인·건국대 강사·국문학

비평 7편

구분	작품명	매체	출처	발표 시기	비고
1	자연주의의 한국적 양상	잡지	『현대문학』(통권117호)	1964.9	'평론 추천'
2	춘원(春園)과 동인(東仁)의 거리(距離) : 역사소설의 인물형을 중심으로	잡지	『현대문학』(통권122호)	1965.2	'평론 추천'
3	에로티시즘의 저변 : 김동인의 여성관	잡지	『현대문학』(통권132호)	1965.12	'평론'
4	춘원과 동인의 거리 : 감옥을 배경으로 한 작품의 경우	잡지	『신상』 1권1호(통권1호)	1968.9(가을)	'문학평'
5	김동인(金東仁) 연구 Ⅱ : 유미주의(唯美主義)의 한계	잡지	『신상』 1권2호(통권2호)	1968.12(겨울)	'문학평'
6	김동인연구 Ⅲ : 단편소설을 중심으로 한 주인공 연구	잡지	『신상』 2권2호(통권4호)	1969.6(여름)	신상 동인·건대 강사·국문학
7편	Twenty Letters to a Friend, By Svetlana Alliueva	잡지	『신상』 2권3호(통권5호)	1969.9(가을)	

강일순 姜一順

1964년 6월, 소설 「변주곡」으로 제3회 『여상』 여류신인문학상 가작 1석.

소설 1편

구분	작품명	매체	출처	발표 시기	비고
1편	변주곡(變奏曲)	잡지	『여상』 3권6호	1964.6	'제3회 여류신인 문학상 입선작 가작 일석 작품'

강정애 姜貞愛

일명 강복운(姜福云). 연극배우. 1936년 신극운동단체 <조선연극협회> · 1941년 <현대극장> · 1945년 우익 진영극단 <민족예술무대> 등에서 창단 단원으로 활약.

수필 1편

구분	작품명	매체	출처	발표 시기	비고
1편	황혼의 기행(紀行)	잡지	『부인』 3권3호	1948.8	'수상(隨想)'

강정희 康貞姬

1961년 1월, 수필 「교단주변」으로 제6회 『여원』 여류신인상 당선. 제주국민학교 교사로 근무.

수필 2편

구분	작품명	매체	출처	발표 시기	비고
1	교단주변(教壇周邊)	잡지	『여원』 7권1호	1961.1	'제6회 여류신인상 당선작'
2편	영이의 일기	잡지	『새교육』 20권4호(통권162호)	1968.4	'릴레이춘추' / 제주국민학교 교사

강향림 姜香林

1943년 생. 군산사범학교 졸업. 전북 부안군 백산국민학교 근무. 1967년 동화 「웅이와 염소」로 ≪서울신문≫ 신춘문예 당선.

동화 4편

구분	작품명	매체	출처	발표 시기	비고
1	웅이와 염소	신문	≪서울신문≫	1967.1.12	'신춘문예 당선작 동화'
2	목돌이의 죽음	잡지	『새교육』 19권8호(통권154호)	1967.8	'동화 : 교직작가 시리즈' / 부안 백산 국민학교 교사
3	못난이	잡지	『새교실』 13권6호(통권144호)	1968.6	'동화' / '문단에 데뷔한 지우신작 시리즈'
4편	가을에 핀 오랑캐 꽃	잡지	『횃불』 1권2호	1969.2	'동화' / 1967년 서울신문 신춘문예 당선

고계영 高啓榮

1936년 만주 출생. 해방 후 귀국. 숭의여고 졸업. 1967년 동화 「털샤쓰」로 ≪한국일보≫ 신춘문예 당선.

동화 4편

구분	작품명	매체	출처	발표 시기	비고
1	아기 대나무	신문	≪한국일보≫	1962.6.16	'≪한국일보≫ 주최 제2회 어머니가 쓴 동화 당선작'
2	깜부기 아저씨	잡지	『새벗』 172호	1966.12	
3	털샤쓰	신문	≪한국일보≫	1967.1.10	'신춘문예 당선작'
4편	뽀올	잡지	『새벗』 175호	1967.3	

수필 1편

구분	작품명	매체	출처	발표 시기	비고
1편	순수한 삶의 긍정을 실체화	신문	≪한국일보≫	1967.1.10	'당선소감'

고정희高靜熙

1948~1991년. 본명 고성애(高成愛). 호 설원(雪原). 전남 해남 출생. 한국신학대학 졸업. 해남문학동호회 회원. 1969년 '흑조' 동인. 1975년 『현대시학』에 시 「연가」·「부활 그 이후」 발표.

시 1편

구분	작품명	매체	출처	발표 시기	비고
1편	보리	잡지	『월간해남』 1호	1968.8	해남문학동호회원

고진숙高眞淑

『자유문학』 추천 1회. 마산문협 회원. 마산중학교 교사.

시 3편

구분	작품명	매체	출처	발표 시기	비고
1	학(鶴)	잡지	『자유문학』 5권6호(통권39호)	1960.6	'추천시 1회'
2	소곡(小曲)	신문	≪크리스챤신문≫ 237호	1965.9.25	그림 이향(李向)
3편	여도(餘禱)	신문	≪크리스챤신문≫ 246호	1965.11.27	

수필 2편

구분	작품명	매체	출처	발표 시기	비고
1	신작로와 납량(納涼)	신문	≪마산일보≫	1964.7.13	문협회원·마중교사
2편	불륜에 운다	잡지	『소설계』 7권8호	1964.8	

비평 1편

구분	작품명	매체	출처	발표 시기	비고
1편	마산문단(馬山文壇)	잡지	『시문학』 16호	1966.7	'문단현황'

곽민애 郭敏愛

본명 곽민(郭珉). 1963년 12월, 시 「연가」로 제2회 『여상』여류신인문학상 시부 당선. 1987년 첫 시집 『청보리밭의 산새알 얘기』(시인사) 출간.

시 2편

구분	작품명	매체	출처	발표 시기	비고
1	연가(戀歌)	잡지	『여상』 2권12호	1963.12	'제2회 여류신인문학상 시부 당선작'
2편	모상(母像)	잡지	『문학춘추』 1권5호(통권5호)	1964.8	'신진여류시10인집'

수필 2편

구분	작품명	매체	출처	발표 시기	비고
1	올드미스의 변(變)	잡지	『여상』 4권4호	1965.4	
2편	고독한 숙제	잡지	『여상』 2권12호	1963.12	'제2회 여류신인문학상 시부 당선작 당선소감'

곽현숙 郭賢淑

1942년 경남 마산 출생. 호 연당. 서라벌예대 문창과 졸업. 1963년 시 「엽서」를 ≪한국일보≫에 발표. 1974년 『현대문학』에 시 「꽃샘추위」(9월)가 추천됨.

시 1편

구분	작품명	매체	출처	발표 시기	비고
1편	엽서	신문	≪한국일보≫	1963.5.29	*'추천'란에 발표

구일혜 具一惠

1941년 대구 출생. 본명 박추자(朴秋子). 동국대 국문과 졸업. 1964년 소설 「지인을 삽니다」로 제2회 매일문학상 가작 입선.

소설 1편

구분	작품명	매체	출처	발표 시기	비고
1편	지인(知人)을 삽니다(총10회)	신문	≪매일신문≫	1964.4.5 -19	'매일문학상 1964년도 가작 입선작'

수필 1편

구분	작품명	매체	출처	발표 시기	비고
1편	못된 버릇을 고발	신문	≪매일신문≫	1964.4.12	'매일문학상 시상식 : 입선의 말'

구혜영 具暳瑛

1931~2006년. 강원도 춘천 출생. 숙대 국문과 졸업. 1955년 7월, 소설 「안개는 걷히고」로 『사상계』 창간2주년기념 가작 입선.

소설 31편

구분	작품명	매체	출처	발표 시기	비고
1	안개는 걷히고	잡지	『사상계』 3권7호(통권24호)	1955.7	'본지 창간2주년기념 당선작품 가작 입선'
2	봄은 조롱(鳥籠)처럼	잡지	『문학예술』 3권6호(통권15호)	1956.6	
3	상록(常綠)의 지층(地層)	잡지	『사상계』 4권6호(통권35호)	1956.6	'창작'
4	꿈은 이루어지려는데	잡지	『여성계』 5권10호	1956.10	
5	전신(轉身)	잡지	『자유문학』 3권2호(통권11호)	1958.2	
6	집착시키는 것들	잡지	『신태양』 7권4호(통권67호)	1958.4	'창작'
7	유실(遺失)의 계절	잡지	『자유문학』 3권10호(통권19호)	1958.10	
8	마녀의 회상	잡지	『자유공론』 2권7호(통권8호)	1959.7	
9	백주(白晝)의 고독	잡지	『자유문학』 4권7호(통권28호)	1959.7	
10	암초(暗礁)	잡지	『사상계』 7권9호(통권74호)	1959.9	'단편작가10인집'
11	황량한 한나절	잡지	『문학』(문학사)1권3호(통권3호)	1959.12	
12	계층	잡지	『자유문학』 5권6호(통권39호)	1960.6	
13	유령에 놀란 이야기	신문	≪민국일보≫	1960.8.9	'꽁트'
14	메기의 추억	잡지	『사상계』 9권11호(통권101호)	1961.11	'사상계사 출신 소설가집'
15	매료(魅了)	잡지	『여상』 1권2호	1962.12	'여류작가 단편소설집'
16	거리에 눈 내릴 때	잡지	『소설계』	1963	
17	토끼띠의 여인	잡지	『문학춘추』 1권4호(통권4호)	1964.7	
18	여름의 마지막 날	잡지	『문학춘추』 1권7호(통권7호)	1964.10	
19	너그러운 우박(雨雹)	잡지	『여상』 5권9호	1966.9	
20	가을	잡지	『주부생활』 2권12호	1966.12	'단편소설' / 그림 송방(宋邦)
21	안개	잡지	『여원』 12권12호	1966.12	
22	어떤 평일	잡지	『사상계』 15권6호(통권170호)	1967.6	'단편소설'
23	바람 일렁이는 풀섶 속에서	잡지	『자유공론』 10호	1967.5	
24	문이 닫힐 때까지	잡지	『농원』 4권11호(통권43호)	1967.12	'단편소설'
25	은 빛깔의 작은 새	잡지	『사상계』 16권6호(통권182호)	1968.6	'단편소설'

구분	작품명	매체	출처	발표 시기	비고
26	소희(小姬)	잡지	『여류문학』 1호	1968.11	
27	안개의 초상(肖像) (총12회)	잡지	『주부생활』 5권1-12호	1969.1-12	'연재소설' / 그림 김세종(金世鍾)
28	목백합(木百合)	잡지	『신상』 2권1호(통권3호)	1969.3	'단편소설' / 작가
29	명희(明嬉)	잡지	『사상계』 17권8호(통권196호)	1969.8	'단편소설'
30	상심(傷心)의 해바라기	잡지	『여학생』 5권8호	1969.8	'꽃말소설 : 해바라기 : 꽃말 / 숭배(崇拜)' / 그림 황수진(黃秀眞)
31편	풀려나는 새 아침	잡지	『자유공론』	1969	

수필 16편

구분	작품명	매체	출처	발표 시기	비고
1	황량한 한나절, 창작	잡지	『문학』 12월호	1959.12	
2	나의 독서벽 : 정신통일을 위한 좌형	신문	《조선일보》	1960.10.5	
3	건강한 K의 객혈(喀血)	잡지	『여원』 10권11호	1964.11	'결핵에쎄이진단'
4	두고온 고향 : 강원도	잡지	『여상』 4권1호	1965.1	
5	가정법원	잡지	『여원』 11권4호	1965.4	
6	남자의 극적 탐구 : 코	잡지	『여상』 4권10호	1965.10	
7	회상의 나의 청춘 노우트 : 잊을 수 없는 남학생	잡지	『여학생』 2권11호	1966.11	'체험기 특집 : 애인이라 불려져서 느낀 여자의 행복' / 소설가
8	여성은 부엌에 묶는 고삐가 아니다	잡지	『여상』 6권3호	1967.3	
9	무우드의 명우(名優)가 되라	잡지	『여상』 6권5호	1967.5	
10	의지적인 여성 / 박순천(朴順天) : 땅을 뚫고 오르는 죽순처럼	잡지	『여학생』 3권5호	1967.5	'특집 : 우리들의 이상적인 여성' / 작가
11	이달의 가정(家政) (총7회)	잡지	『자유공론』 제22호	1968.5.1 -11.1	
12	남학생에게 부친 안녕!	잡지	『여학생』 4권6호	1968.6	'금지되었던 편지에의 공개' / 소설가
13	글 쓰던 손가락이 방아쇠를 당길 때	잡지	『주부생활』 4권9호	1968.9	'여류문인단 논산훈련소 일일 입대기'
14	논산 훈련소에서	잡지	『학원』 17권9호	1968.9	'수필에의 초대 / 소설가'
15	조그만 인생론 : 죽음에 이르는 병	잡지	『여학생』 4권11호	1968.11	'나를 받들어 온 꿈의 서장(序章) : 젊은 날의 회상' / 소설가
16편	포도주 마시며 외롬 달래 : 성묘의 산길 더듬는 운치 몰라	신문	《국제신보》	1969.9.25	'추석과 향수(鄉愁)' / 여류작가

비평 2편

구분	작품명	매체	출처	발표 시기	비고
1	명철한 인식에서부터, 소설가를 지망하는 R양에게	신문	≪조선일보≫	1960.7.1	
2편	내 삽화 속의 주인공	잡지	『여원』 10권12호	1964.12	

금동원琴東媛

1927년 생. 호 남전(藍田). 이화여대 미술과 수료. 한국화가.

수필 8편

구분	작품명	매체	출처	발표 시기	비고
1	화려한 도둑질	잡지	『문장가』 1호	1964.4	
2	휘파람소리	잡지	『문장가』 1호	1964.4	여성화가
3	미나리 부치며	잡지	『문장가』 2호	1964.7	
4	남(南)바람 마을	신문	≪크리스챤신문≫ 190호	1964.10.17	'가을의 여류 수필' 4회
5	장봉화필(長鋒畵筆)	잡지	『문장가』 3호	1964.12	
6	별빛따라 꽃바람따라(1-5)	잡지	『여상』 5권5호~9호	1966.5~9	
7	나의 여름 소식은 : 참외	신문	『가톨릭시보』 582호	1967.8.27	동양화가
8편	봄의 화첩(畵帖) : 수하여인(樹下女人)	신문	≪한국일보≫	1968.3.24	

금숙희琴淑姬

부산사범학교 졸업. 경남 김해 삼광교와 부산 성남국민학교 교사. 1963년 박남수 추천으로 『새교실』 7월호에 시 「라아르고」를 발표. 1966년 조병화의 추천으로 『문학시대』 6월호에 시 「쏘나타II」를 발표. '지우시단' 동인.

시 9편

구분	작품명	매체	출처	발표 시기	비고
1	월광곡	잡지	『새교실』 8권2호(통권80호)	1963.2	김해, 삼광교 교사
2	떨어지는 꽃	잡지	『새교실』 8권3호(통권81호)	1963.3	'지우시단(誌友詩壇)'
3	Sonata 1	잡지	『새교실』 8권5호(통권83호)	1963.5	'지우시단'
4	라아르고	잡지	『새교실』 8권7호(통권85호)	1963.7	'입선시'
5	로사리오	잡지	『새교실』 8권9호(통권87호)	1963.9	'지우시단'

구분	작품명	매체	출처	발표 시기	비고
6	쏘나타 Ⅱ	잡지	『문학시대』 2호	1966.6	
7	쏘나타(5)	잡지	『교단시』 2집	1967.8	
8	가을 엽서	잡지	『교단시』 3집	1968.2	
9편	바다(Ⅰ)	잡지	『교단시』 4집	1968.7	

김갑순 金甲順

이화여대 영문학 교수와 덕대 영문학과장 역임.

수필 2편

구분	작품명	매체	출처	발표 시기	비고
1	어미의 변(辯)	잡지	『사상계』	1959.8	이화여자대학교 문리대 교수
2편	알뜰한 마음	잡지	『사상계』	1965.12	이화여대 교수, 영문학

비평 1편

구분	작품명	매체	출처	발표 시기	비고
1편	서양연극사 저술을	신문	≪세계일보≫	1957.1.17	'일○초(日○抄)' / 덕대 영문학과장

김경자 金敬子

1931년 경남 거제 출생. 마산여고 졸업. '시가족' 동인. 계간 『현대시조』에 신인상 당선.

시 6편

구분	작품명	매체	출처	발표 시기	비고
1	토요 오후	신문	≪경남일보≫	1964.2.4	
2	창(窓)에 쓴 시(詩)	신문	≪경남일보≫	1964.7.8	
3	가을의 정(情)	잡지	『진주예총』 2집	1966.11	
4	창(窓)에 쓴 시(詩) 5	잡지	『진주예총』 1집	1965.11	
5	창(窓)	신문	≪경남일보≫	1966.12.17	
6편	교실	잡지	『진주예총』 5집	1969.11	

수필 6편

구분	작품명	매체	출처	발표 시기	비고
1	이별의 장(章)	신문	≪경남일보≫	1964.1.30	시가족 동인
2	속(續)・이별의 장(章) : 봉원교 폐교(鳳原校閉校)에 즈음하여	신문	≪경남일보≫	1964.2.25	
3	바닷가의 산등성이 : 심우(心友)의 하모니카를 들으며 : 파도가 하얗게 부서지는 수평선	신문	≪경남일보≫	1964.7.12	
4	가을 체육회	신문	≪경남일보≫	1964.10.7	
5	저자 이야기	잡지	『주부생활』 2권4호	1966.4	'여류시인의 수필'
6편	내일을 위한 마음으로	신문	≪경남일보≫	1967.3.10	

김계옥 金桂玉

여중 2년에 장편소설 『무모』를 쓰기 시작하여 여중 3년에 탈고. 1962년 단행본(신태양사)으로 출간.

소설 단행본 1권

구분	작품명	매체	출처	발표 시기	비고
1권	무모(無慕)	단행본	신태양사	1962	'장편소설'

김국자 金菊子

본명 김두희(金斗姫). 1959년 1월, 시 「6월에」로 제4회 『여원』 여류신인상 가작 입선.

시 1편

구분	작품명	매체	출처	발표 시기	비고
1편	6월에	잡지	『여원』 5권2호(신년임시증간호)	1959.1	'제4회 여류신인상 시 가작'

김규화金圭和

1940년 전남 승주 출생. 동국대 국문과 및 동대학원 졸업. 『현대문학』에 시 「죽음의 서장」(1963년 3월)·「무위」(1964년 3월)·「무심」(1966년 6월) 등이 추천됨. '진단시'와 '여류시' 동인.

시 10편

구분	작품명	매체	출처	발표 시기	비고
1	죽음의 서장(序章)	잡지	『현대문학』 99호	1963.3	'추천'
2	무위(無爲)	잡지	『현대문학』 111호	1964.3	'추천'
3	무심(無心)	잡지	『현대문학』 138호	1966.6	'추천'
4	포만(飽滿)	잡지	『여류시』 6집	1968.6.1	
5	해율(海律)	잡지	『여류시』 6집	1968.6.1	
6	소심증(小心症)	잡지	『현대문학』 169호	1969.1	
7	기다리는 시간	잡지	『현대문학』 176호	1969.8	
8	나무와 나뭇잎들	잡지	『현대시학』 6호	1969.9	'신진시인특집 : 김규화 편'
9	녹색	잡지	『현대시학』 6호	1969.9	'신진시인특집 : 김규화 편'
10편	이 겨울	잡지	『현대시학』 6호	1969.9	'신진시인특집 : 김규화 편'

김근숙金根淑

1938년 경남 창녕 출생. 부산사범대학교 졸업. 1959년 시 「달밤」(5월)과 「창」(6월)이 『여원』에 추천됨. '화전' 동인.

시 12편 + 시 단행본 1권

구분	작품명	매체	출처	발표 시기	비고
1	달밤	잡지	『여원』 5권6호	1959.5	'김용호 선'
2	창(窓)	잡지	『여원』 5권7호	1959.6	
3	이별	신문	≪세계일보≫	1959.7.15	
4	운(雲)에게 보내는 노래	잡지	『여원』 5권9호	1959.8	'수상(愁想)'
5	당신의 창(窓)곁에 서서	잡지	『여원』 6권1호	1960.1	
6	성야(聖夜)의 다방풍경	잡지	『여성생활』 4권3호	1960.3	'신인문예 시' / '김용호 선(選)'
7	비오는 날의 낭만	잡지	『여원』 6권8호	1960.8	
1권	밤과 사랑의 의미	단행본	정신사	1960	'시집'
8	강렬한 자아반항	잡지	『여원』 8권5호	1962.5	
9	밤의 시(詩)	잡지	『여원』 8권11호	1962.11	
10	역(驛)에서	잡지	『여원』 9권4호	1963.4	

구분	작품명	매체	출처	발표 시기	비고
11	12월의 시(詩)	잡지	『여원』 9권12호	1963.12	
12편	오월의 신부와 소녀	잡지	『여원』 10권5호	1964.5	

수필 1편

구분	작품명	매체	출처	발표 시기	비고
1편	시수업(詩修業)의 편역(遍歷)	잡지	『여원』 7권5호	1961.5	

김남조金南祚

1927년 대구 출생. 시인. 서울사대 국문과 졸업. 1948년 ≪서울대학신문≫에 시 「성수(星宿)」를, 1949년 ≪연합신문≫에 시 「잔상」을 발표.

시 119편 + 시 단행본 7권

구분	작품명	매체	출처	발표 시기	비고
1	성수(星宿)	신문	≪서울대학신문≫	1948.12.25	
2	잔상(殘像)	신문	≪연합신문≫	1949.2.2	
3	부동(不動)의 좌표(座標)	신문	≪서울신문≫	1953.7.19	『1953년판 연간시집』(문성당, 1954)에도 수록
4	저심(底心)	잡지	『문화춘추』 11월호	1953.11	『1953년판 연간시집』(문성당, 1954)에도 수록
1권	목숨	단행본	수문관	1953	'시집'
5	축원(祝願)	잡지	『새가정』 1권1호	1954.1	
6	마리아 막다레에나	잡지	『새가정』 1권4호	1954.4	
7	소녀(少女)에게	잡지	『학생계』 1권1호	1954.4	
8	만가(挽歌)	잡지	『신천지』 9권6호(통권64호)	1954.6	
9	황혼(黃昏)	잡지	『현대공론』 2권7호	1954.9	
10	설목(雪木)	잡지	『시작』 3집	1954.11.20	
11	낙일(落日)	잡지	『현대문학』 4호	1955.4	
12	가을에	잡지	『시작』 5집	1955.10.9	
13	가을과 바람에의 유열(愉悅)	신문	≪경향신문≫	1955.11.4	
14	이 바람속에	잡지	『여원』 1권2호	1955.11	
2권	나아드의 향유(香油)	단행본	남광문화사	1955	'시집'
15	호연(晧然)한 새날	신문	≪경향신문≫	1956.1.1	'신년시'
16	정(靜)	잡지	『사상계』 4권1호(통권30호)	1956.1	
17	미명지대(未明地帶)	신문	≪조선일보≫	1956.4.4	
18	장림(長霖)의 절기	신문	≪경향신문≫	1956.8.10	그림 장욱진(張旭鎭)

구분	작품명	매체	출처	발표 시기	비고
19	사랑한 이야기	잡지	『자유문학』 1권2호	1956.8	
20	이 생각 그 하나에	잡지	『새벽』 3권6호	1956.11	
21	허심(虛心)의	잡지	『문학예술』 3권11호(통권20호)	1956.11	
22	아가에게	잡지	『현대문학』 25호	1957.1	
23	연가(戀歌)	잡지	『여원』 3권2호	1957.2	
24	사양(斜陽)의 창변에서	신문	《경향신문》	1957.3.6	그림 장욱진(張旭鎭)
25	순백(純白)의 꽃수레 속에 : 노천명 선생 영전에	신문	《평화신문》	1957.6.20	
26	해마다 이맘때쯤 들려오는 노래	신문	《경향신문》	1957.10.5	그림 장욱진(張旭鎭)
27	얼굴	잡지	『자유문학』 2권5호(통권8호)	1957.10 / 11	
28	고독	잡지	『여원』 3권11호	1957.11	
29	거룩한 밤에	신문	《경향신문》	1957.12.25	
30	나목(裸木)	잡지	『새교육』 9권12호(통권57호)	1957.12	시인・숙대 교수
31	설화(雪花)	잡지	『자유문학』 3권3호(통권12호)	1958.3	
32	해와 달이 번갈아 어둠을 몰아주는 무덤 : 노천명선생(盧天命先生) 1주기일에	신문	《자유신문》	1958.6.19	
33	린인(隣人)	잡지	『현대문학』 42호	1958.6	
34	나무와 바람	잡지	『자유문학』 3권7호(통권16호)	1958.7	'자유문학시단'
35	무제(無題)	신문	《세계일보》	1958.9.10	'수요시단'
36	고목	잡지	『신문화』 1호	1958.9	
37	가을의 기도	신문	《경향신문》	1958.10.8	'추상단장(秋想短章)' / *『시작업』 1집(1959.10.25)에도 수록
38	진혼소곡(鎭魂小曲)	잡지	『카톨릭청년』 12권11호	1958.11	
39	너에게	잡지	『사조』 12월호	1958.12	
40	후조(候鳥)	잡지	『자유공론』 2권1호(통권1호)	1958.12	
3권	나무와 바람	단행본	정양사	1958	시집
41	기도(祈禱)	잡지	『자유문학』 4권3호(통권24호)	1959.3	
42	눈 오는 벌판에서	잡지	『주부생활』 3권4호	1959.3	
43	달밤	잡지	『신태양』 8권6호(통권80호)	1959.6	
44	묘지송(墓地頌) : 동작동 군묘지에서	잡지	『신문예』 2권6호(통권12호)	1959.6	
45	기도의 문	잡지	『카톨릭청년』 13권7호	1959.7	
46	애가(哀歌)	잡지	『자유문학』 4권7호(통권28호)	1959.7	
47	고별(告別)	잡지	『문학』 1권1호(창간호)	1959.10	*『주부생활』 3권11호(1959.11)에도 수록
48	흐르는 계절(季節)	신문	《한국일보》	1959.11.15	
49	마지막 장미	잡지	『학생예술』 1호	1959.11	
50	미운 마음의 시(詩)	잡지	『문예』 1권1호(재출간)	1959.11	

구분	작품명	매체	출처	발표 시기	비고
51	자화상(自畵像)	잡지	『자유문학』 4권11호(통권32호)	1959.11	
52	동방의 별	잡지	『카톨릭청년』 13권12호	1959.12	'성탄시'
53	밤의 노래	잡지	『여원』 5권13호	1959.12	
54	빗물 같은 정을 주리라	잡지	『방송』 1권1호	1960.1	
55	요람의 노래	잡지	『새벽』 7권1호	1960.1	
56	계보 없는 감정	잡지	『자유문학』 5권3호(통권36호)	1960.3	
57	기적의 탑을	신문	《조선일보》	1960.4.24	
58	종이학	잡지	『세계』 2권5호	1960.5	'시인의 영토'
59	감청(紺靑)의 어둠 속에서	잡지	『자유문학』 5권9호(통권42호)	1960.9	
60	고독이란 이름의 공원(公園)의 물	잡지	『새벽』 7권9호	1960.9	*『한양』 1권6호(통권6호, 1962.8)에도 수록
61	낙엽·물보라	잡지	『현대문학』 72호	1960.12	
4권	정념(情念)의 기(旗)	단행본	정양사	1960	시집
62	순한 잠에 누운 어린애같이	신문	《경향신문》	1961.4.2	
63	여윈 땅의 저 머리맡께	신문	《경향신문》	1961.8.13	
64	모습 없는 장미	잡지	『자유문학』 6권7호(통권52호)	1961.8	
65	나목(裸木)	잡지	『사상계』 9권11호(통권101호)	1961.11	
66	예수아기얼굴	신문	《경향신문》	1961.12.24	
67	가난한 이름에게	잡지	『여원』 8권1호	1962.1	
68	생명이라 이름하는 것	잡지	『카톨릭청년』 16권4호	1962.4	
69	고독한 은총의 등	신문	《경향신문》	1962.5.9	
70	어두운 이마에	잡지	『최고회의보』 9호	1962.6	
71	포도주	잡지	『현대문학』 90호	1962.6	
72	필부(匹婦)의 창(窓)	잡지	『자유문학』 7권4호(통권60호)	1962.6	
73	가을의 상송	잡지	『미의생활』 2호	1962.9	
74	여인애가(女人哀歌)	잡지	『자유문학』 7권7호(통권63호)	1962.11	'시단'
75	내가 흐르는 강물에	잡지	『사상계』 10권13호(통권115호)	1962.12	
5권	구원의 연가	단행본	상아출판사	1962	'시집'
76	서설(瑞雪)	신문	《서울신문》	1963.1.7	'생활시'
77	아가(雅歌)	잡지	『신사조』 2권2호(통권13호)	1963.2	
78	영(寧)이 봄, 석(晳)이 봄	신문	《동아일보》	1963.3.8	
79	허(虛)	잡지	『자유문학』 8권3호(통권67호)	1963.3	
80	물망초(勿忘草)	잡지	『여상』 2권6호	1963.6	'여상시단'
81	그 여인	잡지	『신세계』 2권6호(통권8호)	1963.7	
82	가을 햇볕에	신문	《크리스챤 신문》 141호	1963.11.4	
83	조기(弔旗)를 먼 하늘에	신문	《한국일보》	1963.11.24	
84	서설(瑞雪)	잡지	『가정생활』 3권12호	1963.12	'권두시'
6권	풍림(楓林)의 음악	단행본	정양사	1963	'시집'
85	음악	잡지	『현대문학』 110호	1964.2	

구분	작품명	매체	출처	발표 시기	비고
86	기쁨	잡지	『문학춘추』 1권1호(창간호)	1964.4	
87	우애	잡지	『돌과 사랑』 5집	1964.4	
88	오월에	잡지	『한일약보』 1권1호	1964.5	
89	송가(頌歌)	잡지	『카톨릭청년』 18권6호	1964.7	
90	하일(夏日)	신문	《부산일보》	1964.8.11	'여름의 여운(餘韻)' / 그림 김영주(金永周)
91	꽃샘 눈	잡지	『청맥』 1권3호(통권3호)	1964.11	*『한양』 6권5호(통권63호, 1967. 5)에도 수록
92	나즉한 노래부터	잡지	『신동아』 3호	1964.11	
93	밤에	잡지	『현대문학』 119호	1964.11	
94	해일(海溢)같은 날에	신문	《조선일보》	1964.12.24	
95	새 봄 맨 먼저	잡지	『주부생활』 1권1호	1965.4	'창간시'
96	흰 눈발 더 희게 희게 : 전혜린 씨(田惠麟氏) 영전(靈前)에	잡지	『여상』 4권3호	1965.3	'아! 전혜린, 그 타버린 불꽃 : 요절한 여류의 정신적 편력 : 추도시'
97	가난한 이름들에게	잡지	『여상』 4권6호	1965.6	
98	영원 그 안에선	신문	《서울신문》	1965.11.27	'금주의 시단'
99	봄 사연	잡지	『현대시학』 1권2호	1966.3	
100	이상한 아침음악	신문	《한국일보》	1966.4.3	
101	꽃과 여인	잡지	『세대』 4권4호(통권33호)	1966.4	'시와 그림' / 그림 김원(金源)
102	고(故) 장면(張勉) 박사 조가(弔歌)	신문	《동아일보》	1966.6.11	
103	그녀의 이야기	잡지	『시문학』 18호	1966.9	'특집 : 여류시'
104	밤 오기 전	잡지	『문학』 1권5호	1966.9	
105	10월 하늘 아래	잡지	『주부생활』 2권10호	1966.10	
106	집	잡지	『신동아』 28호	1966.12	
107	엄마들은 누구나	신문	《한국일보》	1967.5.5	
108	곤전도(坤殿圖)에 붙여	신문	《한국일보》	1967.6.11	
109	성모승천(聖母昇天)	신문	《가톨릭시보》 581호	1967.8.20	
7권	김남조시집(金南祚詩集)	단행본	상아출판사	1967	시집
110	머리를 빗으며	신문	《동아일보》	1968.2.10	
111	달밤	잡지	『월간사월』 2권5 / 6호	1968.5 / 6	
112	처음 일처럼	잡지	『현대문학』 164호	1968.8	
113	슬프지도 않으며부터	잡지	『여류문학』 1호	1968.11	
114	여인	잡지	『월간문학』 1권1호(통권1호)	1968.11	
115	새해의 눈시울이	잡지	『주부생활』 5권1호	1969.1	'시와 그림' / 조각 김영중(金泳仲)
116	만나기까지	잡지	『월간문학』 2권10호(통권12호)	1969.10	
117	시간안에	잡지	『현대시학』 7호	1969.10	
118	뜨거운 눈발이어	신문	《서울신문》	1969.12.23	
119편	가을	잡지	『신동아』 64호	1969.12	

소설 1편

구분	작품명	매체	출처	발표 시기	비고
1편	수정 물새	잡지	『카톨릭소년』 1권9호	1960.9	'소녀소설' / 시인

수필 107편 + 수필 단행본 4권

구분	작품명	매체	출처	발표 시기	비고
1	학원(學園)과 가을 : 이화여고 편	신문	《경향신문》	1954.11.2	국어교사 / 그림 장운상(張雲祥) 미술교사
2	실물계(失物屆)	잡지	『여성계』 4권4호	1955.4	
3	나의 남성관 : 크고 귀중한 것	잡지	『여성계』 4권7호	1955.7	
4	첫 추위의 우수(憂愁)	신문	《경향신문》	1955.12.1	숙대 조교수 · 여류시인
5	불을 에워쌓고	잡지	『현대문학』 12호	1955.12	
6	연인, 아내로서의 여성의 환희	잡지	『여원』 2권8호	1956.8	
7	신록에 오고 가는 글 : 달갑쟎은 꽃의 낭만	신문	《평화신문》	1957.5.22	
8	화장(化粧)은 본능이다	잡지	『여원』 3권5호	1957.5	
9	송전(松田)의 앞바다	신문	《경향신문》	1957.7.11	'생각나는 산과 바다' / 여류시인
10	낙엽진 거리에서	신문	《서울신문》	1957.11.7	'수상(隨想)' / 시인
11	마음 속에 온실을	잡지	『여성계』 6권5호(통권94호)	1957.12	'권두의 말'
12	마음속 나무뿌리	잡지	『현대』 2권2호	1958.2	여류시인
13	후일담(後日譚)	잡지	『주부생활』 2권2호	1958.2	'수상필연(隨想筆硯)' / 시인
14	붉은 카네이슌	잡지	『카톨릭청년』 12권6호	1958.6	
15	밤의 수필(隨筆)	잡지	『신문예』(통권2호)	1958.7.10	
16	오늘의 여성미는 조화(調和)한 지성(知性) 속에 있다…	잡지	『주부생활』 2권7호	1958.7	
17	소묘수첩(素描手帖)	잡지	『신문예』(통권3호)	1958.8.10	
18	나의 정원	잡지	『신문예』(통권4호)	1958.9.10	
19	정아의 눈엔 눈물……	잡지	『자유문학』 3권9호(통권18호)	1958.9	'특집 : 작가의 일기' / 시인
20	촛불	잡지	『신문예』(통권5호)	1958.10.10	
21	만추단신(晚秋短信)	신문	《세계일보》	1958.11.11	'만추수필(晚秋隨筆)' / 시인
22	출가한 동생에게	잡지	『주부생활』 2권11호	1958.11	'주부의 서간문 강좌 16회 : 예문(例文)'
23	정숙성의 표준	신문	《세계일보》	1959.2.5	'여인100상(想)'(29) / 시인
24	일을 통해 기쁨과 보람을 느낀다	신문	《한국일보》	1959.2.8	
25	시인(詩人)이 된 동기와 이유 : 병약과 허무와 연모(戀慕)의 정(情)	신문	《세계일보》	1959.2.20	'문화'
26	밤의 창 밖에 왔다가는 것들	잡지	『여원』 5권3호	1959.2	
27	봄의 교향곡	잡지	『학원』 8권4호	1959.3	'수상' / 시인
28	문학적각서(文學的覺書) : 정념(情念)에의 산책(散策)	신문	《동아일보》	1959.4.26	

구분	작품명	매체	출처	발표 시기	비고
29	사랑이 그립지 않은가 : 사랑과 정(情)은 인생(人生)의 등불	신문	《세계일보》	1959.5.8	
30	서울에 계시는 어머님께 : 더위를 피해 온 해변에서의 상서	잡지	『주부생활』 3권7호	1959.7	'주부의 서간문 강좌'
31	가을과 여인의 편지 : 좋은 서간문의 글과 글씨	잡지	『주부생활』 3권10호	1959.10	
32	여대생의 프라이드를 해부한다	잡지	『여원』 5권12호	1959.11	
33	때묻지 않은 인정(人情)을	신문	《동아일보》	1960.1.6	
34	4·19사태에 대한 문화인의 제언 : 민권의 반환이 선결(先決)	신문	《동아일보》	1960.4.23	
35	후배의 변 : 불 꺼진 등잔이었다	신문	《동아일보》	1960.5.13	
36	그 이름을 선홍의 피로 쓰고 간 이들	잡지	『여원』 6권6호	1960.6	
37	여름은 반수(半睡)의 계절	신문	《경향신문》	1960.7.18	
38	서투른 풍선 이야기	신문	《가톨릭시보》 243호	1960.8.28	'납량(納凉)' / 시인
39	적관(寂寬)한 농경 : 나의 시적편력(詩的遍歷)	잡지	『자유문학』 5권11호(통권44호)	1960.11	'나의 문단진출기'
40	평일 속에 충실을	신문	《동아일보》	1961.1.14	
41	유아(幼兒) 이야기	신문	《경향신문》	1961.2.21	
42	봄은…… 누구의 계절입니까?	신문	《경향신문》	1961.3.16	
43	가정생활에 정신적인 여유를	잡지	『가정생활』 1권5호	1961.5	여류시인·숙대 조교수
44	어머니는 언제나 강하다	잡지	『여원』 7권5호	1961.5	
45	빛에 자라고 그늘에 자라고	신문	《조선일보》	1961.8.5	'소하산제'
46	새해를 맞으며 : 우의(友誼)와 여행	신문	《조선일보》	1962.1.7	
47	미국풍조와 한국남학생 : 서서히 던지는 일별(一瞥)	잡지	『보건세계』 9권4호(통권76호)	1962.4	'현대한국사회의 진단<Ⅱ>'
48	인내(忍耐)와 부도(婦道)	잡지	『가정생활』 2권5호	1962.5	'특집·여성의 행복' / 시인
49	절망하는 습관	신문	《경향신문》	1962.6.19	
50	필부(匹婦)의 창(窓)	잡지	『자유문학』 7권4호(통권60호)	1962.6	
51	여성과 투고	신문	《경향신문》	1962.8.9	
52	여인의 성지(聖地)	잡지	『최고회의보』 제13호	1962.10	
53	얼굴 시비(是非)	잡지	『여상』 1권1호	1962.11	시인, 숙대 교수
54	영원한 벽(壁)	신문	《경향신문》	1962.12.15	
55	한강인도교(漢江人道橋)	잡지	『여상』 1권2호	1962.12	시인, 숙대 교수
56	일기를 적는 태도와 작법	잡지	『여상』 9권2호	1963.2	
57	공준(公準) 없는 이념	잡지	『자유문학』 8권7호(통권71호)	1963.8	'신세대의 자유발언' / 시인, 숙대 부교수
58	그 아까운 증오	잡지	『신사조』 2권7호(통권18호)	1963.9	
59	어찌나 긴 악장(樂章) (총13회)	잡지	『여상』 2권11호-3권11호	1963.11 -1964.11	'신연재ESSAY'

구분	작품명	매체	출처	발표 시기	비고
60	8년(八年)째의 과원(果園)	잡지	『여원』 9권12호	1963.12	
61	가능(可能)의 축제	잡지	『가정생활』 4권1호	1964.1	'<가정생활>과 나'/시인
62	기도(祈禱)	신문	≪가톨릭시보≫ 411호	1964.2.15	'편력담(遍歷譚)'/여류시인
63	내가 본 영화에서 잊혀지지 않는 장면	신문	≪경향신문≫	1964.3.7	
64	작은 성당	잡지	『사상계』 12권2호(통권131호)	1964.3	
65	영(崊)의 취학(就學)	잡지	『가정생활』 4권4호	1964.4	
66	태만이 있는 사람	신문	≪크리스챤신문≫ 167호	1964.5.9	'예술인의 종교적 증언'/시인
67	눈이 보이는 맹인	잡지	『여원』 10권9호	1964.9	
68	세배	신문	≪조선일보≫	1964.12.31	'새해 설맞이 여류수상'
1권	잠시 그리고 영원히	단행본	신구문화사	1964	수필집
69	월광예찬(月光禮讚)	신문	≪대한일보≫	1965.9.28	시인
70	왜 순결을 요구할까?	잡지	『주부생활』 1권7호	1965.10	'특집·결혼이 지닌 사대이론 : 시인이 말하는 결혼 제3장'
71	겨울 꽃가게	잡지	『사상계』 13권13호(통권154호)	1965.12	
72	나의 여학생 시절 : 전화(戰火)속의 우울한 개화기(開花期)	잡지	『여학생』 1권1호	1965.12	여류시인
73	에로이즈의 편지	잡지	『재무』 120호	1965.12	
74	타골의 예지(叡智)	잡지	『문학춘추』 2권8호(통권17호)	1965.12	
75	눈에 묻친 내 고향 : 흘러간 어린 시절의 겨울을 돌이켜 생각해본다	신문	≪경향신문≫	1966.1.15	
76	부부의 영원	잡지	『여상』 5권1호	1966.1	
77	설일연도(雪日連禱)	잡지	『여원』 12권1호	1966.1	'엣세이'
78	대학을 갓나온 여성에게	신문	≪경향신문≫	1966.2.28	
79	남편에게 맛있는 식사를	신문	≪경향신문≫	1966.3.14	
80	그것은 애정인가? : 생명 향연의 축하의 꽃다발	잡지	『주부생활』 2권3호	1966.3	'특집-우리를 행복하게 하는 것들 : ①그것은 애정인가?'/숙명여대 교수, 서울대 강사, 시인
81	마술지팡이	잡지	『주부생활』 2권4호	1966.4	'여류시인의 수필'
82	시작(詩作)과 감상(鑑賞)	신문	≪전남일보≫	1966.5.13	
83	저마다의 모습을	잡지	『현대문학』 137호	1966.5	
84	어떤 엄마의 얘기	신문	≪경향신문≫	1966.6.4	
85	후조(候鳥)의 편지	잡지	『우리들』 1권7호(통권7호)	1966.7	여류시인
86	나의 좌우명 : 흐르는 물처럼 썩지 않는	잡지	『여학생』 2권10호	1966.10	시인
87	결혼이란 무엇인가	잡지	『여상』 5권11호	1966.11	
88	또 한해를 보내는 그리움	신문	≪대한일보≫	1966.12.29	'제야수상(除夜隨想)'/시인
2권	시간의 은모래	단행본	중앙출판공사	1966	수필집
89	달과 해 사이에서(총6회)	잡지	『주부생활』 3권1호-3권6호	1967.1-6	'연재엣세이'

구분	작품명	매체	출처	발표 시기	비고
90	시간의 은모래(총14회)	잡지	『여상』 6권1호-7권2호	1967.1 -1968.2	'연재엣세이'
91	무량(無量)한 이 빛을	잡지	『새교실』 12권4호(통권130호)	1967.4	'수필춘추' / 숙대 교수
92	한 소녀(少女)의 편지	잡지	『여학생』 3권11호	1967.11	시인
93	질투는 사랑의 변형(變形)이다	잡지	『주부생활』 3권12호	1967.12	'특집·질투-그 속의 애증' / 시인, 숙대 교수
3권	『달과 해 사이』	단행본	상아출판사	1967	수필집
94	로변기(爐邊記)	잡지	『사상계』 16권2호(통권178호)	1968.2	
95	꽃의 편지	잡지	『새농민』 8권4호(통권78호)	1968.4	'전원수상(田園隨想)' / 시인
96	여정만리(女情萬里) : 성지(聖地) 이스라엘의 오늘①-②	신문	《가톨릭시보》 643호-644호	1968.11.10 / 17	시인
4권	그래도 못 다한 말	단행본	상아출판사	1968	수필집
97	가정의 단란	신문	《경향신문》	1969.1.1	'신년 수상(隨想)' / 시인
98	말없는 온정과 위로를 : 이강월(李江月)여사의 문제	신문	《조선일보》	1969.2.19	
99	입지(立志)의 계절 : 여중(女中)에 들어간 딸 정아(晶雅)에게	잡지	『여학생』 5권4호	1969.4	'서재수상(書齊隨想)' / 시인, 숙대 교수
100	책의 열락(悅樂)을	잡지	『횃불』 1권4호	1969.4	시인, 숙명여자대학교 교수
101	욕망의 간이역(簡易驛)	잡지	『여성동아』 19호	1969.5	'에세이 특집' / 시인
102	여름 편지	잡지	『월간중앙』 18호	1969.9	시인
103	여성의 매력-모성애 : 그 겸허한 애덕(愛德)	잡지	『주부생활』 5권9호	1969.9	'특집·여성의 매력에 관한 10개의 에세이' / 시인, 숙대 교수
104	정복한 정신의 지혜로운 말씀들 : 문예적인 너무나 문예적인	잡지	『여학생』 5권10호	1969.10	'특집·그 명언 절구 : 내 인생을 밝혀준 명저' / 시인, 숙대 교수
105	달콤한 막내	잡지	『여원』 15권11호	1969.11	
106	여자로 태어난 기쁨	잡지	『여성동아』 25호	1969.11	
107편	대망(待望)과 추구	잡지	『주부생활』 5권12호	1969.12	'권말부록·송년수필 여류15인집 : 새해를 기다리는 마음들'

비평 39편

구분	작품명	매체	출처	발표 시기	비고
1	나의 애송시 : 서시(序詩)	잡지	『보건세계』 4권	1957.11	*윤동주의 「서시」 소개와 해설
2	시집 『목숨』의 몇 작품	잡지	『자유문학』 3권11호(통권20호)	1958.11	'자작시와 그 해설'
3	지순한 피리 : 하황주신부(河璜珠神父) 시조집을 읽고	잡지	『카톨릭청년』 13권3호	1959.3	'뿍·레뷰'
4	소월(素月)의 시(詩)를 말한다	잡지	『신문예』 2권8호(통권14호)	1959.8.20	
5	시문학을 지망하는 여대생에게 : 시(詩)는 난만(爛漫)한 청춘의 문학, 시인은……	잡지	『주부생활』 3권10호	1959.10	
6	선후감(先後感) : 소박한 시인들의 화환(花環)	잡지	『주부생활』 3권11호	1959.11	'문예신인' / *여대국문과 학생들이 주로 투고함

구분	작품명	매체	출처	발표 시기	비고
7	시추천기 :『가로수 그늘을 가며』염동애 작(作)	잡지	『자유문학』 4권11호(통권32호)	1959.11	
8	선후평(選後評) : 풍족한 수확의 달	잡지	『주부생활』 3권12호	1959.12	'문예신인 심사평'
9	수필집『쑥꽃사어집』	신문	≪조선일보≫	1960.2.14	'서평'
10	시(詩) 선후평(選後評)	잡지	『가정생활』 2권8호	1962.8	'독자문단 심사평'
11	선후평(選後評)	잡지	『가정생활』 2권9호	1962.9	'독자문단 심사평'
12	선후평(選後評)	잡지	『가정생활』 2권10호	1962.10	'독자문단 심사평'
13	선후평(選後評)	잡지	『가정생활』 2권11호	1962.11	'독자문단 심사평'
14	선후평(選後評)	잡지	『가정생활』 3권3호	1963.3	'독자문단 심사평'
15	선후평(選後評)	잡지	『가정생활』 3권4호	1963.4	'독자문단 심사평'
16	시(詩) 선후평(選後評)	잡지	『가정생활』 3권5호	1963.5	'독자문단 심사평'
17	시(詩) 심사소감 : 소감 몇 마디	잡지	『여상』 2권6호	1963.6	'제1회 여류문학상 심사후기'
18	선후기(選後記)	잡지	『가정생활』 3권8호	1963.8	'독자문단 심사평'
19	선후기(選後記)	잡지	『가정생활』 3권9호	1963.9	'독자문단 심사평'
20	선후평(選後評)	잡지	『가정생활』 3권10호	1963.10	'독자문단 심사평'
21	시(詩)를 뽑고 나서	잡지	『가정생활』 3권11호	1963.11	'독자문단 심사평'
22	시(詩) 선후기(選後記)	잡지	『가정생활』 3권12호	1963.12	'독자문단 심사평'
23	시(詩) 심사후기 : 한마디 고언(苦言)	잡지	『여상』 2권12호	1963.12	
24	조병화 시집 쓸개포도의 비극	신문	≪경향신문≫	1964.1.23	
25	시(詩) 선후기(選後記)	잡지	『가정생활』 4권1호	1964.1	'독자문단 심사평'
26	시(詩)를 뽑고 나서	잡지	『가정생활』 4권2호	1964.2	'독자문단 심사평'
27	시(詩)를 뽑고 나서	잡지	『가정생활』 4권3호	1964.3	'독자문단 심사평'
28	시(詩)를 뽑고 나서	잡지	『가정생활』 4권4호	1964.4	'독자문단 심사평'
29	시(詩)를 뽑고 나서	잡지	『가정생활』 4권5호	1964.5	'독자문단 심사평'
30	선후평	잡지	『가정생활』 4권6호	1964.6	'여류신인상' 심사평
31	시(詩)를 뽑고 나서	잡지	『가정생활』 4권6호	1964.6	'독자문단 심사평'
32	시(詩)·소설 심사후감(審査後感)	잡지	『여상』 3권6호	1964.6	
33	여류시의 풍토 : 여류시10인집에 붙여	잡지	『문학춘추』 1권5호(통권5호)	1964.8	
34	타골의 예지(叡智)	잡지	『문학춘추』 2권8호(통권17호)	1965.12	
35	시작(詩作)과 감상(鑑賞)	신문	≪전남일보≫	1966.5.13	
36	시(詩) 심사평(審査評)	잡지	『여학생』 2권8호	1966.8	'창간기념현상문예 심사평' / *박목월과 함께 심사
37	시 선후평(選後評)	잡지	『여상』 5권12호	1966.12	
38	문학과 인간의 위치 : 현대시의 표현	신문	≪전남일보≫	1967.11.8	
39편	내가 영향 받은 작가 : 타골의 시집	잡지	『현대문학』 163호	1968.7	

김도희 金稻姬

　1934년 경남 동래 출생. 미주리 주립대 생물학 전공. 1963년『시작 없는 방랑』(신구문화사) 출간. 1969년 소설 「병풍」을 『신상』에 발표.

소설 1편 + 소설 단행본 1권

구분	작품명	매체	출처	발표 시기	비고
1권	시작 없는 방랑	단행본	신구문화사	1963	소설집
1편	병풍(屛風)	잡지	『신상』 2권2호(통권4호)	1969.6	'창작' / 소설가 · 현재 캐나다에 있음

수필 9편

구분	작품명	매체	출처	발표 시기	비고
1	애향심 : 카나다통신	잡지	『한양』 4권4호(통권38호)	1965.4	
2	광복일을 기(期)해서	잡지	『한양』 4권8호(통권42호)	1965.8	'카나다에서'
3	신년소감	잡지	『한양』 5권1호(통권47호)	1966.1	
4	『KOREAN은 할 수 없다』	잡지	『한양』 5권2호(통권48호)	1966.2	
5	카나다통신	잡지	『한양』 5권10호(통권56호)	1966.10	
6	카나다에서의 송년	잡지	『한양』 6권12호(통권70호)	1967.12	
7	시장(市場)	잡지	『한양』 7권10호(통권80호)	1968.10	
8	외국에서	잡지	『한양』 8권1호(통권83호)	1969.1	
9편	팔월에 느끼는 것	잡지	『한양』 8권8호(통권90호)	1969.8 / 9	

희곡 1편

구분	작품명	매체	출처	발표 시기	비고
1편	표류도(漂流島)	잡지	『현대문학』 119호	1964.11	'추천' / '전6장'

김말봉 金末峰

　1901~1962년. 경북 밀양 출생. 일본 도시샤[同志社]대학 영문과 졸업. 1932년 소설 「망명녀」로 《중앙일보》 신춘문예 당선('보옥'으로 응모). 《중외일보》 기자 역임. 해방 후 박애원 경영.

소설 71편 + 소설 단행본 2권

구분	작품명	매체	출처	발표 시기	비고
1	카인의 시장(총108회)	신문	《부인신보》	1947.7.1 -1948.5.8	*단행본 『화려한 지옥』(문연사, 1951)으로 출간

구분	작품명	매체	출처	발표 시기	비고
2	성좌는 부른다(총6회)	신문	《연합신문》	1949.1.23 -29	
3	낙엽과 함께	잡지	『신여원』 1호	1949.3	
4	이십일간	잡지	『주간서울』 50-62호	1949.8.29 -11.21	
5	합장(合掌)	잡지	『신조』 1호	1951.6	'작고 소설가의 유고' / 그림 이억(李億) / '여류소설가 고(故) 김말봉 선생이 가시기 전에 집필한 최후의 작품을 본지 독점 게재한다'
6	설계도	신문	《매일신문》	1951	
7	출발	신문	《국제신문》	1951	
8	어머니의 책	잡지	『새벗』	1952.1	
9	망령(亡靈)	잡지	[일부] 『문예』 13호	[일부] 1952.1	
10	태양의 권속	신문	《서울신문》	1952.2.1 -7.9	*단행본(삼신출판사, 1953) 출간
11	어머니	잡지	『신경향』 4권1호(복간호)	1952.6	*『예술원보』 3호(1959.12), 『명랑』 6권10호(통권69호, 1961. 10)에도 수록. / 『명랑』에는 '독점게재' / 김말봉 여사의 미발표유작 소설[그림 이충근(李忠根)]로 되어 있음
12	씨름	잡지	『소년세계』 5호	1952.11	'소년소설'
13	사천이백원	잡지	『협동』 37호	1952.12	
14	파도에 부치는 노래	잡지	[일부] 『희망』 2권5호-3권2호	[일부] 1952.6 -1953. 2	
15	계승자	잡지	『사랑의 세계』	1952	
16	호배추와 달걀	잡지	『새벗』	1952	
17	바퀴소리	잡지	『문예』 4권1호(통권15호)	1953.1	
18	신부와 신랑과 화살과	잡지	『학원』 2권2호	1953.2	
19	전락(轉落)의 기록	잡지	『신천지』 8권3호(통권54호)	1953.7 / 8	
20	은순이와 메리	잡지	『새벗』 22호	1953.10	'동화'
21	인순이의 일요일	잡지	『학원』 2권12호	1953.12	
1권	별들의 고향	단행본	정음사	1953	
22	손수건	잡지	『민주여론』	1954.1.25	'꽁트'
23	바람의 향연(총11회)	잡지	『여성계』 3권1호-4권1호	1954.1 -1955.1	*단행본(신화문화사, 1962) 출간
24	옥합을 열고(총14회)	잡지	『새가정』 1권1호-2권3호	1954.1 -1955.3	
25	파초(芭蕉)의 꿈(총9회)	잡지	『학원』 3권1-9호	1954.1-9	
26	새를 보라(총120회)	신문	《매일신문》	1954.2.1 -6.17	

구분	작품명	매체	출처	발표 시기	비고
27	푸른 날개(총161회)	신문	《조선일보》	1954.3.26 -9.13	*단행본(형설문화사, 1954, 1956) 출간
28	파랑 지갑	잡지	『학생계』 1권1호	1954.4	
29	여적(女賊)(총10회)	신문	《한국일보》	1954.12.5 -1955.2.13	'연재소설' / 그림 한홍택(韓弘澤)
30	이슬에 젖어	잡지	『현대공론』 2권10호(통권12호)	1954.12	
31	찬란한 독배(毒盃)(총138회)	신문	《국제신보》	1955.2.15 -7.9	'연재소설'
32	식칼 한 자루	잡지	『신태양』 4권2호(통권30호)	1955.2	
33	여심(女心)	잡지	『현대문학』 2호	1955.2	
34	탕아기(총5회)	잡지	『여성계』 4권2-6호	1955.2-6	
35	고행	전시 간행물	『전시소설집 : 해병대문고 제1집』(해병대사령부 정훈감실)	1955	
36	여신상(총6회)	잡지	『여성계』 5권1-9호	1956.1-9	
37	사랑의 비중	잡지	『여원』 2권4호	1956.4	
38	생명(총265회)	신문	《조선일보》	1956.11.28 -1957.9.16	*단행본(동일출판사, 1958) 출간
39	방초탑(方肖塔)(총13회)	잡지	『여원』 3권2호-4권2호	1957.2 -1958.2	
40	고슴도치	잡지	『주부생활』 1권5호	1957.5	'단편소설' / 그림 김훈(金薰)
41	푸른 장미(총186회)	신문	《국제신보》	1957.6.15 -12.25	
42	남편의 유령	잡지	『아리랑』 3권6호	1957.6	그림 김영주(金榮注)
43	도라온 아들	잡지	『추성』 4호	1957.6	'콩트'
44	아내의 유서	잡지	『아리랑』 3권7호	1957.7	그림 김영주(金榮注)
45	화관(花冠)의 계절(총226회)	신문	《한국일보》	1957.9.18 -1958.5.6	
46	이런 취직	잡지	『아리랑』 3권12호	1957.12	'단편소설' / 이순재(李舜在)
47	길	잡지	『희망』 8권1호	1957 -1958.1	'연재소설' / 그림 우경희(禹慶熙)
2권	꽃과 뱀	단행본	문연사	1957	단편선집
48	그리운 눈동자	잡지	『아리랑』 4권2호	1958.2	'순정소설' / 그림 이순재(李舜在)
49	행로난(行路難)(총12회)	잡지	『주부생활』 2권2호-3권1호	1958.2 -1959.1	'연재' / 그림 박래현(朴崍賢)
50	그믐밤의 전설(傳說)	잡지	『아리랑』 4권3호	1958.3	'단편소설' / 그림 이순재(李舜在)
51	돌아온 아내	잡지	『아리랑』 4권4호	1958.4	'현대가정소설' / 그림 김용환
52	부르는 소리	잡지	『아리랑』 4권5호	1958.5	
53	사슴(총212회)	신문	《연합신문》	1958.6.1 -12.31	
54	광명한 아침(총9회)	잡지	『학원』 7권2호-8권2호	1958.6 -1959.1	

구분	작품명	매체	출처	발표 시기	비고
55	아담의 후예(총9회)	잡지	『보건세계』 5권3호-6권2호(통권30-38호)	1958.6 -1959.2	'연재소설' / 그림 김훈(金薰)
56	월야(月夜)의 비화(秘話)	잡지	『아리랑』 4권7호	1958.7	'현대소설' / 그림 한홍택(韓弘澤)
57	어머니를 죽인 사나이	잡지	『아리랑』 4권9호	1958.9	'단편소설' / 그림 김영주(金榮注)
58	수의를 선물한 아들	잡지	『아리랑』 4권10호	1958.10	'단편소설' / 그림 김훈(金薰)
59	장미의 고향	신문	≪매일신문≫	1958.11.20 -1959.4.22	'장편'
60	제비야 오렴(총227회)	신문	≪부산일보≫	1958.12.1 -1959.7.19	
61	환희(歡喜)(총217회)	신문	≪조선일보≫	1958.12.15 -1959.7.21	
62	장도(壯途)는 슬프다	잡지	『아리랑』 4권11호	1958.12	'단편소설' / 그림 김훈(金薰)
63	악몽	잡지	『여원』 5권4호	1959.3	
64	부부이변 : 간통쌍벌죄(姦通雙罰罪)	잡지	『소설계』(삼중당) 8호	1959.4	
65	학사님 논으로 가다	잡지	『아리랑』 5권5호	1959.4	'청춘연애보' / 그림 이순재
66	해바라기(총236회)	신문	≪연합신문≫	1959.7.1 -1960.2.28	
67	꿈	잡지	『코메트』 39호	1959.8	'꽁트'
68	참새 둥우리	잡지	『주부생활』 3권12호	1959.12	'단편소설' / 그림 김세종(金世鍾)
69	장미의 고향	신문	≪대구일보≫	1959	
70	이브의 후예(총2회)	잡지	『현대문학』 64-65호	1960.4-5	
71편	찔레꽃	잡지	『소설계』 8권10호(통권84호)	1965.10	'단편으로 읽는 신문소설 2인집' / 그림 박이성(朴異星)

수필 74편

구분	작품명	매체	출처	발표 시기	비고
1	유곽의 존재는 과연 사회적 죄악이냐?	신문	≪가정신문≫	1947.6.7	
2	내가 하고 있는 일	신문	≪경향신문≫	1946.10.24	
3	희망원(希望園)의 사명	잡지	『부인』 1권3호	1946.10	
4	미혼인 젊은 남녀들에게	잡지	『부인』 2권6호	1947.9	
5	새 시대의 남녀 정조관	잡지	『부인』 3권5호	1948.12	
6	여성 : 공창폐지 그 후 1년(총3회)	신문	≪연합신문≫	1949.2.22 -24	
7	가을의 추억 : 이역에서 만난 인도청년	잡지	『해방공론』(박애원 문화부편)	1949.10	
8	공창폐지와 그 후의 대책	잡지	『민성』 5권10호	1949.10	
9	낙엽과 주검	신문	≪연합신문≫	1949.11.9 -11	
10	나의 여학생 시절	잡지	『여학생』 2권1호	1950.1	
11	새 술은 새 부대에	잡지	『부인경향』 1권1호	1950.1	

구분	작품명	매체	출처	발표 시기	비고
12	양여사와 나의 아라비안 인사	잡지	『부인』 5권1호	1950.1 / 2	
13	신남녀동등론	잡지	『부인경향』 1권4호	1950.4	
14	본대로 드른대로	신문	≪경향신문≫	1951.8.26	'성하(盛夏), 여류(女流), 오제(五題)(2)'
15	하와이의 야화	잡지	『신천지』 7권2호	1952.3	
16	멀리 떠나 있는 남편	잡지	『신천지』 7권3호	1952.5	
17	무슨 별 말 있으리 : 문인 대우 나 받게 되었으면	신문	≪부산일보≫	1952.12.5	'신년(新年)푸념'
18	자유예술인의 전결(傳結)	잡지	『신태양』 2권6호	1953.1	
19	베니스 기행	잡지	『신천지』 8권1호	1953.4	
20	딱한 문제	잡지	『신천지』 8권2호	1953.5-6.	
21	내 아들 영이	잡지	『문예』 4권3호(통권17호)	1953.9	
22	문화인을 대우(待遇)하라	잡지	『여성계』 3권1호	1954.1	
23	나의 문필 생활과 유년기	잡지	『현대공론』 2권1호	1954.2	
24	작가의 말	신문	≪조선일보≫	1954.3.25	'26일부터 연재, 「푸른 날개」'
25	농촌부녀에게 부치는 편지	잡지	『노향』	1954.3	
26	나의 작가생활	잡지	『국제보도』 34호	1954.7	여류작가
27	나의 청춘기④	신문	≪중앙일보≫	1954.8.1	
28	결혼이상론(結婚理想論)	잡지	『현대여성』 2권9호	1954.11	
29	나는 어머니를 닮았다고	잡지	『새벽』 1권2호	1954.12	
30	육사(陸士)에 부침	잡지	『추성』 1호	1954.12	'특별기고' / 소설가
31	돌팔매	신문	≪조선일보≫	1955.1.22	
32	작가로 세상에 나오기까지 : 꿈 꾸던 시절의 회상 : 처녀작은 딸의 이름으로	잡지	『신태양』 4권1호(통권29호)	1955.1	
33	대망의 노트	잡지	『사상계』 3권3호(통권20호)	1955.3	
34	아메리카 3개월 견문기(1-2회) / 아메리카견문기(3-6회)	신문	≪한국일보≫	1955.12.8 -13	
35	내가 와서 있는 학교	잡지	『여성계』 4권12호	1955.12	
36	미국에서 느낀 일들(총4회)	신문	≪평화신문≫	1956.11.12 -15	
37	미국(美國)에서 만난 사람들(총6회)	신문	≪한국일보≫	1956.11.18 -23	*미세스 루스벨트, 학쿨박사, 펄벅여사, R.니버박사, 몇몇 재단의 대표들
38	미국기행	신문	≪연합신문≫	1956.11.26 -12.5	*1-2. 위싱톤, 3. 나이아가라폭포(瀑布), 4-5. 「뽀스톤」에서, 6. 「아이오와」씨틕, 7. [소제목 미상], 8-9. 요세미테공원(公園), 10. 통역사(通譯士)의견(件)
39	시장(市長)께 드리는 인사(人事)	신문	≪경향신문≫	1957.1.4	'정유유언(丁酉有言)'
40	화장과 독서와	신문	≪연합신문≫	1957.1.6	
41	인간·여인·전화	신문	≪경향신문≫	1957.3.10	

구분	작품명	매체	출처	발표 시기	비고
42	바느질 품에 늦고 : 교육시켜 노라고 그 고생	신문	≪평화신문≫	1957.5.9	
43	'카나다'선교회 한국지부에 부침 : 대등한 인격교류(상·중·하)	신문	≪동아일보≫	1957.5.23 -25	
44	아내라는 이름의 가정부	잡지	『여성계』 6권3호(통권92호)	1957.5	
45	식전(式前)에서 초야(初夜)를 마칠 때까지	잡지	『여성계』 6권4호(통권93호)	1957.6	
46	딸에 대한 어머니의 권위와 한계	잡지	『여원』 3권8호	1957.8	
47	미국 사람들이 무서워하는 병	잡지	『보건세계』 4권	1957.8	
48	작자의 말	신문	≪한국일보≫	1957.9.13	*'연재 「화관(花冠)의 계절(季節)」' 소개
49	옷치장과 모방	신문	≪평화신문≫	1957.11.27	
50	주부들게 보내는 새해의 편지	신문	≪한국일보≫	1958.1.12	소설가
51	10대의 성장기록 : 등대수(燈臺手)를 그만두면서(상-하)	신문	≪연합신문≫	1958.1.22 -23	
52	<행로난(行路難)>을 연재하며	잡지	『주부생활』 2권2호	1958.2	*소설 「행로난」 연재 전 소감
53	여류작가와 여인	신문	≪동아일보≫	1958.4.24	
54	등대수(燈臺守)가 본 한국여성의 고뇌상(苦惱相)	잡지	『여성계』 7권4호(통권98호)	1958.4	
55	함께 생각하고 싶은 얘기 : 어린이들에게 일곱까지만 물어봅니다	신문	≪한국일보≫	1958.5.6	'어린이들에게 주는 글' / 소설가
56	어머님 회상(回想)	잡지	『여원』 4권5호	1958.5	*'가작 당선작'이라고 소개
57	너의 피가 헛되지 말아야하겠다	신문	≪동아일보≫	1958.6.26	
58	가을과 싱거운 병	신문	≪경향신문≫	1958.9.9	
59	남의 나라에서 부러웠던 몇 가지 사실들	잡지	『예술원보』 제2호	1958.12	
60	한국남성은 정말 매력이 없나	잡지	『자유공론』 2권1호(통권1호)	1958.12	
61	전화라는 것	신문	≪경향신문≫	1959.1.7	'신년제언(新年提言)' / 작가
62	매화	신문	≪서울신문≫	1959.2.6	'영춘화상(迎春花想)' / 소설가
63	봄이라는 계절	신문	≪연합신문≫	1959.2.11	
64	가는 곳마다 꽃 속에 싸여	신문	≪세계일보≫	1959.2.28	'여인100상(想)' / 소설가
65	학생과 신문과 봄과	신문	≪경향신문≫	1959.3.3	'여류단상(女流단想(短想)) : 조춘(早春)'
66	내가 본 간호원 : 어머니·누나인 동시에 때로는 애인	잡지	『보건세계』 6권3호(통권39호)	1959.3	
67	성장한 딸과 모친의 권위	잡지	『가정교육』 11호	1959.5	여류작가
68	어머니는 늙으면 외로워지나? : 어머니를 맞으면서	잡지	『주부생활』 3권5호	1959.5	'권두언' / 작가
69	크리스마스이브	신문	≪서울신문≫	1959.12.24	소설가

구분	작품명	매체	출처	발표 시기	비고
70	들은 대로 본 대로(상-하)	신문	≪서울신문≫	1960.3.4 / 6	소설가
71	어머니	잡지	『주부생활』 4권3호	1960.3	
72	위인(偉人)들의 첫사랑 교훈(敎訓)	잡지	『가정교육』 28호	1960.12.	'위인들의 젊은 시절, 그들의 로맨스'
73	남편의 정조(貞操)와 아내	잡지	『가정교육』 29호	1961.1	
74편	오월은 내 사랑의 상징	잡지	『수필』 1권2호	1961.5	'작고수필' / 여류소설가

비평 12편

구분	작품명	매체	출처	발표 시기	비고
1	여성과 문예(상-하)	신문	≪서울신문≫	1949.8.6-9	
2	나의 소설의 모델이 된 사나이	잡지	『신태양』 2권10호	1953.6	
3	미녀 엠마	신문	≪조선일보≫	1954.1.9	'영화평'
4	판도라	신문	≪조선일보≫	1954.3.1	'영화평'
5	학같이 늙어가는…김팔봉(金八峯) 씨 : 젊은시절에는 의젓한 청년	신문	≪서울신문≫	1955.3.18	'호평(互評) : 백안청안(白眼靑眼)'
6	육당(六堂)선생님과 나 : 30년전 부인기자(婦人記者)로 인터뷰	신문	≪평화신문≫	1957.10.14	
7	제1회 '내성상(來成賞)' 심사후감(審査後感)	신문	≪경향신문≫	1958.2.22	제1회 심사원
8	「화관(花冠)의 계절(季節)」을 끝내며	신문	≪한국일보≫	1958.5.6	
9	『춘근집(春芹集)』	신문	≪서울신문≫	1959.2.12	'서평(書評)' / *이영도 수필집에 대한 서평
10	대중문학	신문	≪경향신문≫	1959.3.5	
11	육체파소설의 시비(是非) : 소설비평에 대한 몇 가지 견해	신문	≪서울신문≫	1959.6.12	
12편	나의 애송시 : 박두진(朴斗鎭)의 <해>	잡지	『보건세계』 6권11호(통권47호)	1959.11	

김명희 金明姬

1959년 시 「석상」으로 『새교실』에 입선. 인천 송현국민학교 교사.

시 2편

구분	작품명	매체	출처	발표 시기	비고
1	여인숙(旅人宿)	신문	≪국도신문≫	1958.10.22	
2편	석상(石像)	잡지	『새교실』 4권1호(통권31호, 1-3학년용)	1959.1	'입선' / 인천 송현국민학교 교사

김미영 金美榮

1948년 경북 대구 출생. 아동문학가, 시조시인. 이화여대 국문과 졸업. 1969년 동화 「눈 오는 밤의 심부름」으로 ≪한국일보≫ 신춘문예, 1970년 시조 「수(繡)」로 ≪중앙일보≫ 신춘문예 당선.

소설 3편

구분	작품명	매체	출처	발표 시기	비고
1	눈 오는 밤의 심부름	신문	≪한국일보≫	1969.1.5	'신춘문예 당선작'
2	빨간 치마	잡지	『새벗』	1969.3	
3편	건널목 순이	잡지	『주부생활』 5권7호	1969.7	'엄마가 읽어주는 동화' / 최충훈 그림

수필 1편

구분	작품명	매체	출처	발표 시기	비고
1편	종(鐘)이 있는 작은 방	신문	≪한국일보≫	1969.1.5	'당선소감'

김석연 金昔妍

1928년 경남 진주 출생. 서울대 국문과 졸업. 서울대 국어학 교수 역임.

수필 5편

구분	작품명	매체	출처	발표 시기	비고
1	소리와 문명	신문	≪경향신문≫	1968.10.2	'어안록(魚眼錄)' / 서울공대 전임강사, 국어학
2	여가	신문	≪경향신문≫	1968.10.9	'어안록' / 김석연
3	한국인의 체력	신문	≪경향신문≫	1968.10.16	'어안록'
4	타의적(他意的) 규정	신문	≪경향신문≫	1968.10.30	'어안록'
5편	소리와 정(情)	잡지	『주부생활』 5권12호	1969.12	'권말부록·송년수상 여류 15인집; 새해를 기다리는 마음들'

김선영 金善英

1938년 경기도 개성 출생. 수도여자사범대학 국문과 졸업. 『현대문학』에 시 「파랑새」(1957년 5월), 「메아리」(1961년 9월), 「계절의 낙서」(1962년 2월)가 추천됨. '청미회' 동인.

시 47편 + 시 단행본 1권

구분	작품명	매체	출처	발표 시기	비고
1	달	잡지	『여원』 3권2호	1957.2	'여류현상문예당선작'
2	파랑새	잡지	『현대문학』 29호	1957.5	'추천'
3	하늘	잡지	『여원』 3권12호	1957.12	제2회 현상문예 당선자
4	꽃밭에서	신문	《서울일일신문》	1961.7.10	'동시'
5	종소리	신문	《서울일일신문》	1961.8.15	'동시'
6	달밤	잡지	『새벗』 114호	1961.8/9	동시
7	메아리	잡지	『현대문학』 81호	1961.9	'추천'
8	계절의 낙서 : 어느 산사의 가을에 서서	잡지	『현대문학』 86호	1962.2	'추천'
9	밤의 수가(四歌)에서	잡지	『현대문학』 87호	1962.3	'여류신인시특집'
10	박꽃	잡지	『아동문학』 1호	1962.10	
11	부엉이의 변(辯)	잡지	『신사조』 1권11호(통권11호)	1962.12	'시 : 송년여류시10인선'
12	축원(祝願)	신문	《대한일보》	1963.2.15	
13	고독의 계율(戒律)	잡지	『여원』 9권4호	1963.4	
14	눈·눈물	잡지	『돌과 사랑』 1집	1963.4	
15	문(門)소리	잡지	『돌과 사랑』 1집	1963.4	
16	길	잡지	『돌과 사랑』 2집	1963.6	
17	삼경(三更)의 기도	잡지	『돌과 사랑』 2집	1963.6	
18	하운(夏雲)	잡지	『여상』 2권7호	1963.7	'여상시단'
19	그날에	잡지	『돌과 사랑』 3집	1963.9	
20	그믐밤 헌시(獻詩)	잡지	『돌과 사랑』 3집	1963.9	
21	바다에의 그리움 노래	잡지	『아동문학』 6호	1963.9	
22	전송(餞送)	잡지	『시단』 3집	1963.9	'시단·Ⅲ : 여류시선'
23	이 겨울의 아리아 초(抄) : 설야(雪夜)에	잡지	『돌과 사랑』 4집	1964.1	
24	이 겨울의 아리아 초(抄) : 섭리(攝理) 앞에	잡지	『돌과 사랑』 4집	1964.1	
25	추제소묘(秋祭素描) : 이 그리움의 밤 기적(汽笛) 소리	잡지	『현대문학』 119호	1964.1	
26	수(繡) 틀 앞에서	잡지	『신세대』 16호	1964.3	'동인지순례 : 돌과 사랑 편'④
27	조(操)	잡지	『시단』 4집	1964.3	
28	님 무덤 앞에 섰는 어머님 노래	잡지	『돌과 사랑』 5집	1964.4	

구분	작품명	매체	출처	발표 시기	비고
29	수병(水甁)안에서 부른 어머님 노래	잡지	『돌과 사랑』 5집	1964.4	
30	은(銀)피리가 되고 싶은 어머님 노래	잡지	『돌과 사랑』 5집	1964.4	
31	바다아이에게	잡지	『새벗』 146호	1964.7	
32	낙화운(落花韻)	잡지	『돌과 사랑』 6집	1964.8	
33	밤소곡(小曲)	잡지	『돌과 사랑』 6집	1964.8	
34	피리운(韻)	잡지	『돌과 사랑』 6집	1964.8	
35	바다 가수(歌手)	잡지	『돌과 사랑』 7집	1965.1	
36	불을 던지며	잡지	『돌과 사랑』 7집	1965.1	
37	어머님 서시(序詩)	잡지	『돌과 사랑』 7집	1965.1	
38	피리의 길	잡지	『여상』 4권10호	1965.10	
39	비궁문(秘宮門) 옆에 선 나무	잡지	『세대』 4권3호(통권32호)	1966.3	'시와 시작 노오트'
40	3월의 연가(戀歌)	잡지	『주부생활』 2권3호	1966.3	
41	칠월연가(七月戀歌)	잡지	『여상』 5권7호	1966.7	
42	과장일기(誇張日記)	잡지	『사상계』 14권6호(통권160호)	1966.8	
43	삼월(三月)	잡지	『여상』 6권3호	1967.3	
44	촛불	잡지	『학원』 16권7호	1967.7	
45	추접(秋蝶)	잡지	『여류문학』 1호	1968.11	
1권	사가(思歌)	단행본	문예사	1968	시집
46	사월	잡지	『여류문학』 2호	1969.5	
47편	눈물	잡지	『시인』 1권6호	1969.8	

수필 7편

구분	작품명	매체	출처	발표 시기	비고
1	순백의 낙서	잡지	『현대문학』 86호	1962.2	'천료소감'
2	나의 문학 수업기 : 어머니의 옛이야기 들으며 서정을 익혀	잡지	『새교육』 14권7호(통권97호)	1962.11	서울 충무 국교 교사
3	진달래꽃	잡지	『난초』 57호	1963.5	시인
4	한 가을밤의 낙서	잡지	『가정생활』 3권10호	1963.10	'여류 5인선' / 시인
5	피의 신비	잡지	『세대』 4권3호(통권32호)	1966.3	'시와 시작 노오트 : 시 「비궁문 옆에 선 나무」'
6	문학풍토기 : 수도여사대편	잡지	『현대문학』 140호	1966.8	
7편	심야(深夜)에 쓰는 스승의 인생 노우트	잡지	『여학생』 4권2호	1968.2	'수화(秀禾)를 잃은 슬픔' / 시인, 수도여사대부중 교사

김선주金宣珠

　1934년 경북 안동 출생. 서울 수도여자사범대학 국문과와 대구대 특수교육학과 졸업. 1968년 동화집『꽃가마 타고』출간. 1974년≪대구매일신문≫ 신춘문예에 동화 당선. 20년간 교사로 근무.

소설 1편

구분	작품명	매체	출처	발표 시기	비고
1편	엄마(총2회)	신문	≪영남일보≫	1963.9.15 / 22	

수필 2편

구분	작품명	매체	출처	발표 시기	비고
1	길에는 생각과 함께 추억이 버섯처럼 솟아	신문	≪영남일보≫	1965.8.4	'여류독백(女流獨白)' / 동화작가
2편	해변 풍경 향수(鄕愁)	신문	≪매일신문≫	1968.7.28	'한더위 여류수상(女流隨想)' / 동화작가

김성애金聖愛

　1912년 함남 정평 출생. 호 상천(桑泉). 북경 보인대학교 학사과정 수료. 1932년 시집『초원』(자가본) 출간. 1959년 시「역류」를『민족문화』에 발표. 1970년 시「차원에의 저항」이『서울』에 추천됨.

시 1편 + 시 단행본 1권

구분	작품명	매체	출처	발표 시기	비고
1편	역류(逆流)	잡지	『민족문화』4권2호	1959.2	
1권	차원(次元)에의 저항(抵抗)	단행본	민중여론사	1959	시집

수필 2편 + 수필 단행본 1권

구분	작품명	매체	출처	발표 시기	비고
1	낙엽(落葉)지는 인정(人情)	신문	≪국제신보≫	1957.9.6	
2편	잃어버린 청춘	신문	≪세계일보≫	1959.4.5	
1권	미망인(未亡人)	단행본	백인사	1963	수필집

김세영 金世永

1929년 생. 이화여대 영문학과 교수 및 문리대 학장 역임.

수필 22편

구분	작품명	매체	출처	발표 시기	비고
1	제자가 본 교육자로서의 남상(男像)	잡지	『여상』 3권3호	1964.3	
2	지적 여성의 고독은 어디서 오는가	잡지	『여상』 4권5호	1965.5	
3	여자의 마음	잡지	『주부생활』 1권4호	1965.7	이대 부교수·영문학
4	가족 위한 자기희생	잡지	『주간새나라』 234호	1966.4.18	'신생활을 위한 주부 제언(提言)' / 이대 영문과 교수
5	인간의 존엄성을 부정한 행위 : 간통(姦通)의 도덕적 해석	잡지	『주부생활』 2권5호	1966.5	'제이특집 : 간통의 도덕적 해석' / 이대 부교수, 영문학
6	건망증	신문	≪중앙일보≫	1966.8.18	
7	야심과 비교의식은 되도록 피해야 : 환경에 대한 열등의식과 그 처방책	잡지	『주부생활』 2권9호	1966.9	'제일특집 : 여성의 열등의식과 그 처방책' / 이대 교수·영문학
8	사모(師母)님	잡지	『주부생활』 2권11호	1966.11	이대 부교수, 영문학
9	부조리속에 저문 1966년 : 한해를 보내는 여자의 마음	신문	≪대한일보≫	1966.12.27	이대 부교수, 영문학
10	집안에서 호랑이 잡는 일	잡지	『여원』 13권3호	1967.3	
11	우리집의 선거(選擧) : 기도하는 마음으로 투표	신문	≪경향신문≫	1967.4.17	
12	뷰티풀·드리머	신문	≪대한일보≫	1967.4.20	'서재여록(書齋余錄)' / 이대문리대 교수, 영문학
13	부익부(富益富) 빈익빈(貧益貧)	신문	≪대한일보≫	1967.5.1	'서재여록' / 이대문리대 교수, 영문학
14	하나의 딜레마	잡지	『새교실』 12권5호(통권131호)	1967.5	'수필춘추' / 이대 부교수
15	화환(花環)들의 장례식	신문	≪대한일보≫	1967.6.1	'서재여록' / 이대 문리대 교수
16	시한부(時限附) 친절	신문	≪대한일보≫	1967.6.15	'서재여록' / 이대 문리대 교수
17	여름 여인	잡지	『주부생활』 3권6호	1967.6	'초하(初夏)의 수필' / 이대 교수 / 그림·박근자(朴槿子)
18	필요악 : 어리광과 응석과 치기(稚氣)	잡지	『여학생』 3권7호	1967.7	'특집 : 여학생을 위한 아름다운 고발 팔음계(八音階)' / 이대 교수, 영문학
19	여름 속의 가을	신문	≪한국일보≫	1967.8.15	
20	장난감 유감(有感)	신문	≪서울경제신문≫	1969.2.4	'오늘과 내일' / 이대 교수
21	여름날의 단잠	신문	≪대한일보≫	1969.7.31	'납량수필 2제' / 이화여대 교수
22편	독서하는 주부	신문	≪대한일보≫	1969.9.27	'발언대(101)' / 이대 교수

비평 1편

구분	작품명	매체	출처	발표 시기	비고
1편	우인상(友人像) : 손창섭씨(孫昌涉氏) 사연기(死緣記)에서	잡지	『여학생』 5권7호	1969.7	'나를 키워 준 한 사람의 이상상(理想像)' / 이대 교수·영문학

김송희金松姬

1941년 전남 목포 출생. 숙명여대 국문과 졸업. 『현대문학』에 1962년 시 「가을의 합창」(2월)·「사월은 너와」(8월), 1963년 「낮달이 걸려 있는 풍경」(1월)이 추천됨. '여류시' 창립 동인.

시 21편 + 시 단행본 1권

구분	작품명	매체	출처	발표 시기	비고
1	가을의 합창	잡지	『현대문학』 86호	1962.2	
2	사월은 너와	잡지	『현대문학』 92호	1962.8	'추천'
3	낮달이 걸려 있는 풍경	잡지	『현대문학』 97호	1963.1	'추천'
4	청색을 위한 에스키스	잡지	『신사조』 2권4호(통권15호)	1963.5	
5	호반(湖畔)에서	잡지	『현대문학』 101호	1963.5	
6	하오(下午)의 창(窓)은	잡지	『여상』 2권9호	1963.9	'여류시단'
7	몰래 우습다	신문	≪한국일보≫	1963.10.20	
8	사랑의 원경(遠景)	잡지	『현대문학』 107호	1963.11	
1권	사랑의 원경(遠景)	단행본	선명문화사	1963	시집
9	호반에서	신문	≪목포일보≫	1964.1.15	'신간 김송희 시집 『사랑의 원경(遠景)』에서'
10	울리게 하라 : 당신 곁에	잡지	『문학춘추』 1권5호(통권5호)	1964.8	'신진여류시10인집'
11	창	잡지	『여류시』 1집	1964.9.5	
12	음악	잡지	『음악세계』 7호	1964.10	
13	타는 물결	잡지	『현대문학』 119호	1964.11	
14	아가(雅歌)	잡지	『여류시』 2집	1964.12.5	
15	춘설(春雪)	잡지	『여류시』 3집	1965.4.5	
16	해변	잡지	『시문학』 7호	1965.10	
17	강물	잡지	『현대문학』 133호	1966.1	
18	아가(雅歌)	잡지	『세대』 4권3호(통권32호)	1966.3	'시와 시작 노오트'
19	어느 날	잡지	『현대시학』 1권6호	1966.7	
20	교실	잡지	『시문학』 18호	1966.9	'여류시 특집'
21편	어릴 적 추억은	잡지	『여학생』 2권9호	1966.9	'이달의 시'

수필 14편

구분	작품명	매체	출처	발표 시기	비고
1	봄의 편지	신문	≪경향신문≫	1962.4.23	
2	무제	잡지	『현대문학』 97호	1963.1	'천료소감'
3	송사리	잡지	『학원』 12권8호	1963.8	'꿈을 잡은 신예작가들'
4	어떤 가을에	잡지	『가정생활』 3권10호	1963.10	'여류수필5인선' / 시인
5	유리 성(城)의 여인	잡지	『스크린』 제7호	1964.1	'리즈는 왜 바람을 피우나?' / 시인
6	훈(薰)아의 엽서	잡지	『신사조』 3권1호(통권22호)	1964.1	시인
7	부드러움 속엔 강한 의욕 허영자	잡지	『현대문학』 115호	1964.7	'상호뎃상'
8	러브·레터	잡지	『여류시』 제1집	1964.9.5	
9	노란 다알리아와 같은 소녀	잡지	『여학생』 1권1호	1965.12	시인
10	설레이는 첫 출근	잡지	『여원』 12권2호	1966.2	
11	한 낮의 꿈	잡지	『재무』 통권127호	1966.7	
12	세월이 취하기에	잡지	『여원』 12권11호	1966.11	
13	꿈의 창(窓)	잡지	『여학생』 3권1호	1967.1	시인
14편	아침의 음악	잡지	『주부생활』 3권7호	1967.7	시인

비평 2편

구분	작품명	매체	출처	발표 시기	비고
1	이런 시(詩)를	잡지	『세대』 4권3호(통권32호)	1966.3	'시와 시작 노오트 : 시 「아가(雅歌)」'
2편	명작에 그려진 '버진'의 모습	잡지	『여상』 5권4호	1966.4	

김수정 金守貞

1926년 경남 진주 출생. 진주여고 졸업. 1955년 『영문』에 시 「광풍」을 발표. '영문'과 '남가람' 동인.

시 2편

구분	작품명	매체	출처	발표 시기	비고
1	광풍	잡지	『영문』	1955	
2편	가을의 숙명	잡지	『영문』 15호	1957.11	

소설 7편

구분	작품명	매체	출처	발표 시기	비고
1	미소(微笑)	잡지	『신조문학』 1권2호	1958.9	

구분	작품명	매체	출처	발표 시기	비고
2	다시 어느 골목에서	신문	≪경남일보≫	1964.1.1 -2.1	
3	망향(望鄕) (총16회)	신문	≪경남일보≫	1965.1.5 -22	
4	방황	잡지	『진주예총』 1집	1965.11	'창작' / '1965.10'
5	구월	잡지	『진주예총』 2집	1966.11	
6	세월	잡지	『진주예총』 4집	1968.11	
7편	밀집(密集)	잡지	『진주예총』 5집	1969.11	'창작' / *'다음호에 계속'이라고 기재됨

수필 12편

구분	작품명	매체	출처	발표 시기	비고
1	무질서의 상(像)	잡지	『영문』 14집	1956.11	
2	더위속의 잡언(雜言)	신문	≪국제신보≫	1959.8.4	'납량수필' / 소설가
3	쑥국	신문	≪국제신보≫	1960.2.19	'여류수상' / 여류작가
4	스스로 움직이는 걸음들	신문	≪국제신보≫	1960.7.22	여류소설가
5	젊은 마음의 보람 : 정혜(貞惠)에게	신문	≪국제신보≫	1961.1.27	'신년 포스트' / 소설가
6	오월에 오간 편지	신문	≪경남일보≫	1966.7.3	
7	춘심(春心) · 여심(女心)	신문	≪국제신보≫	1967.4.4	'국제춘추' / 여류작가
8	명동(明洞)에서	신문	≪국제신보≫	1967.5.9	'국제춘추' / 여류작가
9	어떤 쇼	신문	≪국제신보≫	1967.6.29	'국제춘추' / 여류작가
10	소설적인 것	신문	≪국제신보≫	1969.5.8	'국제춘추' / 소설가
11	자기 행위의 열매	신문	≪국제신보≫	1969.5.20	'국제춘추' / 작가
12편	일일발산(一日發散)	신문	≪국제신보≫	1969.6.21	'국제춘추' / 소설가

김수현 金秀賢

1943년 충북 청주 출생. 고려대 국문과 졸업. 1968년 「그해 겨울의 우화」로 문화방송 개국 7주년기념 라디오드라마극본 현상공모 당선. 1972년 「무지개」로 TV드라마극본 쓰기 시작.

수필 1편

구분	작품명	매체	출처	발표 시기	비고
1편	살결이 흰 소년	잡지	『학원』 18권8호	1969.8	'사랑 이야기' / 방송작가

김숙자金淑子

1935년 서울 출생. 본명 임영자(林英子). 숙명여대 국문과 졸업. 1959년 『자유문학』에 시 「하고픈 이야기」가 추천됨. '청미회' 동인.

시 44편 + 시 단행본 1권

구분	작품명	매체	출처	발표 시기	비고
1	바다	잡지	『여성계』 4권12호	1955.12	'대학문예부 순회(1) : 숙명여자 대학교 편 : 시'
2	기도(祈禱)	잡지	『자유문학』 3권3호(통권12호)	1958.3	'김용호(金容浩) 추천'
3	하고픈 이야기	잡지	『자유문학』 4권3호(통권24호)	1959.3	'시분과위원회 제2회 추천'
4	강바람 쏘이며	잡지	『자유문학』 4권5호(통권26호)	1959.5	'시분과위원회 제2회 추천'
5	비오는 날에	잡지	『자유문학』 4권8호(통권29호)	1959.8	
1권	하고픈 이야기	단행본	여원사	1959	시집
6	융동(隆冬)의 주문(呪文)	잡지	『자유문학』 5권1호(통권34호)	1960.1	
7	기(旗)	잡지	『현대문학』 63호	1960.3	
8	능금나무의 상(想)	잡지	『새벽』 7권4호	1960.4	'양춘시(陽春詩) 12인선'
9	평화로운	잡지	『자유문학』 5권5호(통권38호)	1960.5	
10	바람 속엔	신문	≪조선일보≫	1960.6.6	
11	남창(南窓)에 부치는	잡지	『자유문학』 6권2호(통권47호)	1961.2	
12	봄 언니	신문	≪민국일보≫	1962.3.10	김숙자
13	선(線)	잡지	『신사조』 1권3호(통권3호)	1962.4	
14	설야(雪夜)	잡지	『자유문학』 7권2호(통권58호)	1962.4	
15	청계로(淸溪路)에서	잡지	『신사조』 1권11호(통권11호)	1962.12	
16	목조인형(木彫人形)	신문	≪대한일보≫	1963.1.29	
17	그 분아	신문	≪서울신문≫	1963.2.26	'사랑의 시'
18	강(江)	잡지	『돌과 사랑』 1집	1963.4	
19	낮은 화음으로	잡지	『여원』 9권4호	1963.4	
20	정오의 신(神)	잡지	『돌과 사랑』 1집	1963.4	
21	산산산이여	잡지	『돌과 사랑』 2집	1963.6	
22	일기초(日記抄) (1)	잡지	『돌과 사랑』 2집	1963.6	
23	내부의 새	잡지	『돌과 사랑』 3집	1963.9	
24	습지에 서서	잡지	『신사조』 12권7호(통권8호)	1963.9	
25	일기초(日記抄) (2)	잡지	『돌과 사랑』 3집	1963.9	
26	달걀의 작업	잡지	『신세계』 2권9호(통권11호)	1963.10	
27	꽃의 여행	잡지	『돌과 사랑』 4집	1964.1	
28	일기초(日記抄) (3) : 첫눈	잡지	『돌과 사랑』 4집	1964.1	
29	화분(花盆)	잡지	『시단』 4집	1964.3	*『한국시단』 3호(1969.3)에도 수록
30	무제(無題)	잡지	『돌과 사랑』 5집	1964.4	

구분	작품명	매체	출처	발표 시기	비고
31	일기초(日記抄) (4)	잡지	『돌과 사랑』 5집	1964.4	
32	밤의 묵념(默念)	잡지	『돌과 사랑』 6집	1964.8	
33	일기초(日記抄) (5)	잡지	『돌과 사랑』 6집	1964.8	
34	후원(後園)에서	잡지	『문학춘추』 1권5호(통권5호)	1964.8	'신진여류시10인집'
35	가을의 전별(餞別)	잡지	『현대문학』 119호	1964.11	
36	겨울이 주는 서정(抒情)	잡지	『돌과 사랑』 7집	1965.1	
37	사진틀	잡지	『돌과 사랑』 7집	1965.1	
38	아가에게	잡지	『여상』 4권9호	1965.9	
39	개나리	잡지	『현대시학』 1권7호	1966.8 / 9	
40	가을의 엽서	잡지	『여상』 5권11호	1966.11	
41	눈물	잡지	『여류문학』 1호	1968.11	
42	눈(雪)	잡지	『여류문학』 2호	1969.5	
43	오늘	잡지	『아세아』 1권4호	1969.5	'동인지시대'④ : 청미회 편
44편	아내	잡지	『주부생활』 5권10호	1969.10	

수필 10편

구분	작품명	매체	출처	발표 시기	비고
1	해마다 이맘때면 : 구정수감(舊正隨感)	신문	《민국일보》	1961.2.15	여류시인
2	미쓰 · O	잡지	『여상』 2권1호	1963.1	여류시인
3	계절수감(季節隨感)	잡지	『돌과 사랑』 2집	1963.6	
4	겨울과 창(窓)과	잡지	『난초』 60호	1963.11 / 12	시인
5	사랑은 끝없이 흐르는 강	잡지	『여원』 9권12호	1963.12	
6	향일(向日)하는 고독의 조율(調律)	잡지	『여상』 3권1호	1964.1	
7	가을의 만가(輓歌)	잡지	『여상』 3권10호	1964.10	
8	여류의 봄 : 흙	신문	《서울신문》	1966.3.1	시인
9	저자 이야기	잡지	『주부생활』 2권4호	1966.4	'여류시인의 수필'
10편	어느 칠월의 여행초(旅行抄)	잡지	『재무』 127호	1966.7	

비평 1편

구분	작품명	매체	출처	발표 시기	비고
1편	내가 좋아하는 시 · 시인 : 촌부(村夫) 모습에 언어의 부자(富者) : 김영랑(金永郎)편	잡지	『돌과 사랑』 제7집	1965.1	

김숙현金淑賢

1944년 충남 부여 출생. 동국대 연영과 졸업. 『현대문학』에 희곡 「잔영」(1969년 10월)과 「미스 줄리」(1970년 7월)가 추천됨.

희곡 1편

구분	작품명	매체	출처	발표 시기	비고
1편	잔영(殘影)	잡지	『현대문학』 178호	1969.10	'단막극' / 극단 은하 상연(연출 김대진) : 1976.4.6-11

김순애[1] 金順愛

1961년 12월, 시 「역류」로 『여원』 여류신인상 문예작품 가작 입선.

시 1편

구분	작품명	매체	출처	발표 시기	비고
1편	역류(逆流)	잡지	『여원』 7권2호	1961.2	'여류신인상 문예작품 가작'

김순애[2] 金順愛

1920~2007년. 황해도 안악 출생. 한국 최초의 여성 작곡가. 이화여대 음악과 졸업. 로체스터대학교 이스트먼음악대학원 수료. 광복 직후인 1948년 『학생계』 창간호에 발표한 「4월의 노래」가 학생들이 가장 좋아하는 노래에 꼽힘.

수필 12편

구분	작품명	매체	출처	발표 시기	비고
1	짓밟힌 미덕(美德)	신문	≪경향신문≫	1953.10.27	'동란(動亂)이 가져온 것② : 여성에게' / 경기고녀 선생
2	악단(樂壇)에 부치는 글	신문	≪서울신문≫	1954.3.4	작곡가 · 이대음대 교수
3	희망의 오월	잡지	『희망』 5권5호	1955.5	음악가
4	추석의 노래 : 성묘(省墓)	신문	≪한국일보≫	1963.10.2	
5	성에 꽃 너머로	신문	≪한국일보≫	1964.1.1	
6	국군 위문과 편지	잡지	『새생명』 8권5호(통권80호)	1968.5	
7	예술하는 두 여인	잡지	『신상』 1권2호(통권2호)	1968.12 (겨울)	이대 교수 · 작곡가

구분	작품명	매체	출처	발표 시기	비고
8	아! 목동아	잡지	『여학생』 5권9호	1969.9	'애창곡으로 본 나의 십대'
9	꽃씨를 뿌린 뜻은	신문	《동아일보》	1969.10.9	
10	어머니의 이미지	신문	《동아일보》	1969.10.30	
11	창의성의 추구	신문	《동아일보》	1969.11.27	
12편	크리스마스 캐롤	신문	《동아일보》	1969.12.20	

비평 1편

구분	작품명	매체	출처	발표 시기	비고
1편	현대음악의 이해	신문	《동아일보》	1969.12.6	

김순희 金順姬

『여원』 신인상 입선작가. '삼대문학' 동인.

수필 3편

구분	작품명	매체	출처	발표 시기	비고
1	여성도 생각하는 갈대가 되고 싶다	잡지	『새벽』 7권4호	1960.4	'여성신인투고'
2	자유의 제단(祭壇)에 꽃잎처럼	잡지	『새벽』 7권5호	1960.5	'특집 문화인의 항변' / 여류수필가
3편	활짝 웃는 해바라기	신문	《영남일보》	1967.6.28	'데뷔 신인릴레이 : 6月에 있었던 사랑 때문에' / 여원신인상 입선작가, 삼대문학 동인

김신자 金信子

1964년 12월, 소설 「요철의 이치」로 제4회 『여상』 여류신인문학상 가작 입선.

소설 1편

구분	작품명	매체	출처	발표 시기	비고
1편	요철(凹凸)의 이치	잡지	『여상』 3권12호	1964.12	'제4회 여상 여류신인문학상 가작 입선작'

김양식金良植

1931년 서울 출생. 호 초이(初荑), 아명 김혜정(金惠晶). 이화여대 영문과 졸업. 1969년 2월, 시 「풀꽃이 되어」·「흑장미 꽃이 지면」으로 『월간문학』 신인 당선.

시 5편

구분	작품명	매체	출처	발표 시기	비고
1	풀꽃이 되어	잡지	『월간문학』 2권2호(통권4호)	1969.2	'신인당선작'
2	흑장미 꽃이 지면	잡지	『월간문학』 2권2호(통권4호)	1969.2	'신인당선작'
3	초봄	잡지	『주부생활』 5권4호	1969.4	
4	오월에	잡지	『여류문학』 2호	1969.5	'신인초대석'
5편	피릿새	잡지	『월간문학』 2권6호(통권8호)	1969.6	

수필 1편

구분	작품명	매체	출처	발표 시기	비고
1편	당선소감	잡지	『월간문학』 2권2호(통권4호)	1969.2	'당선소감'(신인작품당선)

김양아金良雅

1965년 『현대문학』 3월호에 시 「은하수가 나리면」·「항아리」가 추천됨.

시 2편

구분	작품명	매체	출처	발표 시기	비고
1	은하수가 나리면	잡지	『현대문학』 123호	1965.3	'추천'
2편	항아리	잡지	『현대문학』 123호	1965.3	'추천'

김여정金汝貞

1933년 경남 진주 출생. 본명 김정순(金貞順). 성균관대 국문과 졸업. 1968년 『현대문학』에 시 「남해도」와 「실제」(4월)·「편지」(6월)·「화음」·「그 빛」(12월) 등이 추천됨. '청미회'와 '시정신' 동인.

시 13편 + 시 단행본 1권

구분	작품명	매체	출처	발표 시기	비고
1	자아(自我)의 계절	신문	≪경남일보≫	1964.10.23	

구분	작품명	매체	출처	발표 시기	비고
2	남해도(南海島)	잡지	『현대문학』 160호	1968.4	'추천'
3	실제(失題)	잡지	『현대문학』 160호	1968.4	'추천'
4	편지 : 사랑하는 마리아·릴케에게	잡지	『현대문학』 162호	1968.6	'2회 추천'
5	유산(遺産)	잡지	『진주예총』 4집	1968.11	김여정(貞順)
6	그 빛	잡지	『현대문학』 168호	1968.12	'완료 추천'
7	화음	잡지	『현대문학』 168호	1968.12	'완료 추천'
8	새해	잡지	『여원』 15권2호	1969.2	
9	겨울 바다에서	잡지	『현대문학』 173호	1969.5	'시'
10	서라벌 여자여	잡지	『여류문학』 2호	1969.5	
11	꿈을 잡는 아이들	잡지	『진주예총』 5집	1969.11	
12	잔(盞)	잡지	『월간문학』 2권11호(통권13호)	1969.11	
13편	미로(迷路)	잡지	『현대문학』 180호	1969.12	'시'
1권	화음(和音)	단행본	현대문학사	1969	

수필 1편

구분	작품명	매체	출처	발표 시기	비고
1편	파도를 탄 새	잡지	『현대문학』 168호	1968.12	'추천완료소감(시)'

김연식 金蓮植

1938년 서울 출생. 호 수련(睡蓮). 단국대 정외과 졸업. 1960년부터 인천에서 경기문단회원으로 활동. 1977년 시 「한 그루의 나무로」가 『시문학』에 추천됨. 그 후 『현대문학』에 시 「단 한 말씀의 향기」 외 1편(1980년 11월), 「지구촌 위에」 외 2편(1981년 11월)이 추천됨. '세계시', '응시' 동인.

시 5편 + 시 단행본 1권

구분	작품명	매체	출처	발표 시기	비고
1	눈물	신문	≪경기매일신문≫	1964.11.23	
2	에덴의 숲	신문	≪경기매일신문≫	1967.4.13	
3	당신을 위하여	신문	≪인천신문≫	1967.10.21	'세종문화큰잔치 지상작품전 : 시'
4	어머니	신문	≪인천신문≫	1968.3.8	
5편	한가위	신문	≪인천신문≫	1968.10.6	
1권	꽃으로 서서	단행본	박우사	1968	

수필 5편

구분	작품명	매체	출처	발표 시기	비고
1	여름에 생각나는 일들	신문	≪경기매일신문≫	1967.7.11	'수필 : 초하단상(初夏斷想)'
2	어처구니없는 공기(空氣) (상・하)	신문	≪인천신문≫	1967.8.17 −18	
3	「다함께 노래하자」에 부치는 글	신문	≪인천신문≫	1967.9.26	
4	고독의 계절	신문	≪경기매일신문≫	1967.11.4	'가을의 엽신(葉信)'
5편	무엇인가 흐뭇한 공감(共感)을 : 인천 주부크럽 창립총회를 보고(상・하)	신문	≪인천신문≫	1967.12.21 −22	

김연실金然實

1960년 2월, 수필 「수상삼제」로 제5회 『여원』 여류신인상 가작 1석.

수필 2편

구분	작품명	매체	출처	발표 시기	비고
1	수상삼제(隨想三題)	잡지	『여원』 6권2호	1960.2	'제5회 여류신인상 수필 가작 일석'
2편	생활적인 꽃 얘기	잡지	『여원』 6권6호	1960.6	

김영의金永義

1908~1986년. 인천 출생. 이화여전 음악과 졸업. 미국 줄리아드음악학교 이수. 1944년 현제명・김성태 등과 경성음악연구원 창설. 이화여대 예술대 학장 역임.

수필 4편

구분	작품명	매체	출처	발표 시기	비고
1	봄의 호흡	신문	≪경향신문≫	1949.2.13	이대 음악과장
2	외국여성의 정서생활 : 동남아 여성들을 보고 와서	신문	≪동아일보≫	1955.9.24	이대 예술대 학장
3	'피아노'를 칠 새도 없이	신문	≪경향신문≫	1955.12.23	'송년보(送年譜)' / 이화여대 학장
4편	문화발전을 염원	신문	≪경향신문≫	1958.4.16	'경향춘추'

김영자[1] 金永子

　1966년 1월, 동화 「엄마와 선생님」으로 ≪경향신문≫ 신춘문예 당선. 『어깨동무』에 작품 발표. 1977년 동화집 『세상보다 큰 아기』로 12회 소천문학상 수상.

소설 7편

구분	작품명	매체	출처	발표 시기	비고
1	엄마와 선생님	신문	≪경향신문≫	1966.1.12	'신춘문예 당선작'
2	민들레 꽃씨	신문	≪경향신문≫	1966.2.12	
3	옥이가 데려온 인형	신문	≪경향신문≫	1966.5.28	
4	엄마 토끼와 아기 다람쥐	잡지	『어깨동무』 1권3호	1967.3	김영자 / 박근자 그림
5	인형의 이야기	잡지	『어깨동무』 2권4호	1968.4	김영자 / 백영수 그림
6	빨간 조갑지	잡지	『횃불』 1권8호	1969.8	
7편	파아란 들판아 안녕 (총5회)	잡지	『어깨동무』 3권8-12호	1969.8-12	'연재동화' / 백영수 그림

김영자[2] 金英子

　1955년 5월 콩트 「금순이의 선물」을 강소천 추천으로 ≪국제신보≫에 발표. 『아동문학』에 동화 「하얀 코스모스 꽃잎」(1963) · 「달과 가로등」(1964)이 추천됨.

소설(꽁트) 1편 + 동화 7편

구분	작품명	매체	출처	발표 시기	비고
1	금순이의 선물	신문	≪국제신보≫	1955.5.8	'꽁뜨' / 강소천 추천
2	영이와 그림동무	신문	≪연합신문≫	1960.7.9	'동화'
3	옥이와 꽈리	잡지	『새벗』 104호	1960.10	
4	영이와 토끼풀꽃	신문	≪경향신문≫	1960.11.13	'동화' / *조간에 수록
5	하얀 코스모스 꽃잎	잡지	『아동문학』 3호	1963.1	'추천'
6	달과 가로등	잡지	『아동문학』 8호	1964	'추천'
7	아기토끼의 꿈	잡지	『새벗』 169호	1966.8 / 9	
8편	크리스마스 날 밤	신문	≪서울신문≫	1966.12.22	

김영희金寧姬

1936년 경기도 수원 출생. 숙명여대 국문과 졸업. 1961년 『현대문학』에 소설 「우기(雨期)의 문」(1월)·「수평의 서단(西端)」(11월)이 추천됨.

소설 40편 + 소설 단행본 1권

구분	작품명	매체	출처	발표 시기	비고
1	살림살이	잡지	『신문예』(정양사) 2권8호(통권14호)	1959.8 / 9	'전국고등학교학생 응모작'
2	우기(雨期)의 문(門)	잡지	『현대문학』 73호	1961.1	
3	수평(水平)의 서단(西端)	잡지	『현대문학』 83호	1961.11	'추천 완료'
4	고독한 응시	잡지	『현대문학』 87호	1962.3	*소설집 『고독한 축제』(현대문학사, 1968)에 「응시」라는 제목으로 수록
5	환상의 서장(序章)	잡지	『신사조』 1권6호(통권6호)	1962.7	
6	찬란한 슬픔	잡지	『가정생활』 2권8호	1962.8	'단편소설' / 그림 이충근(李忠根)
7	속(續). 우기(雨期)의 문(門)	잡지	『현대문학』 94호	1962.10	
8	데드 마스크	잡지	『자유문학』 7권8호(통권64호)	1962.12	
9	혼선의 선율	잡지	『여상』 1권2호	1962.12	'여류작가 단편소설집 : 단편소설'
10	장송곡	잡지	『현대문학』 101호	1963.5	
11	비가(悲歌)	잡지	『여상』 2권9호	1963.9	'납량단편집'
12	강변에 선 여인	잡지	『소설계』 6권11호(통권63호)	1963.11	'신진작가경작삼인집' / 그림 김성휘(金星輝)
13	부유식물(浮遊植物)	잡지	『신사조』 2권10호(통권21호)	1963.12	'창작'
14	고독한 축제	잡지	『현대문학』 109호	1964.1	
15	외로운 여인	잡지	『명랑』 9권1호(통권95호)	1964.1	'애정소설' / 그림 박행남(朴幸南)
16	출구 없는 무대	잡지	『현대문학』 115호	1964.7	
17	이상기류(異常氣流)	잡지	『문학춘추』 1권7호(통권7호)	1964.10	'1964년 7월'
18	아침해가 떠 와도	잡지	『현대문학』 121호	1965.1	
19	반짝이는 물결 소리	잡지	『현대문학』 126호	1965.6	
20	가인생설(假人生說)	잡지	『현대문학』 132호	1965.12	
21	집념	잡지	『여상』 5권4호	1966.4	
22	집시의 달	잡지	『현대문학』 138호	1966.6	
23	기나긴 피로	잡지	『주부생활』 2권10호	1966.10	'단편소설' / 그림 송방(宋邦)
24	그 빛과 음향 밖	잡지	『현대문학』 144호	1966.12	*단행본 『고독한 축제』(현대문학사, 1968)에 「빛과 음향(音響)」라는 제목으로 수록
25	어떤 하루	잡지	『협동』 25호	1966.10	'창작'
26	겨울꽃	잡지	『새가정』 14권2호	1967.2	
27	흐느낌	잡지	『소설계』 10권3호(통권101호)	1967.3	*작가의 약력이 소개됨
28	열환(熱幻)	잡지	『현대문학』 151호	1967.7	
29	그 겨울과 봄	잡지	『현대문학』 158호	1968.2	

구분	작품명	매체	출처	발표 시기	비고
30	여심(女心)	잡지	『자유의증언』 3권3호	1968.3	'꽁트'
31	공지(空地)	잡지	『현대문학』 163호	1968.7	
32	강처럼, 호수처럼	잡지	『여원』 14권8호	1968.8	
33	윤무(輪舞)	잡지	『여성동아』 11호	1968.9	'단편소설' / 그림 이우경(李友慶)
34	회귀선(回歸線)	잡지	『여류문학』 1호	1968.11	
35	제야의 일기	잡지	『학원』 17권12호	1968.12	'특집, 공동주제 : 제야'
36	원점(原點)	잡지	『월간문학』 2권1호(통권3호)	1969.1	
37	겨울바다	잡지	『현대문학』 170호	1969.2	
38	공지(空地) B	잡지	『세대』 7권3호(통권68호)	1969.3	
39	미로(迷路)의 수목(樹木)	잡지	『폰·코러스』 10호	1969.6	'단편'
40편	자전주기(自轉週期)	잡지	『현대문학』 176호	1969.8	
1권	고독한 축제	단행본	현대문학사	1968	'소설집'

수필 14편

구분	작품명	매체	출처	발표 시기	비고
1	찬란한 슬픔	잡지	『가정생활』 2권8호	1962.8	
2	신진작가들에 의한 킬러 사건의 재심판 : 벗겨진 전통의 가면	잡지	『여상』 2권12호	1963.12	'답(쏨)'
3	크리스머스 씰의 계절에 붙여 : 해피 뉴 이어	잡지	『여상』 3권1호	1964.1	
4	내 고향 겨울의 멋 : 팔달산의 설경(雪景)	잡지	『여상』 3권12호	1964.12	
5	젊은 어머니의 기록 : 행복한 이름 '엄마!'	잡지	『여상』 4권5호	1965.5	
6	남자의 극적 탐구 : 입	잡지	『여상』 4권10호	1965.10	
7	전후(戰後)의 새물결	신문	≪전남일보≫	1966.10.30	
8	회상의 사색노우트 : 사거리 파출소 옆	잡지	『여학생』 3권6호	1967.6	소설가
9	큰 눈 유감	잡지	『학원』 16권7호	1967.7	'시와 수필' / 여류소설가
10	어떤 에피소우드	잡지	『주부생활』 3권9호	1967.9	'특집·나의 첫사랑' / 작가
11	토요 미망기(未亡記)	잡지	『주부생활』 4권5호	1968.5	작가
12	낙산 해수욕장	신문	≪중앙일보≫	1968.8.22	
13	나의 구두쇠 기질 : 절약은 구두쇠가 아니라… 미덕	잡지	『주부생활』 5권6호	1969.6	'특집·구두쇠를 예찬(禮讚)한다' / 여류작가
14편	중노동·박봉 속의 미녀 : 백화점 여점원	잡지	『여원』 15권9호	1969.9	

비평 1편

구분	작품명	매체	출처	발표 시기	비고
1편	의지 굳은 가정주부로서 이정호	잡체	『현대문학』 115호	1964.7	'상호뎃상'

김옥교金玉橋

『현대문학』에 시 「능금나무」(1959년 8월)·「돌풍이 이는 벌」(1961년 8월) 등이 추천됨. 이후 미국으로 이민. 1991년부터≪한국일보≫와 『현대문학』에 수필 발표.

시 3편

구분	작품명	매체	출처	발표 시기	비고
1	능금나무	잡지	『현대문학』 56호	1959.8	'추천'
2	바람 부는 벌	잡지	『시작업』 2집	1960.8.20	
3편	돌풍이 이는 벌	잡지	『현대문학』 80호	1961.8	

김옥길金玉吉

1921~1990년. 평남 맹산 출생. 이화여전 문과 졸업. 미국 유학 후 이화여대 교수 및 총장, 문교부장관 역임.

수필 34편

구분	작품명	매체	출처	발표 시기	비고
1	수옥(秀玉)이 이야기	잡지	『사상계』 77호	1959.12	이화여대 문리대 교수
2	옛날과는 달라졌다 : 교수가 본 요새 여대생	신문	≪동아일보≫	1960.10.15	
3	묵묵히 나할 일만	잡지	『주간새나라』 25호	1962.1.22	'여인백상(女人百想)' / 이대 총장
4	한국의 톨레디 김활란(金活蘭) 론 : 가을 하늘처럼 맑고 깊은 분	잡지	『여상』 1권1호	1962.11	
5	새해의 당부 : 뜻있는 곳에 길 있다 나의 사랑하는 며느리들에게	신문	≪대한일보≫	1963.1.1	
6	참고 기다리는 마음을 갖자	잡지	『새농민』 3권2호(통권16호)	1963.2	'권두의 말'
7	먼 고향의 이슬맞처럼	신문	≪한국일보≫	1963.7.30	
8	팔방미인론	잡지	『신세계』 9호	1963.8	이화여대총장
9	주어진 일에 최선을 다하면	잡지	『학원』 12권9호	1963.9	'명사들의 중학시절'
10	기적은 없다 : 「막사이사이」상 수상식에 다녀와서	잡지	『새농민』 3권11호(통권25호)	1963.11	김옥길, 이화여자대학교 총장
11	대학 진학을 앞둔 재원(才媛)들에게	잡지	『여상』 3권1호	1964.1	
12	끈덕진 부흥에의 집념 : 이스라엘서 열린 첫 세계여성대회에 다녀와서	신문	≪조선일보≫	1964.12.18	'기행'

구분	작품명	매체	출처	발표 시기	비고
13	우리의 과부족시대(過不足時代) : 여성의 힘을	신문	≪한국일보≫	1965.2.4	
14	내 자랑 나의 건강	잡지	『새농민』 5권8호(통권46호)	1965.8	이화여대 대학원장
15	새해의 기원(祈願)	잡지	『여원』 12권1호	1966.1	
16	믿음과 사랑과 소망을 갖자	잡지	『정경연구』 2권4호(통권15호)	1966.4	'상아탑을 나서는 젊은이들에게' : 이화여자대학교 / 총장
17	희망	잡지	『여상』 5권12호	1966.12	
18	미니스커트	신문	≪조선일보≫	1967.4.4	'일사일언(一事一言)'
19	안녕하십니까	신문	≪조선일보≫	1967.4.25	'일사일언'
20	두 가지 소원	신문	≪조선일보≫	1967.5.5	'일사일언'
21	"계속해"	신문	≪조선일보≫	1967.5.9	'일사일언'
22	네잎클로버	신문	≪조선일보≫	1967.5.18	'일사일언'
23	두 가지 소원	신문	≪신한민보≫ 3025호	1967.5.12	'THE NEW KOREA'
24	○○제휴	신문	≪조선일보≫	1967.5.25	'일사일언'
25	한 알의 밀알이	잡지	『여학생』 3권5호	1967.5	'내 가슴에 살아있는 말'
26	엄동(嚴冬)의 동치미국냉면…… 잊을 수 없어	신문	≪서울신문≫	1967.6.24	
27	의무교육에 좀 더 관심을	신문	≪서울신문≫	1967.7.1	
28	평생을 교육 위해 살으시고	잡지	『여상』 6권9호	1967.9	
29	흙의 교훈	잡지	『학원』 16권9호	1967.9	'시와 수필' / 이화여대 총장
30	지도자의 길	잡지	『기러기』 39호	1967.10	'금요 개척자 강좌' / 이화여대 총장 / *제523회 금요개척자 강좌에서 발췌
31	잊을 수 없는 사람들 9 : 열매 보면 누구 생각 안나	신문	≪한국일보≫	1967.11.30	
32	자신에의 약속	신문	≪중앙일보≫	1968.5.28	
33	꽃밭마을	신문	≪대한일보≫	1969.4.1	'어머니페이지'난 / '69년의 발언대' / 이화여자대학교 총장
34편	어머니들에게 보내는 편지	잡지	『가정의 벗』 11호	1969.6	'책머리에'

비평 2편

구분	작품명	매체	출처	발표 시기	비고
1	내가 좋아하는 소설의 주인공 : 『순애보』의 최문선	신문	≪조선일보≫	1963.7.5	
2편	나의 애송시 : 구약(舊約)의 시(詩) 이십삼편	잡지	『여성동아』 23호	1969.9	

김옥수 金玉洙

1944년 서울 출생. 서울대 국문과 졸업. 1969년『사랑하는 갈대』(문화방송 제작·방영한 최초의 일일연속극) 극본을 발표 이후 계속 활동. 1987년「당신은 안개꽃」으로 한국방송대상 극본상 수상.

소설 단행본 1권

구분	작품명	매체	출처	발표 시기	비고
1권	사랑하는 갈대	단행본	대문출판사	1969	'장편소설'

김옥영 金玉英

1952년 경남 김해 출생, 1972년 마산교육대학 졸업, 1973년 시「비 오는 날」외 2편으로『월간문학』신인상 수상.

시 6편

구분	작품명	매체	출처	발표 시기	비고
1	꽃망울	잡지	『학원』15권6호	1966.6	
2	창가에서	잡지	『학원』15권11호	1966.11	
3	창(窓)	잡지	『학원』17권8호	1968.8	
4	흙	잡지	『학원』18권7호	1969.7	
5	새벽에	잡지	『학원』18권9호	1969.9	
6편	비와 우산	잡지	『학원』8권10호	1969.10	

김옥희 金玉姬

작가 이상[李箱, 본명 김해경(金海卿), 1910-1937]의 여동생.

수필 4편

구분	작품명	매체	출처	발표 시기	비고
1	일기초(日記初) : 체루(涕淚)의 의미	신문	≪경향신문≫	1960.12.22	
2	춘풍(春風)에 붙이는 글	신문	≪경향신문≫	1961.4.29	
3	오빠 이상(李箱)	잡지	『현대문학』90호	1962.7	
4편	오라버니 이상(李箱)의 어린 시절	잡지	『여성동아』10호	1968.8	

김용숙金用淑

1923~2003년. 서울 출생. 국문학자. 숙명여대 국문과와 동대학원 졸업. 주로 여성들의 고전작품과 이를 통한 여속(女俗), 조선시대 궁중풍속 연구에 주력.

수필 7편

구분	작품명	매체	출처	발표 시기	비고
1	배 썩은 것 딸 주고 밤 썩은 것 며느리 준다 : 이제는 시어머니가 며느리 노릇?	잡지	『여상』 2권7호	1963.7	'속담을 도마 위에 놓고'
2	궁중용어 경고(敬稿) : 그릇 사용되고 있는 몇 가지 (상-하)	신문	《대한일보》	1963.8.27 / 28	
3	행복은 내 마음속에	잡지	『여상』 3권2호	1964.2	
4	조하서상궁(趙霞棲尙宮)	잡지	『여원』 12권7호	1966.7	
5	세련된 회화(會話), 명랑한 행동	잡지	『여상』 6권8호	1967.8	
6	진이(眞伊)와 비어홀 · 걸	잡지	『자유공론』 25호	1968.8.1	
7편	헤어진다는 것은	잡지	『여성동아』 25호	1969.11	숙대 교수, 국문학

김윤자金潤子

1964년 소설 「어머니와 아들」로 제9회 『여원』 여류신인상 당선.

소설 1편

구분	작품명	매체	출처	발표 시기	비고
1편	어머니와 아들	잡지	『여원』 10권1호	1964.1	'제9회 여원 여류신인상 당선작'

김윤희金閏喜

1939년 경남 진주 출생. 숙명여대 국문과 졸업. 『현대문학』에 시 「신과의 약속」(1962년 6월) · 「살갗 전체로」(1963년 5월) · 「포옹」(1964년 4월)이 추천됨. '여류시' 동인.

시 40편

구분	작품명	매체	출처	발표 시기	비고
1	절연심리(絶緣心理)	신문	《세계일보》	1959.2.25	숙대 국문과1년

구분	작품명	매체	출처	발표 시기	비고
2	신(神)과의 약속	잡지	『현대문학』 90호	1962.6	'추천'
3	태양으로 귀의(歸依)하는 의사(意思)	잡지	『현대문학』 90호	1962.6	
4	비가(悲歌)	잡지	『현대문학』 101호	1963.5	
5	살갗 전체로	잡지	『현대문학』 101호	1963.5	'추천'
6	포옹	잡지	『현대문학』 112호	1964.4	'추천'
7	호의(好意)의 변주(變奏)	잡지	『현대문학』 112호	1964.4	
8	미쓰조	잡지	『여류시』 1집	1964.9.5	
9	실태(失態)	잡지	『여류시』 1집	1964.9.5	
10	미안감 저쪽	잡지	『여상』 3권9호	1964.9	
11	속(續) 비가(悲歌)	잡지	『현대문학』 119호	1964.11	'시'
12	실종(失踪)	잡지	『여류시』 2집	1964.12	
13	연비가(連悲歌)	잡지	『여류시』 2집	1964.12	
14	그날 년후 일시 토요일 특히	잡지	『여류시』 3집	1965.4.5	
15	안부	잡지	『여류시』 3집	1965.4.5	
16	조카와 함께	잡지	『시문학』 4호	1965.7	
17	선인장 귀하	잡지	『여류시』 4집	1965.8.25	
18	장미설(薔薇說)	잡지	『여류시』 4집	1965.8.25	
19	부활	잡지	『현대문학』 128호	1965.8	'시'
20	비애의 과일	잡지	『여원』 11권10호	1965.10	
21	그리움	잡지	『세대』 4권3호(통권32호)	1966.3	'시와 시작 노오트'
22	가장 최근 그때 얻은	잡지	『여류시』 5집	1966.5.25	
23	월동(越冬)의 노래	잡지	『여류시』 5집	1966.5.25	
24	포도주	잡지	『여류시』 5집	1966.5.25	
25	오뉴월 신(神)의 산하(傘下)	잡지	『현대시학』 1권5호	1966.6	
26	그 계절에 그 불손함을 : 수유리에서	잡지	『주부생활』 2권7호	1966.7	
27	기념	잡지	『시문학』 18호	1966.9	'여류시특집'
28	가을에게	잡지	『여상』 5권10호	1966.10	
29	장미	잡지	『문학춘추』 3권7호(통권24호)	1966.12	
30	어머니	잡지	『현대문학』 145호	1967.1	
31	초대	잡지	『주부생활』 3권8호	1967.8	
32	그 여름의 순결	잡지	『동서춘추』 1권7호	1967.11	
33	식사(食事)	잡지	『현대문학』 161호	1968.5	
34	채색(彩色)의 비	잡지	『여원』 14권7호	1968.7	
35	적의(敵意)와 같이	잡지	『현대문학』 164호	1968.8	
36	권태(倦怠)	잡지	『여류문학』 1호	1968.11	
37	봄	신문	《경향신문》	1969.3.24	'생활의 시' / 그림 이봉열

구분	작품명	매체	출처	발표 시기	비고
38	악화(惡化)	잡지	『현대시학』 1호	1969.4	
39	저녁 때	잡지	『여류문학』 2호	1969.5	
40편	어떤 흐린 날	잡지	『월간문학』 2권8호(통권10호)	1969.8	

수필 11편

구분	작품명	매체	출처	발표 시기	비고
1	무잡감(蕪雜感)	잡지	『현대문학』 112호	1964.4	'천료소감'
2	요설(饒舌)	잡지	『여류시』 제1집	1964.9.5	
3	본능	잡지	『세대』 4권3호(통권32호)	1966.3	'시와 시작 노오트 : 시 그리움'
4	당신의 모든 것 이름 속에 있다 (작명)	잡지	『여원』 12권6호	1966.6	
5	겨울 감상(感想)	잡지	『재무』 132호	1966.12	
6	이성(異城)의 손님	잡지	『여상』 6권1호	1967.1	
7	아내의 매력은 남편이 만드는 것을	잡지	『여상』 6권5호	1967.5	
8	잊을 수 없는 날의 정경(情景)	잡지	『여학생』 3권11호	1967.11	'회상의 창가에서 선언하는 초 연기(初戀記)'
9	빛나는 대로(大路)에서	잡지	『여학생』 4권3호	1968.3	'자서적인 송사(送辭)…졸업식이 란 추억을 음미' / 시인
10	서설(瑞雪)의 시(詩)	잡지	『여학생』 5권2호	1969.2	'테마수필 : O, winter' / 여류시인
11편	K의 영혼처럼 코스모스 꽃잎이	잡지	『학원』 18권9호	1969.9	'9월이 오면' / 시인

김은림金恩林

1948년 부산 출생. 본명 김은자(金恩子). 서울대 불문과 및 동대학원 박사 졸업. 1975년 시 「초설(初雪)」로 ≪한국일보≫ 신춘문예 당선. 1981년 평론 「꽃과 황금의 상상력 구조」로 ≪동아일보≫ 신춘문예 당선.

시 2편

구분	작품명	매체	출처	발표 시기	비고
1	뜨개질	신문	≪한국일보≫	1968.10.10	본명 김은자. 부산 출생. 서울대 문리대 불문과 3년 재학
2편	손수건	신문	≪한국일보≫	1968.10.10	'한국여성시단 백일장 장원'

김은송 金銀松

1966년 12월, 시 「과일 그리고……」로 제6회 『여상』 여류신인문학상 당선.

시 1편

구분	작품명	매체	출처	발표 시기	비고
1편	과일 그리고……	잡지	『여상』 5권12호	1966.12	'제6회 여상 여류신인문학상 당선작'

김은조 金銀照

이화여대 국문과 졸업. 이대학보 편집장 역임. 1964년 극본 「살면 다시 만나리」로 '대한라디오협회 주최 10만원 고료 방송극 모집'에 당선.

소설 3편

구분	작품명	매체	출처	발표 시기	비고
1	구슬과 별	잡지	『새벗』 78호	1958.6	
2	아름다운 새날	잡지	『새벗』 96호	1960.1	
3편	아름다운 여름(총61회)	신문	《연합신문》	1960.7.14 -9.24	

김은하

1967년 소설 「풍경의 밖」으로 제6회 『여상』 여류신인문학상 소설부 가작 입선.

소설 1편

구분	작품명	매체	출처	발표 시기	비고
1편	풍경의 밖	잡지	『여상』 6권2호	1967.2	'제6회 여류신인문학상 소설부 가작'

김의정金義貞

1930~1999년. 평남 강서 출생. 프랑스 소르본느대학 졸업. 1961년『인간에의 길』로 ≪경향신문≫ 장편소설 현상모집에 당선. 중대 문예창작과 교수 역임.

소설 37편 + 소설 단행본 2권

구분	작품명	매체	출처	발표 시기	비고
1	인간에의 길 (총180회)	신문	≪경향신문≫	1961.4.25 -10.22	'≪경향신문≫ 주최 600만원고료장편소설현상모집 당선작' / * 단행본(신구문화사, 1962) 출간
2	서울행	잡지	『여원』 7권12호	1961.12	
3	수인(囚人)의 수기	잡지	『새길』 [미상]-89호	[미상] -1962.1	
4	수녀와 소녀	잡지	『신세계』 1권1호(통권1호)	1962.11	
5	할렐루야	잡지	『세대』 2권1호(통권8호)	1964.1	
6	외로운 생존	잡지	『여원』 10권2호	1964.2	
7	덧신	잡지	『새길』 115호	1964.4	
8	메아리	잡지	『문학춘추』 1권4호(통권4호)	1964.7	
9	사랑의 개가(凱歌)	잡지	『사상계』 12권7호(통권136호)	1964.7	
10	돌섬 이야기	잡지	『여상』 3권8호	1964.8	
11	심야(深夜)의 산념(散念)	잡지	『문학춘추』 1권7호(통권7호)	1964.10	
12	음지에 핀 해바라기	잡지	『세대』 2권10호(통권17호)	1964.10	
13	돌아설 수 없는 길	잡지	『문학춘추』 2권2호(통권11호)	1965.2	
14	속죄	잡지	『주부생활』 1권2호	1965.5	'단편소설' / 그림 부석언(夫石言)
15	살인자(총51회)	신문	≪경향신문≫	1965.6.12 -8.13	'연재소설'
16	현대인	잡지	『세대』 3권9호(통권27호)	1965.10	
1권	외로운 생존	단행본	중앙대 출판국	1965	소설집
17	신동(神童) 이야기	잡지	『현대문학』 138호	1966.6	
18	모녀(母女)	잡지	『주부생활』 2권7호	1966.7	'단편소설' / 그림 우경희(禹慶熙)
19	지루한 어느 여름날	잡지	『새길』 135호	1966.7	
20	닥터 한(韓)	잡지	『문학』(문학사) 1권5호(통권5호)	1966.9	
21	딸을 보내던 날	잡지	『재무』 131호	1966.11	
22	생명	잡지	『현대문학』 144호	1966.12	
2권	목소리	단행본	『현대한국신작전집』 1(을유문화사)	1966	'제2회 월탄문학상 수상작'('67)
23	망향(望鄕)	잡지	『여상』 6권1호	1967.1	
24	발아(發芽)의 계절 (총11회)	잡지	『여학생』 3권1호-11호	1967.1-11	'연재소설' / 그림 우경희(禹慶熙)(1-8회), 전성보(全聖輔)(9-11회 최종회)
25	요람(搖籃)을 떠날 때	잡지	『동서춘추』 1권1호	1967.5	

구분	작품명	매체	출처	발표 시기	비고
26	독백	잡지	『신동아』 37호	1967.9	
27	별과 모래의 꿈	잡지	『현대문학』 156호	1967.12	
28	하얀 참새의 꿈	잡지	『여성동아』 6호	1968.4	그림 김웅(金雄)
29	고향	잡지	『현대문학』 168호	1968.12	
30	낙엽	잡지	『세대』 6권12호(통권65호)	1968.12	
31	가교(架橋)	잡지	『경향』	1968	
32	에델바이스의 꿈	잡지	『마드모아젤』 1호	1969.1	*'연재'는 표기되어 있으나 1회만 수록됨.
33	노(老) 음악가와 딸들	잡지	『주부생활』 5권4호	1969.4	'신춘여류단편5인선' / 그림 정준용
34	메리 크리스마스	잡지	『월간문학』 2권4호(통권6호)	1969.4	
35	비둘기의 죽음	잡지	『월간중앙』 15호	1969.6	'단편소설' / 그림 배융(裵隆)
36	잃어버린 천국	잡지	『현대문학』 179호	1969.11	
37편	크리스마스 선물	잡지	『주부생활』 5권12호	1969.12	'사진소설'

수필 21편

구분	작품명	매체	출처	발표 시기	비고
1	당선소감	신문	≪경향신문≫	1961.3.15	
2	육백만환(六百萬圜)짜리	신문	≪경향신문≫	1961.4.28	
3	녹색의 불안	신문	≪경향신문≫	1962.6.14	
4	인간에의 길로 트인 광장	잡지	『여원』 7권6호	1961.6	
5	독신예찬(獨身禮讚)	잡지	『가정생활』 2권10호	1962.10	'특집·결혼에의 길' / 작가·중앙대 강사
6	해후와 이별의 추억	잡지	『여원』 9권2호	1963.2	
7	여정(旅情)	잡지	『여상』 2권3호	1963.3	소설가·중앙대학 교수
8	이야기가 있는 포도주	잡지	『가정생활』 3권9호	1963.9	'생활 속의 수필' / 소설가
9	활동과 속도의 무대	잡지	『사상계』 130호	1964.1	
10	노트르·담의 종소리	신문	≪서울신문≫	1964.8.28	'가을이면 되살아나는… 여정(旅情)' / 여류작가
11	봄과 써커스	잡지	『새길』 123호	1965.4	
12	첫 번째 거짓말	잡지	『여원』 11권4호	1965.4	
13	백마를 타고	신문	≪경향신문≫	1965.12.30	
14	고목(古木)과 눈 소년	잡지	『여상』 5권2호	1966.2	
15	고양이와 눈먼 여인	신문	≪서울신문≫	1966.3.12	'여류의 봄' / 그림 나희균
16	원숭이놀음 말았으면…	신문	≪경향신문≫	1968.1.6	'신춘수상(新春隨想)'
17	보복(報復)	신문	≪경향신문≫	1969.9.8	'어안록(魚眼錄)' / 작가·중앙대 교수
18	존재의 의미	신문	≪경향신문≫	1969.9.20	'어안록'
19	문명의 야만성	신문	≪경향신문≫	1969.10.1	'어안록'
20	짓밟힌 동심(童心)	신문	≪경향신문≫	1969.10.13	'어안록'
21편	가짜 인간	신문	≪경향신문≫	1969.10.25	'어안록'

비평 1편

구분	작품명	매체	출처	발표 시기	비고
1편	내가 영향 받은 작가 : 대 시인 폴 크로델	잡지	『현대문학』 165호	1968.9	

김인숙 金仁淑

서울 출생. 일본 도쿄에서 성장. 결혼 후 중국 연변으로 이주. 해방 후 북쪽으로 귀국했다가 월남. 1955년부터 '청동문학' 동인. 현재 캐나다에 거주. 캐나다문협회원.

시 4편

구분	작품명	매체	출처	발표 시기	비고
1	조가비	잡지	『시작업』 2집	1960.8.20	'여류시8인집'
2	탄생의 날에	잡지	『기독교사상』 8권8호(통권79호)	1964.9	
3	4월이여! 대답하라	잡지	『여상』 4권4호	1965.4	
4편	유월의 하늘아래	신문	《원호신문》	1965.6.15	

김인자 金仁子

1932년 생. 서강대 교수 역임. 현재 한국심리상담연구소 소장.

수필 6편

구분	작품명	매체	출처	발표 시기	비고
1	편지와 인생	잡지	『여원』 5권2호	1959.1	
2	어미 마음	잡지	『여상』 5권1호	1966.1	
3	여선생은 초등교육에 적합한가	잡지	『여원』 14권6호	1968.6	
4	평생 속으로만 운 이모	잡지	『여원』 14권10호	1968.10	
5	소비자와 상인	신문	《서울경제신문》	1969.3.18	'오늘과 내일' / 서강대학 교수
6편	어린이날, 어머니날을 맞는 우리의 마음	잡지	『가정의 벗』 10호	1969.5	서강대학교 교수

김일순金一順

1916년 부산 출생. 호 효청(曉靑). 이화여전 문과 졸업. 1947년 소설 「여기자」를 ≪부인신보≫에 발표하며 등단. 1970년 불가에 귀의.

소설 22편

구분	작품명	매체	출처	발표 시기	비고
1	야우리수류(野雨裡垂柳)	잡지	『여성계』 3권10호	1954.10	'단편 기담'
2	구공탄	잡지	『명랑』 1권1호(통권1호)	1956.1	
3	수로공주(水路公主)의 최후	잡지	『야담』(희망사) 3권2호	1957.2	'선계비련(仙界悲戀)' / 그림 이병주(李丙周)
4	어머니와 가물치	신문	≪평화신문≫	1957.7.25	
5	제삿날 밤	신문	≪평화신문≫	1957.8.1	
6	심향정(沈香亭)의 화연(花宴) : 이태백(李太白)과 양귀비(楊貴妃)	잡지	『주부생활』 2권8호	1958.8	'당조비화(唐朝秘話)'
7	미랑(美郞)과 그의 낭군(郞君)	잡지	『주부생활』 2권9호	1958.9	'송조야화(宋朝野話)' / 그림 김세종(金世鍾)
8	상림원(上林苑)의 황혼(黃昏)	잡지	『주부생활』 2권10호	1958.10	
9	명태조(明太祖)와 현덕부인(賢德夫人)	잡지	『주부생활』 2권11호	1958.11	'여인가화(女人佳話)' / 그림 김세종
10	여황(女皇)의 상심(傷心)	잡지	『주부생활』 2권12호	1958.12	'상고민화(上古民話)' / 그림 김세종
11	한실비화(漢室秘話)(총7회)	잡지	『주부생활』 3권1-7호	1959.1-7	'역사소설'
12	여태후(呂太后)(총6회)	잡지	『주부생활』	1959.3-7	그림 홍성찬(洪性鑽) / *2화 '궁정참화(宮庭慘話)', 3-5화 '한조비화(漢朝秘話)', 6화 '한실비화(漢室秘話)' 수록
13	해명왕자(解明王子)(총4회)	잡지	『주부생활』 4권1-5호	1960.1-5	'역사소설' / 1회 그림 장진순(張瑨順), 2·3회 김세종(金世鍾), 4회 임초당(林草堂)
14	창원(槍原)의 낙조(落照) : 「해명왕자(解明王子)의 개제(改題)	잡지	『주부생활』 4권6호-[미상]	1960.6-[미상]	'역사소설' / 그림 홍성찬(洪性鑽) / *뒷장에 '(계속)'이라고 표기되어 있으나 1회만 수록
15	묘토(墓土)에 부채질하다	잡지	『재무』 55호	1960.7	
16	풍류남아진유랑(風流男兒秦油郞)	잡지	『재무』 57호	1960.9	'중국야화'
17	현덕인(賢德人)의 정성	잡지	『재무』 59호	1960.11	
18	애원(愛怨)은 비취처럼(총14회)	잡지	『여원』 7권3호-8권4호	1961.3-1962.4	
19	만명부인	잡지	『새가정』 9권1호	1962.1	
20	황조의 노래(총16회)	잡지	『새가정』 9권2호-10권8호	1962.2-1963.8/9	'역사소설' / 그림 이순재(李舜在)
21	여태후(呂太后)는 여걸일까(총9회)	잡지	『새길』 91-99호	1962.3-12	
22편	왕자 욱(郁)의 슬픔	잡지	『소설계』 7권9호(통권73호)	1964.11	'이조 왕궁에서 취재한 역사소설'

수필 31편

구분	작품명	매체	출처	발표 시기	비고
1	비	잡지	『카톨릭청년』 5권6호(통권49호)	1947.9	
2	이화(梨花)와 신촌(新村) : 학창을 회고하며…	잡지	『여성계』 1권3호-미상	1952.11 -[미상]	
3	들오우……	신문	≪연합신문≫	1953.1.21	'여류수필'
4	시종여일	잡지	『수험생』	1953.4	
5	춘수만사택(春水滿四澤)	잡지	『현대여성』 2권5호	1954.5	
6	명창(名唱) 김소희(金素姬)의 걸어온 길 : 노래의 여왕!! 예도정진(藝道精進) 이십오년기(記)	잡지	『여성계』 3권7/8호	1954.7/8	*'미완(未完)' 작품
7	서울의 봄	잡지	『여성계』 4권4호	1955.4	문필가
8	최대한의 범칙(犯則)	신문	≪중앙일보≫	1955.10.29	세의대부속간호고등학 교장
9	설야산책(雪夜散策)	신문	≪평화신문≫	1956.3.21	
10	'탈피(脫皮)'가 부러워	신문	≪중앙일보≫	1956.4.16	'여성수필'
11	빽	신문	≪평화신문≫	1956.6.8	
12	초하(初夏)의 설악산	신문	≪조선일보≫	1956.7.3	
13	개구리 소리	신문	≪연합신문≫	1956.8.10	
14	파초공자(芭蕉公子)	잡지	『현대문학』 22호	1956.10	
15	기차에 따르는……	잡지	『교통』 4권1호(통권25호)	1957.1	'수필' / 여류수필가
16	어린 시절을	잡지	『문학예술』 4권3호(통권24호)	1957.4	
17	비 내리는 날	신문	≪조선일보≫	1957.7.8	'성하(盛夏)수필'
18	자식을 데리고 재혼한 주부의 입장	잡지	『주부생활』 1권7호	1957.7	'특집·고민하는 한국의 가족제도'
19	즐거운 등산 : 여름 한 때를 산에서	신문	≪조선일보≫	1957.8.1	
20	주부와 독서 : 먼저 계획이 필요하다	신문	≪조선일보≫	1957.9.5	
21	여운(餘韻)	잡지	『문학예술』 4권8호(통권29호)	1957.9	
22	복동이와 등의자(藤椅子)	신문	≪연합신문≫	1958.1.22	
23	허물어져 가는 성벽	신문	≪조선일보≫	1958.5.8	
24	혼자 남은 잠자리	신문	≪조선일보≫	1958.10.16	
25	달붓골	신문	≪국제신보≫	1960.11.9	수필가 / *『가정생활』 1권7호(1961.7)에도 수록
26	추풍령 너머 감천(甘川)의 벽수(碧水) : 내고향이야기	잡지	『여원』 8권10호	1962.10	
27	40대 : 간판 바로읽기 공부부터	잡지	『여상』 3권1호	1964.1	
28	독선(獨善)의 인력(引力) 가면(假面)의 매력 : 시대성을 초월하여	잡지	『여상』 3권6호	1964.6	'특집 : 남성들은 이 현실을 책임져라' / 여류작가
29	요리솜씨	잡지	『여상』 5권12호	1966.12	

구분	작품명	매체	출처	발표 시기	비고
30	TV와 냉장고를 갖춰야한다는 데 대하여	잡지	『여원』 13권1호	1967.1	
31편	하나의 오십년사	잡지	『여류문학』 2호	1969.5	

비평 1편

구분	작품명	매체	출처	발표 시기	비고
1편	문단의 여성군(女性群)	잡지	『협동』 36호	1952.9	

김일엽金一葉

1896~1971년. 본명 김원주(金元周). 평남 용강 출생. 이화학당과 일본 닛신학교[日新學校]에서 수학. 1920년 『신여자』 3월호에 소설 「계시(啓示)」, 4월호에 「어느 소녀의 사(死)」를 발표. 1921년 『신민공론』의 편집동인. 자유연애, 여성의 자유를 추구하며 지위향상운동 추진. 충남 수덕사에서 수도생활을 함.

수필 11편 + 수기 1편

구분	작품명	매체	출처	발표 시기	비고
1	애증(愛憎)의 경애(境涯)를 벗어나	잡지	『희망』 5권5호	1955.5	
2	모르는 소녀에게	신문	≪서울신문≫	1955.7.28	
3	허영숙(許英肅) 여사에게 보내는 생활백서	잡지	『희망』 5권9호	1955.9	'서신공개(書信公開)'
4	최(崔南善)선생님께 : 믿는 마음과 내 마음이 한마음입니다 (상·중·하)	신문	≪서울신문≫	1956.2.6-8	
5	불사른 청춘에 회한은 없다	잡지	『미의생활』 3호	1962.10	
6	청춘을 불사르며	신문	≪경향신문≫	1963.7.6	
7	기독인의 자유 단상	잡지	『문장가』 1권3호	1964.12.25	
8	여행낙수기	잡지	『문장가』 1권5호	1965.12	
9	춘산관법(春山灌法)	신문	≪경향신문≫	1966.3.7	
10	잘 사는 자원	잡지	『여상』 5권5호	1966.5	
11	나를 찾는 여로(旅路)	잡지	『주부생활』 3권3호	1967.3	'명사수기(名士手記)'
12편	수덕사(修德寺) 30년	신문	≪한국일보≫	1967.11.8	

김자림金玆林

1926년 평양 출생. 평양사범학교 졸업. 1965년부터 여인극장 대표. 1959년 희곡「돌개바람」으로 ≪조선일보≫ 신춘문예, 1961년 희곡「유산」으로 ≪조선일보≫ 신춘문예 당선.

소설 2편

구분	작품명	매체	출처	발표 시기	비고
1	화조(火鳥)	잡지	『주부생활』 4권5호	1968.5	'사진소설'
2편	어떻게 할까 : 사랑의 구름다리	잡지	『학원』 15권3호	1966.3	

수필 62편

구분	작품명	매체	출처	발표 시기	비고
1	월남여인(越南女人)의 수기	잡지	『현대공론』 2권1호	1954.2	
2	신혼일기 : 나의 가정일기(家庭日記) 중에서	잡지	『현대여성』 2권5호	1954.5	시인 양명문(陽明文) 씨 부인
3	춘풍화기(春風和氣)	신문	≪조선일보≫	1955.2.26	
4	남편이라기보다 선생님	잡지	『희망』 6권2호	1956.2	'부부호평(夫婦互評) : 나의 아내·남편을 말함'
5	우리들의 신혼여행기 : 경주로 단둘이	잡지	『여성계』 6권4호(통권93호)	1957.6	양명문(楊明文)씨 부인
6	올캐에게 부치는 제언(提言)	잡지	『주부생활』 1권7호	1957.7	'특집 : 고민하는 한국의 가족제도' / 수필가
7	우체통	잡지	『문학예술』 4권8호(통권29호)	1957.9	
8	주부와 영화감상	신문	≪한국일보≫	1957.10.20	'가정' / 수필가
9	어린이에게 꿈을, 그들의 거칠은 마음을 바로 보면서	신문	≪조선일보≫	1957.10.31	
10	어린것들과 더불어	잡지	『심우』 4권10호	1957.10	방송작가
11	낙엽 속에서	신문	≪국제신보≫	1957.11.5	'낙엽 질 무렵' / 여성수필가
12	나와 남편 : 때로는 스승 때로는 애인	잡지	『주부생활』 1권11호	1957.11	여류작가
13	어린이에게 꿈을 주라 : 그들의 거칠은 마음을 바라보면서	잡지	『가정교육』 3호	1957.11	방송작가
14	무술년 여화(餘話)	신문	≪조선일보≫	1958.1.9	
15	과음하는 남편의 조종(操縱) : 먼저 그 원인을 찾아 시정(是正)의 방향으로	잡지	『여성계』 7권1호(통권95호)	1958.1	'단락한 부부생활을 위하여' / 여류수필가
16	권태기여성의 생리와 심리 : 자신의 구출은 자신의 힘뿐이다	잡지	『여성계』 7권6호(통권100호)	1958.6	'특집 : 서로 모르는 장미빛 세계, 남편이 모르는 아내의 세계' / 여류수필가
17	어머니가 된다는 것, 산실(産室)에서	신문	≪조선일보≫	1958.9.11	

구분	작품명	매체	출처	발표 시기	비고
18	빈틈없는 생활 설계도 : 가을 주부수첩에서	신문	≪조선일보≫	1958.10.23	
19	주먹구구	잡지	『자유문학』 3권11호(통권20호)	1958.11	
20	하숙 셋방에서 새집을 마련하기까지	잡지	『주부생활』 3권1호	1959.1	'특집'
21	감각의 계절	신문	≪국제신보≫	1959.3.9	'봄맞이 여류수필' / 작가
22	초부득삼(初不得三)의 기쁨	신문	≪조선일보≫	1961.1.10	
23	가정이란 간판의 사무실	잡지	『가정생활』 1권4호	1961.4	'가정생활에의 제언(提言)'
24	거울속의 나	잡지	『가정생활』 3권3호	1963.3	'생활 속의 수필' / 극작가
25	내가 좋아하는 옷차림 : 남성에게, 지적 매력 풍겨야	신문	≪조선일보≫	1963.4.11	
26	당선할 그 무렵(문학편 : 희곡 : 로고스의 포도송이	잡지	『여상』 2권4호	1963.4	≪조선일보≫ 신춘문예 희곡 당선작가
27	비누와 인생	잡지	『공군』 74호	1963.5	수필가
28	현실에의 탈출	잡지	『신세계』 13호	1963.12	
29	30대 : 1964년을 애껴쓰자	잡지	『여상』 3권1호	1964.1	
30	누룩의 발효, 비취빛 신비	잡지	『여상』 3권2호	1964.2	
31	원맨 쑈오	잡지	『여원』 10권7호	1964.7	
32	압력단체로서의 여성단체 제창론(提唱論)	잡지	『여상』 3권9호	1964.9	
33	들어라 일본인들아! 한국여성의 소리를 : 파시즘 망령을 먼저 청산하고	잡지	『여상』 4권5호	1965.5	
34	절망을 뛰어 넘어	잡지	『주부생활』 1권9호	1965.12	'실직한 남편들에게 드리는 편지' / 극작가
35	내가 회상하는 남학생 마음 : 사랑의 시선(視線)	잡지	『여학생』 2권2호	1966.2	극작가
36	한 여인(女人)의 귀여운 고아(孤兒)가 되라	잡지	『주부생활』 2권10호	1966.10	'제일특집 / 남편연구 : 남편에 대한 불만' / 극작가
37	돈 : 칠층빌딩의 여주인이라면	잡지	『여상』 5권11호	1966.11	
38	조슬기(蚤虱記)	잡지	『문학』(문학사) 1권7호(통권7호)	1966.11	극작가
39	월요병에 걸리지 말라	잡지	『여원』 13권3호	1967.3	
40	게으름과 불운을 가릴 줄 알라	잡지	『여상』 6권5호	1967.5	
41	대통령부인에게 보내는 편지 : 사회정화를 위해, 내조의 힘 쏟기를	신문	≪대한일보≫	1967.7.1	'어머니페이지' / 작가
42	원 세상에 이런 일이, 유괴 춘우의 죽음 앞에	신문	≪조선일보≫	1967.8.6	
43	추억의 해빈(海濱) : 덕적도(德積島)	잡지	『주부생활』 3권8호	1967.8	'특집 · 잊지 못할 피서지'
44	우리집 별식(別食) : 풋콩비지	신문	≪한국일보≫	1967.9.14	

구분	작품명	매체	출처	발표 시기	비고
45	만용(蠻勇)이 아닌 진실의 불꽃	잡지	『여상』 7권2호	1968.2	
46	포도주 한잔 더 드세요	잡지	『주부생활』 4권2호	1968.2	'청실홍실' / 극작가
47	눈물 부재(不在)	잡지	『여원』 14권3호	1968.3	
48	비정(非情)의 순간	잡지	『여학생』 4권3호	1968.3	'자서적 답사(答辭)…졸업식이란 추억을 음미' / 극작가
49	몬도가네의 여주인공들	잡지	『세대』 6권6호(통권59호)	1968.6	극작가
50	산촌에서 만났던 소년	잡지	『여학생』 4권6호	1968.6	'특집 : 바람에 바람에 청산별곡!' / 극작가
51	육체의 양심	신문	《중앙일보》	1968.9.7	
52	리차드 버튼 : 화려한 격정과 냉철한 지성(知性)	잡지	『여성동아』 12호	1968.10	'영화에서 본 현대남성의 매력' / 극작가
53	성녀 마리아와 처녀의 진실성	잡지	『여학생』 4권12호	1968.12	'특집 : 십대를 치루는 성야(聖夜)' / 극작가
54	사랑의 의미	잡지	『폰·코러스』 8호	1969.1	
55	나는 이런 십대였지요	잡지	『여학생』 5권2호	1969.2	'부부 고백적 청춘론 : 수정알같이 맑고 깨끗한 사랑으로' / 극작가
56	부족된 것을 채워가는 속에서……	잡지	『주부생활』 5권2호	1969.2	'남편을 애처가로 만드는 아내의 기교' / 극작가
57	11대 3	잡지	『가정의 벗』 7호	1969.2	극작가
58	밀화부리	잡지	『여류문학』 2호	1969.5	
59	침묵의 뜻을 알고 있기에 : 존경 하옵는 선생님께	잡지	『학원』 18권6호	1969.6	'내가 간직하고 있는 사랑의 편지' / 극작가
60	다방 '미스터 곰'	신문	《매일경제신문》	1969.10.8	
61	아이의 사춘기	잡지	『월간문학』 2권10호(통권12호)	1969.10	극작가
62편	군것질	잡지	『여학생』 5권11호	1969.11	'지정제 수필 : 여학생의 버릇' / 극작가

희곡 13편

구분	작품명	매체	출처	발표 시기	비고
1	돌아온 아들	잡지	『여성계』 4권1호	1955.1	
2	돌개바람(총4회)	신문	《조선일보》	1959.1.5~8	신춘문예 가작 [창작극회 상연 : 1960]
3	태양의 아들	잡지	『새교실』 4권9호(통권39호, 5-6학년용)	1959.9	'동극'
4	위대한 유산(遺産)	신문	《조선일보》	1960.1.3	신춘문예 경합작[당시 신문기사에 수록됨]
5	나비의 꿈	잡지	『새교실』 5권2호(통권44호, 5-6학년용)	1960.2	'동극(전1막)'
6	산토끼	잡지	『새교실』 5권7호(통권49호, 1-2학년용)	1960.7	'동극(단막)'
7	인공낙원(人工樂園)	미상	미상	1960	'《서울신문》국립극단공모입선'

구분	작품명	매체	출처	발표 시기	비고
8	유산(遺産) (총7회)	신문	《조선일보》	1961.1.5 -13	'신춘문예당선('61) / 신인작품상 수상' / *경희동인극회 상연 후, 『현역작가소인극17선』(성문각, 1962) 수록, 경희동인극회·탈극회 상연
9	동물병원	잡지	『아동문학』 4호	1963.3	동극
10	이민선(移民船) (총3회)	잡지	『문학춘추』 2권8호-3권2호(통권17-19호)	1965.12 -1966.2	*국립극단 제14회 정기공연(1965) / 『장막희곡7인선』(성문각, 1967) 수록
11	동거인(同居人)	미상	미상	1967	*《조선일보》영화연극상희곡상('69) / 펜클럽작가기금지원. 문공부 하계선작 / 극단 광장 상연(1969)
12	신(神)들의 결혼 : 아닌 나루의 해낭(海浪) (전1막)	잡지	『여류문학』 1호	1968.11	*국립극단 제14회 정기공연(1968)
13편	장닭 출세하다	잡지	『학원』 18권1호	1969.1	'신년특집 지상 카아니발 : 단막극'

김재희 金在姬

《경향신문》 문화부 기자, 《중앙일보》 및 『월간중앙』 기자 역임.

수필 11편

구분	작품명	매체	출처	발표 시기	비고
1	분수에 맞게 사는 교훈을 남기자	잡지	『여상』 3권3호	1964.3	
2	남편은 가정일을 얼마나 돕나? : 아내의 요청	잡지	『여상』 4권12호	1965.12	
3	직장권태증	잡지	『여원』 12권6호	1966.6	
4	물건을 살 때 그 에티켓	잡지	『여상』 5권10호	1966.10	
5	아이는 아버지 소유라는 생각	잡지	『여원』 13권3호	1967.3	
6	살림의 주도권을 갖자	잡지	『여상』 6권4호	1967.4	
7	생활의 길몽(吉夢)	잡지	『자유공론』 10호	1967.5.1	
8	백만장자와 「파멜라」	잡지	『세대』 5권12호(통권53호)	1967.12	경향신문 문화부
9	소위(所謂) 「생각하는 사람」	잡지	『주부생활』 4권4호	1968.4	중앙일보 기자
10	명시(名詩)의 고향 : 고향은 찾아 무얼 하리	잡지	『월간중앙』 2호	1968.5	월간중앙부 기자
11편	산(山)과 바다의 추억 : P섬의 풍경(風景)	잡지	『여학생』 4권8호	1968.8	중앙일보 기자

김정숙[1] 金正淑

1933년 전남 목포 출생. 목포 항도여고 졸업 후 교편생활. 『현대문학』에 1958년 3월 시 「문」, 1959년 7월 「만월」과 「거울 앞에서」, 1961년 7월 「장미」 등이 추천됨. '청마문학회' 회원.

시 54편

구분	작품명	매체	출처	발표 시기	비고
1	문(門)	잡지	『현대문학』 39호	1958.3	'추천'
2	거울 앞에서	잡지	『현대문학』 55호	1959.7	'추천'
3	만월(滿月)	잡지	『현대문학』 55호	1959.7	'추천'
4	해바라기	잡지	『신문예』 2권8호(통권14호)	1959.8 / 9	
5	산	잡지	『목포문학』 1호	1960.3	
6	장미	잡지	『현대문학』 79호	1961.7	'추천'
7	눈물	잡지	『현대문학』 87호	1962.3	'여류신인시특집'
8	낙화(落花)	잡지	『현대문학』 94호	1962.10	
9	꽃	잡지	『여상』 2권3호	1963.3	
10	봄의 신화	잡지	『여원』 9권4호	1963.4	
11	길	잡지	『보건세계』 10권5호(통권89호)	1963.5	
12	동방의 아침	잡지	『현대문학』 105호	1963.9	
13	새싹	잡지	『현대문학』 105호	1963.9	
14	숲 속의 요정처럼 : 은하(銀河)의 밤에	잡지	『시단』 3집	1963.9	'시단Ⅲ : 여류시선'
15	꽃뱀	잡지	『가정생활』 4권3호	1964.3	'신춘여류시단'
16	피안(彼岸) : 반야심경(般若心經)에서	잡지	『시단』 4집	1964.3	
17	이별	잡지	『한양』 3권5호(통권27호)	1964.5	
18	부활하는 음오월(陰五月)	신문	《서울신문》	1964.6.20	'금주의 시단'
19	여울목의 청정한 옷소매	잡지	『현대문학』 118호	1964.10	
20	고독	신문	《전남일보》	1964.11.6	
21	보선	잡지	『한양』 3권11호(통권33호)	1964.11	
22	난류(暖流)	신문	《한국일보》	1965.1.31	
23	비취빛 얼	잡지	『한양』 4권1호(통권35호)	1965.1	
24	향수(鄕愁)	잡지	『한양』 4권1호(통권35호)	1965.1	
25	달과 가야금	잡지	『한양』 4권9호(통권43호)	1965.9	
26	포도(葡萄)	잡지	『한양』 4권9호(통권43호)	1965.9	
27	추일(秋日)	잡지	『한양』 4권12호(통권46호)	1965.12	
28	가을비	잡지	『현대문학』 134호	1966.2	
29	서설(瑞雪)	잡지	『현대문학』 134호	1966.2	
30	눈동자	잡지	『여원』 12권6호	1966.6	
31	보금자리	잡지	『한양』 5권6호(통권52호)	1966.6	

구분	작품명	매체	출처	발표 시기	비고
32	가을 연가(戀歌)	잡지	『주부생활』 2권9호	1966.9	
33	구슬	잡지	『시문학』 18호	1966.9	'여류시 특집'
34	뜨락	잡지	『여상』 5권9호	1966.9	
35	봉선화	잡지	『새가정』 13권8호	1966.9	
36	강강수월래	잡지	『한양』 5권11호(통권57호)	1966.11	
37	잡초	잡지	『한양』 5권11호(통권57호)	1966.11	
38	눈보라	잡지	『한양』 6권2호(통권60호)	1967.2	
39	당신의 축수(祝手)하신 정원(庭園)에	잡지	『새생명』 7권2호(통권66호)	1967.2	
40	고궁의 낙화(落花) 앞에서	잡지	『한양』 6권6호(통권64호)	1967.6	
41	한강풍경	잡지	『한양』 6권6호(통권64호)	1967.6	
42	신록의 풀숲에서	잡지	『한양』 6권7호(통권65호)	1967.7	
43	비둘기	잡지	『한양』 6권11호(통권69호)	1967.11	
44	서울의 봄	잡지	『현대문학』 158호	1968.2	
45	설중매	잡지	『현대문학』 158호	1968.2	
46	파도	잡지	『한양』 7권5호(통권75호)	1968.5	
47	그 산의 냇가에	잡지	『여류문학』 1호	1968.11	
48	나의 선원들 귀하(貴下)	신문	≪조선일보≫	1968.12.31	'제10회 생활문예상 당선작'
49	꽃과 사랑	잡지	『여류문학』 2호	1969.5	
50	모성(母性)	잡지	『월간문학』 2권11호(통권13호)	1969.11	
51	강강술래	잡지	『현대시학』 9호	1969.12	
52	개나리	잡지	『현대시학』 9호	1969.12	
53	능금	잡지	『현대문학』 180호	1969.12	
54편	동짓달	잡지	『현대문학』 180호	1969.12	

수필 8편

구분	작품명	매체	출처	발표 시기	비고
1	입대(入隊)하는 아들에게	신문	≪평화신문≫	1956.11.26	
2	아름다운 추억	잡지	『문학예술』 4권8호(통권29호)	1957.9	
3	4월의 창변	잡지	『현대문학』 79호	1961.7	'천료소감'
4	두견(杜鵑)새 울던 봄은 가고(총12회)	잡지	『보건세계』 11권1호-12권2호(통권98-110호)	1964.2 -1965.3	'투병기(鬪病記)'
5	내 고향 자랑 : 서정(抒情)의 도항(渡港)·목포(木浦)	잡지	『한양』 3권6호(통권28호)	1964.6	
6	나의 습작시대 회상기 : 병을 이긴 시상의 희열	잡지	『여상』 3권10호	1964.10	
7	산과 바다의 추억 / 시인(詩人)과 파랑새	잡지	『여학생』 4권8호	1968.8	시인
8편	객혈에 묻어나온 내 영혼의 시구(詩句)들	잡지	『주부생활』 5권2호	1969.2	'여류시인의 투병기' / 여류시인

김정숙[2] 金貞淑

1949년 전남 여수 출생. 필명 김정수(金貞洙). 경희대 국문과 졸업. 1969년 소설 「우수(雨秀)」로 제13회 『여원』 여류신인문학상 당선. 1979년 동화 「날개달린 아가」로 ≪동아일보≫ 신춘문예에 가작 입선[김숙(金淑)이란 이름으로 응모]. 1979년 MBC 드라마공모에 「제3교실 : 구석진 자리」 당선으로 방송작가 데뷔.

소설 1편

구분	작품명	매체	출처	발표 시기	비고
1편	우이(雨李)	잡지	『여원』 15권1호	1969.1	'제13회 여원 여류신인문학상 당선작'

김정숙[3] 金貞淑

1917~1991년. 서울 출생. 숙명여전 가사과 수학 후 홍익대 조각과 1회 졸업. 미국 유학 후 홍익대 미대 교수. 한국 최초의 여성 조각가.

수필 37편

구분	작품명	매체	출처	발표 시기	비고
1	유학길에 오르며	신문	≪중앙일보≫	1955.3.18	
2	말과 행동(行動)이 일치되는 사람 : 남편(男便)을 택(擇)한 점(點)·기일(其一)	잡지	『여성계』 4권4호	1955.4	이대 교수 김은우씨 부인
3	사랑하는 나의 '어-니'	잡지	『여성계』 5권3호	1956.4	'1953년 2월 13일 기(記)'
4	'아트리에'라도	신문	≪서울신문≫	1957.1.8	'새해의 설계' / 여류조각가
5	중고교 통합의 찬론(贊論) : 학부형의 입장에서	신문	≪경향신문≫	1957.3.31	여류조각가
6	뉴-욕이야기	잡지	『여원』 3권7호	1957.7	
7	나와 남편 : 폭군 아닌 군주의 순진성	잡지	『주부생활』 1권11호	1957.11	여류조각가
8	십자매	잡지	『여원』 4권5호	1958.5	
9	매력 있는 필수품	잡지	『여원』 4권10호	1958.10	
10	미국 현대조각의 경향(傾向)	신문	≪한국일보≫	1960.1.26	
11	미국의 동상견문(銅像見聞) : 산사람 동상(銅像) 공적 입장에서 세운것 못보았다	신문	≪민국일보≫	1960.8.4	조각가
12	예술과 표절	잡지	『주간새나라』 28호	1962.2.12	'여인백상(女人百想)'
13	예술의 비애	잡지	『사상계』 107호	1962.5	홍대 조각과교수
14	작품을 만드는 마음과 애정	잡지	『사상계』 116호	1963.1	홍대 조교수

구분	작품명	매체	출처	발표 시기	비고
15	꽃	잡지	『여상』 2권3호	1963.3	
16	추석의 노래 : 소녀와 빔	신문	≪한국일보≫	1963.10.2	
17	고(故) 방종현(方鍾鉉) 선생과 마아틴 교수	잡지	『여상』 3권2호	1964.2	
18	부르델의 마로니에 밟으며	신문	≪서울신문≫	1964.10.15	'가을이면 되살아나는 여정(旅情)' / 조각가
19	작품을 만드는 시간	잡지	『여원』 10권10호	1964.10	
20	여성과 예술	잡지	『새길』 123호	1965.4	
21	주부와 생활미술	잡지	『주부생활』 1권4호	1965.7	홍익대 조각 과장
22	돌과 나	잡지	『여원』 12권1호	1966.1	
23	조춘(早春)	잡지	『새길』 133호	1966.5	
24	오늘의 '나'를 만든 그이	잡지	『여상』 6권2호	1967.2	
25	화가와 모델 : 대자연의 아름다움	잡지	『동화그라프』 4월호	1967.4	홍대 조각과장
26	'아름답게 산다'는 사상(思想)을 가지라	잡지	『여상』 6권5호	1967.5	
27	더위를 엔조이 한다	잡지	『세대』 5권8호(통권9호)	1967.8	조각가
28	상파울루 비에날레	잡지	『여원』 14권2호	1968.2	
29	끝없는 탐구심과 정열	잡지	『주부생활』 4권3호	1968.3	'청실홍실' / 조각가
30	젊은 날의 수상(隨想) : 기회를 잡는 무한한 노력으로	잡지	『여학생』 4권3호	1968.3	'나의 입지(立志)' / 조각가
31	처녀암(處女岩)과 아뜨리에	신문	≪매일경제신문≫	1968.5.7	
32	두살박이 예술과 할머니의 예술	신문	≪경향신문≫	1968.7.29	'생활(生活)의 기쁨'(2) / 금동양(琴東孃) / 홍대 조각과장
33	나의 금동자(金童子)	잡지	『새길』 153호	1968.7 / 8	
34	억울한 오해(誤解)	잡지	『아세아』 1권3호	1969.4	'여성주변' / 홍익대학 조각과장
35	여유가 없어서	잡지	『정경연구』 5권6호(통권53호)	1969.6	
36	청첩장은 고지서, 답례품은 영수증	잡지	『여원』 15권6호	1969.6	
37편	이 해도 저물건만	잡지	『주부생활』 5권12호	1969.12	'새해를 기다리는 마음들'

비평 2편

구분	작품명	매체	출처	발표 시기	비고
1	미국의 현대조각 : 작가와 그들의 작품세계(총5회)	신문	≪경향신문≫	1956.11.9–11, 13–14	
2편	조각에 대한 소론	잡지	『학생예술』 2호	1960.3	

김정옥金貞玉

1913~2004년. 이화여전 문과와 동 대학원 졸업. 이화여대 교수 및 동구학원 이사장 역임.

수필 8편

구분	작품명	매체	출처	발표 시기	비고
1	꿈과 시(詩)의 세계만이	잡지	『여성계』 5권10호	1956.10	'여대생시절 회상' / 이대 교수
2	영화 「말띠 여대생」에 여대생은 없다	잡지	『여상』 3권3호	1964.3	
3	합창(合唱)	잡지	『여원』 10권3호	1964.3	
4	생각나는 토성벌판	잡지	『학원』 13권4호	1964.4	'명사수필 : 4월과 나의 비밀' / 이대 학생처장
5	자녀에 대한 애정의 태도	잡지	『새길』 117호	1964.7 / 8	
6	파티의 에치켓	잡지	『여상』 4권1호	1965.1	
7	매몰찬 엄마의 표정	잡지	『주부생활』 2권6호	1966.6	'수필 : 공동제(共同題) / 사치(奢侈)' / 이대 학생처장
8편	나의 사춘기 : 이름 없는 계절	잡지	『학원』 18권5호	1969.5	

김정자[1]金貞子

경북 출신. 청구대 졸업. 1963년 6월 제1회 여류신인문학상 시부에 시 「나의 정원에 바람」 가작 2석. 1967년 시조 「항아리」와 「낙일」로 ≪매일신문≫ 신춘문예 당선. 대구에서 교사로 근무.

시 11편

구분	작품명	매체	출처	발표 시기	비고
1	나의 정원(庭園)에 바람	잡지	『여상』 2권6호	1963.6	'제1회 여류신인문학상 시부 가작 2석' / 청구대 출신
2	가로수	잡지	『시조문학』 9집	1964.7	
3	꽃	잡지	『시조문학』 10집	1964.11	'시조'
4	가을・나무	잡지	『시조문학』 11집	1965.5	'경북특집'
5	낙일(落日)	신문	≪매일신문≫	1967.1.12	'본사 신춘문예 시조 당선작'
6	항아리	신문	≪매일신문≫	1967.1.12	'본사 신춘문예 시조 당선작'
7	숲	신문	≪매일신문≫	1967.4.25	'매일시원 : 시조'
8	나목(裸木)	잡지	『낙강』 1집	1967.12	
9	바람	잡지	『낙강』 1집	1967.12	
10	가을에 서서	잡지	『낙강』 3집	1969.11	'여류신인특집' / 68년 매일신문 당선
11편	설야(雪夜)	잡지	『낙강』 3집	1969.11	'여류신인특집' / 68년 매일신문 당선

수필 10편

구분	작품명	매체	출처	발표 시기	비고
1	기다리는 여인 : 김영수(金永壽)씨 그림에 부처	잡지	『여상』 2권2호	1963.2	'겨울에 그리는 남녀의 상(像)'
2	불안한 기쁨	잡지	『여상』 2권6호	1963.6	'여상 여류신인문학상 입선 : 시 입선소감'
3	좀더 이해의 눈길을	잡지	『여상』 3권2호	1964.2	
4	B·G의 에치컬	신문	《삼남일보》	1964.5.6	
5	청자빛 희망 속에서	잡지	『여상』 3권12호	1964.12	
6	가정학원입학과 신문구독	잡지	『여원』 11권1호	1965.1	
7	자아(自我)의 성(城)	신문	《경남일보》	1966.10.6	
8	알뜰한 격려와 채찍을	신문	《매일신문》	1967.1.6	'매일신문 신춘문예 시조 당선 소감'
9	신진(新進)의 변(辯)	신문	《매일신문》	1967.5.17	'나의 문학수업기' ①/ 시조…김정자/ 매일신문 67년도 춘(春)시조 당선
10편	잃어버린 이야기	신문	《매일신문》	1967.7.26	'본지 신춘문예 당선작가 성하수필(盛夏隨筆)릴레이'/ 67년도 시조당선, 대구신암국민교 교사

김정자[2] 金靜子

1969년 2월, 시조 「일지매」로 제14회 『여원』 여류신인문학상 가작 당선.

시 2편

구분	작품명	매체	출처	발표 시기	비고
1	고이살다가	신문	《영남일보》	1968.11.10	'일요시조'
2편	일지매(一枝梅)	잡지	『여원』 15권2호	1969.2	'시조 제14회 여류신인문학상 당선작 가작'

김정자[3]

1963년 시 「봄」이 『아동문학』 9월호에 추천됨. 1966년 동화 「돌이와 철이」로 《매일신문》 신춘문예 가작 3석.

시 1편

구분	작품명	매체	출처	발표 시기	비고
1편	봄	잡지	『아동문학』 6호	1963.9	'추천'

동화 2편

구분	작품명	매체	출처	발표 시기	비고
1	돌이와 철이(총5회)	신문	≪매일신문≫	1966.1.14 -21	'본사 신춘문예 동화부 가작 3석'
2편	까치의 꿈(총3회)	신문	≪매일신문≫	1967.1.20 -2.3	'동화' / 작년도 신춘문예 가작 입선자

김제영 金濟英

1928년 제주 출생. 필명 차희라(車希羅). 이화여고 졸업. 해방 후 농림부장관 비서, ≪민국일보≫ 문화부 기자로 근무. 조치원 문인으로 활동. 1960년 소설 「석려(夕麗)」로 ≪서울신문≫ 신춘문예 당선.

소설 5편

구분	작품명	매체	출처	발표 시기	비고
1	세레나데	잡지	『소설계』	1958	
2	석려(夕麗)(총9회)	신문	≪서울신문≫	1960.1.15 -1.24	'본사 모집 신춘문예 가작 1석 / 차희라(車希羅) 작(作). 그림 이충근(李忠根) / *'차희라'라는 필명으로 응모
3	포물선	잡지	『문학춘추』 2권3호(통권12호)	1965.3	
4	아벨의 유역	잡지	『문학춘추』 2권6호(통권15호)	1965.6	
5편	1950년의 미래	잡지	『문학춘추』 3권2호(통권19호)	1966.2	

수필 1편

구분	작품명	매체	출처	발표 시기	비고
1편	천료소감(薦了所感)	잡지	『문학춘추』 2권6호(통권15호)	1965.6	소설가

김지연 金芝娟

1942년 경남 진양 출생. 본명 명자(明子). 일명 석나(石羅). 서라벌예대 문창과 졸업. 1967년 단편 「천태산 울녀」로 제5회 매일문학상 당선. 1968년 『현대문학』 6월호에 단편 「산영(山影)」이 추천됨.

소설 12편

구분	작품명	매체	출처	발표 시기	비고
1	비탈	잡지	『여상』 3권6호	1964.6	'제3회 여류신인상 소설 가작 2석' / *'김석나(金石羅)'라는 이름으로 응모

구분	작품명	매체	출처	발표 시기	비고
2	포화(抛話)	신문	≪경남일보≫	1966.10.15	'꽁트'
3	첫눈	신문	≪경남일보≫	1966.12.3	'꽁트'
4	천태산울녀	신문	≪매일신문≫	1967.4.27	'지령 7000호 기념 제5회 매일문학상 당선작' / 김지연(金芝娟)
5	사슴의 마을(총15회)	잡지	『여학생』 3권5호-4권7호	1967.5 -1968.7	'연재소설' / 그림 정준용(鄭駿溶) / *이후 단행본(은영사, 1970)으로 출간
6	산영(山影)	잡지	『현대문학』 162호	1968.6	'추천'
7	봉녀	잡지	『아리랑』	1968 / 1974	『산(山)가시내』(범우사, 1974)
8	참꽃재 벼랑바위	잡지	『여상』	1968 / 1974	『산가시내』(범우사, 1974)
9	숲으로 가는 길(총12회)	잡지	『여학생』 4권12호-5권11호	1968.12 -1969.11	1회 '신연재문제소설', 이후 '문제소설', 11회와 최종회는 '연재소설'로 기재 / 그림 전성보(全聖輔)
10	봄, 여름, 가을, 겨울	잡지	『현대문학』 169호	1969.1	'창작'
11	배꽃 질 때	잡지	『현대문학』 177호	1969.9	'창작' / *『산가시내』(범우사, 1974)에 수록할 때 제목을 「배꽃」으로 변경
12편	산녀(山女)	잡지	『월간문학』 2권9호(통권11호)	1969.9	*『산가시내』(범우사, 1974)에 수록할 때 제목을 「산(山)가시내」로 변경

수필 4편

구분	작품명	매체	출처	발표 시기	비고
1	열매 맺은 망나니적의 선망, 마음 널따란 부모님께 드려	신문	≪매일신문≫	1967.4.27	'당선소감'
2	신진(新進)의 변(辯)	신문	≪매일신문≫	1967.5.21	'나의 문학수업기'⑤ / 소설…(제5회 매일문학상 수상)
3	허탈한 7월	신문	≪매일신문≫	1967.7.19	'본지 신춘문예 당선작가 성하수필(盛夏隨筆)릴레이' / '67년도 매일문학상 수상. 마산 제일여고 교사
4편	수다	잡지	『현대문학』 12권0호	1968.6	'추천완료소감(소설)' / 마산제일여고 교사

김지영 金芝英

1966년 1월, 시 「난로가에서」로 제11회 『여원』 여류신인상 가작 2석.

시 1편

구분	작품명	매체	출처	발표 시기	비고
1편	난로가에서	잡지	『여원』 12권1호	1966.1	'제11회 여류신인상 시부 가작 2석'

김지원金知原

　1942년 경기도 덕소 출생. 이화여대 영문과 졸업. 1963년 12월, 소설 「늪 주변」으로 『여원』 제9회 여류신인 상 당선[이대 재학 시 김채숙(金采淑)이란 이름으로 응모]. 『현대문학』에 소설 「사랑의 기쁨」(1973년 11월)·「어떤 시작」(1974년 12월)이 추천됨[김지이(金知伊)로 응모]. 미국 뉴욕에 거주하며 작품 활동.

소설 1편

구분	작품명	매체	출처	발표 시기	비고
1편	늪 주변	잡지	『여원』 10권1호	1964.1	'제9회 여원 여류신인상 당선작'/*이대 재학 시 김채숙(金采淑)이란 이름으로 응모

김지향金芝鄕

　1938년 경남 양산 출생. 본명 김복순(金福順). 호 우당(佑堂). 홍익대 문학부와 단국대 대학원 석사 졸업. '여류시' 창간동인.

시 106편 + 시 단행본 4권

구분	작품명	매체	출처	발표 시기	비고
1	계절의 조락	신문	≪태극신문≫	1953	
1권	병실	단행본	녹양사	1956	
2	별	신문	≪세계일보≫	1957.7.9	
3	자화상	잡지	『자유문학』 2권5호(통권8호)	1957.10 / 11	
4	춘희(椿姬) 1	잡지	『여원』 3권11호	1957.11	
5	춘희 2	잡지	『영문』 15	1957.11	
6	말일(末日)의 시(詩) 1-2	잡지	『자유문학』 3권5호(통권14호) / 3권10호(통권19호)	1958.5 / 10	'2회'
7	바다에서	잡지	『신태양』 7권8호(통권71호)	1958.8	
8	별 2	잡지	『시와 시론』 2집	1958.9	'시작품'
9	눈동자	잡지	『여원』 4권10호	1958.10	
2권	막간풍경(幕間風景)	단행본	녹양사	1958	
10	돌아서는 계절의 사품에서	잡지	『민족문화』 4권4호	1959.4	
11	사랑 1	잡지	『자유공론』 2권7호(통권8호)	1959.7	
12	어항	잡지	『현대문학』 55호	1959.7	
13	팔월의 바다	잡지	≪국제신보≫	1959.8.20	그림 김영순(金永淳)
14	얼굴	잡지	『자유문학』 4권10호(통권31호)	1959.10	
15	시인(詩人)아	잡지	『자유문학』 5권2호(통권35호)	1960.2	

구분	작품명	매체	출처	발표 시기	비고
16	꽃	잡지	『민족문화』5권4호	1960.4	
17	수장식(水葬式)에서	잡지	『자유문학』5권5호(통권38호)	1960.5	
18	사랑 2	잡지	『자유문학』5권8호(통권41호)	1960.8	
19	야상곡(夜想曲) 1	잡지	『교통』7권10호(통권70호)	1960.10	
20	고독	잡지	『자유문학』5권12호(통권45호)	1960.12	
21	이별	잡지	『자유문학』6권6호(통권51호)	1961.7	
22	공지(空地)에서	잡지	『자유문학』6권11호(통권56호)	1961.12	
3권	사육제(謝肉祭)	단행본	신영사	1961	시집
23	미소(微笑)	잡지	『한양』1권6호(통권6호)	1962.8	
24	걸인(乞人)	잡지	『한양』1권8호(통권8호)	1962.10	
25	검은 야회복(夜會服)	잡지	『자유문학』7권7호(통권63호)	1962.11	'시단'
26	몽혼주사(夢魂注射)	잡지	『신세계』1권1호(통권1호)	1962.11	
27	망년회의 밤	잡지	『신사조』1권11호(통권11호)	1962.12	'송년여류시10인선'
28	세월	잡지	『여상』1권2호	1962.12	
29	잉부(孕婦)	신문	≪대한일보≫	1963.1.15	
30	불춤	잡지	『한양』12권1호(통권1호)	1963.1	
31	십년후에	잡지	『동아춘추』2권2호(통권3호)	1963.2	
32	영춘(迎春)하는 갈채 속에	잡지	『난초』55호	1963.2 / 3	'권두시'
33	잘 있거라 울산만	잡지	『여원』9권4호	1963.4	
34	혼야(婚夜)	잡지	『자유문학』8권4호(통권68호)	1963.4	
35	너	잡지	『신사조』2권4호(통권15호)	1963.5	
36	차라리 이집트에 가서	잡지	『현대문학』102호	1963.6	
37	그로써	잡지	『신세계』9호	1963.8	
38	자유	잡지	『신사조』2권9호(통권20호)	1963.11	
39	신생아	신문	≪한국일보≫	1964.2.23	
40	물방울 한알	잡지	『여상』3권2호	1964.2	
41	여인초(女人秒)	잡지	『가정생활』4권3호	1964.3	'신춘여류시단'
42	홍일점(紅一點)	잡지	『신세계』16호	1964.3	
43	보리밭처럼	잡지	『소설계』7권6호(통권70호)	1964.6	
44	탄생	잡지	『한양』3권7호(통권29호)	1964.7	
45	통풍기(通風機)	잡지	『문학춘추』1권5호(통권5호)	1964.8	'신진여류시10인집'
46	함정 1 · 2	잡지	『여류시』1집	1964.9.5	
47	가을 서정(抒情)	잡지	『여원』10권10호	1964.10	
48	KOREA	잡지	『한양』3권10호(통권32호)	1964.10	
49	탈출	잡지	『현대문학』119호	1964.11	
50	함정 3	잡지	『여류시』2집	1964.12.5	
51	즉흥의 바다	잡지	『자유』17호	1964.12	
52	화이트 크리스마스	잡지	『여상』4권1호	1965.1	

구분	작품명	매체	출처	발표 시기	비고
53	아! 조국	잡지	『한양』 4권2호(통권36호)	1965.2	
54	어릴 때의 그 하늘	잡지	『한양』 4권2호(통권36호)	1965.2	
55	때와 인생	잡지	『여류시』 3집	1965.4.5	
56	여인 12	잡지	『여류시』 3집	1965.4.5	
57	출혈	잡지	『여류시』 3집	1965.4.5	
58	봄의 소리	신문	≪한국일보≫	1965.4.11	
59	나의 그림 속에서	잡지	『시문학』 4호	1965.7	
60	칠월의 녹음(綠陰)	잡지	『재무』 115호	1965.7	
61	사월	잡지	『여류시』 4집	1965.8.25	
62	인천에서	잡지	『여류시』 4집	1965.8.25	
63	그 팔월	잡지	『한양』 4권8호(통권42호)	1965.8	'시 : 8월시단'
64	팔월의 어머니	잡지	『한양』 4권8호(통권42호)	1965.8	'시 : 8월시단'
65	송(頌) 가을	신문	≪한국일보≫	1965.9.12	
66	비가(悲歌)	잡지	『현대문학』 131호	1965.11	
67	여인 4	잡지	『문학춘추』 2권7호(통권16호)	1965.11	
68	송년사(送年詞)	잡지	『보건세계』 12권12호(통권120호)	1965.12	
4권	검은 야회복(夜會服)	단행본	문학춘추사	1965	시집
69	어머니	신문	≪동아일보≫	1965.5.6	
70	응시(凝視)	잡지	『한양』 5권1호(통권47호)	1966.1	
71	여학생	잡지	『여학생』 2권2호	1966.2	'이달의 시'
72	처녀	잡지	『여원』 12권2호	1966.2	
73	사랑	잡지	『가요생활』 1호	1966.3	'시집 『사육제(謝肉祭)』에서'
74	혼돈 속에서	잡지	『세대』 4권3호(통권32호)	1966.3	'시와 시작 노오트'
75	눈	신문	≪신아일보≫	1966.4.16	'토요시단'
76	승화(昇華)	잡지	『문학춘추』 3권3호(통권20호)	1966.4	
77	신춘만세(新春萬歲)	잡지	『여상』 5권4호	1966.4	
78	외롭지 않게	잡지	『여류시』 5집	1966.5.25	
79	지금은 그대 안에서	잡지	『주부생활』 2권6호	1966.6	
80	타자기	잡지	『신동아』 22호	1966.6	
81	녹음(綠陰)	잡지	『한월계』 1호	1966.7	
82	약혼시절	잡지	『현대문학』 146호	1967.2	
83	눈치 보는 골목	잡지	『한양』 6권4호(통권62호)	1967.4	
84	고궁의 낙화 앞에서	잡지	『한양』 6권6호(통권64호)	1967.6	
85	한강 풍경	잡지	『한양』 6권6호(통권64호)	1967.6	
86	그 팔월의 소리	잡지	『한양』 6권8호(통권66호)	1967.8	
87	풍란(風蘭)	신문	≪경향신문≫	1968.1.20	'토요시단'
88	추수(秋收)	잡지	『현대문학』 157호	1968.1	

구분	작품명	매체	출처	발표 시기	비고
89	봄의 뜰	신문	≪서울신문≫	1968.2.24	
90	그날 이후	잡지	『여류시』 6집	1968.6.1	
91	승화	잡지	『여류시』 6집	1968.6.1	
92	안강초(安康抄)	잡지	『현대문학』 164호	1968.8	
93	원앙새	잡지	『여원』 14권8호	1968.8	
94	하역부(荷役夫)	잡지	『여류문학』 1호	1968.11	
95	그 부근	잡지	『현대문학』 169호	1969.1	
96	청공작(青孔雀)	잡지	『한국시단』 2호	1969.2	
97	올빼미	잡지	『월간문학』 2권3호(통권5호)	1969.3	
98	백조(白鳥)	신문	≪동아일보≫	1969.5.31	
99	동물원초(動物園抄)	잡지	『신동아』 57호	1969.5	
100	이방인(異邦人)	잡지	『여류문학』 2호	1969.5	
101	깐돌이의 태양	잡지	『여성동아』 20호	1969.6	
102	노동자(勞動者)들 : 4. 행상(行商)	잡지	『시인』 1권8호	1969.10	'김지향 특집'
103	노동자들 : 5. 해녀	잡지	『시인』 1권8호	1969.10	'김지향 특집'
104	노동자들 : 6. 운전수	잡지	『시인』 1권8호	1969.10	'김지향 특집'
105	노동자들 : 7. 어로부(漁撈夫)	잡지	『시인』 1권8호	1969.10	'김지향 특집'
106편	속의 밀알	잡지	『현대문학』 179호	1969.11	

수필 38편

구분	작품명	매체	출처	발표 시기	비고
1	녹음을 찾아서 : 여학생의 매력	신문	≪조선일보≫	1958.5.21	
2	훈풍(薰風)에 쓴 시(詩)	잡지	『희망』 8권6호	1958.6	여류시인
3	함정(陷穽)	잡지	『주부생활』 2권7호	1958.7	시인
4	창변해수욕(窓邊海水浴)	신문	≪국제신보≫	1959.8.1	'납량수필' / 시인
5	나의 아침 여섯시	신문	≪국제신보≫	1959.9.20	여류시인
6	학습상 기우[杞憂]되는 일 : 해로운 만화책을 중심으로	잡지	『새교실』 4권10호(통권40호)	1959.10	'수필' / 수필가
7	어머니와 술	잡지	『현대문학』 72호	1960.12	
8	정제식사법(錠劑食事法)	잡지	『수필』 1권3호	1961.6	
9	수감이제(隨感二題)	잡지	『현대문학』 83호	1961.11	
10	이상성격아동(異狀成格兒童)의 지도요령	잡지	『가정생활』 1권11호	1961.11	여류시인
11	내가 보낸 엽서(葉書) : 실패(失敗)냐 오산(誤算)이냐……	신문	≪동아일보≫	1962.4.12	
12	가을비	잡지	『가정생활』 2권10호	1962.10	'그림 있는 수필' / 시인
13	시를 쓴다는 가시밭 길	잡지	『여원』 9권3호	1963.3	
14	기억의 효용	잡지	『교통』 10권5호(통권98호)	1963.5	시인

구분	작품명	매체	출처	발표 시기	비고
15	동화(童話) 속의 추석	잡지	『여상』 2권10호	1963.10	'수필 지정제' / 여류시인
16	해마다 이맘때면	잡지	『신세계』 11호	1963.10	
17	어머니	잡지	『현대문학』 108호	1963.12	
18	나의 친구	잡지	『소설계』 7권3호(통권67호)	1964.3	여류시인
19	예의의 행방	잡지	『재무』 100호	1964.4	
20	나의 필명(筆名)과 아호(雅號)의 유래	잡지	『소설계』 7권5호(통권69호)	1964.5	여류시인
21	병실에 있는 여인에게	잡지	『여상』 3권9호	1964.9	
22	시와 인생	잡지	『여류시』 2집	1964.12.5	
23	크리스머스와 자선사업에의 축하	잡지	『보건세계』 11권12호(통권108호)	1964.12	'시인의 제언(提言)' / 시인
24	「비창(悲愴)」이여 안녕	잡지	『보건세계』 12권4호(통권112호)	1965.4	
25	이화동산(梨花東山)에 불사른 청춘 김옥길여사(金玉吉女史)	잡지	『여상』 4권5호	1965.5	'이달의 여류탐방'
26	어머니 생각	잡지	『새길』 125호	1965.5 / 6	
27	보육에 바친 이재현(李載賢) 여사	잡지	『여상』 4권6호	1965.6	'이달의 탐방'
28	바람에 부쳐서	잡지	『재무』 119호	1965.11	
29	안금현재론(頂金現在論)	신문	『은행계』 1호	1966.3	
30	분위기	신문	『새길』 132호	1966.3 / 4	
31	축하합니다	신문	『재무』 130호	1966.10	
32	탱자 울타리의 기억	잡지	『여학생』 3권2호	1967.2	서간문
33	김장 근대화	신문	≪중앙일보≫	1968.11.16	
34	장병 여러분께 보내는 지상(紙上) 연하장	신문	≪전우신문≫ 1282호	1969.1.1	
35	눈 오는 날	잡지	『주부생활』 5권1호	1969.1	여류시인
36	깐돌이의 의문부(疑問符)	잡지	『생활여원』	1969.1-4	'1. Q 표정을 짓다, 2. 이름 짓고 사진 찍고, 3. 젓니 나자 짝짜꿍, 4. 엄마 초년병의 빛나는 수료장' / *『여원』의 별책부록
37	깐돌이의 태양 : 노우트	잡지	『여성동아』 20호	1969.6	
38편	달과 선녀	잡지	『주부생활』 5권12호	1969.12	'권말부록 : 송년수상 여류 15인집 : 새해를 기다리는 마음들'

비평 9편

구분	작품명	매체	출처	발표 시기	비고
1	문학과 담을 쌓을 필요 없다	신문	≪국제신보≫	1958.2.24	'여성과 문학'
2	내가 본 시인군상	잡지	『신문예』 1호	1958.6.10	'시인소묘'
3	명작해설 : 도스토에프스키와 주검의 집	잡지	『학원』 7권3호	1958.7	'세계명작' / 김지향
4	시인인상기(詩人印象記)	잡지	『신문예』 통권3호	1958.8.10	
5	나의 애송시 : 박화목(朴和穆)의 <인(人)과 산양(山羊)>	잡지	『보건세계』 7권6호(통권54호)	1960.6	'해설' / 보건세계 애독자

구분	작품명	매체	출처	발표 시기	비고
6	나와 시작(詩作) : 비명·시	잡지	『여류시』 4집	1965.8.25	
7	'석류(石榴)' 뽈·발레리	잡지	『학원』 14권8호	1965.8	'명시 감상' / 시인
8	투설(透說)을 위(位)하여	잡지	『세대』 4권3호(통권32호)	1966.3	'시와 시작 노오트 : 시 「혼돈 속에서」'
9편	공개하는 「여류시」 비망록	잡지	『시문학』 15호	1966.6	'동인지의 내역'

김진옥 金眞玉

1927년 함북 경성 출생. 서울대 영문과 졸업. 1954년 미국, 1963년 프랑스에서 유학. 1969년 9월 『월간문학』에 소설 「우주의 심곡」으로 등단. 1969년 셰익스피어 탄생기념 영문단편소설 컨테스트 일등상 수상.

소설 1편

구분	작품명	매체	출처	발표 시기	비고
1편	The Center of the Universe	신문	≪코리아해럴드≫	1969.4 (추정)	'셰익스피어탄생기념 영문단편 소설컨테스트 일등상'/ *『월간 문학』 2권9호(통권11호, 1969. 9) 에 제목을 「우주의 심곡(深谷)」 으로 수록

김차옥 金次玉

충남 아산 출생. 1964년 『가정생활』 제3회 여류신인문예상 수상(시 및 수필), 기타 문예콩쿠르에 여러 편 입선. 1967년 1월, 『로맨스』 창간 3주년기념 시 「꿈의 길목에서」로 가작 당선. 1969년 2월, 시 「병풍」으로 제14회 『여원』 여류신인문학상 당선.

시 2편

구분	작품명	매체	출처	발표 시기	비고
1	꿈의 길목에서	잡지	『로맨스』 5권1호(통권38호)	1967.1	'권두시 : 본지 창간3주년기념 가작 당선작'
2편	병풍(屛風)	잡지	『여원』 15권2호	1969.2	'제14회 여류신인문학상 당선작. 가작'

수필 1편

구분	작품명	매체	출처	발표 시기	비고
1편	당선 소감	잡지	『로맨스』 5권1호(통권38호)	1967.1	'권두시 : 본지 창간3주년기념 가작 당선작'

김채원金采源

    1946년 경기도 덕소 출생. 이화여대 회화과 졸업. 1966년 1월, 소설 「봄 눈」으로 ≪경향신문≫ 신춘문예 가작 입선. 1976년 『현대문학』에 소설 「먼 바다」(5월)·「밤인사」(12월)가 추천됨.

소설 1편

구분	작품명	매체	출처	발표 시기	비고
1편	봄 눈	신문	≪경향신문≫	1966.1.8	'신춘문예 입선작'

수필 2편

구분	작품명	매체	출처	발표 시기	비고
1	선물 못 드려 미안해요 : 어머님께 드리는 글	신문	≪한국일보≫	1958.12.27	
2편	오직 감사하는 마음	신문	≪경향신문≫	1966.1.8	'입선소감'

김청조金淸祚

    1945년 경북 선산 출생. 고려대 독문과 졸업. 1968년 소설 「폭양」으로 ≪동아일보≫ 신춘문예 당선.

소설 6편

구분	작품명	매체	출처	발표 시기	비고
1	폭양(曝陽)	신문	≪동아일보≫	1968.1.4	'신춘문예 당선작'
2	광인(狂人)의 칼	잡지	『주간한국』	1968.3.3	'단편소설' / 그림 정준용(鄭駿溶)
3	성회일(聖灰日)	잡지	『신동아』 50호	1968.10	
4	송년의 오후에	잡지	『학원』 17권12호	1968.12	'특집, 공동주제 : 제야
5	밤바람	잡지	『주간여성』 37호	1969.9.10	'신예작가 10인의 특선콩트'
6편	진혼곡(鎭魂曲)	잡지	『현대문학』 179호	1969.11	

수필 3편

구분	작품명	매체	출처	발표 시기	비고
1	새꽃신을 신고 친지(親知)에 세배를	신문	≪동아일보≫	1968.1.4	'신춘문예 당선소감'
2	문학과 나의 시간	잡지	『여성동아』 5호	1968.3	'동아일보 신춘문예 소설부 당선 : 소설입지후기'
3편	독서세력(讀書勢力)의 미약한 선량(選良) : 출판사 여사원	잡지	『여원』 15권9호	1969.9	

김초혜金初蕙

1943년 충북 청주 출생. 호 죽당(竹堂). 동국대 국문과 졸업. 『현대문학』에 시 「사월」(1964년 7월)·「길」 (1965년 5월)·「문 앞에서」(1966년 5월)가 추천됨.

시 5편

구분	작품명	매체	출처	발표 시기	비고
1	사월	잡지	『현대문학』 115호	1964.7	'추천'
2	길	잡지	『현대문학』 125호	1965.5	'추천' / *『동국시집』(9집, 1962. 2)에 발표한 적 있음
3	문 앞에서	잡지	『현대문학』 137호	1966.5	'추천'
4	이별	잡지	『현대문학』 152호	1967.8	
5편	편지	잡지	『현대문학』 168호	1968.12	

수필 1편

구분	작품명	매체	출처	발표 시기	비고
1편	시와 함께	잡지	『현대문학』 137호	1966.5	'천료소감(시)'

김춘자金春子

≪영남일보≫와 『여원』·『여상』·『시문학』 등에 시 발표.

시 5편

구분	작품명	매체	출처	발표 시기	비고
1	석양(夕陽)	신문	≪영남일보≫	1965.1.17	
2	날아가는 새	신문	≪영남일보≫	1965.4.21	
3	모르는 형성(形成)의 땅	잡지	『여원』 11권9호	1965.9	
4	꽃의 전경(全景)	잡지	『문연』 1호	1966.5	*『여상』 5권6호(1966.6)에도 수록
5편	끓는 물	잡지	『시문학』 18호	1966.9	'여류시 특집'

수필 1편

구분	작품명	매체	출처	발표 시기	비고
1편	어떤 병(病)	잡지	『주부생활』 3권7호	1967.7	시인

김하림 金夏林

1940년 전남 목포 출생. 본명 김인자(金仁子). 이화여대 국문과 졸업. 1961년 시 「아침시곡(試曲)」·「휴일」로 『자유문학』 제4회 신인모집에 당선. '여류시' 동인.

시 29편

구분	작품명	매체	출처	발표 시기	비고
1	비를 맞는 탑	잡지	『목포문학』 1호	1960.3	
2	아침 시곡(試曲)	잡지	『자유문학』 6권10호(통권55호)	1961.11	'제4회 신인모집당선작'
3	휴일(休日)	잡지	『자유문학』 6권10호(통권55호)	1961.11	'제4회 신인모집당선작'
4	속(續)·아침시곡(試曲)	잡지	『현대시』 2집	1962.10	'현대시단'
5	만가(輓歌)	잡지	『여상』 1권1호	1962.11	
6	늦어도 십이월에는	신문	《서울신문》	1962.12.1	'금주의 시단'
7	이대(梨大)·입구에서,	잡지	『신사조』 1권11호(통권11호)	1962.12	
8	다리위에서	잡지	『현대시』 3집	1963.1	
9	'장 쥬네' 씨에 화답하는 꽃의 독백	잡지	『여원』 9권4호	1963.4	
10	겨울을 위한 연가(戀歌)	잡지	『신사조』 24	1964.1	
11	조간신문(朝刊新聞)	잡지	『가정생활』 4권3호	1964.3	'신춘여류시단'
12	반지[指環]의 노래	잡지	『여류시』 1집	1964.9.5	
13	어떤 개인 날	잡지	『여류시』 1집	1964.9.5	
14	서정삼점(抒情三點) : 안개라도	잡지	『여류시』 2집	1964.12.5	
15	서정삼점 : 은지(銀紙) 위에 그린다	잡지	『여류시』 2집	1964.12.5	
16	서정삼점 : 추수(秋收)가 끝난	잡지	『여류시』 2집	1964.12.5	
17	조춘(早春)	신문	《전남일보》	1965.2.5	
18	추억에서	잡지	『여류시』 3집	1965.4.5	
19	데쌍 2점(點)-상(像) Ⅰ, Ⅱ	잡지	『문학춘추』 2권4호(통권13호)	1965.4	
20	산에게	잡지	『산』	1965.4	
21	가을에게	잡지	『여원』 11권10호	1965.10	
22	그 여자	잡지	『여상』 5권1호	1966.1	
23	방가로 한 채가	잡지	『현대시학』 1권3호	1966.4	
24	외출	신문	《조선일보》	1966.5.1	
25	아침마다 최초의 창을 열었을 때	잡지	『문학』 1권5호	1966.9	
26	교외(郊外)	잡지	『현대문학』 149호	1967.5	
27	잔잔한 관악기	잡지	『현대문학』 164호	1968.8	
28	겨울	잡지	『현대문학』 171호	1969.3	
29편	라일락 냄새	잡지	『여류문학』 2호	1969.5	

수필 5편

구분	작품명	매체	출처	발표 시기	비고
1	당선할 그 무렵(문학 편…시(詩) : 불안한 안개 속에서	잡지	『여상』 2권4호	1963.4	자유문학 시 당선시인
2	여담(餘談)	잡지	『여류시』 1집	1964.9.5	
3	개나리	신문	≪전남일보≫	1965.2.21	
4	남자의 극적 탐구 : 수염	잡지	『여상』 4권10호	1965.10	
5편	세우(細雨)처럼 일광(日光)이	잡지	『여원』 12권7호	1966.7	

비평 9편

구분	작품명	매체	출처	발표 시기	비고
1	나르시스의 수면(水面) : 앙드레 지이드의 ≪좁은 문≫	잡지	『여상』 3권6호	1964.6	'젊은 세대의 독서산책① ' / 여류시인
2	미망(迷妄)에의 유혹 : 알베르 까뮈 ≪이방인≫	잡지	『여상』 3권7호	1964.7	'젊은 세대의 독서산책②'
3	순결한 여성 : 토마스 하디 ≪테스≫	잡지	『여상』 3권9호	1964.9	'젊은 세대의 독서산책③'
4	생(生)의 총화(總和)로서의 쟌느 : 기드 모빠상의 ≪여자의 일생≫	잡지	『여상』 3권10호	1964.10	'젊은 세대의 독서산책④'
5	죽음에 대한 도전 : 앙드레 말르로의 ≪인간조건≫	잡지	『여상』 3권11호	1964.11	'젊은 세대의 독서산책⑤ : 세계명작을 찾아서'
6	낭만적 고뇌의 인간상 : 헬만 헷세의 ≪페터·카멘찐드(鄕愁)≫	잡지	『여상』 3권12호	1964.12	'젊은 세대의 독서산책⑥ : 명작감상'
7	성(性)의 미학 : D.H.로렌스의 ≪아들과 연인≫	잡지	『여상』 4권1호	1965.1	'젊은 세대를 위한 독서산책⑦ : 명작순례'
8	꽃의 수형자(受刑者)들 : 나타니엘 호오손 ≪주홍글씨≫	잡지	『여상』 4권2호	1965.2	'독서 : 명작순례⑧'
9편	안개와 밤의 광장 : E.M.레마르크 ≪개선문≫	잡지	『여상』 4권3호	1965.3	'여상예원–독서 : 세계명작순례⑨'

김해숙 金海淑

1956년 1월, 시 「지난해랑 잊어버리고」로 제1회 『여원』 창간기념 여류현상문예 당선.

시 1편

구분	작품명	매체	출처	발표 시기	비고
1편	지난해랑 잊어버리고	잡지	『여원』 2권1호	1956.1	'제1회 여원창간기념 : 여류현상문예 당선작'

김행수 金幸洙

  1951년 대전 출생. 본명 김행자(金幸子). 호 유정(幽靜). 숙명여대 약학과 졸업. 1965년 시 「항아리의 인상」으로 제10회 학원문학상 특선 수상. 1968년 동시 「좋겠어요, 소년은」으로 『중앙문예』 당선. '빈터' 동인.

시 2편

구분	작품명	매체	출처	발표 시기	비고
1	항아리의 인상(印象)	잡지	『학원』 15권2호	1966.2	'학원문학상 시 특선작' / 대전 여고 2 김행자
2편	좋겠어요, 소년은	신문	《중앙일보》	1969.1.6	'신춘 『중앙문예』에 동시 당선작' / *'김행수'라는 필명 사용

김향안 金鄕岸

  1916~2004년. 본명 변동림(卞東琳). 본관 초계(草溪). 서울 출생. 이화여전 영문과 졸업. 1938년 ≪매일신보≫에 첫 작품 발표. 환기미술관 설립. 수필가 겸 미술평론가.

수필 74편

구분	작품명	매체	출처	발표 시기	비고
1	술	잡지	『부인』 4권1호	1949.1	
2	인록(因綠) (총3회)	신문	≪조선일보≫	1949.5.19 -21	
3	장필인연	신문	≪조선일보≫	1949.5.21	
4	부엌계집애	잡지	『부인경향』 1권2호	1950.2	
5	물싸움(총3회)	신문	≪경향신문≫	1951.6.3 / 5 / 7	
6	전선의 후열에서 : 여성은 이렇게 외친다! 국민교육을 가추자!	신문	≪경향신문≫	1951.10.14	'수필'
7	고향의 하늘가엔	잡지	『신시대』 5월호	1953.5	
8	잃어버린 글	잡지	『협동』 40호	1953.7	
9	뾰죽당(堂)과 명동(明洞)	신문	≪연합신문≫	1953.9.4	
10	소반	잡지	『문예』 4권3호(통권17호)	1953.9	
11	백자 항아리	잡지	『문예』 5권1호(통권20호)	1954.1	
12	생활감정	잡지	『문학예술』 1권2호	1954.6	
13	이방인 B씨 : 어느 이태리 청년의 이얘기	잡지	『국제보도』 35호	1954.8	'수상(隨想)'
14	덕적도기행(德積島紀行)	신문	≪서울신문≫	1954.9.5	그림 김환기
15	허구(虛構)	신문	≪연합신문≫	1954.9.26	

구분	작품명	매체	출처	발표 시기	비고
16	호박의 미각(味覺)	잡지	『현대공론』 2권7호	1954.9	
17	난방(暖房)	신문	《동아일보》	1954.12.5	
18	여성과 예술 : 신인들을 기대하면서	신문	《조선일보》	1955.1.26	
19	핸드백	잡지	『현대문학』 1호	1955.1	
20	닭고기	잡지	『새가정』 2권4호	1955.4	
21	파리통신 : 파리 도착 이후③ / 6, 7월의 미술전(美術展) / 파리유학	신문	《서울신문》	1955.6.16, 8.3 / 5	
22	인간의 경우	잡지	『교통』 2권7호(통권8호)	1955.8	
23	파리 편지	잡지	『협동』 51호	1955.9	*'이 글은 파리에 계시는 김향안씨부터 부군 화앤[花岸-樹話](수화)의 김환기선생의 별명]선생께 보내온 글입니다. 편자'
24	파리여성들의 예술관 : 어떻게 생활화하고 있는가	신문	《동아일보》	1959.7.25	
25	빠리에서 돌아와서	잡지	『여원』 5권8호	1959.7	
26	한적(閑寂)해지는 시가(市街)	신문	《서울신문》	1959.8.7	'외국의 여름풍속 : 불란서' / 수필가
27	『파리인(巴里人)』의 식도락(食道樂) : 먹는다는 것은 곧 예술이다. 잘 살줄 아는 철저한 파리인의 식도락(食道樂)의 일면	잡지	『신태양』 8권8호(통권81호)	1959.8	
28	빠리의 가두예술가들	잡지	『여원』 5권10호	1959.9	
29	상실된 여성의 행복	신문	《동아일보》	1960.5.26	
30	핸드백속의 미용사(美容師)	잡지	『여원』 6권5호	1960.5	
31	그곳을 생각을 하며	신문	《연합신문》	1960.7.1	
32	즐거운 생활의 연장(延長)	신문	《연합신문》	1960.9.2	
33	잔디와 넝쿨풀과	잡지	『자유문학』 5권9호(통권42호)	1960.9	'성하수필(盛夏隨筆)' / 여류수필가
34	남불기행(南佛紀行) : 니-스, 쌍·뽈·드·봥스, 봐로리스·모나꼬-	잡지	『자유문학』 5권10호(통권43호)	1960.10	
35	쌍 루이 섬의 풍속	잡지	『현대문학』 70호	1960.10	
36	남편에게 주는 편지	잡지	『여원』 6권11호	1960.11	
37	되새기는 넋두리	신문	《서울경제신문》	1960.12.24	'올해 못다한 얘기' / 수필가
38	서설(瑞雪)을 밟는 마음	신문	《한국일보》	1961.1.7	
39	내용 있는 일하기를 수효는 : 산적(山積)한 문제 해결 간절	신문	《동아일보》	1961.1.12	'수필'
40	아뜨리에, 류, 닷사스 시절	잡지	『사상계』 9권2호(통권91호)	1961.2	
41	아뜨리에 류 듀또	잡지	『현대문학』 74호	1961.2	
42	경칩일기(驚蟄日記)	신문	《동아일보》	1961.3.15	
43	공존하는 불안의 시대	신문	《경향신문》	1961.3.27	

구분	작품명	매체	출처	발표 시기	비고
44	비둘기	신문	≪한국일보≫	1961.8.18	
45	고궁의 담장과 가로수와	잡지	『현대문학』82호	1961.10	
46	프랑스 서민들의 일상생활	잡지	『보건세계』8권12호(통권72호)	1961.12	여류수필가
47	동태(凍太)의 마음	잡지	『주간새나라』24호	1962.1.15	'여성·가정 : '여인백상(女人百想)' / 김환기 씨 부인·수필가
48	방약무인(傍若無人)한 끽연태도 : 공중승용물(公衆乘用物)에서만 삼가쳤으면	신문	≪서울신문≫	1962.1.18	여류수필가
49	외국인의 감수성 : '빠리쟝'의 기질?	잡지	『사상계』10권1호(통권103호)	1962.1	
50	잉어요리	잡지	『현대문학』85호	1962.1	
51	일차계획은 빚청산 : 불시수입(不時收入)으로 메꾸는 출혈가계부	신문	≪서울신문≫	1962.2.3	'우리집 경제생활 : 새 생활실험 사업을 위한 제언(提言)'
52	오십환의 유산(遺産)	잡지	『최고회의보』6호	1962.3.16	
53	내가 좋아하는 그림	잡지	『여원』8권3호	1962.3	
54	어머니를 위한 외국의 시설과 제도 : 불란서	신문	≪한국일보≫	1962.5.2	
55	나의 소하법(銷夏法)	신문	≪한국일보≫	1962.5.28	
56	결연(結緣)	잡지	『현대문학』89호	1962.5	
57	서강풍경(西江風景)	잡지	『자유문학』7권5호(통권61호)	1962.7 / 8	
58	세계(世界)의 휴일(休日) : 프랑스	신문	≪동아일보≫	1962.9.7	
59	마담·라파르그	잡지	『새길』96호	1962.9	
60	'까페'와 참종이	잡지	『가정생활』2권11호	1962.11	'생활 속의 수필' / 수필가
61	시노와즈리	잡지	『현대문학』95호	1962.11	
62	인간학대	신문	≪동아일보≫	1962.12.21	
63	「빠리」의 「노엘」	신문	≪대한일보≫	1962.12.25	
64	최후(最后)의 적(敵)은 여성 자신?	잡지	『여상』1권2호	1962.12	'특집 : 여성의 적⑤' / 여류수필가
65	생활의 변(辯)	잡지	『새길』102호	1963.2	
66	어수선하던 그 시절	잡지	『여원』9권2호	1963.2	
67	내가 좋아하는 옷차림 : 소박하되 단정	신문	≪조선일보≫	1963.4.3	
68	부부는 공감하는 일체 : 畵家	잡지	『여원』9권9호	1963.9	
69	어떤 영상(影像)	잡지	『새길』110호	1963.11	
70	공처가(恐妻家) 아닌 공부가(恐夫家)	잡지	『여상』2권12호	1963.12	'지정제 수필 : 공처가(恐妻家)' / 수필가
71	종교와 사랑과 예술 : 재클린 여사에의 기대	잡지	『사상계』12권1호(통권130호)	1964.1	
72	특집, 외국 서민들은 어떻게 사나? : 맛도 알고 멋도 아는 프랑스 사람들-국가가 뒷받침하는 국민생활	잡지	『사상계』12권3호(통권132호)	1964.4	

구분	작품명	매체	출처	발표 시기	비고
73	꿈 · 광상	잡지	『현대문학』 116호	1964.8	
74편	히피 나라	잡지	『현대문학』 157호	1968.1	

비평 7편

구분	작품명	매체	출처	발표 시기	비고
1	여성과 예술 : 신인들을 기대하면서	신문	≪조선일보≫	1955.1.26	
2	칠십년의 청춘 삐까소	신문	『예술원보』 3호	1959.12	*필자 소개[필자는 예술원회원 김환기씨 부인으로 불란서 빠리에서 사년간 회화평론을 전공하였음]
3	인간 삐까소	잡지	『여원』 6권1호	1960.1	
4	이십 대의 영광 : 베르나르 뷔페의 예술	잡지	『현대문학』 63호	1960.3	
5	즐거운 생활의 연장(延長)	신문	≪연합신문≫	1960.9.2	
6	여성들은 반성하자 : 「영국여성이 본 한글여성」을 읽고	신문	≪동아일보≫	1960.10.5	
7편	환상(幻想)의 무인지경(無人之境) : 김성환(金星煥) 양화전(洋畵展)	신문	≪동아일보≫	1961.11.6	

김현옥金鉉玉

1959년 1월, 수필 「발가락의 의미」로 제4회 『여원』 여류신인상 가작 입선.

수필 1편

구분	작품명	매체	출처	발표 시기	비고
1편	발가락의 의미	잡지	『여원』 5권2호(신년임시증간호)	1959.1	'제4회 여류신인상 수필 가작'

김현주金賢珠

1968년 소설 「상심」으로 제7회 『여상』 여류신인상 당선.

소설 1편

구분	작품명	매체	출처	발표 시기	비고
1편	상심(傷心)	잡지	『여상』 7권1호	1968.1	'제7회 여류신인상 소설부 당선작'

김혜숙金惠淑

1937년 강원도 강릉 출생. 이화여대 국문과 졸업. 1958년『현대문학』에 시「박」(1월),「구름」·「길」(8월)이 추천됨. '청미회' 동인.

시 27편

구분	작품명	매체	출처	발표 시기	비고
1	백(白)	잡지	『학생문단』 창간호	1955.10	서울사대부고 재학
2	박	잡지	『현대문학』 37호	1958.1	'추천'
3	구름	잡지	『현대문학』 44호	1958.8	'추천작품'
4	길	잡지	『현대문학』 44호	1958.8	'추천작품'
5	문(門)	잡지	『현대문학』 49호	1959.1	'시'
6	여담(餘談)	잡지	『자유공론』 2권2호(통권2호)	1959.1	
7	바람속에서	신문	《한국일보》	1959.3.19	
8	광화문 네거리에서	잡지	『현대문학』 55호	1959.7	'시'
9	산이여	잡지	『현대문학』 59호	1959.11	*『학생예술』 2호(1960.3)에도 수록
10	강뚝에 앉아	잡지	『여성주보』	1960.4.25	
11	꽃 중의 꽃	잡지	『현대문학』 87호	1962.3	'여류신인시특집'
12	기도실(祈禱室)	잡지	『신사조』 1권11호(통권11호)	1962.12	'송년여류시10인선'
13	꽃밭으로 가는 길	신문	《대한일보》	1963.1.24	
14	쉬운 이야기	잡지	『여상』 2권1호	1963.1	
15	묘곡(卯哭)	잡지	『돌과 사랑』 1집	1963.4	
16	산이여(Ⅲ)	잡지	『여원』 9권4호	1963.4	
17	조춘(早春)	잡지	『돌과 사랑』 1집	1963.4	
18	너와 나의 집	잡지	『돌과 사랑』 2집	1963.6	
19	산이여(4)	잡지	『돌과 사랑』 2집	1963.6	
20	다리[橋]	잡지	『돌과 사랑』 3집	1963.9	*『현대문학』 119호(1964.11)에도 수록
21	바닷가에서	잡지	『돌과 사랑』 4집	1964.1	
22	잠이 오지 않는 밤	잡지	『돌과 사랑』 4집	1964.1	
23	춘설(春雪)	잡지	『가정생활』 4권3호	1964.3	'신춘여류시단'
24	춘일(春日)	잡지	『돌과 사랑』 5집	1964.4	
25	달밤	잡지	『문학춘추』 1권5호(통권5호)	1964.8	'신진여류시10인집'
26	겨울날 바람에게 부침	잡지	『돌과 사랑』 7집	1965.1	
27편	이월의 창(窓)	잡지	『주부생활』 2권2호	1966.2	'이달의 시'

수필 13편

구분	작품명	매체	출처	발표 시기	비고
1	녹음의 그리움	신문	《조선일보》	1958.7.17	

구분	작품명	매체	출처	발표 시기	비고
2	어머니의 정성과 조심이	잡지	『현대문학』 44호	1958.8	'추천완료소감' / 이화여대 국문과 재학중
3	내것들	잡지	『한국평론』 1권6호	1958.11	여류시인
4	신진(新進) 여류 예술인들이 말하는 한국남성	잡지	『자유공론』 2권3호(통권4호)	1959.3.1	
5	중서부 전선에 다녀와서	잡지	『현대문학』 62호	1960.2	
6	습관화된 영양제 복용	잡지	『가정생활』 1권6호	1961.6	'우리 집의 건강법(健康法)'
7	나의 신혼기(新婚記) : 즐겁고 흐뭇한 생활	잡지	『가정생활』 2권10호	1962.10	
8	내 결혼(結婚)에 유한(遺恨) 없다	잡지	『여상』 2권4호	1963.4	'특집 : 결혼' / 여류시인
9	청춘(靑春)은 교단(敎壇)에선 시들지 않는다	잡지	『여상』 2권6호	1963.6	'특집 : 여교사의 재인식' / 여류시인·여고 교사
10	나의 신혼기(新婚記) (총6회)	잡지	『가정생활』 3권7-12호	1963.7-12	여류시인·진명여고 교사
11	3년 묵은 조심스러운 내실(內室)	잡지	『여원』 9권12호	1963.12	
12	쥬니어! 그대들에겐 죄가 없다	잡지	『여상』 3권7호	1964.7	
13편	여름밤의 꿈	신문	≪매일신문≫	1968.7.28	'한더위 여류수상(女流隨想)'

비평 1편

구분	작품명	매체	출처	발표 시기	비고
1편	눈섭에의 신앙 : 박정희(朴貞姬)의 「아직은」에 대하여	잡지	『시작업』 2집	1960.8	'상호시평(相互詩評)'

김혜순 金惠順

1926년 평북 출생. 숙명여전 졸업. 수도여고 교사.

수필 18편

구분	작품명	매체	출처	발표 시기	비고
1	아룻목의 '센티멘탈'	잡지	『여성계』 3권1호	1954.1	'여류수필6인집' / 여교사
2	회색몽(灰色夢)	잡지	『현대공론』 2권7호	1954.9	
3	평범한 길을 걷다	신문	≪경향신문≫	1955.1.16	'문화 : 신춘여류수필' / 수도여고 교사
4	봄날 오후	신문	≪경향신문≫	1956.4.4	'여류춘상(女流春想)'
5	화상(花想)	잡지	『여성계』 5권8호	1956.8	
6	어느 일요일	신문	≪경향신문≫	1957.2.12	'여류 대춘보(待春譜)'

구분	작품명	매체	출처	발표 시기	비고
7	남편이 하는 일에는 참견을 않을 작정 : 만약 장관부인이 된다면	잡지	『주부생활』 1권3호	1957.3	'내가 이런 가정의 주부가 된다면 : 주부의 고향은 가정이며 또한 무덤도 가정일 것이다!'
8	오만(傲慢)과 편견(偏見)	신문	《서울신문》	1959.2.5	
9	삼월의 장(章)	신문	《국제신보》	1959.3.10	'봄맞이 여류수상' / 교원
10	주말단상(週末斷想)	잡지	『주부생활』 3권6호	1959.6	
11	단조로운 번복 속에서	신문	《동아일보》	1961.1.28	'여성의 말'
12	남편에게 주는 편지	잡지	『여원』 7권1호	1961.1	
13	응석으로 받아줄 아량을 죄 없는 바가지와 강짜	신문	《한국일보》	1962.2.4	
14	나는 얌치없는 중학생 : 고구마 배당을 많이 받으려고	잡지	『학원』 11권1호	1962.3	'만필' / 시인
15	미세스 알바트 이야기	잡지	『여원』 11권12호	1965.12	
16	지각생과 기적(奇蹟)	잡지	『세대』 5권3호(통권44호)	1967.3	국무총리비서실
17	오월의 가계부	잡지	『여원』 14권5호	1968.5	
18편	그대의 맹점(盲點)	잡지	『여원』 15권10호	1969.10	

김혜영 金惠英

1965년 장편소설 『여선생의 청춘』(한양출판사) 출간.

소설 단행본 1권

구분	작품명	매체	출처	발표 시기	비고
1권	여선생의 청춘	단행본	한양출판사	1965	'장편소설'

김혜자 金惠子

1941년 서울 출생. 성균관대 졸업. 대한재무협회 근무. 시집 『갈잎 피리』(대한재무협회, 1966) 출간.

시 10편 + 시 단행본 1권

구분	작품명	매체	출처	발표 시기	비고
1	삶이 아닐진데	잡지	『재무』 87호	1963.3	
2	망각(忘却)	잡지	『재무』 91호	1963.7	
3	고아	잡지	『재무』 96호	1963.12	

구분	작품명	매체	출처	발표 시기	비고
4	비와 진디	잡지	『기독교사상』 8권8호(통권79호)	1964.9	
5	나룻터	잡지	『재무』 110호	1965.2	
6	다시 만나면	잡지	『재무』 115호	1965.7	
7	정오의 창변(窓邊)	잡지	『재무』 116호	1965.8	
8	숙취(宿醉)	잡지	『재무』 117호	1965.9	
9	구름	잡지	『재무』 118호	1965.10	
10편	내 마음 소리 잃은	잡지	『재무』 120호	1965.12	
1권	갈잎 피리	단행본	대한재무협회	1966	'(초판)시집'

수필 4편

구분	작품명	매체	출처	발표 시기	비고
1	설야(雪夜)	잡지	『재무』 85호	1963.1	'재무협회'
2	오전(午前)	잡지	『재무』 101호	1964.5	
3	산풍경(山風景)	잡지	『재무』 103호	1964.7	
4편	밀짚모자	잡지	『재무』 107호	1964.11	

김활란 金活蘭

1899~1970년. 호 우월(又月). 초명 기득(己得). 인천 출생. 이화학당 졸업. 컬럼비아대 철학박사. 1925년 ≪여론≫ 발간. 이화여대 총장 겸 재단이사장 역임. 교육자.

수필 4편 + 자서전 1편

구분	작품명	매체	출처	발표 시기	비고
1	정의(正義)의 등불은 저바리려나	신문	≪경향신문≫	1955.11.27	
2	여성과 독서에 대하여	잡지	『여원』 8권10호	1962.1	
3	나라를 사랑하는 길	잡지	『신사조』 3권2호(통권23호)	1964.2	이화여대 명예총장
4	우월자서전(又月自敍傳)	잡지	『여원』 10권2-12호	1964.2-12	'자서전'
5편	나의 사우록(師友錄)(총10회)	신문	≪경향신문≫	1967.10.11 -11.1	

김후란 金后蘭

1934년 서울 출생. 본명 김형덕(金炯德). 서울사대 가정과 수학. 『현대문학』에 1959년 시 「오늘을 위한 노래」(11월), 1960년 「문」(4월)·「달팽이」(12월)가 추천됨. '청미회' 동인.

시 59편 + 시 단행본 1권

구분	작품명	매체	출처	발표 시기	비고
1	최초의 나뭇잎	잡지	『여원』 4권11호	1958.11	*김형덕 본명으로 발표
2	소녀의 꿈	신문	《한국일보》	1959.11.28	
3	오늘을 위한 노래	잡지	『현대문학』 59호	1959.11	'추천' / 金後蘭
4	문(門)	잡지	『현대문학』 64호	1960.4	'추천' / 金後蘭
5	달팽이	잡지	『현대문학』 72호	1960.12	'추천' / 金後蘭
6	꽃샘바람	신문	《한국일보》	1961.4.2	
7	강가에 선 나무	잡지	『현대문학』 80호	1961.8	金後蘭
8	바다에 메아리치는	잡지	『현대문학』 87호	1962.3	'여류신인시특집' / 金後蘭
9	사랑이란……	잡지	『신사조』 1권11호(통권11호)	1962.12	金後蘭
10	백야(白夜)	신문	《서울신문》	1963.2.19	'사랑의 시' / 金後蘭
11	봄이 오는 길목	신문	《대한일보》	1963.3.6	
12	목마(木馬)	잡지	『돌과 사랑』 1집	1963.4	
13	비연(飛鳶)	잡지	『여원』 9권4호	1963.4	'돌과사랑' 동인
14	어느 날	잡지	『돌과 사랑』 1집	1963.4	
15	길가의 조약돌	잡지	『현대문학』 101호	1963.5	金後蘭
16	다리위에서	잡지	『돌과 사랑』 2집	1963.6	
17	목마(3·4)	잡지	『돌과 사랑』 2집	1963.6	
18	곡예의 선상(線上)에	잡지	『시단』 3집	1963.9	'시단Ⅲ : 여류시선'
19	목마(5·6)	잡지	『돌과 사랑』 3집	1963.9	
20	해바라기	잡지	『돌과 사랑』 3집	1963.9	
21	바람에 띄우는 엽서	잡지	『보건세계』 10권11호(통권95호)	1963.11	
22	목마(7·8)	잡지	『돌과 사랑』 4집	1964.1	
23	영화(永花)	잡지	『돌과 사랑』 4집	1964.1	
24	해빙기(解氷期)	잡지	『신세계』 16호	1964.3	'동인지순례④ : 돌과 사랑 편'
25	수반(水盤)의 꽃속에	잡지	『돌과 사랑』 5집	1964.4	
26	초여름의 순수	잡지	『돌과 사랑』 5집	1964.4	
27	밤의 언어	잡지	『문학춘추』 1권5호(통권5호)	1964.8	'신진여류시10인집'
28	한여름 악장(樂章)을 위한 SONNET	잡지	『돌과 사랑』 6집	1964.8	
29	거울 속 에뜨랑제	잡지	『현대문학』 119호	1964.11	
30	동백(冬栢) 한 송이	잡지	『돌과 사랑』 7집	1965.1	
31	어느 모상(母像)	잡지	『돌과 사랑』 7집	1965.1	

구분	작품명	매체	출처	발표 시기	비고
32	불꽃	잡지	『시문학』 1권1호	1965.4	
33	귀여운 GUITAR	잡지	『여원』 11권6호	1965.6	
34	미명(未明)의 손	잡지	『여상』 4권7호	1965.7	
35	은파(銀波)	잡지	『여상』 4권7호	1965.7	
36	파라솔	잡지	『여상』 4권7호	1965.7	
37	다보탑 앞에서	잡지	『현대문학』 129호	1965.9	
38	창(窓)	잡지	『주부생활』 1권9호	1965.12	'이달의 시'
39	목련이 피는 아침	잡지	『세대』 4권3호(통권32호)	1966.3	'시와 시작 노오트'
40	파랑새가 나르는 창변(窓邊)	잡지	『여학생』 2권3호	1966.3	
41	횃불	잡지	『문예수첩』 1권1호	1966.7	
42	너와 더불어	잡지	『여상』 6권2호	1967.2	
43	오월의 그 나무	잡지	『학원』 16권5호	1967.5	
44	비개인 날	잡지	『주부생활』 3권9호	1967.9	
45	바람	잡지	『여원』 14권6호	1968.6	
46	장미 1	잡지	『현대문학』 162호	1968.6	
47	장미 2	잡지	『현대문학』 162호	1968.6	
48	장미 3	잡지	『현대문학』 162호	1968.6	
49	탄생	잡지	『현대문학』 164호	1968.8	
50	우중(雨中) 꽃잎	잡지	『신상』 1권1호(통권1호)	1968.9	
51	가을 시집(詩集)	잡지	『여성동아』 12호	1968.10	
52	백(白)의 환상(幻想)	잡지	『여류문학』 1호	1968.11	
1권	장도(粧刀)와 장미(薔薇)	단행본	한림출판사	1968	'시집'
53	돌거울에	잡지	『현대시학』 1호	1969.4	
54	빗 속의 계절	잡지	『현대문학』 172호	1969.4	
55	노을	잡지	『여류문학』 2호	1969.5	
56	너의 잠 속에	잡지	『주부생활』 5권6호	1969.6	
57	삐에로 애가(哀歌)	잡지	『사상계』 17권6호(통권194호)	1969.6	
58	K씨의 오우(五牛)	잡지	『월간문학』 2권6호(통권8호)	1969.6	
59편	코스모스의 합창	잡지	『동화그라프』 10호	1969.10	'사진과 시'

소설 1편

구분	작품명	매체	출처	발표 시기	비고
1편	고아(孤兒) (총6회)	신문	《경향신문》	1954.1.19 –24	'전국남녀대학생 현상문예 당선작' / *본명 '김형덕(金炯德)'으로 응모

구분	작품명	매체	출처	발표 시기	비고
1	고향에 돌아와서	신문	《경향신문》	1953.11.16	'학원(學苑)' / 김형덕(金烱德)
2	봄의 여음(餘音)	신문	《중앙일보》	1954.5.7	'수필' / '金炯德[경향신문 문예 현상에 가작으로 단편입선자]
3	미운마음·고운마음	신문	《경향신문》	1955.1.16	'문화 : 신춘여류수필' / 김형덕
4	작은 미소를	잡지	『현대문학』 72호	1960.12	'천료소감'
5	염소	잡지	『새길』 93호	1962.5	
6	가을과 달	잡지	『새길』 97호	1962.10	
7	여자들의 거짓	잡지	『미의생활』 4호	1962.11	김후란(金後蘭) / 시인
8	구름과의 산책(散策)	잡지	『난초』 58호	1963.7 / 8	김후란(金後蘭) / 시인
9	만추(晚秋)의 감상(感傷)	잡지	『가정생활』 3권10호	1963.10	'여류수필5인선' / 시인
10	직장을 가진 아내의 일기	잡지	『여상』 2권11호	1963.11	서울신문 문화부, 시인
11	행복의 발견	잡지	『새길』 113호	1964.2	
12	<목마(木馬)>의 변(辯)	잡지	『시단』 4집	1964.3	
13	병법(病法) 제일장(第一章) : 불청객으로서의 병(病)	잡지	『보건세계』 11권3호(통권99호)	1964.3	시인
14	초록빛 단장(丹粧)	신문	《국제신보》	1964.5.27	'신록수필(新綠隨筆)' / 여류시인
15	천대받는 특수직업 여성들에게	잡지	『여상』 3권7호	1964.7	
16	늦가을에 핀 국화(菊花)	잡지	『새길』 119호	1964.10 / 11	
17	만추(晚秋)의 상념(想念)	잡지	『여원』 10권12호	1964.12	'결핵에쎄이진단'
18	샌드위치·맨	잡지	『새교육』 17권2호(통권124호)	1965.2	시인
19	우리집의 형제싸움 : 형의 양보심에 호소	잡지	『여상』 4권7호	1965.7	
20	맛있는 음식을 실컷 먹을 때처럼	잡지	『새소년』 2권8호	1965.8	'해방20동 그때 그 감격' / 서울신문사 문화부 기자
21	남자의 극적 탐구 : 머리칼	잡지	『여상』 4권10호	1965.10	
22	만추(晚秋)의 감상(感傷)	잡지	『새길』 127호	1965.10	'여류수필5인선' / 시인
23	반짝이는 고발의식	잡지	『여원』 11권12호	1965.12	
24	작가와 시인(詩人)	잡지	『세대』 4권1호(통권30호)	1966.1	여류시인
25	편집실의 「케익·파티」	잡지	『여상』 5권1호	1966.1	
26	잘 웃는가? 잘 우는가? : 그것은 「그이」를 사로잡는다	잡지	『주부생활』 2권2호	1966.2	'특집 : 여자의 모순' / 서울신문 문화부 기자
27	미(美)와 지성의 조화(調和)	잡지	『세대』 4권3호(통권32호)	1966.3	'시와 시작 노오트 : 시 「목련이 피는 아침」'
28	여인이 꽃피는 기적의 영지(領地)	잡지	『여상』 5권5호	1966.5	
29	미(美)는 화장품 아닌 마음가짐에서 : 용모에 대한 열등의식과 그 처방책	잡지	『주부생활』 2권9호	1966.9	'제일 특집 : 여성의 열등의식과 그 처방책' / 시인, 서울신문 문화부 기자
30	로맨스 : 심프슨 부인(夫人)과 같은 사랑을	잡지	『여상』 5권11호	1966.11	

구분	작품명	매체	출처	발표 시기	비고
31	미덕(美德)과 악덕(惡德)	잡지	『새길』 138호	1966.11	
32	신문을 읽지 않는데 대하여	잡지	『여원』 13권1호	1967.1	
33	가사(家事)에 대한 무관심	잡지	『여원』 13권3호	1967.3	
34	무지개의 약속	잡지	『새길』 144호	1967.6 / 7	
35	이상적인 자화상 : 순진하고 과감한(노라)형(型)	잡지	『여학생』 3권9호	1967.9	'와이드특집 : 내 마음을 사로잡은 일인(一人)의 이상상(理想像)' / 서울신문사 기자
36	생활의 우수(憂愁)	잡지	『자유공론』 17호	1967.12.1	
37	가을시집(詩集)	잡지	『여성동아』 12호	1968.1	시인
38	기쁨이 있는 생활	잡지	『월간여권』 1호	1968.8	
39	한 줌의 보석(寶石)	잡지	『현대문학』 171호	1969.3	'제14회 현대문학사 신인문학상 수상 소감'
40	봄, 그 청춘기(靑春期)	잡지	『여학생』 5권4호	1969.4	시인
41편	비틀거리는 신사도헌장(紳士道憲章)	잡지	『여원』 15권7호	1969.7	

비평 4편

구분	작품명	매체	출처	발표 시기	비고
1	알기 쉬운 시작(詩作) 노우트 (총5회)	잡지	『보건세계』 11권5-9호(통권101-5호)	1964.5-9	'독자를 위한 문예창작강의'
2	쓰바이크의 「모르는 여인의 편지」	잡지	『여성동아』 16호	1969.2	'명작에서 본 사랑의 고백'④ / 시인
3	돌과 사랑	잡지	『아세아』 1권4호	1969.5	'동인지 시대'④ / 청미회(靑眉會) 편
4편	시인의 얼굴 : 신석초(申石艸)	잡지	『현대시학』	1969.6	글 김후란(金后蘭). 그림 김영태(金榮泰)

김희선 金姬宣

1936년 서울 출생. 이화여대 국문과 졸업. 1960년 시 「자화상」으로 『자유문학』 신인현상문예 당선.

시 4편

구분	작품명	매체	출처	발표 시기	비고
1	나와 나비와	잡지	『자유문학』 2권1호(통권4호)	1957.6	'3석' / 대학생 시 낭독 콩쿨 당선작
2	자화상	잡지	『자유문학』 5권3호(통권36호)	1960.3	'추천시 1회'
3	반항	잡지	『자유문학』 5권8호(통권41호)	1960.8	
4편	길	잡지	『한국시단』 3호	1969.3	

수필 1편

구분	작품명	매체	출처	발표 시기	비고
1편	현대남성의 사랑의 형태 : 신념, 그리고 건전한 사고방식, 자신만만형(型)	잡지	『여상』 4권5호	1965.5	

김희영 金熙泳

1969년 장편소설 『하숙생』(한양출판사) 출간.

소설 단행본 1권

구분	작품명	매체	출처	발표 시기	비고
1권	하숙생(下宿生)	단행본	한양출판사	1969	'20세 처녀의 고백소설'

ㄴ

나소원羅昭苑

1934년 생. 영화감독. 1965년 「갯마을」 조감독. 시나리오 「주차장」(1969년)·「마님」(1970년)·「일요일의 손님들」(1973년)·「다함께 부르고 싶은 노래」(1979년) 발표.

수필 1편

구분	작품명	매체	출처	발표 시기	비고
1편	파라솔	잡지	『주부생활』 2권8호	1966.8	여류영화감독

나영균羅英均

1929년 서울 출생. 영문학자. 이화여대 대학원 영문과 졸업, 미국 캔자스대학원 수료. 이대 영문과 교수 역임.

수필 26편

구분	작품명	매체	출처	발표 시기	비고
1	삶을 하나의 예술로 생각해주었으면…	신문	≪한국일보≫	1962.1.14	
2	사진과 이메지	잡지	『여상』 1권1호	1962.11	이화여대 영문과 교수
3	부산한 햇살 속에서	잡지	『여상』 2권5호	1963.5	'이달의 말'
4	가치의 상실	신문	≪한국일보≫	1963.8.20	
5	스승과 제자 : 스승 김갑순(金甲順) 선생님	잡지	『여상』 2권9호	1963.9	이대 영문학 교수
6	가을의 소묘(素描) 2점(二點)	신문	≪크리스챤신문≫ 191호	1964.10.24	'가을의 여류 수필'(完, 5회) 이대 영문학 교수
7	죽은 꽃나무와 개	잡지	『세대』 3권4호(통권22호)	1965.5	이대 교수
8	어김없이 닥쳐오는데	신문	≪한국일보≫	1965.8.3	'더위를 이기는 독설(毒舌), 여성의 시평 6'
9	설교(說敎)	잡지	『세대』 3권10호(통권28호)	1965.11	이대 교수, 영문학
10	기대하는 마음	신문	≪경향신문≫	1967.1.14	
11	이해(理解)	신문	≪경향신문≫	1967.1.25	

구분	작품명	매체	출처	발표 시기	비고
12	어느 우화(寓話)	신문	≪경향신문≫	1967.2.8	
13	그들과 우리	신문	≪경향신문≫	1967.2.18	
14	아내는 무력하다는 생각	잡지	『여원』 13권3호	1967.3	
15	현대 소녀들의 미적 가치론… 소녀가 가장 소녀다울 때	잡지	『여학생』 3권3호	1967.3	'특집 : 소녀상(少女像) 재발견' / 이대 교수, 영문학
16	자유를 향한 의지를 굳히자 : 침착·현명·용감한 행동으로	신문	≪경향신문≫	1968.1.27	'시론(時論)' / 이대 교수
17	미국 : 베이지 색의 봄옷	잡지	『여학생』 4권4호	1968.4	'특집 : 그 나라의 봄, 그 낙원에 의 추억' / 영문학자, 이대 교수
18	죄의식의 의식(意識)	신문	≪경향신문≫	1968.7.13	'어안록(魚眼錄)' / 이대 교수, 영 문학
19	어린이의 인생	신문	≪경향신문≫	1968.7.20	'어안록' / 이대 교수, 영문학 / 그림 이백봉(李栢峰)
20	타이 고(考)	신문	≪경향신문≫	1968.7.27	'어안록' / 이대 교수, 영문학자
21	권력의 좌(座)	신문	≪경향신문≫	1968.8.3	'어안록'
22	히피족	신문	≪경향신문≫	1968.8.10	'어안록'
23	시골쥐와 서울쥐	신문	≪경향신문≫	1968.8.17	'어안록'
24	체코, 그리고……	신문	≪경향신문≫	1968.8.24	'어안록'
25	결과와 경로와	신문	≪경향신문≫	1968.8.31	'어안록'
26편	서울의 모뉴먼트	신문	≪경향신문≫	1968.9.7	'어안록'

남미영 南美英

1943년 생. 숙명여대 국문과 졸업. 1964년 동화 「아기 송아지」로 ≪동아일보≫ 신춘문예 당선. 아동문학가 겸 교육자.

동화 15편

구분	작품명	매체	출처	발표 시기	비고
1	아기 송아지	신문	≪동아일보≫	1964.1.4	'신춘문예 당선작'
2	금붕어	잡지	『아동문학』 9호	1964.7	'1964년 동아일보 신춘문예동화 당선'
3	휴지통 손님	잡지	『새소년』 1권7호	1964.11	'특집 : 동화 11인집' / 그림 김 광배
4	남자 선생님	잡지	『새소년』 2권3호	1965.3	'아기 동화' / 그림 김광배
5	꽃씨들의 꿈	잡지	『새벗』 154호	1965.4	
6	풍선 띄우는 할아버지	신문	≪소년동아일보≫	1966.9.24	'동화'
7	눈이 환한 아이	잡지	『어깨동무』 1권1호	1967.1	그림 : 고조자
8	산동네	잡지	『새벗』 177호	1967.5	

구분	작품명	매체	출처	발표 시기	비고
9	눈 먼 천사	잡지	『학원』 16권6호	1967.6	
10	싫은 아이	잡지	『학원』 16권9호	1967.9	
11	향이	잡지	『어깨동무』 2권2호	1968.2	'동생에게 들려주는 동화' / 그림 김정
12	열한번째 아저씨	잡지	『새소년』 5권5호	1968.5	'동화' / 그림 장은주
13	내 이름은	잡지	『주부생활』 5권1호	1969.1	'동화' / 그림 김정
14	세째 언니	잡지	『새벗』	1969.2	
15편	짱구 영진이	잡지	『횃불』 1권6호	1969.6	

남소희南小姬

1956년 3월, 동화 「군밤」으로 『여원』 창간기념 현상문예 선외가작 입선. 미국 거주. 동화작가.

소설 1편

구분	작품명	매체	출처	발표 시기	비고
1편	군밤	잡지	『여원』 2권3호	1956.3	'여원 창간기념 현상문예 선외 가작'

남지연南芝鳶

1933~2004년. 본명 남현우(南賢祐). 경기도 광주 출생. 동국대 영문학과 졸업. 1967년 KBS 신춘방송극 공모에 「이브의 후예들」 당선 후 방송작가로 활동.

수필 1편

구분	작품명	매체	출처	발표 시기	비고
1편	장자(莊子)의 꿈	잡지	『주간여성』 48호	1969.11.26	'생활 엣세이' / 방송극작가

노경자 盧瓊子

1962년 동화 「앓는 양」으로 ≪경향신문≫ 신춘문예 가작 입선.

동화 1편

구분	작품명	매체	출처	발표 시기	비고
1편	앓는 양(총9회)	신문	≪경향신문≫	1962.1.9 -17	'신춘문예 가작'

수필 3편

구분	작품명	매체	출처	발표 시기	비고
1	당선소감 : 보다 더 노력을	신문	≪경향신문≫	1962.1.16	'경향신문 신춘문예 동화 가작 「앓는 양」 당선소감'
2	추억	신문	≪서울신문≫	1967.11.25	
3편	불안한 표정	신문	≪서울신문≫	1968.1.27	

노순환 盧詢煥

1940년 서울 출생. 연세대 영문과 졸업. 1960년 11월, 소설 「노래하는 며느리」로 『자유문학』 신인현상문예 당선.

소설 6편

구분	작품명	매체	출처	발표 시기	비고
1	노래하는 며느리	잡지	『자유문학』 5권11호(통권44호)	1960.11	
2	한 겨울날의 이야기	잡지	『자유문학』 6권5호(통권50호)	1961.6	
3	공감각(共感覺)	잡지	『자유문학』 8권2호(통권66호)	1963.2	
4	앨범 여화(餘話)	잡지	『여상』 2권9호	1963.9	'납량 단편소설집'
5	한계(限界)	잡지	『문학춘추』 1권7호(통권7호)	1964.10	
6편	보석	잡지	『문학춘추』 2권2호(통권11호)	1965.2	

수필 5편

구분	작품명	매체	출처	발표 시기	비고
1	남녀공학을 통해서 본 남상(男像)	잡지	『여상』 3권3호	1964.3	소설가
2	오직 충실하려는 노력	잡지	『여원』 11권1호	1965.1	
3	젊은 어머니의 기록 : 아이는 어른의 어머니	잡지	『여상』 4권5호	1965.5	
4	남성의 매력	잡지	『여상』 5권5호	1966.5	
5편	여성만의 정(情), 꽃피는 하늘	잡지	『여상』 6권3호	1967.3	

노영란盧暎蘭

1919~1991년. 본명 노현(盧賢). 경남 함양 출생. 일본 동경데이코쿠여전[帝國女專] 졸업. 동아대 교수 역임. 1947년 진주동인지 『등불』에 시 「황혼」·「조수」를 발표하면서 작품 활동. '등불'·'전환' 동인.

시 18편 + 시 단행본 2권

구분	작품명	매체	출처	발표 시기	비고
1	조수(潮水)	잡지	『등불』	1947	
2	황혼	잡지	『등불』	1947	
3	어머님 모습	잡지	『영남문학』 6집	1948.10	'구작(舊作) 병상(病床)에서'
4	무제(無題)	잡지	『영문』 3권2호(8집)	1949.11	
5	화려한 서곡(序曲)	신문	≪연합신문≫	1953.2.18	오후 동인
6	빛나는 서적	잡지	『여성계』	1953.11	*『1953년판 연간시집』(문성당, 1954)에도 수록
1권	화려한 좌표(座標)	단행본	자유장	1953	'시집'
7	눈물	잡지	『시작』 3집	1954.11.20	
8	역전(逆轉)하는 뚜엠	신문	≪경향신문≫	1955.4.6	'경향시원'
9	연돌(煙突)	신문	≪조선일보≫	1956.8.20	
10	냉장(冷藏)되는 제일류(第一流)의 협주곡	잡지	『자유문학』 1권2호	1956.8	
11	유우또삐아	잡지	『시작』 6	1956.8	
12	승화(昇華)의 밤	잡지	『신태양』 6권1호(통권52호)	1957.1	
13	나의 증인은 임종을 꽃처럼 웃었다	잡지	『자유문학』 3권3호(통권12호)	1958.3	
14	문을 닫고 풍경이 침묵하는 12궁(宮)	잡지	『시와시론』 1집	1958.4.20	
15	맥(脈) 5	잡지	『자유문학』 3권7호(통권16호)	1958.7	'자유문학시단'
16	탄생할 제는	잡지	『자유문학』 4권11호(통권32호)	1959.11	
2권	흑보석(黑寶石)	단행본	금문사	1959	시집
17	운명의 오찬회	잡지	『자유문학』 5권10호(통권43호)	1960.10	
18편	적색수의 사육제	잡지	『도정공론』 1호	1965.3	

소설 단행본 1권

구분	작품명	매체	출처	발표 시기	비고
1권	마지막 향연(饗宴)	단행본	교문사	1958	

수필 16편

구분	작품명	매체	출처	발표 시기	비고
1	교정(校庭)의 넌센스	잡지	『부인경향』 1권4호	1950.4	동래여중 교사
2	모성애의 네 가지 형 (총2회)	신문	≪조선일보≫	1957.5.2 / 3	『가정교육』 30호(1961.2)에도 수록

구분	작품명	매체	출처	발표 시기	비고
3	눈동자	잡지	『문학예술』 4권4호(통권25호)	1957.5	
4	니이나에게 부치는 서한(書翰)	신문	《국제신보》	1957.7.4	여류시인 / 《조선일보》(1958.5.7)에도 수록
5	실내장식과 정서생활 : 섬세하고 세련된 미감각으로(총2회)	신문	《국제신보》	1957.8.2 / 3	
6	『니이나』에게	신문	《국제신보》	1957.11.12	'낙엽 질 무렵' / 시인
7	겨울철의 음식물	신문	《국제신보》	1958.1.9	동아대학 강사
8	녹음을 찾아서 : 초록빛 밀화	신문	《조선일보》	1958.5.29	
9	아까시아와 소녀와 바다와 초하(初夏)의 낭만	잡지	『희망』 8권6호	1958.6	여류시인
10	여성과 신문 : '신문의 날'에 부쳐서	신문	《국제신보》	1960.4.7	여류시인
11	선물이야기 : 서로 즐거운 노릇, 헛된 표현이 되지 않도록	신문	《조선일보》	1960.4.22	
12	붉은 촛불을	신문	《국제신보》	1961.10.7	'국제춘추'
13	여성과 독서 : 화장하는 마음으로 책을 읽자	신문	《국제신보》	1961.10.20	'오늘 20일부터 독서주간'이라고 함
14	악수·경례	신문	《국제신보》	1961.11.8	'국제춘추'
15	합동연구	신문	《국제신보》	1961.12.7	'국제춘추'
16편	새 시대의 모성의 자세	신문	《부산일보》	1962.5.7	

노영숙盧英淑

명성여고 2년 재학 중 『몸부림치는 진실』(부제 : 15세 천재소녀 장편소설)을 1964년 신조문화사에서 발간. 안수길의 추천사 겸 서문이 있음.

소설 1편 + 소설 단행본 1권

구분	작품명	매체	출처	발표 시기	비고
1편	수련꽃 필 때	잡지	『재무』 97호	1964.1	
1권	몸부림치는 진실	단행본	신조문화사	1964	'장편소설'

노천명盧天命

1912~1957년. 본명 노기선(盧基善), 황해도 장연 출생. 이화여전 영문과 졸업. 1932년『신동아』에 시「밤의 찬미」·「단상」을 발표하며 작품 활동. '시원' 동인.

시 56편 + 시 단행본 2권

구분	작품명	매체	출처	발표 시기	비고
1	오월	신문	《독립신보》	1946.5.1	
2	형제여	신문	《서울신문》	1946.9.15	
3	님은 가시밭을 헤치고	신문	《경향신문》	1946.10.24	
4	약속된 날이 잇거니	잡지	『백민』 2권4호(통권5호)	1946.10	
5	꽃다발	신문	《중앙신문》	1947.6.22	
6	삼일절	신문	《민생보》	1948.3.1	
7	나그네	신문	《자유신문》	1949.1.4	
8	신년송(新年頌)	잡지	『부인』 4권1호	1949.1	
9	적적한 거리	잡지	『신세대』 4권1호	1949.1	
10	유관순 누나	잡지	『어린이나라』 1권3호	1949.3	
11	한매(寒梅)	잡지	『신여원』 1호	1949.3	'위(爲) 신여원(新女苑)'
12	곡(哭) 김구 선생(金九 先生)	신문	《서울신문》	1949.7.6	
13	검정나비	잡지	『문예』 2권1호(통권6호)	1950.1	
14	혜성(彗星)	잡지	『부인경향』 1권1호	1950.1	
15	달빛	잡지	『문학』 23집(백민개제)	1950.6	
16	송년시	신문	《국제신보》	1951.12.31	
17	불덩어리 되어	잡지	《동아일보》	1952.8.15	*『자유예술』 1호(1952.11)에도 수록
18	꽃길을 걸어서 : 사월의 기도	잡지	『여성계』	1953.4	*『1953년판 연간시집』(문성당, 1954)과『전신한국문학선 : 시편』(국방부 정훈국, 1955)에도 수록
19	희(姬)야 돌아가라	잡지	『신사조』 7권2호	1953.5.1	
20	유월	잡지	『소년세계』 12호	1953.6	
21	둘씩 둘씩	잡지	『학원』 2권8호	1953.8	
22	추풍(秋風)에 부치는 노래	잡지	『희망』 3권12호	1953.12	*『1953년판 연간시집』(문성당, 1954)
1권	별을 처다보며	단행본	희망출판사	1953	시집
23	환영반공포로(歡迎反共捕虜)	신문	《서울신문》	1954.1.21	*'4287.1.20'이라고 표기됨
24	그대 말을 타고	잡지	『여성계』 3권1호	1954.1	
25	봄의 서곡(序曲)	신문	《서울신문》	1954.3.18	그림 김호성(金湖星)
26	삼월의 노래	잡지	『소년세계』 21호	1954.3	
27	경례를 보내노라	잡지	『학원』 3권5호	1954.5	
28	감추어 놓고	잡지	『현대공론』 2권4호	1954.6	
29	6월의 목가(牧歌)	잡지	『국제보도』 34호	1954.7	

구분	작품명	매체	출처	발표 시기	비고
30	곡(哭) 촉석루(矗石樓)	잡지	『신태양』 3권24호(통권24호)	1954.8	
31	들국화 흰 언덕에서 : 고(故) 이 완성 신부(成神父)님 영전(靈前)에	신문	《경향신문》	1954.9.12	'시'
32	성탄(聖誕)	신문	《경향신문》	1954.12.25	'시'
33	선취(船醉)	신문	《동아일보》	1955.1.23	
34	새벽	잡지	『새벽』 2권1호	1955.1	
35	어머니	잡지	『사상계』 3권2호(통권19호)	1955.2	
36	첫눈	잡지	『카톨릭청년』 9권2호	1955.2	
37	작약(芍藥)	잡지	『재무』 4권3호	1955.3	*『전시한국문학선 : 시』(국방부 정훈국, 1955)에도 수록
38	회상(回想)	잡지	『재무』 4권6호	1955.6	
39	남대문지하도(南大門地下道)	잡지	『신태양』 37호(4권9호)	1955.9	
40	대합실(待合室)	잡지	『교통』 2권8호(통권9호)	1955.9	
41	여원부(女苑賦)	잡지	『여원』 1권1호	1955.10	
42	해변(海邊)	잡지	『전망』 1권3호	1955.11	
43	네 가슴에 꽃을 피워라	잡지	『학원』 5권1호	1956.1	
44	신년송(新年頌)	잡지	『여성계』 5권1호	1956.1	
45	바다에의 향수(鄕愁)	신문	《국도신문》	1956.7.3	
46	낙엽	신문	《동아일보》	1956.11.22	
47	아름다운 새벽을	신문	《경향신문》	1956.12.25	
48	독백	잡지	『사상계』 4권12호(통권41호)	1956.12	
49	오월의 노래	잡지	『여원』 2권5호	1956.5	
50	캐피탈웨이	잡지	『심우』 3권12호	1956.12	'시'
51	김래성 선생(金來成先生)을 곡(哭)함	신문	《동아일보》	1957.2.26	
52	가난한 사람들	잡지	『사상계』 5권5호(통권46호)	1957.5	
53	나에게 레몬을	신문	《세계일보》	1957.6.14	*『자유문학』 2권2호(통권46호, 1957.7)에도 수록
54	조그만 정거장(停車場)	잡지	『교통』 5권6호(통권42호)	1958.6	'열차의 노래 철길의 노래' / 해설 김용호(金容浩)
55	8·15는 또 오는데	신문	《경향신문》	1958.8.1	'고 노천명' / '시집 『사슴의 노래』에서'
2권	사슴의 노래	단행본	한림사	1958	'시집'
56편	유월의 언덕	신문	《세계일보》	1959.6.16	'6월 16일 시인 노천명여사의 2주기를 맞이하여 여사의 유작 가운데서-편집자'

수필 64편 + 수필 단행본 2권

구분	작품명	매체	출처	발표 시기	비고
1	인테리여성의 오늘의 사명	잡지	『부인』 1권1호	1946.4	
2	남행	잡지	『백민』 3권3호	1947.5	
3	화초	잡지	『부인』 3권3호	1948.8	

구분	작품명	매체	출처	발표 시기	비고
4	집 얘기	잡지	『민성』 4권9 / 10호	1948.10	
5	책(冊)을 내놓고	잡지	『주간서울』 17호	1948.12.6	
6	성탄	잡지	『신문평론』 제4호	1948.12	
7	과민(過敏)	신문	≪서울신문≫	1949.1.8	
8	차중기(車中記)	신문	≪서울신문≫	1949.4.6	
9	진달래	잡지	『민성』 5권6호	1949.5	
10	여인 소극장	잡지	『신천지』 4권6호	1949.7	
11	수상(隨想)	잡지	『신천지』 4권8호	1949.9	
12	원두막	잡지	『주간서울』 52호	1949.9	
1권	산딸기	단행본	정음사	1949	'수필집'
13	나의 설계도(設計圖)	신문	≪부인신문≫	1950.1.6	
14	관악등산기	신문	≪국도신문≫	1950.3.28	
15	농가(農家)	신문	≪부산일보≫	1951.11.5	'가을소묘(素描)②' / 그림 박영선(朴泳善)
16	'가야금' 관극기(觀劇記)	신문	≪국제신보≫	1951.12.3	
17	바다를 바라보며	잡지	『여성계』 1권1호	1952.7	
18	나의 생활백서	잡지	『희망』 2권11호	1952.12	
19	하나의 역설	잡지	『희망』 3권2호	1953.2	
20	여성과 의상(衣裳)	신문	≪연합신문≫	1953.4.19	
21	산나물	잡지	『신시대』 5월호	1953.5	
22	교장과 원고(原稿)	잡지	『문화세계』 1권1호	1953.7	*『희망』(1953.7)에 동시에 수록
23	불타는 눈동자를	잡지	『학원』 2권7호	1953.7	
24	서울에 와서	잡지	『문예』 4권4호(통권18호)	1953.10	
25	어느 날의 기록	잡지	『현대공론』 1권2호	1954.1	
26	우감(偶感)	잡지	『청춘』 1호	1954.1	신춘수필 4인집
27	술의 생리(生理)	신문	≪서울신문≫	1954.4.22	
28	주부와 취미	잡지	『새가정』 1권4호	1954.4	
29	피아노와 가야금	신문	≪경향신문≫	1954.5.2	'수감(隨感)' / 시인
30	'마리-르·랑상'과 그 친구들	신문	≪서울신문≫	1954.6.20	'수상(隨想)'
31	6월의 목가(牧歌)	잡지	『국제보도』 34호	1954.7	
32	서해바다의 밤	신문	≪동아일보≫	1954.8.29	
33	진주기행 : 영남예술제를 보고	신문	≪서울신문≫	1954.11.14	
34	고독과 싸우는	잡지	『여성계』 3권12호	1954.12	
2권	나의 생활백서	단행본	대조사	1954	수필집
35	화려지장(華麗之章)을 전개(展開)	신문	≪동아일보≫	1955.1.11	
36	봄이 오면	신문	≪자유신문≫	1955.2.13	
37	5월의 여왕 : 고(故) 이정애 여사(李貞愛女史)의 1주기를 맞아서	신문	≪동아일보≫	1955.5.10	
38	신록과 더부러	잡지	『여성계』 4권6호	1955.6	

구분	작품명	매체	출처	발표 시기	비고
39	가을단상(斷想)	신문	《중앙일보》	1955.11.6	'여성수필' / 여류시인
40	언덕의 왕자(王者)	잡지	『협동』 53호	1955.12	시인
41	노변야화(爐邊夜話)	잡지	『새벽』 3권1호	1956.1	
42	식목일	신문	《경향신문》	1956.4.7	'여류춘상(女流春想)' / 시인
43	예수의 생애와 교훈	신문	《서울신문》	1956.6.27	
44	장면부통령에게 보내는 글월	잡지	『여원』 2권6호	1956.6	
45	지난날의 여기자생활 : 피해야 했던 남성	신문	《동아일보》	1956.7.18	
46	주택과 주위	신문	《연합신문》	1956.8.18	
47	한국여성교육계의 은인 : 파이퍼 여사	잡지	『여성계』 5권8호	1956.8	
48	여백(餘白)	신문	《서울신문》	1956.9.7	그림 김훈(金薰)
49	나의 가을 취미 : 산책	신문	《조선일보》	1956.9.20	
50	어느 일요일	신문	《평화신문》	1956.11.13	
51	직장의 변	잡지	『신태양』 5권11호(통권51호)	1956.12	
52	새해의 포부	신문	《자유신문》	1957.1.1	
53	권상로씨(權相老氏) : 청빈의 인생 팔십	신문	《세계일보》	1957.1.19	'명사대면(名士對面)' / 그림 박기정(朴基禎)
54	최남선씨(崔南善氏) : 와룡지상(臥龍之相)	신문	《세계일보》	1957.1.20	'명사대면' / 그림 박기정
55	윤일선씨(尹日善氏) : 규범생(規範生)은 따분해	신문	《세계일보》	1957.1.21	'명사대면' / 그림 박기정
56	우삼(又三) 김용우씨(金用雨氏) : 툭 틴 인간미가 매력	신문	《세계일보》	1957.1.25	'명사대면' / 그림 박기정
57	정(情)	신문	《평화신문》	1957.1.26	
58	예규공청(禮規公聽)	신문	《조선일보》	1957.2.7	
59	박흥식씨(朴興植氏) : 다른 길 안드는 상인(商人)	신문	《세계일보》	1957.2.9	'명사대면' / 그림 박기정
60	약한 자여 그대 이름은 남자다	잡지	『새벽』 4권4호	1957.4	
61	국회의 싸움	신문	《조선일보》	1957.5.7	
62	나비	잡지	『자유문학』 2권3호(통권6호)	1957.8	'노천명유고(盧天命遺稿)'
63	향토유정기(鄕土有情記)	잡지	『수필』 1권2호	1961.5	여류시인 / *'향토유정'이라는 제목으로 유고작 발표
64편	어느 날의 기(記)	잡지	『카톨릭청년』 16권2호	1962.2	

비평 12편

구분	작품명	매체	출처	발표 시기	비고
1	인간 월탄(月灘)	잡지	『문예』 1권2호(통권2호)	1949.9	
2	최정희론	잡지	『주간서울』	1949.12	
3	보리피리 : 한하운(韓何雲) 시집	신문	《동아일보》	1955.6.14	

구분	작품명	매체	출처	발표 시기	비고
4	여성과 교양 : 박마리아(朴瑪利亞) 저	신문	≪서울신문≫	1955.7.26	'서평(書評)'
5	여류시인이 되려는 분에게	잡지	『여원』 2권1호	1956.1	
6	선(選)	잡지	『학원』 5권2호	1956.2	
7	전원시인 김상용(金尙鎔) : 다재다능한 천하의 호인(好人)	신문	≪서울신문≫	1956.3.17	'해방 후 물고작가(物故作家) : 문학과 인생'
8	선(選)	잡지	『학원』 5권3호	1956.3	
9	문장강의(文章講義)(총2회)	잡지	『희망』 6권11호-12호	1956.11-12	
10	시(詩)의 소재에 관하여	신문	≪한국일보≫	1956.12.14	여류시인
11	올해 못한 일 : 쓴다던 소설	신문	≪조선일보≫	1956.12.31	
12편	이달의 명시감상 : 황진이(黃眞伊) 「영반월(詠半月)」	잡지	『여성계』 6권2호(통권91호)	1957.4	'명시감상' / 시인

노향림盧香林

1942년 전남 해남 출생. 중앙대 영문과 졸업. 1969년 11월, 시 「겨울과원」으로 제3회 『월간문학』 신인작품 가작 당선. '한국시' 동인.

시 1편

구분	작품명	매체	출처	발표 시기	비고
1편	겨울과원	잡지	『월간문학』 2권11호(통권13호)	1969.11	'제3회 신인작품 시 가작'

녹윤綠潤

1962년 2월, 수필 「생일」로 제7회 『여원』 여류신인상 가작 입선.

수필 1편

구분	작품명	매체	출처	발표 시기	비고
1편	생일	잡지	『여원』 8권2호	1962.2	'제7회 여류신인상 가작'

□

모윤숙毛允淑

1909~1990년. 호 영운(嶺雲), 함경남도 원산 출생. 이화여전 문과 졸업 후 경성제대 영문과 수료. 시집『빛나는 지역』(창문사, 1933)을 출간하면서 작품 활동 시작. '시원' 동인.

시 113편 + 시 단행본 3권

구분	작품명	매체	출처	발표 시기	비고
1	청년에 주는 노래	잡지	『재건』 3호	1947.5	'4월 15일 태평통길거리, 민족청년단 행렬 앞에서'
2	단오로다 창포시절	신문	《부인신보》	1947.6.22	
3	할미꽃	신문	《부인신보》	1947.6.27	
4	조선의 딸	잡지	『국제보도』 8호	1947.6	
5	홍치마	신문	《부인신보》	1947.8.19	
6	조국의 꽃	신문	《부인신보》	1947.10.11	
7	가을 소제(小題)	신문	《부인신보》	1947.11.20	'영운(嶺雲)'
8	영원히 빛나리 조선의 딸 유관순	신문	《부인신보》	1947.11.2.	
1권	옥비녀	단행본	동백사	1947	'시집'
9	어대로 가려는가	신문	《부인신보》	1948.1.1	
10	나도 가야합니다	잡지	『부인』 3권2호	1948.4	
11	올림픽에 보내노라	신문	《부인신보》	1948.6.18	
12	어머니여 일어나자	잡지	『새살림』 11호	1949.5	
13	당신의 수레	신문	《동아일보》	1949.8.17	
14	타지마할	잡지	『문예』 1권1호(창간호)	1949.8	
15	갑판(甲板)	잡지	『민족문화』 1권1호(창간호)	1949.9	
16	위안(慰安)	잡지	『문예』 1권2호(통권2호)	1949.9	
17	하와이 색시들	잡지	『문예』 2권2호(통권7호)	1950.2	'12월 23일 밤 호놀누누에서'
18	달마지 : 젊은 논개(論介)에게	잡지	『문예』 2권5호(통권10호)	1950.5	
19	二, 이 맘을	잡지	『영화시대』 5권8호	1950.8	'시집『빛나는 지역(地域)』에서'
20	기다리든 그날	잡지	『문예』 2권7호(통권12호)	1950.12	
2권	풍랑(風浪)	단행본	문성당	1951	'시집'
21	바닷별	잡지	『문예』 3권1호(통권13호)	1952.1	

구분	작품명	매체	출처	발표 시기	비고
22	이 생명을	잡지	『새살림』	1952.4	
23	밤과 함께	잡지	『신경향』 4권1호	1952.6	
24	웰캄 '아이젠하워'	신문	≪동아일보≫	1952.11.26	
25	또한번 기원(祈願)	신문	≪동아일보≫	1953.1.1	
26	매화주(梅花酒)	잡지	『문예』 4권1호(통권15호)	1953.2	*『1953년판 연간시집』(문성당, 1954), 『전시한국문학선 : 시』(국방부 정훈국, 1955) 에도 수록
27	창경원 온실에서	잡지	『문예』 4권2호(통권16호)	1953.6	'2월 어느 날 서울 단녀 나려와서' / *목차에 권호정보 '통권17호'로 오기
28	유혹	잡지	『문예』 4권4호(통권18호)	1953.10	*『1953년판 연간시집』(문성당, 1954), 『전시한국문학선 : 시』(국방부 정훈국, 1955)에도 수록
29	아씨! 문을 열고 나오세요	잡지	『신천지』 8권6호(통권57호)	1953.11	
30	하수(河水)로 간다	잡지	『의회공론』 1권1호	1954.4	
31	부엌의 마돈나	신문	≪경향신문≫	1954.5.9	'어머니 송시(頌詩)'
32	불면증(不眠症)	잡지	『펜』	1954.10	
33	젊은 산맥에서	잡지	『학원』 3권11호	1954.11	
34	어서 이 시대를	잡지	『새벽』 1권2호	1954.12	
35	을미년송(乙未年頌)	신문	≪경향신문≫	1955.1.3	'단기4288년 을미(乙未) 원단(元旦)'
36	그대 눈으로	잡지	『재무』 4권1호	1955.1	
37	다시 못 뵈올 그 모습	신문	≪동아일보≫	1955.2.26	
38	독백	잡지	『심우』 2권3호	1955.3	
39	이 나라를 끄으러라! : 졸업하는 여성들께	잡지	『여성계』 4권3호	1955.3	
40	사마리아 여인의 수기(총2회)	잡지	『카톨릭청년』 9권3 / 4호	1955.3 / 4	'산문시'
41	사월이 온다 철아	잡지	『학원』 4권4호	1955.4	
42	6월로 간다	잡지	『여성계』 4권6호	1955.6	'산문시'
43	필립에게	신문	≪동아일보≫	1955.7.23	
44	또 한 번 그날을	잡지	『종합민주공론』	1955.8	
45	논개(論介)의 밤 : 영남예술제에서	신문	≪조선일보≫	1955.12.1	
46	찬(讚)! 신사임당(申師任堂) : 그의 451주 탄생일에	신문	≪경향신문≫	1955.12.1	
47	가을 잎이 지듯이	잡지	『문학예술』 2권7호(통권9호)	1955.12	
48	그믐고개	잡지	『심우』 2권12호	1955.12	
49	새 촛불	잡지	『여원』 2권1호	1956.1	
50	에봔스 박사를 맞으며	신문	≪한국일보≫	1956.3.2	
51	운동장	잡지	『학원』 5권4호	1956.4	'4월의 시'
52	아무도 모르게	잡지	『펜』 2권4호	1956.5	
53	바닷별	신문	≪국도신문≫	1956.6.27	'해양명시선(海洋名詩選)'(11)

구분	작품명	매체	출처	발표 시기	비고
54	밤바다	신문	≪경향신문≫	1956.8.17	
55	추모 : 사육신 5백년 기념제에	신문	≪경향신문≫	1956.10.11	
56	독백 : 허전한 시대에게	잡지	『사상계』 5권6호(통권47호)	1957.6	
57	육월	잡지	『여성계』 6권4호	1957.6	
58	항쟁	잡지	『자유문학』 2권3호(통권6호)	1957.8	
59	9·28에	신문	≪평화신문≫	1957.9.28	
60	곡(哭)! 육당선생(六堂先生)	신문	≪경향신문≫	1957.10.13	
61	내아들	잡지	『가정교육』 2호	1957.10	
62	선(仙)에게	잡지	『자유문학』 3권1호(통권10호)	1958.1	'서울서 엄마'
63	밀밭에선 여자	신문	≪자유신문≫	1958.5.22	
64	어떤 오후	잡지	『자유문학』 3권6호(통권15호)	1958.6	'자유문학시단'
65	천명(天命)에게 : 미국 마키노도(島)에서……	잡지	『자유문학』 3권7호(통권16호)	1958.7	'추도시'
66	엄마 엄마	잡지	『새교실』 3권10호(통권28호, 1-3학년용)	1958.10	시인, 문총최고위원
67	출근(出勤)	잡지	『자유문학』 3권11호(통권20호)	1958.11	
68	지성(知性)의 기둥을 마련한다 : 「유네스코」 기공식에	신문	≪세계일보≫	1959.4.11	
69	길은 멀어도	잡지	『추성』 6호	1959.5	'특별기고'
70	생존	잡지	『새교실』 4권5호(통권35호, 3-4학년용)	1959.5	
71	시련	잡지	『자유문학』 4권11호(통권32호)	1959.11	
72	산울림 속에서	잡지	『문학』 1권3호	1959.12	
3권	정경	단행본	일문서관	1959	'시집'
73	이 화사한 날에	신문	≪한국일보≫	1960.1.24	
74	검은 바위 옆에서	잡지	『자유문학』 5권3호(통권36호)	1960.3	'4293년 정월 19일, 서울시외에서'
75	축배(祝杯)	잡지	『자유문학』 5권8호(통권41호)	1960.8	
76	머-ㄴ 날개우에	잡지	『예술원보』 4호	1960.9	
77	축제	잡지	『예술원보』 5호	1960.12	
78	물처럼	잡지	『자유문학』 6권3호(통권48호)	1961.3	'고(故) 김말봉 여사 영결식장에서'
79	파성(巴城)께	잡지	『자유문학』 6권9호(통권54호)	1961.10	
80	귀로(歸路)	잡지	『현대문학』 86호	1962.2	
81	얼룩진 무늬를	잡지	『자유문학』 7권1호(통권57호)	1962.3	
82	남한산 오후	잡지	『최고회의보』 14호	1962.11	
83	삼동(三冬)	잡지	『자유문학』 8권1호(통권65호)	1963.1	
84	이 정오에	잡지	『자유』 2호	1963.6	여류시인, 반공연맹이사
85	공초선생(空超先生) 영전(靈前)에	잡지	『자유문학』 8권7호(통권71호)	1963.8	'조시(吊詩)' / '1963년 6월 7일'
86	외롭지 않다	잡지	『새길』 109호	1963.10.15	

구분	작품명	매체	출처	발표 시기	비고
87	가신 자유의 기수(旗手) : 케네디 대통령의 서거를 애도하며	잡지	『시사』 29호	1963.12	
88	4월의 노래	잡지	『새농민』 4권3호(통권29호)	1964.3	'권두시'
89	백합(百合)의 얼을 띤―'돌과 사랑'에게	잡지	『돌과 사랑』 5집	1964.4	
90	푸르름 속에	잡지	『새길』 116호	1964.6.15	
91	저 별과 강물의 노래를 : 이승만 박사(李承晩博士) 추모시	신문	≪신아일보≫	1965.7.24	
92	머슴아야	잡지	『재무』 117호	1965.9	
93	9월(九月) 아낙네	잡지	『주부생활』 1권6호	1965.9	'권두시'
94	계절풍	잡지	『예술원보』 9호	1965.12	
95	웃는다 달이 되어 해가 되어	잡지	『여학생』 1권1호	1965.12	
96	또 다른 전선(戰線)에서 국군을 본다	신문	≪서울신문≫	1966.1.1	'맹호는 포효하고 아세아를 도우며' / *≪한국일보≫(1966.1.1)에도 수록
97	사막의 용사 그 사람에게	신문	≪서울신문≫	1966.1.8	'월남전선에서' / *≪강원일보≫(1966.2.10)에 '「사이공」 「메콩」강에서 어느 소녀의 약혼자 해병(約婚者海兵)에 주는 시(詩)'라는 설명과 함께 수록
98	축 창간	잡지	『서울YWCA』	1966.3.1	
99	목련나무 아래 너와 나	잡지	『문학춘추』 3권3호(통권20호)	1966.4	'류이호아에서 만난 이상병(李上兵)께'
100	사월은	잡지	『여학생』 2권4호	1966.4	
101	메콩강의 그 사람에게	잡지	『한월계』 1호	1966.7	'월남전선에서'
102	아바삼 여인	신문	≪한국일보≫	1967.11.9	
103	단풍	잡지	『새길』 138호	1966.11.20	
104	존슨 부인께	잡지	『여성』 25호	1966.11	'환영시'
105	나비야 호수	잡지	『예술원보』 11호	1967.12	*'1967년 8월 아이보리 코스트 아비쟌에서'라고 기재
106	이 지평선에	잡지	『사상계』 15권12호(통권176호)	1967.12	
107	오월의 대화	잡지	『새길』 151호	1968.5.20	
108	김수영 추모시 : 중환자들	잡지	『현대문학』 164호	1968.8	
109	뻐국이	잡지	『자유』 1권3호	1968.8	'이달의 시'
110	상실(喪失)에서	잡지	『여류문학』 1호	1968.11	
111	밤 열한시	잡지	『월간문학』 1권2호(통권2호)	1968.12	
112	달에 서다	신문	≪중앙일보≫	1969.7.21	
113편	유월 밤	잡지	『월간문학』 2권7호(통권9호)	1969.7	

수필 205편 + 수필 단행본 4권

구분	작품명	매체	출처	발표 시기	비고
1	새봄을 맞으며	잡지	『부인』 1권1호	1946.4	
2	공창폐지령은 무엇을 말하나	신문	《가정신문》	1946.5.28	
3	제일을 하므로 독립은 오는 것	신문	《가정신문》	1946.9.4	
4	부인운동의 이모저모	신문	《문화시보》	1947.2.16	
5	시베리아로 유형(流刑)간 조카에게	잡지	『문화』 창간호	1947.4	
6	우인공포증(友人恐怖症)	잡지	『백민』 3권3호(통권8호)	1947.4 / 5	
7	5월과 여성대회(총2회)	신문	《부인신보》	1947.5.17 -18	
8	빈대와 그 일당(총2회)	신문	《부인신보》	1947.5.27 / 29	
9	대들보를 함께 들자	신문	《부인신보》	1947.6.17	
10	삼천만아 일어나자	신문	《부인신보》	1947.6.18	
11	서윤복 만세	신문	《부인신보》	1947.6.22	
12	조선은 어디로 가나(총2회)	신문	《부인신보》	1947.7.4 / 5	
13	조선의 운명	신문	《부인신보》	1947.7.12	
14	렌의 애가(후편 제1회)	잡지	『문화』 1권2호	1947.7	
15	성하단상	신문	《부인신보》	1947.8.8	
16	총선거는 여성을 부른다(총2회)	신문	《부인신보》	1947.8.23 -24	
17	민족청년단 여자부 결성의 보를 접하야	신문	《부인신보》	1947.9.19	
18	세계여자기독청년 총회와 조선대표(총2회)	신문	《부인신보》	1947.10.2 -3	
19	가을	신문	《부인신보》	1947.10.5	
20	총선거를 앞두고 움직이는 여성들(총6회)	신문	《부인신보》	1947.10.7 -14	
21	김장유감	신문	《부인신보》	1947.11.18	
22	아동과 봄철-특히 어머니들에게	신문	《부인신보》	1948.2.18	
23	총선거는 여성을 부른다 (1)	신문	《부인신보》	1948.8.23	
24	뉴욕에서-제4신	신문	《부인신보》	1948.10.3	
25	파리에서-제5신	신문	《부인신보》	1948.10.30	
26	런던에서 모윤숙 여사 발-제7신	신문	《부인신보》	1948.12.16	
27	인도(印度)의 여성 문제	신문	《조선일보》	1949.2.10	
28	세계문화 정세보고	신문	《연합신문》	1949.2.18	
29	가신 '나이두' 여사에게 (상·하)	신문	《동아일보》	1949.3.5 / 6	
30	내가 본 세상(世上)(총8회)	잡지	『문예』 1권2-2권6호(통권2-11호)	1949.9 -1950.6	'세계기행'

구분	작품명	매체	출처	발표 시기	비고
31	강자의 논리 : 나의 독백록에서	잡지	『현대공론』	1949.10	
32	평화의 산실 UN총회	신문	《서울신문》	1949.12.9 -10	
33	나의 '유엔' 총회 참관기	잡지	『부인』 5권1호	1950.1 / 2	
34	젊은 남녀의 사교술	신문	《부인신문》	1950.3.24	
35	여성이 본 미국여성	잡지	『부인경향』 1권3호	1950.3	
36	뉴욕야화	잡지	『민성』 6권5호	1950.6	
37	육군중위 C에게	잡지	『문예』 2권7호(통권12호)	1950.7	
38	부인운동의 이모저모	신문	《문화시보》	1950.11.26	'가정'
39	나는 지금 정말로 살아있는가?	전시 간행물	『고난의 90일』(수도문화사)	1950	
40	추원(追願)	신문	《부산일보》	1951.11.7	'가을소묘(素描)' / 그림 이준(李俊)
41	천지가 지옥화	전시 간행물	『전시문학독본』(계몽사)	1951	
42	여성에게 외친다	신문	《경향신문》	1952.1.1	
43	벤 장군에게	신문	《경향신문》	1952.4.14	
44	봄·여름 일기	잡지	『문예』 3권1호(통권14호)	1952.5	
45	good-bye : 가시는 무쵸 대사께	신문	《경향신문》	1952.9.1	
46	생활개선	신문	《경향신문》	1952.9.23	
47	파도에 꿈을 얹어	잡지	『신태양』 1권4호	1952.11	
48	한국문화의 독자성 : 주한외국인을 위한 방송 초고(草稿)	잡지	『문예』 4권1호(통권15호)	1953.1	
49	조선여성의 자화상 : 이태준씨의 『딸 삼형제』	잡지	『문예』	1953.2	
50	소녀시절의 나	잡지	『학원』 2권4호	1953.4	
51	돌아온 시민(1)~(4)	신문	《조선일보》	1953.9.18 / 19 / 22 / 24	
52	하나의 고충(苦衷) : 김남조 동지에게	잡지	『문예』 4권3호(통권17호)	1953.9	
53	새로운 생활 설계	신문	《경향신문》	1953.10.26	'동란이 가져온 것(1) 여성에게'
54	다시 저무는 서울의 1년 : 여성계; 부서진 '타임'의 연결	신문	《경향신문》	1953.12.23	
1권	내가 본 세상	단행본	수도문화사	1953	'수필집'
55	동짓달 산조	잡지	『문예』 5권1호(통권20호)	1954.1	
56	상이군경(傷痍軍警)을 도웁자	잡지	『여성계』 3권1호	1954.1	
57	부엌의 마돈나	신문	《경향신문》	1954.5.9	
58	영국의 학생생활	잡지	『학생계』 1권2호	1954.5	
59	랑궁의 하루밤	잡지	『문학예술』 1권2호	1954.6	
60	미래를 비는 마음 : 조국은 해방되었는가?	신문	《경향신문》	1954.8.15	'문화'면 / 시인

구분	작품명	매체	출처	발표 시기	비고
61	내가 만일 공보처장이 된다면	잡지	『여성계』 3권11호	1954.11	
62	예술원의 숭고성을 높이라	잡지	『사상계』 2권8호(통권16호)	1954.11	
63	'새해에는' 하는	잡지	『여성계』 3권12호	1954.12	
64	인간을 귀히 알자 : 형식적 조건에 구애 말고	신문	≪한국일보≫	1955.1.16	'나의 주장' / 시인, 대한여자청년회장
65	'비판'을 받아야 진취 : 한계문제는 문화인끼리	신문	≪경향신문≫	1955.1.23	문필가
66	인간의 존엄성	신문	≪경향신문≫	1955.4.30	
67	보고 싶은 정애 여사(貞愛 女史)에게 : 그 일주기에 드리는 말	신문	≪한국일보≫	1955.5.11	시인
68	펜·클럽 대회에 가면서	신문	≪경향신문≫	1955.5.31	
69	사무실 촌감(寸感)	잡지	『펜』 1권2호	1955.5	'회원각설(會員各說)' / 부위원장, 시인
70	'모랄'의 융통성	신문	≪한국일보≫	1955.6.10	
71	'비엔나'에서 : 제2신	신문	≪한국일보≫	1955.6.30	시인
72	펜클럽대회 인상, 우리나라대표 3명의 소감 : 예술의 상징, 비엔나시내 도처에 슈트라우스동상	신문	≪조선일보≫	1955.7.13	
73	펜·클럽 대회 소화(小話) (총2회)	신문	≪경향신문≫	1955.7.15-16	
74	나의 첫 무대 동아(東亞)	신문	≪동아일보≫	1955.8.19	
75	번뇌와 독서	신문	≪서울신문≫	1955.10.4	'가정(家庭)'
76	'오─스트리아'의 여성들	잡지	『여원』 1권1호	1955.10	
77	뜰 없는 집	신문	≪동아일보≫	1955.11.6	
78	얼마나 『좁은 문』은 넓어졌나 : 교육을 중심으로-문화	잡지	『여원』 1권3호	1955.12	
79	펜·클럽이 가는 길	잡지	『펜』 1권3호	1955.12	'뷔엔나 세계작가회의 특집'
80	렌의 애가(최종편) (총7회)	잡지	『여성계』 4권12호-5권9호	1955.12-1956.9	
81	미국을 다녀와서 : 문화를 중심한 그곳 인상(印象)	신문	≪평화신문≫	1956.3.6	
82	삼월유한(三月有恨)	신문	≪경향신문≫	1956.3.16	'여류춘상(女流春想)'
83	내가 만약 다시 소녀가 된다면 : 명랑한 소녀로	잡지	『소년세계』 38호	1956.3	
84	너도나도 빠짐없이 선거장(選擧場)으로 : 비판 통한 자유분위기를…	신문	≪한국일보≫	1956.5.14	여류시인
85	목숨의 고비 : 6·25와 나	신문	≪조선일보≫	1956.6.28	
86	그리운 보리비아! : 뷔엔나에서 헤어진 후	잡지	『자유문학』 1권1호	1956.6	
87	어머니로서의 여성의 환희	잡지	『여원』 2권8호	1956.8	

구분	작품명	매체	출처	발표 시기	비고
88	선거를 전후(前後)한 '와싱톤'의 표정	신문	≪한국일보≫	1956.11.9	'10월 31일'
89	모여사(毛女史)가 보내온 미국소식	신문	≪한국일보≫	1957.1.16	*신문사 사장에게 보낸 편지
90	「부다페스트」에서 온 여자 : '뉴욕'에서=1월 9일…	신문	≪한국일보≫	1957.1.16	
91	미국문화와 한국의 반성	신문	≪경향신문≫	1957.3.12	
92	아호(雅號)풀이 : '영운(嶺雲)'의 변(辯)	신문	≪동아일보≫	1957.4.11	
93	슬펐던 어머니	신문	≪평화신문≫	1957.5.8	
94	내가 만난 인상깊은 여성들 : 미스 마일스와 미세스 루즈벨트의 경우	잡지	『주부생활』 1권5호	1957.5	시인
95	MRA대회의 성격 : 각국의 정신적 유대를 지향	신문	≪세계일보≫	1957.6.3	
96	MRA세계대회의 의의 : 『사상은 발을 가졌다』를 읽고	신문	≪경향신문≫	1957.6.4	
97	도덕재무장대회(道德再武裝大會)에서 돌아와서 : 이번 대회의 토론을 중점으로	신문	≪평화신문≫	1957.7.11	
98	천명(天命)에게 : L미국 마키노도(島)에서	신문	≪연합신문≫	1957.7.11	
99	MRA운동의 재인식 : 세계대회를 다녀와서(총2회)	신문	≪세계일보≫	1957.7.12 -13	
100	미국통신 : M・R・A 회의	잡지	『자유문학』 2권2호(통권46호)	1957.7	*'6월 7일 영운(嶺雲)'이라고 개재
101	펜 대회 참가의 의의(총2회)	신문	≪경향신문≫	1957.8.12 -13	
102	달, 수박, 나	신문	≪동아일보≫	1957.8.13	
103	항쟁	잡지	『자유문학』 2권3호(통권6호)	1957.8	
104	동경(東京)의 분위기 : 펜・클럽 29차 대회에서	신문	≪한국일보≫	1957.9.11	
105	나는 독신생활 찬미자 아니다	잡지	『여원』 3권9호	1957.9	
106	개와 하늘	신문	≪경향신문≫	1957.11.13	'수감(隨感)' / 여류시인
107	제야상(除夜想)	신문	≪한국일보≫	1957.12.31	시인
108	내가 만난 이대통령(李大統領) : 이화장(梨花莊)서 벗지 따주시던 그 날이여	잡지	『진상』 3권1호	1958.1	
109	현대여성의 특질을 살리는 길 : 올바른 인생관과 내용적인 삶을 지향	잡지	『주부생활』 2권1호	1958.1	시인
110	자화상(총2회)	잡지	『희망』 8권1-2호	1958.1-2	
111	일기를 쓰던 것이	신문	≪세계일보≫	1958.2.9	'전공(專攻)의 변(辯)' / 시인

구분	작품명	매체	출처	발표 시기	비고
112	그 아내의 수기 (총19회)	잡지	『주부생활』 2권2호-4권1호	1958.2-4 / 6-12, 1959.3 / 7 / 9 / 11 -1960.1	*7-10회 '정(庭)이의 심정(心情)'라는 부제 있음 / *단행본(일문서관, 1959) 발간
113	신문을 말한다 : 여성교도(女性教導)에 주력했으면	신문	≪경향신문≫	1958.4.11	
114	이처럼 허(虛)한가? 이봄은	신문	≪동아일보≫	1958.4.16	
115	주부를 위한 생활의 교서(教書) : 어떤 선량(善良)에게 표를 던질 것인가	잡지	『주부생활』 2권5호	1958.5	'주부논단(主婦論壇)'
116	의리(義理)와 신의(信義)의 방향	잡지	『희망』 8권6호	1958.6	*제8권·제6호 '권두언(卷頭言)'
117	'부랏셀'로 가든 길	잡지	『자유문학』 3권8호(통권17호)	1958.8	'기행문특집' / 시인
118	구경(求景)스러운 식구들과	잡지	『자유문학』 3권9호(통권18호)	1958.9	'특집 작가의 일기' / 시인
119	9·28은 항상 나에게 전율을 느끼게 하면서도……	잡지	『신태양』 7권9호(통권72호)	1958.9	'9·28 회고기(回顧記)' / 시인
120	파리 통신	신문	≪세계일보≫	1958.11.13 / 15 / 30	*1-2신과 4신만 수록
121	세느강의 교양	신문	≪한국일보≫	1958.12.10	
122	유럽의 X마스 구경	신문	≪세계일보≫	1958.12.25	'십二월십일, 영운(嶺雲)' / '모윤숙이 이산 김광섭씨에게 보낸 소식'
123	'로레라이'의 꿈 : 「라인」강변을 돌아서	신문	≪한국일보≫	1959.1.11	
124	구라파 기행 : 밤의 나라 '스페인'	잡지	『자유문학』 4권3호(통권24호)	1959.3	
125	신문을 말한다 : 여성 교도(教導)에 주력했으면	신문	≪경향신문≫	1959.4.11	
126	죽기 전에 다시 더 한 번 : 가슴 속에 묻은 사랑의 시체	신문	≪세계일보≫	1959.5.2	'사랑이 그립지 않은가' / 시인
127	우리 문자(文字)의 국제성	신문	≪부산일보≫	1959.5.20	
128	제5차 아주반공대회(亞洲反共大會)에 참가하고 (총2회)	신문	≪세계일보≫	1959.6.16 -17	'상 : 반공의식 높은 아주제민족, 하 : 반공의식 구현을' / 시인
129	59년도의 여성계 : 현실연구에 태만(怠慢)치 말자	신문	≪동아일보≫	1959.12.19	
130	서구에는 이 제도가 없다	신문	≪조선일보≫	1960.1.26	
131	한국명사의 일기장에서 : 신량 일기(新涼日記)	잡지	『학원』 9권1호	1960.1	'특집 : 일기문화' / 시인
132	인간 유석(維石) : 그의 인생 그의 투쟁	신문	≪조선일보≫	1960.2.20	
133	민족과 예술인의 방향	신문	≪동아일보≫	1960.3.2	
134	이박사(李博士)와 나 (총2회)	신문	≪서울신문≫	1960.3.7 / 8	여류시인

구분	작품명	매체	출처	발표 시기	비고
135	사랑	잡지	『세계』 2권3호	1960.3	
136	봄 : 계절의 로맨스 : 진달래	잡지	『가정교육』 20호	1960.4	
137	새로운 창조의 오월을 위하여	잡지	『자유문학』 5권5호(통권38호)	1960.5	
138	브리핑(총2회)	잡지	『자유문학』 5권10-11호(통권43-44호)	1960.10-11	*소제목 1. '밀항(密航)' 2. '강제미소(强制微笑)'
139	펄·벅 여사를 맞이하며	잡지	『여원』 6권11호	1960.11	
2권	포도원	단행본	중앙출판공사	1960	수필집
140	사월밤	잡지	『수필』 1권2호	1961.5	여류시인
141	자기를 깨닫고 내일을 발견하는 : 일기와 인생	잡지	『가정교육』 35호	1961.9	
142	진달래가 필 무렵	잡지	『여원』 8권3호	1962.3	
143	루 여사를 추억한다	신문	《서울신문》	1962.11.8	
144	젊은 영(英)이에게(총3회)	잡지	『여상』 1권2호-2권2호	1962.12-1963.2	*3회 끝에 '계속'으로 표기됨
145	원단일기(元旦日記)	신문	《대한일보》	1963.1.1	
146	사춘(似春) 불사춘(不似春)	잡지	『자유문학』 8권5호(통권69호)	1963.5	'명가(名家)의 일문(一文)' / 시인
147	재건의 모습들 : 경남북지방	신문	《동아일보》	1963.6.17	
148	나의 의식주(衣食住)	잡지	『여원』 9권8호	1963.8	
149	추석의 노래 : 송편	신문	《한국일보》	1963.10.2	
150	떠오르는 「잔·타크」역(役) : 박은혜 여사(朴恩惠女士)를 애도함	신문	《동아일보》	1963.11.1	
3권	구름의 연가(戀歌)	단행본	삼중당	1963	'수필집'
151	여러분에게 슬기로운 새해를	잡지	『학원』 13권1호	1964.1	'새해의 꿈 : 하고 싶은 일' / 시인
152	젊은 기수(旗手) K의원에게	잡지	『신사조』 3권2호(통권23호)	1964.2	'공개서한(公開書翰)'
153	장독대	잡지	『가정생활』 4권3호	1964.3	'나의 낙서첩(落書帖)'
154	공동운명(共同運命)	잡지	『내외주보』 3호	1964.5.17	'천자춘추(千字春秋)'
155	그날밤의 '네루'수상(首相)	신문	《한국일보》	1964.5.28	
156	내가 지금 이십대라면 : 용기와 슬기를 겸한 자세로	잡지	『여상』 3권5호	1964.5	'오십대의 발언' / 여류시인
157	아호유감(雅號有感) : 잊지 못할 춘원 선생	잡지	『한일약보』 1호	1964.5	'특집 아호유감'
158	한여름낮의 꿈 : 수원행 동원령	신문	《동아일보》	1964.7.18	
159	자연을 느낄 때	잡지	『사상계』 12권7호(통권136호)	1964.7	
160	나의 발언	신문	《대한일보》	1965.5.11	
161	적화(赤化) 90일에 내가 체험한 것 : 절망하지 않았다	잡지	『자유』 23호	1965.6	'특집 6·25동란 50주년'
162	어긋난 천지조화(天地調和)	신문	《한국일보》	1965.7.20	'더위를 이기는 독설(毒舌), 여성의 시평' 3
163	6·25 전후(前後) : 비바람에 쓸려간 아까운 분들	신문	《서울신문》	1965.8.7	시인

구분	작품명	매체	출처	발표 시기	비고
164	고목과 나	잡지	『현대문학』 130호	1965.10	
165	후배에게	신문	≪동아일보≫	1965.12.27	
166	사랑의 노오트 : 인간애	잡지	『여상』 4권12호	1965.12	
167	젊음을 키우는 나날을	신문	≪조선일보≫	1966.1.1	'신춘 여류수상'
168	월남전선(越南戰線)을 다녀와서	신문	≪서울신문≫	1966.1.11	*THE NEW KOREA / ≪신한민보≫(1966.1.21)에도 수록
169	파월 장병 위문 보고	잡지	『여성』 18호	1966.3	'여성'
170	야자나무와 풋소리	잡지	『주부생활』 2권4호	1966.4	'여류시인의 수필'
171	산 너머 아득한 먼 하늘에	잡지	『여상』 5권5호	1966.5	
172	국군은 죽어서 말한다	잡지	『자유공론』 제3호	1966.6.1	
173	파월국군(派越國軍) 위문기	잡지	『새길』 134호	1966.6	
174	명사십리 가야 할 산하, 분단 21년에 더듬어 보는 북의 지상(紙上) 기행	신문	≪조선일보≫	1966.9.4	'4. 해당화 송이송이 주홍빛으로 물드는 바다'
175	사랑이라는 것	잡지	『여상』 5권10호	1966.10	
176	생활이념의 개혁	잡지	『여성』 24호	1966.10	'부주제 강연(17일)'
177	회상의 창가에서(총15회)	잡지	『여원』 12권11호-13권12호	1966.10 -1967.12	*단행본(중앙출판공사, 1968) 발간
178	가야할 산하 : 명사십리(明沙十里)(총3회)	신문	≪신한민보≫	1966.11.11 / 18 / 25	THE NEW KOREA
4권	밀물 썰물	단행본	중앙출판공사	1967	*1970년 중판
179	가야할 산하 : 함흥 만세교	신문	≪신한민보≫	1967.2.24, 3.10	
180	봄의 예찬	잡지	『사상계』 15권2호(통권166호)	1967.2	
181	아버지보다 더 위대한 어머니	잡지	『여상』 6권5호	1967.5	
182	제35차 국제PEN대회에 다녀와서(총4회)	신문	≪경향신문≫	1967.9.25 / 30, 10.4 / 9	'연재참관기'
183	나의 사우록(師友錄) : 김활란 선생, 춘원 이광수 선생, 인도외교관 메논씨(총3회)	신문	≪경향신문≫	1967.12.4 / 9 / 11	'모윤숙①-③'
184	외국 아카데미 상황	잡지	『예술원보』 11호	1967.12	
185	동명(東鳴)선생 영전(靈前)에	신문	≪중앙일보≫	1968.1.23	
186	내일의 모험을 위해	잡지	『여상』 7권1호	1968.1	
187	인정(人情)	잡지	『주부생활』 4권2호	1968.2	'여인의 창변(窓辺)'
188	4월의 본능	잡지	『주부생활』 4권4호	1968.4	'여인의 창변'
189	내가 만난 헬렌·켈러 여사	신문	≪서울신문≫	1968.6.4	
190	용기로 뭉친 맨손의 항거를 우리는 압니다	신문	≪중앙일보≫	1968.9.6	
191	이박사(李博士), 뜨거운 눈물 흘린 설야(雪夜)	잡지	『월간중앙』 7호	1968.10	'시련의 일기에서'① / 시인

구분	작품명	매체	출처	발표 시기	비고
192	<닐리리야> 부른 유엔 총회	잡지	『월간중앙』 8호	1968.11	'시련의 일기에서' / 시인
193	12월의 풍경	신문	≪조선일보≫	1968.12.5	'일사일언(一事一言)'
194	불신의 상품들	신문	≪조선일보≫	1968.12.19	'일사일언'
195	쌀밥과 미소	신문	≪조선일보≫	1968.12.26	'일사일언'
196	새해	신문	≪조선일보≫	1969.1.7	'일사일언'
197	나의 카르테 : 동양적 사고방식의 비극	잡지	『주간중앙』 20호	1969.1.12	시인
198	고속도로와 골목길	신문	≪조선일보≫	1969.1.14	'일사일언'
199	도산성역(陶山聖域)과 여성	신문	≪조선일보≫	1969.1.21	'일사일언'
200	유관순과 얀 팔라치	신문	≪조선일보≫	1969.1.28	'일사일언'
201	삼십삼인(三十三人) 자수설(自首說)	신문	≪조선일보≫	1969.2.4	'일사일언'
202	공무원 풍토	신문	≪조선일보≫	1969.2.11	'일사일언' / *≪신한민보≫(1969.3.7)에도 수록
203	한일협력위(韓日協力委)의 표정	신문	≪조선일보≫	1969.2.20	'일사일언'
204	서민아파트 풍경	신문	≪조선일보≫	1969.2.25	'일사일언'
205편	내가 좋아하는 말 : 참을 때는 강하게 키를 잡고 욕심은 둔해지도록 내버려두라	잡지	『여성동아』 16호	1969.2	시인

비평 31편

구분	작품명	매체	출처	발표 시기	비고
1	시인 서정주 씨에게	잡지	『혜성』 1권3호	1950.5	
2	시천후감	잡지	『문예』 4권1호(통권15호)	1953.1	
3	시천후감(詩薦後感)	잡지	『문예』 4권2호(통권16호)	1953.6	
4	시천후기(詩薦後記)	잡지	『문예』 4권3호(통권17호)	1953.9	
5	시천후감	잡지	『문예』 4권4호(통권18호)	1953.10	
6	전숙희, 『탕자의 변』을 읽고	신문	≪조선일보≫	1954.8.2	'신간평'
7	스승 월파(月坡) 김상용(金尙鎔) : 순수의 주인 · 낭만의 기사(騎士)	신문	≪경향신문≫	1956.4.5	'해방 후(解放後) 물고작가(物故作家)의 그 어느날' / '4289년 4월 3일'
8	내가 본 김광섭	잡지	『문학예술』 3권10호(통권19호)	1956.10	
9	어느 날 오후에 만난 시인 : 랜달 · 제렐 씨의 인상	신문	≪경향신문≫	1956.12.9	'워싱턴'에서
10	무지개의 시상(詩想)	신문	≪서울신문≫	1957.4.12	'서평'
11	민족과 작가정신 : 국제펜대회에의 포부(총2회)	신문	≪한국일보≫	1957.8.28 -29	
12	찰쓰 · 모오간의 인상	신문	≪평화신문≫	1958.2.8	*찰스 모건[Charles Langbridge Morgan, 1894.1.22-1958.2.6] 영국 소설가 겸 극작가
13	집필을 하면서	잡지	『주부생활』 2권2호	1958.2	*「그 아내의 수기」 연재소감

구분	작품명	매체	출처	발표 시기	비고
14	우리 문학의 해외진출 : 세계적인 호흡밑에 새로운 작품형성을 기대	신문	≪경향신문≫	1958.8.15	시인
15	인도시인 나이두 여사와 나	잡지	『사조』 9월호	1958.9	
16	시천후기(詩推薦記)	잡지	『자유문학』 4권3호(통권24호)	1959.3	
17	『렌의 애가(哀歌)』에 나오는 시몬은 누구인가	잡지	『여원』 5권6호	1959.5	
18	시추천소감(詩推薦所感)	잡지	『자유문학』 4권6호(통권27호)	1959.6	'시추천소감'
19	시추천기(詩推薦記)	잡지	『자유문학』 4권11호(통권32호)	1959.11	'시추천기'
20	서평 : 손소희 장편소설 『태양의 계곡』	신문	≪조선일보≫	1960.2.7	'서평'
21	문예	잡지	『사상계』 8권2호(통권79호)	1960.2	
22	시추천소감(詩推薦所感)	잡지	『자유문학』 5권2호(통권35호)	1960.2	
23	시추천사(詩推薦辭)	잡지	『자유문학』 5권4호(통권37호)	1960.4	
24	시추천사(詩推薦辭)	잡지	『자유문학』 5권5호(통권38호)	1960.5	
25	문단인(文壇人) 스켓취	잡지	『자유문학』 5권6호(통권39호)	1960.6	
26	시추천사(詩推薦辭)	잡지	『자유문학』 5권6호(통권39호)	1960.6	
27	황진이(黃眞伊)의 인생, 애정의 배후(背後)	잡지	『예술원보』 4호	1960.9	
28	아주영화제 : 높아진 작품수준 : 심사결과를 말한다	신문	≪동아일보≫	1962.5.17	
29	서평 : 주미(周美) 수필집, 『고통 중의 낭만』	신문	≪조선일보≫	1963.7.23	'서평'
30	특집 공초 오상순 추도 : 공초의 인간성	잡지	『현대문학』 103호	1963.7	
31편	측면으로 본 신문학 60년 : 문예(文藝)의 창폐간	신문	≪동아일보≫	1968.9.21	

문광미 文光美

1967년 시 「꿈과 사랑의 노래」로 제20회 『여원』 여류신인상 당선.

시 1편

구분	작품명	매체	출처	발표 시기	비고
1편	꿈과 사랑의 노래	잡지	『여원』 13권1호	1967.1	'20회 여류신인상 시 당선작'

문옥선 文玉善

1962년 2월, 수필 「어느 날 오후」로 제7회 『여원』 여류신인상 가작 입선.

수필 1편

구분	작품명	매체	출처	발표 시기	비고
1편	어느 날 오후	잡지	『여원』 8권2호	1962.2	'제7회 여류신인상 가작'

문정희 文貞姬

1947년 전남 보성 출생. 동국대 국문과와 동대학원 석사 졸업. 1965년 자가본 시집 『꽃숨』 출간. 1969년 시 「불면」과 「하늘」로 『월간문학』 제2회 신인당선. '시법' 동인.

시 3편＋시 단행본 1권

구분	작품명	매체	출처	발표 시기	비고
1권	꽃숨	단행본	자가본	1965	시집
1	불면(不眠)	잡지	『월간문학』 2권7호(통권9호)	1969.7	'제2회 신인작품 시부당선작'
2	하늘	잡지	『월간문학』 2권7호(통권9호)	1969.7	'제2회 신인작품 시부당선작'
3편	바람	잡지	『월간문학』 2권10호(통권12호)	1969.10	

수필 3편

구분	작품명	매체	출처	발표 시기	비고
1	플라스틱 심장의 소녀	잡지	『주부생활』 1권11호(통권11호)	1966.2	
2	어린 날개	잡지	『월간문학』 2권7호(통권9호)	1969.7	'제2회 신인작품 당선소감'
3편	가을비 오던 은행길	잡지	『학원』 18권11호	1969.11	'가을에 만난 사람' / 여류시인

ㅂ

박경리 朴景利

1926~2008년. 경남 충무 출생. 진주여고 졸업. 『현대문학』에 소설 「계산」(1955년 8월), 「흑흑백백」(1956년 8월)이 추천됨. 1957년 소설 「불신시대」로 제3회 현대문학사 신인문학상 수상.

소설 72편 + 소설 단행본 3권

구분	작품명	매체	출처	발표 시기	비고
1	계산	잡지	『현대문학』 8호	1955.8	
2	흑흑백백(黑黑百百)	잡지	『현대문학』 20호	1956.8	
3	군식구	잡지	『현대문학』 23호	1956.11	
4	슬점(虱占)	잡지	『여성계』 6권1호	1957.1	
5	전도(剪刀)	잡지	『현대문학』 27호	1957.3	
6	희화(戲畵)	신문	《조선일보》	1957.5.6	'콩트'
7	불신시대	잡지	『현대문학』 32호	1957.8	'제3회 현대문학사 신인문학상 수상작'
8	반딧불	잡지	『신태양』 6권10호(통권61호)	1957.10	
9	영주(瑛珠)와 고양이	잡지	『현대문학』 34호	1957.10	
10	시정소화(市井小話)	잡지	『주부생활』 2권1호	1958.1	그림 우경희(禹慶熙)
11	돌아온 고양이	잡지	『새벗』 75호	1958.3	
12	벽지(僻地)	잡지	『현대문학』 39호	1958.3	
13	도표(道標) 없는 길	잡지	『여원』 4권5호	1958.5	
14	오월의 찬가	잡지	『희망』 8권5호	1958.5	'단편소설'
15	회오(悔悟)의 바다	잡지	『여성계』 7권5호(통권99호)	1958.5	
16	서글픈 부부	잡지	『아리랑』 4권6호	1958.6	'현대소설' / 그림 백영수(白榮洙)
17	훈향(薰香)	잡지	『한국평론』 1권2호	1958.6	
18	암흑시대(暗黑時代)(총2회)	잡지	『현대문학』 42-43호	1958.6-7	
19	은하수(총13회)	잡지	『새벗』 78-90호	1958.6 -1959.6	
20	두 번째 얼굴	잡지	『아리랑』 4권8호	1958.8	'현대소설' / 그림 이억영(李億榮)
21	속단(速斷)	잡지	『주부생활』 2권10호	1958.10	'여류꽁트'
22	연가	신문	《민주신보》	1958	
23	어느 정오의 결정	잡지	『자유공론』 2권2호(통권2호)	1959.1	

구분	작품명	매체	출처	발표 시기	비고
24	인생극장	잡지	『명랑』 4권1호(통권37호)	1959.1	'명랑소설' / 그림 윤미림(尹美林)
25	재귀열(再歸熱) (총13회)	잡지	『주부생활』 3권2호-4권4호	1959.2 -1960.4	그림 김훈(金薰)
26	표류도(漂流島) (총10회)	잡지	『현대문학』 50-59호	1959.2-11	'제3회 내성(來成)문학상 수상' / *단행본은 대한교과서(1959)와 신흥출판사(1962)에서 발간
27	다시 피는 꽃	잡지	『명랑』 4권5호(통권41호)	1959.5	'순애소설' / 그림 이충근(李忠根)
28	사교술(社交術)	신문	≪동아일보≫	1959.8.16	'꽁트'
29	다시 돌아오지 않는 사람	잡지	『명랑』 4권9호(통권45호)	1959.9	'순정소설'
30	비는 내린다	잡지	『여원』 5권11호	1959.10	
31	가을의 여인	잡지	『아리랑』 5권12호	1959.11	'여인순정' / 그림 윤성봉(尹誠峯)
32	여인의 성 (총11회)	신문	≪세계일보≫	1959.12.8 -18	'단편리레' 코너
33	솔바람	잡지	『학원』 8권12호	1959.12	'창작노오트' 포함
34	해동여관의 미나	잡지	『사상계』 7권12호(통권77호)	1959.12	
35	내 마음은 호수 (총269회)	신문	≪조선일보≫	1960.4.6 -12.31	*단행본(신태양사, 1964) 발간
36	성녀와 마녀 (총14회)	잡지	『여원』 6권4호-7권5호	1960.4 -1961.5	'연재소설' / *단행본(현암사, 19 66) 발간
37	푸른 운하(運河) (총210회)	신문	≪국제신보≫	1960.9.6 -1961.4.9	'연재소설'
38	귀족	잡지	『현대문학』 74호	1961.2	
39	추억	잡지	『학원』 10권2호	1961.4	
40	등대수(燈台守)의 의미	잡지	『여성공원』(여성공원사) 3호	1961.4	그림 이억영(李億榮)
41	암흑의 사자(使者) (총15회)	잡지	『가정생활』 1권4호-2권6호	1961.4 -1962.6	'연재소설' / 그림 박고석(朴古石)
42	노을진 들녘 (총250회)	신문	≪경향신문≫	1961.10.23 -1962.7.1	*단행본(신태양사, 1963) 발간
43	은하	신문	≪전남일보≫	1961	
1권	김약국의 딸들	단행본	을유문화사	1962(1.1)	'장편소설'
44	어두움을 헤치고	잡지	『최고회의보』 6호	1962.3.16	
45	길	잡지	『학원』 11권5호	1962.7	*여러 작가와 회를 나누어 연 재, 박경리는 5회를 맡음
46	가을에 온 여인 (총239회)	신문	≪한국일보≫	1962.8.18 -1963.5.31	*단행본(신태양사, 1963) 발간
47	재혼의 조건 (총9회)	잡지	『여상』 1권1호-2권8호	1962.11 -1963.8	
48	어느 생애	잡지	『전후정예작가신작15인집』(육 민사)	1963	
2권	불신시대	단행본	동민문화사	1963	
49	녹지대(綠地帶) (총282회)	신문	≪부산일보≫	1964.6.1 -1965.4.30	

구분	작품명	매체	출처	발표 시기	비고
50	파시(波市) (총274회)	신문	≪동아일보≫	1964.7.13 -1965.5.31	'장편소설' / *단행본(현암사, 1965) 발간
51	풍경(風景) B	잡지	『사상계』 12권12호(통권141호)	1964.12	
3권	시장과 전장	단행본	현암사	1964 / 1967	'장편소설'
52	풍경(風景) A	잡지	『현대문학』 121호	1965.1	
53	흑백(黑白) 콤비의 구두	잡지	『신동아』 8호	1965.4	
54	타인들 (총13회)	잡지	『주부생활』 1권1호-2권4호	1965.4 -1966.4	'장편소설' / 그림 송영방(宋榮邦)
55	외곽지대(外廓地帶)	잡지	『현대문학』 128호	1965.8	
56	신 교수의 부인 (총250회)	신문	≪조선일보≫	1965.11.23 -1966.9.13	
57	하루	잡지	『사상계』 13권12호(통권153호)	1965.11	
58	환상의 시기(時期) (총3회)	잡지	『한국문학』(현암사) 1-3 / 4호 (봄호-가을 / 겨울 합호)	1966.2-10	
59	집	잡지	『현대문학』 136호	1966.4	
60	인간	잡지	『문학』(문학사) 1권3호(통권3호)	1966.7	
61	평면도(平面圖)	잡지	『현대문학』 144호	1966.12	
62	쌍두아(雙頭兒)	잡지	『현대문학』 149호	1967.5	*별책부록 『현역작가10인작품집』
63	옛날 이야기	잡지	『신동아』 33호	1967.5	
64	뱁새족 (총75회)	신문	≪중앙일보≫	1967.6.16 -9.11	
65	눈 먼 실솔(蟋蟀) (총17회)	신문	≪가톨릭시보≫ 588-605호	1967.10.8 -1968.2.11	
66	도선장(渡船場)	신문	[일부] ≪민주공화보≫ 155-157호	[일부] 1967.10.11 -31	그림 김세종(金世鍾) / *2-5회만 수록
67	두 폐인(廢人)	잡지	『여원』 13권11호	1967.11	
68	겨울비 (총8회)	잡지	『여성동아』 1-8호	1967.11 -1968.6	'연재소설' / 김종하(金鍾夏) 그림
69	우화(寓話)	잡지	『월간중앙』 1호	1968.4	
70	약으로도 못 고치는 병	잡지	『월간문학』 1권1호(창간호)	1968.11	
71	죄인들의 숙제 (총288회)	신문	≪경향신문≫	1969.5.24 -1970.4.30	김종하(金鍾夏) 그림
72편	토지(土地) (1부)	잡지	『현대문학』 177-213호	1969.9 -1972.9	

수필 75편

구분	작품명	매체	출처	발표 시기	비고
1	당선소감 : 무제(無題)	잡지	『현대문학』 20호	1956.8	경남 통영 출생

구분	작품명	매체	출처	발표 시기	비고
2	내가 좋아하는 꽃 : 동백꽃	신문	≪조선일보≫	1957.4.9	
3	독백	잡지	『현대문학』 28호	1957.4	사진과 글
4	스며드는 향수(鄕愁)	신문	≪한국일보≫	1957.9.13	'가을에의 초대' / 소설가
5	소녀예찬	잡지	『주부생활』 1권9호	1957.9	'납량수필선' / 소설가
6	차중(車中)에서	잡지	『여원』 3권12호	1957.12	
7	여자의 마음 : 죽음 앞에서도 사치	잡지	『여원』 4권2호	1958.2	
8	지방문예강연 행각기(地方文藝講演行脚記) : 부산·마산·진주	잡지	『현대문학』 38호	1958.2	'12월16일'
9	저상(佇想)	신문	≪조선일보≫	1958.3.3	
10	시감이제(時感二題)	잡지	『교통』 5권3호(통권39호)	1958.3	여류소설가
11	나의 작가수업 : 깊은 나의 고독 때문에	잡지	『여성계』 7권4호(통권98호)	1958.4	'나의 작가수업 : 신인문학상수상작가' / 여류소설가
12	식구와 두 개의 외곽	잡지	『현대』 2권4호	1958.4	여류작가
13	엽서수필 특집 : 손	잡지	『신문예』 1호	1958.6.10	
14	그늘을 찾는 계절	잡지	『여성계』 7권6호(통권100호)	1958.6	
15	마음의 창	잡지	『여성계』 7권8호(통권102호)	1958.9	여류소설가
16	사생아 서자의 열등감	잡지	『여원』 4권12호	1958.12	
17	조화	신문	≪조선일보≫	1959.5.20	'신록수필'
18	학교는 장터가 아니다	신문	≪한국일보≫	1959.5.20	
19	모녀상(母女像)	잡지	『여원』 5권6호	1959.5	
20	이채우 선생(李採雨先生)에게	잡지	『신태양』 8권6호(통권80호)	1959.6	'작가서한(作家書翰)'
21	나의 문학 수업	잡지	『현대문학』 61호	1960.1	
22	신경쇠약	잡지	『새교실』 5권1호(통권43호, 1-2학년용)	1960.1	
23	앗아간 마음 아쉬운 마음 : 나의 첫사랑①	잡지	『여원』 6권1호	1960.1	
24	『내 마음은 호수』 : 작가의 말	신문	≪조선일보≫	1960.3.1	
25	어린 비둘기를 더 이상 욕보이지 말라	신문	≪조선일보≫	1960.4.24	
26	교사와 자모(姉母)는 반성하자 : 학교는 장터가 아니다	잡지	『가정교육』 20호	1960.4	소설가
27	산이 보이는 창에서	신문	≪경향신문≫	1960.7.11	
28	연재소설 『푸른 운하(運河)』 작자의 말	신문	≪국제신보≫	1960.9.2	
29	여성의 말 : 서로들 각성 있어야	신문	≪동아일보≫	1961.2.18	
30	망각	신문	≪경향신문≫	1961.4.21	
31	소설을 쓰는 마음	잡지	『수필』 창간호	1961.4	여류소설가
32	초하(初夏)·정릉·촌부(村婦)	신문	≪한국일보≫	1961.6.8	

구분	작품명	매체	출처	발표 시기	비고
33	정릉의 「풀」의 고독	신문	《경향신문》	1962.6.22	
34	공명(共鳴)의 갈망, 운용자가 아쉽다	신문	《경향신문》	1962.8.24	
35	자신 위해 나팔 부는건 무용(無用)	잡지	『미의생활』 2호	1962.9	작가
36	영화인의 윤리에 한마디 : 사회적 책임 크다	신문	《동아일보》	1962.11.2	
37	가난은 밀린 빛	잡지	『신세계』 1권1호(창간호)	1962.11	
38	'재혼의 조건' : 물소리·솔바람, 그리고 동물과 함께	잡지	『여상』 1권1호	1962.11	'본지 연재 작가들의 구상의 여가' / 그림 박고석 씨(朴古石氏)
39	사랑과 죽음을 압축	신문	《한국일보》	1963.2.27	
40	고향	신문	《동아일보》	1963.3.8	
41	문학이 천직이 아닐진대	잡지	『여원』 9권3호	1963.3	
42	봄·봄나들이 : 봄이라고 하는데…	신문	《대한일보》	1963.4.1	
43	내 고향의 봄 : 통영, 황홀한 바다	신문	《조선일보》	1963.4.4	
44	먼 항로(航路)서 돌아온 듯	신문	《한국일보》	1963.6.5	
45	육신 저미는 고통을 참고	잡지	『여상』 2권11호	1963.11	'특집·나의 입신수련기(수필) ③ : 문학' / 여류소설가
46	비봉산 그늘의 나를 찾아 : 진주·광주	잡지	『여원』 9권12호	1963.12	
47	약이 되는 세월	신문	《동아일보》	1964.3.9	
48	뒤안길	신문	《동아일보》	1964.4.8	'서사여화(書舍餘話)'
49	사치스러운 것	신문	《동아일보》	1964.4.16	'서사여화'
50	남의 것	신문	《동아일보》	1964.4.27	'서사여화'
51	지도(地圖)	신문	《동아일보》	1964.5.7	'서사여화'
52	비공개로 합시다	신문	《동아일보》	1964.5.18	'서사여화'
53	개인의 의사(意思)	신문	《동아일보》	1964.5.30	'서사여화'
54	먹는다는 것	신문	《동아일보》	1964.6.9	'서사여화'
55	항아리	신문	《동아일보》	1964.6.30	'서사여화'
56	계절의 화첩 : 만추(晩秋)	잡지	『새농민』 5권11호(통권49호)	1965.11	그림 김우종(金宇鍾)
57	깨끗이 체념한 듯한 인상	신문	《조선일보》	1966.3.20	
58	팔방미인	신문	《경향신문》	1966.6.13	
59	우리의 것	신문	《경향신문》	1966.7.23	
60	그 옛날의 그 일	신문	《대한일보》	1966.8.6	'성하4제(盛夏四題) : 찬란한 계절…햇빛이 익는 바닷가에서'
61	폭우 속의 명상	신문	《중앙일보》	1966.8.9	
62	자애심	신문	《조선일보》	1966.11.11	'일사일언(一事一言)'
63	현대의 영웅	신문	《조선일보》	1966.11.22	'일사일언'
64	과거와 미래와 영원	잡지	『여상』 5권11호	1966.11	

구분	작품명	매체	출처	발표 시기	비고
65	자기처리	신문	《조선일보》	1966.12.1	'일사일언'
66	휴일	신문	《조선일보》	1966.12.11	'일사일언'
67	싸움	신문	《조선일보》	1966.12.20	'일사일언'
68	정직	신문	《조선일보》	1966.12.29	'일사일언'
69	때 아닌 귀뜨라미	잡지	『사상계』 15권4호(통권168호)	1967.4	작가
70	이웃사촌	신문	《동아일보》	1967.5.9	
71	산사(山寺)의 고독한 피서	신문	《대한일보》	1967.7.22	'납량수필 시리즈'①/작가/그림 장우성
72	좋은 사람, 좋은 일	잡지	『여상』 6권7호	1967.7	
73	사람의 마음	신문	《한국일보》	1967.8.6	
74	나들이	신문	《한국일보》	1967.11.1	
75편	여심(旅心)	잡지	『여상』 7권2호	1968.2	

비평 26편

구분	작품명	매체	출처	발표 시기	비고
1	영화에서 본 남성상	잡지	『여성계』 7권1호(통권95호)	1958.1	여류소설가
2	젊은 여류작가의 자화상	잡지	『여원』 4권3호	1958.3	
3	사랑과 예술	잡지	『한국평론』 1권3호	1958.7	
4	상호인물평 : 작의(作意)가 없는 한말숙(韓末淑)	잡지	『현대문학』 43호	1958.7	
5	신간서평 : 펄벅 작, 『북경서 온 편지』	신문	《조선일보》	1958.9.26	
6	「솔바람」에 대하여	잡지	『학원』 8권12호	1959.12	'창작노트'
7	자기문학의 재비판 : 노예성을 벗어 버리자	신문	《동아일보》	1960.5.18	
8	무거운 여운, 『내 마음은 호수』를 끝내고	신문	《조선일보》	1961.1.6	
9	『노을진 들녘』을 끝내고	신문	《경향신문》	1962.7.5	
10	연하장 교환 : <차가운 손>의 매력, 강신재 선생께	신문	《대한일보》	1963.1.1	
11	추천 출신 작가의 변	잡지	『현대문학』 100호	1963.4	
12	한말숙의 인간과 문학	잡지	『현대문학』 112호	1964.4	*제9회 현대문학사 신인문학상 발표
13	작가에의 요망 시인에게 : 불안한 예감	잡지	『현대문학』 113호	1964.5	
14	작가와 그의 인생	신문	《전남일보》	1964.10.25	
15	100만원고료 재모집을 앞두고, 당선작 못 뽑은 심사위원들의 말 : 상상력의 한계 생각해야	신문	《한국일보》	1965.4.4	
16	『파시(波市)』를 끝내고	신문	《동아일보》	1965.6.5	

구분	작품명	매체	출처	발표 시기	비고
17	문학과 생활	신문	≪인천신문≫	1966.5.12	"다음 글은 9월 인천에서 열렸던 전국문예대강연회에서의 박경리씨의 강연을 간추린 것이다. 이날 강연에는 모윤숙, 이형기, 이원수 씨 등도 참석해 성황을 이룬 바 있다"<황기(黃記)>
18	일인일권(一人一券)⑧ : 포크너의 작품들	신문	≪신아일보≫	1966.9.28	'내가 권하고 싶은 잊지 못할 책'
19	내가 본 <피가로의 결혼>	신문	≪한국일보≫	1966.11.15	
20	심사소감	잡지	『주간한국』	1967.1.1	*제3회 20만원 고료 추리소설 모집 심사결과 발표
21	여성과 문학 : 성정(性情)·지력(智力)의 차이(差異)는 필연적?	신문	≪가톨릭시보≫ 572호	1967.6.11	
22	부러운 직업 가이드 : 작가편	잡지	『학원』 16권6호	1967.6	'어드바이저 : 박경리 여사'
23	내가 영향 받은 작가 : 많은 작가와 작품 속에서	잡지	『현대문학』 154호	1967.10	
24	『눈먼 실솔(蟋蟀)』을 끝내고	신문	≪가톨릭시보≫ 606호	1968.2.18	
25	심사후기 : 조금만 조금만 더 노력을	잡지	『여성동아』 13호	1968.11	'50만원 고료 제1회 여류장편소설 심사평'
26편	시대정신 아닌 시대의상 심층을 파고든 <사랑의 시도>	잡지	『여성동아』 26호	1969.12	'50만원 고료 제2회 여류장편소설 입선작 발표 : 본심'

박경선 朴慶善

1928년 경남 함양 출생. 숙명여대 국문과 졸업 후 동대학원 수료. 시집 『목초』(문장사, 1960)를 발간하면서 작품활동 시작. 주부시조동인회 '장미촌' 동인.

시 단행본 1권

구분	작품명	매체	출처	발표 시기	비고
1권	『목초(牧草)』	단행본	문장사	1960	시집

박계숙 朴桂淑

1963년 12월, 소설 「취미」로 제2회 『여상』 여류신인문학상 가작 2석.

소설 1편

구분	작품명	매체	출처	발표 시기	비고
1편	취미	잡지	『여상』 2권12호	1963.12	'제2회 여류신인문학상 가작 2석'

수필 1편

구분	작품명	매체	출처	발표 시기	비고
1편	사문부산(使蚊負山)의 기대	잡지	『여상』 2권12호	1963.12	'제2회 여류 신인문학상 발표 <소설> 입선소감'

박계형 朴啓馨

1943년 서울 출생. 고려대 영문과 졸업. 1963년 소설 「머무르고 싶었던 순간들」로 동양라디오 현상문예 당선. 1976년 소설 「어떤 신부」로 ≪중앙일보≫ 신춘문예 입선.

소설 8편 + 소설 단행본 15권

구분	작품명	매체	출처	발표 시기	비고
1권	영과 육의 갈림길에서	단행본	상지사	1960	*이후 백영사(1964), 삼육출판사(1969)에서도 발간
2권	젊음이 밤을 지날 때	단행본	백영사	1963	*상지사(1967)에서도 발간
3권	머무르고 싶었던 순간들	단행본	신동출판사	1964	'동양라디오 현상문예 당선'
1	너를 사랑했던 시절	잡지	『로맨스』 3권2호(통권15호)	1965.2	'순정단편소설' / 그림 조계언(趙季彦)
2	차(茶)와 사랑	잡지	[일부] 『야담』(야담사) 1권5호-2권4호	[일부] 1965.11-1966.5	'문제소설' / 그림 조계언(趙季彦) / *1-5회 수록
3	미처버린 태양(총12회)	잡지	『로맨스』 4권2호-5권1호(통권27-38호)	1966.2-1967.1	*1,3회 '연재', 2회 '이색연재', 5,10,11회 '애정소설 절찬연재', 6-9회 '애정소설'
4	엄마, 아무 일도 없었어요	잡지	『가요생활』 4호	1966.11	'청춘소설' / 그림 이억영(李億榮)
4권	이대로 살다 죽으리	단행본	토픽출판사	1966	'장편소설'
5	내일은멀어도(총2회)	잡지	『사랑』 8권2-3호(통권76-77호)	1967.2-3	'연재청춘소설' / 그림 김세종(金世鍾)[2회 말미에 "계속"이라고 써있으나 이후 연재되지 않음]
6	연짓골이야기(총7회)	잡지	『농원』 4권4-10호(통권36-42호)	1967.5-11	'농촌연재소설' / 그림 정준용(鄭駿溶)
5권	그해 가을	단행본	문예출판사	1967	'장편소설'

구분	작품명	매체	출처	발표 시기	비고
6권	사랑이 그리워질 무렵	단행본	신아출판사	1967	'장편소설'
7권	해가 지지 않는 땅	단행본	문우사	1967	'장편소설'
7	첫눈 오는 날	잡지	『가요생활』 3권2호	1968.2	'순정소설' / 그림 이억영(李億榮)
8편	잃어버린 시절	잡지	『농원』 4월호	1968.4	'단편소설' / 그림 창석(蒼石)
8권	그토록 고독한 강가에서	단행본	문영가	1968	'장편소설'
9권	속(續) 머무르고 싶었던 순간들	단행본	신아출판사	1968	'장편소설' / 단행본 『후편 : 머물고 싶던 순간들』(제삼도서출판사, 1969) 발간
10권	연지골의 연사	단행본	대문출판사	1968	'장편소설'
11권	정이 가는 발자욱 소리	단행본	삼육출판사	1968	'장편소설'
12권	바람에 달 가듯이	단행본	상원출판사	1969	'장편소설'
13권	밤에도 뜨는 태양	단행본	삼육출판사	1969	'장편소설'
14권	별을 보고 산다	단행본	신아출판사	1969	'장편소설'
15권	사랑과 슬픔이 같이 오던 날	단행본	신아출판사	1969	'장편소설'

수필 6편

구분	작품명	매체	출처	발표 시기	비고
1	연재를 시작하면서	잡지	『야담』 1권5호	1965.11	'작자의 말 : 소설 「차(茶)와 사랑」
2	새 연재를 드리며 : 『미쳐버린 태양』- 작자의 말	잡지	『로맨스』 4권2호(통권27호)	1966.2	
3	이해 가을	잡지	『로맨스』 4권12호(통권37호)	1966.12	'필자가 말하는 필자의 근황'
4	삼십대 여성을 이렇게 본다	잡지	『부부』 7권11호(통권79호)	1967.11	'특집 : 여자 30대 그 위험한 고빗길' / 소설가
5	날이 새면 생각하리	단행본	대문출판사	1967	'수필집'
6편	그토록 고독한 강가에서 : 박계형(朴啓馨) 논픽션	단행본	문영각	1968	'논픽션집'

박근자 朴槿子

1932년 생. 서울대 서양화과 졸업. 서양화가.

수필 17편

구분	작품명	매체	출처	발표 시기	비고
1	뽐내는 남성일수록 사람됨은 형편없다	신문	《한국일보》	1962.4.15	
2	가벼운 웃음끼라도	신문	《국제신보》	1964.1.3	*짧은 글과 그림
3	만혼(晚婚) 이룬 진지한 태도	잡지	『여상』 3권11호	1964.11	

구분	작품명	매체	출처	발표 시기	비고
4	과묵(寡默)과 멋의 그이	잡지	『여원』 10권12호	1964.12	
5	부엉이	잡지	『여원』 11권6호	1965.6	
6	불우한 세대에 핀 꽃	잡지	『여학생』 1권1호	1965.12	'나의 여학생 시절' / 여류화가
7	그이의 식성	잡지	『여상』 5권4호	1966.4	
8	아름다운 나의 어머니에게	잡지	『주부생활』 2권5호	1966.5	'영원한 모상(母像)의 수필'
9	싸구려 국민	잡지	『정경연구』 12권7호(통권8호)	1966.7	수필. 화가
10	나는 하나의 소라	잡지	『여학생』 2권8호	1966.8	'그림이 있는 수필·지정제 : 바다 이야기'
11	원숭이	신문	≪대한일보≫	1968.1.4	'여류신춘수필시리즈'② / 화가
12	여류화가가 본 아주(亞洲) 청소년 축구 아마추어 관전평(觀戰評)	신문	≪경향신문≫	1968.5.13	*박근자의 글과 그림
13	싱그러운 그날의 행복	잡지	『여학생』 4권5호	1968.5	'어머니날과 카아네이션의 향기' / 화가
14	제주도 목기(木器)	신문	≪경향신문≫	1968.8.19	'여행지선물' / 화가
15	안개·애견(愛犬)·여정(旅情)	잡지	『아세아』 1권2호	1969.3	'여성주변' / 여류화가
16	연인상 : <라비크>의 망명지에서 사랑	잡지	『여학생』 5권7호	1969.7	'나를 키워준 한 사람의 이상상(理想像)' / 서양화가
17편	화첩의 순례(총5회)	신문	≪서울신문≫	1969.11.24 / 26 / 27, 12.20 / 25	

비평 1편

구분	작품명	매체	출처	발표 시기	비고
1편	화실의 정물 : 차가운 색조의 유화(油畵) : 국전입선한 대학졸업작품	신문	≪신아일보≫	1967.8.24	'중진화가들의 나의 데뷔작②'

박기원 朴基媛

1929년 서울 출생. 숙명여전 국문과 졸업. ≪서울신문≫·≪경향신문≫ 문화부 기자로 근무. 1955년 소설 「귀향」으로 『여원』 창간기념 제1회 여류현상문예 당선.

소설 31편

구분	작품명	매체	출처	발표 시기	비고
1	아궁이	잡지	『주간서울』 16호	1948.11.29	
2	요지경속(총2회)	신문	≪연합신문≫	1955.2.9 / 2.13	'꽁트'

구분	작품명	매체	출처	발표 시기	비고
3	귀향	잡지	『여원』 2권1호	1956.1	'여원 창간기념 제1회 여류현상문예 당선작'
4	기로(岐路)	잡지	『여원』 2권7호	1956.7	
5	심전(心戰)	잡지	『여성계』 5권10호	1956.10	
6	애련(哀戀)	잡지	『여원』 4권7호	1958.7	
7	춘야(春夜)	잡지	『주부생활』 2권8호	1958.8	그림 김세종(金世鍾)
8	문일 씨(文一氏)	잡지	『자유문학』 3권11호(통권20호)	1958.11	
9	백일몽	잡지	『여성계』	1959.7	
10	인간고문	잡지	『소설계』	1960.2	
11	황혼	잡지	『여원』 7권12호	1961.12	
12	망각의 선상에 서서	신문	≪전남일보≫	1961-1962	
13	광인의 처(妻)	잡지	『현대문학』 94호	1962.10	
14	우수부인(憂愁夫人)	잡지	『소설계』 7권3호(통권67호)	1964.3	그림 이충근(李忠根)
15	집념	잡지	『여원』 10권8호	1964.8	
16	여자만이 알고 있다(총65회)	신문	≪경향신문≫	1964.12.29 -1965.3.16	'중편연재소설'
17	떠나는 길	잡지	『농원』 2권1호(통권9호)	1965.1	'사진소설'
18	갈림길에 선 여인 : 사랑의 집념	잡지	『주부생활』 1권9호	1965.12	
19	사랑의 집념 속편	잡지	『주부생활』 2권1호	1966.1	
20	유전(流轉)	잡지	『여원』 12권8호	1966.8	
21	고혼(孤魂)	잡지	『여상』 5권7호	1966.7	
22	남녀가도(男女街道)(총309회)	신문	≪신아일보≫	1967.1.1 -12.30	
23	이제는 방관자가 아니다	잡지	『여학생』 3권1호	1967.1	'소설적인 어드바이스' / 그림 이제하(李祭夏)
24	귀여운 혹	잡지	『주간새서울』	1968.6.10	
25	춘무(春霧)(총320회)	신문	≪전남매일신보≫	1968.7.5 -1969.8.14	*≪충청일보≫(1968.7.5-1969.8.30) 총310회 / ≪전북일보≫(1968.7.9-1969.8.13) : 그림 권경승(權景升), 총319회 / ≪대전일보≫(1968.7.23-1969.9.1) 총319회 / ≪대구일보≫(1968.7.26-1969.8.20) 총269회 / ≪경기연합일보≫(1969.4.28-1970.3.4) 총274회
26	화혼(華魂)	신문	≪한국일보≫	1969.6.18 -1970.6.14	'1969.12.31에 169회 연재'
27	차남(次男)	잡지	『신동아』 49호	1968.9	
28	형제	잡지	『신동아』	1968.9	
29	눈먼 말(馬)	잡지	『여류문학』 1호	1968.11	
30	바다의 요정	잡지	『주부생활』 5권3호	1969.3	'사진소설'
31편	불안한 애인	잡지	『여류문학』 2호	1969.5	

수필 73편

구분	작품명	매체	출처	발표 시기	비고
1	편지 : 지난날을 참회하면서 그리운 동무에게	잡지	『여학원』 3호	1946.3	'소품(小品)' / 무학고녀 4년
2	설로(雪路) : 든 것은 밟아야만 간다	잡지	『민성』 6권3호	1950.3	
3	녹크가 싫여졌다	신문	≪경향신문≫	1952.2.3	
4	미지수(未知數)	신문	≪연합신문≫	1953.1.29	
5	평범한 행복 : K에게	잡지	『신시대』 5월호	1953.5	
6	떠나면서	잡지	『문화세계』 1권3호	1953.9	
7	초동(初冬)의 밤에 부치는 글	잡지	『여성계』 3권1호	1954.1	여기자
8	화장(化粧)	잡지	『문화세계』 2권2호	1954.2	'각계각층의 생활과 의견' / 여기자
9	아늑한 분위기	잡지	『희망』 4권3호	1954.3	'남자 틈에 낀 여성의 변(辯)' / 여기자
10	항변(抗辯)	잡지	『국제보도』 제34호	1954.7	'수상' / 경향신문 여기자
11	그 여인	잡지	『카톨릭청년』 9권4호	1955.4	
12	있는 그대로 전부를 : 남편을 택한 점 · 기사(其四)	잡지	『여성계』 4권4호	1955.4	경향신문 이진섭씨(李眞燮氏) 부인
13	봄빛	신문	≪경향신문≫	1956.4.9	'여류춘상(女流春想)'
14	한달 보수(報酬)로 한달을 먹고 살게 하라 : 아내로서	잡지	『여원』 2권11호	1956.11	
15	취미가 넘치는 남편을 다루는 법	잡지	『주부생활』 1권4호	1957.4	'남편을 다루는 비결②' / 여류수필가
16	봄밤의 추억	잡지	『자유춘추』 1권3호	1957.4 / 5	여류작가
17	신록에 오고 가는 글 : 보름달의 환각 속에	신문	≪평화신문≫	1957.5.25	
18	영화에서 본 남성상 : <피크닉>에 나오는 남주인공 윌리암 · 홀든	잡지	『여성계』 6권3호(통권93호)	1957.5	'특집 : 여성이 말하는 오늘의 남성'
19	비오는 부산(釜山) 바다	신문	≪경향신문≫	1957.7.24	'생각나는 산(山)과 바다' / 여류작가
20	가을	신문	≪세계일보≫	1957.10.14	'여인수필' / 소설가
21	나의 결혼 회고 : 서로가 찾는 사랑	잡지	『주부생활』 1권10호	1957.10	'결혼생활 5년간의 반성' / 여류수필가
22	봄과 목욕의 미(美) · 추(醜)	잡지	『주부생활』 2권4호	1958.4	'신춘수필선' / 여류수필가
23	복사꽃	신문	≪세계일보≫	1958.5.16	여류소설가
24	어느 하늘 밑에서도 느껴볼 수 없는 행복	잡지	『희망』 8권6호	1958.6	여류소설가
25	예술인의 아내가 고민하는 것	잡지	『주부생활』 2권7호	1958.7	평론가, 이진섭씨 부인
26	지나가는 영상(映像)들	신문	≪경향신문≫	1959.3.6	'조춘(早春) : 여류단상(女流短想)'
27	마스콧트	잡지	『여원』 5권10호	1959.9	

구분	작품명	매체	출처	발표 시기	비고
28	행복할 수 있는 조건	잡지	『주부생활』 4권5호	1960.5	소설가
29	여성의 말 : 바람없는 울타리 안이……	신문	《동아일보》	1961.1.19	
30	목마(木馬)장수가 오면	신문	《경향신문》	1961.3.19	
31	명랑한 가정을 위한 제언(提言)	잡지	『여원』 7권8호	1961.8	
32	어머니	잡지	『심우』 8권10호	1961.10	여류문인
33	미술선생과 교장선생	잡지	『여원』 8권5호	1962.5	
34	자립의 길을 개척하는 신여성	잡지	『가정생활』 2권5호	1962.5	'특집 : 여성의 행복' / 작가
35	역산(逆産)된 아이	잡지	『여원』 8권7호	1962.7	
36	애정은 "아낌없이 빼앗는다"다	잡지	『미의생활』 1호	1962.8	
37	우수부인(憂愁夫人) : 그늘진 웃음, 자식 못 낳는 유부녀의 설움인가, 반항인가	잡지	『소설계』 6권3호	1963.3	
38	갈채와 여정(旅情)의 다섯 밤 : 대구.부산	잡지	『여원』 9권12호	1963.12	'기행'
39	향수(鄕愁)	잡지	『여상』 2권12호	1963.12	'수필 : 자유제(自由題) / 소설가
40	나만의 걸음	잡지	『가정생활』 4권1호	1964.1	'생활 속의 수필' / 작가
41	내가 본 영화에서 잊혀지지 않는 장면	신문	《경향신문》	1964.3.21	
42	봄은 우리의 것	신문	《국제신보》	1964.4.2	'봄의 시와 수필' / 수필가
43	주부가 겪은 계엄 하 : 짜릿하고 매웠다	신문	《조선일보》	1964.7.29	
44	위험한 장난과 애교 있는 장난	잡지	『여상』 3권7호	1964.7	
45	본업은 시인(詩人) 부업은 전무(專務)	잡지	『여원』 10권12호	1964.12	
46	영화촬영소	잡지	『여원』 11권4호	1965.4	
47	부정(不貞)은 용서할 수 없다	잡지	『여원』 11권7호	1965.7	
48	결혼생활 : 그이와 동화(同化)하는 성격	잡지	『여상』 4권11호	1965.11	
49	비굴에서 벗어나야	잡지	『주간새나라』 228호	1966.3.7	'신생활을 위한 주부의 제언' / 여류작가
50	삼월을 기다리는 마음	잡지	『여상』 5권4호	1966.4	
51	비를 기다리는 마음	잡지	『여학생』 2권7호	1966.7	'지정제 수필 : 견우직녀와 사랑의 묘약' / 소설가
52	환상적 피서	신문	《중앙일보》	1966.8.16	
53	애정의 모럴을 추궁	신문	《신아일보》	1966.12.29	'사고(社告) : 새해 2대 연재소설 중 「남녀가도(男女街道)」에 대한 작가의 말
54	길	잡지	『문학』 1권8호	1966.12	작가
55	부엌데기라는 아내의 호칭	잡지	『여원』 13권3호	1967.3	
56	깊은 교양으로 더욱 빛을	잡지	『여상』 6권4호	1967.4	

구분	작품명	매체	출처	발표 시기	비고
57	멀리서 지켜보던 눈빛	잡지	『여학생』 3권5호	1967.5	'돌아보는 청춘 3면' / 소설가
58	새 대통령에게 바라는 주부의 마음	잡지	『여원』 13권8호	1967.8	
59	해외로 진출하는 OB왕국	잡지	『여원』 13권9호	1967.9	
60	잠을 원하는 13세	신문	≪중앙일보≫	1967.11.23	
61	30대 : 태양과 해바라기의 정원(庭園)에서	잡지	『여상』 7권1호	1968.1	
62	잃어버려가는 거리	잡지	『여학생』 4권1호	1968.1	'수색(水色)의 서정(抒情)' / 소설가
63	주부작가의 쪼개 사는 시간 : 엄마 글 쓰신다. 조용해!	잡지	『여성동아』 6호	1968.4	'특집 신문학 60년 노트' / 작가
64	그 시절의 회상	잡지	『여학생』 4권6호	1968.6	'특집 : 바람에 바람에 청산별곡' / 소설가
65	새 연재 소설 『춘무(春霧)』 작가의 말	신문	≪충청일보≫	1968.7.2	'사고(社告)' / *≪인천신문≫ (1969.4.22)에도 수록
66	어머니의 마음 : 중학입시 전폐에 붙여	신문	≪서울신문≫	1968.7.16	
67	애정은 "아낌없이 빼앗는다"다	잡지	『미의생활』 1호	1968.8	'여성의 욕망' / 수필가
68	진로를 택하는 지혜	잡지	『여학생』 5권1호	1969.1	'특집 : 바람직한 세대(世代)에 대한 제언(提言)' / 소설가
69	나와 리크리에이션 : 골동품 : 옛에의 정(情)과 향수(鄕愁)	잡지	『주부생활』 5권7호	1969.7	'특집 : 주부와 리크리에이션' / 여류작가
70	성숙과 불안의 동행선 : 태양이 찬연한 날은 언제	잡지	『여학생』 5권8호	1969.8	'특집 : 십대, 그 개화(開花)를 위한 취주악(吹奏樂)' / 여류소설가
71	시골가진 친구 부러워 : 동네 아이들 불러 매일 손님접대	신문	≪국제신보≫	1969.9.25	'추석과 향수(鄕愁)' / 여류작가
72	두 분 사랑은 화창한 봄날의 한가한 풍경	잡지	『주부생활』 5권10호	1969.10	'내가 지켜본 부모님의 부부애' / 여류작가
73편	바람직한 소녀입상(少女立像)	잡지	『여학생』 5권12호	1969.12	'특집 : 소녀상(少女像)의 광장 / 소설가

박노경 朴魯慶

일본 와세다대학에서 수학. 한국 최초의 여성연출가. 1948년 여인소극장 창단. 일본 유학시절, 영문학자이자 번역가 오화섭과 만나 결혼했으나 1950년 9·28수복 때 포탄 파편을 맞고 사망.

수필 2편

구분	작품명	매체	출처	발표 시기	비고
1	독백	신문	≪경향신문≫	1949.10.10	'여인변(女人辯)' / 연출가
2편	연습실에서	신문	≪경향신문≫	1950.1.30	여류연출가

비평 1편

구분	작품명	매체	출처	발표 시기	비고
1편	쉑스피어의 생애와 예술	신문	《경향신문》	1950.4.16	'사옹(莎翁) 334주기 특간(特刊)'

박덕매 朴德梅

　1941년 서울 출생. 본명 박영자(朴英子). 풍문여고 졸업. 1962년 11월, 시 「종소리」로 『자유문학』 제7회 신인상 당선. '여류시' 동인.

시 24편

구분	작품명	매체	출처	발표 시기	비고
1	종소리	잡지	『자유문학』 7권7호(통권63호)	1962.11	'당선시'
2	꽃과 입상(立像)	잡지	『여상』 2권6호	1963.6	'여상시단'
3	주어(主語)	잡지	『신사조』 2권6호(통권17호)	1963.7	
4	고독	잡지	『여류시』 1집	1964.9.5	
5	그 소리	잡지	『여류시』 1집	1964.9.5	
6	고운 세상을	잡지	『여류시』 2집	1964.12.5	
7	단상(斷想)	잡지	『여류시』 2집	1964.12.5	
8	대화하는 동안	잡지	『여류시』 2집	1964.12.5	
9	여유	잡지	『여류시』 3집	1965.4.5	
10	지금 이 시간에	잡지	『여류시』 3집	1965.4.5	
11	거울 속	잡지	『한양』 4권6호(통권40호)	1965.6	
12	같은 내용의 시	잡지	『여류시』 4집	1965.8.25	
13	빈곤	잡지	『여류시』 4집	1965.8.25	
14	기쁨의 노래	잡지	『현대문학』 131호	1965.11	
15	절망하는 시간을	잡지	『문학춘추』 2권8호(통권17호)	1965.12	
16	나……	잡지	『여류시』 5집	1966.5.25	
17	불망(不忘)의 시	잡지	『여류시』 5집	1966.5.25	
18	정신일기(精神日記)	잡지	『여류시』 5집	1966.5.25	
19	잔상(殘像)	잡지	『여상』 5권8호	1966.8	
20	가난한 소리에서	잡지	『한양』 6권6호(통권64호)	1967.6	
21	왕	잡지	『여류시』 6집	1968.6.1	
22	자화상	잡지	『여류시』 6집	1968.6.1	
23	한동안	잡지	『여류시』 6집	1968.6.1	
24편	추경(秋景)	잡지	『여류문학』 2호	1969.5	

수필 7편

구분	작품명	매체	출처	발표 시기	비고
1	해변을 거니는 마음	잡지	『재무』 87호	1963.3	
2	편지	잡지	『여상』 3권4호	1964.4	'수필 : 자유제(自由題)' / 시인
3	어렵다	잡지	『여류시』 1집	1964.9.5	
4	과정을 위하여	잡지	『여류시』 2집	1964.12.5	
5	남자의 극적 탐구 : 살결	잡지	『여상』 4권10호	1965.10	
6	낙서	잡지	『여류시』 6집	1968.6.1	
7편	짝사랑	잡지	『폰 · 코러스』 10호	1969.6	여류시인

비평 3편

구분	작품명	매체	출처	발표 시기	비고
1	『전원교향악』의 '나'라는 인물	잡지	『여상』 2권9호	1963.9	'내가 좋아하는 소설 속의 남상(男像)' / 여류시인
2	나와 시작(詩作) : 슬픔	잡지	『여류시』 4집	1965.8.25	
3편	서정시인 로버트 프로스트	잡지	『폰 · 코러스』 12호	1969.12	여류시인

박래현朴崍賢

1920~1976년. 호 우향(雨鄕). 평남 진남포 출생. 일본 동경여자미술전문학교 본과 입학. 1956년 국전에서 대통령상 수상. 백양회(白陽會) 창립 회원.

수필 75편

구분	작품명	매체	출처	발표 시기	비고
1	결혼과 생활	잡지	『민성』 4권7 / 8호	1948.8	
2	새 생명	잡지	『민성』 5권4호	1949.3	
3	미술	잡지	『민성』 6권4호	1950.4 / 5	
4	숨가쁜 생활	신문	《한국일보》	1955.6.15	'백인백상(百人百想)'(89) / 화가
5	어느 운명(運命)	잡지	『문학예술』 3권9호(통권18호)	1956.9	
6	하이힐	신문	《평화신문》	1956.11.24	
7	화실 없는 행복	신문	《경향신문》	1956.12.10	'저무는 창(窓)가에서' / 동양화가, 89년도 국전대통령상수상작가
8	아이들에겐 친절을 : 새해의 나의 소망	신문	《서울신문》	1957.1.1	동양화가
9	젊음은 푸르다	신문	《서울신문》	1957.5.26	*그림과 짧은글
10	나의 수업기	잡지	『학원』 6권5호	1957.5	'여류화가'
11	미장원이라는 곳	잡지	『여원』 3권6호	1957.6	

구분	작품명	매체	출처	발표 시기	비고
12	달나라	신문	≪서울신문≫	1957.11.29	화가
13	주부생활의 회고와 반성 : 남편에게	잡지	『주부생활』 1권12호	1957.12	'특집 : 정유년(丁酉年)의 회고'
14	무술년에 붙이는 생활의 구상(構想) : 마음의 윤택을 찾아 보람있는 새해를 살고 싶다	신문	≪한국일보≫	1958.1.12	동양화가
15	봄의 커어틴	신문	≪동아일보≫	1958.3.7	
16	짙은 푸름 속에	신문	≪서울신문≫	1958.5.9	'아름다운 계절에' / 글·그림
17	마음의 푸름 : 유월의 수상(隨想)	신문	≪동아일보≫	1958.6.13	
18	방학 동안의 플랜 : 아침마다 샘터로	신문	≪동아일보≫	1958.7.18	
19	노을진 갈밭에서	신문	≪서울신문≫	1958.8.22	'시원한 내고장 : 군산 근교'
20	월요일에 찾아온 손	신문	≪세계일보≫	1958.12.29	'여인100상(想)' / 화가
21	C에게	잡지	『자유문학』 3권12호(통권21호)	1958.12	'서한문 특집' / 여류화가
22	가정에 있어서의 예술의 위치	신문	≪동아일보≫	1959.1.10	
23	봄을 다루려고	신문	≪국제신보≫	1959.4.15	'봄은 누리에 가득하고' / 글·그림 박래현
24	봄이면 생각나는 일 : 삶과 마주섰던 계절	신문	≪조선일보≫	1959.4.29	
25	귀여운 거짓말이 필요	신문	≪세계일보≫	1959.5.19	'사랑이 그립지 않은가' / 화가
26	어느 비 오는 날에	신문	≪국제신보≫	1959.8.2	'납량수필' / 화가
27	남성에게 하곺은 말 : 자기의 위치	신문	≪동아일보≫	1959.8.8	
28	황색의 생리(生理)	신문	≪서울신문≫	1959.11.11	'만추수상(晚秋隨想)' / 화가
29	우리 집의 겨울준비	신문	≪국제신보≫	1959.11.28	여류화가
30	마지막 한 장 위에	신문	≪조선일보≫	1960.1.6	
31	황색의 장미	신문	≪한국일보≫	1960.1.19	
32	여화일기초(旅華日記鈔) (총3회)	신문	≪조선일보≫	1960.2.28 –3.1	
33	대만기행 : 건설에 매진하는 모습을 보고	신문	≪동아일보≫	1960.3.24	
34	나의 하이킹코스 : 시냇물 맑은 도봉산	신문	≪동아일보≫	1960.4.20	
35	대만(臺灣)·향항(香港) 기행(紀行)	잡지	『주부생활』 4권5호	1960.5	동양화가
36	등나무	신문	≪동아일보≫	1960.8.18	
37	농민에게 희망을	신문	≪경향신문≫	1960.8.31	
38	아름답고 서글픈 것	신문	≪국제신보≫	1960.9.27	'가을의 구상(構想)'
39	살려줘야할 감정의 세계	신문	≪동아일보≫	1960.10.22	
40	예술의 길은 높고도 멀다	잡지	『여원』 6권11호	1960.11	
41	내일의 자화상 : 자연을 벗으로	신문	≪서울신문≫	1960.12.1	여류화가

구분	작품명	매체	출처	발표 시기	비고
42	빌딩과 교실	신문	≪서울경제신문≫	1960.12.15	'잡기장(雜記帳)' / 동양화가
43	말라버린 인정을 : 경히엄마에게	신문	≪국제신보≫	1960.12.16	'송년 포스트' / 여류화가
44	사소한 일이지만	신문	≪경향신문≫	1960.12.25	
45	양로원 어른들께	신문	≪서울경제신문≫	1961.1.1	'그림 연하장' / 글·그림 박래현
46	여성의 행복은? : 인내의 꽃이어야	신문	≪동아일보≫	1961.1.7	
47	노두 놀 수 있는 께임	신문	≪평화신문≫	1961.3.5	
48	잃어버린 찬사(讚辭)	신문	≪경향신문≫	1961.3.20	
49	별의 속삭임	신문	≪경향신문≫	1961.7.19	
50	이틀에 한번씩 구상(構想), 시장 갈 땐 '메모'를	신문	≪서울일일신문≫	1961.12.12	'나의 가계부' / 동양화가
51	고요한 밤 '영원'하기를……	신문	≪동아일보≫	1961.12.24	
52	노두 놀 수 있는 께임	신문	≪대한일보≫	1961.3.15	
53	오월의 변(辯) : 오직 단결만이	신문	≪대한일보≫	1962.5.8	
54	남편시중기(記)	잡지	『여원』 8권11호	1962.11	
55	행운(幸運)이란	신문	≪동아일보≫	1962.12.25	
56	경칩이상(驚蟄二想)	신문	≪한국일보≫	1963.3.6	
57	꽃과 아지랑이	신문	≪서울신문≫	1963.3.12	
58	새해의 꿈을 노크한다 : 오가는 정(情) 속에 새 살림을	신문	≪조선일보≫	1964.1	
59	내 수집에 얽힌 일화 : 푼돈을 모았다가 맘에 든 게 있으면, 모아 놓은 인형만 1,000여 종	잡지	『명랑』 9권3호	1964.3	동양화가
60	알뜰한 살림을 하기 위한 관혼상제	잡지	『여상』 3권3호	1964.4	'특집 : 간소화해 본 관혼상제' / 동양화가
61	운명(運命)이란 것	잡지	『여원』 10권5호	1964.5	
62	부부화가가 본 세계의 풍물	잡지	『주부생활』 1권7-8호	1965.10-11	'아메리카 수감(隨感)'(1-2) / 여류화가
63	여류화가가 본 세계의 풍물	잡지	『주부생활』 1권7호-2권3호	1965.10-1966.3	'구라파 여정, 나일강의 황혼, 인도의 여운, 동양의 전설'(3-6)
64	매력 : 신성일, 고독한 인상의 반항아	신문	≪조선일보≫	1966.1.9	
65	세대의 교차로에 서서	잡지	『현대문학』 136호	1966.4	
66	신비에 눈을 뜨면서	잡지	『여학생』 2권4호	1966.4	'내가 회상하는 남학생 마음' / 동양화가
67	동경(東京)과 화랑(畵廊)	잡지	『정경연구』 2권6호(통권17호)	1966.6	화가
68	흰 댕기의 비가(悲歌)	잡지	『주부생활』 2권11호	1966.11	여류화가
69	항상 웃는 낯에 이웃원수 없다	잡지	『여상』 6권1호	1967.1	
70	반생(半生)에 서서 지금까지 : 제11회 부녀전을 열고	잡지	『여원』 13권2호	1967.2	

구분	작품명	매체	출처	발표 시기	비고
71	빛의 메아리	잡지	『주부생활』 3권3호	1967.3	'명사수기(名士手記)' / 화가
72	내가 좋아하는 4월의 꽃 : 개나리	잡지	『동화그라프』 4월호	1967.4	화가
73	당신은 진정 '부친(父親)'인가	잡지	『여상』 6권5호	1967.5	
74	마음의 선풍기로	잡지	『주부생활』 3권7호	1967.7	'명사(名士)의 여름 보내기' / 화가
75편	뉴욕에서 부부화가가… 새해 안녕하십니까	잡지	『주간경향』 8호	1969.1.12	'여로(旅路)' / 글·그림 박래현

비평 13편

구분	작품명	매체	출처	발표 시기	비고
1	주부를 위한 교양 : 미술작품의 감상(총2회)	신문	《경향신문》	1957.10.20 -21	박내현(동양화가, 제5회 국전대통령상수상자)
2	순박한 감각과 세계 : 제3회 국제아동미술전의 심사를 마치고(총2회)	신문	《평화신문》	1957.11.8 -9	
3	향상하는 학생미술 : 숙명 주최 중·고교종합미전을 보고	신문	《한국일보》	1958.2.13	동양화가
4	백자빛 감각	신문	《서울신문》	1959.1.23	'내가 좋아하는 현대미 : 동양화
5	단원(檀園)의 그림	신문	《서울신문》	1959.3.4	'봄에의 초대' / 동양화가
6	국산영화를 고발한다 : 성격 배치는 중요	신문	《서울신문》	1959.4.4	화가
7	우리 화단(畫壇)의 생태 : 자위(自慰)와 안이(安易)에서 탈피하자	신문	《서울신문》	1959.5.7	여류동양화가
8	생활을 잘도 표현 : 세계아동미술전을 심사하고	신문	《서울신문》	1959.10.4	
9	내가 좋아하는 그림 <소림명월(疏林明月)>	신문	《동아일보》	1961.2.21	
10	선(線)과 공간의 전통성 : 동양화의 특징은 고유한 것	신문	《대한일보》	1961.3.11	
11	내가 좋아하는 소재 : 환상(幻像)은 호심(湖心)에 머물고	신문	《동아일보》	1961.9.9	
12	운명론적인 나의 화도(畫道)	잡지	『여상』 1권2호	1962.12	'미술' / 화가
13편	정비석(鄭飛石) 저, 비석(飛石)과 금강산의 대화	신문	《경향신문》	1963.3.20	

박명성朴明星

1932년 평북 선천 출생. 서울대 국문과 졸업. 숙명여고 교사와 서울대 음대 교수로 근무.『현대문학』에 시 「십오야」
(1957년 10월), 「장미」·「별」(1958년 8월)이 추천됨. '여류시' 동인.

시 25편 + 시 단행본 1권

구분	작품명	매체	출처	발표 시기	비고
1	십오야(十五夜)	잡지	『현대문학』 34호	1957.10	'추천'
2	별	잡지	『현대문학』 44호	1958.8	
3	장미	잡지	『현대문학』 44호	1958.8	'추천작품'
4	귀토(歸土)	잡지	『현대문학』 49호	1959.1	
5	이름	잡지	『자유공론』 2권2호(통권3호)	1959.2	
6	티끌 속에서	잡지	『현대문학』 55호	1959.7	
7	바다	잡지	『현대문학』 61호	1960.1	
8	웃음 밖에서	잡지	『현대문학』 76호	1961.4	
9	표풍(飄風)	잡지	『현대문학』 87호	1962.3	'여류신인시특집'
10	과원(果園)	잡지	『여상』 2권8호	1963.8	'납량시화5인전'
11	6월은	잡지	『학원』 13권6호	1964.6	'6월의 시'
12	갈대	잡지	『여류시』 1집	1964.9.5	
13	북춤	잡지	『여류시』 1집	1964.9.5	
14	가을에	잡지	『현대문학』 119호	1964.11	
15	여정(女精)	잡지	『현대문학』 119호	1964.11	
16	비를 맞는다	잡지	『여류시』 2집	1964.12.5	
17	새벽에	잡지	『여류시』 2집	1964.12.5	
18	무제(無題)	잡지	『여류시』 3집	1965.4.5	
19	산후(産後)	잡지	『여류시』 3집	1965.4.5	
20	하늘	잡지	『여류시』 4집	1965.8.25	
1권	장미시집	단행본	공익출판사	1965	'시집'
21	꽃을 위한 비가(悲歌)	잡지	『주부생활』 2권2호	1966.2	'이달의 시'
22	꿈 속에서나	잡지	『여류시』 5집	1966.5.25	
23	석가탑	잡지	『여류시』 5집	1966.5.25	
24	어머니	잡지	『여류시』 5집	1966.5.25	
25편	편지	잡지	『현대문학』 137호	1966.5	

수필 6편

구분	작품명	매체	출처	발표 시기	비고
1	필연(必然)의 자각	잡지	『현대문학』 44호	1958.8	'추천완료소감(推薦完了所感)'
2	추남예찬론(醜男禮讚論)	잡지	『여상』 3권7호	1964.7	
3	아침에 본 기적	잡지	『여류시』 1집	1964.9.5	

구분	작품명	매체	출처	발표 시기	비고
4	잡상(雜想)	잡지	『여류시』 2집	1964.12.5	
5	우정과 교양	잡지	『여상』 4권4호	1965.4	
6편	가짜론	잡지	『새교육』 17권6호(통권128호)	1965.6	시인·숙명여고 교사

박석란朴石蘭

1967년 1월, 소설 「수면에 떠 있는 기름」으로 제6회 『여상』 여류신인문학상 가작 입선.

소설 1편

구분	작품명	매체	출처	발표 시기	비고
1편	수면(水面)에 떠 있는 기름	잡지	『여상』 6권1호	1967.1	'제6회 여류신인문학상 소설부 가작'

박선자朴仙子

1956년 2월, 소설 「스마트라」로 『여원』 창간기념 제1회 여류현상문예 가작 입선.

소설 6편

구분	작품명	매체	출처	발표 시기	비고
1	사과	잡지	『조운』 1권4호	1949.12	
2	그 여인의 수기	잡지	『청춘』 10호	1954.10	'중편'
3	스마트라	잡지	『여원』 2권2호	1956.2	'여원 창간기념 제1회 여류현상 문예 가작'
4	그 사나이	잡지	『여원』 2권7호	1956.7	
5	사라호 우짖던 방	잡지	『문학춘추』 2권5호(통권14호)	1965.5	
6편	꿀랑	잡지	『여원』 12권6호	1966.6	

박세영 朴世英

1963년 12월, 소설 「나만의 시간」으로 제2회 『여상』 여류신인문학상 가작 입선.

소설 1편

구분	작품명	매체	출처	발표 시기	비고
1편	나만의 시간	잡지	『여상』 2권12호	1963.12	'제2회 여류신인문학상 소설부 가작 1석'

수필 1편

구분	작품명	매체	출처	발표 시기	비고
1편	내일을 바라며	잡지	『여상』 3권1호	1964.1	'당선소감'

박송죽 朴松竹

1939년 생. 호 운애(雲涯). 1958년 자가본 시집 『보랏빛 의상』 발간 이후 부산문인으로 활동.

시 1편 + 시 단행본 1권

구분	작품명	매체	출처	발표 시기	비고
1권	보라빛 의상(衣裳)	단행본	자가본	1958	'시집'
1편	우리들 모두 병을 앓다	잡지	『여상』 3권6호	1964.6	

박순녀 朴順女

1928년 함남 함흥 출생. 서울대 영문과 졸업. 1960년 소설 「케이스 워키」로 ≪조선일보≫ 신춘문예 가작에 입선한 이래, 『사상계』에 「아이 러브 유」(1962년 11월)로 입선하고 「외인촌 입구」(1964년 11월)로 신인상 수상.

소설 36편 + 소설 단행본 1권

구분	작품명	매체	출처	발표 시기	비고
1	케이스 워카(총9회)	신문	≪조선일보≫	1960.1.29 ~2.10	'조선일보 신춘문예 가작 입선'
2	아이 러브 유	잡지	『사상계』 10권12호(통권114호)	1962.11	'입선'
3	외인촌 입구	잡지	『사상계』 12권11호(통권140호)	1964.11	
4	임금의 귀	잡지	『사상계』 13권3호(통권144호)	1965.3	

구분	작품명	매체	출처	발표 시기	비고
5	로렐라이의 기억	잡지	『신동아』 8호	1965.4	
6	정조(貞操)	잡지	『문학춘추』 2권5호(통권14호)	1965.5	
7	자세	잡지	『교통』 12권8호	1965.8	
8	엘리제초(抄)	잡지	『현대문학』 129호	1965.9	
9	스꼴까 장수(총52회)	신문	≪전우신문≫ 272-323호	1965.10.1 -11.30	
10	잃어버린 과거(過去)	잡지	『주부생활』 2권2호	1966.2	'단편소설'
11	영어열(英語熱)	잡지	『여상』 5권3호	1966.3	
12	화가 아저씨의 오바	잡지	『카톨릭소년』 7권4호	1966.4	'동화'
13	차표	잡지	『새벗』 179호	1966.7	'동화'
14	고독한 방관자	잡지	『문학』(문학사) 1권4호(통권4호)	1966.8	
15	막힌 출구	잡지	『문학』(서울대 문리대)	1966.8	
16	싸움의 날의 동포(同胞)	잡지	『신동아』 25호	1966.9	
17	단절(斷絕)	잡지	『사상계』 14권8호(통권162호)	1966.10	
18	남자친구	잡지	『문학춘추』 3권7호(통권24호)	1966.12	
19	황홀한 계절(총11회)	잡지	『부부』 7권10호-8권8호(통권 78-88호)	1967.10 -1968.8	'연재소설' / 그림 이순재(李舜在)
20	강(姜)바윗돌씨(총13회)	신문	≪대한일보≫	1967.11.2 -16	'신예단편릴레이⑤' / 그림 김영덕(金永惪)
21	전시대적 이야기	잡지	『문학시대』	1967	
1권	난(蘭) : 제1부	단행본	창조사	1967	
22	어떤 영광(榮光)	잡지	『새생명』 8권5호(통권80호)	1968.5	'단편소설'
23	장갑을 벗는 여자	잡지	『현대문학』 161호	1968.5	
24	7년만의 목소리	잡지	『새가정』 15권6호	1968.6	
25	아름다웁게 불타	잡지	『여원』 14권8호	1968.8	
26	회상(回想)	잡지	『주부생활』 4권8호	1968.8	'특집 : 납량 콩트 10인선'
27	45원짜리 모자	잡지	『어린이 자유』	1968.8-9	
28	숲속에 가슴속에(총15회)	잡지	『여원』 14권10호-15권12호	1968.10 -1969.12	
29	가을비	잡지	『새가정』 15권10호	1968.11	그림 송방
30	내가 버린 어머니	잡지	『여류문학』 1호	1968.11	
31	빨간 한복의 여인	잡지	『주부생활』 5권4호	1969.4	그림 전상수(田相秀)
32	검비아내의 소녀	잡지	『월간중앙』 14호	1969.5	'단편소설'
33	고색찬란(古色燦爛)	잡지	『현대문학』 173호	1969.5	
34	꿈 많은 손	잡지	『여성동아』 22호	1969.8	'여류단편특집' / 그림 서시철(徐施哲)
35	이웃돕기	잡지	『신동아』 62호	1969.10	
36편	어느 계절(季節)과 함께	잡지	[일부] 『여학생』 5권12호	[일부] 1969.12	'신연재문제소설' / *그림 이태전(李太田) / 뒤에 <계속>이라고 기재됨

수필 21편

구분	작품명	매체	출처	발표 시기	비고
1	여수(旅愁) : 전등사를 찾는 마음 (총2회)	신문	《자유신문》	1957.9.5-6	방송극작가
2	고향 사투리	잡지	『심우』 4권10호	1957.10	여류작가
3	어린이시간과 가정 : 특히 어머니들을 위하여…그릇된 생각을 버리자	잡지	『가정교육』 4호	1958.3	'방송' / 박순녀
4	시누이와의 감정불화(感情不和) : 말썽부릴 재료를 주지 말도록	잡지	『주부생활』 3권3호	1959.3	'특집 : 시집살이' / 작가 김이석 씨 부인
5	주부(主婦)와 독서(讀書)	잡지	『주부생활』 3권6호	1959.6	
6	사치(奢侈)와 나	잡지	『심우』 8권11호	1961.11	여류방송작가
7	다정(多情)하던 그이는 가고	잡지	『여상』 3권11호	1964.11	
8	영어열(英語熱)	잡지	『여상』 5권3호	1966.3	
9	저스트 보이프렌드	잡지	『여학생』 2권4호	1966.4	'주우니어 카르테 : 어드바이저' / 소설가
10	효자동(孝子洞) 굴뚝집 : 사주	잡지	『여원』 12권6호	1966.6	
11	꿈과 욕망	잡지	『새길』 135호	1966.7 / 8	
12	여학생시절 애인	잡지	『여학생』 2권8호	1966.8	'체험기특집 : 애인이라 불려져서 느낀 여자의 행복' / 소설가
13	눈물	잡지	『주부생활』 2권10호	1966.10	여류작가
14	산다는 것	잡지	『정경연구』 2권11호(통권22호)	1966.11	여류작가
15	친구	잡지	『부부』 7권4호(통권72호)	1967.4	소설가
16	달콤한 굴레	잡지	『여상』 6권6호	1967.6	
17	사고방식(思考方式), 내면생활	잡지	『여학생』 5권5호	1969.5	'수필 : 카네이션이 있는 창변(窓邊)에서' / 소설가
18	S호(湖)에서	잡지	『여류문학』 2호	1969.5	
19	수재민(水災民)을 생각하자	신문	《대한일보》	1969.8.7	'발언대' / 작가
20	한여름의 '토목적삼'	잡지	『주부생활』 5권8호	1969.8	'특집 : 해방25년, 여성생활의 변천' / 여류작가
21편	신연재소설 『어느 계절과 함께』 작자의 말	잡지	『여학생』 5권11호	1969.11	'사고(社告)'

비평 3편

구분	작품명	매체	출처	발표 시기	비고
1	정직한 주변 묘사	신문	《조선일보》	1960.1.6	
2	옛이야기에 대하여	잡지	『사상계』 11권7호(통권122호)	1963.6	
3편	이상적(理想的)인 우인상(友人像) : 『다리 긴 아저씨』의 쥬디와 새리의 꿈	잡지	『여학생』 3권9호	1967.9	'와이드특집 : 내 마음을 사로잡은 일인(一人)의 이상상(理想像) / 작가

박순천 朴順天

1898~1983년. 부산 동래 출생. 본명 명련(命連). 일본 니혼여자대학 사회학부 졸업. 1948년 ≪부인신문≫ 창간. 여성정치가.

시 2편

구분	작품명	매체	출처	발표 시기	비고
1	애도(哀悼) 설산 선생(雪山 先生)을 곡(哭)함	신문	≪부인신보≫	1947.12.6	
2편	'메논'씨의 인상(印象)	신문	≪부인신보≫	1948.1.25	

수필 48편

구분	작품명	매체	출처	발표 시기	비고
1	나의 학생생활(學生々活)을 회상함	잡지	『여학원』 1호	1946.1	중앙고등여학교부교장
2	삼일기념일을 전후(前後)하야	신문	≪조선주보≫	1946	
3	하지 장군께 고함	신문	≪부인신보≫	1947.10.23	
4	정치전(政治戰)에는 기술이 필요 : 나의 낙선소감(落選所感)	잡지	『새한민보』 2권13호	1948.7	
5	차숙경 형님을 조상함	신문	≪부인신보≫	1948.8.22	대한애국부인회 대표
6	영월탄광(寧越炭鑛)을 시찰하고 도라와서 (총3회)	신문	≪부인신보≫	1948.11.11	본사사장
7	부인데이의 유래	신문	≪연합신문≫	1949.3.8	'3월8일 부인의 날' / 감찰위원
8	남성과 축첩(蓄妾)	잡지	『주간서울』 52호	1949.9.12	
9	나의 청춘, 나의 투쟁, 나의 로맨스	잡지	『현대여성』 2권2호	1954.2	대한부인회 최고위원
10	6·25의 수난	신문	≪조선일보≫	1954.6.23	
11	말과 글	잡지	『희망』 4권9호	1954.9	정치가
12	새가정의 첫 출발은	잡지	『새가정』 1권9호	1954.10	
13	나의 국회의원 시절	잡지	『신태양』 3권28호(통권28호)	1954.12	'관(官)에 있던 지난날의 추억(追憶)' / 전 국회의원
14	나의 신혼시절 : 벌써 아득한 옛 꿈 추억마저 외롭다	잡지	『신태양』 3권28호(통권28호)	1954.12	'이야기꽃다발'
15	할말이 없다고	잡지	『여성계』 3권12호	1954.12	
16	민주정치 계몽 : 사막으로 끄는 목자(牧者)에 반항	신문	≪한국일보≫	1955.1.7	'나의 주장(主張)'
17	1955년의 여성계 : 강해진 자립성	신문	≪경향신문≫	1955.12.29	
18	얼마나 살기 좋아졌나 : 경제	잡지	『여원』 1권3호	1955.12	
19	여성들의 참정(參政) 7년 : 보다 적극적인 진출을	신문	≪중앙일보≫	1956.1.4	

구분	작품명	매체	출처	발표 시기	비고
20	나는 남편을 이렇게 사랑한다 : 부인측	잡지	『여성계』 5권1호	1956.1	'특집 : 부부애(夫婦愛) 연구(研究)' / 11월10일
21	철도용탄(鐵道用炭)과 생활고(生活苦)	신문	≪중앙일보≫	1956.2.19	'시감우감(時感偶感)'
22	부인운동과 정치운동	잡지	『신세계』 1권1호	1956.2	
23	방방곡곡히 '독립만세'만 충일(充溢) : 혈서(血書)로서 재수감의 각오를 통고	잡지	『여성계』 5권2호	1956.2 / 3	'특집 3·1운동과 회고'
24	삼선(三選)의 영광을 입으신 어렵게 당선되신 이승만 대통령에게 보내는 글월	잡지	『여원』 2권6호	1956.6	
25	흥분과 황홀 속에서	잡지	『여원』 2권8호	1956.8	
26	새로운 결혼식(結婚式)의 제창(提唱)	잡지	『여원』 2권11호	1956.11	
27	새로운 교훈	신문	≪조선일보≫	1957.1.7	
28	어죽의 향수(鄕愁)	잡지	『야담과 실화』 1권1호	1957.2	'풍류잡감(風流雜感)' / 정치인
29	현대여성에게 드리는 각서	잡지	『녹원』 1호	1957.2	
30	재혼론 : 전쟁미망인의 경우를 중심으로	잡지	『주부생활』 1권5호	1957.5	
31	나는 남하(南下)하지 못한 유일한 여자국회의원이었다	잡지	『인물계』 1권5호	1957.7	'특집 고난(苦難)을 겪은 구십일(九十日)'
32	아직도 희미한 가정의 민주주의	잡지	『여원』 3권9호	1957.10	
33	자식들을 기르기가 이래서 힘이 든다! : 잡지와 만화가 제일 말성	잡지	『가정교육』 2호	1957.10	
34	의정단상(議政壇上)에 서게 된다면 : 가시지 못한 한(恨)을 풀어 볼 생각	잡지	『주부생활』 2권3호	1958.3	'우리당(黨)의 여성시책(女性施策)'
35	내가 걸어온 길(총6회)	잡지	『여원』 4권9호-5권2호	1958.9 -1959.1	
36	국민의 '보안'을 위하여	신문	≪한국일보≫	1958.11.14	
37	도의교육(道義敎育)과 가정(家庭)과 어머니	잡지	『주부생활』 3권5호	1959.5	'주부논단'
38	작난꾸러기는 성공한다 : 잘 키워 큰 일군 만들자	잡지	『가정교육』 11호	1959.5	'지도편'
39	자녀를 중심으로 본 : 이런 가정(家庭) 저런 가정(家庭)	잡지	『가정교육』 13호	1959.8	'세상살이'
40	인생의 가을	잡지	『자유문학』 4권10호(통권31호)	1959.10	민의원
41	가정과 사회	잡지	『자유문학』 5권6호(통권39호)	1960.6	'특집 : 학생과 사회'
42	내 정신(精神)에 살아보자	잡지	『가정생활』 1권2호	1961.2	'권두언'
43	봄이 오면	잡지	『여상』 2권4호	1963.4	'이 달의 말'

구분	작품명	매체	출처	발표 시기	비고
44	새해의 설계 : 정당법(政黨法)은 고쳐야	신문	≪경향신문≫	1965.1.7	
45	문 턱에 들어선 전근대성 탈피 : 민중당(民衆黨)이 걸어갈 이 정표(里程標)	신문	≪서울신문≫	1965.6.15	대표최고위원
46	한가하다가도	신문	≪한국일보≫	1967.11.3	
47	울밑에선 봉선화야(총11회)	잡지	『여원』 14권1호-12호	1968.1-12	
48편	잊을 수 없는 남성 : 목이 쉬도록 "독립만세" 부르던 나무꾼	신문	≪조선일보≫	1968.3.10	

박시정 朴始貞

1942년 서울 출생. 1967년 연세대 국문과 졸업 후 동 대학원 국문과 수료. 1969년 『현대문학』에 소설 「초대」(3월) · 「그들의 시대」(6월)가 추천됨.

소설 3편

구분	작품명	매체	출처	발표 시기	비고
1	초대	잡지	『현대문학』 171호	1969.3	'추천'
2	그들의 시대	잡지	『현대문학』 174호	1969.6	'추천'
3편	분위기	잡지	『현대문학』 178호	1969.10	

수필 1편

구분	작품명	매체	출처	발표 시기	비고
1편	추천을 마치고	잡지	『현대문학』 174호	1969.6	'추천완료소감(소설)'

박영숙 朴英淑

1930년 충북 충주 출생. 서울대 영어교육과 졸업. ≪대한일보≫ 문화부 기자 역임. '청미회' '돌과 사랑' 동인. 현재 미국 거주.

시 45편 + 시 단행본 1권

구분	작품명	매체	출처	발표 시기	비고
1	반딧불	신문	≪동아일보≫	1955.6.27	'동요'
2	입동(立冬) 무렵	신문	≪동아일보≫	1955.11.7	'계절의 동시'

구분	작품명	매체	출처	발표 시기	비고
3	도성(禱聲)	잡지	『새가정』 2권10호	1955.11	
4	하늘은 봄이 그리워요	신문	《동아일보》	1956.2.13	
5	칠월의 언덕	신문	《동아일보》	1956.7.16	
6	전등사(傳燈寺)	신문	《동아일보》	1956.10.8	
7	새벽 단장(斷章)	잡지	『새가정』 4권1호	1957.1	
8	강물이 풀리면	신문	《동아일보》	1957.3.4	
9	도회지 참새들	신문	《동아일보》	1957.5.13	
10	바람은 불어	잡지	『새가정』 4권5호	1957.5	
11	분수	신문	《동아일보》	1957.9.9	
12	약대	신문	《동아일보》	1957.12.23	
13	한강다리	신문	《동아일보》	1958.3.3	
14	나붓기는 깃발처럼	신문	《동아일보》	1958.6.2	
15	반갑지 않은 태양	신문	《조선일보》	1958.7.24	
16	땅감나무	신문	《동아일보》	1958.8.18	'동시'
17	노정(路程)	신문	《평화신문》	1959.1.17	
18	달님의 여행	신문	《동아일보》	1959.11.29	
1권	이브의 사념(思念)	단행본	민중서관	1959	시집
19	고함을 치는 새벽이 있다	잡지	《연합신문》	1960.1.15	
20	순이와 풍선	잡지	『카톨릭소년』 3권7호	1962.7	'동시'
21	겨울·바다와 동상(銅像)	잡지	『신사조』 1권11호(통권11호)	1962.12	'송년여류시10인선'
22	체념(諦念)	잡지	『자유문학』 8권2호(통권66호)	1963.2	
23	아빠에게 안녕을	신문	《서울신문》	1963.3.5	'사랑의 시'
24	순이와 풍선	신문	《대한일보》	1963.4.20	
25	만가(挽歌)	잡지	『돌과 사랑』 1집	1963.4	
26	벽(壁)과 창(窓)	잡지	『여원』 9권4호	1963.4	
27	봄과 야경(夜警)	잡지	『돌과 사랑』 1집	1963.4	
28	걸인(乞人)의 사랑	잡지	『돌과 사랑』 2집	1963.6	
29	실명시인(失明詩人)	잡지	『돌과 사랑』 3집	1963.9	
30	우울(憂鬱)의 의미	잡지	『시단』 3집	1963.9	'시단Ⅲ : 여류시선'
31	속(續)·실명시인(失明詩人) 4. 5. 6. 7.	잡지	『돌과 사랑』 4집	1964.1	
32	신약(新約)·주기도서(主祈禱序)	잡지	『시단』 4집	1964.3	
33	고독지옥(孤獨地獄)	잡지	『돌과 사랑』 5집	1964.4	
34	종교의 꽃	잡지	『돌과 사랑』 5집	1964.4	
35	바다로 떠나는 대신	잡지	『여원』 10권8호	1964.8	
36	생일연구(生日聯句)	잡지	『돌과 사랑』 6집	1964.8	
37	수목영가(樹木靈歌)	잡지	『돌과 사랑』 6집	1964.8	
38	두부 공장과 피아노 소리	잡지	『아동문학』 10호	1964.12	

구분	작품명	매체	출처	발표 시기	비고
39	성탄날 아침	잡지	『카톨릭소년』 5권12호	1964.12	'동시'
40	꿈	잡지	『돌과 사랑』 7집	1965.1	
41	노엘 전날	잡지	『돌과 사랑』 7집	1965.1	
42	애드바룬	잡지	『돌과 사랑』 7집	1965.1	
43	춘일정사(春日靜思)	신문	《서울신문》	1965.4.3	'금주의 시단'
44	귀일(歸日)	잡지	『여원』 11권8호	1965.8	
45편	우리 할머니	잡지	『현대시학』 1권4호	1966.5	

수필 20편

구분	작품명	매체	출처	발표 시기	비고
1	매아미	잡지	『주부생활』 1권11호	1957.11	'만추수필선' / 수필가
2	오월산조(五月散調)	신문	《한국일보》	1958.5.18	
3	성하(盛夏)의 상(想)	신문	《한국일보》	1958.8.3	
4	귀여운 우상(偶像)	잡지	『주부생활』 2권12호	1958.12	
5	가을과 꿈	신문	《국제신보》	1960.10.17	여류시인
6	두 노파의 경우	잡지	『교통』 8권7호(통권79호)	1961.7 / 8	
7	결혼식에서 만난 사람	잡지	『재무』 86호	1963.2	
8	눈부신 흰옷에	잡지	『여상』 2권5호	1963.5	대한일보 문화부 기자
9	"가는 말이 고와야 오는 말도 곱다" : 선의(善意)는 언제나 상대적인 것?	잡지	『여상』 2권7호	1963.7	'언어' / 시인
10	어두운 그림이 놓인 가을	잡지	『가정생활』 3권10호	1963.10	'여류수필 5인선' / 시인
11	일하는 여성, 인간적인 여성으로	잡지	『여상』 3권1호	1964.1	
12	인생과 젊음의 모랄을 찾아서	잡지	『여상』 3권3호	1964.3	
13	봄 나들이 : 지리한 봄비 속에	신문	《대한일보》	1964.4.20	
14	근친결혼의 생태와 우애결혼(友愛結婚)의 논리	잡지	『여상』 3권4호	1964.4	'생활 속에서 찾는 여성의 사회학' / 시인, 대한일보 문화부
15	횡포 속에 싹트는 여성의 르네쌍스 : D청년과 E여사와의 문제의 핵심을 찾아서	잡지	『여상』 3권5호	1964.5	'생활 속에서 찾는 여성의 윤리학'
16	마음에 남빛 바다 물감을	잡지	『보건세계』 11권7호(통권103호)	1964.7	시인
17	부부애의 위기와 그 파문	잡지	『여상』 3권7호	1964.7	
18	여성 가장 행복할 때	잡지	『여상』 3권9호	1964.9	
19	이성(異性)간의 우정과 연정의 한계	잡지	『여상』 3권11호	1964.11	
20편	남자의 극적 탐구 : 팔다리	잡지	『여상』 4권10호	1965.10	

비평 6편

구분	작품명	매체	출처	발표 시기	비고
1	영국여류시단의 근황 : 다채로운 실험세계	잡지	『돌과 사랑』 1집	1963.4	
2	'프랑스'의 규수(閨秀)시인들 : 그 작품과 생애	잡지	『돌과 사랑』 2집	1963.6	
3	미국여류시단 : '딕킨슨' 이후의 별들	잡지	『돌과 사랑』 3집	1963.9	
4	해외여류시단 : 전후(戰後)의 서독문단과 새 여류시인들의 위치	잡지	『돌과 사랑』 4집	1964.1	
5	동인지연단 : 청미회의 『돌과 사랑』 편	잡지	『신세계』 16호	1964.3	
6편	불안과 회의(懷疑)에의 자성(自省)	잡지	『시단』 4집	1964.3	'시작노트'

박영순 朴永順

경희대 국문과 재학 중이던 1961년 1월, 시조 「못 잊을 그 사람」으로 『시조문학』 일반부 가작 입선.

시 1편

구분	작품명	매체	출처	발표 시기	비고
1편	못 잊을 그 사람	잡지	『시조문학』 2집	1961.1	'성인부 가작' / 경희대학교 국문과

박영자 朴英子

1967년 3월, 소설 「안산댁네」로 『여상』 제6회 여류신인문학상 가작 입선.

소설 1편

구분	작품명	매체	출처	발표 시기	비고
1편	안산댁네	잡지	『여상』 6권3호	1967.3	'제6회 여류신인문학상 소설부 가작'

박옥녀 朴玉女

1963년 소설 「아가페」로 『새생명』 현상모집에 가작 입선.

소설 1편

구분	작품명	매체	출처	발표 시기	비고
1편	아가페	잡지	『새생명』 3권9호(통권29호)	1963.10	'현상 모집 가작 입선작'

박옥선 朴玉善

1937년 평안남도 평양 출생, 서울대 졸업. 유치원 교사로 근무. 아동문학가.

시 16편

구분	작품명	매체	출처	발표 시기	비고
1	기구(祈求)	신문	《가톨릭시보》 140호	1954.3.15	
2	소녀	신문	《가톨릭시보》 142호	1954.4.18	
3	상여	신문	《한국일보》	1955.5.1	'금주의 시'
4	내일	잡지	『주부생활』 4권5호	1960.5	'신인문예'
5	예수님	잡지	『카톨릭소년』 1권12호	1960.12	
6	추석	잡지	『카톨릭소년』 2권9호	1961.9	'소녀시'
7	혹시나	잡지	『카톨릭소년』 3권1호	1962.1	
8	아가야	잡지	『카톨릭소년』 4권6호	1963.6	'동시' / 그림 백영수
9	우물	잡지	『카톨릭소년』 4권11호	1963.11	'소녀시' / 그림 송방
10	꿈조리	신문	《동아일보》	1964.1.11	
11	풍선 날린 아가야	잡지	『카톨릭소년』 5권8호	1964.8	'동시'
12	아가야 얼굴	잡지	『카톨릭소년』 6권4호	1965.4	'동요' / 그림 장진순
13	나이테는 굴렁쇠	잡지	『카톨릭소년』 7권11호	1966.11	'동요' / 그림 이억영
14	아가는 모두	잡지	『카톨릭소년』 9권2호(통권98호)	1968.2	
15	한가위 달빛소리	잡지	『카톨릭소년』 9권11호(통권107호)	1968.11	
16편	소라를 귀에 대면	잡지	『카톨릭소년』 10권12호(통권120호)	1969.12	

동화 3편

구분	작품명	매체	출처	발표 시기	비고
1	철둑길	잡지	『카톨릭소년』 2권4호	1961.4	'4·19 동화'
2	강강수월래	잡지	『카톨릭소년』 7권1호	1966.1	'동화' / 그림 이억영

구분	작품명	매체	출처	발표 시기	비고
3편	웃음꽃 활짝	신문	≪가톨릭시보≫ 617호	1968.5.5	'어머니의 동화' / 서울성가유치원 교사 / 그림 송영방

수필 12편

구분	작품명	매체	출처	발표 시기	비고
1	새해의 기원(祈願)	잡지	『카톨릭청년』 15권1호	1961.1	'성모님전상서 / 1961년의 기원'
2	봄날 오후	신문	≪민족일보≫	1961.3.21	'주부독백'
3	파란 꿈에 꼭 포개어……	신문	≪동아일보≫	1963.9.14	
4	허례병	잡지	『신세계』 10호	1963.9	'수필 : 젊은 분수(噴水)'
5	송구영신(送舊迎新)	잡지	『카톨릭청년』 18권1호	1964.1	'새해의 한마디' / 아동문학가
6	아가들과 함께 손 모으며	잡지	『카톨릭청년』 19권1호	1965.1	'새해에 해야할 일 하고 싶은 일' / 아동문학가
7	갈증	신문	≪국제신보≫	1965.7.6	'국제춘추' / 공무원
8	'삼대(三大)' 이야기	신문	≪국제신보≫	1965.8.10	'국제춘추' / 공무원
9	잃어진 신비	신문	≪국제신보≫	1965.8.21	'국제춘추' / 공무원
10	'피날레'의 의미	신문	≪국제신보≫	1965.9.3	'국제춘추' / 공무원
11	국보(國寶)와 사보(私寶)	신문	≪국제신보≫	1965.9.7	'국제춘추' / 공무원
12편	해지는 골목에서	잡지	『카톨릭청년』 22권12호	1968.12	

박정숙[1] 朴正淑

1941년 일본 오사카 출생. 아호 지야(芝野). 경북대 국문과 졸업. 1969년 2월, 시 「야국(野菊)」으로 『여원』 여류신인문학상에 가작 당선. 1970년 『월간문학』 시조 신인상 가작 당선. 1974년 시조 「한지」로 ≪한국일보≫ 신춘문예 당선.

시조 1편

구분	작품명	매체	출처	발표 시기	비고
1편	야국(野菊)	잡지	『여원』 15권2호	1969.2	'시조 제14회 여류신인문학상 당선작 가작'

박정숙²朴貞淑

1933년 부산 출생. 서울대 국문과 졸업. 마산 성지여고 교사로 근무. 1957년 『현대문학』에 「실솔(蟋蟀)」(10월)이 추천됨. '여류시' 동인.

시 11편

구분	작품명	매체	출처	발표 시기	비고
1	코스모스	신문	≪부산일보≫	1954.6.22	
2	항아리	신문	≪부산일보≫	1955.8.11	'학생시' / 부산대학
3	실솔(蟋蟀)	잡지	『현대문학』 34호	1957.10	'추천'
4	귀의(歸依)	잡지	『여류시』 1집	1964.9.5	
5	훤소음(喧宵吟)	잡지	『여류시』 1집	1964.9.5	
6	만추(晩秋)	잡지	『여류시』 2집	1964.12.5	
7	얼굴	잡지	『여류시』 3집	1965.4.5	
8	자화상	잡지	『여류시』 4집	1965.8.25	
9	가을단상(斷想)	잡지	『여류시』 5집	1966.5.25	
10	석탑의 노래	잡지	『여류시』 5집	1966.5.25	
11편	산수유(山茱萸)	잡지	『여류문학』 2호	1969.5	

수필 7편

구분	작품명	매체	출처	발표 시기	비고
1	'젤소미나'의 환상(幻像)	잡지	『씨나리오 문예』 4호	1959.12	여류시인
2	난처한 질문	잡지	『여상』 3권8호	1964.8	
3	노을에 서서	잡지	『여류시』 제1집	1964.9.5	
4	국화유감(菊花有感)	잡지	『여류시』 제2집	1964.12.5	
5	내 고향 소식 : 벚꽃이 피고 지는 진해	잡지	『여상』 4권4호	1965.4	
6	비열한 남성 협정(協定)	잡지	『여상』 4권11호	1965.11	
7편	작별단상(作別斷想)	잡지	『주부생활』 2권4호	1966.4	'여류시인의 수필'

비평 1편

구분	작품명	매체	출처	발표 시기	비고
1편	나와 시작(詩作) : 고질(苦疾)·정한(情恨)	잡지	『여류시』 4집	1965.8.25	

박정자朴貞子

1955년 12월, 소설 「가막섬 우화」로 『여원』 창간기념 제1회 여류현상문예 당선.

소설 1편

구분	작품명	매체	출처	발표 시기	비고
1편	가막섬 우화(寓話)	잡지	『여원』 2권1호	1956.1	'여원 창간기념 제1회 여류현상문예 당선작'

박정희朴貞姬

1936년 함북 길주 출생. 동국대 영문과 졸업. 1957년 1월, 시 「노을」로 제2회 『여원』 창간기념 여류현상문예 당선. 『현대문학』에 「새벽」(1957년 10월), 「귀로」와 「성(城)」(1958년 8월)이 추천됨. 1959년 1월, 소설 「귀결」로 제4회 『여원』 여류신인문학상 당선. '여류시' 동인.

시 43편 + 시 단행본 1권

구분	작품명	매체	출처	발표 시기	비고
1	노을	잡지	『여원』 3권1호	1957.1	'제2회 여원창간기념 : 여류현상문예 당선작'
2	새벽	잡지	『현대문학』 34호	1957.10	'추천'
3	문(門)	잡지	『동국시집』 7집	1958.2	
4	상(像)	잡지	『동국시집』 7집	1958.2	
5	창(窓)	잡지	『동국시집』 7집	1958.2	
6	귀로(歸路)	잡지	『현대문학』 44호	1958.8	'추천작품'
7	성(城)	잡지	『현대문학』 44호	1958.8	'추천작품'
8	고백	잡지	『신문화』 1호	1958.9	
9	내일	잡지	『현대문학』 49호	1959.1	
10	말씀	잡지	『동국시집』 8집	1959.2	*『새가정』 15권5호(1968.5)에도 수록
11	벽(壁)	잡지	『동국시집』 8집	1959.2	
12	여음(餘音)	잡지	『동국시집』 8집	1959.2	*『현대문학』 119호(1964.11)에도 수록
13	예비(豫備)	신문	≪세계일보≫	1959.7.2	
14	아직은……	잡지	『현대문학』 55호	1959.7	
15	넋(念)	잡지	『자유공론』 2권8호(통권9호)	1959.8	*『현대문학』 87호(1962.3) '여류신인시특집'에도 수록
16	문 밖에	잡지	『현대문학』 57호	1959.9	
17	울타리	잡지	『시작업』 1집	1959.10.25	
18	눈길	잡지	『학생예술』 2호	1960.3	

구분	작품명	매체	출처	발표 시기	비고
19	제단(祭壇)	잡지	『향학』 2권9호	1960.12	
20	겨울의 언어	잡지	『현대문학』 76호	1961.4	
21	산기슭에	잡지	『현대문학』 76호	1961.4	
22	집으로	잡지	『현대문학』 98호	1963.2	
23	오늘은	잡지	『자유문학』 7권1호(통권57호)	1962.3	
24	봄이 잘못 와서	잡지	『여상』 3권5호	1964.5	'여류시단'
25	우리는	잡지	『여원』 10권6호	1964.6	
26	길	잡지	『여류시』 1집	1964.9.5	
27	유예(猶豫)	잡지	『여류시』 1집	1964.9.5	
28	아가	잡지	『여류시』 2집	1964.12.5	
29	안개	잡지	『여류시』 2집	1964.12.5	
30	준비(準備)	잡지	『현대시학』 1권7호	1966.8 / 9	
31	이 따스한 시간의 송가(頌歌)	잡지	『주부생활』 2권11호	1966.11	
32	싱그러운 아침에	잡지	『여상』 5권12호	1966.12	
33	무곡(舞曲)	잡지	『현대문학』 149호	1967.5	
34	오늘	잡지	『현대문학』 149호	1967.5	
35	밀어(密語) (2)	잡지	『주부생활』 3권7호	1967.7	
36	방 안에	잡지	『새가정』 14권7호	1967.7	
37	기적(汽笛)	잡지	『기독교문학』 1호	1967.10	
38	등(燈)	잡지	『여류시』 6집	1968.6.1	
39	소망	잡지	『여류시』 6집	1968.6.1	
40	회신(回信)	잡지	『여류문학』 1호	1968.11	
1권	내실	단행본	문학사	1968	시집
41	출발	잡지	『한국시단』 2호	1969.2	
42	우수절(雨水節)	잡지	『월간문학』 2권4호(통권6호)	1969.4	
43편	엽서(葉書)	잡지	『여류문학』 2호	1969.5	

소설 2편

구분	작품명	매체	출처	발표 시기	비고
1	귀결(歸結)	잡지	『여원』 5권1호	1959.1	'제4회 여원 여류신인상 문예작품 당선작'
2편	어떤 대결	잡지	『여원』 5권6호	1959.5	

수필 6편

구분	작품명	매체	출처	발표 시기	비고
1	피난중에 겪은 이야기	잡지	『신태양』 2권9호(통권9호)	1953.5	'당선실화' / 원주

구분	작품명	매체	출처	발표 시기	비고
2	아프레 여우(女優) '나탈리·웃드'의 결혼 : 젊은이의 연인 '나탈리' 그는 훌륭한 아내가 될 것인가?	잡지	『국제영화』 4권4호	1958.4	'20세기의 연애'
3	엄마에게	잡지	『현대문학』 44호	1958.8	'추천완료소감' / 동국대학교 영문과 재학중
4	천사(天使) 노래 은은한 새벽	잡지	『여원』 8권12호	1962.12	
5	×월 ×일	잡지	『여류시』 1집	1964.9.5	
6편	어떤 이유	잡지	『주부생활』 4권10호	1968.10	여류시인

비평 2편

구분	작품명	매체	출처	발표 시기	비고
1	가슴바닥에서의 음성을 : 김혜숙(金惠淑)의 「문(門)」을 중심으로	잡지	『시작업』 2집	1960.8	'상호시평'
2편	시와의 대화 : 서로가 닮은 작업	잡지	『여류시』 6집	1968.6.1	

박지혜 朴智慧

1942년 충남 청양 출생. 본명 박광자(朴光子). 숙명여대 가정과 졸업. 1960년 『주부생활』 신인시로 시 「창(窓)」이 추천됨. '머들령' 동인. 이후 1990년 11월 『동양문학』에 시 「지하철깜부기또아리」로 등단. 1984년 미국에서 돌아와 문학 활동.

시 1편

구분	작품명	매체	출처	발표 시기	비고
1편	창(窓)	잡지	『주부생활』 4권6호	1960.6	'신인시' / '머들령' 동인

박하강

1969년 소설 「이브가 공허를 느낄 때」로 ≪전남일보≫ 신춘문예 가작 입선.

소설 1편

구분	작품명	매체	출처	발표 시기	비고
1편	이브가 공허를 느낄 때(총4회)	신문	≪전남일보≫	1969.4.11 -16	'신춘문예 가작'

박해화 朴海華

1962년 2월, 소설 「미소로 끝난 대화」로 제7회 『여원』 여류신인상 가작 입선.

소설 1편

구분	작품명	매체	출처	발표 시기	비고
1편	미소(微少)로 끝난 대화	잡지	『여원』 8권2호	1962.2	'제7회 여원 여류신인상 문예작품 가작'

박현령 朴賢玲

1938년 경남 마산 출생. 경희대 영문과 및 동대학원 신문방송학과 졸업. 서울TV방송국 근무. 1958년 시 「산위에서」로 제4회 『여원』 여류신인상 당선. '여류시' 동인.

시 11편

구분	작품명	매체	출처	발표 시기	비고
1	산위에서	잡지	『여원』 5권1호	1959.1	
2	원경(遠景)	잡지	『여원』 5권7호	1959.6	
3	가을산 찾아서	잡지	『시작업』 2집	1960.8.20	
4	바다의 연가(戀歌)	신문	《마산일보》	1964.8.11	'푸른 시첩(詩帖)' / 그림 최운
5	불신시절(不信時節)에	잡지	『문학춘추』 1권5호(통권5호)	1964.8	'신진여류시10인집'
6	재회의 날에	잡지	『여류시』 1집	1964.9.5	
7	그 여섯째 날	잡지	『여류시』 2집	1964.12.5	
8	포옹 2	잡지	『여류시』 3집	1965.4.5	
9	그 사랑을 위한 발언	잡지	『여류시』 4집	1965.8.25	
10	무제(無題)	잡지	『여류시』 5집	1966.5.25	
11편	사각의 정글	잡지	『여류시』 5집	1966.5.25	

수필 4편

구분	작품명	매체	출처	발표 시기	비고
1	슬프게 한 남성	잡지	『여상』 3권6호	1964.6	'지정제 수필 : 어떤 이성(異性) / 시인, TV푸로듀서
2	동인변(同人辯)	잡지	『여류시』 1집	1964.9.5	
3	노오트에서	잡지	『여류시』 2집	1964.12.5	
4편	무감각이라는 것	잡지	『문학춘추』 4권1호(통권25호)	1967.1	'여류수필첩' / 시인

박현서 朴賢緖

　1924~1990년. 서울 출생. 숙명여전 졸업. 1947년 ≪어린이 신문≫ 기자로 출발. ≪한국일보≫·≪서울신문≫·≪조선일보≫·≪대한일보≫ 기자 및 부녀부장 역임. 1952년 월간 『코메트』에 수필 「객창(客窓)」 발표. 1967년 첫 수필집 『화려한 숲의 대화』(여원사)를 출간. '신상' 동인. 언론인 겸 수필가.

수필 36편 + 수필 단행본 1권

구분	작품명	매체	출처	발표 시기	비고
1	거짓말 하는 어린이 : 교정은 우선 부모의 반성부터	잡지	『주간방송』	1958.3.2	
2	옷차림과 인간 자격	잡지	『가정생활』 1권2호	1961.2	'여류수필'
3	유월의 운명 해설	잡지	『수필』 1권3호	1961.6	'여류수필'
4	남성의 여성관에 항의한다	잡지	『미의생활』 1호	1962.8	조선일보 문화부차장
5	성씨이제(姓氏二題)	잡지	『여상』 2권1호	1963.1	조선일보 문화부차장
6	식생활개선과 보건	잡지	『여상』 2권4호	1963.4	'특집 : 생활양식의 현대화를 위하여 : 무엇을 어떻게 개선할까' / 조선일보 문화부차장
7	부부 싸움은 칼로 물베기 : 가슴 적셔주는 따스한 훈기	잡지	『여상』 2권7호	1963.7	'애정' / 조선일보 문화부차장
8	단상(斷想)	잡지	≪국제신보≫	1964.5.25	'신록수필' / 조선일보 부녀부장
9	나의 생활주변 : 변두리 극장	잡지	『현대생활』 1호	1964.6	
10	이러면 ㄲ떡 저러면 흔들	잡지	『여원』 11권2호	1965.2	
11	창포 그리는 마음	잡지	『여원』 11권6호	1965.6	
12	언론 조경희	잡지	『여상』 5권1호	1966.1	
13	이성(異性)과의 교제	잡지	『여원』 12권1호	1966.1	
14	남성비속론(男性卑俗論)	잡지	『여상』 5권5호	1966.5	
15	돈화문 앞의 거북집 : 거북점	잡지	『여원』 12권6호	1966.6	
16	조팝나무꽃의 이력	잡지	『여원』 12권8호	1966.8	
17	번즈의 시(詩) 속에 그린 남학생	잡지	『여학생』 2권9호	1966.9	'체험기 특집 : 애인이라 불려져서 느낀 여자의 행복' / 언론인
18	일천 벌의 의상(衣裳)이 있다면	잡지	『여상』 5권11호	1966.11	
19	행주치마와 눈물의 역사	잡지	『여상』 6권3호	1967.3	
20	내가 보낸 그 계절	잡지	『여학생』 3권4호	1967.4	'특집 : 호기심과 설레이는 계절' / 언론인
21	월급을 모아 마련한 국민주택	잡지	『여상』 6권7호	1967.7	
22	피서법 서설	잡지	『여학생』 3권7호	1967.7	'서정(抒情)의 바다' / 대한일보사 부녀부장
23	무릎 위 8센치는 건강미다	잡지	『여상』 6권8호	1967.8	
24	점복(占卜)과 점성술과 J.여사	잡지	『부부』 7권9호(통권77호)	1967.9	언론인, 대한일보부녀부장
25	감시(監視)하는 거울	잡지	『세대』 5권10호(통권51호)	1967.10	대한일보 부녀부장
1권	화려한 숲의 대화	단행본	여원사	1967	수필집

구분	작품명	매체	출처	발표 시기	비고
26	새로운 우의(友誼)의 합창을 위하여 : 십대의 '우리 모두 웃는 해'를 위한 오장(五章)	잡지	『여학생』 4권1호	1968.1	'특집' / 대한일보 부녀부장
27	월남여인애사(越南女人哀史)	잡지	『여학생』 4권4호	1968.4	'4월이 오면 : 수색(水色)의 서정(抒情)' / 대한일보 부녀부장
28	남녀의 바캉스	잡지	『월간사월』 2권8월호	1968.8	대한일보 부녀부장
29	매스컴의 장래와 기자가 해야 할 임무	잡지	『신상』 1권1호(창간호)	1968.9 (가을)	
30	불량식품	잡지	『세대』 6권9호(통권62호)	1968.9	'생활'
31	남과 여	잡지	『신상』 1권2호(통권2호)	1968.12 (겨울)	'1968.8.' '월간중앙 K교수의 곡학하인(曲學何人)을 읽고 느낀대로…' / 신상 동인, 대한일보사 부녀부장
32	기브 앤드.테이크의 비율	잡지	『여류문학』 2호	1969.5	
33	억새와 갈대의 대리인생	잡지	『신상』 2권2호(통권4호)	1969.6 (여름)	신상 동인, 대한일보사 부녀부장
34	말의 조화와 전달의 '미스'	잡지	『신상』 2권3호(통권5호)	1969.9 (가을)	신상 동인, 대한일보사 편집부국장겸 부녀부장
35	묘한 세상사의 아이러니	잡지	『아세아』 1권7호	1969.10	'에세이' / 대한일보사 편집부국장겸 부녀부장
36편	안방을 나선 취미 대열 : 취미 생활의 향상	잡지	『여원』 15권12호	1969.12	

비평 1편

구분	작품명	매체	출처	발표 시기	비고
1편	문단(文壇)의 신여성·김명순	잡지	『여원』 12권10호	1966.10	

박현숙朴賢淑

1926년 황해도 재령 태생. 호는 설중매(雪中梅). 중앙대 졸업. 1956년 '제작극회' 동인. 1959년 소설 「산울림」으로 『식량과 농업』 현상응모에 가작 입선. 1962년 희곡 「땅 위에 서다」로 《조선일보》 신춘문예 당선. 희곡작가 겸 정치가.

소설 1편

구분	작품명	매체	출처	발표 시기	비고
1편	산울림	잡지	『식량과 농업』 3권9호(통권27호)	1959.9	'현상응모작품 가작'

수필 48편 + 수필 단행본 1권

구분	작품명	매체	출처	발표 시기	비고
1	한국여성운동의 당면과제를 논함	신문	《연합신문》	1949.3.8	감찰위원
1권	어머니	단행본	한국문화연구소	1950	
2	미국여성 No.1	잡지	『문화세계』 2권1호	1954.1	
3	민의(民意)를 반영시키자	잡지	『여성계』 3권1호	1954.1	*임영신 장군에 대한 인상
4	여성·가정·사회	신문	《서울신문》	1954.9.2	'여성' / 전 무임소장관
5	나의 무임소장관(無任所長官) 시절	잡지	『신태양』 3권28호(통권28호)	1954.12	'관(官)에 있던 지난날의 추억 : 고급관리의 생활은 과연 영화로웠던가?'(제2회) / 전 무임소장관
6	젊음이 부럽다고	잡지	『여성계』 3권12호	1954.12	
7	감방생활이 낙원인양 싶었던 조국애	잡지	『여성계』 4권3호	1955.3	
8	애국정신을 살려 여성은 분기(奮起)하자 : 삼일운동은 단결된 민족의 봉화	잡지	『여성계』 5권2호	1956.2 / 3	'특집 : 3·1운동과 회고'
9	조춘신변(早春身邊)	신문	《중앙일보》	1956.3.30	'여성수필'
10	도덕재무장대회(道德再武裝大會)를 보고	신문	《평화신문》	1956.12.10	
11	어쩌면 개조될가 : MRA대회에 다녀와서 (총2회)	신문	《연합신문》	1956.12.16 –17	
12	도의재무장(道義再武裝)으로	신문	《연합신문》	1957.1.6	
13	진실된 생활을	신문	《평화신문》	1957.1.21	
14	봄을 기다리는 마음	신문	《연합신문》	1957.3.26	
15	보장되어야 할 여성권익 (총2회)	신문	《평화신문》	1957.3.28 / 4.4	
16	고려호텔과 조만식 선생(曺晩植 先生)과 띤소장(小將) : 웃고 노하고 위협하는 김일성(金日成)의 인간상	잡지	『신태양』 6권3호(통권54호)	1957.3	*끝에 '문책(文責) 재(在) 김기자'
17	내가 좋아하는 꽃 : 수선화	신문	《조선일보》	1957.4.15	
18	주부참정론(主婦參政論)	잡지	『주부생활』 1권4호	1957.4	
19	나의 어린시절	잡지	『여성계』 6권3호(통권93호)	1957.5	
20	개준(改悛)하는 일본대표 : 도덕재무장대회여문(道德再武裝大會餘聞)	잡지	『신태양』 6권6호(통권57호)	1957.6	
21	가을의 교훈	잡지	『새살림』 7호	1957.12	
22	강력한 정치훈련이 필요	잡지	『주부생활』 1권12호	1957.12	'나와 정유년(丁酉年)' / 정치가
23	나의 옥중투쟁(獄中鬪爭)	잡지	『진상』 3권2호	1958.2	
24	여자로 태어나서 육십년	잡지	『여원』 4권2호	1958.2	
25	가정(家庭)의 재건	신문	《경향신문》	1958.6.25	'경향춘추' / 민의원, 김화 출신
26	이런 일도 있었다 : 안타깝던 5분	신문	《조선일보》	1958.12.18	
27	MRA의 정신이란? : 도의는 사회생활의 지주	신문	《세계일보》	1959.1.10	'가정' / 그림 김훈

구분	작품명	매체	출처	발표 시기	비고
28	여성과 정치	잡지	『주부생활』 3권7호	1959.7	'주부논단' / 민의원
29	창작을 편지처럼	신문	《조선일보》	1960.1.6	
30	교육자와 교육	잡지	『자유문학』 5권6호(통권39호)	1960.6	'특집 : 학생과 사회' / 정치인
31	산다는 것은	잡지	『문예』 2권6호	1960.6	
32	육이오 피난 회고록	잡지	『주부생활』 4권6호	1960.6	민의원
33	두려운 선물	신문	《조선일보》	1962.1.2	'당선소감 : 희곡'
34	프라타나스엔 여섯 번째 새순이 돋는데	잡지	『여원』 8권5호	1962.5	
35	토끼 : 11	신문	《대한일보》	1963.1.22	'신춘수필릴레이'
36	조화를 위한 12년의 노력	잡지	『여원』 9권12호	1963.12	
37	추상이제(秋想二題)	잡지	『소설계』 6권12호(통권64호)	1963.12	극작가
38	골목길	잡지	『여상』 3권1호	1964.1	
39	열차 속의 풍경(風景)	신문	《삼남일보》	1964.6.6	
40	가난할지언정 마음편한 보금자리	잡지	『여상』 6권1호	1967.1	
41	위험(危險)한 남성에게 여성은 약해	잡지	『여상』 6권3호	1967.3	
42	질투, 복수심, 증오의 노예가 되지 말라	잡지	『여상』 6권5호	1967.5	
43	백조(白鳥)에의 연상(聯想)	잡지	『주부생활』 3권9호	1967.9	극작가
44	출세욕 : 훈장을 애인의 어깨에	잡지	『여상』 6권11호	1967.11	
45	봄이 가져다주는 것들	잡지	『세대』 6권5호(통권58호)	1968.5	극작가
46	행복하게 하는 기억들	잡지	『여류문학』 1호	1968.11	
47	봄마다	잡지	『여류문학』 2호	1969.5	
48편	여자의 연령	잡지	『월간문학』 2권5호(통권7호)	1969.5	극작가

희곡 7편 + 희곡 단행본 1권

구분	작품명	매체	출처	발표 시기	비고
1	항변(抗辯)	신문	《조선일보》	1957	
2	언덕으로 가는 골목길	미상	미상	1958	*『현역작가 소인극 17선』(성문각, 1962)에 수록
3	여수(女囚)	미상	미상	1958	*창작극회 상연 : 1958
4	사랑을 찾아서 (총12회)	신문	《조선일보》	1960.1.13-28	'신춘문예 가작' / *제작극회상연(1961) / 『여인』(창조사, 1965) 수록
5	저항	신문	《조선일보》	1960	
6	땅 위에 서다 (총9회)	신문	《조선일보》	1962.2.18-3.1	'신춘문예 당선작' / 청포도극회 상연 : 1962 / 『여인』(창조사, 1965) 수록
7	나는 방관자가 아니다	미상	미상	[미상]	*『현역작가 소인극 17선』(성문각, 1962)에 수록
1권	여인	단행본	창조사	1965	희곡집

비평 2편

구분	작품명	매체	출처	발표 시기	비고
1	완전극에 육박, 제작극회 제2회 발표회의 성과	신문	《조선일보》	1957.1.19	
2편	본격적 공연을 : 제작극회(制作劇會)	신문	《경향신문》	1961.3.9	

박혜숙朴惠淑

이화여대 약대 재학 중이던 1965년 12월, 소설 「진공시대」로 『여원』 여류신인상 당선.

소설 3편

구분	작품명	매체	출처	발표 시기	비고
1	진공지대(眞空地帶)	잡지	『여원』 12권1호	1966.1	'제11회 여류신인상 소설부 당선작'
2	불가사리 (총6회)	잡지	『여성』(한국여성단체협의회) 19-25호	1966.4-11	'창작 / 필자 : 이화여대 약학과 4년, 여원사 65년도 여류신인상 획득
3편	외눈배기	잡지	『여원』 12권9호	1966.9	

박화성朴花城

1904~1988년. 전남 목포 출생. 본명 경순(景順), 호 소영(素影). 숙명여고 졸업 후 일본여자대학 영문과 수학. 1925년 『조선문단』에 「추석전후」 발표. 본격적인 작품활동은 1932년 단편 「하수도공사」 발표 이후 시작. 한국여류문인회 초대회장 역임.

소설 43편 + 소설 단행본 3권

구분	작품명	매체	출처	발표 시기	비고
1	헐어진 청년 회관	잡지	『예술문화』 4호	1946.8	*창작은 1936년
2	파라솔	잡지	『호남평론』	1947	
3	검정 사포	잡지	『새한일보』 2권9호	1948.4	'새한문원 : 콩트'
4	봄안개	잡지	『민성』 4권6호	1948.6	
5	광풍 속에서	신문	《서울신문》	1948.7.17 -23	
6	거리의 교훈	신문	《국도신문》	1950.1.1	'꽁트'
7	진달래처럼	잡지	『부인경향』 1권6호	1950.6	
8	형과 아우	신문	《전남일보》	1951	

구분	작품명	매체	출처	발표 시기	비고
9	외투	신문	《호남신문》	1952	
10	파랑새	신문	《주간시사》	1952	'꽁트'
1권	백화(白花)	단행본	덕흥서림	1954	'소설집'
11	고개를 넘으면(총245회)	신문	《한국일보》	1955.8.9 -1956.4.23	
12	부덕(婦德)	잡지	『새벽』 2권5호	1955.9	
13	원두막 풍경(風景)	잡지	『여성계』 5권10호	1956.10	
14	사랑	신문	《한국일보》	1956.11.25 -1957.9.15	'연재소설'(총289회) / *전2권 동인문화사(1957 / 58) 발간
15	주인공들의 그 후 : 박화성 『고개를 넘으면』	신문	《한국일보》	1957.6.9	
16	벼랑에 피는 꽃(총223회)	신문	《연합신문》	1957.10.15 -1958.5.23	'연재소설'
17	하늘이 보는 풍경	신문	《조선일보》	1958.1.1	'꽁트'
18	바람뉘(총13회)	잡지	『여원』 4권4호-5권4호	1958.4 -1959.3	
19	내일의 태양(총192회)	신문	《경향신문》	1958.6.1 -12.14	'연재소설'
20	타오르는 별 : 유관순의 생애(총164회)	신문	《세계일보》	1960.1.2 -6.14	*단행본(문림사, 1960) 발간
21	창공에 그리다(총220회)	신문	《한국일보》	1960.2.7 -9.30	*단행본(영창도서관, 1965) 발간
22	태양은 날로 새롭다(총220회)	신문	《동아일보》	1960.11.2 -1961.6.10	
23	청계도로(淸溪道路)	잡지	『여원』 7권12호	1961.12	
2권	잔영	단행본	휘문출판사	1961	
24	버림 받은 마을	잡지	『최고회의보』 8호	1962.5.16	
25	너와 나의 합창(총152회)	신문	《서울신문》	1962.7.25 -1963.1.19	'단편으로 읽는 화제작' / 그림 고상묵(高常默)
26	가시밭을 달리다	잡지	『미의생활』 1-5호	1962.8-12	'연재소설' / 그림 이충근(李忠根)
27	별의 오각(五角)은 제대로 탄다	잡지	『현대문학』 95호	1962.11	
28	젊은 가로수(총190회)	신문	《부산일보》	1963.3.1 -10.8	*후에 『이브의 후예』로 게재
29	눈보라의 운하(총15회)	잡지	『여원』 9권4호-10권6호	1963.4 -1964.6	*단행본(여원사, 1964) 발간
30	거리에는 바람이(총232회)	신문	《전남일보》	1963.6.? -1964.2.29	'연재소설' / 《대전일보》·《대구일보》·《강원일보》에도 연재
31	원죄인(原罪人)	잡지	『문학춘추』 2권5호(통권14호)	1965.5	
32	샌님마님	잡지	『현대문학』 127호	1965.7	
33	팔전구기(八戰九起)	잡지	『사상계』 13권12호(통권153호)	1965.11	
3권	열매 익을 때까지	단행본	청구문화사	1965	소설집
34	증언(證言, 금례)	잡지	『현대문학』 133호	1966.1	

구분	작품명	매체	출처	발표 시기	비고
35	어떤 모자(母子)	잡지	『신동아』 23호	1966.7	
36	잔영(殘影)	잡지	『신동아』 38호	1967.10	
37	애인과 친구	잡지	『국제』	1967	
38	구름	신문	《경남일보》	1968.5.8	'꽁트'
39	눈물	신문	《대한일보》	1968.5.9	'동화' / 그림 김도원
40	현대적	잡지	『여류문학』 1호	1968.11	
41	이대(二代)	잡지	『월간문학』 2권5호(통권7호)	1969.5	
42	비취(翡翠)와 밀화(蜜花)	잡지	『여성동아』 25호	1969.11	'단편소설' / 그림 우경희(禹慶熙)
43편	햇볕 나리는 뜨락	잡지	『소년중앙』	1969	'중편소설' / *『한국중편소설전집』(1969)에 수록

수필 129편 + 수필 단행본 1권

구분	작품명	매체	출처	발표시기	비고
1	유달산에 올라	잡지	『예술문화』 창간호	1945.12	
2	눈보라	잡지	『예술문화』 2권1호	1946.1	
3	시풍형께	잡지	『예술문화』 3집	1946.2	
4	목단(牧丹)꽃 그늘에서	잡지	『호남문화』 1호	1948.5	
5	고우사(故友思) : 서해(曙海)가 살았다면	신문	《국도신문》	1949.11.16–17	
6	백일(白日)의 우화(寓話)	신문	《연합신문》	1953.4.19	'산문'
7	어머니의 사랑	신문	《한국일보》	1955.5.10	
8	교양의 단계	신문	《한국일보》	1955.5.23	'매자사화(每字事話)'
9	향기 없는 꽃	신문	《한국일보》	1955.6.5	'매자사화'
10	인내(忍耐)와 인종(忍從)	신문	《한국일보》	1955.6.12	'매자사화'
11	무기휴대자(武器携帶者)의 자격을 심사하라	신문	《한국일보》	1955.6.19	'매자사화'
12	신소년의 경우 : 문학인의 입장에서	신문	《한국일보》	1955.6.27	'매자사화'
13	다음 연재소설 『고개를 넘으면』 : 작자의 말	신문	《한국일보》	1955.8.1	그림 김영주(金榮注)
14	다음연재소설 『사랑』 : 작자의 말	신문	《한국일보》	1956.11.18	그림 김영주
15	시대를 어떻게 물려줄까? : 더구나 여성인 입장에서	신문	《한국일보》	1957.1.1	'어머니와 어린이' / 그림 이재화(李在華)
16	생활을 명랑하게	신문	《서울신문》	1957.1.5	'새해의 설계' / 여류소설가
17	봄의 탈을 쓴 겨울	신문	《조선일보》	1957.2.14	'신춘수필'
18	오월의 창	잡지	『여성계』 6권3호(통권92호)	1957.5	
19	천명(天命)아 너는 갔구나	신문	《한국일보》	1957.6.20	'1957.6.18. 천명의 장례식날밤에'
20	딸의 연애와 결혼에 대한 고민	잡지	『여원』 3권8호	1957.8	

구분	작품명	매체	출처	발표시기	비고
21	『사랑』을 끝내고	신문	《한국일보》	1957.9.20	'작가후기'
22	내가 본 남성의 강점과 약점	잡지	『주부생활』 1권11호	1957.11	'특집 : 의처증과 남성의 심리'
23	군빠이 1957년 : 문턱만 밟아보고	신문	《평화신문》	1957.12.27	
24	대관령(大關嶺)의 가을	잡지	『자유문학』 2권6호(통권9호)	1957.12	
25	평생을 책과 더불어	신문	《세계일보》	1958.3.21	'전공(專攻)의 변(辯)' / 소설가
26	다음연재소설『내일의 태양』 작자의 말	신문	《경향신문》	1958.5.17	
27	『벼랑에 피는 꽃』을 끝내고	신문	《연합신문》	1958.6.3	
28	애증(愛憎)의 피안(彼岸)	신문	《동아일보》	1958.8.27	
29	신인(新人)들에게 일자리를	신문	《한국일보》	1958.8.30	
30	책과 인생 : 내 인생의 반려가 되어 준 잊을 수 없는 책들	잡지	『여원』 4권11호	1958.11	
31	미(美)의 극치(極致) : 한국여성의 의상(衣裳)	신문	《한국일보》	1959.1.1	
32	젊은 세대의 남녀교우 : 부모들은 어떻게 지도해야 하는가	신문	《동아일보》	1959.1.8	
33	진달래	신문	《서울신문》	1959.2.5	'영춘화상(迎春花想)' / 여류작가
34	추억의 조양폭(朝陽瀑)	신문	《한국일보》	1959.7.5	
35	남성에게 하고픈 말 : 남성다운 미(美)를	신문	《동아일보》	1959.7.30	
36	등골이 서늘한 이야기 : 금강산의 안개	신문	《조선일보》	1959.8.3	
37	「이브」는 통곡한다	잡지	『여원』 5권10호	1959.9	
38	여자는 왜 자기희생적인가	신문	《동아일보》	1959.10.3	
39	경자벽두(庚子劈頭)를 장식할 대장편소설『타오르는 별』 작자의 말	신문	《세계일보》	1959.12.15	
40	첫눈	신문	《서울신문》	1959.12.20	소설가
41	순간과 순간	잡지	『여성생활』 3권12호	1959.12	'권두언' / 여류작가
42	남편의 무관심과 아내의 행복	잡지	『여원』 6권1호	1960.1	
43	버들강아지	신문	《서울신문》	1960.2.18	소설가
44	길은 아직도 멀다	잡지	『여원』 6권2호	1960.2	
45	참을성 많고 음식솜씨 좋은 전남여인	잡지	『주부생활』 4권3호	1960.3	'내 고장 여인의 자랑' / 작가
46	성장한 아들, 딸의 혼기와 혼담	잡지	『가정교육』 20호	1960.4	'본인과 가족들이 알아둘'
47	여자(女子)들의 결혼문제	잡지	『가정교육』 21호	1960.5	'자녀들의 결혼문제'
48	기성세대의 생활과 발언	신문	《동아일보》	1960.6.25	
49	부부간에 파탄이 일어나려고 할 때 : 자녀교육상 가장 좋은 환경이란 엄마 아빠가 행복하게 사는 가정이다!	잡지	『가정교육』 22호	1960.6	

구분	작품명	매체	출처	발표시기	비고
50	파초	신문	≪연합신문≫	1960.7.30	
51	진보적인 태도를	신문	≪조선일보≫	1960.8.8	
52	받았던 사랑 주었던 사랑	잡지	『여원』 6권9호	1960.9	
53	다음연재소설 『태양은 날로 새롭다』 작가의 말	신문	≪동아일보≫	1960.10.7	
54	문의(問議)와 격려에 감사	신문	≪한국일보≫	1960.10.10	
55	여류작가로서의 반생기(半生記)	잡지	『여원』 6권11호	1960.11	
56	갸륵한 '겨자씨회' : 자숙은 한때, 활개치는 사치	신문	≪서울신문≫	1960.12.31	'여성계 : 1960년의 잘·잘못' / 소설가
57	호남선점경(湖南線點景)	잡지	『영산강』 1권1호	1960.12	
58	대흥사(大興寺)의 소나기	신문	≪경향신문≫	1961.8.4	
59	경포대의 정오	신문	≪조선일보≫	1961.8.8	'소하산제'
60	이웃 사촌이라는데도… : 계용묵 형(桂鎔默兄) 영전(靈前)에	신문	≪민국일보≫	1961.8.11	작가
61	아름답고 깨끗하게 살자	잡지	『여원』 7권8호	1961.8	
62	혁명과업완수와 주부들의 각오	잡지	『가정생활』 1권8호	1961.8	여류작가
63	내가 그리고 싶은 주부형	신문	≪조선일보≫	1961.10.11	'1. 개성 강하고 건방지지 않아야'
64	내가 본 유일점 : 국전초(國展抄) ① '왼편머리의 그늘'	신문	≪서울경제신문≫	1961.11.1	소설가
65	청렴하고 갸륵한 이름 : 어윤희 여사(魚允姬女史)를 추모한다	신문	≪민국일보≫	1961.11.23	작가
66	새해를 맞으며 : 열리잖는 문 앞에	신문	≪조선일보≫	1962.1.5	
67	요 이불 호청은 색 천으로	잡지	『주간새나라』 27호	1962.2.5	'새 살림은 이렇게 : 나의 제언(提言)'
68	논산훈련소에 다녀와서(총2회)	신문	≪경향신문≫	1962.2.25 ~26	
69	영원한 기억의 날	잡지	『최고회의보』 5호	1962.2	
70	불멸의 영상(影像)·유관순(柳寬順)양	신문	≪민국일보≫	1962.3.1	작가
71	「댕기」의 버릇	신문	≪경향신문≫	1962.3.14	
72	난초꽃과 향기 그윽한 때	잡지	『여원』 8권4호	1962.4	
73	현대적인 현모(賢母)	신문	≪동아일보≫	1962.5.8	
74	어머니가 보내는 편지	잡지	『새길』 93호	1962.5	
75	향기로운 추억	잡지	『신사조』 1권4호(통권4호)	1962.5	여류작가
76	「환」과 「원」 틈에서 나의 경우 : 시원도 하고 섭섭하기도	신문	≪동아일보≫	1962.6.12	
77	애월(涯月)의 천연욕장(天然浴場)	신문	≪경향신문≫	1962.6.20	
78	「흙」에의 향수(鄕愁) : 중부(中部)의 농촌을 돌아보고	신문	≪동아일보≫	1962.6.22	
79	주붕(酒朋)과 차우(茶友)	잡지	『예술원보』 8호	1962.6	

구분	작품명	매체	출처	발표시기	비고
80	연령과 열등감	잡지	『가정생활』 2권8호	1962.8	'특집 : 열등의식의 주변' / 작가
81	내 고장의 추석명절 : 연두 관사저고리와 맨드라미 김치국	신문	≪대한일보≫	1962.9.13	
82	내가 가을에 할 일 : 오십대	잡지	『여상』 1권1호	1962.11	소설가
83	굽히지 않는 역사(力士)로서의. 범부(凡夫)	잡지	『여상』 1권2호	1962.12	'현대대장부론' / 여류소설가
84	또 구명(救命)을 호소한다 : 최일병(崔一兵)에게 재생의 길을…	신문	≪대한일보≫	1963.3.12	
85	자아를 알라	잡지	『자유문학』 8권4호(통권68호)	1963.4	'명가(名家)의 일문(一文)'
86	눈보라의 운하(총15회)	잡지	『여원』 9권4호-10권6호	1963.4 -1964.6	'자서전'
87	청순하나 위태롭고 연약한 시기	잡지	『학원』 12권9호	1963.9	'특집Ⅱ 내가 생각하는 남녀학생교제 : 반대론' / 작가
88	나의 문단 교우기 : 십팔 세부터의 심교(心交)	잡지	『현대문학』 106호	1963.10	
89	또 제야(除夜)의 종이 운다	잡지	『가정생활』 3권12호	1963.12	작가
90	일 하는 여성들에게	신문	≪대한일보≫	1964.1.1	
91	촛불 아래서	잡지	『신사조』 3권2호(통권23호)	1964.2	여류작가
92	학사 며느리에 대한 불안과 기대	잡지	『여상』 3권3호	1964.3	
93	애월(涯月)의 천연냉수욕장	신문	≪대한일보≫	1964.8.1	'8월도 시원하다' / 작가
94	들국화(菊花)	잡지	『여상』 3권8호	1964.8	
95	민족의 푸른꿈을 심자	신문	≪한국일보≫	1964.9.13	
96	내가 즐긴 추석	신문	≪서울신문≫	1964.9.19	소설가
97	눈 덮인 포도원	잡지	『사상계』 12권9호(통권138호)	1964.9	
98	봄만 되면	잡지	『세대』 3권4호(통권22호)	1965.5	'여류수필11인선' / 여류작가
99	사임당(師任堂)의 자녀(子女)들	잡지	『여원』 11권5호	1965.5	
100	아내와 어머니와 문학	잡지	『현대문학』 126호	1965.6	
101	푸른 학(鶴)도 있다	신문	≪한국일보≫	1965.7.15	'더위를 이기는 독설(毒舌), 여성의 시평' 1
102	인간은 만능의 열쇠를 가지고 있다	잡지	『주부생활』 1권6호	1965.9	'나의 좌우명' / 여류작가
103	마음을 턱 놓으시고……	신문	≪서울신문≫	1965.11.16	'파월장병에 보내는 여류작가)들의 기원' / *≪신한민보≫ 1965.11.26에 동일하게 수록
104	이 초조(焦燥)는	신문	≪동아일보≫	1965.12.30	
105	집필(執筆)에 대한 '겁보' 파괴(破壞)	신문	≪영남일보≫	1966.1.6	'여류작가들이 말하는 나의 새해 구상(構想)'②
106	꽃과 종(棕)려와 자전거의 나라	잡지	『여원』 12권1호	1966.1	
107	말재(末才) 경순(敬順)이가 박화성으로	신문	≪한국일보≫	1966.2.6	'자호통명(字號通名)'(3)

구분	작품명	매체	출처	발표시기	비고
108	대통령부인 육여사(陸女史)에게 드리는 신정편지(新正便紙) : 연꽃과 무궁화와	잡지	『여상』 5권2호	1966.2	
109	무아(無我)의 황홀경(怳惚境)	신문	《동아일보》	1966.4.19	
110	배 : 우아하며 상냥한 멋	신문	《한국일보》	1966.9.25	
111	자유의 여신상	잡지	『여원』 12권10호	1966.10	
112	달	잡지	『예술원보』 10호	1966.11	
113	나의 새 구상(構想) 보람찬 소망 : 창작	신문	《전남일보》	1967.1.1	
114	'기다림'으로 또 한해를……	잡지	『여상』 6권1호	1967.1	
115	보답(報答)이라는 것	잡지	『주부생활』 3권1호	1967.1	소설가
116	화투놀이를 즐기는 여성에 대하여	잡지	『여원』 13권1호	1967.1	
117	어머니 마음…딸의 마음⑧ : '항상 가슴 졸이며 : 질그릇처럼 소박한 정(情)을'	신문	《대한일보》	1967.5.20	(어머니) / 작가
118	천척(千尺) 암두(巖頭)에서	신문	《한국일보》	1967.7.25	
119	대지(大地)여 말하라	잡지	『새농민』 7권7호(통권69호)	1967.7	'특별기획 : 이처럼 억울한 사연들 / 박화성 구성(여류작가·본지 인생상담역)
120	뉴욕의 밤바다	잡지	『세대』 5권8호(통권49호)	1967.8	
121	여름철에 내가 즐기는 것들	잡지	『여학생』 3권8호	1967.8	'수색(水色)의 서정(抒情)' / 작가
122	묘연(墓煙)	신문	《경향신문》	1968.1.6	'신춘수상(新春隨想)' / 소설가
123	아버지에게서 인생을 어머니에게서 시심(詩心)을	잡지	『주부생활』 4권2호	1968.2	'내 인생에 영향을 끼친 사람'
124	목포 : 바다-유달산 반겨 주네	잡지	『여성동아』 9호	1968.7	'고향(故鄕)에 다시 갔더니⑦'
125	내 고향 후미진 바닷가 낚시터	신문	《한국일보》	1968.9.29	'가을나그네'(2)
126	문화라는 것	잡지	『월간문학』 1권2호(통권2호)	1968.12	작가
127	여성은 아직 여류	신문	《전남일보》	1969.3.16	
128	사람 하나 잘못 쓴 '펄·벅'	신문	《중앙일보》	1969.8.9	
129편	아들을 잃은 듯한 서러움이	잡지	『여원』 15권11호	1969.11	
1권	추억의 파문(波紋)	단행본	국민문고사	1969	'수필집'

비평 29편

구분	작품명	매체	출처	발표 시기	비고
1	소설(小說)의 모든 요소(要素)를 구비(具備)	신문	《한국일보》	1958.3.1	'장편소설 심사소감'
2	『벼랑에 피는 꽃』을 끝내고	신문	《연합신문》	1958.6.3	'작가후기'
3	심사위원의 추천 : 전편(全篇)에 흐르는 인간의 냄새	신문	《한국일보》	1958.11.20	'심사평'

구분	작품명	매체	출처	발표 시기	비고
4	현대에 사는 여성 '희라(喜羅)' : 『내일의 태양』을 끝내고	신문	《경향신문》	1958.12.15	'작가후기'
5	나의 제작과정 베일을 벗다 : 제목이 먼저 돼야	신문	《동아일보》	1958.12.29	
6	신문소설과 그 위치 : 문학성과 통속성을 가리며	신문	《서울신문》	1959.4.15	소설가 / 그림 이희세(李喜世)
7	박경리 저 『표류도(漂流島)』	신문	《동아일보》	1959.12.19	'비평'
8	출판의 계획과 창작의 자유, 연재소설 『인간사』의 중단을 두고 : 푸대접이다	신문	《조선일보》	1961.1.12	
9	여성교양과 문학	신문	《동아일보》	1961.4.25	
10	집필의 동기(動機)를 말한다 : 『태양은 날로 새롭다』를 마치고	신문	《동아일보》	1961.6.21	
11	내가 본 월탄 : 정인군자(正人君子)	잡지	『현대문학』 84호	1961.12	
12	나의 처녀작을 말한다 : 『부인』 잡지에 처음	잡지	『현대문학』 102호	1963.6	
13	선(選)을 마치고 나서	잡지	『가정생활』 3권6호	1963.6	'제2회 여류신인현상문예 심사평'
14	선후평	잡지	『가정생활』 4권6호	1964.6	'선후평' / 여류신인상
15	너무 쉽게 덤비는 것이 탈 : 작가정신에 충실하도록	신문	《서울신문》	1964.7.1	'대작(大作)'은 왜 안 나올까'
16	나의 처녀작 내가 고른 대표작 : 약자의 편에 서서	잡지	『현대문학』 116호	1964.8	
17	심사후기 : 『휴머니즘』의 감각으로 단숨에 읽어버린 당선작	신문	《동아일보》	1964.12.24	'심사후기'
18	『65년 한국단편소설 선집』, 인간상의 음영 묘파	신문	《조선일보》	1965.6.3	'신간서평'
19	선후감(選後感)	잡지	『새교실』 11권4호(통권118호)	1966.4	'지우(誌友)문예(文藝) : 산문편 심사평'
20	나의 새 구상(構想) 보람찬 소망(所望) : 창작	신문	《전남일보》	1967.1.1	
21	67년 유망주 : 소설 전병순 씨	신문	《전남일보》	1967.1.22	
22	춘원(春園)의 두 글자	신문	《한국일보》	1967.11.22	'잊을 수 없는 사람들'(3)
23	내가 영향 받은 작가 : 은연중 받은 영향	잡지	『현대문학』 160호	1968.4	
24	처녀작 쓰던 무렵 : 약자 편에 서서 붓을 들고	잡지	『여성동아』 6호	1968.4	'특집 : 신문학60년노트' / 작가
25	냉엄하던 작가정신	신문	《경향신문》	1968.8.5	'생활의 기쁨'③ / 소설가
26	현재 한국여류문단의 일별(一瞥)	잡지	『한양』 7권8호(통권78호)	1968.8	

구분	작품명	매체	출처	발표 시기	비고
27	내 작품의 주인공들'(13)-(15)	신문	≪대한일보≫	1968.12.5 / 10 / 17	(상) '해방전 단편의 인간상 : 해방 후엔 레지스탕스에서 휴머니즘에 역점', (중) '아직 철저한 나의 분신 못 찾아 : 가냘프고 빙설처럼 청결, 철석같은 지조의 여인상 : 장편『백화(白花)』', (하) '장편『사랑』의 김민우 : 진실한 사랑의 유형, 학문으로 복수 자제'
28	한국작가의 사회적 지위의 변천 : 여성작가의 입장에서 본	잡지	『여류문학』 2호	1969.5	
29편	나와 『조선문단(朝鮮文壇)』 '데뷔' 전후(총6회)	신문	≪대한일보≫	1969.11.1 / 3 / 8 / 11 / 18 / 20	'문단교유기(文壇交遊記)'

박희숙朴喜淑

1965년 소설 「기부(寄附)」로 공보부 신인예술상 소설부문 입선. 1968년 시나리오 「무꾸리」로 ≪동아일보≫ 신춘문예 가작 입선. 창덕여고 및 서울여고 교사, 서울대 강사 등 역임.

소설 1편

구분	작품명	매체	출처	발표 시기	비고
1편	기부(寄附)	잡지	『월간사월』 2권8호	1968.8	'창작' / 65년도 공보부 신인예술상 소설부문 입선자

수필 8편 + 수필 단행본 1권

구분	작품명	매체	출처	발표 시기	비고
1	겨울의 문턱에 서서	잡지	『주부생활』 3권1호	1967.1	창덕여고 교사
2	해변에서	잡지	『새가정』 14권8호	1967.8 / 9	'수상' / 박희숙(다락방 회원)
3	달빛에 이 사연을	잡지	『주부생활』 3권10호	1967.10	창덕여고 교사
1권	사랑을 향한 계단	단행본	교육원	1967	수필집
4	드럼을 치던 '현(賢)'이는	잡지	『여학생』 4권1호	1968.1	'심야에 쓰는 스승의 인생노우트' / 작가 · 창덕여고 교사
5	지각생의 변(辯)	잡지	『주부생활』 4권4호	1968.4	창덕여고 교사
6	캠퍼스의 송가(頌歌) ①-⑩ : 블랙보오드로 난 하얀 길(총10회)	잡지	『여학생』 4권6호-5권5호	1968.6 -1969.5	서울여고 교사
7	사과 한 알의 추억	잡지	『학원』 17권10호	1968.10	'수필 : 마음의 꽃다발' / 박희숙 (수필가, 서울여중고 교사)
8편	가을에 읽는 책	잡지	『새생명』 9권9호(통권95호)	1969.10	'공통제목 수필 : 가을과 독서' / 서울대 한국어학교 강사

시나리오 1편

구분	작품명	매체	출처	발표 시기	비고
1편	무꾸리	신문	≪조선일보≫	1968.1.1	'신춘문예 시나리오 가작 당선'

배경애 裵慶愛

1969년 소설 「가교」로 ≪전남일보≫ 신춘문예 가작 입선.

소설 1편

구분	작품명	매체	출처	발표 시기	비고
1편	가교(駕轎) (총6회)	신문	≪전남일보≫	1969.4.30 -5.16	'신춘문예 가작'

배동순 裵東舜

동아방송 프로듀서. 1963년 동아라디오방송국 개국 당시부터 <주부시간>이라는 여성전문프로그램을 만든 여성 프로듀서.

수필 3편

구분	작품명	매체	출처	발표 시기	비고
1	그가 남기고 간 것	잡지	『문학춘추』 4권1호(통권25호)	1967.1	'여류수필첩'
2	나의 액세서리 : 평소엔 검은 옷에 흑산호반지…	신문	≪경향신문≫	1968.12.11	동아방송 프로듀서
3편	송년유감(送年有感)	잡지	『주부생활』 5권12호	1969.12	'새해를 기다리는 마음들' / 동아방송 프로듀서

비평 1편

구분	작품명	매체	출처	발표 시기	비고
1편	궁극에 도달한 방송의 상업화 : 구미(歐美)·일본의 '라디오' '텔레비존'계를 보고	신문	≪동아일보≫	1965.8.10	동아방송 프로듀서

배숙당 裵淑堂

1916~2006년. 본명 배정례(裵貞禮). 충북 영동 출생. 일본 가와바타화학교 졸업 후 도쿄미술전문학교 수료. 이당 김은호 화백 문하에서 수학. 한국화가로서 미인도의 대가.

수필 11편

구분	작품명	매체	출처	발표 시기	비고
1	여성의 개성을 살리라	신문	≪여성신문≫	1947.5.15	'여성의 소리' / 여류동양화가
2	생활의 미화(美化)	신문	≪중앙일보≫	1955.5.14	*본명 '배정례'로 기재
3	감정과 붓과 종이	잡지	『소년세계』 35호	1955.6	'소녀예술강의' / 동양화가 배정례(글과 그림)
4	노총각과 지하여장군	잡지	『문학예술』 4권5호(통권26호)	1957.6	
5	양 같은 도둑	잡지	『현대문학』 32호	1957.8	여류동양화가
6	도라무 여사(女史)	잡지	『현대문학』 41호	1958.5	'수필' / 배숙당
7	6월을 그린다 : 하늘을 말없이	신문	≪조선일보≫	1962.6.7	
8	배(裵)삿갓 무전여행기(無錢旅行記)	잡지	『여성동아』 7호	1968.5	화가
9	'배(裵)삿갓' 별명 속에	신문	≪경향신문≫	1968.9.9	'생활의 기쁨' / 배숙당(裵淑堂)
10	월말(月末)의 제비뽑기	잡지	『여성동아』 21호	1969.7	'특집 : 생활에 리듬을 갖자 : 우리 집이 활력에 넘칠 때' / 배숙당(裵淑堂, 동양화가)
11편	김만년필폭탄(金萬年筆爆彈)	잡지	『신동아』 62호	1969.10	

백주희 白周姬

1928년 경북 출생. 이화여전 수학. 만주에서 돌아와 문학 활동을 함. 1965년 ≪동아산경신문≫에 만주를 배경으로 한 장편소설 『절망의 언덕 위에서』 발표. 이후 수필을 주로 발표.

소설 1편

구분	작품명	매체	출처	발표 시기	비고
1편	절망의 언덕 위에 서서(총8회)	신문	≪동아산경신문≫ 32-39호	1965.2.8 -4.5	그림 김재문(金載汶) / *본지 알림에서는 10회에 걸쳐 연재한다고 했음. 9, 10회 미확인

백혜자白惠子

만주 출생. 어렸을 때 소아마비에 걸려 독학으로 한글을 배워 글을 씀. 시집 『소라의 꿈』(영문사, 1961) 출간.

시 3편＋시 단행본 1권

구분	작품명	매체	출처	발표 시기	비고
1권	소라의 꿈	단행본	영문사	1961	시집／＊시 「소라의 꿈」은 『카톨릭소년』 2권8호(1961.8)에도 수록
1	청개구리	잡지	『카톨릭소년』 3권8호	1962.8	
2	비 오는 날 옥이와 나팔꽃	잡지	『카톨릭소년』 4권7호	1963.7	'동시'
3편	가랑잎	잡지	『카톨릭소년』 4권12호	1963.12	'동시'

수필 1편

구분	작품명	매체	출처	발표 시기	비고
1편	슬픔을 깨닫고 : 요즘 내가 생각하는 것	신문	≪경향신문≫	1961.2.18	

人

서순영徐順英

    1964년 5월, 소설 「가맛골의 경사」로 『농원』 신인소설 모집에 가작 입선. 경북 울진에서 초등학교 교사로 근무. '망향문학회'와 '아동문예연구회' 회원.

소설 1편

구분	작품명	매체	출처	발표 시기	비고
1편	가맛골의 경사	잡지	『농원』 1권1호(창간호)	1964.5	'『농원』 신인소설 모집 가작'

서영은徐永恩

    1943년 강원도 강릉 태생. 본명 보영(保永). 건국대 영문과 수학. 1968년 10월, 소설 「교(橋)」로 제10회 『사상계』 신인문학상 가작 입선. 1969년 소설 「나와 '나'」로 제1회 『월간문학』 신인 당선. 『한국문학』사 기자, 『문학사상』 편집장 역임.

소설 4편

구분	작품명	매체	출처	발표 시기	비고
1	교(橋)	잡지	『사상계』 16권10호(통권186호)	1968.10	'제10회 『사상계』 신인문학상 소설부분 가작 입선'
2	나와 〈나〉	잡지	『월간문학』 2권2호(통권4호)	1969.2	'제1회 월간문학 신인작품 당선'
3	단식(斷食)	잡지	『여류문학』 2호	1969.5	
4편	모과나무집	잡지	『월간문학』 2권6호(통권8호)	1969.6	

수필 1편

구분	작품명	매체	출처	발표 시기	비고
1편	당선소감	잡지	『월간문학』 2권2호(통권4호)	1969.2	'당선소감' / *1931년 1월 서울 생. 1953년 이대 영문과 졸

서영희徐英姬

경희대 신문방송학과 교수. 시론과 수필을 모은 저서 『도전과 보람의 순간들 : 국가와 언론, 그리고 여성』(내일, 1991) 출간.

수필 15편

구분	작품명	매체	출처	발표 시기	비고
1	신학기	신문	《조선일보》	1969.9.4	'일사일언(一事一言)'
2	명동 엘레지	신문	《조선일보》	1969.9.11	'일사일언'
3	계절의 미각	신문	《조선일보》	1969.9.18	'일사일언'
4	어린이를 위하여	잡지	『세대』 7권9호(통권74호)	1969.9	경희대 조교수
5	수두룩한 무관심	신문	《조선일보》	1969.10.9	'일사일언'
6	고추 소동	신문	《조선일보》	1969.10.16	'일사일언'
7	너도 나도 천재	신문	《조선일보》	1969.10.23	'일사일언'
8	시리(時利)의 향배(向背)	신문	《조선일보》	1969.10.30	'일사일언'
9	8시간 근무	신문	《조선일보》	1969.11.6	'일사일언'
10	수상유감(受賞遺憾)	신문	《조선일보》	1969.11.13	'일사일언'
11	사대주의(事大主義)	신문	《조선일보》	1969.11.20	'일사일언'
12	어린 거지	신문	《조선일보》	1969.11.27	'일사일언'
13	땅 없는 농촌	신문	《조선일보》	1969.12.11	'일사일언'
14	커피 한 잔	신문	《조선일보》	1969.12.18	'일사일언'
15편	세모(歲暮)의 마루턱에서	신문	《조선일보》	1969.12.25	'일사일언'

서인숙徐仁淑

1931년 경남 마산 출생. 호 백해(白海). 효성여대 국문과 수학. 1968년 5월 『현대문학』에 수필 「바다의 언어」 발표. 1968년 수필집 『타오르는 촛불』(강산문화사) 출간. 1979년 『현대문학』에 시 「맷돌」을 발표하면서 시작 활동. '마산수필동인' 회원.

시 1편

구분	작품명	매체	출처	발표 시기	비고
1편	고무신	잡지	『시조문학』 13집	1966.4	'시조'

소설 1편

구분	작품명	매체	출처	발표 시기	비고
1편	인형	신문	《마산일보》	1964.5.29	'콩트'

수필 12편 + 수필 단행본 1권

구분	작품명	매체	출처	발표 시기	비고
1	삼월의 여인	신문	≪마산일보≫	1964.3.17	'봄의 소리 엣세이' / 문협회원
2	여름의 황혼	신문	≪마산일보≫	1964.7.18	'납량산필(納凉散筆)' / 문협회원
3	겨울의 빨강 구두	신문	≪마산일보≫	1965.1.20	'살롱'
4	봄이 오는 창가에	신문	≪마산일보≫	1965.2.28	
5	꽃바람 봄바람 : 목련화는 피어 왔건만 우정은 물결에 떠밀려	신문	≪마산일보≫	1965.3.23	문협회원
6	아름다운 허영	신문	≪마산일보≫	1965.12.2	'문예 : 수필'
1권	타오르는 촛불	단행본	강산문화사	1965	수필집
7	야생화 피는 봄	신문	≪마산일보≫	1966.3.12	
8	문전(門前)을 나드는 소년	신문	≪마산일보≫	1966.7.30	'수상수감(隨想隨感)'
9	바다의 언어	잡지	『현대문학』 161호	1968.5	
10	흙을 지닌 지성	잡지	『현대문학』 165호	1968.9	
11	포도주를 마실 때	잡지	『주부생활』 4권12호	1968.12	수필가
12편	최후의 지도(地圖)	잡지	『현대문학』 174호	1969.6	

서정자徐正子

1942년 전남 목포 출생. 초당대 교수 및 부총장 역임. 국문학자. 현재 박화성 연구회 회장.

수필 3편

구분	작품명	매체	출처	발표 시기	비고
1	생명의 빛이 교차하는 시공에	잡지	『여상』 3권1호	1964.1	
2	조용히 다음을 맞을 뿐	잡지	『여상』 3권12호	1964.12	
3편	노력하는 의지의 빛	잡지	『여상』 7권1호	1968.1	

서정희徐貞喜

　1924~1967년. 대구 출생. 경북 공보실 근무. 1961년 시집 『배암』(형설출판사), 1963년 수기 『나를 버리시나이까』(태양사) 출간.

시 9편＋시 단행본 1권

구분	작품명	매체	출처	발표 시기	비고
1	바람	잡지	『문학계』 1권1호	1958.3	
1권	배암	단행본	형설출판사	1961	시집
2	밤과의 작위(作爲)	신문	《한국일보》	1963.4.24.	
3	사치한 과도(果刀)	신문	《한국일보》	1963.4.24	
4	점심의 눈매	신문	《한국일보》	1963.4.24	
5	요창(療窓)의 시(詩)	잡지	『보건세계』 10권12호(통권96호)	1963.12	
6	낡은 악기의 노래	신문	《한국일보》	1965.1.10	
7	강	신문	《국제신보》	1966.7.15	'동시'
8	낙엽	신문	《가톨릭시보》 585호	1967.9.17	'유시(遺詩)' / '66년판 시첩에 수록된 유고'
9편	봄	신문	《가톨릭시보》 611호	1968.3.24	'시 : 노트부르카' / '유고(遺稿)에서'

수필 11편

구분	작품명	매체	출처	발표 시기	비고
1	푸른 문에의 초대 : 나의 유년 시절 회상초(回想抄)(총5회)	잡지	『보건세계』 11권2-9호(통권98-105호)	1962.2 / 4-6/9	'장편수기' / 그림 서세각(徐世珏) / *뒷부분에 '서정희 씨는 현재 마산국립병원 602호실에서 요양 중임'이라고 밝힘
2	나를 버리시나이까(총4회)	잡지	『여상』 2권2호-10호	1963.2-10	『나를 버리시나이까』(신태양사, 1963) 발간
3	가을 바다	잡지	『여상』 2권10호	1963.10	'지정제 수필 : 가을이 오면'
4	나까무라 할매	신문	《매일신문》	1964.4.5	'수상' / 시인
5	순방자(巡訪者) : 고독한 결핵촌	잡지	『보건세계』 11권11호(통권107호)	1964.11	'10월의 수상'
6	Y턴 레인보 회원 앞	신문	《매일신문》	1965.1.10	'여수에서 서정희' / '지난 12월 30일 경북여고 '레인보클럽'이 X마스 이브에 군밤을 팔아 모은돈 4027원을 여수 자활촌의 서정희 여사에게 보내달라고 본사에 기탁해왔다. 다음 글은 본사에서 우송한 돈을 받고 서 여사가 '레인보클럽'에 보내온 편지다.'라고 되어 있음
7	봄의 자산(資産)	잡지	『보건세계』 12권3호(통권111호)	1965.3	

구분	작품명	매체	출처	발표 시기	비고
8	동호(冬湖) 같던 벗 이종두 시인(李鍾斗詩人) : 끝내 불귀(不歸)의 몸이 되셨군요	잡지	『보건세계』 12권6호(통권114호)	1965.6	'요우회상록(療友回想錄)'
9	'아이나' 자살 : INH 과대복용 경계론	잡지	『보건세계』 13권3호(통권123호)	1966.3	
10	마산병원시대초(馬山病院時代抄)	잡지	『보건세계』 13권5호(통권125호)	1966.5	
11편	무의촌(無醫村)의 봄	잡지	『보건세계』 14권8호(통권140호)	1967.9	*글과 함께 박스글로 서정희의 부고 소식이 실림

서제숙徐悌淑

'신상' 동인. ≪경향신문≫ 문화부 기자, ≪중앙일보≫ 문화부차장, 정우사(출판) 대표 역임.

수필 12편

구분	작품명	매체	출처	발표 시기	비고
1	그이의 성적표 : 성적은 좋으나	잡지	『여상』 2권10호	1963.10	경향신문 문화부 기자, 남편 김재권(金在權, 동아일보 기자)
2	내가 지금 이십대라면 : 나를 중심으로 한 나의 세계	잡지	『여상』 3권5호	1964.5	'30대발언' / 경향신문 문화부 기자
3	어머니는 유모만이 아니라는 것에 대하여	잡지	『여원』 13권1호	1967.1	
4	'영원'의 의미로 여성을 보듬어라	잡지	『여상』 6권5호	1967.5	
5	고향의 가을	잡지	『여학생』 3권10호	1967.10	'가을에의 초대' / 중앙일보 기자
6	편지	잡지	『세대』 6권1호(통권54호)	1968.1	중앙일보 문화부 기자
7	고추잠자리의 꿈	잡지	『여학생』 4권6호	1968.6	'신록예찬' / 중앙일보 문화부차장
8	부정부패와 여성	잡지	『신상』 1권1호(창간호)	1968.9 (가을)	
9	현대 한국 젊은이들의 이성교제	잡지	『신상』 2권1호(통권3호)	1969.3 (봄)	신상 동인, 중앙일보 기자 문화부
10	반여성(半女性)의 어거지	잡지	『여학생』 5권4호	1969.4	'불가사의(不可思議)' / 중앙일보 문화부차장
11	향기에 얽힌 얘기	잡지	『신상』 2권2호(통권4호)	1969.6 (여름)	신상 동인, 중앙일보 문화부차장
12편	여름하루 빈틈없는 24시간 요리	잡지	『여학생』 5권9호	1969.9	'특집 : 여학생의 24시간' / 중앙일보 문화부차장

서창남徐昌男

1905년 서울 출생. 호 포랑(泡浪). 진명여고 졸업. 1960년 첫 시집 『네잎 클로바』(문원사) 출간. '육석동인회' 대표.

시 1편 + 시 단행본 3권

구분	작품명	매체	출처	발표 시기	비고
1편	산정의 칡꽃	잡지	『중도문학』 1권1호	1954.4	
1권	네잎크로바	단행본	문원사	1960	시집
2권	비정(非情)의 거리	단행본	신흥출판사	1961	시집
3권	산정(山頂)의 칡꽃	단행본	청운사	1967	시집

수필 단행본 1권

구분	작품명	매체	출처	발표 시기	비고
1권	아시아의 미소	단행본	선진문화사	1969	수필집

비평 1편

구분	작품명	매체	출처	발표 시기	비고
1편	예산문단(禮山文壇)	잡지	『시문학』 19호	1966.10 / 11	'현지문단(現地文壇)'

석계향石桂香

1919~1991년. 대구 출생. 경성보육학교 졸업. 시집 『기억의 단면』(세문사) 출간 이후 『자유문학』과 『현대문학』 등에 시와 수필을 발표.

시 12편 + 시 단행본 1권

구분	작품명	매체	출처	발표 시기	비고
1권	기억의 단면	단행본	세문사	1954	시집
1	나비	잡지	『학원』 4권9호	1955.9	
2	가을바람	신문	《한국일보》	1955.10.23	'동시' / 석계향
3	4월은 어린이의 계절	잡지	『학원』 5권4호	1956.4	'사월의 시' / 석계향
4	구름은 산비탈 가득히	잡지	『향학』 1권10호	1956.10	
5	풍경 밖에서	잡지	『자유춘추』 1권1호	1957.2	
6	열정의 일기	신문	《세계일보》	1957.7.17	
7	빛나는 세상은	잡지	『자유문학』 3권5호(통권14호)	1958.5	'자유문학시단'
8	한그루의 꽃잎아리	잡지	『재정』 7권5호	1958.5	

구분	작품명	매체	출처	발표 시기	비고
9	대구로 트인 길	신문	≪한국일보≫	1958.6.26	
10	축복을 피어 주는 길	잡지	『학원』 9권2호	1960.2	
11	생활의 노래 : 김덕주 여사에게	잡지	『여성생활』 4권3호	1960.3	
12편	나의 마음위에 비쳐나 주렴	잡지	『현대문학』 65호	1960.5	

수필 15편

구분	작품명	매체	출처	발표 시기	비고
1	연합(聯合)대학 방문기 (총2회)	신문	≪연합신문≫	1955.5.6~7	기행
2	우정에의 엽서 : 송해(松海)에게	잡지	『희망』 5권9호	1955.9	여류시인
3	이사기(移舍記)	잡지	『현대문학』 19호	1956.7	'수필'
4	2군사령부를 찾아서	잡지	『여성계』 5권9호	1956.9	'현지보고(現地報告)'
5	시와 가을과 생활과	잡지	『신세계』 1권8호	1956.10	
6	차중(車中)에서	잡지	『현대문학』 24호	1956.12	'수필' / 여류시인
7	생활의 시 : 정릉과 내마음의 주제	잡지	『현대문학』 27호	1957.3	'수필'
8	봄은 백설(白雪)이 무서워	잡지	『야담과 실화』 1권4호	1957.5	'풍류만상(風流漫想)' / 여류시인
9	예술가의 공원 : 명동에 바라노라	잡지	『현대문학』 43호	1958.7	'수필'
10	가난한 행복	잡지	『현대문학』 81호	1961.9	'수필' / 시인
11	에덴이 있는 소록도 : 그들의 뼈아픈 호소를 중심으로	잡지	『현대문학』 85호	1962.1	'수필' / 시인
12	내가 본 농촌 여성	잡지	『새농민』 2권5호(통권8호)	1962.5	시인
13	귀곡천계(貴鵠賤鷄)	신문	≪국제신보≫	1963.12.12	'63년이 간다' / 시인
14	육중한 의미처럼	신문	≪영남일보≫	1968.10.18	'여류의 추상(秋想)' / 시인
15편	정릉(貞陵)과 거리(距離)	잡지	『여류문학』 1호	1968.11	

석정자昔貞子

　1964년 6월 『학원』에 시 「달무리」 입선. 1965년 6월, 시 「달무리」・「바람」으로 제5회 『여상』 신인문학상 당선. 1966년 시 「슬픈 설화」로 제11회 『여원』 여류신인문학상 가작 일석. '한국학생시우회' 동인.

시 4편

구분	작품명	매체	출처	발표 시기	비고
1	달무리	잡지	『학원』 13권6호	1964.6	'입선작' / 석정자(장항정의여고 3학년)
2	달무리	잡지	『여상』 4권6호	1965.6	제5회 여상 신인문학상 당선시
3	바람	잡지	『여상』 4권6호	1965.6	제5회 여상 신인문학상 당선시

구분	작품명	매체	출처	발표 시기	비고
4편	슬픈 설화	잡지	『여원』 12권1호	1966.1	제11회 여류신인상 시부 가작 일석

수필 1편

구분	작품명	매체	출처	발표 시기	비고
1편	슬픈 기(技) 변(辯)	잡지	『여상』 4권6호	1965.6	제5회 여상 신인문학상 당선시

손소희 孫素熙

1917~1986년. 함북 경성 출생. 호 야당(也堂). 니혼대학 유학. 1940년 만주 ≪만선일보≫ 기자. 『신세대』에 시 「동경」(1946년 5월), 『백민』에 소설 「맥에의 결별」(1946년 10월)을 발표하며 작품 활동.

시 5편

구분	작품명	매체	출처	발표 시기	비고
1	초원	신문	≪한성일보≫	1946.4.29	
2	동경(憧憬)	잡지	『신세대』 2호	1946.5	'3월 27일'
3	강산에 붙이는 가을의 노래	신문	≪한성일보≫	1946.11.3	
4	소하(小河)의 우(憂)수	신문	≪부인신보≫	1947.5.17	
5편	국화와 여인	신문	≪부산일보≫	1951.11.9	'가을소묘(素描)'

소설 140편 + 소설 단행본 5권

구분	작품명	매체	출처	발표 시기	비고
1	양심	신문	≪예술신문≫	1946.8	
2	허세	신문	≪경향신문≫	1946.10.24	'콩트'
3	맥(貊)에의 결별(訣別)	잡지	『백민』 2권4호(통권5호)	1946.10	*잡지 본문에는 작품명을 「맥에의 메별(袂別)」로 기재[목차와 작품명이 다름]
4	도피(逃避)	잡지	『신문학』 1권4호	1946.11	
5	가두에 서는 날	잡지	『부인』 2권1호	1947.1	
6	승산(勝算)	신문	≪여성신문≫	1947.4.30	'콩트'
7	그 전날	잡지	『문학비평』	1947.6	
8	회로(回路)의 고개	잡지	『새한민보』 1권8호	1947.9	'콩트'
9	탁류기	잡지	『민성』 3권10호	1947.10	
10	낙상(落傷)	신문	≪서울신문≫	1947.12.2	'콩트'
11	이브와 사과	신문	≪예술신문≫	1947	'콩트'
12	제단	잡지	『신세대』 22호	1948.2	

구분	작품명	매체	출처	발표 시기	비고
13	악수	잡지	『새한민보』 2권8호	1948.4	'단편'
14	회심(回心)	잡지	『백민』 4권3호(통권14호)	1948.5	
15	리라기(梨羅記)	잡지	『신천지』 3권4호(통권25호)	1948.5 / 6	
16	혈상(血傷)	잡지	『주간서울』 8호	1948.9.6	
17	현해탄(玄海灘)	잡지	『백민』 4권5호(통권16호)	1948.10	
18	역류	잡지	『신태양』 1권1호(창간호)	1949.1	
19	한계	잡지	『신여원』 1호	1949.3	*「길 위에서」와 내용이 같음
20	척도	잡지	『신천지』 4권5호(통권36호)	1949.5 / 6	'콩트'
21	흉몽(凶夢)	잡지	『신천지』 4권6호(통권37호)	1949.7	
22	지류(地流)	잡지	『문예』 1권2호(통권2호)	1949.9	
23	뺨	잡지	『새한민보』 3권19호	1949.10	'콩트'
24	이 위에서	잡지	『신천지』 4권10호(통권41호)	1949.11	*「한계」와 내용이 매우 유사함. [발표 시 작품명에 번호를 달아 장편의 제1편임을 밝혔으나 단편으로 그침]
25	삼대의 곡(曲)	잡지	『민성』 5권11호	1949.11	
1권	리라기(梨羅記)	단행본	시문학사	1949	*「속리라기」도 함께 수록
26	고갯길	잡지	『문예』 2권1호(통권6호)	1950.1	
27	해바라기	잡지	『민성』 6권3호	1950.3	
28	투전	잡지	『문예』 2권4호(통권9호)	1950.4	
29	야밋장에서	잡지	『부인경향』 1권6호	1950.6	
30	바다 위에서	잡지	『신조』 1호	1951.6	
31	그날에 있은 일	잡지	『협동』 32호	1951.11	*『전선문학』 2호(1952.12)에도 수록
32	향연(饗宴)	잡지	『신천지』 7권1호(통권49호)	1951.12	
33	결심	전시 간행물	『적화삼삭구인집』(국제보도연맹)	1951	
34	쥐	잡지	『문예』 13호	1952.1	
35	반기	잡지	『협동』 34호	1952.4	
36	토끼와 호랑이	잡지	『새벗』	1952.10	
37	제모(制帽)와 위신(威信)과 (총4회)	신문	≪연합신문≫	1953.1.24 -29	
38	거리(距離)	잡지	『전선문학』 5호	1953.5	*『협동』 40호(1953.7)에도 수록
39	불꽃 속에서	잡지	[일부]『신시대』 5월호	[일부] 1953.5	'장편연재소설' / *1회만 수록
40	닳아진 나사	잡지	『문예』 4권2호(통권16호)	1953.6	
41	마선(魔線)	신문	≪매일신문≫	1953.8.8 -31	
42	맞선 보는 날 (총3회)	신문	≪태양신문≫	1953.11.1 -4	
43	강남피혁회지(江南皮革商會誌)	잡지	『문예』 5권1호(통권20호)	1954.1	

구분	작품명	매체	출처	발표 시기	비고
44	연화당주인(蓮華堂主人)	잡지	『문화세계』 1권5호	1954.1	
45	전말(顚末)	잡지	『신천지』 9권3호(통권61호)	1954.3	
46	춘몽(春夢) (총8회)	신문	≪연합신문≫	1954.4.18 -25	
47	황사지대(黃砂地帶) (총14회)	잡지	『심우』 1권1호-2권8호	1954.4 -1955.8	
48	이사(移徙)	잡지	『문학과 예술』 1권2호(통권2호)	1954.6	
49	순이와 오빠	잡지	『소년세계』 25호	1954.8	'소년소설'
50	옥이(玉伊)와 반장 애	잡지	『학원』 3권10호	1954.10	
51	층계 위에서	잡지	『현대문학』 2호	1955.2	
52	불협화음	잡지	『신태양』 4권5호(통권33호)	1955.5	
53	거리의 비가(悲歌)	잡지	『협동』 49호	1955.6	'1백매' / *『아담과 이브의 대화』(학원사, 1966) 단행본에 「비가(悲歌)」라는 제목으로 수록
54	샛치기	잡지	『현대문학』 7호	1955.7	
55	별이 지는 밤에	신문	≪평화신문≫	1955.9-10	
56	양귀비꽃	잡지	『여성계』 4권11호	1955.11	
57	음계(音階)	잡지	『현대문학』 13호	1956.1	
58	이초시(李初試)의 하늘	잡지	『문학예술』 3권1호(통권10호)	1956.1	
59	모녀(母女)	잡지	『여원』 2권2호	1956.2	
60	차에서 만난 여자	잡지	『새교육』 8권3호(통권36호)	1956.3	
61	비	잡지	『새벽』 3권3호	1956.5	
62	두 소녀	잡지	『문학예술』 3권6호(통권15호)	1956.6	
63	창포 필 무렵	잡지	『현대문학』 20호	1956.8	
64	구름은 흘러가고	잡지	『여성계』 5권10호	1956.10	
65	거래(去來)	잡지	『현대문학』 25호	1957.1	
66	고예원(古藝苑)의 봄	잡지	『문학예술』 4권1호(통권22호)	1957.2	
67	백주몽(白晝夢)	잡지	『녹원』(녹원사) 1호	1957.2	'창작' / 『다리를 건널 때』(정음사, 1965) 단행본에 「백일몽(白日夢)」라는 제목으로 수록
68	노송(老松)	잡지	『자유춘추』 1권2호	1957.3	'단편소설' / '1957.2'
69	죄기(罪機)	잡지	『여성계』 6권3호(통권92호)	1957.5	
70	태양의 계곡 (총27회)	잡지	『현대문학』 29-56호	1957.5 -1959.8	*단행본(현대문학사, 1959) 발간
71	무지개	잡지	『주부생활』 1권6호	1957.6	'단편소설' / 그림 구인회(具仁會)
72	백금(白金)가락지의 행방(行方)? : 사천오백원도 훔쳐낸 식모	신문	≪한국경제신문≫	1957.8.27	추리소설
73	양지(陽地)	잡지	『신태양』 6권9호(통권60호)	1957.9	
74	외로운 사람들	잡지	『문학예술』 4권9호(통권30호)	1957.10	

구분	작품명	매체	출처	발표 시기	비고
75	창백(蒼白)한 성좌(星座) (총40회)	신문	≪자유신문≫	1957.11.16 -12.31	'연재소설'
76	향가보(鄕歌譜)	잡지	『새살림』 7호	1957.12	
77	선물	신문	≪조선일보≫	1958.1.13	'콩트'
78	슬픈 여인상	잡지	『아리랑』 4권1호	1958.1	'순정소설' / 그림 김영주(金榮注)
79	제물(祭物)	잡지	『주부생활』 2권1호	1958.1	그림 김세종(金世鍾)
80	행동의 장미 (총155회)	신문	≪부산일보≫	1958.3.1 -8.1	'연재소설' / *최종회에 '상편 끝'으로 표기됨
81	노을이 쓰러질 때	잡지	『코메트』 32호	1958.3	
82	바람 위로	잡지	『한국평론』 1권2호	1958.6	
83	어둠 속에서	잡지	『사상계』 6권10호(통권63호)	1958.10	
84	코스모스 피는 계절 (총15회)	신문	≪자유신문≫	1958.11.2 -16	연재소설
85	아카시아의 전설	미상	[미상]	1959.2	소설집 『창포 필 무렵』(현대문학사, 1959)에 수록
86	배리(背理)의 광장	잡지	『신태양』 8권3호(통권77호)	1959.3	
87	태양의 시 (총117회)	신문	≪한국일보≫	1959.5.11 -9.5	연재소설, 단행본(어문각, 1962) 발간
88	애인	신문	≪동아일보≫	1959.5.24	콩트
89	황혼의 풍경	잡지	『보건세계』 6권7호(통권43호)	1959.7	
90	태풍	잡지	『사상계』 7권11호(통권76호)	1959.11	
91	감이 익는 오후	잡지	『코메트』 41호	1959.12	
2권	창포 필 무렵	단행본	현대문학사	1959	소설집 / *단편 「어둠속에서 수록
92	그날의 햇빛은	잡지	『현대문학』 70호	1960.10	서울시 문화상 수상('60)
93	효자와 호랑이	신문	≪서울일일신문≫	1961.1.5	'내가 어렸을 때 들은 옛날 이야기' / 소설가
94	꽃 필 무렵 (총3회)	잡지	『학원』 10권2-4호	1961.4-6	사진소설
95	푸른 신호등 (총13회)	잡지	『보건세계』 8권5호-9권5호(통권65-77호)	1961.5 -1962.5	'연재소설' / 그림 이충근(李忠根)
96	다리를 건널 때	잡지	『사상계』 9권8호(통권97호)	1961.8	
97	귀거래	잡지	『교통』 8권8호(통권80호)	1961.9 / 10	
98	계절풍 (총25회)	잡지	『현대문학』 82-107호	1961.10 -1963.11	'연재소설'
99	어떤 배신	잡지	『여원』 7권12호	1961.12	
100	채석장 부근	잡지	『예술원보』 7호	1961.12	'창작'
101	후조(候鳥)	잡지	『미사일』 8호	1961.12	
102	사랑의 계절 (총225회)	신문	≪한국일보≫	1962.1.1 -8.17	
103	귀향	잡지	『여상』 1권2호	1962.12	'단편소설'
3권	그날의 햇빛은	단행본	을유문화사	1962	소설집 / *단편 「기러기」 수록

구분	작품명	매체	출처	발표 시기	비고
104	원색의 계절	미상	미상	1962	*소설집 『원색의 계절』(신사조사, 1964)에 수록
105	일방적	잡지	『새길』 100호	1963.1	
106	어느 만찬	잡지	『협동』 8호	1963.4	*단행본 『다리를 건널 때』(정음사, 1965)에 「만찬(晩餐)」이란 제목으로 수록
107	에덴의 유역(총214회)	신문	《서울신문》	1963.7.15 -1964.3.31	단행본(휘문출판사, 1965) 발간
108	허영의 길목은	잡지	『여상』 2권9호	1963.9	'납량단편집' / 그림 김영태
4권	남풍	단행본	을유문화사	1963	'장편소설'
109	형제	잡지	『신사조』 3권1호(통권22호)	1964.1	
110	환향(還鄕)	잡지	『현대문학』 113호	1964.5	
111	녹색교실	잡지	『주부생활』 1권1호	1965.4	'사진소설' / 촬영 안일(安一)
112	어느 여상(女像)	잡지	『문학춘추』 2권4호(통권13호)	1965.4	
113	이 잔은	잡지	『신동아』 10호	1965.6	
114	현황지대(玄黃地帶)	잡지	『문학춘추』 2권7호(통권16호)	1965.7	
115	해바라기의 비애	잡지	『협동』 20호	1965.8	'창작'
116	별이 빛나는 성(城)(총13회)	잡지	『여학생』 1권1호-2권12호	1965.12 -1966.12	'연재소설' / 그림 우경희(禹慶熙)
117	암비둘기	잡지	『문학춘추』	1965	
5권	다리를 건널 때	단행본	정음사	1965	
118	왕씨일가의 사람들	잡지	『현대문학』 135호	1966.3	
119	그 자매	잡지	『사상계』 14권4호(통권158호)	1966.4	
120	금색동화(金色童話)	잡지	『신동아』 21호	1966.5	
121	젊은 시간	잡지	『주부생활』 2권6호	1966.6	'사진소설'
122	지애(地涯)에서	잡지	『현대문학』 138호	1966.6	
123	질투	잡지	『여원』 12권9호	1966.9	
124	어느 휴일	잡지	『문학』(문학사)1권7호(통권7호)	1966.11	
125	유월 잔치	잡지	『현대문학』 144호	1966.12	
126	대결 1 : 사가사(思家詞)	잡지	『현대문학』 147호	1967.3	
127	서울의 환영(幻影)	잡지	『소설계』 10권3호(통권101호)	1967.3	
128	대결 2 : 정(靜)·동(動)	잡지	『현대문학』 148호	1967.4	
129	동정(同情)	잡지	『부부』 7권4호(통권72호)	1967.4	'순정소설' / 그림 홍성찬(洪性鑽) /*『가정의 벗』 1호(1968.8)에 재수록
130	대결 3 : 세한부(歲寒賦)	잡지	『현대문학』 149호	1967.5	
131	고독(孤獨)의 기원(紀元)	잡지	『신동아』 36호	1967.8	
132	대결 4 : 행복한 산신(山神)	잡지	『현대문학』 152호	1967.8	
133	성곽 밖의 봄	잡지	『사상계』 16권5호(통권181호)	1968.5	
134	수정등(水晶燈)	잡지	『주부생활』 4권6호	1968.6	'사진소설'

구분	작품명	매체	출처	발표 시기	비고
135	봄이면 민들레가(총17회)	잡지	『주부생활』 4권8호-5권12호	1968.8 -1969.12	'연재소설' / 그림 송영방(宋榮邦)
136	그 여자	잡지	『새길』 154호	1968.9	
137	하늘과 땅	잡지	『현대문학』 166호	1968.10	
138	거미	잡지	『여류문학』 1호	1968.11	
139	범선(帆船)	잡지	『월간문학』 1권1호(창간호)	1968.11	
140편	수박 한 덩이가	잡지	『현대문학』 180호	1969.12	

수필 159편

구분	작품명	매체	출처	발표 시기	비고
1	오열의 거리	잡지	『신세대』 창간호	1946.3	
2	동경	잡지	『신세대』 2호	1946.5	
3	회고와 창조 : 3월 1일의 광화문 네거리	잡지	『신세대』 2호	1946.5	
4	녹엽(綠葉)의 일기	잡지	『백민』 2권3호(통권4호)	1946.5 / 6	
5	혼란의 봄	잡지	『백민』 3권3호(통권8호)	1947.4 / 5	
6	이사잡기(移舍雜記)	신문	《민중일보》	1947.5.18	'여류수필'
7	학생은 아직 덜 익은 과실	신문	《여성신문》	1947.5.20	'여성의 소리' / 소설가
8	향유(香油)의 산화(散華) : 가을을 보내며	잡지	『백민』 4권1호(통권12호)	1948.1	
9	봄보다 먼저 오는 희곡 : 어서 내일이 오라!	잡지	『민성』 4권4호	1948.4	'여류수필' / '2월 29일'
10	빈곤의 상(相)(총2회)	신문	《국제신문》	1948.7.24 -25	'문화 : 수필'
11	꿈에 맺는 정	잡지	『백민』 4권4호(통권15호)	1948.7 / 8	'작가의 로맨쓰'
12	매암이 우는 명암의 거리에서	잡지	『부인』 3권3호	1948.8	뒷 부분에 '1948. 단오절 아침' 이라고 기재
13	여름이 오기 전	잡지	『예술조선』 4호	1948.9	
14	너와 나의 다방(총2회)	신문	《국제신문》	1949.1.18 -19	
15	새해와 묵은 해의 경계선에서	잡지	『부인』 4권1호	1949.1	
16	만우(萬愚)의 달! 사월	잡지	『민성』 5권4호	1949.3	'4월과 여인'
17	횡설(橫設)	신문	《조선일보》	1949.4.19	'문화'
18	소품 : 그림자	잡지	『백민』 5권3호(통권19호)	1949.6	
19	바다 : 달밤의 조개주이	잡지	『새살림』 12호	1949.7	
20	김구 선생 추모 : "곡"	잡지	『신천지』 4권7호	1949.8	
21	작가일기	잡지	『문예』 1권1호	1949.8	
22	나의 문학자서전 : 초조한 날들	잡지	『해방공론』	1949.10	
23	흐린 날	잡지	『여학생』 1권1호	1949.11	
24	무업적(無業績)	잡지	『한국공론』	1949.12	

구분	작품명	매체	출처	발표 시기	비고
25	밤길에 : 낙엽을 밟으며	잡지	『문예』 1권5호(통권5호)	1949.12	
26	월탄(月灘) 박종화 선생의 학생시절	잡지	『학생월보』	1949.12	
27	상(像)과 상(想)(총3회)	신문	《조선일보》	1950.1.12 -14	'문화 : 신정수상(新正隨想)'
28	좋은 글을 쓰고 지고	신문	《연합신문》	1950.1.18	
29	당신의 하늘 아래	잡지	『신경향』 2권1호	1950.1	'고향에 부치는 글'
30	여인서한(女人書翰)	잡지	『백민』 6권1호(통권20호)	1950.2	
31	여자된 자랑	잡지	『부인』 5권2호	1950.4	
32	오월의 구상(構想)	잡지	『신경향』 2권5호	1950.5	
33	구원(久遠)의 소녀에게 : 제3신	잡지	『여학생』 2권4호	1950.6	소설가
34	공개하는 편지 : 이선생님께(총5회)	신문	《부산일보》	1951.6.17 -26	
35	4월 일기	잡지	『학원』 2권4호	1953.4	
36	독백초(獨白抄)	잡지	『문예』 4권4호(통권18호)	1953.11	
37	버들개지의 노래	잡지	『민주여론』	1954.3.10	'3월과 함께 생각나는 사람들'
38	인연	잡지	『현대공론』 2권7호	1954.9	
39	고도유감(古都有感) : 경주에 다녀와서	신문	《중앙일보》	1955.5.6	'수필리레-'
40	황룡사지(黃龍寺趾)에서	잡지	『교통』 2권6호(통권7호)	1955.7	'경주기행' / 여류작가
41	보석과 유행	잡지	『여성계』 4권8호	1955.8	
42	육사참관기(陸士參觀記) : 일기에서	잡지	『추성』 2호	1955.8	소설가
43	사철나무의 열매	신문	《중앙일보》	1955.11.19	'여성수필' / 여류작가
44	대춘사(待春詞)	신문	《국민보》	1956.2.1	
45	'불'과 주부	신문	《중앙일보》	1956.2.4	'생활천자변(生活千字辯)' / 규수작가
46	지난날의 여기자생활 : 격랑의 이역(異域)에서	신문	《동아일보》	1956.7.24	
47	운명이랄 수밖에	잡지	『여원』 2권7호	1956.7	
48	미정리(未整理)대로…	신문	《연합신문》	1956.8.11	
49	실솔막(蟋蟀幙)	신문	《평화신문》	1956.9.24	
50	조춘(早春)	잡지	『여원』 2권10호	1956.10	
51	계절과 감나무 : 어느 날의 일기에서	신문	《평화신문》	1956.11.20	
52	존경심 없이도 애정은 건전할 수 있는가	잡지	『주부생활』 1권1호	1956.12	'특집 : 부부생활과 애정'
53	병마 · 절망과 싸우다	잡지	『여원』 3권3호	1957.3	
54	외출의 변(辯)	잡지	『현대문학』 27호	1957.3	'사진과 글'
55	포도(鋪道) 위에서	신문	《서울신문》	1957.4.10	소설가
56	정신요리의 조리법	잡지	『여성계』 6권2호(통권91호)	1957.4	여류작가

구분	작품명	매체	출처	발표 시기	비고
57	신록에 오고 가는 글 : 정오를 울고 간 종(鐘)소리	신문	《평화신문》	1957.5.24	
58	추억의 어촌	잡지	『교통』 4권6호(통권30호)	1957.6	여류소설가
59	미혼남성의 여성관 비판	잡지	『여원』 3권9호	1957.9	
60	다음의 연재소설 : 단편 「창백한 성좌」 작가의 말	신문	《자유신문》	1957.11.14	
61	봄과 여성	신문	《한국일보》	1958.1.22	'부인(婦人)' / 소설가
62	이달의 독서안내 : 악령·25시·이방인	잡지	『여성계』 7권1호(통권95호)	1958.1	소설가
63	우리집 정원 : 백평 미만의 뜰	신문	《한국일보》	1958.8.10	
64	고독과 벽	신문	《세계일보》	1958.12.19	'여인100상(想)' / 소설가
65	나의 창작 1년 : 길이 빛나라	신문	《조선일보》	1958.12.21	
66	가계부와 나	신문	《한국일보》	1959.1.25	
67	벚꽃	신문	《서울신문》	1959.2.8	'영춘화상(迎春花想)' / 소설가
68	대설(大雪) 속의 봄	신문	《동아일보》	1959.3.7	
69	여인의 행복	신문	《동아일보》	1959.3.12	
70	주부의 서간문 강좌 : 시집가는 동생에게	잡지	『주부생활』 3권4호 / 3권9호	1959.4 / 9	'주부의 서한문 강좌'
71	『태양의 시』 : 작자의 말	신문	《한국일보》	1959.5.4	
72	인격에 등수가 있을 수 없다	잡지	『새교실』 4권6호(통권36호), 5-6학년용	1959.6	소설가
73	추억의 어촌	잡지	『새교실』 4권8호(통권38호), 1-2학년용	1959.8	
74	소망을 위해 말을 닮았으면…	신문	《영남일보》	1960.1.1	'여류작가들이 말하는 나의 새해 구상(構想)'①
75	어머님 무덤을 찾고 싶다	신문	《동아일보》	1960.1.9	
76	맺지 못한 첫사랑의 향수	잡지	『여원』 6권4호	1960.4	
77	새정부에 바란다 : 이유를 막론코 장기 집권 생각 말라	신문	《한국일보》	1960.7.31	
78	대천통신(大川通信)	신문	《동아일보》	1960.8.6~7 / 9 / 11~13	
79	선거법부터 개혁을	신문	《동아일보》	1960.9.10	
80	나와 가을과 고향	신문	《서울일일신문》	1960.10.11	'수상(隨想)' / 여류작가
81	여성으로서의 자아와 협조 : 자각하는 현대인의 견지에서	신문	《동아일보》	1961.1.14	
82	곡(哭) 김말봉 선생 영전에	신문	《서울경제신문》	1961.2.10	
83	고향에 있는 벗에게	신문	《경향신문》	1961.3.26	
84	풀꽃과 서민과	신문	《한국일보》	1961.6.22	
85	빈곤과 예의	잡지	『예술원보』 6호	1961.7	
86	포도나무와 그 생리	잡지	『수필』 1권4호	1961.7	여류소설가
87	이웃을 믿고 상냥하게 살자	잡제	『여원』 7권8호	1961.8	

구분	작품명	매체	출처	발표 시기	비고
88	내가 그리고 싶은 주부형(3) 차디찬 세파 이겨내는 인생 아름다운 꿈이 깨지고 깨져도	신문	《조선일보》	1961.10.24	
89	해바라기	신문	《한국일보》	1961.11.19	
90	가을은 추억의 것	잡지	『아리랑』 7권11호	1961.11	'나의 청춘과 가을의 사랑'
91	『사랑의 계절』 작자의 말	신문	《한국일보》	1961.12.26	
92	자유의식의 요람	잡지	『최고회의보』 4호	1962.1	
93	공로의 기준문제 : 나이와 공로는 정비례하는가	잡지	『주간새나라』 45호	1962.6.11	'수필 : 여인삼제(女人三題)'
94	억지로 맞출 필요는 없다 : 한글전용 1차 정리를 보고	신문	《서울신문》	1962.7.21	소설가
95	문제 안 되는 문제 : 한글문제와 고소사건을 보고	신문	《서울신문》	1962.8.4	'시감(時感)' / 작가
96	생후 하루만에 터뜨린 울음	잡지	『여원』 8권9호	1962.9	
97	캐어보라 없는가	잡지	『신세계』 1권1호(창간호)	1962.11	
98	벚꽃 : 안타까운 생명(生命) 앞에	신문	《국제신보》	1963.4.1	'꽃 수필' / 여류소설가
99	밝고 아름다운 가정의 분위기	잡지	『가정생활』 3권4호	1963.4	
100	문단의 거목 간 자리에 체읍(涕泣)하며	잡지	『여원』 9권5호	1963.5	
101	함경도 : 정의감 강하고 비사교적	잡지	『학원』 12권7호	1963.7	'특집Ⅱ : 기질 따라 삼천리'
102	바다를 낀 전원의 마을 : 군산·목포	잡지	『여원』 9권12호	1963.12	기행
103	시와 수필과 동요를 쓰다가	잡지	『소설계』 6권12호(통권64호)	1963.12	'이달의 특집 : 우리가 문단에 나올 무렵' / '이상 3편 모두 문책(文責) 재기자(在記者)'
104	행복의 창조를 맡는 아내의 지혜	잡지	『가정생활』 4권2호	1964.2	작가
105	내가 본 영화에서 잊혀지지 않는 장면	신문	《경향신문》	1964.3.23	
106	나의 필명과 아호(雅號)의 유래	잡지	『소설계』 7권5호(통권69호)	1964.5	여류작가
107	원정(園丁)	잡지	『소설계』 7권5호(통권69호)	1964.5	
108	제야의 종소리는	신문	《경향신문》	1964.12.30	
109	화신(花信) : 싱그런 봄냄새가	신문	《부산일보》	1965.2.25	'여류수필릴레이'④ / 작가
110	여운(餘運)	잡지	『여상』 4권3호	1965.3	
111	영(靈)의 교류	잡지	『세대』 3권4호(통권22호)	1965.5	여류작가
112	비를 기다리는 마음	신문	《경향신문》	1965.6.30	
113	노르웨이의 오슬로에 갔다가(총7회)	잡지	『현대문학』 126-133호	1965.6 -1966.1	
114	허허로운 입장에서	신문	《한국일보》	1965.7.18	'더위를 이기는 독설(毒舌), 여성의 시평 2'

구분	작품명	매체	출처	발표 시기	비고
115	나의 피서법 : '알라스카'에나 다녀왔으면	잡지	『주부생활』 1권4호	1965.7	'특집 : 올 여름의 피서계획'
116	미녀, 남국을 가다 : '미스 농원(農園)', 제주관광수행기(濟州觀光隨行記)	잡지	『농원』 2권7호(통권15호)	1965.7	
117	한가위 그 밤에 시름 씻어라 : 고향의 추억	신문	≪대한일보≫	1965.9.8	그림 김화경(金華慶) / 작가
118	계획을 세웁시다	잡지	『주간새나라』 205호	1965.9.13	'신생활을 위한 주부의 제언
119	시간을 아끼자	잡지	『주간새나라』 207호	1965.9.27	'신생활을 위한 주부의 제언
120	이해와 세련	잡지	『자유』 26호	1965.9	
121	강남달	잡지	『재무』 118호	1965.10	
122	수확의 기쁨	잡지	『새농민』 5권10호(통권48호)	1965.10	'계절(季節)의화첩(畵帖)' / 그림 이승만(李承萬)
123	조국의 영광을 심고……	신문	≪서울신문≫	1965.11.16	'파월(派越) 장병에 보내는 여류작가들의 기원(祈願)'
124	섣달을 탄다 : 나직한 속삭임	신문	≪대한일보≫	1965.12.30	'햇살뿜는 동녘으로' / 그림 이봉상(李鳳商)
125	해외에 다녀와서	잡지	『새길』 129호	1965.12	기행
126	여류작가들이 말하는 나의 새해 구상(構想)(1) 소망을 위해 말을 닮았으면…	신문	≪영남일보≫	1966.1.1	
127	미국에 있는 동양인의 표정	잡지	『문학춘추』 3권2호(통권19호)	1966.2	'세계 주유(周遊) : 아메리카 편'
128	휴전선의 인상 : 판문점에 다녀와서	잡지	『주부생활』 2권7호	1966.7	작가
129	향수를 달래며	신문	≪경향신문≫	1966.8.15	
130	고양이, 장난스럽고 귀여웠던 나비	잡지	『학원』 15권8호	1966.8	'동물과 사랑'① / 소설가
131	하얀 베일의 속삭임	잡지	『여상』 5권11호	1966.11	
132	얌전치 못한 데이트에 대하여	잡지	『여원』 13권1호	1967.1	
133	조용한 봄을	신문	≪대한일보≫	1967.2.11	
134	네잎 클로우버의 교정에서	잡지	『여학생』 3권3호	1967.3	'돌아보는 청춘삼면' / 소설가
135	교양인으로서의 책임을 다하자	잡지	『학원』 16권5호	1967.5	'학생에게 주는 편지⑤'
136	생명	잡지	『정경연구』 3권6호(통권29호)	1967.6	소설가
137	일의 시작은 어렵기 마련이다	잡지	『학원』 16권6호	1967.6	'학생에게 주는 편지⑥'
138	열(熱)과 냉(冷)이 맞부딪는…	신문	≪경향신문≫	1967.7.31	
139	꽃나무의 생리, 그대로	잡지	『학원』 16권7호	1967.7	'학생에게 주는 편지⑦'
140	만심(慢心)을 경계하자	잡지	『학원』 16권8호	1967.8	'학생에게 주는 편지⑧'
141	청결과 도움의 정신을	잡지	『학원』 16권9호	1967.9	'학생과 교양 : 학생에게 주는 편지⑨'
142	정신의 양식을	잡지	『학원』 16권10호	1967.10	'학생에게 주는 편지⑩'
143	나의 작업은 <나의 입지>	잡지	『여학생』 3권11호	1967.11	'젊은 시절의 수상(隨想)'

구분	작품명	매체	출처	발표 시기	비고
144	사소한 일에 신경을 써라	잡지	『학원』 16권11호	1967.11	'학생에게 주는 편지⑪'
145	10년 넘겨버린 집 수리, 창작에만 정열 쏟고파	신문	≪대한일보≫	1967.12.23	'어머니 페이지 : 여류 1967년 못다한 일 못다한 말 / 소설가
146	성격은 곧 운명을 낳는다	잡지	『학원』 16권12호	1967.12	'학생에게 주는 편지'
147	월남의 표정 (총4회)	신문	≪경향신문≫	1968.1.24 / 27 / 29 / 31	'도회지(都會地)' / 작가
148	1968년의 주부	잡지	『주부생활』 4권1호	1968.1	'사계절의 여인'
149	청동향로(青銅香爐)	신문	≪경향신문≫	1968.2.19	'내가 아끼는 것' / 작가
150	오로지 문학에만	잡지	『여학생』 4권5호	1968.5	'내 영혼의 순례자' / 소설가
151	명산계수(名山溪水) : 안개처럼 온 몸에 감기는 무지개	신문	≪한국일보≫	1968.7.30	
152	정복의 날개	신문	≪경향신문≫	1968.8.13	'8월 인심(人心)·천심(天心)'
153	솔밭바닷가… 지금도 그 소녀 생각…	신문	≪매일경제신문≫	1968.8.20	'추억의 피서지(16)'
154	일요 노이로제	잡지	『주부생활』 4권8호	1968.8	
155	장병 여러분께 보내는 지상(紙上) 연하장	신문	≪전우신문≫ 1282호	1969.1.1	
156	동(銅)이 쏟아져 주었으면…	신문	≪대한일보≫	1969.2.6	'69년의 발언대⑮' / 작가
157	그 작품을 구상한 무렵	신문	≪가톨릭시보≫ 667호	1969.5.4	
158	결실과 함께	신문	≪경향신문≫	1969.9.1	'수상 : 가을이면⑤' / 여류작가
159편	달 세기(世紀)에 처음 맞는 한가위	신문	≪한국일보≫	1969.9.25	

비평 29편

구분	작품명	매체	출처	발표 시기	비고
1	풍류 잡히는 마을 : 최정희씨 단편집을 읽고	신문	≪서울신문≫	1949.8.19	평론
2	소설위도(小說緯度)의 일절(一節)	잡지	『민성』 6권2호	1950.2	
3	내가 권하고 싶은 책 : 『죄와 벌』(도스토이에프스키 작)	잡지	『보건세계』 3권	1956.3	여류작가
4	내가 본 박영준	잡지	『문학예술』 3권11호(통권20호)	1956.11	
5	내가 권하고 싶은 책	신문	≪동아일보≫	1957.10.5	
6	조연현 평론집 『휴일의 의장(意匠)』	신문	≪서울신문≫	1957.10.24	'서평'
7	정충량 저 『정충량평론집』	신문	≪서울신문≫	1959.4.30	'서평'
8	명작 속의 여인형 : 구원의 여인상 '테스'	신문	≪동아일보≫	1959.5.5	'평론'
9	『태양의 시』와 나의 변(辯)	신문	≪한국일보≫	1959.9.12	

구분	작품명	매체	출처	발표 시기	비고
10	소설작가를 뜻하는 여인들에게 : 소설작법입문 5개항과 아울러	잡지	『주부생활』 3권10호	1959.10	소설가
11	소설 속의 여성어 : 작품에 나타난 대화를 중심으로	잡지	『주부생활』 3권12호	1959.12	'특집 : 여성어(女性語)' / 소설가
12	박화성 저, 『타오르는 별』	신문	《조선일보》	1961.1.9	'신간서평'
13	잊을 수 없는 책 한 권 : 영감(靈感)과 신기(神技) : 도스또예프스끼의 악령	신문	《대한일보》	1962.8.23	'평론'
14	'소냐'의 신앙	신문	《서울신문》	1963.6.4	'소설속의 여인상' / 소설가
15	특집 강소천의 인간과 문학 : 강소천 씨와 나	잡지	『현대문학』 102호	1963.6	
16	선후기(選後記)	잡지	『여상』 4권10호	1965.10	'선후기'
17	독자문예선	잡지	『여상』 4권11호	1965.11	'선후평'
18	선후평(選後評)	잡지	『여상』 5권2호	1966.2	'선후평'
19	선후평(選後評)	잡지	『여상』 5권3호	1966.3	'선후평'
20	신춘문예 심사후기 : 창작	신문	《전남일보》	1966.5.29	'심사후기'
21	산문선후평(散文選後評)	잡지	『여상』 5권5호	1966.5	'선후평'
22	10만원 고료 장편소설 선후평(長篇小說選後評)	신문	《전남일보》	1966.6.5	'선후평'
23	선후평(選後評)	잡지	『여상』 5권7호	1966.7	'선후평'
24	독자수기를 뽑고 나서	잡지	『주부생활』 2권8호	1966.8	'심사평' / *'학원사창업20주년, 「주부생활」 창간1주년기념 10만원고료 수기 당선자 발표'
25	선후평(選後評)	잡지	『여상』 5권8호	1966.8	'선후평'
26	독자문예 선후평(選後評)	잡지	『여상』 5권9호	1966.9	'선후평'
27	문학과 그 주변	신문	《전남일보》	1966.11.2	
28	선후평(選後評)	잡지	『여상』 5권12호	1966.12	'선후평'
29편	이 수기를 읽고 : 동정할 수 없는 사행심(射倖心)	잡지	『여원』 12권12호	1966.12	

손이숙孫利淑

1962년 2월, 시 「박」으로 제7회 『여원』 여류신인상 가작 입선.

시 1편

구분	작품명	매체	출처	발표 시기	비고
1편	박	잡지	『여원』 8권2호	1962.2	제7회 여류신인상 가작

손장순 孫章純

1935년 서울 출생. 서울대 불문과 졸업. 1958년 『현대문학』에 「입상(立像)」(1월)·「전신(轉身)」(12월)이 추천되어 작품 활동.

소설 37편 + 소설 단행본 1권

구분	작품명	매체	출처	발표 시기	비고
1	입상(立像)	잡지	『현대문학』 37호	1958.1	'추천'
2	전신(轉身)	잡지	『현대문학』 48호	1958.12	'추천'
3	배리(背理)의 심연	잡지	『현대문학』 51호	1959.3	'소설'
4	화인 푸레이	잡지	『현대문학』 56호	1959.8	'창작'
5	증언	잡지	『현대문학』 63호	1960.3	'창작'
6	환영 파티	잡지	『주부생활』 4권5호	1960.5	'단편소설' / 그림 홍성찬(洪性鑽)
7	궤도	잡지	『현대문학』 74호	1961.2	'신진여류창작특집'
8	설(雪)	잡지	『여원』 7권12호	1961.12	
9	공황(恐慌)	잡지	『현대문학』 109호	1964.1	'창작'
10	허망한 오후	잡지	『여상』 3권2호	1964.2	
11	삼등인생	잡지	『현대문학』 116호	1964.8	'소설'
12	황혼의 뚝섬댁	잡지	『여상』 3권9호	1964.9	
13	깍두기 씨	잡지	『현대문학』 121호	1965.1	'본지 추천작가 특집'
14	미쎄스 마야	잡지	『신동아』 9호	1965.1	*『대화』(현대문학사, 1969)에도 수록
15	살얼음 속의 수초(水草)	잡지	『현대문학』 124호	1965.4	'창작'
16	보리밭 사랑	잡지	『농원』 2권5호(통권13호)	1965.5	'사진소설' / 유재력(兪在力) 촬영
17	부동산중개인	잡지	『현대문학』 129호	1965.9	'소설 특집'
18	한국인(총19회)	잡지	『현대문학』 133–151호	1966.1 -1967.7	'신년창작특집' / 제4회 한국여류문학상 수상('67) / 총2권으로 국민문화사에서 발간
19	어느 실직자	잡지	『재무』 123호	1966.3	
20	이혼여행	잡지	『여원』 12권4호	1966.4	
21	알피니스트	잡지	『신동아』 21호	1966.5	
22	올드미스 명(明)	잡지	『여상』 5권9호	1966.9	
23	소설로 엮은 인간연구 : 나가마쓰 여사(永松女史)	잡지	『여성동아』 1호	1967.11	작가
24	바람개비	잡지	『신동아』 41호	1968.1	
25	다께다 선생(先生)	잡지	『현대문학』 160호	1968.4	
26	우울한 한강	잡지	『사상계』 16권6호(통권182호)	1968.6	
27	약혼자	잡지	『여성동아』 10호	1968.8	'소하(銷夏) 꽁트집'
28	어머니	잡지	『가정의벗』 1호	1968.8	
29	일요 노이로제	잡지	『주부생활』 4권8호	1968.8	'특집 : 납량 콩트 10인선'
30	통닭과 포도주의 향연	잡지	『신상』 1권1호(창간호)	1968.9	

구분	작품명	매체	출처	발표 시기	비고
31	대화	잡지	『현대문학』 169호	1969.1	*소설집 『대화』(현대문학사, 1969)에도 수록
32	너와 나와의 대화(총11회)	잡지	『새가정』 16권1-11호	1969.1-12	'연재소설' / 손장순 글, 그림 송방
33	참 이상한 결합	잡지	『여성동아』 16호	1969.2	'부부(夫婦)를 테마로 한 단편 씨리즈'① / 그림 김경우(金敬祐)
34	12시	잡지	『월간문학』 2권4호(통권6호)	1969.4	
35	통근부인(通勤婦人)	잡지	『주부생활』 5권4호	1969.4	'신춘여류단편5인선' / 그림 최충훈(崔忠勳)
36	고여사(高女士)	잡지	『여류문학』 2호	1969.5	
37편	보복	잡지	『폰·코러스』 12호	1969.12	'단편' / 여류작가 손장순
1권	대화	단행본	현대문학사	1969	'소설집'

수필 22편

구분	작품명	매체	출처	발표 시기	비고
1	변어(辯語)	잡지	『현대문학』 45호	1958.12	'천료소감(薦了所感)'
2	증권가(證券街)	잡지	『여원』 11권4호	1965.4	
3	미아리고개의 관상학 : 관상	잡지	『여원』 12권6호	1966.6	
4	젊은 인생기업가	잡지	『여상』 5권7호	1966.7	
5	회상의 나의 청춘 노우트 : 순수한 정열에의 향수	잡지	『여학생』 2권12호	1966.12	'체험기 특집 : 애인이라 불려져서 느낀 여자의 행복' / 소설가
6	만일 거울이 없다면	잡지	『여상』 6권2호	1967.2	
7	남존여비사상에 대하여	잡지	『여원』 13권3호	1967.3	
8	말	신문	《경향신문》	1967.5.20	
9	자유 고독 시간	신문	《경향신문》	1967.5.27	
10	여자를 얼굴로 재는 엉터리	잡지	『여상』 6권5호	1967.5	
11	유원지 주변	신문	《경향신문》	1967.6.17	
12	선거 어릿광대	신문	《경향신문》	1967.6.26	
13	신과 실존주의	신문	《경향신문》	1967.7.15	'유상무상(有常無常)' / 작가
14	대화	신문	《경향신문》	1967.7.24	'유상무상' / 작가
15	머리 속 냉장고에서	잡지	『주부생활』 3권7호	1967.7	'명사(名士)의 여름 보내기' / 소설가
16	직녀의 장밋빛 인생	잡지	『여원』 13권10호	1967.10	
17	갈대와 가을	잡지	『여학생』 3권11호	1967.11	소설가
18	엔조이 : 사랑은 피부로 느끼는 쾌락	잡지	『여상』 6권11호	1967.11	
19	타부	신문	《경향신문》	1967.12.25	'나의 향수(香水)' / 작가
20	미로 속에서	잡지	『여류문학』 1호	1968.11	
21	5월을 보내면서	신문	《대한일보》	1969.5.27	'69년의 발언대' / 작가
22편	입정질 잘한다고 별명 : "송편 잘빚어야 예쁜 딸 낳는다"	신문	《국제신보》	1969.9.25	'추석과 향수(鄕愁)' / 여류작가

비평 4편

구분	작품명	매체	출처	발표 시기	비고
1	손소희 선생의 완강한 정력	잡지	『현대문학』 65호	1960.5	'선배를 말하다'
2	내가 영향 받은 작가 : 불문학 수업 중에서	잡지	『현대문학』 162호	1968.6	
3	심사후기 : 배제해야 할 천편일률적 공식	잡지	『여성동아』 13호	1968.11	'50만원 고료 제1회 여류장편소설 심사후기'
4편	심사후기 : 예심 : 흉내나 아류(亞流)는 감점, 새로운 것에의 시도를	잡지	『여성동아』 26호	1969.12	'50만원 고료 제2회 여류장편소설 입선작 발표 심사후기'

손정순 孫貞順

교육자. 전시에 대구연합중고등학교장, 창덕여중고 교장, 경기여중고 교장 역임.

수필 7편

구분	작품명	매체	출처	발표 시기	비고
1	사랑하는 소녀들에게	잡지	『학원』 2권1호	1953.1	'새해의 말씀' / '글 쓰신 분 : 서울 피난, 대구연합중고등학교장'
2	나의 중학 시절	잡지	『학원』 2권2호	1953.2	
3	실력에 맞는 학교에 : 부모들의 허영을 없애자	신문	≪서울경제신문≫	1961.2.10	'아이들의 진학과 학교 선택 : 학부형들을 위한 두 교장선생님의 의견' / 손정순 창덕여중고 교장
4	생활개선을 : 이웃끼리 서로 돕고 살자	신문	≪경향신문≫	1962.1.9	
5	인생을 여유있게	잡지	『주간새나라』 30호	1962.2.26	'여인백상(女人百想)' / 경기여중고교장
6	북녘 하늘에 묻는 어머님의 문안	잡지	『주부생활』 1권2호	1965.5	'어머니에게 바치는 글'
7편	딸과 나	잡지	『여학생』 4권8호	1968.8	'권두언' / 동덕여중고교장

송수영

강원 횡성 우천국민학교 교사. '전국교단시' 동인, 강원아동문학협회 회원.

동시 5편

구분	작품명	매체	출처	발표 시기	비고
1	철이와 구구 공부	신문	≪강원일보≫	1966.5.28	'동시' / 강원 횡성우천국민학교 교사
2	징검다리	신문	≪강원일보≫	1966.9.17	'동시'
3	엄마손	신문	≪강원일보≫	1966.10.29	'동시'
4	가을 하늘	신문	≪강원일보≫	1967.11.4	'동시' / 전국교단시 동인
5편	첫눈	신문	≪강원일보≫	1967.11.18	'동시' / 강원 횡성우천국민학교 교사 · 강원아협회원

송숙영宋肅瑛

1935년 경기도 개성 출생. 이화여대 법학과 졸업. 영국 로열아카데미 수학. 『현대문학』에 소설 「원근법」(1959년 3월)·「타인들」(1960년 1월)이 추천됨. 1962년 희곡 「환상의 늪」으로 국립극장 장막희곡공모 입선. KBS텔레비전 단막극현상에 「빨간 풍선」 당선.

소설 41편

구분	작품명	매체	출처	발표 시기	비고
1	원근법(遠近法)	잡지	『현대문학』 51호	1959.3	'추천'
2	타인들	잡지	『현대문학』 61호	1960.1	'추천'
3	역주(逆走)	잡지	『현대문학』 66호	1960.6	'창작'
4	혼성(混聲)	잡지	『문예』 2호	1960.8	
5	태양을 향하여 달려라	잡지	『향학』 2권9호	1960.12	'수험소설' / 그림 김세종(金世鍾)
6	잔조(殘照)	잡지	『현대문학』 74호	1961.2	'신진여류창작특집'
7	태양을 향하여 외쳐라	잡지	『학원』 10권5호	1961.7	'1964년 9월부터 KBS에서 동명의 라디오드라마 연재'
8	화판(花瓣)	잡지	『현대문학』 81호	1961.9	'창작'
9	반목(反目)	잡지	『자유문학』 6권11호(통권56호)	1961.12	
10	환(幻)	잡지	『여원』 7권12호	1961.12	
11	Glass Booth	잡지	『현대문학』 87호	1962.3	'창작'
12	동(動)	잡지	『자유문학』 8권1호(통권65호)	1963.1	
13	가슴 가득히 태양을	잡지	『여상』 2권2호	1963.2	
14	진실	잡지	『난초』 55호	1963.2 / 3	
15	길	잡지	『학원』 12권3호	1963.3	

구분	작품명	매체	출처	발표 시기	비고
16	태양과 함께 지다	잡지	『아리랑』 9권6호(통권102호)	1963.6	'하이틴을 위한 소설' / 그림 홍성찬(洪性鑽)
17	햇빛 속으로 달려가다…	잡지	『소설계』 6권6호(통권58호)	1963.6	그림 최충훈(崔忠勳)
18	어떤 파멸	잡지	『아리랑』 9권7호(통권103호)	1963.7	'하이틴을 위한 SHORT STORY' / 그림 홍성찬(洪性鑽)
19	환멸(幻滅)	잡지	『현대문학』 105호	1963.9	창작
20	인간 돼지	잡지	『보건세계』 11권1호(통권97호)	1964.1	'단편리레'⑤ / 그림 김영태(金榮泰)
21	삼월의 사랑	잡지	『아리랑』 10권4호(통권114호)	1964.4	그림 부석언(夫石言)
22	행동파	잡지	『아리랑』 10권6호(통권116호)	1964.6	'틴스·스토오리(Teens Story)' / 그림 사석보(史石甫)
23	유리의 방	잡지	『여상』 3권8호	1964.8	
24	밤이 나를 울린다(총7회)	잡지	『사랑』 6권2-8호(통권52-58호)	1965.2-8	'연재소설' / 그림 이순재(李舜在) *4회가 빠지고 5회부터 내용이 이어짐[4회부터 한 회씩 더해져서 오기됨. 8회 마감으로 표기됐으나, 실제로는 7회로 마침]
25	고깔	잡지	『현대문학』 123호	1965.3	'창작'
26	젊음이 작열(灼熱)할 때	잡지	『소설계』 8권3호(통권77호)	1965.3	'하이티인에게 보내는 청춘소설' / 그림 전성보(全聖輔)
27	초록빛	잡지	『농원』 2권3호(통권11호)	1965.3	'사진소설'
28	어떻게 할까 : 싸움은 싫다	잡지	『학원』 14권4호	1965.4	
29	이중음색(二重音色)	잡지	『주부생활』 1권2호	1965.5	'추리소설' / 그림 김세종(金世鍾)
30	파티 걸	잡지	『여상』 4권5호	1965.5	
31	잔인하게 버려	잡지	『보건세계』 12권8호(통권116호)	1965.8	
32	그 겨울은 가고	잡지	『농원』 2월호	1968.2	
33	까리스게	잡지	『현대문학』 162호	1968.6	'소설'
34	강 건너 숲속으로	잡지	『주부생활』 4권11호	1968.11	'사진소설'
35	아! 아메리카 아메리카	미상	미상	1968년 창작	*소설집 『연인들』(갑자문화사, 1974)에 수록
36	'노마' 그만 울어	잡지	『신동아』 55호	1969.3	
37	연례병(年例病)	잡지	『현대문학』 173호	1969.5	창작
38	늪지의 여우	잡지	『월간문학』 2권8호(통권10호)	1969.8	
39	마거릿드의 추억	잡지	『새생명』 9권9호(통권95호)	1969.10	'단편소설'
40	행자(幸子)의 경우	잡지	『여학생』 5권12호	1969.12	'세븐틴 소설' / 그림 이태전(李太田)
41편	파리와 거미	미상	미상	1969년 창작	*소설집 『연인들』(갑자문화사, 1974)에 수록

수필 17편

구분	작품명	매체	출처	발표 시기	비고
1	OutSider	잡지	『현대문학』 61호	1960.1	'천료소감'
2	가을과 고향 : 마르띠니	신문	《서울일일신문》	1960.10.4	소설가

구분	작품명	매체	출처	발표 시기	비고
3	사월의 수줍은 병아리	잡지	『여원』 8권4호	1962.4	
4	꽃 마가렛트이야기	잡지	『여원』 8권9호	1962.9	
5	당신은 영원한 내 고향 그러나	잡지	『여원』 9원5호	1963.5	
6	마음 숲의 영원한 샘(泉)	잡지	『여상』 2권5호	1963.5	'특집 : 어머니 : 어머니 초상'
7	Wrong Number	잡지	『신사조』 2권9호(통권20호)	1963.11	작가
8	운 좋은 빨강머리	잡지	『여상』 2권12호	1963.12	'신진작가들에 의한 킬러 사건의 재심판 : 답'
9	엑쓰레이가 싫은 이유 : 상의(上衣)를 벗는 고행을 짧다	잡지	『보건세계』 11권12호(통권108호)	1964.12	'수필'
10	젊은 아스텔에게 장미를	잡지	『여원』 10권12호	1964.12	
11	어떻게 할까 : 싸움은 싫다	잡지	『학원』 14권4호	1965.4	
12	황금빛 청혼장(請婚狀)	잡지	『주부생활』 4권2호	1968.2	'내가 받은 사랑의 편지'
13	한치 길이 풀 마음	잡지	『여성동아』 9호	1968.7	
14	직업별 남성연구(총12회)	잡지	『여성동아』 15호-26호	1969.1-12	작가
15	나의 사춘기 : 단발머리 독서광	잡지	『학원』 18권5호	1969.5	
16	독버섯 같은 친구	잡지	『여학생』 5권6호	1969.6	'지정제 수필 : 유혹의 계절' / 소설가
17편	1980년 쯤엔…	잡지	『주부생활』 5권12호	1969.12	'권말부록 : 송년수상 여류 15인집 : 새해를 기다리는 마음' / 작가

희곡 1편

구분	작품명	매체	출처	발표 시기	비고
1편	달빛을 살해하다	잡지	『현대문학』 95호	1962.11	

비평 1편

구분	작품명	매체	출처	발표 시기	비고
1편	영화속의 여인상 : 사랑할 때와 헤어질 때에서	신문	≪경향신문≫	1963.3.18	

송원희 宋媛熙

1930년 서울 출생. 동국대 영문과 수료. 『문학예술』에 소설 「화사(花蛇)」(1956년 6월)・「식민지」(1957년 5월)가 추천됨.

소설 17편

구분	작품명	매체	출처	발표 시기	비고
1	화사(花蛇)	잡지	『문학예술』 3권6호(통권15호)	1956.6	'김이석 추천'

구분	작품명	매체	출처	발표 시기	비고
2	식민지	잡지	『문학예술』 4권4호(통권25호)	1957.5	
3	재혼	잡지	『주부생활』 2권5호	1958.5	'단편소설' / 그림 김세종(金世鍾)
4	미소하는 흑판(黑板)	잡지	『새교실』 3권8호(통권26호, 1-3학년용)	1958.8	'소설'
5	뽀-나스	잡지	『주부생활』 2권10호	1958.10	'여류꽁트'
6	모자(母子)	잡지	『현대문학』 48호	1958.12	
7	종착역	잡지	『주부생활』 4권4호	1960.4	'단편소설' / 그림 홍성찬(洪性鑽)
8	낙엽기(落葉期)	잡지	『현대문학』 74호	1961.2	
9	낙뢰(落雷)	잡지	『현대문학』 134호	1966.2	
10	분열시대	잡지	『문학』(문학사) 1권7호(통권7호)	1966.11	
11	미련	잡지	『여상』 6권9호	1967.9	
12	분단	잡지	『현대문학』 153호	1967.9	
13	보라빛 사랑	잡지	『주부생활』 4권8호	1968.8	'납량 콩트 10인선'
14	크리스마스 이브	잡지	『여류문학』 1호	1968.11	
15	혈흔(血痕)	잡지	『현대문학』 168호	1968.12	
16	산실(産室)	잡지	『여류문학』 2호	1969.5	
17편	빌라도와 그 아내	잡지	『월간문학』 2권12호(통권14호)	1969.12	

수필 7편

구분	작품명	매체	출처	발표 시기	비고
1	쓸모없는 인간의 변	잡지	『문학예술』 4권4호(통권25호)	1957.5	'당선소감'
2	여류작가와 가정 : 작품생활과 주부생활의 양면	신문	≪조선일보≫	1957.12.12	
3	주부와 교양 : 일상적인 생활미를 위하여	신문	≪조선일보≫	1958.6.19	
4	오색 까마귀	잡지	『우리들』 1권9호(통권9호)	1966.9	'이 달의 시와 수필' / 여류작가
5	집에서는 구두쇠	잡지	『여원』 13권3호	1967.3	
6	선경(仙境), 설악을 넘어	잡지	『학원』 17권12호	1968.12	'기행문' / 소설가
7편	주부의 구두쇠 기질 : 10원 깎아 다지는 '굳은 땅의 낙원'	잡지	『주부생활』 5권6호	1969.6	'특집 : 구두쇠를 예찬한다'

비평 1편

구분	작품명	매체	출처	발표 시기	비고
1편	세계여류작가소개(총9회)	신문	≪조선일보≫	1958.7.10 / 17 / 24 / 31 / 8.7 / 14 / 21 / 9.4 / 10.30	

송정수宋貞守

'수필' 동인.

수필 13편

구분	작품명	매체	출처	발표 시기	비고
1	경상도 여자	잡지	『수필』 4집	1965.8	
2	어느 일요일	잡지	『수필』(태화출판사) 4집	1965.8	
3	겨울이 온다	잡지	『수필』 5집	1965.12	
4	나는 덤이다	잡지	『수필』 5집	1965.12	
5	에티켓 선생	잡지	『수필』 6집	1966.4	
6	제나름	잡지	『수필』 6집	1966.4	
7	반추하는 나이	잡지	『수필』 8집	1966.12	
8	얼간이 같은 이야기	잡지	『수필』 8집	1966.12	
9	소니와 도마도	잡지	『수필』 9집	1967.5	
10	춘분(春分)	잡지	『수필』 9집	1967.5	
11	라르고	잡지	『수필』 제1수필집	1967.10	
12	칠월에	잡지	『수필』 제1수필집	1967.10	
13편	고양이	잡지	『수필』 12집	1968.5	

송정숙宋貞淑

1936년 충남 대전 출생. 이화여대 국문과와 성균관대 대학원 졸업. ≪일일신문≫·≪한국일보≫·≪서울신문≫ 기자로 활동. 『현대문학』에 소설 「사생아」(1963년 3월)·「개고둥」(1969년 4월)이 추천됨.

소설 3편

구분	작품명	매체	출처	발표 시기	비고
1	사생아	잡지	『현대문학』 99호	1963.3	'추천'
2	개고둥	잡지	『현대문학』 172호	1969.4	'완료 추천'
3편	달맞이꽃 : 잃어버린 세레네	잡지	『여학생』 5권10호	1969.10	'꽃말소설' / 그림 김경우(金敬祐)

수필 1편

구분	작품명	매체	출처	발표 시기	비고
1편	위기감	잡지	『현대문학』 172호	1969.4	'추천완료소감(소설)'

신길자 辛吉子

1963년 6월, 「별을 위한 시」로 제1회 『여상』 여류신인문학상 가작 입선. 충북 오갑국민학교 교사. '석정' 동인.

시 5편

구분	작품명	매체	출처	발표 시기	비고
1	별을 위한 시	잡지	『여상』 2권6호	1963.6	'제1회 여류신인문학상 시부 가작 1석'(여류신인문학상 입선작)
2	회색 하늘	잡지	『새교실』 8권6호(통권84호)	1963.6	'지우(誌友)시단(詩壇)' / 충북 음성군 오갑국민학교
3	투쟁	신문	≪영남일보≫	1963.11.21	
4	눈오는 밤	신문	≪영남일보≫	1964.3.17	석정 동인
5편	무제(無題)	신문	≪충청일보≫	1965.5.26	

수필 1편

구분	작품명	매체	출처	발표 시기	비고
1편	스타트를 해 놓았으니	잡지	『여상』 2권6호	1963.6	

신달자 愼達子

1943년 경남 거창 출생. 숙명여대 국문과 졸업. 1964년 시 「환상의 방」으로 제1회 『여상』 여류신인문학상 당선. 『현대문학』에 시 「처음 목소리」(1970년 9월)·「발」(1971년 1월)이 추천됨.

시 3편

구분	작품명	매체	출처	발표 시기	비고
1	인생은 인생 속에	잡지	『신세계』 9호	1963.8	
2	환상의 방	잡지	『여상』 3권6호	1964.6	'제3회 여류신인문학상 시 당선작'
3편	원광(圓光)	잡지	『여상』 3권11호	1964.11	

수필 3편

구분	작품명	매체	출처	발표 시기	비고
1	당선소감 : 시	잡지	『여상』 3권6호	1964.6	'제3회 여류신인문학상 당선작'
2	고향을 말한다 : 거창을 아세요?	잡지	『여상』 4권2호	1965.2	
3편	발견하는 행복	잡지	『주부생활』 3권5호	1967.5	

신동춘申東春

1931년 평북 신의주 출생. 호 청련(靑蓮). 이화여대 영문과 졸업 후 서울대 대학원 영문과 수료. 『현대문학』에 시 「사랑의 이야기」(1965년 2월)·「탈선」(1966년 5월)·「용이와 연필」(1966년 9월)이 추천됨. '여류시' 동인. 춘천성심여자대학교와 한양대 영문과 교수 역임.

시 4편

구분	작품명	매체	출처	발표 시기	비고
1	사랑의 이야기	잡지	『현대문학』 122호	1965.2	'시 : 추천'
2	탈선(脫線)	잡지	『현대문학』 137호	1966.5	'시 : 추천'
3	용이와 연필	잡지	『현대문학』 141호	1966.9	'시 : 완료 추천'
4편	고운 얼굴	잡지	『현대문학』 178호	1969.10	

수필 1편

구분	작품명	매체	출처	발표 시기	비고
1편	나무를 닮고파	잡지	『현대문학』 141호	1966.9	'천료소감(시)'

신순철申順澈

1939년 생. 이화여대 국문과 졸업. 1960년 『주부생활』에 신인문예 당선. 1963년 6월, 소설 「선의의 사람들」로 제1회 『여상』 여류신인문학상 가작 입선.

시 1편

구분	작품명	매체	출처	발표 시기	비고
1편	낙엽	잡지	『주부생활』 4권1호	1960.1	'신인문예 : 시' / 이대 국문과

소설 1편

구분	작품명	매체	출처	발표 시기	비고
1편	선의(善意)의 사람들	잡지	『여상』 2권6호	1963.6	'제1회 여류신인문학상 가작 입선작'

수필 1편

구분	작품명	매체	출처	발표 시기	비고
1편	게으름의 변(辯)	잡지	『여상』 2권6호	1963.6	'선의(善意)의 사람들(여류신인문학상 입선작) : 소설 입선소감'

신예선 申禮善

1936년 서울 출생. 미국 보스톤 음대 졸업. 1965년 장편소설 『에뜨랑제여 그대 고향은』(신태양사) 출간.

소설 단행본 2권

구분	작품명	매체	출처	발표 시기	비고
1권	에뜨랑제여 그대의 고향은	단행본	신태양사	1966	'장편소설' / *『절규』(신태양사, 1967)과 동일한 작품
2권	외로운 사육제	단행본	삼중당	1968	'장편소설'

신지식 申智植

1930년 서울 출생. 이화여대 국문과 졸업. 1948년 제1회 전국 여고생 작품 현상모집에 소설 「하얀 길」 수석 당선. 1956년 『하얀길』(산호장)을 출간. 이화여고 교사로 근무.

소설 40편 + 소설 단행본 5권

구분	작품명	매체	출처	발표 시기	비고
1	하얀 길	미상	미상	1947.9 창작	'제1회 전국여고생작품현상모집 수석 당선작' / *단행본 『하얀길』(산호장, 1957)에 수록
2	코스모스와 담배 꽁추	미상	미상	1952.11 창작	단행본 『하얀 길』(산호장, 1957)에 수록
3	봄의 편지	미상	미상	1953.2 창작	단행본 『하얀 길』(산호장, 1957)에 수록
4	개장국	미상	미상	1953.11 창작	단행본 『하얀 길』(산호장, 1957)에 수록
5	청머루	미상	미상	1955.4 창작	단행본 『하얀 길』(산호장, 1957)에 수록
6	선생님과 강아지	미상	미상	1955.10 창작	단행본 『하얀 길』(산호장, 1957)에 수록
7	아카시야	미상	미상	1955.11 창작	단행본 『하얀 길』(산호장, 1957)에 수록
8	살어름 풀리는 날	미상	미상	1955.12 창작	단행본 『하얀 길』(산호장, 1957)에 수록
9	달맞이꽃	잡지	『학원』 5권7호	1956.7	
10	분홍 조갑지	잡지	『새벗』 55호	1956.7	
11	낙엽	잡지	『여성계』 5권10호	1956.10	
12	탱자 아주머니	잡지	『새벗』 62호	1957.2	
13	달밤	잡지	『새벗』 70호	1957.10	'동화'
14	골목	잡지	『새교육』 9권12호(통권57호)	1957.12	'단편' / 문인 · 이화여고 교사

구분	작품명	매체	출처	발표 시기	비고
1권	하얀 길	단행본	산호장	1957	'소녀소설집'
15	산비둘기와 노래(총2회)	잡지	『소년생활』 1-2호	1958.8-9	'동화' / 김영주 그림 / 1호 소설 뒷부분에 '(다음 호에 끝)'이라 표기됨
2권	감이 익을 무렵	단행본	성문각	1958	『감이 익을 무렵』으로 제1회 유네스코문학상 수상
16	수선화	잡지	『새벗』 97호	1960.2	소년소설
17	자리를 찾는 할아버지	잡지	『새벗』 106호	1960.12	소년소설
18	영아와 아지랑이	신문	《한국일보》	1961.3.15	동화
19	포도원	잡지	[일부] 『학원』 10권5-6호	[일부] 1961.7-8	*1-2회 수록
20	보라빛 구름의 노래(총25회)	신문	《대한일보》	1962.3.4 -8.19	단행본 『가려진 별들』(성문각, 1962)에 구름의 노래」라는 제목으로 수록
3권	가려진 별들	단행본	성문각	1962	
21	향기(총6회)	신문	《소년한국일보》	1963.1.18 -24	'단편 동화' / 그림 천백원
22	비둘기의 추억	잡지	『새벗』 131호	1963.3	'동화'
23	은행나무의 이야기	잡지	『아동문학』 4호	1963.3	'동화'
24	길	잡지	『학원』 12권8호	1963.8	*'여러 작가와 회를 나누어 연재, 신지식은 18회를 맡음'
25	아름다운 선물	잡지	『카톨릭소년』 5권5호	1964.5	이억영 그림
26	없어진 염소	잡지	『새소년』 1권3호	1964.7	'소녀소설' / 그림 김광배
27	어떻게 할까 : 참다운 우정의 갈림길에서	잡지	『학원』 13권8호	1964.8	
28	그 애	잡지	『새벗』 147호	1964.8 / 9	'동화'
29	편지	잡지	『어깨동무』 1권5호	1967.5	'동화' / 김정 그림
30	정아의 숲	신문	《소년한국일보》	1967.12.2	'동화' / 그림 정준용
4권	바람과 금잔화	단행본	숭문사	1967	소설집 / *동화 「바람과 금잔화」('66년 제4회 소천아동문학상 수상작) 수록
31	언덕 위에 휘날리는 깃발	잡지	『소년세계』 3권14호	1968.3	'연작소설' 마지막 회 / 그림 오명철
32	총	신문	《대한일보》	1968.5.16	'어머니 「페이지」: 동화' / 그림 김도원
33	산길따라 물길따라 : 제2부(총60회)	신문	《소년한국일보》	1968.6.11 -8.20	동화[제1부(68.4.20-6.9; 60회까지)는 장수철이, 제3부(1968.8.21-10.31; 121~182회)는 오영민이 연재함. 신지식은 61~ 120회를 맡음]
34	방학숙제	잡지	『여류문학』 1호	1968.11	'동화'
5권	가는 날 오는 날	단행본	창조사	1968	소설집
35	손님이 가시는 날	잡지	『횃불』 1권1호	1969.1	'동화'
36	안녕! 전차야 안녕!	잡지	『주부생활』 5권2호	1969.2	'엄마가 들려주는 동화' / 작품 신지식 그림 김정

구분	작품명	매체	출처	발표 시기	비고
37	어딘가 그곳에는(총10회)	잡지	『학원』 18권3-12호	1969.3-12	
38	염소와 편지	잡지	『새벗』	1969.6	
39	뺀 아저씨	잡지	『소년경향』	1969.10	
40편	한밤중에 걸려온 전화	잡지	『새벗』	1969.10	

수필 52편

구분	작품명	매체	출처	발표 시기	비고
1	귀뜨라미	잡지	『여성계』 4권12호	1955.12	이화여고 교사
2	온실에서	신문	≪경향신문≫	1956.2.5	'여류대춘보(女流待春譜)'
3	봄을 기다리면서	잡지	『현대문학』 18호	1956.6	
4	여정(旅情)	잡지	『문학예술』 3권10호(통권19호)	1956.10	
5	마음의 창을 좀더 열어다오—언니로서	잡지	『여원』 2권11호	1956.11	
6	봄꿈	잡지	『여원』 3권3호	1957.3	
7	금전화의 미	잡지	『현대문학』 31	1957.7	
8	양견기(養犬記)	잡지	『문학예술』 4권8호(통권29호)	1957.9	
9	고독이라는 이야기	잡지	『자유문학』 2권6호(통권9호)	1957.12	아동문학가
10	승부	잡지	『주부생활』 2권2호	1958.2	'수상필연(隨想筆硯)' / 아동문학가
11	계절의 단상	잡지	『새교실』 4권8호(통권38호)	1958.8	'3·4학년용' / 아동문학가
12	해외로 띄우는 편지 : 해외로 가 있는 벗에게	잡지	『신문예』 3호	1958.8	
13	향기	잡지	『신조문학』 1권2호	1958.9	
14	나이팅겔의 꿈	잡지	『신문예』 6호	1958.11.10	
15	잊어버린 노래	신문	≪경향신문≫	1959.3.4	'여류단상(女流短想) : 조춘(早春)' / 이화여중 교사
16	계절의 단상	잡지	『새교실』 4권8호(통권38호, 1-2학년용)	1959.8	
17	골목과 낙엽	잡지	『학원』 9권1호	1960.1	교사
18	십대와의 생활에서 : 여교사의 일기	잡지	『주부생활』 4권3호	1960.3	작가, 이화여고 교사
19	고향을 잃어버린 물새의 마음	신문	≪경향신문≫	1960.7.19	
20	새로운 웃음을 찾아	신문	≪경향신문≫	1961.3.24	
21	어머니 날 아침에	잡지	『가정생활』 1권6호	1961.5	여류작가
22	충분한 수면(睡眠)과 강한 정신력	잡지	『가정생활』 1권5호	1961.5	'우리 집의 건강법(健康法)' / 여류작가
23	무지개처럼 영롱한 소녀의 동화(童話)	잡지	『여원』 8권2호	1962.2	
24	소녀의 불안과 염원	잡지	『여원』 8권8호	1962.8	
25	9월의 교정(校庭)	잡지	『새교육』 14권7호(통권97호)	1962.11	아동문학가

구분	작품명	매체	출처	발표 시기	비고
26	아련한 무엇	잡지	『여상』 1권1호	1962.11	'수필 : 제1부(얼굴)' / 아동문학가, 이화여고 교사
27	잊을 수 없는 수업시간	잡지	『학원』 11권10호	1962.12	
28	마음 아픈 만우절 : 명랑에 앞선 슬픔	신문	≪한국일보≫	1963.4.2	
29	다정한 이야기를…	신문	≪한국일보≫	1963.9.8	
30	먼 바다소리 들리는 아침에	잡지	『여상』 2권11호	1963.11	'수필(자유제)' / 이화여고 교사
31	100권을 모은 정성의 시간	잡지	『여원』 9권12호	1963.12	
32	30대 : 긴 편지를 쓰고 싶은 마음	잡지	『여상』 3권1호	1964.1	
33	차라리 그들의 마음이 부러운 심정	잡지	『가정생활』 4권2호	1964.2	'생활 속의 수필 : 공동제 '미신(迷信)' / 작가
34	세월과 아카시아	잡지	『여상』 3권7호	1964.7	
35	어떻게 할까 : 참다운 우정의 갈림길에서	잡지	『학원』 13권8호	1964.8	
36	작가들의 푸로필	잡지	『여상』 3권8호	1964.8	
37	어머님 회상 : 눈 내리던 날의 마차	잡지	『여상』 4권5호	1965.5	
38	떠날 때	잡지	『주부생활』 1권3호	1965.6	이화여고 교사
39	집	잡지	『여상』 4권11호	1965.11	
40	독서와 소녀	잡지	『여학생』 1권1호	1965.12	'쥬니어의 수필적인 연구 : 소녀들의 특수공화국을 노크한다' / 이화여고 교사
41	여학생과 사랑	잡지	『여학생』 2권2호	1966.2	'특집 : 자기발견' / 이화여고 교사
42	어머니의 오월	잡지	『카톨릭소년』 7권5호	1966.5	'특집 : 나의 어머니' / 아동작가, 그림 김광배
43	꽃	잡지	『재무』 통권127호	1966.7	
44	가을날	잡지	『여학생』 2권10호	1966.10	'지정제 수필 : 풍요한 계절의 속삭임' / 아동문학가
45	블랙보오드로 난 길 (총16회)	잡지	『여학생』 3권1호-4권4호	1967.1 -1968.4	'연재 / 분필의 분류(奔流)'
46	겨울 창가	잡지	『주부생활』 3권2호	1967.2	아동문학가
47	시골길에서	잡지	『동서춘추』 1권2호	1967.6	아동문학가
48	땅 위의 즐거움	잡지	『세대』 5권9호(통권50호)	1967.9	수필가
49	싱싱한 나무처럼	잡지	『여성동아』 15호	1969.1	아동문학가
50	스승의 날	잡지	『아세아』 1권6호	1969.7 / 8	'쌀롱아시아' / 작가
51	속삭임같은 이야기가…	신문	≪대한일보≫	1969.10.9	'발언대'(104) / 작가 · 이화여고 교사
52편	방	잡지	『주부생활』 5권12호	1969.12	'권말부록 : 송년수상 여류 15인집 : 새해를 기다리는 마음들' / 아동문학가

희곡 9편

구분	작품명	매체	출처	발표 시기	비고
1	귀뚜라미	잡지	『새벗』 148호	1964.10	'동극'
2	베들레헴의 별	잡지	『새벗』 150호	1964.12	'동극'
3	신데렐라	잡지	『새벗』 151호	1965.1	'동극'
4	박쥐	잡지	『새벗』 152호	1965.2	'동극'
5	소쩍새와 붉은 장미	잡지	『새벗』 153호	1965.3	'동극'
6	세 가지 소원	잡지	『새벗』 154호	1965.4	'동극'
7	효성스런 부부	잡지	『새벗』 155호	1965.5	'동극'
8	라벨과 야수	잡지	『새벗』 156호	1965.6	'동극'
9편	고기잡이 자폰	잡지	『새벗』 157호	1965.7	'동극'

비평 1편

구분	작품명	매체	출처	발표 시기	비고
1편	소녀 주인공을 소중히 할 터	신문	《소년한국일보》	1968.3.29	'4월 2일부터 새로 연재될 3인 연작소설 산길따라 물길따라 3분 작가의 말을 들어본다'

신희수 申熙秀

1960년 소설 「아름다운 수의」로 《서울신문》 오백만원 현상장편소설 모집에 당선.

소설 1편

구분	작품명	매체	출처	발표 시기	비고
1편	아름다운 수의(囚衣) (총202회)	신문	《서울신문》	1960.7.27- 1961.2.15	그림 김영주(金榮注) / *본사모집 오백만원현상 장편소설 당선작 [본래 1960.4.13-18까지 16회 연재됐으나, 4·19로 인해 신문이 휴간되어 연재 중지됨 / 그 후 같은 해 7.27에 1회부터 다시 연재 : "무단(無斷)상연(上演)·상영(上映)·방송(放送)을 금(禁)함"이라고 기재됨]

수필 2편

구분	작품명	매체	출처	발표 시기	비고
1	황홀한 꿈만 같다	신문	《서울신문》	1960.3.1	'본사모집 오백만원 현상 장편소설 당선 : 당선소감'
2편	작가수업은 이제부터	신문	《서울일일신문》	1961.2.14	'새해의 작품구상 / 소설가'

심남주 沈南周

    필명 심정희(沈貞姬). 1955년 동화 「봄과 함께」로 ≪동아일보≫ 35주년 현상응모 당선. 1958년 수필 「죄인」으로 제4회 『여원』 여류신인문학상 당선(본명으로 응모).

소설 1편

구분	작품명	매체	출처	발표 시기	비고
1편	봄과 함께(총5회)	신문	≪동아일보≫	1955.7.20 -24	'동화' / '≪동아일보≫ 35주년 현상응모작 당선작'

수필 1편

구분	작품명	매체	출처	발표 시기	비고
1편	죄인	잡지	『여원』 5권1호	1959.1	'제4회 『여원』 여류신인상수필 당선작' / *본명 심남주(沈南株)로 응모

○

안경자安敬子

1960년 1월, 수필 「한강」으로 제5회 『여원』 여류신인상 가작 입선. 경북 청송국교 교사.

수필 2편

구분	작품명	매체	출처	발표 시기	비고
1	한강(漢江)	잡지	『여원』 6권2호	1960.2	'제5회 여류신인상 수필 가작 2석'
2편	훈이의 휴지	신문	≪서울신문≫	1967.11.11	경북 청송국교 교사

안영安泳

1940년 전남 광양 출생. 본명 안영례(安泳禮). 조선대 국문과 졸업. 『현대문학』에 소설 「월요 오후에」(1965년 3월)·「아집」(1966년 2월)이 추천됨. 그 후 20여 편의 단편 발표. 전남여고·여수여고·광주제일여고·동일여고 교사로 근무. '원탁문학' 동인.

소설 14편

구분	작품명	매체	출처	발표 시기	비고
1	월요 오후에	잡지	『현대문학』 123호	1965.3	'추천'
2	흐르는 물처럼	잡지	『문학』(문학사)	1965.8	*『가을 그리고 산사』(관동출판사, 1974)에 재수록
3	아집(我執)	잡지	『현대문학』 134호	1966.2	'추천완료'
4	원(願)	잡지	『여상』 5권5호	1966.5	
5	해후(邂逅)	잡지	『현대문학』 139호	1966.7	
6	변환(變幻)	잡지	『문학』(문학사) 1권4호(통권4호)	1966.8	
7	풋과일	잡지	『문학』(문학사) 1권7호(통권7호)	1966.11	
8	희생자들	잡지	『현대문학』 144호	1966.12	
9	에머랄드·그리인	잡지	『여학생』 3권3호	1967.3	'단편소설'

구분	작품명	매체	출처	발표 시기	비고
10	같은 얼굴	잡지	『원탁문학』 1호	1967.5	
11	길 잃은 사람들	잡지	『현대문학』 152호	1967.8	
12	구름이 한 점	잡지	『새교육』 19권9호(통권155호)	1967.9	
13	가을 그리고 산사(山寺)	잡지	『현대문학』 157호	1968.1	
14편	장례비(葬禮費)	잡지	『현대문학』 165호	1968.9	

수필 1편

구분	작품명	매체	출처	발표 시기	비고
1편	천료소감	잡지	『현대문학』 134호	1966.2	

안영자安英子

1962년 7월, 시조 「꽃과 꿀벌」로 『시조문학』 성인부 1석.

시 1편

구분	작품명	매체	출처	발표 시기	비고
1편	꽃과 꿀벌	잡지	『시조문학』 5집	1962.7	'성인부 1석'

안유덕

1968년 소설 「바람의 환영(幻影)」으로 ≪전남일보≫ 신춘문예 창작부문 가작 입선.

소설 1편

구분	작품명	매체	출처	발표 시기	비고
1편	바람의 환영(幻影) (총10회)	신문	≪전남일보≫	1968.5.8 -29	'신춘문예 창작부문 가작'

안인희安仁熙

1927년 생. 이화여대 교육학과 교수와 한국외대 교수 역임.

수필 74편

구분	작품명	매체	출처	발표 시기	비고
1	이상선집(異常選集)	잡지	『희망』 4권9호	1954.9	이대 조교수
2	아동들의 저항 : 아버지의 사회적 지위와 어린이	신문	《국제신보》	1955.11.30	
3	연애와 결혼	잡지	『여원』 2권2호	1956.2	
4	대화(對話)	신문	《경향신문》	1956.6.24	'녹색지대' / 이대 교수
5	나는 여자임을 자랑한다	잡지	『여원』 2권8호	1956.8	
6	우리 주부들에게 바라는 것	잡지	『주부생활』 2권2호	1958.2	이대 조교수
7	미국은 과연 여성의 낙원이었던가	잡지	『여원』 4권3호	1958.3	
8	허울만 좋았던 사친회비(師親會費) 폐지	신문	《한국일보》	1958.12.26	
9	마음의 공상(空想)	잡지	『사상계』 8권11호(통권88호)	1960.11	이화여대 조교수
10	행복은 자신이 찾아야 한다	잡지	『가정생활』 2권3호	1962.3	'특집 : 미망인과 재혼' / 이대 교수
11	내가 좋아하는 음악 : 불협화음이 나를 괴롭혀	신문	《경향신문》	1962.6.14	
12	편견(偏見)	신문	《한국일보》	1962.7.2	
13	동창회여적(同窓會餘滴)	잡지	『사상계』 10권9호(통권111호)	1962.9	이대 교수 · 교육학
14	가족계획에 대한 재검토	잡지	『여상』 2권4호	1963.4	'특집 : 생활양식의 현대화를 위하여 : 무엇을 어떻게 개선할까?' / 이대 교육과 교수
15	사랑의 오솔길에서	잡지	『여원』 9권5호	1963.5	
16	소위 '여교사 타잎'의 시비(是非)	잡지	『여상』 2권6호	1963.6	'특집 : 여교사의 재인식' / 이화여대 교수 · 교육학
17	깨어진 우상(偶像)	잡지	『사상계』 12권1호(통권130호)	1964.1	이대 부교수 · 교육학
18	인형 아닌 '내 아이'를 키우자	잡지	『여상』 3권1호	1964.1	
19	비들기 장 속의 어린이	잡지	『사상계』 12권8호(통권137호)	1964.8	이대 교수
20	내 아들에게 바라는 인간상	잡지	『여원』 10권12호	1964.12	
21	잡상(雜想)	잡지	『새교실』 10권3호(통권105호)	1965.3	'수필춘추' / 이화여대 교수 · 교육과장
22	어떤 자모회(姉母會)에서 생각난 일	잡지	『주부생활』 1권3호	1965.6	이화여대 교수
23	어느날의 교문 앞	신문	《동아일보》	1965.7.1	
24	보다 더 무서운 일	신문	《동아일보》	1965.7.17	
25	아버지의 위치	신문	《동아일보》	1965.7.31	

구분	작품명	매체	출처	발표 시기	비고
26	나의 어린 시절의 싸움 : 부모의 불공평으로	잡지	『여상』 4권7호	1965.7	
27	「사랑의 종」보다는…	신문	≪동아일보≫	1965.8.12	
28	어버이 유죄론(有罪論)	신문	≪동아일보≫	1965.8.28	
29	무우즙의 환상	잡지	『신동아』 11호	1965.8	
30	행복	잡지	『여상』 5권2호	1966.2	
31	허식없는 생활 설계를	잡지	『주간새나라』 229호	1966.3.14	‘신생활을 위한 주부의 제언’ / 이화여대 교육과 교수
32	성장의 괴로움	잡지	『여원』 12권6호	1966.6	
33	인격적인 존재로 자아를 각성 : 여성이라는 열등의식과 그 처방책	잡지	『주부생활』 2권9호	1966.9	‘제1특집 : 여성이라는 열등의식과 그 처방책’ / 이대 교수 · 교육학
34	십대가 가지는 가장 큰 고민	잡지	『여학생』 2권10호	1966.10	‘특집 : 십대의 한계’ / 이대 교수 · 교육학
35	내무장관에게 부탁합니다	신문	≪전남일보≫	1967.1.14	
36	총선(總選)에의 기대 – 각계의 의견 : 여성의 위치 무시 안 되게	신문	≪경향신문≫	1967.3.27	
37	혼자만 노는 일	잡지	『여원』 13권3호	1967.3	
38	생각하는 생활 : 아이들의 용돈	신문	≪동아일보≫	1967.5.2	
39	오월의 구름밭에는 : 어머니의 이미지	잡지	『여학생』 3권5호	1967.5	‘서정(抒情)의 바다’ / 이대 교수 · 교육학
40	유아독존적(唯我獨尊的) 의식을 수치로 알라	잡지	『여상』 6권5호	1967.5	
41	현대의 이상적인 여교사상(女敎師像)	잡지	『새교실』 12권5호(통권131호)	1967.5	‘특집 : 여교사’ / 이대 교수 · 교육학과장
42	선생 부재 시대	잡지	『새생명』 7권7호(통권71호)	1967.7	안인희 / 이대 교수
43	추억	잡지	『동서춘추』 1권3호	1967.7	이대 사대 교육과 교수
44	근계(謹啓) 문교부장관 귀하	잡지	『세대』 5권8호(통권49호)	1967.8	‘행정부에 보내는 시민의 소리’ / 이대 교수, 교육학
45	여교사의 역사	잡지	『여상』 6권9호	1967.9	
46	외눈 세계관	신문	≪조선일보≫	1967.10.8	‘일사일언(一事一言)’
47	사랑과 동정	신문	≪조선일보≫	1967.10.15	‘일사일언’
48	여성들끼리의 여행	신문	≪조선일보≫	1967.10.22	‘일사일언’
49	약자의 변	신문	≪조선일보≫	1967.10.29	‘일사일언’
50	악어의 눈물	신문	≪조선일보≫	1967.11.5	‘일사일언’
51	열정의 도야(陶冶)	신문	≪조선일보≫	1967.11.12	‘일사일언’
52	여학교에 온 손님	신문	≪조선일보≫	1967.11.19	‘일사일언’
53	어머니의 소원	신문	≪조선일보≫	1967.11.28	‘일사일언’
54	돈과 애정 : 사랑은 영원한 목적이다	잡지	『여상』 6권12호	1967.12	

구분	작품명	매체	출처	발표 시기	비고
55	사랑과 이해로…	잡지	『주부생활』 4권1호	1968.1	'금언(金言)을 통해 본 행복론' / 이대 교수
56	생각하는 주부라야 산다 : 제1장 사고하는 인생관을 갖자	잡지	『주부생활』 4권6호	1968.6	'특집 : 여성을 위한 제언' / 이대 사대 교수
57	전란(戰亂)중에 만난 미군소령 : 잊을 수 없는 사람	잡지	『신동아』 46호	1968.6	이화여대 사대 교수·교육학
58	외삼촌	잡지	『월간중앙』 4호	1968.7	교육학·이대 교수
59	어느 학생의 아버지	신문	《민주공화보》 195호	1968.9.20	'오늘과 내일'④ / 이화여대 사대 학장
60	계절이 주는 불안감	잡지	『여학생』 4권10호	1968.10	'특집 : 신학기의 학원생활' / 이대 교수·교육학
61	거울 속에서	잡지	『새생명』 9권2호(통권88호)	1969.2	이대 사대 학장
62	어린이의 외국여행	신문	《경향신문》	1969.4.21	'어안록' / 이대 사대 학장·교육학
63	아이는 어른의 아버지	신문	《경향신문》	1969.4.28	'어안록'
64	매일 매일을 어린이날로	신문	《경향신문》	1969.5.5	'어안록'
65	못생긴 충성심	신문	《경향신문》	1969.5.14	'어안록'
66	교육학자 부재설(不在說)	신문	《대한일보》	1969.5.15	'발언대' / 이대 사대 학장
67	VIP의 책임	신문	《경향신문》	1969.5.21	'어안록'
68	여자(女子)라는 것	신문	《경향신문》	1969.5.26	'어안록'
69	아버지될 자격이 없는 아버지들	잡지	『주부생활』 5권5호	1969.5	'기획기사 : 아버지여 자녀교육에 더 좀 관심을…' / 이대 사대 학장
70	선물의 법칙	신문	《경향신문》	1969.6.7	'어안록'
71	남편과 아내의 운명	신문	《경향신문》	1969.6.16	'어안록'
72	무제(無題)	신문	《경향신문》	1969.6.23	'어안록'
73	여학교에 오래 있다 보니	잡지	『주간여성』 38호	1969.9.17	'생활엣세이' / 이대 사대 학장
74편	대인관계·이해(理解)	잡지	『여성동아』 25호	1969.11	'특집 : 가을에 읽는 엣세이' / 이화여대 사대 학장·교육학

비평 2편

구분	작품명	매체	출처	발표 시기	비고
1	영화 <사랑할 때와 죽을 때>를 보고	잡지	『사상계』 7권6호(통권71호)	1956.6	'수필' / 이화여대 사대 조교수
2편	오늘의 고전 : 훼느롱의 여자교육론	잡지	『여상』 6권11호	1967.11	

안혜초安惠初

1941년 서울 출생. 이화여대 영문과 졸업.『현대문학』에 시 「귤・레몬・탱자」(1965년 2월)・「사월 아침에」(1966년 9월)・「성인의 허세」・「태양」(1967년 1월) 등이 추천됨.

시 10편

구분	작품명	매체	출처	발표 시기	비고
1	귤・레몬・탱자	잡지	『현대문학』 122호	1965.2	'추천'
2	사월 아침에	잡지	『현대문학』 141호	1966.9	'2회 추천'
3	성인(成人)의 허세	잡지	『현대문학』 145호	1967.1	'완료추천'
4	태양	잡지	『현대문학』 145호	1967.1	'완료추천'
5	성하(盛夏)	신문	≪신아일보≫	1967.6.10	'토요시단'
6	일요일은 아빠께	신문	≪조선일보≫	1967.6.18	
7	창문과 창문 사이에	잡지	『여상』 6권7호	1967.7	
8	해바라기	잡지	『현대문학』 154호	1967.10	
9	새와 나비	잡지	『여원』 14권10호	1968.10	
10편	아기와 달을 보며	잡지	『현대문학』 179호	1969.11	

수필 1편

구분	작품명	매체	출처	발표 시기	비고
1편	단상	잡지	『현대문학』 145호	1967.1	'천료소감'

양영호梁英鎬

1937년 생. 이화여대 국문과 졸업. 1960년 『자유문학』에 소설 「각인(刻印)」(1월)・「배반(背反)」(5월)이 추천됨. 양구농고 교사로 근무.

소설 6편

구분	작품명	매체	출처	발표 시기	비고
1	각인(刻印)	잡지	『자유문학』 5권1호(통권34호)	1960.1	'추천소설 제1회'
2	배반(背反)	잡지	『자유문학』 5권5호(통권38호)	1960.5	'추천소설 2회 완료'
3	원죄(原罪)의 단층(斷層)	잡지	『자유문학』 5권7호(통권40호)	1960.7	
4	라이발	잡지	『자유문학』 6권1호(통권46호)	1961.1	
5	고뇌의 계절	잡지	『자유문학』 6권8호(통권53호)	1961.9	
6편	가난한 사람들	잡지	『자유문학』 7권7호(통권63호)	1962.11	

수필 2편

구분	작품명	매체	출처	발표 시기	비고
1	소설추천완료소감(小說推薦完了所感)	잡지	『자유문학』 5권5호(통권38호)	1960.5	이대 국문과 졸
2편	농촌 추석 전후(前後)	잡지	『여상』 2권10호	1963.10	'수필 지정제' / 여류소설가 · 양구농고 교사

양인자梁仁子

1945년 함북 나진 출생. 서라벌예대 문창과 졸업. 1961년 장편소설 『돌아온 미소』(문호사)를 출간. 소설가 겸 작사가로 활동.

소설 2편 + 소설 단행본 1권

구분	작품명	매체	출처	발표 시기	비고
1권	돌아온 미소	단행본	문호사	1961.1	장편소설
1	네가 잊었던 강가의 새벽(총16회)	잡지	『여학생』 1권1호-3권3호	1965.12 -1967.3	'문제소설' / 그림 전성보(全聖輔) / *단행본(신아출판사, 1968) 발간
2편	산그늘	잡지	『월간사월』(사월사) 2권1호	1968.1	'창작'

수필 2편

구분	작품명	매체	출처	발표 시기	비고
1	아버지 그리운 마음으로	신문	《경향신문》	1961.12.9	*중학교 재학 시 투고
2편	내 어린 시절의 빛깔을 만지며	잡지	『학원』 18권9호	1969.9	'9월이 오면' / 소설가

양재홍

1945년 생. 전주여고 졸업. 1961년 《소년한국일보》 신인문학상 부문 후보작에 선정. 1962년 동화 「오늘은 아기토끼 생일날」로 《한국일보》 제1회 어머니가 쓴 동화에 당선.

동화 1편

구분	작품명	매체	출처	발표 시기	비고
1편	오늘은 아기토끼 생일날	신문	《한국일보》	1962.5.5	'제1회 어머니가 쓴 동화 당선작'

오란사

본명 오란숙(吳蘭淑). '죽순구락부' 동인.

시 5편

구분	작품명	매체	출처	발표 시기	비고
1	구름	잡지	『죽순』 1집	1946.5	
2	아침	잡지	『죽순』 2집	1946.8	
3	비 오는 밤	잡지	『죽순』 3집	1946.12	
4	추일(秋日)	잡지	『죽순』 3집	1946.12	
5편	촌 정거장	잡지	『죽순』 9집	1949.1	

수필 2편

구분	작품명	매체	출처	발표 시기	비고
1	가부재(假不在)의 변(辯)	잡지	『코메트』 3호	1953.2	
2편	오동꽃과 풀각시	잡지	『소년세계』 11호	1953.5	'나의 소년시절의 오월' / *저자 사진 기재

오신혜吳信惠

1913년 함남 단천 출생. 이화여전 중퇴 후 국제대학 국문과 졸업. 1940년 시조 「눈(雪)」으로 《동아일보》 신춘문예 당선. '시조' 동인.

시 27편

구분	작품명	매체	출처	발표 시기	비고
1	낙엽(落葉)	잡지	『농촌』 9호	1949.12	
2	봄님	잡지	『새벽』 4권6호	1957.6	'시조 : 고두동(高斗東) 외 신인(新人)'
3	오선(五線)	잡지	『시조문학』 2집	1961.1	
4	부활의 소식	신문	《크리스챤 신문》 68호	1962.4.23	
5	꽃밭	잡지	『시조문학』 5집	1962.7	
6	자각(自覺)	신문	《크리스챤 신문》 82호	1962.8.13	
7	인정(人情)과 등불	신문	《크리스챤 신문》 90호	1962.10.8	*『시조문학』 6집(1962.11)에도 수록
8	보답(報答)	신문	《크리스챤 신문》 98호	1962.12.3	
9	그물	신문	《크리스챤 신문》 107호	1963.2.18	'시와 감상' / 그림 박서보(朴栖甫)
10	새마음	잡지	『시조문학』 7집	1963.3	

구분	작품명	매체	출처	발표 시기	비고
11	새벽에	잡지	『시조문학』 9집	1964.7	
12	구름꽃	잡지	『시조문학』 10집	1964.11	
13	풍전등화(風前燈火)	신문	《기독공보》	1965.1.15	
14	유혹의 계단에서	잡지	『기독교시단』 1호	1965.3	
15	6·25	잡지	『기독교시단』 1호	1965.3	
16	희생	잡지	『새가정』 12권7호	1965.7 / 8	
17	들국화	잡지	『시조문학』 12집	1965.12	
18	안개	잡지	『시조문학』 13집	1966.4	
19	단심(丹心) : 어느 무명 열녀에게	잡지	『시조문학』 14집	1966.9	
20	소품이제(小品二題) : 거짓	잡지	『시조문학』 16집	1967.6	
21	소품이제(小品二題) : 참	잡지	『시조문학』 16집	1967.6	
22	새출발	잡지	『시조문학』 18집	1968.4	
23	분수(噴水)	잡지	『시조문학』 19집	1968.8	
24	그이에게	잡지	『시조문학』 20집	1968.11	
25	별	잡지	『한국시원』 1호	1969.7	
26	봄비	잡지	『한국시원』 1호	1969.7	
27편	산가(山家)	잡지	『시조문학』 22집	1969.9	

수필 4편

구분	작품명	매체	출처	발표 시기	비고
1	담배와 나의 관념	신문	《크리스챤신문》 119호	1963.5.27	'수상명상(隨想冥想)'⑦
2	재기(再起)의 그날을 꿈꾸며 : 에덴동산을 연상케 하던 북주 과수원	신문	《크리스챤신문》 173호	1964.6.20	시인
3	부활의 열매를	신문	《크리스챤신문》 186호	1964.9.10	'가을의 여류수필'②
4편	하나님의 나팔소리	신문	《크리스챤신문》 210호	1965.3.20	'봄의 초대'④ / 그림 하인두

오정희 吳貞姬

1947년 서울 출생. 서라벌예대 문창과 졸업. 1968년 소설 「완구점 여인」으로 《중앙일보》 신춘문예 당선.

소설 4편

구분	작품명	매체	출처	발표 시기	비고
1	한밤중에 화장하는 여자	잡지	『주간 한국』	1968.3.17	그림 정준용(鄭駿溶)
2	완구점 여인	신문	《중앙일보》	1968.1.1	'신춘문예 당선작'
3	칩거(蟄居)	잡지	『여류문학』 2호	1969.5	

구분	작품명	매체	출처	발표 시기	비고
4편	주자(走者)	잡지	『월간문학』 2권9호(통권11호)	1969.9	

수필 1편

구분	작품명	매체	출처	발표 시기	비고
1편	색맹(色盲)	잡지	『학원』 18권7호	1969.7	소설가

오지영吳知英

1941년 충남 당진 출생. 본명 오춘자(吳春子). 서라벌예대 문창과와 숙명여대 국문과 졸업. 1963년 소설 「황야에서」로 ≪동아일보≫ 신춘문예 당선, 같은 해 『현대문학』에 소설 「분기점(分岐點)」(10월)이 추천됨. 1969년 소설 『돌아오지 않는 강(江)』으로 제2회 『현대문학』 장편소설 현상모집 당선.

소설 18편

구분	작품명	매체	출처	발표 시기	비고
1	황야(荒野)에서 (총14회)	신문	≪동아일보≫	1963.1.3-18	'신춘문예 당선작' / *오춘자(본명)으로 응모
2	분기점(分岐點)	잡지	『현대문학』 106호	1963.10	'추천 완료'
3	하숙집	잡지	『현대문학』 112호	1964.4	
4	분심이	잡지	『문학춘추』 1권5호(통권5호)	1964.8	
5	소쩍도 이야기	잡지	『사상계』 12권10호(통권139호)	1964.10	
6	소녀삽화(少女揷畵)	잡지	『문학춘추』 1권8호(통권8호)	1964.11	
7	캐비의 죽음	잡지	『현대문학』 121호	1965.1	
8	음지(陰地)	잡지	『문학춘추』 2권4호(통권13호)	1965.4	
9	설악산 기행	잡지	『신동아』 16호	1965.12	
10	어떤 귀로	잡지	『현대문학』 139호	1966.7	
11	탁류(濁流)에서	잡지	『문학』(문학사) 1권5호(통권5호)	1966.9	
12	무지개	잡지	『여상』 6권2호	1967.2	
13	무적(霧笛)	잡지	『여학생』 3권4호	1967.4	'단편소설' / 그림 전성보(全聖輔)
14	산골짝의 등불	잡지	『현대문학』 152호	1967.8	
15	파도(波濤) (총12회)	신문	≪대한일보≫	1967.11.17-30	'신예단편릴레이'(完)
16	미로	잡지	『현대문학』 159호	1968.3	
17	돌아오지 않는 강 (총10회)	잡지	『현대문학』 169-178호	1969.1-10	*오춘자(본명)으로 '현대문학사 장편소설모집에 당선'
18편	가분수(假分數)	잡지	『여성동아』 22호	1969.8	'여류단편특집' / 그림 김정(金正)

수필 3편

구분	작품명	매체	출처	발표 시기	비고
1	무능자(無能者)의 변(辯)	신문	《동아일보》	1963.1.3	
2	소감	잡지	『현대문학』 107호	1963.11	'천료소감'
3편	앙상한 가지 속에는	잡지	『현대문학』 168호	1968.12	*제2회 장편소설 모집 당선작 당선소감

오증자 吳澄子

1935년 생. 서울대 불문과와 동대학원 졸업. 이화여중고 교사와 『샘터』 주간, 서울여대 교수 역임. 1969년 부군 임영웅 연출가와 산울림극단 창단. 번역가로 활동.

수필 8편

구분	작품명	매체	출처	발표 시기	비고
1	바다가 없는 그 밤들을	신문	《경향신문》	1962.6.27	
2	초조하고 우울했던 나날	잡지	『여원』 9권2호	1963.2	
3	「한국여성 이것이 문제다」를 읽고 : 우정 있는 충고로 알지만	잡지	『여상』 4권1호	1965.1	
4	한평의 땅	잡지	『여원』 11권1호	1965.1	
5	연속적인 사랑의 시작과 결별	잡지	『여상』 4권4호	1965.4	
6	올해는 기어이 : 소비자의 보호 : 우리생활 미해결의 장(章) ④	신문	《대한일보》	1968.1.23	'어머니 페이지' / 이화여중고 교사
7	소시민 노릇	잡지	『세대』 6권3호(통권56호)	1968.3	이화여고 교사
8편	십년을 넘어선다	잡지	『주부생활』 5권12호	1969.12	'권말부록 : 송년수상 여류 15인집 : 새해를 기다리는 마음' / 불문학자 · 서울대 문리대 강사

비평 2편

구분	작품명	매체	출처	발표 시기	비고
1	꼭 또 · 영원한 시인(詩人)	잡지	『현대시』 5집	1963.12	
2편	세계를 움직이는 여성들 : 경쾌하고 솔직한 인생의 멋 : 후랑스와즈 · 싸강	잡지	『여상』 4권10호	1965.10	*프랑수아즈 사강[Françoise Sagan] (1935.6~2004.9) 프랑스의 여류 극작가 · 소설가 · 시나리오 작가

오혜령吳惠齡

1941년 서울 출생. 연세대 영문과 졸업. 1965년 희곡 「성야」로 ≪경향신문≫ 신춘문예 당선. 1968년 2월, 제13회 『현대문학』 신인문학상 수상.

시 1편

구분	작품명	매체	출처	발표 시기	비고
1편	청솔	잡지	≪경향신문≫	1958.11.17	이화여고 2년

수필 11편

구분	작품명	매체	출처	발표 시기	비고
1	선물	잡지	『가톨릭청년』 14권7호	1960.7	'독자문예 : 수필' / 이화여고생
2	벽 너머의 세계…… 어렴풋이	신문	≪경향신문≫	1965.1.16	'입선소감'
3	아버지 오화섭(吳華燮) : 나의 첫사랑 연인같은	잡지	『여상』 4권3호	1965.3	
4	꿈과 예술과 상품과	잡지	『여원』 12권7호	1966.7	
5	극장의 무대에서	잡지	『여상』 6권7호	1967.7	
6	현대문학상 신인문학상 수상 소감	잡지	『현대문학』 158호	1968.2	
7	단절된 대화	잡지	『세대』 6권6호(통권59호)	1968.6	극작가
8	감격시대	잡지	『자유의 증언』 3권7호	1968.7	
9	추천 의뢰서	잡지	『주부생활』 4권7호	1968.7	여류극작가
10	결혼보다 아름다운 드라마는 없다	잡지	『여원』 14권10호	1968.10	
11편	당신이 읽어만 주신다면	잡지	『여학생』 5권12호	1969.12	'테에마 수필 : 아듀-1960년대' / 극작가

희곡 5편

구분	작품명	매체	출처	발표 시기	비고
1	흘러간 목신(木神)	신문	≪조선일보≫	1964.1.1	'신춘문예 최종후보작'
2	성야(聖夜) (총7회)	신문	≪경향신문≫	1965.1.16 -2.3	'신춘문예 입선작' / *극단 드라마센터 상연(연출 유치진) : 1965.1.25-28
3	여인들	미상	미상	1966	*실험극단 상연 : 1966년
4	인간적인 진실로 인간적인	잡지	『세대』 5권8호(통권49호)	1967.8	*현대문학 신인문학상('65) / 한국일보 연국영화예술상 신인상('67) / 극단 드라마센터 상연(연출 유치진) : 1966.11
5편	환상방황(環狀彷徨)	잡지	『현대문학』 160호	1968.4	

왕수영王秀英

1937년 부산 출생. 연세대 국문과 졸업. 『현대문학』에 시 「불을 지르리」(1959년 8월)·「붕괴의 의미」(1960년 10월)·「밤의 혈맥」(1961년 8월)이 추천됨. '여류시' 동인. 일본 거주.

시 26편

구분	작품명	매체	출처	발표 시기	비고
1	불을 지르리	잡지	『현대문학』 56호	1959.8	'추천'
2	왜곡의 선율(旋律)	잡지	『시작업』 2집	1960.8.20	'여류시8인집'
3	붕괴의 선율(旋律)	잡지	『현대문학』 70호	1960.10	'추천'
4	바다와 진주(眞主)	잡지	『가정생활』 1권8호	1961.8	
5	밤의 혈맥(血脈)	잡지	『현대문학』 80호	1961.8	'추천'
6	가을과 고궁	신문	《한국일보》	1961.9.24	
7	에덴의 반역	잡지	『현대문학』 87호	1962.3	'여류신인시특집'
8	우요일(雨曜日)	잡지	『현대문학』 97호	1963.1	
9	피안(彼岸)의 그늘	잡지	『현대문학』 106호	1963.10	
10	생태 Ⅱ	잡지	『여류시』 1집	1964.9.5	
11	동경(東京)은 저물다	잡지	『현대문학』 119호	1964.11	
12	남자	잡지	『여류시』 2집	1964.12.5	
13	여자	잡지	『여류시』 2집	1964.12.5	
14	언어이전(言語以前)	잡지	『여류시』 3집	1965.4.5	
15	백조(白鳥)	잡지	『여상』 4권4호	1965.4	
16	다시 고도(孤島)에	잡지	『문학춘추』 2권5호(통권14호)	1965.5	
17	거짓말	잡지	『여류시』 4집	1965.8.25	
18	혼돈의 불꽃	잡지	『여류시』 4집	1965.8.25	
19	명인(鳴咽)	잡지	『여원』 11권9호	1965.9	
20	생존의미	잡지	『현대문학』 129호	1965.9	
21	촌부(村婦)	잡지	『주부생활』 1권8호	1965.11	'주부시단'
22	여자가 거울을 보는 것은	잡지	『시문학』 10호	1966.1	
23	봄의 축제	잡지	『재무』 124호	1966.4	
24	이젠 아무것도	잡지	『현대문학』 145호	1967.1	
25	고국의 마음	잡지	『새가정』 15권8호	1968.8 / 9	
26편	신혼(新婚)	잡지	『월간문학』 2권5호(통권7호)	1969.5	

소설 5편 + 소설 단행본 3권

구분	작품명	매체	출처	발표 시기	비고
1권	뜨거운 그늘	단행본	여명문화사	1961	*일본에서 발행하는 《신세계신문》에 연재됐다는 언급 있음 (단행본 내 작가 후기 참고)
2권	밤이 무너져와도	단행본	여명문화사	1962	

구분	작품명	매체	출처	발표 시기	비고
1	어떤 생명	잡지	『재무』 115호	1965.7	
2	공산주의자	잡지	『재무』 119호	1965.11	
3권	조국은 멀다	단행본	새한교육평가사	1966	*일본 동경에서 발행되는 ≪한국신문≫에 일본어로 연재 예정이라는 언급 있음(단행본 내 작가 후기 참고)
3	모란이 피기까지는	잡지	[일부] 『사랑』 8권4-8호(통권 78-82호)	[일부] 1967.4-8	'연재소설' / *단행본(새한교육평가사, 1968) 발간
4	망향(望鄕)의 꽃	잡지	『로맨스』 6권10호(통권59호)	1968.10	'원제(原題) : 도오교오의 2세들' / '특선소설로 엮은 재일교포 2세들의 생활' / 그림 이자영(李慈影)
5편	시련(試鍊)	잡지	『여류문학』 2호	1969.5	

수필 19편

구분	작품명	매체	출처	발표 시기	비고
1	『학원』은 또 하나의 고향	잡지	『학원』 10권1호(속간호)	1961.3	'축 학원 속간' / 여류시인
2	시는 내 인생이다	잡지	『현대문학』 80호	1961.8	'천료소감'
3	죽느니 사느니 하다가 결혼만 하고나면 딴청	신문	≪한국일보≫	1962.3.4	
4	내가 본 일본여성들 : 놀라온 정신무장(精神武裝)	신문	≪국제신보≫	1963.9.9	
5	일본여성인상기(日本女性印象記)	잡지	『여상』 2권11호	1963.11	'여류작가의 해외기행 제1신'
6	일본 본 대로 느낀 대로(총2회)	잡지	『여상』 3권1호 / 3권3호	1964.1.3	
7	작가들의 푸로필	잡지	『여상』 3권8호	1964.8	
8	음악감상실	잡지	『여류시』 1집	1964.9.5	
9	깨어진 첫사랑의 환멸(幻滅)	잡지	『여원』 10권12호	1964.12	
10	들어라 일본인들아! 한국여성의 소리를 : '미치코(美智子)'라는 일본여성에게	잡지	『여상』 4권5호	1965.5	
11	미장원이라는 곳	잡지	『주부생활』 2권4호	1966.4	'여류시인의 수필'
12	빨간 다알리아 꽃잎과	잡지	『여학생』 2권10호	1966.10	'체험기 특집 : 애인이라 불려져서 느낀 여자의 행복' / 시인
13	민족의 긍지	잡지	『문학춘추』 4권1호(통권25호)	1967.1	'여류수필첩' / 시인
14	멋있는 상급생	잡지	『여학생』 4권3호	1968.3	'자서적인 송사(送辭) : 졸업식이란 추억을 음미' / 시인
15	3행광고를 추적한다	잡지	『여성동아』 6호	1968.4	작가
16	가능하다 : 정신적인 것, 그것만이 숭고한가	잡지	『여성동아』 13호	1968.11	'논쟁 : 정신적 사랑은 가능한가' / 작가
17	여인의 거울에 고독이 비칠 때 : 남편의 무관심	잡지	『여원』 15권2호	1969.2	
18	창구(窓口)의 꽃이 아니다 : 은행원	잡지	『여원』 15권9호	1969.9	
19편	보이프렌드 유용론(有用論)	잡지	『여성동아』 24호	1969.10	작가

비평 2편

구분	작품명	매체	출처	발표 시기	비고
1	나와 시작(詩作) : 자의식 과잉	잡지	『여류시』 4집	1965.8.25	
2편	인물데쌍 : 손소희	잡지	『현대문학』 150호	1967.6	

유미혜 兪美惠

1969년 2월, 소설 「배리의 화상(畵像)」으로 『청춘』 창간4주년기념 현상문예 당선.

소설 1편

구분	작품명	매체	출처	발표 시기	비고
1편	배리(背理)의 화상(畵像)	잡지	『청춘』 6권2호(통권51호)	1969.2	'본지 창간 4주년기념 현상문예 당선 단편소설' / 그림 최연석(崔然石)

수필 1편

구분	작품명	매체	출처	발표 시기	비고
1편	(배리의 화상) 당선소감	잡지	『청춘』 6권2호(통권51호)	1969.2	

유선아 柳善我

1969년 장편소설 『살아가는 인간』(인간사) 출간.

소설 단행본 1권

구분	작품명	매체	출처	발표 시기	비고
1권	살아가는 인간	단행본	인간사	1959	장편소설

유안진 柳岸津

1941년 경북 안동 출생. 서울사대 교육과와 동대학원 교육심리학과 졸업. 『현대문학』에 시 「달」(1965년 4월), 「별」(1966년 8월), 「위로」·「사진」(1967년 8월)이 추천됨. 대전 호수돈여고 교사, 서울대 교수 역임. '여류시' 동인.

시 17편

구분	작품명	매체	출처	발표 시기	비고
1	달	잡지	『현대문학』 124호	1965.4	'추천'
2	별	잡지	『현대문학』 140호	1966.8	'2회 추천'
3	사진	잡지	『현대문학』 152호	1967.8	'추천'
4	위로	잡지	『현대문학』 152호	1967.8	'추천'
5	초봄엽서	잡지	『새교육』 20권5호(통권163호)	1968.5	'교원작가 시리즈'
6	봄	잡지	『여류시』 6집	1968.6.1	
7	전쟁·승리	잡지	『여류시』 6집	1968.6.1	
8	좁은문	잡지	『여류시』 6집	1968.6.1	
9	칠석에	잡지	『여류시』 6집	1968.6.1	
10	꿈	잡지	『현대문학』 162호	1968.6	
11	망각(忘却)	잡지	『한국시』 2집	1969.2	
12	카네이션꽃	잡지	『한국시』 2집	1969.2	
13	가을밤	잡지	『현대문학』 172호	1969.4	
14	아리랑	잡지	『현대문학』 172호	1969.4	
15	때때로 나에게	잡지	『새가정』 16권6호	1969.6	
16	부활절	잡지	『새생명』 9권6호(통권92호)	1969.6	
17편	백일몽	잡지	『현대문학』 180호	1969.12	

수필 3편

구분	작품명	매체	출처	발표 시기	비고
1	감사하는 마음	잡지	『현대문학』 152호	1967.8	'추천완료소감(시)'
2	청량대유감(淸凉臺有感)	잡지	『여류시』 6집	1968.6.1	
3편	아쉬운 부모의 양식(良識)	신문	《매일경제신문》	1969.5.15	서울대 대학원생

유영자 柳鈴子

인하대 대학원 국어교육과 석사 졸업. 1968년 시 「힘찬 손짓을」로 ≪카톨릭시보≫ '병인 순교자 시복기념 현상문예' 가작 입선. 인천 박문국민학교 교사로 근무.

시 2편

구분	작품명	매체	출처	발표 시기	비고
1	포도	잡지	『시조문학』 1집	1960.6	
2편	힘찬 손짓을	신문	≪가톨릭시보≫ 640호	1968.10.20	'병인 순교자 시복 기념현상문예작품 가작 시' / 인천 박문국민학교 교사

윤갑숙 尹甲淑

1959년 소설 『울지 않으련다』(건양사) 출간 후 1960년 영화로 제작되어 개봉.

소설 1편 + 소설 단행본 2권

구분	작품명	매체	출처	발표 시기	비고
1권	울지 않으련다	단행본	건양사	1959	'장편소설'
2권	별은 밤에 빛나다	단행본	인간사	1963	'장편소설'
1편	내출혈	잡지	『신세계』 3권3호	1964.3	

윤계숙 尹桂淑

1961년 1월, 시 「가을」로 제6회 『여원』 여류신인상 당선.

시 2편

구분	작품명	매체	출처	발표 시기	비고
1	가을	잡지	『여원』 7권1호	1961.1	'제6회 여류신인상 당선작'
2편	설화초(說話抄)	잡지	『여원』 8권5호	1962.5	

윤금숙 尹金淑

1918년 함북 회령 출생. 간도 용정 광명여고 졸업 후 일본 유학. 만주 ≪만선일보≫ 기자, 해방 후 ≪조선일보≫ 기자, 『주부생활』 주간 등 역임. 1946년 『대조』에 작품 발표하기 시작.

소설 45편

구분	작품명	매체	출처	발표 시기	비고
1	파탄(破綻)	미상	『대조』	1949.7	
2	들국화	잡지	『신생공론』	1949 가을 창작	*소설집 『여인들』(성공문화사, 1976) 재수록
3	명동(明洞) 주변(周邊)	미상	미상	1949 가을 창작	*소설집 『여인들』(성공문화사, 1976) 수록
4	얼굴	잡지	『민성』 5권10호(통권39호)	1949.10	
5	불행한 사람들	잡지	『백민』 6권1호(통권20호)	1950.2	
6	춘수(春愁)	잡지	『부인경향』 1권6호	1950.6	
7	물	잡지	『신조』 1호	1951.6	
8	동창생	미상	미상	1952 여름 창작	*소설집 『여인들』(성공문화사, 1976) 수록
9	허망(虛妄)	잡지	『자유예술』 1호	1952.11	
10	바닷가에서	미상	미상	1953 봄 창작	*소설집 『여인들』(성공문화사, 1976) 수록
11	행복	미상	미상	1953 봄 창작	*소설집 『여인들』(성공문화사, 1976) 수록
12	아들의 일기	잡지	『희망』 3권7호	1953.7	'단편소설'
13	절도(竊盜)	잡지	『문화세계』 1권3호	1953.9	
14	여정(餘情)	미상	미상	1953 가을 창작	*소설집 『여인들』(성공문화사, 1976) 수록
15	폐허의 빛	미상	미상	1953 가을 창작	*소설집 『여인들』(성공문화사, 1976) 수록
16	점잖은 유혹(총3회)	신문	≪태양신문≫	1953.11.14 -16	
17	미완성의 그림	미상	미상	1953.12 창작	*소설집 『여인들』(성공문화사, 1976) 수록
18	여로(旅路)	미상	미상	1953 겨울 창작	*소설집 『여인들』(성공문화사, 1976) 수록
19	편지	전시 간행물	『해양소설집』(해군본부 정훈 관실)	1953	
20	잠재연정(潛在戀情)	잡지	『청춘』 3호	1954.3	
21	유혹(誘惑)	미상	미상	1954 봄 창작	*소설집 『여인들』(성공문화사, 1976) 수록
22	정념기(情念記)	미상	미상	1954 가을 창작	*소설집 『여인들』(성공문화사, 1976) 수록
23	공(空)의 거리	잡지	『청춘』 1호	1955.2	

구분	작품명	매체	출처	발표 시기	비고
24	여섯 개의 눈동자	잡지	『주부생활』1권4호	1957.4	그림 이순재(李舜在)
25	집드리(入住宴)	잡지	『현대문학』29호	1957.5	
26	테리의 집	미상	미상	1957 여름 창작	*소설집 『여인들』(성공문화사, 1976) 수록
27	사랑의 쌍곡선 : 진주(眞珠)는 돼지에게 더럽혔지만	잡지	『아리랑』4권3호	1958.3	'모델소설' / 그림 김관현(金寬鉉)
28	고독의 화신(化身)	잡지	『신태양』7권4호(통권67호)	1958.4	
29	여인들	잡지	『자유문학』3권6호(통권15호)	1958.6	
30	이별	잡지	『새교실』4권1호(통권31호, 4-6학년용)	1959.1	'단편' / 문인
31	정(情)	잡지	『자유문학』4권1호(통권22호)	1959.1	
32	아내	신문	≪동아일보≫	1959.9.20	'콩트'
33	행로	잡지	『교통』8권6호(통권78호)	1961.6	
34	어느 날 저녁 때	잡지	『새길』102호	1963.3	
35	어떤 추억	잡지	『교통』10권4호(통권97호)	1963.4	
36	달밤	미상	『교통』11권3호	1963.10	
37	젊은 주변에서	잡지	『문학춘추』1권7호(통권7호)	1964.10	
38	일기장	잡지	『여원』7권12호	1961.12	
39	절정의 그날	잡지	『새길』91호	1962.3	
40	단짝	잡지	『문학춘추』1권8호(통권8호)	1964.11	
41	빗나간 유혹	잡지	『재무』111호	1965.3	
42	정(情)의 기록	잡지	『문학춘추』2권4호(통권13호)	1965.4	
43	어떤 부부(총8회)	잡지	『부부』5권12호-6권7호(통권56-63호)	1965.12 -1966.7	'부부작가 리레이 연재소설' / 그림 장은주(張銀珠), 이억영(李億榮) / *부군 김송(金松)과 함께 연재, 윤금숙이 짝수회 집필
44	두 꼬마	잡지	『가요생활』2권9호	1967.9	'가정소설' / 그림 창석(蒼石)
45편	저녁 소풍	잡지	『가요생활』3권8호	1968.8	'여류특선단편' / 그림 김일수(金一秀)

수필 27편

구분	작품명	매체	출처	발표 시기	비고
1	진통(陣痛)	잡지	『부인』4권1호	1949.1	
2	송화강의 '할빈'	잡지	『민성』5권7호	1949.7	
3	별을 따라서	잡지	『부인경향』1권3호	1950.3	'신인의 변(辯)'
4	대구의 하로	전시 간행물	『전시문학독본』	1951	
5	무제(無題)	잡지	『문화세계』1권1호	1953.7	
6	불어진 창살 집에서	잡지	『청춘』1호	1954.1	

구분	작품명	매체	출처	발표 시기	비고
7	미스터·남성이란 약한 것 : 미스터-'참'과 '레구홍'여사의 경우	잡지	『여성계』 6권3호(통권92호)	1957.5	'특집 : 여성이 말하는 오늘의 남성 : 현대여성과 남성에 대한 10인비판집'
8	아내는 남편에게 이런 걸 기대한다 : 내 아내를 이쁘게	잡지	『여성계』 7권1호(통권95호)	1958.1	'단락한 부부생활을 위하여'
9	행복의 모색과 욕망의 통제 : 행복은 언제나 보이지 않는 파랑새	잡지	『여성계』 7권5호(통권99호)	1958.5	'특집 : 신혼부부의 행복한 생활계획집' / 소설가
10	잊지 못할 그날 : 묵은 일기에서	잡지	『자유문학』 3권9호(통권18호)	1958.9	'특집 : 작가의 일기' / 소설가
11	방안 소풍	신문	≪세계일보≫	1958.11.9	'만추수필' / 소설가
12	주부와 동성연애	신문	≪세계일보≫	1959.1.12	'여인100상(想)'(16) / 소설가
13	어느 날의 치화(癡話)	잡지	『자유문학』 4권3호(통권24호)	1959.3	
14	회의(懷疑)와 부정(否定)의 괴로움에서 : 남이 좋아할 때 슬퍼지는 성격 때문	신문	≪세계일보≫	1959.4.2	'문화 : 소설가가 된 동기와 이유'
15	핑계	잡지	『자유문학』 5권1호(통권34호)	1960.1	여류소설가
16	세금이 많다	잡지	『야담과 실화』 2권3호	1961.3	'어떻게 하면 잘 살 수 있나' / 소설가
17	반찬은 된장국과 김치면	잡지	『주간새나라』 28호	1962.2.12	'새살림은 이렇게 : 나의 제언(提言)' / 소설가
18	선물	잡지	『신사조』 1권5호(통권5호)	1962.6	여류소설가
19	주부들의 봄맞이 : 안온(安穩)한 마음부터……	신문	≪동아일보≫	1963.2.19	
20	선거(選擧) : 지친 마음들	잡지	『여상』 2권9호	1963.9	'수필(지정제) : 선거' / 여류소설가
21	40대 : 내 방에서 내 시간을	잡지	『여상』 3권1호	1964.1	
22	방종한 남편을 가진 부인에게	잡지	『여상』 3권7호	1964.7	
23	딸들의 미용화장 : 싱싱한 자연의 미(美)로	잡지	『여상』 4권6호	1965.6	
24	추억만의 가을	잡지	『재무』 131호	1966.11	
25	편지로 시위하던 남학생	잡지	『여학생』 3권6호	1967.6	'회상의 사색 노우트' / 소설가
26	봄맞이	잡지	『새길』 150호	1968.3	
27편	딸과 나와 동경(東京)	잡지	『한양』 8권8호(통권90호)	1969.8 / 9	

윤문희 尹文姬

1969년 장편소설 『악녀 : 속편』(강우사) 출간.

소설 단행본 1권

구분	작품명	매체	출처	발표 시기	비고
1권	『악녀(惡女) : 속편』	단행본	강우사	1969	장편소설

윤수연 尹水然

'신상' 동인. 이화여대 영문과 교수.

소설 3편

구분	작품명	매체	출처	발표 시기	비고
1	Crossing the Line	잡지	『신상』 1권1호(창간호)	1968.9	'영문소설'
2	Smart Lovers(총2회)	잡지	『신상』 2권1-2호(통권3-4호)	1969.3 / 6	'영문소설'
3편	나비와 바둑이	잡지	『신상』 2권4호(통권6호)	1969.12	'단편소설' / 신상 동인 · 이대 교수 · 영문학

윤일숙 尹一淑

1939년 평양 출생. 이화여대 사학과 졸업. 1965년 동화 「돼지」로 ≪한국일보≫ 신춘문예 당선. 현재 햇빛출판사 대표.

동화 5편

구분	작품명	매체	출처	발표 시기	비고
1	돼지	신문	≪한국일보≫	1965.1.1	'신춘문예 동화 당선'
2	벙어리 때문이 아니야	잡지	『새소년』 2권6호	1965.6	'동화' / 그림 이행남
3	별똥 때문이 아니야	잡지	『새소년』	1967	
4	아빠 지갑	신문	≪소년조선일보≫	1968	
5편	유모차	잡지	『주부생활』 5권10호	1969.10	'엄마가 아기에게 들려주는 동화' / 그림 최충훈

윤정모 尹靜慕

1946년 경북 월성 출생. 서라벌예대 문창과 수학. 1968년 첫 장편소설 『무늬져 부는 바람』 출간. 1981년 중편 「바람벽의 딸들」로 『여성중앙』 현상모집 당선.

소설 단행본 1권

구분	작품명	매체	출처	발표 시기	비고
1권	무늬져 부는 바람	단행본	교육사	1968	'장편소설' / *서라벌예대 1학년 재학 중 김동리의 추천으로 출판 / 이후 1973년 오륜출판사에서도 출간

이경희[1] 李京姬

1950년 서울 출생. 1968년 시집 『내 이렇게 생각하면』(문성사)을 출간.

시 단행본 1권

구분	작품명	매체	출처	발표 시기	비고
1권	내 이렇게 생각하면	단행본	문성사	1968	'시집'

이경희[2] 李璟姬

1935년 서울 출생. 경기여고 졸업. 1963년 ≪한국일보≫ 독자시단에 시 「분수」·「길」 등이 박남수의 추천을 받음. 1973년 동인지 『심상』 창간에 참여. '청미회' 동인.

시 11편

구분	작품명	매체	출처	발표 시기	비고
1	길	신문	≪한국일보≫	1963.5.8	
2	분수(噴水)	신문	≪한국일보≫	1963.5.8	
3	바흐의 칸타타	신문	≪한국일보≫	1963.8.25	
4	오솔길	잡지	『여상』 2권10호	1963.10	'여상시단'
5	분수(噴水) Ⅲ	잡지	『여상』 3권6호	1964.6	'시단'
6	모(慕)	신문	≪한국일보≫	1964.7.12	
7	과실(果實)	신문	≪서울신문≫	1964.9.12	
8	과목(稞木)	잡지	『돌과 사랑』 7집	1965.1	
9	팔월 선인장 꽃	신문	≪한국일보≫	1965.8.1	
10	교외(郊外) Ⅰ	잡지	『시문학』 8호	1965.11	
11편	어항(魚缸)	잡지	『여상』 6권6호	1967.6	

소설 2편

구분	작품명	매체	출처	발표 시기	비고
1	종을 치는 여인	잡지	『한양』 24호	1964.2	
2편	닭	잡지	『한양』 35호	1965.1	

이계향 李桂香

1928년 만주 간도 출생. 하르빈 국립여전 수학. 1963년 수필집 『부운(浮雲)의 변두리』(범조사) 출간.

수필 3편 + 수필 단행본 1권

구분	작품명	매체	출처	발표 시기	비고
1	추억	잡지	『자유문학』 4권4호(통권25호)	1959.4	
1권	부운의 변두리	단행본	범조사	1963	'수필집'
2	역정(歷程)의 인연(因緣)	잡지	『여상』 3권5호	1964.5	'수필(자유제)' / 가정주부
3편	피난지 부산에서 있었던 일	잡지	『여상』 3권11호	1964.11	

이광자 李光子

1964년 12월, 소설 「심연의 계층」으로 제4회 『여상』 여류신인문학상 당선.

소설 1편

구분	작품명	매체	출처	발표 시기	비고
1편	심연(深淵)의 계층(階層)	잡지	『여상』 3권12호	1964.12	'제4회 여류신인문학상 당선작'

이규희 李揆姬

1937년 충남 아산 출생. 대전사범과 이화여대 국문과 졸업. 1963년 소설 「속솔이뜸의 댕이」로 《동아일보》 현상장편소설 모집 당선.

소설 10편

구분	작품명	매체	출처	발표 시기	비고
1	단념	신문	《중도일보》	1955	'당선'
2	속솔이뜸의 댕이(총157회)	신문	《동아일보》	1963.8.29 -1964.3.16	'동아일보 주최 50만원 현상소설 모집 당선작'
3	꿈의 배반(背反)(총15회)	잡지	『여원』 10권7호-11권9호	1964.7 -1965.9	
4	과수원	잡지	『문학춘추』 1권7호(통권7호)	1964.10	
5	목이 긴 아낙(총7회)	잡지	『농원』 2권1-7호(통권9-15호)	1965.1-7	그림 이우경(李友慶)
6	모과수	잡지	『문학춘추』 2권3호(통권12호)	1965.3	

구분	작품명	매체	출처	발표 시기	비고
7	수렁을 날으는 새들(총13회)	잡지	『여상』 4권10호-5권10호	1965.10 -1966.10	
8	단절	잡지	『신동아』 26호	1966.10	
9	수줍은 연가(戀歌)(총216회)	신문	≪동아일보≫	1966.11.28 -1967.8.9	
10편	손이 미운 여인	잡지	『여성동아』 22호	1969.8	'여류단편특집' / 그림 하연수(河姸秀)

수필 6편

구분	작품명	매체	출처	발표 시기	비고
1	당선 이규희(李揆姬) : 편모(片貌), 소감(所感)	신문	≪동아일보≫	1963.8.12	
2	놓친 고기	잡지	『여상』 3권7호	1964.7	
3	벽촌에서 쌓아올린 영광(榮光)	잡지	『여원』 9권10호	1963.10	*'동아일보 50만원 현상소설에 입선한 두 규수작가의 문학수업기'에 수록
4	고욤나무와 끝의 상념	신문	≪조선일보≫	1964.11.22	'일요수상'
5	수렁을 날으는 새들	잡지	『여상』 4권9호	1965.9	'소설연재 예고'
6편	계절병(季節病)	잡지	『주부생활』 5권12호	1969.12	'권말부록 : 송년수상 여류 15인집 : 새해를 기다리는 마음' / 작가

이남덕 李男德

1920년 충남 아산 출생. 이화여전과 경성제대 조선어문학과 졸업. 국어학자. 이화여대 교수 역임.

수필 21편

구분	작품명	매체	출처	발표 시기	비고
1	어린이와 언어 : 발음의 발달에 대하여	신문	≪연합신문≫	1953.8.23	'문화'
2	거짓말	신문	≪동아일보≫	1966.10.11	
3	절시(絶時)	신문	≪동아일보≫	1966.10.27	
4	민족성	신문	≪동아일보≫	1966.11.8	
5	남성교육방법론	신문	≪동아일보≫	1966.11.24	
6	꽃의 생명	신문	≪동아일보≫	1966.12.8	
7	사실(事實)과 진실(眞實)	신문	≪동아일보≫	1966.12.24	
8	민주교육	잡지	『문학』 1권8호	1966.12	국문학자

구분	작품명	매체	출처	발표 시기	비고
9	어머니 마음… 딸의 마음 〈7〉 : 어느 새엄마보다 커 : 이제는 내가 야단 맞기도	신문	《대한일보》	1967.5.18	어머니 / 이대 교수
10	40대 : 항상 열망하며 창조하는 생활	잡지	『여상』 7권1호	1968.1	
11	원(願)을 가진 여인	잡지	『주부생활』 4권3호	1968.3	'사계절의 여인' / 이대 한국어과 과장
12	달나라 소식	신문	《조선일보》	1969.6.5	'일사일언(一事一言)'
13	비원(秘苑) 개발	신문	《조선일보》	1969.6.12	'일사일언'
14	꼬마 어른	신문	《조선일보》	1969.6.19	'일사일언'
15	씩씩한 어린이들	신문	《대한일보》	1969.6.19	'발언대' / 이화여대 교수
16	어머니	신문	《조선일보》	1969.6.26	'일사일언'
17	거미시대 도래	신문	《조선일보》	1969.7.3	'일사일언'
18	억지	신문	《조선일보》	1969.7.15	'일사일언'
19	우주선	신문	《조선일보》	1969.7.27	'일사일언'
20	유희삼매(遊戱三昧)	신문	《조선일보》	1969.8.7	'일사일언'
21편	시봉(侍奉)	신문	《조선일보》	1969.8.21	'일사일언'

이단원 李丹媛

1934년 대구 출생. 효성여대 불문과 졸업. 《카톨릭시보》 기자로 근무하며 수필 발표. 1983년 『현대문학』에 소설 「나르시시즘의 죄벌」이 추천됨.

수필 12편

구분	작품명	매체	출처	발표 시기	비고
1	봄의 '피에로'	신문	《매일신문》	1964.3.18	
2	카시모도에게	신문	《매일신문》	1964.7.1	'녹음에 뿌리는 사연'
3	폭우(暴雨)	신문	《영남일보》	1964.7.23	'납량수필릴레이' / 카톨릭시보사 근무
4	그 뒷날의 회신(回信)	신문	《매일신문》	1964.7.26	'녹음에 뿌리는 사연'
5	햇볕	신문	《매일신문》	1964.10.21	'가을의 여심(女心)' / 가톨릭시보사 여기자
6	지사(志士) 딸과 일제(日製) 화장품…	신문	《매일신문》	1965.7.11	'일요포럼 : 일제품 배격운동' / 여기자
7	잊어버린 대사(臺詞)	신문	《매일신문》	1965.12.19	'제야여정(除夜女情)' / 가톨릭시보사 근무
8	인상(引上)이라는 몽둥이가…	신문	《매일신문》	1966.1.9	'일요포럼 : 물가고(物價高)' / 회사원
9	끝없는 과업	신문	《매일신문》	1966.6.16	

구분	작품명	매체	출처	발표 시기	비고
10	허허(虛虛)한 세월의 발자취들	신문	≪매일신문≫	1966.12.27	'종장(終章) 1966 : 송년수필⑦' / 수필가
11	어떤 선택	신문	≪매일신문≫	1968.6.23	'매일살롱' / 수필가
12편	사형수의 아내	신문	≪매일신문≫	1968.11.13	'매일살롱' / 수필가

이덕자 李德子

　1947년 강릉 출생. 이화여대 국문과와 동대학원 졸업. 미국 하프스트라대학원 수학. 1967년 동화 「발이 큰 아이」로 ≪동아일보≫ 신춘문예 당선. 1974년 도미 후 1978년 『여성동아』 제11회 백만원 고료 여류장편소설에 「나팔수」 당선. MBC 아침드라마 「나팔꽃」 집필.

소설 4편

구분	작품명	매체	출처	발표 시기	비고
1	발이 큰 아이	신문	≪동아일보≫	1967.1.10	'동화 : 신춘문예 당선작'
2	꽃항아리	잡지	『새벗』 175호	1967.3	'동화'
3	누나와 새	잡지	『학원』 17권6호	1968.6	'동화'
4편	성당 신부님과 아이들	잡지	『횃불』 1권2호	1969.2	'동화'

수필 2편

구분	작품명	매체	출처	발표 시기	비고
1	꽃은 피어나고 나는 맴을 돈다	신문	≪동아일보≫	1967.1.10	'신춘문예 당선소감'
2편	운명을 사랑하는 사색의 산책길	잡지	『여상』 7권1호	1968.1	

이란숙 李蘭淑

　1962년 12월, 소설 「빙하시대」로 제8회 『여원』 여류신인상 당선.

소설 1편

구분	작품명	매체	출처	발표 시기	비고
1편	빙하시대(氷河時代)	잡지	『여원』 9권1호	1963.1	'제8회 여원 여류신인상 당선작'

이림 李林

1962년 동화 「지워지지 않는 일기」로 ≪경향신문≫ 신인예술상 아동문학부 수석 입선.

소설 1편

구분	작품명	매체	출처	발표 시기	비고
1편	지워지지 않는 일기(총5회)	신문	≪경향신문≫	1962.6.9 -13	'신인예술상 아동문학부 수석 입선작'

이명온 李明溫

1911년 서울 출생. 본명 이현숙(李賢淑). 도쿄문화학원 양화과 수학. 1955년 ≪매일신보≫ 기자로 ≪자유신문≫에 「흘러간 여인상(女人像)」을 연재하면서 소설, 수필, 시론 등을 발표.

소설 18편

구분	작품명	매체	출처	발표 시기	비고
1	바다의 노래	잡지	『학원』 3권9호	1954.9	
2	남쪽 휴게실	신문	≪평화신문≫	1955.10 -11	
3	애욕(愛慾)의 소상(塑像)(총214회)	신문	≪평화신문≫	1956.11.10 -1957.7.20	
4	풀잎퍼리(총30회)	신문	≪자유신문≫	1957.9.21 -10.21	
5	사랑의 연옥(煉獄)	잡지	『희망』 8권3호	1958.3	'단편'
6	외로운 사람들	잡지	『코메트』 34호	1958.8	
7	맘보·마담	잡지	『주부생활』 2권10호	1958.10	'여류꽁뜨'
8	어느 탐미주의자	잡지	『자유문학』 3권11호(통권20호)	1958.11	
9	불 같은 여인	잡지	『아리랑』 5권7호	1959.6	그림 이순재(李舜在)
10	인생유한(人生有限)	잡지	『코메트』 39호	1959.8	
11	낙인(烙印)	잡지	『자유문학』 4권10호(통권31호)	1959.10	
12	매담 모나코	잡지	『아리랑』 5권11호	1959.10	'현대소설' / 그림 김세종(金世鍾)
13	주검의 찬가(讚歌)(총9회)	잡지	『명랑』 4권10호-5권6호(통권46-54호)	1959.10 -1960.6	*'비련의 가희 윤심덕(尹心悳)의 실명소설 연재'
14	공처가(恐妻家)	잡지	『교통』 6권11호(통권59호)	1959.11	
15	비련의 장미	잡지	『코메트』 42호	1960.3	
16	육체의 반항	잡지	『아리랑』 6권4호	1960.4	
17	그게 그거야	잡지	『명랑』 6권4호(통권64호)	1961.4	'꽁뜨특집'
18편	과대망상증(誇大妄想症)	신문	≪대한일보≫	1961.5.20	

수필 117편

구분	작품명	매체	출처	발표 시기	비고
1	한국과 여성의 생활문제	잡지	『여성계』 1권3호	1952.11	
2	말예(末裔)의 비곡(悲曲)	잡지	『신천지』 8권5호	1953.9	'여인수필'
3	나의 여기자생활 회고	잡지	『문화세계』 1권4호	1953.11	
4	담낭초(膽囊草)	신문	≪경향신문≫	1954.1.16	*≪경향신문≫(1955.1.16)에도 '신춘여류수필'로 수록
5	초도(椒島)의 밤	잡지	『문화세계』 2권1호	1954.1	기자
6	춘광유현(春光有炫)	신문	≪서울신문≫	1954.3.4	
7	신록 위에	신문	≪조선일보≫	1954.5.17	'여류수필'
8	민의(民意)가 순결하면	신문	≪서울신문≫	1954.5.30	'부인 : 여성의 소리' / 여류문인
9	애정의 순수성 : 현대가정에 모순 많다	신문	≪경향신문≫	1954.8.22	
10	상연병(相憐病)	잡지	『국제보도』 35호	1954.8	'수상(隨想)' / 여류문사
11	상자 속의 뱀	잡지	『희망』 4권8호	1954.8	'평생에 가장 무서웠던 일'
12	임진야우(臨津夜雨)	잡지	『현대공론』 2권7호	1954.9	
13	현대여성의 마음의 비밀을 열다 : 사랑·윤리·자유	잡지	『여성계』 3권10호	1954.10	
14	현대 모랄의 여성	신문	≪중앙일보≫	1954.11.28	'여성시평(女性時評)'
15	신혼·약혼기(基)의 남성조종법 : 여성의 입장에서	잡지	『현대여성』 2권9호	1954.11	'결혼문제 특집'
16	생활의 양식	신문	≪조선일보≫	1954.12.23	'여류수필'
17	'행운'이라는 명제	신문	≪동아일보≫	1955.1.6	
18	일선(一線)에 보내는 글	신문	≪중앙일보≫	1955.1.9	수필가
19	애정에도 기교가 필요한가? : 애인과 애인 사이의 경우 : 여성의 입장에서	잡지	『신태양』 4권1호(통권29호)	1955.1	'특집 : 애정에도 기교가 필요한가?'
20	주붕(酒朋)	신문	≪연합신문≫	1955.2.25	
21	흘러간 여인상(女人像)	신문	≪자유신문≫	1955.3.1 -4.23	*「승적(僧籍) 30년의 김일엽(金一葉)」(총14회), 「초대가희(初代歌姬) 윤심덕 여사(尹心惪女史)」(총14회), 「화가 나혜석여사(羅蕙錫女史)」(총17회) / 단행본 『흘러간 여인상 : 그들의 예술과 인생』(인간사, 1956) 발간
22	귀동냥	신문	≪연합신문≫	1955.3.22	
23	팔면초가(八面楚歌)	신문	≪중앙일보≫	1955.4.26	'신록여류수필리레-'
24	여성은 약하다 : 그러나 모성은 강하다	신문	≪국제신보≫	1955.5.8	'모성과 모성애 : 어머니날을 맞아'
25	오월의 태양	신문	≪서울신문≫	1955.5.18	'신록에 붙여서' / 그림 한묵(韓默) / 제(題) 이명온(李明溫)
26	만년필	신문	≪경향신문≫	1955.5.26	'모놀로그' / 수필가
27	여대생의 사교와 '모랄'	신문	≪국제신보≫	1955.7.3	'여성논단' / 여류수필가

구분	작품명	매체	출처	발표 시기	비고
28	한심한 발전	잡지	『민주여론』	1955.7.18	'문화 : 일인일제(一人一題)'
29	한낭소일(汗囊消日)	신문	《서울신문》	1955.8.5	'수상(隨想)'
30	나의 제언 : 서로가 사랑했으면	신문	《조선일보》	1955.8.11	
31	주사다정교유기(酒肆茶亭交遊記)	잡지	『희망』 5권8호	1955.8	
32	속(續) 주사다정교유기(酒肆茶亭交遊記)	잡지	『희망』 5권9호	1955.9	
33	뒤죽박죽의 생활(生活)	신문	《중앙일보》	1955.10.22	'생활천자변(生活千字辯)' / 수필가
34	가을은 와도	잡지	『여원』 1권2호	1955.11	
35	신혼부부생활의 진언(進言)과 안내(案內)	잡지	『신태양』 4권11호(통권39호)	1955.11	'특집 : 결혼과 가정'
36	착한 아이로 도로 가자	신문	《국제신보》	1956.1.6	'새해의 희망' / 여류평론가
37	이념(理念)	신문	《중앙일보》	1956.1.10	여류평론가
38	한일여적(閑日餘滴)	신문	《국도신문》	1956.1.30	
39	여기자가 되려는 분에게	잡지	『여원』 2권1호	1956.1	
40	욕망이라는 이름의 수첩	잡지	『학원』 5권1호	1956.1	'1956년에 부치는 글' / 여류수필가
41	X월X일	신문	《평화신문》	1956.2.8	
42	입학기와 학부형	신문	《국도신문》	1956.2.22	'가정' / 여류작가
43	병적생리(病的生理)	신문	《동아일보》	1956.2.28	
44	춘몽도(春夢圖)	신문	《경향신문》	1956.4.2	'여류춘상(女流春想)'
45	신록의 정의	신문	《조선일보》	1956.5.7	
46	환멸일기	신문	《평화신문》	1956.6.2	
47	비	잡지	『향학』 1권6호	1956.6	
48	지난날의 여기자생활 : 실망 속에서	신문	《동아일보》	1956.7.25	
49	바다의 정열	신문	《국제신보》	1956.8.1	수필가
50	안다샤쓰	잡지	『신태양』 5권8호(통권48호)	1956.8	수필가
51	추감(秋感)	신문	《평화신문》	1956.9.17	
52	바람 부는 대로	신문	《연합신문》	1956.9.27	
53	개구쟁이시절	잡지	『학원』 5권9호	1956.9	'아름다운 회상, 나의 소년소녀 시절' / 여류수필가 / 그림 정한기
54	왜 그렇게 바가지 긁기를 좋아하는가	잡지	『여원』 2권9호	1956.9	
55	잃어버린 주말	잡지	『현대문학』 21호	1956.9	
56	여정(旅情)	신문	《평화신문》	1956.10.29	
57	열두 폭 다홍치마 눈물로 다 젖었네	잡지	『여원』 2권12호	1956.12	
58	금남의 출입구	잡지	『지방행정』 5권7호	1956	
59	사랑	잡지	『신태양』 6권2호(통권52호)	1957.1	'신춘특선수필' / 여류수필가

구분	작품명	매체	출처	발표 시기	비고
60	춘설(春雪)이 난분분(亂紛紛)	신문	≪연합신문≫	1957.2.27	
61	건망증(健忘症)	잡지	『교통』 4권2호(통권26호)	1957.2	
62	눈	잡지	『여원』 3권3호	1957.3	
63	부부싸움은 생활의 넌쎈쓰	잡지	『주부생활』 1권3호	1957.3	'부부싸움의 원인' / 수필가
64	여성과 신문	신문	≪연합신문≫	1957.4.12	
65	인간의 악마성	신문	≪자유신문≫	1957.4.28	'문화' / 수필가
66	실락원을 등진 사람들	잡지	『사상계』 5권4호(통권45호)	1957.4	
67	신록에 오고가는 글 : 마돈나, 마돈나	신문	≪평화신문≫	1957.5.26	
68	독보유심(獨步遊心)	신문	≪국제신보≫	1957.6.9	
69	사양(斜陽)	잡지	『야담과 실화』 1권5호	1957.6	여류소설가
70	인기가수 백설희의 예도와 로맨스	잡지	『야담과 실화』 1권5호	1957.6	
71	며느리에게 보내는 각서	잡지	『주부생활』 1권7호	1957.7	'특집 : 고민하는 한국의 가족제도' / 소설가
72	신춘장편연재 『풀잎피리』 작가의 말	신문	≪자유신문≫	1957.9.19	
73	상흔(傷痕)	신문	≪연합신문≫	1957.9.28	
74	내가 본 농촌부녀들의 근로·절량(絶糧)·흙의 인간상(人間像)	잡지	『주부생활』 1권9호	1957.9	'특집 : 주부의 허영·사치·근로' / 여류작가
75	한일초(閑日草)	잡지	『문학예술』 4권8호(통권29호)	1957.9	
76	휴일의 연후(然後)	신문	≪국제신보≫	1957.11.9	'낙엽 질 무렵' / 여류수필가
77	아름다움의 소재(所在)	신문	≪평화신문≫	1957.11.28	
78	사치한 습성	신문	≪연합신문≫	1957.12.4	
79	X마스 삼중주	신문	≪연합신문≫	1957.12.25	
80	아류적인 것	잡지	『지방행정』 6권2호	1957	
81	길	신문	≪자유신문≫	1958.2.28	여류작가
82	실소(失笑)의 봄	신문	≪자유신문≫	1958.4.23	
83	협잡배(挾雜輩)의 출마를 배격한다	잡지	『주부생활』 2권4호	1958.4	'주부논단 : 주부를 위한 생활의 교서(敎書)'
84	낭만벽(浪漫癖)	잡지	『자유문학』 3권6호(통권15호)	1958.6	'수필문학' / 소설가
85	많은 벗보다는 하나의 지기(知己) : 금석지간(金石之間)·관포지정(鰭鮑之情)	잡지	『희망』 8권6호	1958.6	여류작가
86	악화하는 양심	잡지	『교통』 5권7호(통권43호)	1958.7	
87	사색	잡지	『신문화』 1호	1958.9	
88	여성과 여성잡지	신문	≪세계일보≫	1958.10.14	'가정'
89	추일초(秋日抄)	신문	≪세계일보≫	1958.11.15	'만추수필(晩秋隨筆)'
90	휴일의 낙의출(落義出)	신문	≪세계일보≫	1958.11.16	'만추수필'
91	어느 탐미주의자	잡지	『자유문학』 3권11호(통권20호)	1958.11	

구분	작품명	매체	출처	발표 시기	비고
92	소운(素雲)에게	잡지	『자유문학』 3권12호(통권21호)	1958.12	'서한문 특집' / 여류소설가
93	기차여행의 석금(昔今)	잡지	『교통』 6권2호(통권50호)	1959.2	
94	괴로움 속에서 자위(自慰)를 찾아야한다 : 자녀를 낳지 못할 경우	잡지	『주부생활』 3권3호	1959.3	'특집 : 시집살이' / 여류작가
95	문화적인 넌센스	잡지	『자유문학』 4권3호(통권24호)	1959.3	소설가
96	나를 위하여 사는 즐거움	잡지	『여원』 3권9호	1957.9	
97	세도(勢道)	신문	《국제신보》	1959.3.19	'봄맞이 여류수상' / 작가
98	낙인	잡지	『자유문학』 4권10호	1959.10	
99	소녀	잡지	『새교육』 12권1호(통권81호)	1960.1	수필가
100	여수(旅愁)	잡지	『새교실』 5권1호(통권43호)	1960.1	
101	동서생활(同棲生活)과 결혼생활의 차이	잡지	『명랑』 5권10호(통권58호)	1960.10	'특집 : 당신의 결혼을 위한 진단실' / 여류소설가
102	동물원 세계 같다	잡지	『여원』 7권1호	1961.1	
103	응시(凝視)	잡지	『여성공원』 1호	1961.2	여류수필가
104	여성독본(女性讀本)	잡지	『가정생활』 1권3호	1961.3	'신춘수상' / 여류작가
105	남편의 세계를 이해하자	잡지	『가정생활』 1권4호	1961.4	여류작가
106	권력과임 약(麻藥)	신문	《대한일보》	1961.5.15	
107	시가(媤家)의 입장에서 본 친정 대 시가의 갈등	잡지	『여원』 7권6호	1961.6	
108	외래품(外來品)의 명암(明暗)	잡지	『가정생활』 1권10호	1961.10	'가을과 생활과 수필' / 수필가
109	추억의 남성군상(男性群像)	잡지	『희망』 2-3호	1962.2-3	*1. 무골호인(無骨好人) 최서해(崔曙海), 2. 불우한 지성인 장철수(張徹壽)
110	길	잡지	『자유문학』 7권1호(통권57호)	1962.3	
111	마음 아픈 만우절 : 상투에 베레모 격(格)	신문	《한국일보》	1963.4.2	
112	주관적인 객관성	잡지	『신세계』 9호	1963.8	여류작가
113	와병사우기(臥病思友記)	잡지	『자유문학』 8권5호(통권69호)	1963.5	소설가
114	여성의 가치 존재	잡지	『여원』 11권5호	1965.5	
115	시대에 역행하는 아내	잡지	『여상』 4권6호	1965.6	
116	사색이 없는 봄	신문	《부산일보》	1966.2.22	
117편	나의 여행앨범	잡지	『주간열차시보』	1966.8.1	수필가

비평 1편 + 비평 단행본 1권

구분	작품명	매체	출처	발표 시기	비고
1권	한국과 여성의 생활문제	단행본	희망사	1952	'평론집'
1편	여성과 문학 소질 빈곤	신문	《조선일보》	1955.2.19	'평론'

이무현李茂賢

숙명여대 국문과 졸업. 『이야기』지 편집장, 《한국일보》 기자 역임.

수필 10편

구분	작품명	매체	출처	발표 시기	비고
1	성묘(省墓)	잡지	『여성계』 3권1호	1954.1	'여류수필 6인집' / 여기자
2	휴전선 기행 : 27사단 창설기념식 참관을 계기해서	잡지	『여성계』 3권11호	1954.11	
3	화병(花瓶)	신문	《경향신문》	1955.1.16	'문화 : 신춘여류수필' / 소설가
4	꽃	신문	《경향신문》	1956.3.23	'여류춘상'
5	소문	신문	《경향신문》	1957.2.28	
6	잊혀진 십자매	신문	《국제신보》	1959.3.8	
7	봄비에 젖는 창 앞에서	신문	《경향신문》	1959.3.11	'조춘(早春) 여류단상(女流短想)'
8	교문을 나서는 후배들에게 : 에누리 없는 사회	신문	《조선일보》	1959.4.10	
9	석굴암의 여름	신문	《국제신보》	1959.8.7	'납량수필 : 9월이 되면 생각나는 일' / 여류수필가
10편	모던 마마의 탄생	잡지	『여원』 11권12호	1965.12	

이문주李文珠

1968년 수필 「결혼식」으로 《조선일보》 제1회 생활문예상 입선.

수필 1편

구분	작품명	매체	출처	발표 시기	비고
1편	결혼식	신문	《조선일보》	1968.1.8	'제1회 생활문예상 입선작'

이문희李文姬

호 서계(曙溪). 수필가. 1955년 수필집 『들장미』와 1962년 수필집 『생각하는 클로버』 출간.

수필 34편 + 수필 단행본 2권

구분	작품명	매체	출처	발표 시기	비고
1	문화와 여성	잡지	『여성계』 1권3호	1952.11	'가정을 지향하는 여성군'

구분	작품명	매체	출처	발표 시기	비고
2	3월의 한담(閑談)	신문	《연합신문》	1953.3.9	
3	봄을 기다리는 마음 : 평범한 생활을 동경하는 변화 속에서	잡지	『재무』 4권3호	1955.3	'춘하추동 : 수상(隨想)'
1권	들장미	단행본	청구출판사	1955	'서계 이문희 수필집'
4	조각(彫刻)하는 마음	신문	《자유신문》	1956.3.5	'수상(隨想)'
5	오월의 훈풍	신문	《평화신문》	1956.5.24	
6	클로바	신문	《국도신문》	1956.6.27	
7	승리하는 부대(部隊) (총2회)	신문	《서울신문》	1956.7.19 -20	'수상(隨想)'
8	대추나무 새순	신문	《중앙일보》	1956.7.31	여류수필가
9	자연의 신비	신문	《평화신문》	1956.8.20	
10	계절과 실내장치	신문	《한국일보》	1957.2.17	'가정' / 여류수필가
11	남국의 정서	신문	《국제신보》	1957.2.26	
12	노벨 문학상을 타도록 끊임없이 후원하겠다 : 만약 소설가부인이 된다면	잡지	『주부생활』 1권3호	1957.3	'내가 이런 가정의 주부가 된다면' / 수필가
13	비밀살인전선(秘密殺人戰線)에 이상(異狀) 있다 : 온 세계를 경악케 했던 오대살인사건의 진상	잡지	『야담과 실화』 1권2호	1957.3	그림 김순화(金淳和)
14	봄의 넋두리	잡지	『새벽』 4권4호	1957.4	'잡단(雜壇)'
15	모내기와 시골 사람들	신문	《국제신보》	1957.6.13	여류수필가
16	시누이에게 보내는 백서(白書)	잡지	『주부생활』 1권7호	1957.7	'특집 : 고민하는 한국의 가족제도' / 수필가
17	강이 보이는 집 가을 점묘(點描)	잡지	『주부생활』 1권11호	1957.11	'만추수필선(晩秋隨筆選)' / 수필가
18	봄	신문	《자유신문》	1958.3.18	
19	목단(牧丹)꽃 그늘 속에서	신문	《자유신문》	1958.5.15	
20	아카시아 향기	신문	《세계일보》	1958.6.8	수필가
21	신록의 창(窓)	잡지	『여성계』 7권6호(통권100호)	1958.6	
22	바다의 편지	신문	《국제신보》	1959.1.25	
23	생활의 예술화 : 애정을 중심으로	잡지	『교통』 7권2호(통권62호)	1960.2	'주부를 위한 글' / 여류작가
24	봄과 여성과 가정 : 거리에서 가정으로 돌아가라	신문	《자유신문》	1960.4.16	
25	제이공화국 : 민권침해(民權侵害) 없도록	신문	《자유신문》	1960.5.3	
26	여름철의 실내장치 : 단란한 피서처 되도록	신문	《자유신문》	1960.7.7	
27	푸른 창변(窓邊)	신문	《자유신문》	1960.8.11	
28	푸른 집 주변(周邊)	신문	《경향신문》	1961.3.29	
29	아트리에와 모델	잡지	『보건세계』 8권9호(통권69호)	1961.9	

구분	작품명	매체	출처	발표 시기	비고
30	가을의 서곡(序曲)	잡지	『보건세계』 8권10호(통권70호)	1961.10	
31	구상(構想)	신문	《대한일보》	1962.1.16	
2권	생각하는 클로버	단행본	현대사	1962	
32	혜화동(惠化洞) 노타리	잡지	『새교실』 8권12호(통권90호)	1963.12	
33	생활(生活)속의 미학(美學)	잡지	『재무』 131호	1966.11	
34편	병상유한(病床有閑)	잡지	『정경연구』 5권5호(통권52호)	1969.5	여류수필가

비평 5편

구분	작품명	매체	출처	발표 시기	비고
1	석강원(石康源) 시집 『잔(盞)』	신문	《중앙일보》	1956.7.22	'신간소평(新刊小評)'
2	인식착오의 작품위치(총2회)	신문	《국제신보》	1959.1.5 / 6	'평론'
3	이채로운 표현수법 : 윤영미술 개인전(尹映美術個人展)	신문	《자유신문》	1960.3.25	'미술평'
4	섬세한 기공미의 표출 : 권순정 씨(權純亭氏) 귀국작품전을 보고	신문	《자유신문》	1960.9.19	'미술평'
5편	서정시적 유회화(抒情詩的油繪畵) : 장두건(張斗建) 귀국전을 보고	신문	《자유신문》	1960.9.29	'미술'

이미순李美純

1967년 5월, 『현대문학』에 소설 「겨울회화」로 황순원의 추천을 받음.

소설 3편

구분	작품명	매체	출처	발표 시기	비고
1	겨울 회화(繪畵)	잡지	『현대문학』 149호	1967.5	
2	주황(朱黃)과 보라	잡지	『월간사월』(사월사) 2권2호	1968.2	'창작'
3편	목련화 : 앓아누운 꽃잎	잡지	『여학생』 5권5호	1969.5	'꽃말 소설' / 그림 전성보

수필 2편

구분	작품명	매체	출처	발표 시기	비고
1	선두에서 싸운 여학생의 투쟁기	잡지	『여성계』 5권2호	1956.2 / 3	
2편	익은 가을을 깊숙히	잡지	『여학생』 4권11호	1968.11	'지정제 수필 : 바람의 서곡(序曲)' / 소설가

이복숙李福淑

1932년 경남 진주 출생. 호 금당(琴堂). 성균관대 대학원 국문과 수료. 일본 토쿄대학원 박사 수료.『6·25동란기념시선』에 시조「들장미」발표. '청자' 동인. 진주농대와 일본 육상자위대조사학교(陸上自衛隊調査學校) 교수 역임.

시 36편 + 시 단행본 1권

구분	작품명	매체	출처	발표 시기	비고
1	들장미	전시 간행물	『6·25동란 기념시선』	1954	*문총편(文總編)에 발표
2	정(情)	신문	≪경남일보≫	1964.7.31	
3	사로비아의 기도	신문	≪경남일보≫	1964.9.10	
4	고몽(孤夢)	잡지	『시조문학』 11집	1965.5	
5	면사포(面紗布)	잡지	『청자』 4집	1966.3	
6	문병기(問病記)	잡지	『청자』 4집	1966.3	
7	섣달	잡지	『청자』 4집	1966.3	
8	실제(失題)	잡지	『시조문학』 13집	1966.4	
9	노목(老木)	잡지	『청자』 5집	1966.6	
10	심즉불(心則佛)	잡지	『청자』 5집	1966.6	
11	백발이모(白髮二毛)	잡지	『청자』 6집	1966.8	
12	종(鐘)	잡지	『청자』 6집	1966.8	
13	취중기(醉中記)	잡지	『청자』 6집	1966.8	
14	권태(倦怠)	잡지	『시조문학』 14집	1966.9	'시조에의 초대' / 진주농대 교수
15	가난	잡지	『청자』 7집	1966.11	
16	논개문학(論介文學)의 밤에	잡지	『진주예총』 2집	1966.11	'시조'
17	백일홍	잡지	『청자』 7집	1966.11	
18	하늘	잡지	『청자』 7집	1966.11	
1권	이복숙 시조집	단행본	신조문화사	1966	
19	첫눈이 오면	잡지	『시조문학』 15집	1967.2	'개천예술제기념특집'
20	제야종(除夜鍾)	잡지	『현대문학』 149호	1967.5	
21	노을	잡지	『시조문학』 16집	1967.6	'청자특집' / '선배 K씨에게'
22	봄비	잡지	『시조문학』 16집	1967.6	'청자특집'
23	윤회(輪廻)	잡지	『시조문학』 16집	1967.6	'청자특집'
24	혼자서	잡지	『시조문학』 17집	1967.10	
25	영생(永生)의 꽃	잡지	『진주예총』 3집	1967.11	'청마선생(青馬先生) 추도시'
26	세월	잡지	『청자』 9집	1967.12	
27	참회(懺悔)	잡지	『청자』 9집	1967.12	
28	두고 온 가을	잡지	『현대문학』 168호	1968.12	
29	아마릴리스는 져도	잡지	『한양』 7권12호(통권82호)	1968.12	
30	기유년(己酉年)을 맞으며	잡지	『한양』 8권1호(통권83호)	1969.1	

구분	작품명	매체	출처	발표 시기	비고
31	조춘(早春)	잡지	『한양』 8권2호(통권84호)	1969.2	'시조'
32	수술대 위에서	잡지	『한양』 8권3호(통권85호)	1969.3	
33	고운 잠	잡지	『여류문학』 2호	1969.5	
34	윤회(輪廻)	잡지	『여류문학』 2호	1969.5	
35	고운 꽃 심는 마음	잡지	『시조문학』 21집	1969.6	
36편	이국병상(異國病床)	잡지	『한양』 8권9호(통권91호)	1969.10 / 11	

수필 6편

구분	작품명	매체	출처	발표 시기	비고
1	봄을 캐는 마음 : 지나가는 길 섶엔 쑥들이 뽀얗고	신문	《경남일보》	1964.4.2	
2	어머니날에 즈음하여	신문	《경남일보》	1964.5.8	
3	봄을 캐는 마음	잡지	『주부생활』 3권2호	1967.2	시조작가
4	숯을 줍고 있더래	잡지	『여상』 6권3호	1967.3	
5	개혁의 의미	잡지	『법륜』 1호	1968.1	
6편	나의 핸드백	잡지	『현대문학』 172호	1969.4	

이복용 李福蓉

1965년 시집 『기왕의 시』(향문사) 출간.

시 1편 + 시 단행본 1권

구분	작품명	매체	출처	발표 시기	비고
1권	기왕(旣往)의 시(詩)	단행본	향문사	1965	
1편	닭	잡지	『카톨릭소년』 9권11호(통권107호)	1968.11	'동시'

이봉순 李鳳順

1919년 함경남도 신흥 출생. 이화여대 교수 겸 도서관관장 역임. 시집 『반딧불』(이대출판, 1954) 출간.

시 10편 + 시 단행본 1권

구분	작품명	매체	출처	발표 시기	비고
1	우물	잡지	『부인경향』 1권1호	1950.1	
1권	반딧불	단행본	이대출판부	1954	
2	바다	잡지	『새가정』 2권8호	1955.9	이화여자대학 교수
3	T에게	잡지	『자유문학』 1권2호	1956.8	
4	봉은사의 종	잡지	『사상계』 4권12호(통권41호)	1956.12	
5	M에게	잡지	『사상계』 6권3호(통권56호)	1958.3	
6	잊어야 했읍니다	잡지	『자유문학』 3권4호(통권13호)	1958.4	
7	달팽이	잡지	『자유문학』 4권2호(통권23호)	1959.2	
8	봄의 표정	신문	≪경향신문≫	1959.3.18	'영춘보(迎春譜)' / 그림 이준(李俊)
9	마음	잡지	『자유문학』 4권7호(통권28호)	1959.7	
10편	귀로(歸路)	잡지	『자유문학』 5권4호(통권37호)	1960.4	

수필 49편

구분	작품명	매체	출처	발표 시기	비고
1	나의 하로	잡지	『부인경향』 1권2호	1950.2	'수필 : 직장소감' / 이화여대 도서관 사서
2	미국의 도서관	신문	≪동아일보≫	1954.10.10	
3	고양이	잡지	『펜』 2권4호	1956.5	
4	내 자리에서	신문	≪경향신문≫	1956.6.17	'녹색지대' / 이대 교수
5	왜 그렇게 열심히 화장과 옷차림에 힘쓰는가	잡지	『여원』 2권9호	1956.9	
6	햇볕을 등지고―	잡지	『여성계』 5권9호	1956.9	시인
7	여성과 독서	신문	≪동아일보≫	1956.11.25	
8	학생과 독서	잡지	『학원평론』 1호	1956.11	
9	'쉘리'의 시구(詩句)를 외우며	신문	≪경향신문≫	1957.2.9	'여류대춘보(女流待春)譜' / 이화여대 도서관장
10	봄을 가져온 사람들	잡지	『주부생활』 1권5호	1957.5	이대 강사
11	어린이와 독서 : 긴급히 요청되는 아동도서관의 설치	신문	≪조선일보≫	1957.9.12	
12	낙엽(落葉) 지는 밤의 독서(讀書) : 독서를 생활화하는 날은 언제?	신문	≪평화신문≫	1957.10.22	
13	도서관법 제정을 촉구함	신문	≪평화신문≫	1957.12.4	
14	국제출판회의 참석여담	잡지	『여원』 4권2호	1958.2	
15	방학 동안의 플랜 : 외가(外家)서 곤충 채집	신문	≪동아일보≫	1958.7.18	

구분	작품명	매체	출처	발표 시기	비고
16	독서잡상(讀書雜想)	잡지	『사조』 7월호	1958.7	이대 도서관장
17	Helen's Place	잡지	『사상계』 6권3호(통권56호)	1958.9	이화여자대학교 도서관장
18	독서유감	신문	《조선일보》	1959.10.20	
19	도서관을 말한다	신문	《조선일보》	1959.10.23	
20	수형이	잡지	『여원』 5권12호	1959.11	
21	어머니의 위치	잡지	『사상계』 8권7호(통권84호)	1960.7	본지편집위원 · 도서관학
22	신앙(信仰)과 나 : 마음속에 천당(天堂)을	신문	《서울신문》	1961.3.22	'신앙과 나' / 이대 도서관장
23	꽃을 아끼는 마음	잡지	『수필』 1권4호	1961.7	이화여대 교수 · 도서관장
24	빠리 · 프랑크푸르트 : '세계목록회의'에 다녀와서	잡지	『신사조』 1권1호(창간호)	1962.2	'기행문' / 이대 교수 · 도서관장
25	수학여행	잡지	『자유문학』 7권5호(통권61호)	1962.7 / 8	
26	무명씨(無名氏)가 보내온 빨간장미	잡지	『여원』 8권11호	1962.11	
27	인문과학서지 「맥뮤렌」박사	신문	《서울신문》	1962.11.1	'흘러간 명강의' / 이대 도서관장
28	신중해야 할 학과선택문제	잡지	『여상』 1권2호	1962.12	'여고생을 위하여' / 이대 도서관장
29	의복과 악세사리	잡지	『여상』 2권4호	1963.4	'특집 생활양식의 현대화를 위하여 : 무엇을 어떻게 개선할까?' / 이대 도서관장
30	희방사(喜方寺)의 밤	잡지	『사상계』 11권10호(통권125호)	1963.9	이대 교수 · 도서관학
31	꼴불견 「콜사지」	신문	《동아일보》	1964.2.5	'서사여화(書舍餘話)'
32	갚음 못하는 빚	신문	《동아일보》	1964.2.26	'서사여화'
33	전화(電話)가 주는 부담	신문	《동아일보》	1964.3.11	'서사여화'
34	츄잉검	신문	《동아일보》	1964.3.23	'서사여화'
35	국제이해증진세미나에 참석하고	잡지	『여상』 4권1호	1965.1	
36	젊음과 정열과 그 의지 : 투르게네프의 『그 전날 밤』	잡지	『사상계』 13권2호(통권143호)	1965.2	'수필 : 나를 만든 한 권의 책' / 이대 도서관장
37	봄과 식모	잡지	『세대』 3권4호(통권22호)	1965.5	이대 도서관장
38	에스테 산장(山莊)	잡지	『사상계』 13권7호(통권148호)	1965.7	'수상(隨想) : 7월의 여정(旅情)' / 이대 교수
39	건망증	잡지	『세대』 3권10호(통권28호)	1965.11	이대 도서관장
40	사은회	신문	《중앙일보》	1966.3.1	
41	조바심 나는 꽃샘	신문	《서울신문》	1966.4.9	'청우첩(晴雨帖) : 수필제목—4월' / 이대 도서관장
42	피서	잡지	『문학』 1권6호	1966.10	이대 도서관장
43	방학	신문	《대한일보》	1967.7.29	'납량수필 시리즈' / 이화여대 도서관장
44	서울	잡지	『정경연구』 3권7호(통권30호)	1967.7	이화여대 도서관장
45	도서관 주간(週間)	신문	《중앙일보》	1968.4.15	
46	한국 어머니의 좌표	잡지	『여학생』 4권5호	1968.5	'특집와이드 : 모성애의 참모습' / 이대 도서관장

구분	작품명	매체	출처	발표 시기	비고
47	도서관을 지키며	신문	《경향신문》	1968.8.26	'생활의 기쁨' / 이대 도서관장 / 그림 배숙당(裵淑堂)
48	정다운 사람들	신문	《동아일보》 19호	1969.5	'에세이특집' / 이대 도서관장
49편	늙음의 아름다움	잡지	『주부생활』 5권12호	1969.12	'권말부록 : 송년수상 여류 15인집 : 새해를 기다리는 마음들' / 이대 도서관장

비평 2편

구분	작품명	매체	출처	발표 시기	비고
1	내가 권하고 싶은 책	신문	《동아일보》	1957.10.5	
2편	영시(英詩)는 마음의 고향	신문	《세계일보》	1958.3.7	'전공(專攻)의 변(辯)'(34) / 이대 도서관장

이상은 李相恩

1956년 1월, 시 「영이에게」로 제1회 『여원』 창간기념 여류현상문예 당선.

시 1편

구분	작품명	매체	출처	발표 시기	비고
1편	영(影)이에게	잡지	『여원』 2권1호	1956.1	'제1회 여원창간기념 : 여류현상문예 당선작'

이석봉 李石奉

1928~1999년. 경북 김천 출생. 숙명여대 국문과 졸업. 1963년 장편 「빛이 쌓이는 해구(海溝)」로 《동아일보》 50만원 현상모집 당선.

시 4편

구분	작품명	매체	출처	발표 시기	비고
1	낙엽	잡지	『예술시보』	1955.12.24	
2	구름	신문	《자유신문》	1956.2.11	'동시' / '의정부에서'
3	가을	잡지	『현대문학』 119호	1964.11	
4편	잠 안 오는 밤에	잡지	『현대문학』 119호	1964.11	

소설 24편 + 소설 단행본 3권

구분	작품명	매체	출처	발표 시기	비고
1	낙엽의 장(章)	잡지	『소설계』	1963	*소설집 『끝없는 층계』(성문각, 1966)에 수록
2	빛이 쌓이는 해구(海溝) (총161회)	신문	≪동아일보≫	1964.3.18 -11.10	*『소설계』 8권12호(통권86호, 1965.12)에 '명작앨범' 코너에 요약 수록됨
3	어긋난 계산	잡지	『여상』 3권8호	1964.8	
4	어떻게 할까 : 선생님의 거짓말	잡지	『학원』 14권3호	1965.3	
5	붉은 입술	잡지	『문학춘추』 2권5호(통권14호)	1965.5	
6	어떤 종말(終末)	잡지	『주부생활』 1권3호	1965.6	'단편소설' / 그림 송훈(宋薰)
7	교수형(絞首刑)	잡지	『신동아』 18호	1966.2	
8	성탄절전후(聖誕節前後)	잡지	『여원』 12권2호	1966.2	
9	출구 없는 입구	잡지	『현대문학』 138호	1966.6	'신문응모 장편소설 당선작가 특집'
10	끝없는 층계	잡지	『문학』(문학사) 1권5호(통권5호)	1966.9	
11	가을이 온 학교	잡지	『여학생』 2권12호	1966.12	'소설적인 어드바이스' / 그림 이우범(李友範)
12	화장장(火葬場)에서	잡지	『현대문학』 144호	1966.12	'여류작가 소설 특집'
13	광상곡이 흐르는 언덕 (총17회)	잡지	『주부생활』 2권5호-3권9호	1966.5 -1967.9	'연재소설' / 그림 김세종(金世鍾)
1권	끝없는 층계	단행본	성문각	1966	
14	죄인	잡지	『소설계』 10권3호(통권101호)	1967.3	
15	삽화(揷話) (총10회)	신문	≪동아일보≫	1967.8.10 -21	
16	사랑이 무성한 수풀 (총18회)	잡지	『학원』 16권8호-18권2호	1967.8 -1969.2	
2권	광상곡이 흐르는 언덕	단행본	학원사	1967	
17	벽슬(壁蝨)	잡지	『신동아』 42호	1968.2	
18	검은 녹지 (총18회)	잡지	『여성동아』 9-26호	1968.7 -1969.12	'연재소설' / 그림 윤명노(尹明老)
19	이심전심(以心傳心)	잡지	『주부생활』 4권8호	1968.8	'납량 콩트 10인선'
20	우습(雨濕)	잡지	『여류문학』 1호	1968.11	
21	비취(翡翠)반지	잡지	『월간문학』 2권3호(통권5호)	1969.3	
22	마지막 날에	잡지	『주부생활』 5권4호	1969.4	'신춘여류단편 5인선' / 그림 이우경(李友慶)
23	애물	잡지	『여류문학』 2호	1969.5	
24편	한녀	잡지	『가정의 벗』 14호	1969.9	'단편'
3권	검은 녹지	단행본	봉신문화사	1969	

수필 16편

구분	작품명	매체	출처	발표 시기	비고
1	프리므라	잡지	『여성계』 4권4호	1955.4	신문학 동인, 여류시인
2	가작 이석봉(李石奉) : 편모(片貌), 소감(所感)	신문	《동아일보》	1963.8.12	'동아일보 현상소설 당선소감'
3	다시 출발점에 서서	잡지	『여원』 9권10호	1963.10	*'동아일보 50만원 현상소설에 입선한 두 규수작가(閨秀作家)의 문학수업기'에 수록
4	두 개의 모정(母情)	잡지	『여상』 3권5호	1964.5	소설가
5	슬픈 기대 : 결핵을 앓는 나의 친구 K	잡지	『여상』 3권11호	1964.11	
6	한국남성 이것이 문제다 : 조로(早老)하는 이상주의자들	잡지	『여상』 4권2호	1965.2	'수필'
7	남자의 극적 탐구 : 목	잡지	『여상』 4권10호	1965.10	
8	어떤 추억(追憶)	잡지	『재무』 120호	1965.12	
9	불안과 번뇌 가셔져	신문	《국제신보》	1966.2.8	'수필봄맞이' / 여류작가
10	사랑의 영속(永續)은 소설적 기교로	잡지	『여상』 5권4호	1966.4	
11	천천히 시간 속에서	잡지	『여학생』 2권4호	1966.4	'어드바이저' / 소설가
12	애정의 상과 하	잡지	『여상』 6권2호	1967.2	
13	『사랑이 무성한 수풀』 작자의 말	잡지	『학원』	1967.7	화가 김영주 / *이석봉 여사의 순정소설 9월호부터 연재
14	일선교사의 관측과 교단에 온 위기 : 무너지는 사제간의 상아탑의 언저리	잡지	『여학생』 3권11호	1967.11	'특집 : 「여학생」이란 할인받는 지역사회' / 소설가
15	사랑의 순결을 위하여	잡지	『여원』 14권12호	1968.12	
16편	사랑이 싹틀 때	잡지	『여학생』 5권7호	1969.7	'주우니어의 사랑과 성(性)'① / 소설가

비평 4편

구분	작품명	매체	출처	발표 시기	비고
1	문학에 나타난 여성 십이형 : 강신재 작 『임진강의 민들레』 −옥엽(玉葉), 헌신형(獻身型)	잡지	『여상』 4권12호	1965.12	
2	수기를 읽고 : 행복의 길 극복의 언덕	잡지	『여상』 5권10호	1966.10	
3	동경(憧憬)하는 여성 : 노천명(盧天命) : 하늘을 보는 아기사슴 같이	잡지	『여학생』 3권5호	1967.5	'특집 : 우리들의 이상적인 여성' / 작가
4편	철저한 긍정 위해 피 흘리며 부정하는 안석규(安晳圭) : 「빛이 쌓이는 해구(海溝)」의 주인공	잡지	『주부생활』 5권11호	1969.11	'연재 : 작품속의 남성연구'⑧ / 그림 배융(裵隆)

이석순 李石順

1956년 1월, 수필 「슬픈 훈련」으로 『여원』 창간기념 여류현상문예 입선.

수필 1편

구분	작품명	매체	출처	발표 시기	비고
1편	슬픈 훈련(訓練)	잡지	『여원』 2권1호	1956.1	'여원 창간기념 여류현상문예당선 발표 수필 이석'

이선숙 李善琡

동국대 서양철학과 석사 졸업. 1966년 장편소설 『인간 이상도 인간 이하도』(문예수첩사, 1966) 출간.

소설 단행본 1권

구분	작품명	매체	출처	발표 시기	비고
1권	인간 이상도 인간 이하도	단행본	문예수첩사	1966	

수필 3편

구분	작품명	매체	출처	발표 시기	비고
1	자유부인시대－계바람－치맛바람 : 여성의 지향성	신문	《영남일보》	1967.7.7 / 9	'여류철학자의 엣세이'(1)~(2)(완) / 『인간이상도 인간이하도』의 저자
2	이상과 현실 : 윤리적인 질서를	신문	《영남일보》	1967.9.27	'여류철학도의 엣세이'
3편	이상과 현실 : 욕망은 충동 속에 존재	신문	《영남일보》	1967.9.29	'여류철학도의 엣세이'

이선희 李善熙

1911년~미상. 함남 함흥 출생. 이화여전 문과 수료. 1934년 『개벽』사 기자로 근무. 1934년 『중앙』에 단편 「불야여인(不夜女人)」 발표하며 작품 활동. 1946년 이후 월북.

소설 1편

구분	작품명	매체	출처	발표 시기	비고
1편	창	신문	《서울신문》	1946.6.27 -7.20	

수필 1편

구분	작품명	매체	출처	발표 시기	비고
1편	연재소설 『염서(艶書)』 작자의 말	신문	《부녀신문》	1946.5.12	그림 이승만(李承萬)

이성애 李成愛

1950년 충남 대전 출생. 이화여대 영문과 졸업. 1972년 소설 「겨울나무」로 《동아일보》 신춘문예 당선. '신상' 동인.

소설 1편

구분	작품명	매체	출처	발표 시기	비고
1편	울 밑에 선 붉은 꽃	잡지	『여학생』 3권4호	1967.4	'본지 창간기념 문예현상 선외 가작['주니어가 쓴 소설' 코너]' / 그림 이제하(李祭夏)

이세기 李世基

1939년 충남 아산 출생. 이화여대 국문과와 동대학원 수료. 『현대문학』에 소설 「환자」(1967년 10월)・「타도(池都)」(1968년 5월)가 추천됨. 1968년 소설 「두 시간 십분」으로 《조선일보》 신춘문예 가작 입선. 『여상』과 『주간경향』 기자 역임.

시 1편

구분	작품명	매체	출처	발표 시기	비고
1편	달의 전설	잡지	『새가정』 10권7호	1963.7	

소설 10편

구분	작품명	매체	출처	발표 시기	비고
1	섬에 사는 아이들	잡지	『새벗』 83호	1958.11	'소년소설'
2	다리 위에서	잡지	『새가정』 13권9호	1966.10	
3	환자(患者)	잡지	『현대문학』 154호	1967.10	'추천'
4	타도(他都)	잡지	『현대문학』 161호	1968.5	'완료 추천'
5	밤 외출	잡지	『현대문학』 167호	1968.11	'창작'
6	두 시간 십분	신문	《조선일보》	1968.1.5	'신춘문예 당선작'
7	구름의 모습	잡지	『주간 한국』	1968.4.21	

구분	작품명	매체	출처	발표 시기	비고
8	갈릴레오 주변	잡지	『월간문학』 2권2호(통권4호)	1969.2	
9	어촌에 봄이 오면	잡지	『주부생활』 5권5호	1969.5	'사진소설'
10편	청(靑)	잡지	『현대문학』 178호	1969.10	'창작특집'

수필 11편

구분	작품명	매체	출처	발표 시기	비고
1	신세대의 입장에서 : 자중하는 자세에서	잡지	『가정생활』 2권4호	1962.4	'두 세대의 발언' / 동국대학원생
2	얼굴과 표정	잡지	『새가정』 10권4호	1963.4	
3	풍속(風速)	잡지	『여상』 3권11호	1964.11	
4	시만 써도 기뻐하시던 아버지, 내가 산 마권 맞기 바라던 그이	신문	≪조선일보≫	1968.1.5	
5	한 문학소녀의 사설(私設)	잡지	『여성동아』 5호	1968.3	'동아일보 신춘문예 소설부 당선 : 소설입지후기'
6	추천완료소감(소설)	잡지	『현대문학』 161호	1968.5	
7	파도와 검은 폭풍 속에서	잡지	『주부생활』 4권9호	1968.9	'납량을 위한 특집 : 피서지에서 생긴 일' / 작가
8	우수 어린 현대의 베르테르 안 소니 파킨스	잡지	『여성동아』 12호	1968.10	
9	택시와 커피	잡지	『아세아』 1권6호	1969.7 / 8	'쌀롱아시아' / 주간경향 기자·작가
10	편견에 막히는 창의(創意)의 여심(女心) : 방송국 여직원	잡지	『여원』 15권9호	1969.9	
11편	눈 한 송이의 추억	잡지	『폰·코러스』 12호	1969.12	'계절 엣세이' / 여류작가·경향신문사

이소향 李素香

1957년 12월, 소설 「애련화」로 『야담』(희망사) 현상문예 당선.

소설 2편

구분	작품명	매체	출처	발표 시기	비고
1	임금님과 보석(총10회)	잡지	『새벗』 45-57호	1955.9 -1956.9	
2편	애련화(哀戀話)	잡지	『야담』(희망사) 4권1호	1958.1	'현상문예단선작품 : 애정소설' / 그림 장현우(張賢雨)

이송희 李松姬

　　전남 목포 출생. 1958년 시 「새벽」으로 ≪평화신문≫ 신춘문예 가작 입선. 1959년 ≪국도신문≫ 신춘문예 시 당선. 1959년 시 「전쟁과 전쟁과」로 제3회 『여원』 여류신인상 입선. 1960년 시 「종소리」로 ≪조선일보≫ 신춘문예 가작 입선. 같은 해 시 「신학자」로 『자유문학』에 1회 추천됨.

시 6편

구분	작품명	매체	출처	발표 시기	비고
1	새벽	신문	≪평화신문≫	1958.1.6	'신춘문예작품 가작'
2	전쟁과 전쟁과	잡지	『여원』 5권6호	1959.5	
3	검척기(檢尺記)	신문	≪국도신문≫	1959.1.28	'시인, 목포 출신 본사신춘문예 시 1석 당선자'
4	유역(流域)에서	신문	≪국도신문≫	1959.3.16	
5	종소리	신문	≪조선일보≫	1960.1.5	'신춘문예가작'
6편	신학자(神學者)	잡지	『자유문학』 5권5호(통권38호)	1960.5	'추천시 1회'

이수연 李邃淵

　　1968년 소설 「축제의 한낮」으로 제12회 『여원』 여류신인상 당선.

소설 1편

구분	작품명	매체	출처	발표 시기	비고
1편	축제의 한낮	잡지	『여원』 14권3호	1968.3	'제12회 여원 여류신인상 당선작'

이숭자 李崇子

　　1913~2011년. 대구 출생. 부산대 국문과 졸업. 1931년 일본전국단가(하이꾸)경연대회에 시 「시간」 당선. 1954년 시집 『호심의 곡』(현대문학사) 출간. 1959년 도미 후에도 작품 활동을 함.

시 14편 + 시 단행본 1권

구분	작품명	매체	출처	발표 시기	비고
1	기원(祈願)	잡지	『죽순』 2집	1946.8	
2	저녁	잡지	『죽순』 2집	1946.8	
3	빛	잡지	『죽순』 3집	1946.12	

구분	작품명	매체	출처	발표 시기	비고
4	추사(秋思)	잡지	『죽순』 3집	1946.12	
5	화석(化石)으로 되는 날	잡지	『죽순』 4집	1947.5	
6	녹음(綠陰)의 노래	잡지	『죽순』 5집	1947.8	
7	불꽃	잡지	『죽순』 6집	1947.10	
8	심호(心湖)	잡지	『죽순』 7집	1947.12	
9	이향(異鄕)	잡지	『죽순』 8집	1948.3	
10	담천(曇天)	잡지	『죽순』 9집	1949.1	
11	은행나무	신문	《연합신문》	1949.2.17	
12	나의 등불	잡지	『영문』 3권1호(통권7집)	1949.4	
13	남해충렬사	신문	《자유민보》	1950.2.19	
14편	강	잡지	『한글문예』 창간호	1956.1	
1권	호심(湖心)의 곡(曲)	단행본	현대출판사	1956	

수필 1편

구분	작품명	매체	출처	발표 시기	비고
1편	그리운 모습들	신문	《국제신보》	1957.11.6	‘낙엽 질 무렵’ / 여류시인

이신자 李信子

1931년 생. 공예가. 덕성여대 교수. 섬유예술가.

수필 6편

구분	작품명	매체	출처	발표 시기	비고
1	그이의 초상	잡지	『여상』 3권7호	1964.7	
2	향기 있는 사치(奢侈)	잡지	『주부생활』 2권6호	1966.6	‘수필 : 공동제 : 사치(奢侈)’ / 공예가 · 덕성여대 부교수
3	지향 없는 의생활(衣生活)의 정신	잡지	『여상』 6권8호	1967.8	
4	유행	신문	《대한일보》	1967.10.26	‘서재여록(書齋余錄)’ / 덕성여대 교수 / 그림 박서우(朴栖雨)
5	전차를 타보고	신문	《대한일보》	1967.12.19	‘서재여록’ / 덕성여대 생미과장
6편	봄을 캐는 마음	신문	《경남일보》	1968.4.28	

비평 1편

구분	작품명	매체	출처	발표 시기	비고
1편	작품과 나 : 아쁘리께	신문	《동아일보》	1958.3.14	

이영도 李永道

1916~1976년. 경북 청도 출생. 호 정운(丁芸). 1945년 『죽순』에 시조 「제야(除夜)」 발표. 1954년 첫 시조집 『청저집(靑苧集)』(문예사)과 1958년 수필집 『춘근집(春芹集)』 출간.

시조 83편 + 시조 단행본 2권

구분	작품명	매체	출처	발표 시기	비고
1	제야(除夜)	잡지	『죽순』 1집	1946.5	
2	낙화(落花)	잡지	『죽순』 2집	1946.8	
3	춘소(春宵)	잡지	『죽순』 2집	1946.8	
4	맥령(麥嶺)	잡지	『죽순』 3집	1946.12	
5	먼 생각	잡지	『죽순』 3집	1946.12	
6	먼 등불	잡지	『죽순』 4집	1947.5	
7	병고(病孤)	잡지	『죽순』 4집	1947.5	
8	제승당(制勝堂)	잡지	『죽순』 5집	1947.8	
9	노을	잡지	『죽순』 8집	1948.3	
10	삼월	잡지	『죽순』 8집	1948.3	
11	세병관(洗兵舘)	잡지	『죽순』 8집	1948.3	
12	폭포	잡지	『영남문학』 6집	1948.10	
13	낙화(落花)	잡지	『죽순』 9집	1949.1	
14	학원의 시 : 방학	잡지	『영문』 3권1호(통권7집)	1949.4	
15	학원의 시 : 순행(巡行)	잡지	『영문』 3권1호(통권7집)	1949.4	
16	학원(學園)의 시 : 졸업연(卒業宴)	잡지	『영문』 3권1호(통권7집)	1949.4	
17	가는 길	잡지	『죽순』 11집	1949.7	
18	너 노래	잡지	『죽순』 11집	1949.7	
19	무지개	잡지	『죽순』 11집	1949.7	
20	등대	잡지	『영문』 3권2호(통권8집)	1949.11	
21	바다	잡지	『영문』 3권2호(통권8집)	1949.11	
22	열녀비(烈女碑)	잡지	『영문』 3권2호(통권8집)	1949.11	
23	무릉(武陵)	잡지	『민성』 6권4호	1950.5	
24	어디로 가야하리	잡지	『영문』 9집	1951.11	
25	하늘	잡지	『영문』 9집	1951.11	
26	봄	잡지	『시조연구』 창간호	1953.1	
27	고가	잡지	『전선문학』 3집	1953.2	
28	빗소리	잡지	『전선문학』 3집	1953.2	
29	시조삼제 : 신록	잡지	『문예』 4권3호(통권17호)	1953.9	
30	시조삼제(時調三題) : 아침	잡지	『문예』 4권3호(통권17호)	1953.9	
31	화관	잡지	『영문』 11집	1953.11	

구분	작품명	매체	출처	발표 시기	비고
32	시조삼제 : 추야	전시 간행물	『1953년 연간시집』(문성당)	1954	
1권	청저집	단행본	문예사	1954	'시조집'
33	코스모스	신문	《한국일보》	1955.11.19	
34	낙목(落木)	잡지	『여원』 2권1호	1956.1	
35	바람	잡지	『여원』 2권1호	1956.1	
36	시조삼수 : 우후(雨後)	잡지	『현대문학』 14호	1956.2	
37	시조삼수 : 바위	잡지	『현대문학』 15호	1956.3	
38	시조삼수(時調三首) : 석양	잡지	『현대문학』 15호	1956.3	
39	시조이제(時調二題) : 단풍	잡지	『현대문학』 23호	1956.11	
40	시조이제 : 황혼에 서서	잡지	『현대문학』 23호	1956.11	
41	지리산시초 : 꽃대봉	잡지	『현대문학』 32호	1957.8	
42	지리산시초 : 천왕봉	잡지	『현대문학』 32호	1957.8	
43	지리산시초(智異山詩抄) : 탑	잡지	『현대문학』 32호	1957.8	
44	지리산시초 : 피아골	잡지	『현대문학』 32호	1957.8	
45	한라산시초(漢拏山詩抄) : 백록담	잡지	『현대문학』 41호	1958.5	'현대시조특집'
46	한라산시초 : 한라산의 뇌임	잡지	『현대문학』 41호	1958.5	'현대시조특집'
47	한라산시초 : 해녀	잡지	『현대문학』 41호	1958.5	'현대시조특집'
48	설악산시초 : 계곡	잡지	『현대문학』 57호	1959.9	
49	설악산시초(雪嶽山詩抄) : 울산암	잡지	『현대문학』 57호	1959.9	
50	설악산시초 : 절벽	잡지	『현대문학』 57호	1959.9	
51	애가(哀歌)	신문	《국제신보》	1960.4.19	
52	경주시초(慶州詩抄) : 불국사	잡지	『시조문학』 1집	1960.6	
53	경주시초 : 석굴암	잡지	『시조문학』 1집	1960.6	
54	사월(四月)의 하늘 아래서	잡지	『현대문학』 66호	1960.6	'시조특집'
55	경주시초 Ⅱ : 사리탑(舍利塔)	잡지	『현대문학』 76호	1961.4	
56	경주시초 Ⅱ : 첨성대	잡지	『현대문학』 76호	1961.4	
57	석남사(石南寺)	잡지	『시조문학』 3집	1961.7	
58	진달래 : 4·19 두 돌을 맞으며	신문	《국제신보》	1962.4.19	
59	석간(夕刊)을 보다가	잡지	『시조문학』 4집	1962.4	
60	우체부	잡지	『시조문학』 4집	1962.4	
61	낙목(落木)	잡지	『시조문학』 5집	1962.7	'동인'
62	목련화	잡지	『현대문학』 128호	1965.8	
63	합작 병풍도(圖)	신문	《국제신보》	1965.9.23	
64	낙화(落花) : 이국(異國)에 간 진아에게	잡지	『시조문학』 12집	1965.12	
65	수혈(輸血)	잡지	『현대문학』 132호	1965.12	
66	무제(無題)	잡지	『여원』 12권1호	1966.1	
67	아지랭이	신문	《중앙일보》	1966.4.12	

구분	작품명	매체	출처	발표 시기	비고
68	세월	잡지	『시조문학』 13집	1966.4	
69	어린이집	잡지	『시조문학』 14집	1966.9	
70	바람	잡지	『시조문학』 15집	1967.2	
71	나목(裸木)	잡지	『현대문학』 147호	1967.3	
72	달	잡지	『시조문학』 16집	1967.6	
73	석류	잡지	『시조문학』 17집	1967.10	
74	은행나무	잡지	『주부생활』 3권12호	1967.12	
75	백록담	잡지	『현대문학』 159호	1968.3	'시조'
76	저녁놀	잡지	『시조문학』 19집	1968.8	
77	외따로 열고	잡지	『낙강』 2집	1968.9	'초대작품'
2권	석류(石榴)	단행본	중앙출판사	1968	'시조집'
78	미소	잡지	『현대문학』 169호	1969.1	
79	들에서	잡지	『월간문학』 2권3호(통권5호)	1969.3	
80	등불	잡지	『여류문학』 2호	1969.5	
81	눈·이제(二題) : 눈내리는 국립묘지에서 : 낙화(落花)	잡지	『현대시학』 3호	1969.6	
82	눈·이제(二題) : 눈내리는 국립묘지에서 : 눈길에서	잡지	『현대시학』 3호	1969.6	
83편	추청(秋晴)을 간(磨)다	잡지	『시인』 1권10호	1969.12	

수필 127편 + 수필 단행본 2권

구분	작품명	매체	출처	발표 시기	비고
1	부여(夫餘)를 찾아	잡지	『죽순』 6집	1947.10.1	'8월 7일 밤 고란사에서'
2	요양원과 병실	잡지	『부인경향』 1권5호	1950.5	'신록감상'
3	인생과 독서	신문	《부산일보》	1954.4.11	
4	푸른 여정(旅情)(총2회)	신문	《부산일보》	1954.6.21 -22	'문화'
5	애정에 굶주린 어린이들	신문	《부산일보》	1955.2.20	'가정' / ○○○중 교사
6	조그마한 고언(苦言)	신문	《부산일보》	1955.2.27	'700자' / 여류시인
7	갑판 위에서	신문	《조선일보》	1955.4.22	
8	거리(距離)	잡지	『현대문학』 4호	1955.4	
9	빛 좋은 개살구 : 목욕탕에서	신문	《부산일보》	1955.5.1	
10	쌀을 일면서	신문	《국제신보》	1955.6.5	
11	일요일의 송도(松島)	신문	《부산일보》	1955.6.19	'바다는 부른다' / 본사 문화부 기자
12	못을 박으며	잡지	『교통』 2권5호(통권6호)	1955.6	
13	행복의 맹점(盲點)	신문	《국제신보》	1955.12.7	
14	취미의 허실(虛實)	신문	《조선일보》	1955.12.26	
15	코스모스와 더불어	잡지	『현대문학』 12호	1955.12	

구분	작품명	매체	출처	발표 시기	비고
16	새해와 주부	신문	《부산일보》	1956.1.1	'가정'
17	애정의 갈래길	잡지	『한글문예』 창간호	1956.1	
18	3·1절과 기념행사	신문	《부산일보》	1956.3.1	'문화'
19	표충사기행(表忠寺紀行) : 한촌정화(閑村情話)	신문	《부산일보》	1956.3.7	
20	종(鐘)	잡지	『문학예술』 3권3호(통권12호)	1956.3	
21	서울에 오면	신문	《조선일보》	1956.4.23	
22	딸에게서	잡지	『현대문학』 18호	1956.6	
23	오월의 여정(旅情)	잡지	『교통』 3권7호(통권19호)	1956.7	시인
24	잔치집 이야기	신문	《국제신보》	1956.10.14	'수상(隨想)'
25	세모수상(歲暮隨想)	신문	《국제신보》	1956.12.26	
26	있어야 할 치연법(治煙法)	신문	《부산일보》	1957.1.8	'새 구상' / 시인
27	바람	잡지	『문학예술』 4권1호(통권22호)	1957.2	
28	냉이	신문	《서울신문》	1957.3.27	'수상(隨想)' / 시조시인
29	내가 본 국도(國島) : 숭자형(崇子兄)에게(총2회)	신문	《부산일보》	1957.4.30 -5.1	
30	나의 그리움은	잡지	『문학예술』 4권3호(통권24호)	1957.4	
31	소리 : 애일당산고(愛日堂散稿)	잡지	『현대문학』 28호	1957.4	
32	세탁	신문	《조선일보》	1957.6.6	
33	건(健)아	잡지	『여원』 3권7호	1957.7	
34	인정(人情)을 통한 애착	신문	《국제신보》	1957.9.6	'국제와 나' / 시조시인
35	낙일(落日) 앞에서 : 백록담에서 최정희(崔貞熙) 여사에게	신문	《국제신보》	1957.10.1	
36	곱고 섬세할수록	신문	《평화신문》	1957.10.6	
37	쌀이 여는 나무들	신문	《조선일보》	1957.10.10	
38	강아지	신문	《부산일보》	1957.10.28	'가을수필'
39	수학여행여제(修學旅行餘題) : 학생의 품도(品度)에 대하여	신문	《국제신보》	1957.10.30	'교육수상(敎育隨想)'
40	잡초(雜草)처럼	잡지	『현대문학』 34호	1957.10	여류시인
41	다듬이 소리	신문	《조선일보》	1957.12.5	
42	무(無)로 돌리고 싶은 마음	신문	《국제신보》	1958.1.9	'새해의 구상(構想)'
43	산길을 걷는다	신문	《부산일보》	1958.2.16	'문학산보(文學散步)'
44	생활의 여운(餘韻)	잡지	『교통』 5권2호(통권38호)	1958.2	시인
45	복조리	신문	《국제신보》	1958.3.6	
46	연	신문	《조선일보》	1958.3.26	
47	봄을 앓다	신문	《조선일보》	1958.5.2	
48	편지 : 어머니날에 드리는 글	신문	《국제신보》	1958.5.8	여류시인
49	꽃그늘 아래서	잡지	『여원』 4권5호	1958.5	
50	바다	신문	《조선일보》	1958.6.12	

구분	작품명	매체	출처	발표 시기	비고
51	사랑이라는 것	잡지	『주부생활』 2권6호	1958.6	'녹음수필선(綠陰隨筆選)' / 시조시인
52	방다사육(房茶史陸)	신문	《국제신보》	1958.7.30	
53	추석날에	신문	《국제신보》	1958.9.28	
54	주부와 독서 : 독서주간에 즈음하여	신문	《국제신보》	1958.10.26	
55	추양(秋陽)과 문장지	신문	《국제신보》	1958.10.26	'수상(隨想)' / 시인
56	울타리	신문	《조선일보》	1958.11.14	
57	먹는다는 것	잡지	『현대문학』 47호	1958.11	
1권	춘근집(春芹集)	단행본	청구출판사	1958	수필집
58	반지	잡지	『현대문학』 49호	1959.1	
59	버들강아지	신문	《서울신문》	1959.2.11	'영춘화상(迎春花想)' / 시인
60	담배	신문	《국제신보》	1959.2.15	
61	꽃씨	신문	《국제신보》	1959.3.22	'봄맞이 여류수상(女流隨想)'
62	어머니란 칭호의 멍에	신문	《국제신보》	1959.5.7	'수상(隨想)'
63	나의 어린 시절	신문	《국제신보》(부록 제10호)	1959.8.23	시조시인
64	즐거운 가족도(家族圖)	신문	《국제신보》	1959.11.28	여류시인
65	마지막 자정(子正)에	잡지	『방송』 1권1호	1960.1	
66	새처럼	잡지	『현대문학』 61호	1960.1	
67	달맞이	신문	《국제신보》	1960.3.4	'여류수상(女流隨想)' / 여류시인
68	우체부(郵遞夫)	신문	《서울신문》	1960.3.11	시인
69	총선(總選)과 여성	신문	《국제신보》	1960.7.15	어머니회 회원
70	시인(詩人)과 물고기	신문	《국제신보》	1960.8.31	
71	밤(栗)	신문	《국제신보》	1960.10.7	여류시인
72	애정은 기도처럼	잡지	『현대문학』 72호	1960.12	
73	봄이 오는데	신문	《국제신보》	1961.2.17	
74	생각하는 여성 되길 : 스스로의 자리를 잊지 말도록	신문	《국제신보》	1961.2.23	여류시인
75	모색(暮色)	잡지	『현대문학』 74호	1961.2	
76	비둘기와 소녀(少女)	잡지	『수필』 1권2호	1961.5	여류시조인 · 수필가
77	달밤	잡지	『현대문학』 85호	1962.1	
78	능선(稜線)	잡지	『여원』 8권3호	1962.3	
79	새순을 바라보며 : 나의 아들들에게	신문	《국제신보》	1962.5.8	'어머니날에 보내는 어머니와 딸의 편지' / 시인
80	빛과 꿈	잡지	『현대문학』 89호	1962.5	
81	산과 나 : 마니산의 낙조	신문	《조선일보》	1962.10.19	
82	보이지 않는 신(神)의 빛	잡지	『여상』 1권2호	1962.12	시인
83	적지(適地)에 뿌리내린 나무처럼	신문	《국제신보》	1963.2.25	'학원(學園) : 사회로 나서는 새학사들에 부친다'
84	문화정치란 것?	신문	《국제신보》	1963.6.24	'국제춘추' / 여류시인

구분	작품명	매체	출처	발표 시기	비고
85	광증(狂症)의 한계	신문	≪국제신보≫	1963.8.5	'국제춘추' / 그림 성백수
86	일평원예(一坪園藝)·백년대계	신문	≪국제신보≫	1963.9.4	'국제춘추' / 시조시인 / 그림 김영순
87	추어탕	신문	≪국제신보≫	1963.9.24	'국제춘추' / 여류시인
88	선영(先塋)에 가서 : 추석명절을 맞으며	신문	≪국제신보≫	1963.10.2	여류시인
89	안경	신문	≪국제신보≫	1963.10.16	'국제춘추' / 여류시인
90	과시의 시대	신문	≪국제신보≫	1963.11.22	'국제춘추' / 시조시인
91	20대와 생명의식	신문	≪국제신보≫	1963.12.25	'국제춘추' / 시인
92	4월과 센머리	신문	≪국제신보≫	1964.4.2	'봄의 시와 수필' / 시조시인
93	웃음	신문	≪국제신보≫	1964.7.7	'국제춘추' / 여류시인
94	자연의 심영(心影)이 새겨져	신문	≪국제신보≫	1964.11.17	'여수(旅愁)' / 시조시인
95	어린이집 소묘	신문	≪국제신보≫	1965.5.4	
96	엉뚱한 꿈	신문	≪부산일보≫	1965.8.7	
97	할머니의 꿈	신문	≪부산일보≫	1965.8.14	
98	사기의 형태	신문	≪부산일보≫	1965.8.28	
99	합작병풍도(圖)	신문	≪국제신보≫	1965.9.23	'나의 비장○(秘藏천○) / 시조시인
100	사랑의 말씀 : 딸들에게	잡지	『여학생』 1권1호	1965.12	시인
101	군자란(君子蘭)이 피는데	신문	『문학시대』 1호	1966.3	
102	정열의 배설구	신문	≪국제신보≫	1966.10.5	'국제춘추' / 시조시인
103	이러고도 복 받겠는가	신문	≪국제신보≫	1966.10.15	'국제춘추'
104	사모님	신문	≪국제신보≫	1966.10.27	'국제춘추'
105	연수정(煙水晶)	신문	≪국제신보≫	1966.11.12	'국제춘추'
106	잠꼬대	신문	≪국제신보≫	1966.11.29	'국제춘추'
107	택시이야기	신문	≪국제신보≫	1966.12.10	'국제춘추'
108	많은 것이 하나보다 못할 때	신문	≪국제신보≫	1966.12.22	'국제춘추'
109	수도서울을 혁신한 김현옥시장(金玄玉市長)	잡지	『여원』 12권12호	1966.12	
2권	비둘기 내리는 뜨락	단행본	민조사	1966	'수필집'
110	알고도 모를 인생	신문	≪동아일보≫	1967.1.10	
111	시(詩)와 더불어(총12회)	잡지	『여원』 13권1호-12호	1967.1 -1967.12	
112	명함이야기	신문	≪동아일보≫	1967.1.24	
113	조국의 신뢰 속에서	잡지	『여학생』 3권1호	1967.1	'체험기 특집 : 회상의 나의 청춘노우트' / 시조시인
114	열차 속에서의 꿈	신문	≪동아일보≫	1967.2.4	
115	작은 일에서부터	신문	≪동아일보≫	1967.2.23	
116	사람은 갔어도	신문	≪동아일보≫	1967.3.4	
117	인물평(人物評)	신문	≪동아일보≫	1967.3.14	

구분	작품명	매체	출처	발표 시기	비고
118	잃어버린 매력	신문	≪동아일보≫	1967.3.25	
119	바다 앞에 서면	신문	≪조선일보≫	1967.7.6	
120	갈대 : 가을의 속삭임	신문	≪부산일보≫	1967.8.22	그림 이인옥(李仁玉)
121	울타리	잡지	『여원』 13권9호	1967.9	
122	잣(栢)	신문	≪영남일보≫	1968.10.25	'여류의 추상(秋想) ④'
123	언덕집에 와서	잡지	『여성동아』 12호	1968.10	시조시인
124	관악(冠岳) 앞에서	잡지	『세대』 6권11호(통권64호)	1968.11	시인
125	꽃을 가꾸는 마음	신문	≪중앙일보≫	1969.4.7	
126	생각하는 꽃잎들(총5회)	잡지	『여학생』 5권8호-12호	1969.8-12	'신연재 에세이①-⑤' / 시조시인
127편	목과(木果)	잡지	『주부생활』 5권12호	1969.12	'새해를 기다리는 마음들' / 시조시인

비평 4편

구분	작품명	매체	출처	발표 시기	비고
1	내가 만난 방정환 선생님	잡지	『새벗』 29호	1954.4	'4287, 어린이날을 맞이하여'
2	내가 권하고 싶은 책	신문	≪동아일보≫	1957.10.5	
3	서정시와 '달무리'회의 육성	신문	≪국제신보≫	1961.1.10	'새해 나의 설계'
4편	여성과 시조(時調)	잡지	『정형시』 1집	1965.1	

이영숙 李永淑

연세대 사학과 졸업. 1962년 ≪한국일보≫ 주최 제3회 어머니가 쓴 동화에 「닭장 속의 꿩」 당선.

동화 1편

구분	작품명	매체	출처	발표 시기	비고
1편	닭장 속의 꿩	신문	≪한국일보≫	1962.11.3	'동화' / *한국일보 주최 제3회 '어머니가 쓴 동화' 당선작

이영희 李寧熙

1931년 일본 도쿄 출생. 본명 이명자(李明子). 이화여대 영문과와 동대학원 수료. 『새벗』 주간, 『소년한국』・『주간 여성』 편집부장, ≪한국일보≫ 문화부장 역임. 1947년 『죽순』에 시 「조가(弔歌)」 추천됨. 1955년 동화 「조각배와 꿈」 으로 ≪한국일보≫ 신춘문예 당선.

시 15편

구분	작품명	매체	출처	발표 시기	비고
1	조가(弔歌)	잡지	『죽순』 11집	1949.7	*본명 이명자(李明子)로 발표
2	주홍색의 꽃	잡지	『새가정』 2권1호	1955.1	*'이명자(李明子)'로 발표
3	어머니	잡지	『새가정』 4권5호	1957.5	'권두시'
4	오월은	잡지	『새벗』 65호	1957.5	
5	햇님은 금붕어	신문	≪동아일보≫	1957.6.3	
6	눈이 오는 크리쓰마스	잡지	『새벗』 72호	1957.12	
7	고추잠자리	신문	≪동아일보≫	1958.9.29	
8	얼음꽃	신문	≪동아일보≫	1959.2.1	
9	바다와 소년	신문	≪한국일보≫	1959.6.14	
10	풀기 겨운 셈	잡지	『학원』 8권7호	1959.6 / 7	'소녀들에게'
11	1959년에 보내는 엽서	신문	≪동아일보≫	1959.12.27	
12	아이젠하워 대통령 오시는 날에	신문	≪조선일보≫	1960.6.19	
13	도시 계획	신문	≪대한일보≫	1961.2.11	
14	무지개 나라가 보였읍니다	잡지	『아동문학』 6호	1963.9	
15편	하나와 아홉 개의 손가락	잡지	『법륜』 4호	1968.5	

동화 33편 + 동화 단행본 2권

구분	작품명	매체	출처	발표 시기	비고
1	조각배와 꿈(총3회)	신문	≪한국일보≫	1955.1.19 -2.2	'신춘현상동화 가작' / 그림 김호성
2	똑딱선 떠날 때	잡지	『새벗』 51호	1956.3	
3	뽀뿌라와 목련	신문	≪평화신문≫	1956.5.5	
4	오월의 딸들	잡지	『새벗』 53호	1956.5	
5	사탕나라 꿈나라(총10회)	잡지	『새벗』 55-64호	1956.7 -1957.4	
6	푸른 하늘 푸른 날	잡지	『여성계』 5권11호	1956.11	
7	산토끼의 미술	잡지	『어린이동산』 9호	1957.6	
8	오후 세 시	잡지	『주부생활』 2권3호	1958.3	'동화'
9	그리운 이름	잡지	『새벗』 80호	1958.8	
10	언덕에 꿈은 자라라(총33회)	신문	≪세계일보≫	1958.12.31 -1959.1.31	
1권	책이 산으로 간 이야기	단행본	신교출판사	1958	

구분	작품명	매체	출처	발표 시기	비고
11	달님의 선물	잡지	『소년생활』 2호	1959.1	
12	착하고 예쁜 봄이 온대요 : 선이에게 주는 편지	신문	《서울신문》	1959.3.1	'동화'
13	요다음에 자라서	신문	《서울신문》	1959.5.24	'동화'
14	북국(北國)의 아침	잡지	『신문예』 12호	1959.5	
15	소리가 열리는 나무	잡지	『새교실』 4권12호(통권42호, 1−2학년용)	1959.12	'동화'
16	별의 전화번호	신문	《세계일보》	1960.2.14	
17	고양이 닮은 쥐	신문	《경향신문》	1960.5.3	*조간에 실림
18	가시공주	잡지	『가정교육』 27호	1960.11	'자녀에게 들려줄 독일 동화'
19	용기 있는 민들레의 봄	신문	《한국일보》	1961.2.22	
20	대신 써 준 마술사의 편지	잡지	『새교실』 6권4호(통권58호, 중학교 교사용)	1961.4	'동화'
21	봄이 천천히 오는 까닭	잡지	『새벗』 110호	1961.4	
22	그네와 유모차와 아기의자와	잡지	『새교실』 6권7호(통권61호, 3학년 교사용)	1961.7	'동화'
23	달 속의 푸른 바람(총13회)	잡지	『새벗』 113-126호	1961.7−1962.10	*개인 사정으로 13회까지 연재 [『새벗』(1962년 11월) 편집후기 참고]
24	가로등과 가로등 사이의 거리	잡지	『주간새나라』 27호	1962.2.5	'동화' / 그림 장은주
25	송아지와 꽃불	잡지	『학원』 12권5호	1963.5	
26	언제나 손목 잡고	잡지	『아동문학』 6호	1963.9	
27	하얀 배가 된 아파트	잡지	『아동문학』 6호	1963.9	
28	지구에 온 아기용	신문	《한국일보》	1964.2.16	
29	달나라로 간 '글라이더'	신문	《한국일보》	1964.2.23	
30	꽃씨와 태양	잡지	『새소년』 1권2호	1964.6	'유년동화'
31	엄마 안 닮은 아기들	잡지	『새소년』 2권2호	1965.2	'아기 동화'
32	이상한 푸른 돌	신문	《국제신보》	1966.1.8	'새해 동화'
33편	한국일군 : 5월5일 「어린이날」을 위하여	잡지	『주간 한국』	1966.5.1	'동화'
2권	꽃씨와 태양	단행본	숭문사	1967	

수필 45편 + 수필 단행본 1권

구분	작품명	매체	출처	발표 시기	비고
1	활발화한 양대진영의 외교동태(外交動態)	잡지	『청춘』 1호	1954.1	
2	시언 : 긴급한 수리 사업	신문	《조선일보》	1954.9.13	
3	삼십대의 남편	잡지	『문학예술』 3권12호(통권21호)	1956.12	
4	새해를 맞이하여	잡지	『새가정』 4권1호	1957.1	
5	미장원비판(美粧院批判)	잡지	『문학예술』 4권8호(통권29호)	1957.9	

구분	작품명	매체	출처	발표 시기	비고
6	낭만의 맥(貘)	잡지	『현대문학』 43호	1958.7	여류수필가
7	시간과 모래알	신문	《서울경제신문》	1961.2.22	'직장의 수필' / 소년한국일보 편집부장
8	접목(接木)	잡지	『수필』 1권2호	1961.5	동화작가
9	여성어 순화를 위한 제언(提言)	잡지	『여상』 2권2호	1963.2	'특집 : 우리 여성어의 순화를 위하여' / 아동문학가
10	한국여성 10년 후의 미래상(未來像)	잡지	『여상』 2권4호	1963.4	'특집 : 생활양식의 현대화를 위하여' / 아동문학가
11	가난한 집에 자식 많다 : 정신적 가난도 눈물겨운 일	잡지	『여상』 2권7호	1963.7	'속담을 도마 위에 놓고 : 가족계획' / 아동문학가
12	노여운 세월의 분화구 : 신문 투고에 비친 여인의 애증상(愛憎相)	잡지	『여상』 2권9호	1963.9	한국일보 문화부 기자
13	모래알의 무게	잡지	『현대문학』 106호	1963.10	
14	여성과 보석반지의 의미 : 황홀한 주박(呪縛)의 안개	잡지	『여상』 2권11호	1963.11	한국일보문화부 · 아동문학가
15	대학 절대론에의 의문	잡지	『여상』 3권3호	1964.3	
16	꽃씨 두 봉지의 미래	신문	《국제신보》	1964.4.2	'문예 : 봄의 시와 수필' / 아동문학가
17	직업여성의 정신위생	잡지	『여상』 3권4호	1964.4	'생활 속에서 찾는 여성의 사회학' / 아동문학가
18	어머니들의 비정상 교육열	잡지	『여상』 3권5호	1964.5	'생활 속에서 찾는 여성의 사회학' / 아동문학가 · 한국일보문화부
19	안방에 서리는 고독과 불안	잡지	『여상』 3권7호	1964.7	
20	'토플레스' 파동이 의미하는 것	잡지	『여상』 3권9호	1964.9	
21	'생각하는 모방'의 권장(勸奬)	잡지	『청맥』 1권3호(통권3호)	1964.11	'특집 : 「남」이 사는 「내」나라' / 한국일보 문화부차장
22	여성을 위한 여성 자신의 발언 : 여류 붐	잡지	『여상』 4권4호	1965.4	
23	향기와 취기(醉氣)	잡지	『주부생활』 1권2호	1965.5	한국일보 문화부 기자
24	샐러리맨의 휘양세 : 적은 수입으로 알뜰하게	잡지	『여상』 4권7호	1965.7	
25	다듬어진 땅 기름지게 : 여성문화	잡지	『여원』 11권8호	1965.8	
26	사내다운 사나이에 대하여	잡지	『여상』 4권8호	1965.8	
27	현대남성의 칠대불가사의(七代不可思議)	잡지	『여상』 4권9호	1965.9	
28	한국남성의 바람기	잡지	『여상』 4권10호	1965.10	
29	남성의 무기 「어리광」	잡지	『여상』 4권11호	1965.11	
30	생활의 향훈(香薰)	잡지	『자유공론』 3호	1966.6.1	
31	칠월 · 제주행	잡지	『여학생』 2권6호	1966.6	'지정제 수필 : 빛과 바람을 노래하는 젊은 여름날' / 한국일보 문화부차장
32	문학풍토기 : 이화여대 편	잡지	『현대문학』 142호	1966.10	
33	'레몬'이 있는 방	잡지	『우리들』 1권12호(통권12호)	1966.12	'시와 수필' / 한국일보 문화부차장

구분	작품명	매체	출처	발표 시기	비고
34	쇼핑은 주부만의 의무이던가	잡지	『여상』 6권5호	1967.5	
35	사탑(砂塔)의 자리	잡지	『여학생』 3권7호	1967.7	한국일보사 문화부차장
36	학 같은 시인에의 애모(愛慕)	잡지	『여학생』 3권9호	1967.9	'그때 그 스승의 모습' / (제자)한국일보 문화부 차장 / (스승) 박목월 님
1권	레몬이 있는 방	단행본	동화출판사	1967	에세이집
37	어머니의 품에서 추방된 현대	잡지	『여원』 14권5호	1968.5	
38	찬란한 침전	신문	≪영남일보≫	1968.10.16	'여류의 추상(秋想)' ② / 아동문학가
39	결단과 행동의 사나이 클라크 게이블	잡지	『여성동아』 12호	1968.10	
40	항아리	잡지	『생활여원』	1968.10	'생활 속의 사상①' / 여원 별책부록
41	등화(燈火)	잡지	『생활여원』	1968.11	'생활 속의 사상②' / 여원 별책부록
42	소금	잡지	『생활여원』	1968.12	'생활 속의 사상③' / 여원 별책부록
43	내가 보고 온 나라 : 성지(聖志) 예루살렘	잡지	『새생명』 9권8호(통권94호)	1969.8 / 9	'내가 보고 온 나라④' / 한국일보 문화부차장
44	이집트의 수도 카이로	잡지	『새생명』 9권9호(통권95호)	1969.10	'내가 보고 온 나라⑤'
45편	적도(赤道)와 바나나의 아프리카	잡지	『새생명』 9권10호(통권96호)	1969.11	'내가 보고 온 나라⑥'

비평 3편

구분	작품명	매체	출처	발표 시기	비고
1	김요섭 소년소설집 『따뜻한 밤』	신문	≪조선일보≫	1958.1.14	
2	화려한 절망도(絶望圖) : 동양화 : 김영길 작 「떨어진 태양」 – 입선	신문	≪서울경제신문≫	1961.11.16	'내가 본 유일점 ⑬ : 국전초(國展抄)'
3편	영화(榮華) ＜세계의 여족(女族)＞에서 본 여성문제	잡지	『여상』 4권1호	1965.1	

이옥련 李玉蓮

숙명여대 국문과 졸업. 『시대문학』으로 등단. 숙명여대 국문과 교수 역임. 1960년 수필 「전원초」로 『주부생활』 신인문예 당선.

수필 1편

구분	작품명	매체	출처	발표 시기	비고
1편	전원초(田園初)	잡지	『주부생활』 4권2호	1960.2	'신인산문 : 신인문예당선작' / 숙대 국문과

이용자李龍子

1918년 생. 1959년 시나리오 창작집 『바람은 불어도』(문원사) 출간.

수필 2편

구분	작품명	매체	출처	발표 시기	비고
1	미끼 <이(餌)>	신문	≪경향신문≫	1961.2.3	여류화가
2편	강산에 골고루	신문	≪경향신문≫	1961.3.28	'여류수상 : 봄소식'

시나리오 단행본 1권

구분	작품명	매체	출처	발표 시기	비고
1권	바람은 불어도	단행본	문원사	1959.11	'시나리오 창작집'

이운아李雲峨

1963년 1월, 시 「풀빛화관」으로 제8회 『여원』 여류신인상 당선.

시 1편

구분	작품명	매체	출처	발표 시기	비고
1편	풀빛화관(花冠)	잡지	『여원』 9권1호	1963.1	'제8회 여류신인상 당선작'

이월수李月洙

1940~2008년. 1967년 『시조문학』에 「석류」(6월)와 「연가」(10월)가 추천되며 작품 활동. ≪경남일보≫ 기자, ≪경남신문≫ 문화부장·논설위원 역임.

시 12편

구분	작품명	매체	출처	발표 시기	비고
1	꽃	잡지	『여원』 5권9호	1959.8	
2	연가(戀歌)	신문	≪경남일보≫	1964.1.28	
3	국화(菊花)	잡지	『진주예총』 1집	1965.11	
4	물레방아	잡지	『진주예총』 2집	1966.11	
5	야경(夜景)	잡지	『진주예총』 2집	1966.11	
6	밤풍경(風景)	신문	≪경남일보≫	1966.12.7	

구분	작품명	매체	출처	발표 시기	비고
7	석류(石榴)	잡지	『시조문학』16집	1967.6	'2회 추천' / *월하 김달진의 '미는 말'(추천사)도 함께 수록
8	연가(戀歌)(1)	잡지	『시조문학』17집	1967.10	'2회 추천'
9	연가(戀歌)(2)	잡지	『시조문학』18집	1968.4	
10	영산홍(映山紅)	잡지	『시조문학』20집	1968.11	
11	뜨개질	잡지	『시조문학』21집	1969.6	
12편	생명	잡지	『진주예총』5집	1969.11	

수필 4편

구분	작품명	매체	출처	발표 시기	비고
1	진해일일관람기(鎭海一日觀覽記) : 보릿고개 굶주림은 찾아볼 수 없는 진풍경(珍風景)	신문	《경남일보》	1964.4.15	
2	진해일일관람기(鎭海一日觀覽記) 속(續) : 피로하고 외로움에 터질 듯한 나의 마음 위에 낙화하는 벚꽃	신문	《경남일보》	1964.4.16	
3	어느 월요일의 영웅전	신문	《경남일보》	1964.6.25	
4편	꽃과 여인과 사랑	신문	《경남일보》	1968.1.18	

이윤자 李允子

1938년 서울 출생. 호 채영(彩瑛). 명지대 국문과 졸업. 1964년 동화 「창이가 들은 시계이야기」로 《충청일보》 신춘문예 당선. 1965년 동화 「똘똘이」가 『아동문학』에 추천됨.

시 3편

구분	작품명	매체	출처	발표 시기	비고
1	첫봄 들에서	잡지	『새벗』154호	1965.4	
2	창이 잠긴 눈	잡지	『카톨릭소년』6권10호	1965.10	'동시' / 그림 백영수
3편	바다에서	잡지	『새벗』16권8호(통권180호)	1967.8 / 9	

동화 15편 + 동화 단행본 1권

구분	작품명	매체	출처	발표 시기	비고
1	창이가 들은 이야기	신문	《충청일보》	1964.1	'신춘문예 동화당선작' *《충청일보》(1964.1.26)에 당선소감 수록
2	송이	잡지	『새가정』13권8호	1966.9	'엄마가 아기에게 들려주는 동화' / 초동유치원 교사

구분	작품명	매체	출처	발표 시기	비고
3	농장의 크리스마스 선물	잡지	『새벗』 172호	1966.12	'동화'
4	바닷속 미술관	신문	《소년한국일보》	1967.9.9	'동화'
5	이슬아기	잡지	『기독교문학』 1호(추수호)	1967.10	'동화'
6	무지개가 준 노래	신문	《크리스챤신문》 366호	1968.4.20	'동화'
7	안경 낀 고양이	잡지	『어깨동무』 2권5호	1968.5	그림 백영수
8	아기 콩새	잡지	『새벗』	1969.2	
9	혼자만이 아는 그림	잡지	『새가정』 16권2호	1969.2	'동화'
10	꽃씨은행	신문	《크리스챤신문》 411호	1969.3.22	'릴레이연재 : 엄마가 읽어주는 연작동화'(끝)(3화)
11	달빛이 내린 장미 화원	잡지	『새가정』 16권5호	1969.5	그림 송방
12	페인트 가게의 작은 오리들	잡지	『주부생활』 5권5호	1969.5	그림 최중훈
13	찌찌와 여우 할아버지 (총4회)	신문	《대한일보》	1969.10.9 -11.6	'어린이와 어머니가 함께 읽는 동화'
14	나팔소리	잡지	『횃불』 1권12호	1969.12	'동화'
15편	잃어버린 등불	잡지	『새가정』 16권11호	1969.12	'성탄동화' / 그림 송방
1권	딩동뎅 구두 병원	단행본	세종문화사	1969	

수필 2편

구분	작품명	매체	출처	발표 시기	비고
1	미완성	신문	《충청일보》	1964.1.26	'신춘문예 동화 당선 1석 : 신춘문예 당선소감'
2편	한겨울에 초대한 벗	신문	《크리스챤신문》 403호	1969.1.25	'어떤 겨울이야기 시-리즈⑤'

희곡 1편

구분	작품명	매체	출처	발표 시기	비고
1편	똘똘이	잡지	『아동문학』 11호	1965.3 / 4	'동극 : 추천'

이윤희 李允熙

1969년 2월, 제14회 『여원』 여류신인문학상에 소설 「낯선 거리」 당선.

소설 1편

구분	작품명	매체	출처	발표 시기	비고
1편	낯선 거리	잡지	『여원』 15권2호	1969.2	'제14회 여원 여류신인문학상 당선작'

이인복李仁福

1937년 인천 출생. 숙명여대 국문과와 동대학원 졸업. 『현대문학』에 평론 「나도향론」(1969년 12월)·「채우론」(1971년 12월)이 추천되어 등단. 숙명여대 교수 역임.

시 2편

구분	작품명	매체	출처	발표 시기	비고
1	기도	신문	≪세계일보≫	1959.2.25	'대학특집, 숙명여대편 : 시'/국문과
2편	유산(遺産)	신문	≪세계일보≫	1959.7.29	숙대 국문과 4

비평 1편

구분	작품명	매체	출처	발표 시기	비고
1편	나도향론(羅稻香論)	잡지	『현대문학』 180호	1969.12	'추천'

이인영李仁英

1960년 2월, 『주부생활』 신인문예 산문부문에 수필 「눈 오는 날」이 추천됨.

수필 5편

구분	작품명	매체	출처	발표 시기	비고
1	눈 오는 날	잡지	『여성생활』 4권2호	1960.2	'신인문예 산문'(임옥인 선)
2	지방여성의 변(辯)	잡지	『여성생활』 4권3호	1960.3	
3	고독을 아는 자여 : 봄과 청춘의 고독	잡지	『여성생활』 4권5호	1960.5	
4	내가 만난 잊을 수 없는 남자	잡지	『여성생활』 4권6호	1960.6	
5편	동경(東京) 그리고 긴상	잡지	『여원』 12권11호	1966.11	

이재희

충남 서산 출생. 청주사대 국어교육과 졸업. 교사. 1964년 2월, 소설 「정」으로 『새가정』 창간10주년기념 현상문예작품 입선.

소설 1편

구분	작품명	매체	출처	발표 시기	비고
1편	정	잡지	『새가정』 11권3호	1964.3	'새가정 창간 10주년 기념 현상 문예작품 입선작'

수필 3편

구분	작품명	매체	출처	발표 시기	비고
1	가장 불행한 사람	잡지	『새가정』 11권1호	1964.1	
2	새가정 창간 10주년 기념 현상 문예작품 소설 입선 소감	잡지	『새가정』 11권2호	1964.2	
3편	어머니를 닮자	신문	≪중앙일보≫	1969.5.8	

이정강 李靜江

1942년 중국 북경 출생. 호 유승(柚承). 이화여대 국문과 졸업 후 동대학원 박사과정 수료. 1968년 시조 「초원」으로 ≪중앙일보≫ 신춘문예 입선. 『시조문학』에 1967년 「사랑」(6월)·「원점」(7월), 1968년 「두 발짝」(4월) 등이 추천됨.

시 8편

구분	작품명	매체	출처	발표 시기	비고
1	사랑	잡지	『시조문학』 16집	1967.6	'1회 추천'
2	원점(原點)	잡지	『시조문학』 17집	1967.7	'2회 추천'
3	두 발짝	잡지	『시조문학』 18집	1968.4	'3회 추천'
4	침묵	잡지	『시조문학』 19집	1968.8	
5	유성(流星)	잡지	『시조문학』 20집	1968.11	
6	절정	잡지	『시조문학』 21집	1969.6	
7	하루 : 하늘 / 꽃불 / 별	잡지	『시조문학』 22집	1969.9	
8편	절벽	잡지	『시인』 1권10호	1969.12	

이정숙 李貞淑

이화여대 국문과 졸업. 충남 논산 성덕국민학교 교사로 근무할 때, 『새교실』 '지우시단'에 시 「가을 창 앞에서」·「엄마에게 드리는 시」 입선 후 작품 활동.

시 3편

구분	작품명	매체	출처	발표 시기	비고
1	숲에서	신문	《동아일보》	1959.6.15	'대학생 작품란 : 이화여대 국문과생'
2	가을 창 앞에서	잡지	『새교실』 7권3호(통권69호)	1962.3	'지우시단(誌友詩壇) : 입선작' / 충남 논산 성덕국민교 교사
3편	엄마에게 드리는 시(詩)	잡지	『새교실』 7권4호(통권70호)	1962.4	'지우시단 : 입선' / 충남 논산 성덕국민교 교사

이정호 李貞浩

1930년 함남 신흥 출생. 성균관대 국문과 졸업. 『현대문학』에 소설 「인과(因果)」(1961년 2월)·「잔양(殘陽)」(1962년 4월)이 추천됨.

소설 20편 + 소설 단행본 1권

구분	작품명	매체	출처	발표 시기	비고
1	인과(因果)	잡지	『현대문학』 74호	1961.2	'추천 완료'
2	잔양(殘陽)	잡지	『현대문학』 88호	1962.4	'추천 완료'
3	불가시권(不可視圈)	잡지	『현대문학』 91호	1962.7	
4	영원한 평행	잡지	『현대문학』 95호	1962.11	
5	잃어버린 동화(童話)	잡지	『현대문학』 101호	1963.5	
6	웃지 않는 미소	잡지	『현대문학』 105호	1963.9	
7	벽돌집	잡지	『현대문학』 114호	1964.6	
8	고백	잡지	『문학춘추』 1권7호(통권7호)	1964.10	
9	나의 하늘	잡지	『현대문학』 121호	1965.1	
10	홍원댁(洪原宅)	잡지	『현대문학』 124호	1965.4	
11	사랑의 역사	잡지	『현대문학』 128호	1965.8	
12	꿈도 아닌 것	잡지	『여상』 4권10호	1965.10	
13	환영(幻影)을 찾는 여인	잡지	『여상』	[미상]	*『잔양(殘陽)』(문예사, 1969)에 수록
14	길고 오랜 복수(復讐)	잡지	『현대문학』 136호	1966.4	
15	아내	잡지	『주부생활』 2권8호	1966.8	'단편소설' / 그림 우경희(禹慶熙)
16	듣고 싶은 소리	잡지	『여상』 5권9호	1966.9	

구분	작품명	매체	출처	발표 시기	비고
17	꿈이 아니어라	잡지	『현대문학』 144호	1966.12	
18	창(窓)	잡지	『현대문학』 153호	1967.9	
19	회색(灰色)의 출구(出口)	잡지	『현대문학』 167호	1968.11	
20편	오지(奧地)의 갈매기	잡지	『현대문학』 178호	1969.10	
1권	잔양(殘陽)	단행본	문예사	1969	'제1창작집'

수필 10편

구분	작품명	매체	출처	발표 시기	비고
1	보랏빛 산초	잡지	『현대문학』 88호	1962.4	'천료소감'
2	핸드빽과 도시락	잡지	『여상』 4권2호	1965.2	
3	남에의 헌신, 그 보람	잡지	『여상』 4권12호	1965.12	
4	그는 짓궂은 이웃사촌	잡지	『여학생』 2권10호	1966.10	'체험기특집 : 애인이라 불려져서 느낀 여자의 행복' / 소설가
5	집안싸움은 멋있는 요령주의(要領主義)	잡지	『여상』 6권1호	1967.1	
6	잊을 수 없는 그 얼굴들	잡지	『여상』 6권9호	1967.9	
7	심야에 쓰는 스승의 인생노우트	잡지	『여학생』 4권3호	1968.3	'아직은 어린 딸' / 작가 · 경기여중 교사
8	잃은 벗에게	잡지	『여류문학』 1호	1968.11	
9	하늘 턴 따 디	잡지	『학원』 18권5호	1969.5	'선생님 코오너' / 경기여 중교사 · 소설가
10편	조롱(鳥籠)의 새	잡지	『여학생』 5권9호	1969.9	'애창곡으로 본 나의 십대' / 경기여고 교사 · 소설가

비평 2편

구분	작품명	매체	출처	발표 시기	비고
1	상호뎃상 : 높은 절벽 위의 존재 김영희	잡지	『현대문학』 115호	1964.7	
2편	인물데쌍 : 최정희	잡지	『현대문학』 139호	1966.7	

이종순 李鍾順

1958년 1월, 제3회 『여원』 창간기념 여류현상문예에 수필 「초산기」 가작 1석.

수필 1편

구분	작품명	매체	출처	발표 시기	비고
1편	초산기(初産記)	잡지	『여원』 4권1호	1958.1	'제3회 여원창간기념 여류현상문예 수필 가작 1석'

이청우 李青雨

1966년 12월, 제10회『여원』여류신인상에 소설「적운(積雲)」당선.『여성동아』장편소설 당선작이 금기사항을 다루었다는 이유로 뒤늦게 당선 취소됨. 도미 후 18년 만에 장편소설『달과 창』(나남출판, 1986)을 출간. 재미작가.

소설 1편

구분	작품명	매체	출처	발표 시기	비고
1편	적운(積雲)	잡지	『여원』13권1호	1967.1	'제10회 여원 여류신인상 당선작'

이청자 李清子

숙명여대 영문과 졸업. 1967년『시조문학』에 시「바람의 기행」이 추천됨.

시 2편

구분	작품명	매체	출처	발표 시기	비고
1	바다와 꽃	신문	≪서울일일신문≫	1960.10.20	숙명여대 영문과
2편	바람의 기행(紀行)	잡지	『시조문학』16집	1967.6	'1회 추천'

이해인 李海仁

1945년 강원도 양구 출생. 1970년『소년』에 시「하늘」을 발표하며 등단. 수녀시인.

시 4편

구분	작품명	매체	출처	발표 시기	비고
1	기도하는 마음	잡지	『카톨릭소년』8권9호	1967.9	'동시' / 부산 성 분도수녀원 수련원
2	성당에서	잡지	『가톨릭청년』21권9호	1967.9	'가청시단'
3	창은, 나의 창은	잡지	『카톨릭소년』9권3호(통권99호)	1968.3	동시
4편	하늘은	잡지	『카톨릭소년』10권6호(통권114호)	1969.6	동시

이향아 李鄕莪

1938년 충남 서천 출생. 본명 이영희(李英姬). 호 난당(蘭堂). 1960년 2월, 시 「기폭 아래서」로 제5회 『여원』 여류신인상 가작 입선. 『현대문학』에 시 「설경」(1963년 12월)·「가을은」(1965년 2월)·「찻잔」(1966년 5월)이 추천됨.

시 13편

구분	작품명	매체	출처	발표 시기	비고
1	기폭(旗幅) 아래서	잡지	『여원』 6권2호	1960.2	'제5회 여류신인상 시 가작'
2	설경(雪景)	잡지	『현대문학』 108호	1963.12	'추천'
3	가을은	잡지	『현대문학』 122호	1965.2	'추천'
4	찻잔	잡지	『현대문학』 137호	1966.5	'추천'
5	봄	잡지	『현대문학』 152호	1967.8	
6	방 안의 시(詩)	신문	《전북일보》	1968.3.30	
7	내 사는 거리	잡지	『여류시』 6집	1968.6.1	
8	내 자유 평화는	잡지	『여류시』 6집	1968.6.1	
9	친구	잡지	『여류시』 6집	1968.6.1	
10	축도(祝禱)	잡지	『현대문학』 165호	1968.9	
11	안부(安否)	잡지	『월간문학』 2권4호(통권6호)	1969.4	'시'
12	음악회	잡지	『시인』 1권6호	1969.8	
13편	나팔	잡지	『현대문학』 180호	1969.12	'시'

수필 7편

구분	작품명	매체	출처	발표 시기	비고
1	추억의 넝쿨	잡지	『여상』 2권8호	1963.8	'수필 : 원두막' / 전주 기전여고 교사
2	한번의 죽음	신문	《삼남일보》	1964.7.24	
3	죽음을 이긴 새벽	잡지	『현대문학』 137호	1966.5	'천료소감'
4	우리	신문	《삼남일보》	1967.10.29	
5	축하한다	신문	《삼남일보》	1967.11.26	
6	어떤 사월	잡지	『월간 사월』 2권4호	1968.4	'수필 : 그때의 사월을 회상한다' / 시인 · 전주 기전여고 교사
7편	발견	잡지	『여류시』 6집	1968.6.1	

비평 1편

구분	작품명	매체	출처	발표 시기	비고
1편	나의 대표작	신문	《삼남일보》	1968.3.31	

이형숙 李亨淑

　　1948년 경기도 광주 출생. 진명여고 졸업. 1963년 장편소설 『조용한 슬픔』(인간사) 출간. 1964년 10월, 이화여대 문예경연대회에 입상. 1965년 진명여고 2학년 때, 『살얼음을 딛은 소녀』(구미서관) 출간.

소설 2편 + 소설 단행본 2권

구분	작품명	매체	출처	발표 시기	비고
1권	조용한 슬픔	단행본	인간사	1963	*강릉사범부속국민학교 문예반 담당이었던 시인 겸 평론가 신봉승(辛奉承)의 추천으로 진명여중 3학년 때 단행본 출간 / *서두에 김동리의 추천사 수록
1	안개의 골짜기(총3회)	잡지	『학원』 13권10-12호	1964.10 -12	'사진소설'
2권	살얼음을 딛은 소녀	단행본	구미서관	1965	*진명여고 2학년 재학 중 발표
2편	석운리 겨울 얘기	잡지	『여학생』 2권10호	1966.10	'주니어가 쓴 소설' / 그림 이제하(李祭夏)

수필 1편

구분	작품명	매체	출처	발표 시기	비고
1편	장편소설 『조용한 슬픔』을 쓰기까지	잡지	『소설계』 6권9호(통권61호)	1963.9	'이달의 화제 : 또 하나 등장한 15세(歲)의 소녀작가'

이혜숙

　　1968년 2월, 소설 「붉은 소용돌이」로 제11회 『여원』 여류신인상 가작 수상.

소설 1편

구분	작품명	매체	출처	발표 시기	비고
1편	붉은 소용돌이	잡지	『여원』 14권2호	1968.2	'제11회 여원 여류신인상 가작 수상작'

이혜양 李惠錫

　　1956년 2월, 수필 「여성미」로 『여원』 창간기념 여류현상문예 가작 입선.

수필 1편

구분	작품명	매체	출처	발표 시기	비고
1편	여성미	잡지	『여원』 2권2호	1956.2	'여원 창간기념 여류현상문예가작'

이화진李華眞

수필가. '춘추다방'을 경영하며 문인들에게 쉼터 제공. '경북수필'('영남수필'의 효시) 창립동인. 1955~70년대에 발표한 글을 모아 고희기념문집 『잔화(殘火)의 장(章)』을 출간.

수필 37편

구분	작품명	매체	출처	발표 시기	비고
1	낙엽의 장(章)	신문	≪매일신문≫	1964.10.23	'가을의 여심(女心)'
2	참꽃은 봄마다 피다	신문	≪매일신문≫	1965.3.19	'3월, 3인 수필전' / 수필가
3	위기에 선 가장들	신문	≪매일신문≫	1965.5.12	'매일춘추' / 여류수필가
4	기분파 주부들	신문	≪매일신문≫	1965.6.2	'매일춘추'
5	열풍 속에서	신문	≪매일신문≫	1965.7.7	'매일춘추'
6	외제(外製) 지상병(至上病) 버리자	신문	≪매일신문≫	1965.7.11	'일요 「포럼」' / 수필가
7	K교수부인의 편지	신문	≪매일신문≫	1965.8.4	'매일춘추' / 여류수필가
8	화제(話題)의 원근(遠近)	신문	≪매일신문≫	1965.8.20	'매일춘추'
9	흑발유한(黑髮有恨)	신문	≪매일신문≫	1965.9.3	'매일춘추' / 수필가
10	아기씨름을 보고	신문	≪매일신문≫	1965.9.24	'매일춘추'
11	「자야오가(子夜吳歌)」에 붙여	신문	≪매일신문≫	1965.10.6	'매일춘추'
12	도둑들에게	신문	≪매일신문≫	1965.10.27	'매일춘추'
13	고슴도치의 변(弁)	신문	≪매일신문≫	1965.12.15	'제야여정(除夜女情)' / 수필가
14	검사부인의 손	신문	≪매일신문≫	1966.1.23	'매일춘추'
15	리어카 인생	신문	≪매일신문≫	1966.2.6	'매일춘추'
16	저금 20원 : 고쳐야할 경쟁의식	신문	≪매일신문≫	1966.4.10	수필가
17	'후까시' 만상(萬相)	신문	≪매일신문≫	1966.6.19	'매일춘추'
18	줄장미 도둑	신문	≪매일신문≫	1966.7.10	'매일춘추'
19	잔혹한 종막(終幕), 내일을 믿자	신문	≪매일신문≫	1966.12.29	'종장(終章) 1966 : 송년수필 끝' / 수필가
20	합리적인 살림의 지혜	신문	≪매일신문≫	1967.3.8	수필가
21	아아 먼저 가시나이까 : 피빛꽃처럼 살다간 여류시인 : 애환의 무늬 침통 속에서 바라보며	신문	≪영남일보≫	1967.7.28	수필가
22	자랑을 잃은 민족	신문	≪매일신문≫	1967.8.3	
23	무법자 좋아하네	신문	≪매일신문≫	1967.10.8	'일요한화(日曜閑話)' / 수필가
24	불치(不治)의 환부(患部)	신문	≪매일신문≫	1967.11.5	'일요한화'
25	와룡선생(臥龍先生) 수상기(授賞記)	신문	≪매일신문≫	1967.12.10	'일요한화'
26	김장 단성(丹誠)	신문	≪매일신문≫	1968.11.17	수필가
27	비 오는 날의 이야기	신문	≪매일신문≫	1969.4.23	'매일살롱' / 수필가
28	방랑벽(放浪癖)	신문	≪매일신문≫	1969.6.18	'초하송(初夏頌) : 수필릴레이①' / 수필가
29	부엉이울음	신문	≪매일신문≫	1969.8.13	'매일춘추' / 여류수필가

구분	작품명	매체	출처	발표 시기	비고
30	그런 것이지 뭐…	신문	≪매일신문≫	1969.8.29	'매일춘추'
31	백설콩	신문	≪매일신문≫	1969.9.14	'매일춘추'
32	어린이 모금운동	신문	≪매일신문≫	1969.10.1	'매일춘추' / 수필가
33	전통에의 향수(鄕愁)	신문	≪매일신문≫	1969.10.24	'매일춘추'
34	만추수상(晩秋愁想)	신문	≪매일신문≫	1969.11.7	'매일춘추'
35	세월(歲月) 모르고	신문	≪매일신문≫	1969.11.21	'매일춘추'
36	멋장이운전사	신문	≪매일신문≫	1969.12.12	'매일춘추'
37편	크리스마스트리	신문	≪매일신문≫	1969.12.24	'매일춘추'

비평 1편

구분	작품명	매체	출처	발표 시기	비고
1편	김성도 동화집 『색동』을 읽고	신문	≪매일신문≫	1965.2.17	수필가

이희성 李禧成

서울 출생. 1963년 동화 「먼 나라의 눈」으로 ≪동아일보≫ 신춘문예 당선. 동화작가.

소설 14편

구분	작품명	매체	출처	발표 시기	비고
1	버들개지	잡지	『새벗』 120호	1962.3	
2	첫 매미 울 때	잡지	『새벗』 124호	1962.7	
3	먼나라의 눈	신문	≪동아일보≫	1963.1.12	'신춘문예 당선작'
4	어느 날의 경희	잡지	『카톨릭소년』 5권1호	1964.1	
5	빨간 이슬 : 동생과 함께	잡지	『새소년』 1권4호	1964.8	'동화'
6	손님	잡지	『새소년』 1권7호	1964.11	'특집 : 동화 11인집' / 그림 정준용
7	산 속 마을의 눈	잡지	『새벗』 150호	1964.12	
8	큰 행길	잡지	『새소년』 2권2호	1965.2	'동화'
9	엄마 고개	잡지	『카톨릭소년』 6권7호	1965.7	
10	가을	신문	≪소년동아일보≫	1966.10.14	'동화' / 그림 오숙희
11	미경이의 외로움	잡지	『어깨동무』 1권9호	1967.9	'동화' / 그림 장은주
12	집	잡지	『카톨릭소년』 8권10호	1967.10	'동화'
13	혜경이네 오누이	신문	≪소년한국일보≫	1968.3.16	'동화'
14편	리어카 식구	잡지	『카톨릭소년』 9권11호(통권 107호)	1968.11	

수필 3편

구분	작품명	매체	출처	발표 시기	비고
1	소녀시절의 꿈	신문	≪동아일보≫	1963.1.12	
2	필통과 어머니	잡지	『카톨릭소년』 7권5호	1966.5	'특집 : 나의 어머니' / 동화작가 / 그림 김정
3편	올해는 좋은 글보다 건강해 주셔요	잡지	『주부생활』 4권4호	1968.4	'청실홍실' / 아동문학가

임경희

1969년 3월, 동화 「사마귀의 변」으로 ≪원호신문≫사 주최 문학상 특선 수상.

소설 1편

구분	작품명	매체	출처	발표 시기	비고
1편	사마귀의 변	신문	≪원호신문≫	1969.3.10	'원호신문사 주최 문학상 특선작'

임성숙林星淑

1933년 충남 공주 출생. 공주사대 국문과 졸업. 『현대문학』에 1966년 시 「모두 떠나간」(7월)・「행렬」(12월), 1967년 「작은 손바닥에」(5월)가 추천됨.

시 11편

구분	작품명	매체	출처	발표 시기	비고
1	모두 떠나간	잡지	『현대문학』 139호	1966.7	
2	행렬(行列)	잡지	『현대문학』 144호	1966.12	'2회 추천'
3	작은 손바닥에	잡지	『현대문학』 149호	1967.5	'완료 추천'
4	탑(塔)	잡지	『신동아』 39호	1967.11	
5	거울 앞에	잡지	『현대문학』 158호	1968.2	
6	유리 그릇	잡지	『현대문학』 165호	1968.9	
7	상처(傷處)	잡지	『현대문학』 169호	1969.1	
8	열쇠	잡지	『여류문학』 2호	1969.5	
9	금붕어	잡지	『현대문학』 176호	1969.8	
10	무제(無題)	잡지	『현대시학』 5호	1969.8	
11편	십이행초(十二行抄)	잡지	『월간문학』 2권8호(통권10호)	1969.8	

수필 1편

구분	작품명	매체	출처	발표 시기	비고
1편	자문자답	잡지	『현대문학』 149호	1967.5	'추천완료소감(시)'

임옥인林玉仁

1911~1995년. 함북 길주 출생. 『문장』에 1939년 「봉선화」, 1940년 「고영」과 「후처기」가 추천되어 등단. 1945년 가정여학교 창설. 월남 후 창덕여고 교사와 《부인신보》·『부인경향』 편집장 역임.

시 2편

구분	작품명	매체	출처	발표 시기	비고
1	5월과 함께 우리 모다 가까이 앉아	신문	《부인신보》	1947.5.8	'독촉애국부인회 제1회 전국대표자대회에서'
2편	당신의 발아래 지극히 적은 자의 노래	신문	《크리스챤 신문》 194호	1964.11.14	'왕십리교회 헌당식에 붙여서'

소설 124편 + 소설 단행본 3권

구분	작품명	매체	출처	발표 시기	비고
1	풍선기(風船記)	잡지	『대조』 2권2호	1947.4	
2	불 켜진 방	신문	《민중일보》	1947.4.6	'꽁트'
3	기워 입은 치맛자락	신문	《경향신문》	1947.4.13	'꽁트'
4	떠나는 날	잡지	『문화』 1권2호	1947.7	
5	수원(愁怨)	잡지	『개벽』 75호	1947.8	*'미완' 작품
6	이슬과 같이 (총2회)	잡지	『부인』 2권6-7호	1947.9 -10 / 11	
7	약속	잡지	『백민』 3권6호(통권11호)	1947.10 / 11	
8	부업(副業)	잡지	『신세대』 22호	1948.2	
9	팔월	잡지	『새살림』	1948.5	
10	오빠	잡지	『백민』 4권5호(통권16호)	1948.10	
11	나그네	잡지	『부인』 3권5호	1948.12	
12	기류(氣流) (총17회)	신문	《연합신문》	1949.2.24 -3.25	
13	서울역	잡지	『민주경찰』	1949.7	
14	십릿길	잡지	『소년』 12호	1949.7	
15	작약(芍藥)	잡지	『대조』	1949.7	*『현역작가10인단편소설집』(일한도서출판사, 1949) 재수록
16	지평선	잡지	『부인』 2권5호	1949.7 / 8	

구분	작품명	매체	출처	발표 시기	비고
17	그늘	잡지	『주간서울』 50호	1949.8.29	
18	무(無)에의 호소	잡지	『문예』 1권2호(통권2호)	1949.9	
19	명일(明日)	잡지	『민성』 5권11호	1949.11	
20	오솔길 : 여학생의 수기(手記)(총5회)	잡지	『여학생』 1권1호-2권4호	1949.11 -1950.6	
21	꽃과 오이와 딸기	잡지	『영문』 8호	1949.11	
22	여인행로(女人行路)	잡지	『주간서울』 66호	1949.12.19	
23	크리스마스소설 : 향기	잡지	『소년』 17호	1949.12	'꽁트'
24	샘물	잡지	『중학생』	1949	
25	일주일간	잡지	『신천지』 5권1호(통권42호)	1950.1	
26	젊은 아내들(총2회)	잡지	『부인경향』 1권1-2호	1950.1-2	
27	낙과(落果)	잡지	『백민』 6권1호(통권20호)	1950.2	
28	가난한 애인들(총2회)	잡지	『코메트』 5-6호	1953.7-9	'번안소설'[원작 도스토예프스키]
29	부처(夫妻)	잡지	『문예』 4권5호(통권19호)	1953.11	
30	눈 먼 여자	잡지	『여성계』	1953	
31	청춘	잡지	『신태양』	1953	
32	그리운 지대(총62회)	신문	《기독공보》	1954.1.25 -1955.8.29	
33	해바라기	잡지	『여성계』 3권1호	1954.1	
34	구혼(求婚)	잡지	『신천지』 9권3호(통권61호)	1954.3	
35	그리움	잡지	『청춘』 3호	1954.3	
36	옛정	잡지	『신태양』 3권21호(통권21호)	1954.5	
37	기다리는 사람들(총16회)	잡지	『신태양』 3권28-43호(통권28-43호)	1954.12 -1956.3	
38	화장(火葬)	신문	《한국일보》	1955.3.30	'양춘(陽春) 꽁뜨리레④'
39	해 저른 거리	잡지	『아리랑』 증간호	1955.5 / 1957	*소설집 『후처기』(여원사, 1957)에 수록
40	잃어버린 마음	신문	《중앙일보》	1955.6.25	'소녀소설'
41	수첩(手帖)	잡지	『문학과 예술』 2권1호(통권3호)	1955.6	
42	순정이라는 것	잡지	『현대문학』 7호	1955.7	
43	그늘 있는 곳에	잡지	『여성계』 4권11호	1955.11	
44	순백의 서(書)	신문	《평화신문》	1955.11 -12	
45	성탄수(聖誕樹)	잡지	『여원』 1권3호	1955.12	
46	고국에서	미상	미상	1955	
47	통곡 속에서	미상	미상	1955	
1권	아름다운 시절	단행본	기독교아동문화사	1955	'소년소녀책'
48	피에로	잡지	『문학예술』 3권1호(통권10호)	1956.1	
49	환갑잔치	잡지	『명랑』 1권4호(통권4호)	1956.4	

구분	작품명	매체	출처	발표 시기	비고
50	고원(古苑)에서	잡지	『낙원』 1호	1956.5	
51	패물(총14회)	신문	≪동아일보≫	1956.6.17-30	
52	월남전후(越南前後)(총6회)	잡지	『문학예술』 3권7-12호(통권16-21호)	1956.7-12	'자유문학상 수상작('56')
53	꽃(총4회)	잡지	『여성계』 5권9호-6권1호	1956.9-1957.1	
54	여대졸업생(총22회)	신문	≪경향신문≫	1957.2.20-3.13	
55	고아(孤兒)	잡지	『주부생활』 1권4호	1957.4	'단편소설' / 그림 구인회(具仁會)
56	노숙(露宿)하는 노인	잡지	『문학예술』 4권3호(통권24호)	1957.4	
57	애련(哀戀)의 서(書)	잡지	『아리랑』 3권4호	1957.4	'순정소설' / 그림 전호(全湖)
58	연적(戀敵)	잡지	『여원』 3권5호	1957.5	
59	청춘무성(靑春茂盛)	잡지	『아리랑』 3권10호	1957.10	그림 김훈(金薰)
60	평행선	잡지	『신태양』 6권11호(통권62호)	1957.11	
61	갈증(渴症)	잡지	『문학예술』 4권11호(통권32호)	1957.12	
62	살림살이	잡지	『자유문학』 2권6호(통권9호)	1957.12	
63	붉은 밤(총5회)	잡지	『코메트』 31-35호	1957.12-1958.11	
64	들에 핀 백합화를 보아라(총30회)	잡지	『새가정』 미상-7권5호	1957[미상]-1960.5	
65	달밤의 서정	미상	미상	1957	
66	붉은 밤	미상	미상	1957	
67	사랑의 서(書)	미상	미상	1957	
68	아내의 위치	미상	미상	1957	
69	옛 스승	미상	미상	1957	
70	춘곤(春困)	미상	미상	1957	
71	필명	미상	미상	1957	
2권	월남전후	단행본	여원사	1957	
3권	후처기(後妻記)	단행본	여원사	1957	
72	새 출발	잡지	『주부생활』 2권3호	1958.3	'단편소설' / 그림 김세종(金世鍾)
73	잃어버린 청춘	잡지	『명랑』 3권4호(통권28호)	1958.4	'단편소설'
74	시련(試鍊)	잡지	『자유문학』 3권5호(통권14호)	1958.5	
75	비밀의 죽음	신문	≪세계일보≫	1958.6.1	'꽁트'
76	젊은 설계도(총183회)	신문	≪조선일보≫	1958.6.15-12.14	*단행본(선일문화사, 1973) 발간
77	모녀상(母女像)	잡지	『희망』 8권6호	1958.6	'단편소설'
78	눈 먼 바위	신문	≪동아일보≫	1959.6.14	'꽁트'
79	기적	잡지	『교통』 6권6호(통권54호)	1959.6	

구분	작품명	매체	출처	발표 시기	비고
80	지독하게 서글펐던 소녀	잡지	『새교실』 4권8호(통권38호, 1-3학년용)	1959.8	'소녀소설'
81	아름다운 순간	잡지	『새교실』	1959	
82	곰바위	잡지	『새교실』 5권1호(통권43호)	1960.1	'단편'
83	수업	잡지	『주부생활』 4권1호	1960.1	
84	새집	신문	≪동아일보≫	1960.3.20	'꽁트'
85	감미로운 창변(窓辺) (총15회)	신문	≪자유신문≫	1960.4.26 -5.10	그림 김세종(金世鍾)
86	장미의 문 (총13회)	잡지	『자유문학』 5권6호-6권11호(통권39-56호)	1960.6 -1961.12	
87	사랑 있는 거리	잡지	『새가정』 7권10호-9권1호	1960.11 -1962.1	
88	당신과 나의 계절	잡지	『새나라』	1960	*서울중앙방송(1961.9.16-17)에서 방송
89	뜻하지 않은 결실	신문	≪조선일보≫	1961.1.15	'꽁트'
90	어느 신앙부인의 이야기	신문	≪크리스챤신문≫ 17호	1961.3.11	'기독교문인 꽁뜨리레①'
91	편지 오는 날	잡지	『카톨릭소년』 2권3호	1961.3	'소녀소설' / 그림 김규석
92	알바이트	잡지	『주간새나라』 1호	1961.8.7	'꽁트'
93	힘의 서정(抒情) (총179회)	신문	≪동아일보≫	1962.1.2 -6.30	
94	소의 집 (총9회)	잡지	『최고회의보』 13-22호	1962.10.16 -1963.7.16	
95	선의(善意)	잡지	『새길』 97호	1962.10	
96	모정(母情)의 귀로(歸路)	잡지	『새길』 104호	1963.5	
97	남쪽창변(窓邊) (총18회)	신문	≪크리스챤신문≫ 121-130호	1963.6.3 -10.21	
98	방랑의 서(書) (총46회)	신문	≪영남일보≫	1963.9.25 -11.21	
99	잠근 동산 (총5회)	잡지	『새생명』 3권10호-4권4호(통권30-35호)	1963.11 -1964.4	'연재단편'
100	다시는 고백 않으리	잡지	『한일약보』 1호	1964.5	'꽁트'
101	어떤 혼사(婚事)	잡지	『문학춘추』 1권4호(통권4호)	1964.7	
102	정(情)	신문	≪크리스챤신문≫ 181호	1964.8.15	'꽁뜨'
103	파랑새 행운(幸運)	잡지	『인권월보』	1964.9	'꽁트'
104	냉혈여인(冷血女人)	잡지	『문학춘추』 1권7호(통권7호)	1964.10	
105	찬란한 길 (총3회)	잡지	『학원』 14권1-3호	1965.1-3	'사진소설'
106	사슴의 노래 (총5회)	잡지	『새생명』 5권1-5호(통권43-47호)	1965.1-5	'연재단편'
107	돈도 말도 없을 때 (총16회)	잡지	『새가정』 [미상]-13권6호	[미상] -1966.6	'연재소설' / *5회[12권5호(1965.5)]-16회[13권6호(1966.6)](완) 수록
108	수도백서(修道白書) (총25회)	신문	≪크리스챤신문≫ 239-266호	1965.10.9 -1966.4.23	그림 이제하

구분	작품명	매체	출처	발표 시기	비고
109	어느 정사(情事)	잡지	『현대문학』 133호	1966.1	
110	현실도피	잡지	『신동아』 22호	1966.6	
111	어머니	잡지	『새생명』 6권8호(통권61호)	1966.8 / 9	
112	고아(孤兒)	잡지	『새길』 136호	1966.9	
113	가정을 잃은 사람들	잡지	『재무』 132호	1966.12	
114	음화상(陰畵像)	잡지	『현대문학』 144호	1966.12	
115	행운의 열쇠	잡지	『농원』 4권6호(통권38호)	1967.7	'단편'
116	일상의 모험 (총16회)	잡지	『현대문학』 157-172호	1968.1 -1969.4	
117	그날 그 시간은	잡지	『새생명』 8권2호(통권77호)	1968.2	'단편소설'
118	결혼식	잡지	『새길』 152호	1968.6	
119	위선학교(僞善學校) (총9회)	신문	≪크리스챤신문≫ 382-396호	1968.8.17 -11.23	
120	신방(新房)의소재(所在)	잡지	『여류문학』 1호	1968.11	
121	핏자국	신문	『교회연합신보』	1968.12.25	'꽁트' / *글쓴이 저서와 장편이 함께 소개되어 있음
122	서로가 서로에게	잡지	『여류문학』 2호	1969.5	
123	분주한 귀로(歸路)	잡지	『여성동아』 22호	1969.8	'여류단편특집' / 그림 홍정자(洪正子)
124편	문(門)	잡지	『월간문학』 2권10호(통권12호)	1969.10	

수필 175편

구분	작품명	매체	출처	발표 시기	비고
1	풍진 세상(風塵世上)	신문	≪여성신문≫	1947.4.30	
2	병상일기 (총3회)	신문	≪부인신보≫	1947.6.13 -14 / 17	
3	활기와 풍윤(豊潤)	잡지	『국제보도』 8호	1947.6	'내가 보는 미국 : 동경, 희망, 감상' / 여류작가
4	바늘	잡지	『백민』 3권4호(통권9호)	1947.6 / 7	
5	허공에 부치는 글	잡지	『백민』 4권2호(통권13호)	1948.3	
6	내 길을 나다웁게	잡지	『예술조선』	1948.4	
7	봄차림	잡지	『부인』 3권2호	1948.4	'수상(隨想)'
8	만일 우리들 여인만의 나라가 슬 수 있다면	잡지	『신여원』 제1호	1949.3	
9	송화강의 할빈	잡지	『민성』 5권7호	1949.6	
10	거울 앞에서	잡지	『신천지』 4권7호(통권38호)	1949.8	
11	비 나리던 금강산과 동해 바다	잡지	『국제보도』 20호	1949.8	'내가 좋아하는 산(山)과 바다'
12	노-트에서	잡지	『민족문화』 창간호	1949.9	
13	낭비	잡지	『문예』 1권4호(통권4호)	1949.11	
14	즐거운 고뇌	잡지	『한국공론』	1949.12	

구분	작품명	매체	출처	발표 시기	비고
15	신춘송(新春頌)	잡지	『부인』 5권1호	1950.1 / 2	
16	새로운 작품구상	신문	≪서울신문≫	1950.1.6	'신춘단상'
17	내가 중학생이라면	잡지	『학생월보』 2권2호	1950.2	
18	병원과 흉가	잡지	『문예』 5권1호(통권20호)	1954.1	
19	연애와 결혼에 대하여 : K우(友)에게 보내는 글	잡지	『청춘』 창간호	1954.1	소설가
20	골무	잡지	『협동』 42호	1954.2	
21	뿌려진 씨	잡지	『새가정』 1권6호	1954.6	
22	아카샤 그늘 아래	잡지	『학생계』 1권3호	1954.6	여류소설가
23	작가로 출세하기까지 : 동녀시절(童女時節)에 문학병을 앓았다	잡지	『신태양』 3권24호(통권24호)	1954.8	
24	기다리는 사람들 : 작가의 말	잡지	『신태양』 3권27호(통권27호)	1954.11	'차호 신연재 2대 장편소설 예고[걸기대(乞期待)]'
25	여로(旅路)	잡지	『현대공론』 3권1호	1955.1	작가
26	여성과 매력	잡지	『여성계』 4권2호	1955.2	'1954년 12월 21일 기(記)'
27	공백	신문	≪한국일보≫	1955.3.18	'백인백상'⑨ / 여류작가
28	여학생들에게 드리는 편지	잡지	『여성계』 4권3호	1955.3	
29	여성과 하이힐	신문	≪조선일보≫	1955.4.28	
30	방학을 기다린다	신문	≪중앙일보≫	1955.5.12	'수필리레-'
31	여성과 복장	잡지	『교통』 2권5호(통권6호)	1955.6	여류소설가
32	방학통신 : 편지	신문	≪조선일보≫	1955.8.14	
33	『그리운 지대』 연재를 마치고	신문	≪기독공보≫	1955.9.12	
34	계절의 단상 : 가을의 원죄	신문	≪조선일보≫	1955.9.25	
35	코티이 파리 : 김향안 여사(金鄕岸女史)의 선물을 받고	잡지	『여성계』 4권10호	1955.10	'1955.7.30 기(記)'
36	단심주(丹心株)	신문	≪기독공보≫	1955.12.19	
37	무자(無子)의 변(辯)	잡지	『새가정』 2권11호	1955.12	
38	건강과 명랑	잡지	『명랑』 1권1호(통권1호)	1956.1	
39	새해에 주시는 말씀 : 문학에 뜻을 둔 이들에게	잡지	『새벗』 49호	1956.1	
40	미망인의 집 : 한국전재모자원 방문기(韓國戰災母子園訪問記)	잡지	『여원』 2권3호	1956.3	
41	불안과 자유의사의 행사(行使)	신문	≪한국일보≫	1956.5.11	'자유분위기' / 여류작가
42	아버님 얼이 영도하는 길로	잡지	『여원』 2권7호	1956.7	
43	옥인(玉仁)	잡지	『여성계』 5권8호	1956.8	
44	길에서 경기를 맙시다	잡지	『어린이동산』 4호	1956.9	'어린이에게 부탁'
45	미용과 악세사리를 허영이나 바람난 것으로 생각지 않는가	잡지	『여원』 2권10호	1956.10	
46	부엌에 묻힌 주부들께	잡지	『주부생활』 1권1호	1956.12	'수상(隨想)'
47	큰일·적은 일	잡지	『교통』 4권3호(통권27호)	1957.3	자유문학상수상작가

구분	작품명	매체	출처	발표 시기	비고
48	공간 이용	신문	≪평화신문≫	1957.4.6	
49	만년필 이야기	신문	≪서울신문≫	1957.6.28	여류소설가
50	바다의 선물	신문	≪한국일보≫	1957.8.6	
51	군밤과 가을밤	신문	≪서울신문≫	1957.11.4	소설가
52	남성미의 변천	잡지	『여원』 3권11호	1957.11	
53	올해에 남편들에게 바라는 것 : 애정·돈·사회	잡지	『주부생활』 2권1호	1958.1	'새해의 새살림' / 소설가
54	재건정신	신문	≪기독공보≫	1958.2.10	
55	출가하는 동생에게	잡지	『주부생활』 2권5호	1958.5	'주부의 서간문 강좌'(10)
56	밥과 공기(空氣)	잡지	『자유문학』 3권9호(통권18호)	1958.9	'특집 : 작가의 일기' / 소설가
57	고향 회상	잡지	『자유문학』 3권11호(통권20호)	1958.11	소설가
58	하고 싶은 말·해야 할 말 때문 : 인생에 밑지고 살아왔으나	신문	≪세계일보≫	1959.2.23	'문화 : 소설가 된 동기와 이유'
59	문학적 각서 : 「목숨」의 해석	신문	≪동아일보≫	1959.5.3	
60	말의 미용	신문	≪세계일보≫	1959.5.8	'여인100상(想)'(75) / 소설가
61	질밥통의 광택	신문	≪동아일보≫	1960.1.14	
62	편물(編物)	잡지	『자유문학』 5권1호(통권34호)	1960.1	'육십년의 제언(提言)과 포부' / 여류소설가
63	의상의 간소미 : 제4회 최경자 복장발표회를 보고	신문	≪조선일보≫	1960.2.23	
64	옷이 날개 : 한국여의상(韓國女衣裳)의 장점·단점	잡지	『주부생활』 4권3호	1960.3	작가
65	4·19 : 그들의 표정	신문	≪자유신문≫	1960.4.28	소설가
66	도장을 새기던 K군	신문	≪경향신문≫	1960.7.3	
67	대중을 알아야 한다	신문	≪동아일보≫	1960.7.6	
68	우선 노동력과 전력을	신문	≪경향신문≫	1960.8.23	
69	제2의 창조 위해 노력	신문	≪연합신문≫	1960.8.23	
70	생활의 시야	잡지	『기독교사상』 4권8호(통권35호)	1960.9	'서간문'
71	온기(溫氣)	신문	≪서울경제신문≫	1960.12.3	'잡기장(雜記帳)' / 소설가
72	흙냄새를 맡는 곳으로	신문	≪동아일보≫	1961.1.13	
73	인생의 난숙기(爛熟期)	잡지	『여원』 7권1호	1961.1	
74	봄편지	신문	≪가톨릭시보≫ 267호	1961.2.19	작가
75	하늘과 땅에 가득히	신문	≪경향신문≫	1961.3.22	
76	유쾌한 어감(語感)	신문	≪동아일보≫	1961.4.27	
77	어머님에게 올리는 글월	신문	≪조선일보≫	1961.5.8	
78	물	잡지	『기독교사상』 5권8호(통권46호)	1961.9	
79	스탈린의 제자들	잡지	『최고회의보』 3호	1961.10	
80	나의 아침 시간 : 조용히 기도를	잡지	『명랑』 7권3호(통권74호)	1962.3	소설가
81	아침	잡지	『새길』 92호	1962.4	

구분	작품명	매체	출처	발표 시기	비고
82	환절기(換節期)	잡지	『신사조』 1권3호(통권3호)	1962.4	여류작가
83	염천(炎天)의 보리밥 계절	잡지	『여원』 8권6호	1962.6	
84	8월의 미각(味覺) : 잡곡밥에 젓갈	신문	《한국일보》	1962.8.8	
85	나의 취미생활	잡지	『미의 생활』 1호	1962.8	작가
86	견묘(犬猫)의 관계	잡지	『신사조』 1권10호(통권10호)	1962.11	작가
87	산을 바라보기만 한다	잡지	『신세계』 1권1호(창간호)	1962.11	
88	시골길에서	잡지	『가정생활』 2권11호	1962.11	'생활 속의 수필' / 작가
89	행복의 척도	잡지	『새길』 100호	1963.1	
90	산란(散亂)한 속에서	잡지	『여상』 2권3호	1963.3	'수필 : 제2부 자유제' / 여류소설가
91	꽃꽂이의 올바른 정서(情緖)	잡지	『가정생활』 3권4호	1963.4	'특집 : 다시 본 한국미의 요소' / 소설가
92	어머니	신문	《크리스챤신문》 117호	1963.5.6	
93	『남쪽 창변(窓邊)』 작자의 말	신문	《크리스챤신문》 119호	1963.5.27	'연재소설' 작자의 말
94	가치론 : 문제·경주(慶州)돌이면 다 옥석(玉石)인가? : 간판만 따르는 데 따끔한 일침(一針)	잡지	『여상』 2권7호	1963.7	'생활 속에 젖어든 그 속담에 이의(異議)없나? : 속담을 도마위에 놓고'
95	패곡(貝殼)의 밀어(密語)	신문	《가톨릭시보》 386호	1963.8.11	
96	나는 일요일을 이렇게 보냈다 : 뜨거운 기원을 바치는 그날	잡지	『여상』 3권8호	1963.8	
97	『방랑의 서』 연재 작자의 말	신문	《영남일보》	1963.9.24	
98	나의 핸드빽 머니 : 배부른 잡동산주머니	잡지	『여상』 2권10호	1963.10	소설가
99	가슴 아픈 사이	신문	《동아일보》	1963.11.11	
100	모정(母情) 그리운 지대(총3회)	신문	《크리스챤신문》 142 / 150 / 163호	1963.11.11 / 1964.3.21 / 4.11	
101	새해의 꿈을 노크한다 : 고아원 실정(實情)을 돌아볼 터	신문	《조선일보》	1964.1.8	
102	어느 어머니의 고백	잡지	『새길』 114호	1964.3	
103	위대한 어머니(총2회)	신문	《서울신문》	1964.5.30 / 6.6	'김학성 어머니, 윤두수(尹斗壽) 어머니' / 그림 나병재
104	나의 일요일 : 뜨거운 기원(祈願)을 바치는 날	잡지	『여상』 3권8호	1964.8	
105	친구를 보내고	신문	《크리스챤신문》 185호	1964.9.12	'가을의 여류 수필'①
106	쌀 됫박	잡지	『새가정』 11권8호	1964.9	
107	우리 한글의 아름다움 : 낱말 하나 하나가 세련되고 감각적	잡지	『학원』 13권10호	1964.10	'교양 특집 : 우리말 한글' / 소설가
108	나의 습작시대 : 많이 읽고 많이 썼다	잡지	『여상』 3권11호	1964.11	
109	만추단상(晚秋斷想)	잡지	『가톨릭청년』 18권10호	1964.11	'여류수상' / 여류소설가

구분	작품명	매체	출처	발표 시기	비고
110	새해 설맞이 여류수상 : 떡국	신문	≪조선일보≫	1964.12.31	
111	아쉬운 일들	잡지	『새가정』 11권11호	1964.12	
112	이상(理想)을 품어라	잡지	『여상』 4권4호	1965.4	
113	봄은 또다시	잡지	『세대』 3권4호(통권22호)	1965.5	여류작가
114	고향의 가을 : 햇콩밥에 비웃 맛	신문	≪동아일보≫	1965.9.21	
115	슬픈 낙과(落果)	잡지	『사상계』 13권11호(통권152호)	1965.10	소설가
116	성탄절에	신문	≪서울신문≫	1965.12.25	작가
117	한가지의 멧버들강아지	잡지	『서울YWCA』 창간호	1966.3.1	'수상'
118	경계해야 될 10대의 사랑	잡지	『학원』 15권3호	1966.3	'특집 : 행복은 바로 저 곳에 : 말 못할 그리움으로 고민하는 사람들에게' / 소설가
119	빛과 색갈의 계절 앞에서 : 젊은 여상(女像)을 위하여	잡지	『여상』 5권4호	1966.4	
120	향수(鄕愁)	잡지	『새생명』 6권5호(통권58호)	1966.5	작가 · 건대 교수
121	월남전후(越南前後)	잡지	『자유공론』 3호	1966.6.1	
122	명사십리 가야 할 산하, 분단 21년에 더듬어 보는 북의 지상(紙上)기행(10) : 함흥 만세교	신문	≪조선일보≫	1966.11.20	
123	편지빚, 원고(原稿)빚	신문	≪경향신문≫	1966.12.28	
124	하얀 인절미, 조청에 찍어	신문	≪서울신문≫	1967.2.4	
125	가야할 산하, 함흥 만세교	신문	≪신한민보≫ 3015호	1967.2.24	The Aem Korea
126	신유(神癒)의 은사	잡지	『새생명』 7권2호(통권66호)	1967.2	건국대학교 교수
127	늙는다는 것	잡지	『새길』 141호	1967.2 / 3	
128	진학과 졸업 뒤에 오는 허탈	잡지	『여학생』 3권4호	1967.4	'특집 : 호기심과 설레이는 계절' / 건국대 교수 · 국문학
129	백장미	잡지	『세대』 5권7호(통권48호)	1967.7	소설가
130	전심 전혼을 흔들던 그 진지성	잡지	『여학생』 3권7호	1967.7	소설가
131	근계(謹啓) 건설부장관 귀하	잡지	『세대』 5권10호(통권51호)	1967.10	'행정부에 보내는 시민의 소리' ② / 작가 · 건대 교수
132	꽃씨를 받는 그 마음씨	잡지	『새생명』 7권9호(통권73호)	1967.10	
133	팥비누와 향낭(香囊)	신문	≪경향신문≫	1967.12.18	'나의 향수(香水)' / 작가
134	그날이 올 때까지	잡지	『새가정』 14권11호	1967.12	'연재 엣세이'(1)
135	신앙의 통로를 평안케 하는 길은	잡지	『새가정』 15권1호	1968.1	'연재 엣세이'(2)
136	50대 : 만월(滿月)처럼 흡족한 어버이의 삶	잡지	『여상』 7권1호	1968.1	
137	버들강아지	신문	≪한국일보≫	1968.2.4	
138	내가 느끼는 예수 그리스도	신문	≪경향신문≫	1968.2.12	'종교' / 작가 · 건대 교수
139	길주(吉州) : 된장에 묻힌 쌉쌀한 세투리	신문	≪대한일보≫	1968.2.20	'새봄이면 생각나는 내 고향의 미각(味覺)'⑤ / 소설가
140	때가 묻은 인간상	잡지	『새가정』 15권2호	1968.2	'연재 엣세이'③

구분	작품명	매체	출처	발표 시기	비고
141	우리가 세상에 왔다가	잡지	『새가정』 15권3호	1968.3	'연재 엣세이'④
142	우정에 대하여	잡지	『여학생』 4권3호	1968.3	'와이드 특집 : 십대를 위한 인생론' / 작가
143	이방인처럼	신문	《크리스챤신문》 366호	1968.4.20	'꽃샘바람 속에'(6) / 작가·건대 교수
144	수예 : 동녀(童女)의 소꿉놀이	잡지	『여성동아』 6호	1968.4	'여성동아 2색페이지' / 작가
145	어버이의 심정	잡지	『새가정』 15권4호	1968.4	'수필 : 연재 엣세이'
146	원한(怨恨)의 가시를 애정으로 뽑아다오	잡지	『주부생활』 4권4호	1968.4	'특집수기'
147	그 어느 날	잡지	『새가정』 15권5호	1968.5	'연재 엣세이'
148	누어 침 뱉기	잡지	『새가정』 15권6호	1968.6	'수필 : 연재엣세이'
149	길가에서	잡지	『새가정』 15권7호	1968.7	'수필 : 연재엣세이'⑧
150	『위선학교(僞善學校)』 : 작가의 말	신문	《크리스챤신문》 381호	1968.8.10	'연재소설예고'
151	폐물이용에 재미 붙여	신문	《경향신문》	1968.8.19	'여성 : 생활의 기쁨' / 작가·건대 교수 / 그림 이인실(李仁實)
152	일과 체력	잡지	『새가정』 15권8호	1968.8 / 9	'수필 : 연재엣세이'⑨
153	산실(産室)의 미	잡지	『새가정』 15권9호	1968.10	'수필 : 연재엣세이'⑨
154	시어머니 시집살이와 며느리	잡지	『여성동아』 12호	1968.10	작가·건대 교수
155	아침과 저녁시간에	잡지	『새가정』 15권10호	1968.11	'수필 : 연재엣세이'⑩
156	주월맹호부대 R씨에게	잡지	『주간경향』 6호	1968.12.22	'말에 띄운 편지' / 작가
157	망향천리(望鄕千里)	신문	《대한일보》	1969.1.4	'여류수상' / 작가·건국대 여대학장
158	일본에 다녀와서	잡지	『세대』 7권1호(통권66호)	1969.1	작가
159	지각생의 변(辯)	잡지	『새가정』 16권1호	1969.1	작가
160	나의 서재	신문	《가톨릭시보》 657호	1969.2.23	
161	쓸모 있는 인간에의 길	잡지	『새가정』 16권4호	1969.4	'연재엣세이' / 작가
162	정신 개발	잡지	『새가정』 16권5호	1969.5	'연재엣세이'②
163	사랑의 질서	잡지	『새가정』 16권6호	1969.6	'연재엣세이'③
164	시간은 바쁜 사람의 것이라던가	잡지	『여학생』 5권6호	1969.6	'내 일상의 여백에서'② / 소설가·건대여자초대 학장
165	개척정신	잡지	『새가정』 16권7호	1969.7	'연재엣세이'④ / 건국여자초급대학 학장
166	나와 리크리에이션-폐물이용 : 나의 사랑하는 생활	잡지	『주부생활』 5권7호	1969.7	'특집 : 주부와 리크리에이션' / 건대 여대학장
167	독백	잡지	『새가정』 16권8호	1969.8 / 9	'연재엣세이'⑤
168	청결감	잡지	『새가정』 16권9호	1969.10	'연재엣세이'⑥
169	강의실 창 너머로	잡지	『신동아』 63호	1969.10	
170	수상소감	잡지	『세대』 7권11호(통권76호)	1969.11	작가
171	우리 심혼의 밑바닥에	잡지	『새가정』 16권10호	1969.11	'연재엣세이'⑦ / 작가·건국여자초급대학 학장
172	산타클로스가 되자	신문	《동아일보》	1969.12.23	

구분	작품명	매체	출처	발표 시기	비고
173	기원 : 세계YWCA 기도 및 국제친선주간의 주제에 붙여서	잡지	『새가정』 16권11호	1969.12	'연재엣세이'⑧
174	다채로운 소녀의 감정 : 그들의 희망과 꿈을 키워주려면	잡지	『여학생』 5권12호	1969.12	'특집 : 소녀상의 광장' / 작가 · 건국대학교 여자대학학장
175편	폐물 이용	잡지	『현대문학』 180호	1969.12	'특집 : 나의 레크리에이션'

비평 32편

구분	작품명	매체	출처	발표 시기	비고
1	남성 작가에게 보내는 글	잡지	『백민』 5권2호(통권18호)	1949.3	
2	밋첼여사와 나 :「바람과 함께 가다」를 통하여(총2회)	신문	《국도신문》	1950.1.26 / 28	
3	여인서한(女人書翰) : 때묻은 시인에게	잡지	『민성』 6권2호	1950.2	
4	나의 과동설계(過冬設計) : 장편소설을 쓰면서	신문	《경향신문》	1953.11.21	
5	내가 권하고 싶은 책 : 여성들에게 독교서적(督敎書籍)을	신문	《중앙일보》	1955.4.12	
6	동화집 임석재(任晳宰) 저 『날이 샜다』	신문	《조선일보》	1955.7.23	'신간서평'
7	『그리운 지대』 연재를 마치고	신문	《기독공보》	1955.9.12	
8	명작에 나타난 사랑의 서한선(書翰選)	잡지	『여원』 2권6호	1956.6	
9	동양수예의 정수(精粹) : 김영화(金榮和) 여사 추모 자수전을 보고	신문	《한국일보》	1957.11.7	소설가
10	여성과 예술 : 한일수예연구소 제2회전을 보고	신문	《조선일보》	1957.11.28	
11	이유있는 반항	신문	《서울신문》	1958.1.22	'신영화(新映畵)'
12	현대인	신문	《조선일보》	1958.5.5	'신간서평'
13	선후평(選後評) : 간결하고 평범한 표현을	잡지	『주부생활』 4권1호	1960.1	'신인문예'
14	선평(選評)	잡지	『주부생활』 4권2호	1960.2	'신인문예 : 산문 : 임옥인 선(選)'
15	산문선평(選評)	잡지	『주부생활』 4권4호	1960.4	
16	내가 구상하는 작중인물 : 인간적인 인간을	신문	《조선일보》	1960.5.30	
17	『들에 핀 백합화를 보아라』를 끝내고	잡지	『새가정』 7권5호	1960.5	
18	산문선평(選評)	잡지	『주부생활』 4권6호	1960.6	
19	여성과 생활미화 : 모던 수공예전을 보고	신문	《조선일보》	1961.7.11	
20	『힘의 서정(抒情)』을 끝내고	신문	《동아일보》	1962.7.1	

구분	작품명	매체	출처	발표 시기	비고
21	심사소감 : 독서, 관조(觀照), 사색을 통해서만	잡지	『새생명』 3권8호(통권28호)	1963.8 / 9	
22	알뜰한 「공감(共感)의 광장」 : 일년동안 『여성살롱』을 읽어보고	신문	≪동아일보≫	1963.12.26	
23	새가정 창간 10주년 기념 현상 문예작품 소설 심사 소감	잡지	『새가정』 11권1호	1964.1	
24	내가 읽은 신간(新刊) : 박화성 저 『눈보라의 운하』	신문	≪경향신문≫	1964.6.10	
25	나의 처녀작 : 「봉선화」와 「후처기」	잡지	『현대문학』 115호	1964.7	
26	명작 속의 여인상(총12회)	잡지	『새길』 118호-129호	1964.9 -1965.12	'①스카아렛트와 메라니, ②<주홍글씨>의 헤스터 프린, ③규로와 백작부인 안니와 그의 딸 아넷트, ⑤<가난한 사람들>의 와아링카, ⑥<부활>의 카쥬샤, ⑧토마스·하아디의 테스, ⑨<인형의 집> 노라, ⑩<선택된 인간>의 지빌라, ⑪<차 한 잔>의 「로즈메리」, ⑫<로미오와 쥬리에트>의 쥬리에트' / *④와 ⑦의 글은 미수록
27	심사평	잡지	『새생명』 5권8호(통권50호)	1965.8 / 9	
28	『수도백서(修道白書)』를 끝내고	신문	≪크리스챤신문≫ 267호	1966.4.30	
29	자작해설 : 『힘의 서정』의 구도	잡지	『현대문학』 145호	1967.1	
30	소설 심사소감 : 작품창작의 기본 공부부터 다시 해야	신문	≪크리스챤신문≫ 327호	1967.7.8	'본사기독교문예'
31	내가 영향 받은 작가 : 도스또예프스키	잡지	『현대문학』 153호	1967.9	
32편	제2회 장편소설 모집 심사후기	잡지	『현대문학』 168호	1968.12	

ㅈ

장경자張慶子

1968년 2월, 『현대문학』에 시 「구름의 일기」가 추천됨.

시 1편

구분	작품명	매체	출처	발표 시기	비고
1편	구름의 일기	잡지	『현대문학』 158호	1968.2	'초회 추천'

장덕조張德祚

1914~2003년. 경북 경산 출생. 이화여전 영문과 수학. 1932년 『제일선』에 소설 「저회(低徊)」(8월)로 등단. 같은 해 『개벽』사 기자. 광복 후 《평화신문》·《영남일보》 기자, 대구 《매일신문》 문화부장 겸 논설위원 역임.

소설 121편 + 소설 단행본 6권

구분	작품명	매체	출처	발표 시기	비고
1	상해(上海)서 온 여자	신문	《서울신문》	1947.2.4	
2	함성(喊聲)	잡지	『백민』 3권4호(통권9호)	1947.6 / 7	
3	창공(蒼空)	잡지	『문화』 1권2호	1947.7	
4	광야(廣野)에 웨치다(총4회)	잡지	『주간서울』 1권1-4호	1947.8.5 / 9.1 / 9.25 / 11.20	
5	저회(低徊)(총17회)	신문	《연합신문》	1949.1.30 -2.23	*제목은 1932년작 단편 「저회」와 같으나 내용은 다른 작품임
6	곤비(총5회)	신문	《국도신문》	1949.8.8 -15	
7	어떤 이혼소(離婚訴)	잡지	『주간서울』 52호	1949.9	
8	저돌(猪突)	잡지	『신천지』 4권8호(통권39호)	1949.9	
9	십자로(十字路)	잡지	『주간서울』 64-85호	1949.12.5 -1950.5.1	*1-22회까지 수록 / *단행본 『십자로(十字路)』(문성당, 1953) 발간

구분	작품명	매체	출처	발표 시기	비고
10	삼십년	잡지	『백민』 6권1호(통권20호)	1950.2	
11	정(情)	잡지	『부인경향』 1권6호	1950.6	
12	어머니	전시 간행물	『전시문학독본』(계몽사)	1951	
13	젊은 힘	전시 간행물	『전쟁과 소설』(계몽사)	1951	
1권	사랑의 편지	단행본	문성당	1951	
2권	훈풍(薰風)	단행본	영웅출판사	1951	
14	서리	잡지	『주간국제』 6호	1952.4.26	
15	비취(翡翠) (총22회)	신문	≪대구매일신문≫	1952.7.19-8.11	
16	청신(清新)	잡지	『신태양』	1952.8	
17	영혼의 점화(點火) (총2회)	신문	≪대구매일신문≫	1952.9.28-10.3	
18	매춘부	잡지	『코메트』 2호	1953.1	
19	풍설	잡지	『희망』 3권2호	1953.2	
20	솥 속의 돈꾸러미	잡지	『소년세계』 9호	1953.3	
21	선물	잡지	『전선문학』 4호	1953.4	
22	소년과 왕의(王依)	잡지	『학원』 2권4호	1953.4	
23	여자 삼십대 (총35회)	잡지	≪대구매일신문≫	[일부] 1953.5.25-6.30	*단행본(인화출판사, 1954) 발간
24	다정도 병이런가 (총18회)	잡지	『신태양』 2권8호-3권26호(통권8-26호)	1953.3-1954.10	그림 오석구(吳錫九)[9회만 그림 백영수(白榮洙)] / *단행본(세문사, 1956) 발간
25	광풍(狂風) (총200회)	잡지	≪동아일보≫	1953.8.20-1954.3.9	*단행본(인화출판사, 1954) 발간
26	바둑이	잡지	『소년세계』 14호	1953.8	
27	비련(秘戀)	신문	≪대구일보≫	1953	*『아리랑』 1권1호(1955.3)에도 수록
28	노경(老境)	잡지	『교통』 2권1-3호(통권2-4호)	1954.1-4	
29	여인상(女人像) (총127회)	신문	≪대구매일신문≫	1954.7.1-11.30	
30	비가 온다 (총15회)	잡지	『희망』 4권9호-5권12호	1954.9-1955.12	*그림 1-5회 우경희(禹慶熙), 6-14회 김운보(金雲甫), 14-15회 김기창(金基昶)[김운보와 김기창은 같은 화가임] / *14회분이 두 번 게재됨
31	청조(青鳥)와 같이 (총8회)	신문	≪중앙일보≫	1954.11.14-21	
32	일제미기	전시 간행물	『전시한국문학선 : 소설편』(국방부 정훈부)	1954	
3권	여인애가(女人愛歌)	단행본	영웅출판사	1954	

구분	작품명	매체	출처	발표 시기	비고
33	여자 사십 세(총164회)	신문	《중앙일보》	1955.1.2 -6.26	
34	이상한 점쟁이	잡지	『소년세계』 31호	1955.2	
35	한 매화 가지에서	잡지	『학원』 4권2호	1955.2	
36	만종(晩鐘)이 운다(총152회)	신문	《매일신문》	1955.5.20 -10.21	
37	상사일념(相思一念)	잡지	『아리랑』 1권3호	1955.5	
38	허영의 풍속(風俗)	신문	《경향신문》	1955.6.25 -7.15	*제19회로 연재 중단(미완)
39	어옹(漁翁)과 간녀(奸女)	잡지	『아리랑』 1권4호	1955.6	그림 목정(木丁)
40	왕자(王者)의 사랑	잡지	『청사(靑史)』 1호	1955.6	
41	은원(恩怨)	잡지	『야담』(희망사) 1권1호	1955.7	'시대야화' / 그림 김영주(金榮注)
42	비상(砒霜) 주머니	잡지	『야담』(희망사) 1권2호	1955.8	'처세비담(處世秘譚)' / 그림 이순재(李舜在)
43	과거여담(科擧余譚)	잡지	『아리랑』 1권8호	1955.9	그림 정용(龍)
44	충신(忠臣)의 후손(後孫)	잡지	『야담』(희망사) 1권3호	1955.9	'순의미담(殉義美談)' / 그림 김성환(金星煥)
45	현처(賢妻)	잡지	『야담』(희망사) 1권5호	1955.11	'출세가화(出世佳話)' / 그림 행인(杏仁)
46	기지(機智)	잡지	『신태양』 5권1호(통권41호)	1956.1	
47	충신의 피	잡지	『소년소녀만세』	1956.1	
48	아름다운 황혼	잡지	『명랑』 1권1-4호(통권1-4호)	1956.1-4	*1-4회까지 수록
49	대인(大人)의 흉도(胸度)	잡지	『아리랑』 2권2호	1956.2	
50	붕우유신(朋友有信)	잡지	『야담』(희망사) 2권2호	1956.2	'의리미담(義理美談)' / 그림 행인
51	유전(流轉)	잡지	『희망』 6권3호	1956.3	그림 김영주(金榮注)
52	폭군의 최후	잡지	『야담』(희망사) 2권3호	1956.3	'반정비화(反正秘話)' / 그림 이승만(李承萬)
53	정염(情炎)의 강물은(총153회)	신문	《국제신보》	1956.3.1 -8.13	
54	명장(名將)의 죽음	잡지	『야담』(희망사) 2권4호	1956.4	'충렬비담(忠烈悲譚)' / 그림 이승만
55	백조의 노래(총4회)	잡지	『학원』 5권4-7호	1956.4-7	
56	왕가(王家)의 후예	잡지	『야담』(희망사) 2권5호	1956.5	'접객기담(接客奇譚)' / 그림 한홍택(韓弘澤)
57	대상(大相)의 일면	잡지	『야담』(희망사) 2권6호	1956.6	'택서기담(擇婿奇譚)' / 그림 행인
58	낙화암(洛花巖)(총258회)	신문	《동아일보》	1956.7.1 -1957.3.19	*단행본(신태양사, 1959) 발간 / 『명랑』 9권6호(1964.6)에 축약본 실림['1953년 「동아일보」 연재'라고 기재됨]
59	남자의 마음	잡지	『아리랑』 2권7호	1956.7	'야사(野史)' / 그림 행인
60	요녀(妖女)의 말로(末路)	잡지	『야담』(희망사) 2권7호	1956.7	'업보기담(業報奇譚)' / 그림 행인
61	인과(因果) 보복(報復)	잡지	『야담』(희망사) 2권8호	1956.8	'간친미담(諫親美譚)' / 그림 행인
62	사랑의 풍속(風俗)(총24회)	잡지	『주간희망』 37-61호	1956.9.7 -1957.2.22	그림 김영주(金榮注)

구분	작품명	매체	출처	발표 시기	비고
63	문장(文章) 수난기(受難記)	잡지	『야담』(희망사) 2권9호	1956.9	'무옥사화(誣獄史話)' / 그림 한홍걸(韓弘杰)
64	탐욕무한(貪慾無限) (총2회)	잡지	『아리랑』 2권9-10호	1956.9-10	'야사(野史)' / 그림 이승만
65	의인(義人) 유종호(有種乎)	잡지	『야담』(희망사) 2권10호	1956.10	'충복미담(忠僕美譚)' / 그림 행인
66	귀신과 친한 재상(宰相)	잡지	『야담』(희망사) 2권12호	1956.12	'비전기화(秘傳奇話)' / 그림 장현우(張賢雨)
67	낙운궁비사(落殞宮悲史)	잡지	『야담』(희망사) 3권1호	1957.1	'역사소설5인집' / 그림 김성환
68	구국이담(救國異譚)	잡지	『야담』(희망사) 3권3호	1957.3	'발신기화(發身奇話)' / 그림 송방(宋邦)
69	연(緣)	잡지	『주부생활』 1권3호	1957.3	그림 한홍택
70	누가 죄인이냐 (총170회)	신문	≪연합신문≫	1957.4.24 -10.12	
71	방랑하는 도승(사제정화)	잡지	『학원』 6권8호	1957.8	
72	애증(愛憎)의 성화(聖火)	잡지	『야담』(희망사) 3권8호	1957.8	그림 송방(宋邦)
73	매리와 푸른 기(旗)	잡지	『학원』 6권9호	1957.9	
74	은의무한(恩義無限)	잡지	『야담』(희망사) 3권11호	1957.11	그림 우경희(禹慶熙)
75	전후파(戰後派) 실격자	잡지	『아리랑』 3권11호	1957.11	그림 김영주
76	현가(絃歌) (총13회)	잡지	『여원』 3권11호-4권11호	1957.11 -1958.11	
77	격랑(激浪) (총181회)	신문	≪경향신문≫	1957.12.1 -1958.5.31	*단행본(신태양사, 1959) 발간
78	만가(輓歌)	잡지	『야담』(희망사) 3권12호	1957.12	그림 우경희
79	정렬일관(貞烈一貫)	잡지	『새살림』 7호	1957.12	'역사상에 나타난 현부열녀전' / 작가
80	바다의 정열	잡지	『대중문예』	1957	
81	정옥(情獄)	잡지	『대중문예』	1957	
4권	장미는 슬프다	단행본	희망사	1957	'장편소설' / *HLKA(서울중앙방송국) '연속소설'로 방송(1956.12.1-1957.1.26) / 『국제영화』 4권5호(1958. 5·6 합병호)에 '영화소설'로도 수록됨.
5권	향화	단행본	혜문사	1957	'소설집'
82	사랑의 행로(行路)	잡지	『아리랑』 4권1호	1958.1	그림 이순재(李舜在)
83	이열치열(以熱治熱)	잡지	『흥미』 1호	1958.1	
84	추우(秋雨)	잡지	『야담』(희망사) 4권1호	1958.1	그림 김세종(金世鍾)
85	수우(愁雨)	잡지	『아리랑』 4권3호	1958.3	그림 김영주
86	숙명적(宿命的)	잡지	『새교실』 3권3호(통권21호, 4-6학년용)	1958.3	
87	푸른 상사수(相思樹)	잡지	[일부]『명랑』 3권3-8호	[일부] 1958.3-8	그림 우경희(禹慶熙) / *4-9회 수록
88	백야몽(白夜夢)	잡지	『아리랑』 4권4호	1958.4	그림 우경희
89	탕자(蕩子)	잡지	『야담』(희망사) 4권4호	1958.4	그림 목정(木丁)

구분	작품명	매체	출처	발표 시기	비고
90	백조흑조(白潮黑潮)	신문	《국제신문》	1958.5.14 -12.31	
91	추물(醜物)	잡지	『야담』(희망사) 4권5호	1958.5	그림 김영주
92	혈연(血緣)	잡지	『코메트』 33호	1958.5	
93	애인의 생태	잡지	『아리랑』 4권6호	1958.6	그림 김훈(金薰)
94	사랑의 천국	잡지	『아리랑』 4권8호	1958.8	그림 김영주
95	안개 낀 다리 밑	잡지	『소년생활』 1호	1958.8	
96	여자의 생태	잡지	『아리랑』 4권9호	1958.9	그림 홍성찬(洪性鑽)
97	원색지대 (총213회)	신문	《서울신문》	1958.10.30 -1959.11.29	
98	화염(火焰)처럼	잡지	『아리랑』 4권10호	1958.10	그림 이순재
99	여체(女体)	잡지	『아리랑』 4권11호	1958.12	그림 김영주
100	청포도시절	잡지	『아리랑』 5권1호	1959.1	그림 우경희
101	대신라기(大新羅記) (총735회)	신문	《연합신문》-《서울일일신문》	1959.7.1 -1961.12.31	
102	열대어(熱帶魚) (총209회)	신문	《국제신문》	1959.7.17 -1960.2.13	
103	선견지명(先見之明)	잡지	『야담』(희망사) 6권1호	1960.2	'위인소전(偉人小傳)' / 그림 김세종
104	역류(逆流) 속에서 (총226회)	신문	《대구매일신문》	1960.5.11 -12.31	
105	여화(麗花) (총402회)	신문	《대한일보》	1961.6.21 -1962.7.30	
106	벽오동(碧梧桐) 심은 뜻은 (총310회)	신문	《한국일보》	1963.8.20 -1964.9.10	*단행본(삼성출판사, 1964) 발간
107	고요한 애정	잡지	『소설계』(삼중당) 6권9호(통권61호)	1963.9	'여성을 위한 문제소설' / 그림 이지랑(李紙廊)
108	춘풍추우(春風秋雨) (총300회)	신문	《매일신문》	1964.1.10 -12.30	
109	봄날	잡지	『새농민』 4권3호(통권29호)	1964.3	그림 전성보
110	한양성(漢陽城)의 달 (총365회)	신문	《국제신문》	1964.5.1 -1965.6.30	
111	요승신돈(妖僧辛旽) (총18회)	신문	『농원』 1권1호-2권10호(통권1-18호)	1964.5 -1965.10	그림 이승만 / *단행본(삼중당, 1967) 발간
112	귀거래(歸去來) (총551회)	신문	《대한일보》	1965.1.1 -1966.10.15	
113	별 하나 나 하나 (총19회)	잡지	『학원』 14권1호-15권8호	1965.1 -1966.8	
114	뇌봉탑(雷峰塔)의 유래 (총3회)	신문	《국제신보》	1965.2.9 / 11 / 16	'내가 아는 사연설화' / 그림 김영주
115	민비(閔妃) (총369회)	신문	《경향신문》	1965.6.1 -1966.8.22	

구분	작품명	매체	출처	발표 시기	비고
116	괴도(怪盜) : 홍총각 외전(外傳) (총43회)	잡지	『주간 한국』	1965.8.1 -1966.5.22	
117	죄인	잡지	『우리들』 1권10호(10호)	1966.10	'역사소설' / 그림 박남
6권	대원군(大院君)	단행본	삼중당	1967	'역사소설'
118	강빈(姜嬪)의 죽음 (총13호)	잡지	『새농민』 7권10호-8권10호(통권72-84호)	1967.10 -1968.10	'역사소설' / 그림 홍성찬(洪性鑽)
119	지하여자대학 (총239회)	신문	《중앙일보》	1968.1.1 -12.30	*단행본(국민문고사, 1969) 발간
120	이조(李朝)의 여인들 (총513회)	신문	《한국일보》	1968.5.8 -1972.1.30	*전 8권으로 삼성출판사에서 1971년 발간
121편	연지(臙脂) (총16회)	잡지	『여원』 14권6호-15권9호	1968.6 -1969.9	

수필 87편

구분	작품명	매체	출처	발표 시기	비고
1	장마 개이는 날	잡지	『대조』 3권3호	1948.8.1	
2	부인과 독서	신문	《서울신문》	1949.12.25	
3	전락하는 모성애 (총2회)	신문	《국도신문》	1950.3.14 / 17	
4	여성과 직업	잡지	『주간서울』 82호	1950.4.10	
5	선거유감(選擧有感) (총2회)	신문	《국도신문》	1950.5.9 / 10	'문화'
6	내가 본 공산주의	전시 간행물	『적화삼삭구인집』(국제보도연맹)	1951	
7	어떤 여인	잡지	『시문학』 3호	1951.6	
8	애증교착기(愛憎交錯記)	잡지	『시문학』 3호	1951.6	
9	영예(榮譽)의 귀환을	잡지	『코메트』 3호	1953.2.28	
10	나의 소년 시절의 오월 : 그네	잡지	『소년세계』 11호	1953.5	
11	고난	신문	《대구일보》	1953.9.2	
12	환희	신문	《조선일보》	1955.2.12	
13	책상(冊床)	신문	《동아일보》	1955.4.27	
14	둔감한 신경(神經)	신문	《경향신문》	1955.4.28	'모놀로그' / 작가
15	추풍부(秋風賦)	신문	《한국일보》	1955.9.16	여류작가
16	우부(愚婦)의 변, 죽음과 마주 서서	신문	《조선일보》	1955.9.18	
17	추석	신문	《동아일보》	1955.9.30	
18	행복	신문	《동아일보》	1955.10.23	
19	나는 가을을 이렇게 지내려 한다 : 건강을 위하여 자유로이	잡지	『소년세계』 36호	1955.11	
20	송년유감(送年有感)	신문	《중앙일보》	1955.12.17	'생활천자변' / 여류작가
21	이 해에 하고픈 것	신문	《동아일보》	1956.1.11	

구분	작품명	매체	출처	발표 시기	비고
22	전락하는 모성애 : 여성범죄와 남성의 책임	신문	《국제신보》	1956.1.11	
23	미망인의 연애문제	잡지	『여원』 2권3호	1956.3	
24	병상기(病床記)	잡지	『자유문학』 1권1호	1956.6	
25	부여행(扶餘行) : 장편 『낙화암(落花巖)』 집필에 앞서	신문	《동아일보》	1956.6.28	
26	『사랑의 풍속』 연재 전 소감 : 작가의 말	잡지	『주간희망』 36호	1956.8.31	
27	풍류촌담(風流寸譚)	잡지	『야담과 실화』 1권1호	1957.2	'풍류잡감(風流雜感)' / 여류작가
28	상사몽(相思夢)	신문	《서울신문》	1957.8.22	'납량괴담(納凉怪談)' / 소설가
29	동창생(同窓生)에게	잡지	『주부생활』 1권10호	1957.10	'주부의 서간문 강좌 제4회'
30	기차가 무서워 꿈을 버린 동무	잡지	『학원』 6권11호	1957.11	'명사의 어린시절' / 여류소설가
31	동록초(冬錄抄) : 겨울맛 이야기	신문	《세계일보》	1958.2.5	'수감(隨感)' / 여류작가
32	반갑지 않은 친절(親切)	신문	《동아일보》	1958.4.13	
33	체념(諦念)	신문	《연합신문》	1958.4.21	
34	명석(明晰)의 정신(精神)	신문	《세계일보》	1958.5.8	'총선거를 끝내고' / 소설가
35	다음연재 『녹색지대(綠色地帶)』 : 작자의 말	신문	《서울신문》	1958.10.26	
36	어머니를 생각하며	신문	《한국일보》	1959.1.21	
37	어머니날에	신문	《국제신보》	1959.5.8	소설가
38	어떤 모순	신문	《세계일보》	1959.5.21	'여인100상(想)' / 소설가
39	독단과 편견은 삼가주기를 : 박문하씨(朴文夏氏)에게 답한다(총2회)	신문	《국제신보》	1960.1.5~6	
40	꿈과 정서가 깃든 가정을 꾸미자	잡지	『가정생활』 1권11호	1961.11	여류작가
41	야성의 정·신영균	잡지	『여원』 8권4호	1962.4	
42	김종오(金鐘五) 장군에게 : 관용을 바랍니다	신문	《한국일보》	1962.8.2	
43	깨끗한 승리를 : 아주경기대회(亞洲競技大會) 여성선수들을 보내며	신문	《서울신문》	1962.8.17	
44	그 여주인공들을 변호한다 : 어머니로서의 새 삶을 하길	잡지	『미의 생활』 2호	1962.9	'삼각(三角)의 분석' / 작가
45	굿놀이 요란한 달 밝은 밤에	잡지	『여원』 8권10호	1962.10	
46	만추(晩秋), 사랑	잡지	『미의 생활』 4호	1962.11	작가
47	시대에 즉응(卽應)할 마음의 준비를	신문	《동아일보》	1963.1.29	
48	감동 준 역경의 여심(女心)	신문	《한국일보》	1963.3.13	
49	어머니의 현대적 조건	잡지	『여상』 2권5호	1963.5	'특집 : 어머니' / 여류작가
50	선비들 : 위정당국자(爲政當局者)에게 보내는 글	신문	《동아일보》	1963.7.31	

구분	작품명	매체	출처	발표 시기	비고
51	『벽오동 심은 뜻은』 : '참'이 그리운 시기(時期) : 작자	신문	≪한국일보≫	1963.8.14	
52	인정과 자연의 합창 : 강릉·삼척	잡지	『여원』 9권12호	1963.12	'기행'
53	새해를 맞으면서 : 40대 어머니와 20대 딸의 대화	신문	≪경향신문≫	1964.1.3	
54	본지 새 장편소설 『춘풍추우(春風秋雨)』 작자의 말	신문	≪매일신문≫	1964.1.7	
55	장편연재소설 『한양성(漢陽城)의 달』 : 작자의 말	신문	≪국제신보≫	1964.4.2	
56	더 크고 더 넓은 염원	잡지	『여원』 10권5호	1964.5	
57	작열하는 시기	잡지	『가정생활』 4권6호	1964.6	'권두언' / 작가
58	정책수립도 실천도 당신들이 해왔다	잡지	『여상』 3권6호	1964.6	'특집 : 남성들은 이 현실을 책임져라' / 여류소설가
59	명사의 말 : 경상도편	잡지	『학원』 13권8호	1964.8	
60	한심스런 공덕심의 결여	잡지	『여원』 10권9호	1964.9	
61	해보고 싶은 편집(偏執)	잡지	『여상』 3권11호	1964.11	
62	새 연재소설 『귀거래(歸去來)』 : 작자의 말	신문	≪대한일보≫	1964.12.19	'사고(社告)'
63	잃어버린 봄	신문	≪부산일보≫	1965.2.20	'여류수필릴레이③ : 화신(花信)' / 소설가
64	잔설(殘雪)의 낙수소리	신문	≪부산일보≫	1965.2.27	'여류수필리레이⑤ : 화신' / 소설가
65	창문을 열고	신문	≪동아일보≫	1965.3.18	
66	초기 순교사(殉敎史)에 감동	신문	≪가톨릭시보≫ 468호	1965.4.25	'일반사회의 교회관 : 나는 가톨릭을 이렇게 본다'
67	효녀의 귀감	잡지	『여원』 11권5호	1965.5	
68	무의미한 음식지도	신문	≪부산일보≫	1965.7.22	
69	다음연재소설 『괴도(怪盜) : 홍총각 외전(外傳)』 : 작자의 말	잡지	『주간 한국』	1965.7.25	
70	여대생 이제(二題)	잡지	『신동아』 11호	1965.8	
71	소인한거(小人閑居)	신문	≪동아일보≫	1965.12.27	
72	쓰다 남은 작품의 종결(終結)	신문	≪영남일보≫	1966.1.9	'여류작가들이 말하는 나의 새해 구상'(끝)
73	점복관념(占卜觀念)	신문	≪동아일보≫	1966.1.25	
74	낙선재 주변(落選齋周邊)	신문	≪동아일보≫	1966.2.10	
75	고립(孤立)	신문	≪동아일보≫	1966.2.26	
76	문인과 재화(財貨)	잡지	『재무』 122호	1966.2	
77	결혼시즌	신문	≪동아일보≫	1966.3.10	
78	참고 견디는 것이 제일	신문	≪경향신문≫	1966.3.14	
79	중요한 문제	신문	≪동아일보≫	1966.3.24	
80	내 주장에 맹종하는 일	잡지	『여원』 13권3호	1967.3	

구분	작품명	매체	출처	발표 시기	비고
81	흘러간 K와 B	잡지	『여학생』 3권4호	1967.4	'돌아보는 청춘삼면' / 소설가
82	경포대의 초생달	신문	≪매일경제신문≫	1967.7.20	'여름이 오면 가고픈 산하(8)'
83	신연재 예고 『강빈(姜嬪)의 죽음』: 작자의 말	잡지	『새농민』 7권9호(통권71호)	1967.9	
84	서울시민의 투쟁본능	잡지	『주간새서울』	1968.1.12	'수상' / 여류소설가
85	팔린다는 운현궁(雲峴宮)	신문	≪중앙일보≫	1968.2.15	
86	갈대처럼	신문	≪영남일보≫	1968.10.11	'여류의 추상(秋想)'①
87편	해가 뜰 때 출발을…①	신문	≪경향신문≫	1969.9.3	'피난은 골동품 : 타이페이서 제1신'

비평 9편

구분	작품명	매체	출처	발표 시기	비고
1	현대명작 소개 : 춘원(春園) 이광수(李光洙) 원작 : 『흙』	잡지	『신태양』 2권7호(통권7호)	1953.2	그림 백낙종(白樂宗)
2	영화 <황혼의 여심>을 어떻게 보는가	잡지	『여원』 2권9호	1956.9	
3	『낙화암』 후기	신문	≪동아일보≫	1957.3.20	
4	나의 작품과 작중의 '모델' : 위선보다도 적나라한 것에 진실이 있다	잡지	『희망』 8권6호	1958.6	소설가
5	'풀롤'에 무리(無理)가 없다	신문	≪국제신보≫	1959.1.1	'소설 선후감'
6	기성도덕의 혁신을 : 세 여고생의 수기를 읽고	잡지	『여상』 2권11호	1963.11	'한 어머니의 답변' / 여류소설가
7	불성실한 태도와 내용 없는 작품 많아	신문	≪매일신문≫	1964.4.2	'작품을 끝고 나서 : 제2회 매일문학상'
8	'여성의 아름다움' 그리려 : 『벽오동 심은 뜻은』을 끝내고	신문	≪한국일보≫	1964.9.10	
9편	희비(喜悲)로 점철된 나의 분신(分身) : 소설 『귀거래(歸去來)』의 붓을 놓으며	신문	≪대한일보≫	1966.10.25	

장성자張聖子

시나리오 작가. 대륜중고도서관 사서, 교사로 근무.

수필 5편

구분	작품명	매체	출처	발표 시기	비고
1	추억만 남기고	신문	≪매일신문≫	1964.1.7	'신정(新正) 여성수필'
2	불화가 남긴 가정 : 꿈과 현실의 갈피 속에서 (총2회)	신문	≪영남일보≫	1965.3.26 / 31	대륜고등학교 도서관 근무
3	이 땅의 봄 : 오는 계절 가는 계절	신문	≪영남일보≫	1966.2.27	대륜중교도서반 근무·여류시나리오 작가
4	내 고향의 봄소식 : 대구(大邱)	신문	≪영남일보≫	1966.4.13	여류씨나리오 작가·대륜도서관 사서
5편	모성애	신문	≪매일신문≫	1969.12.26	'세모(歲暮) 수필' / 대륜중고등학교 교사

장숙희張淑姫

1966년 12월, 소설 「어느 여자의 편지」로 제6회 『여상』 여류신인문학상 당선.

소설 2편

구분	작품명	매체	출처	발표 시기	비고
1	어느 여자의 편지	잡지	『여상』 5권12호	1966.12	'제6회 여상 여류신인문학상 당선작'
2편	두 선수	잡지	『여상』 6권9호	1967.9	

장예종張禮鐘

1960년 12월, 소설 「불안」으로 제7회 『여원』 여류신인상 당선.

소설 1편

구분	작품명	매체	출처	발표 시기	비고
1편	불안	잡지	『여원』 7권1호	1961.1	'제7회 여원 여류신인상 당선작'

장인수 蔣仁洙

1962년 2월, 시 「설야」·「귀향」으로 『여원』 제7회 여류신인상 가작 입선.

시 2편

구분	작품명	매체	출처	발표 시기	비고
1	설야(雪夜)	잡지	『여원』 8권2호	1962.2	'제7회 여원 여류신인상 가작 시'
2편	귀향	잡지	『여원』 8권2호	1962.2	'제7회 여원 여류신인상 가작 시'

장정옥 張晶玉

1923년 황해도 장연 출생. 일본 동경제국여전 졸업. 수도여대·서울여대 교수 역임.

수필 11편

구분	작품명	매체	출처	발표 시기	비고
1	양친(兩親)들을 위한 유치원 이야기	잡지	『가정교육』 14호	1959.9	수도여사대 교수
2	영국기행	잡지	『여원』 9권5호	1963.5	기행
3	복(福)과 함께 받은 정월상(正月床)	잡지	『여원』 11권1호	1965.1	
4	그게 입이냐?	신문	《대한일보》	1966.9.6	'고반(考槃) / 수록(隨錄)' / 서울여대 교수·요리
5	고마운 마음	신문	《대한일보》	1966.9.27	'고반 / 수록'
6	맛속에 산다	신문	《대한일보》	1966.10.11	'고반 / 수록'
7	음식맛과 분위기	신문	《대한일보》	1966.10.25	'고반 / 수록'
8	날개 편 순국산(純國産)	신문	《대한일보》	1966.12.1	'고반 / 수록'
9	자선하는 마음	신문	《대한일보》	1966.12.17	'고반 / 수록'
10	군중심리	신문	《대한일보》	1966.12.27	'고반 / 수록'
11편	더불어 여름을	신문	《대한일보》	1967.8.5	'납량수필 시리즈 : 화채송(花菜訟)' / 서울여대 교수

비평 1편

구분	작품명	매체	출처	발표 시기	비고
1편	교수가 본 문학인	잡지	『자유문학』 2권2호	1957.7	'교수가 본 문학 문학인' / 수도여대 학생과장

전병순田炳淳

1929~2005년. 광주 출생. 숙명여대 국문과 졸업. 여수여고・전남여고・선명여고 교사, 『여원』 기자로 근무. 1951년 소설 「준교사」를 『신문학』에 발표. 1959년 12월, 소설 「뉘누리」로 제5회 『여원』 여류신인상 당선. 1961년 장편 「절망 뒤에 오는 것들」로 ≪한국일보≫ 500만원 현상연재소설 가작 입선.

시 1편

구분	작품명	매체	출처	발표 시기	비고
1편	전원의 유혹	신문	≪서울신문≫	1966.4.9	

소설 40편

구분	작품명	매체	출처	발표 시기	비고
1	뉘누리	잡지	『여원』 6권1호	1960.1	'제5회 여원 여류신인상 당선작'
2	박포씨(博圃氏)	잡지	『여원』 7권12호	1961.12	
3	절망 뒤에 오는 것 (총210회)	신문	≪한국일보≫	1962.3.6 -10.19	'한국일보 주최 600만원 장편소설 모집 가작' / *단행본(국제문화사, 1963) 발간
4	미수(未遂)	잡지	『동아춘추』 1권1호(창간호)	1962.12	
5	긍지의 성주(城主)	잡지	『여원』 9권6호	1963.6	
6	이단(異端)	잡지	『현대문학』 109호	1964.1	
7	피는 꽃 지는 꽃 (총156회)	신문	≪서울신문≫	1964.4.1 -10.1	
8	응수(應酬)	잡지	『여원』 10권8호	1964.8	
9	실루에뜨	잡지	『현대문학』 117호	1964.9	
10	일요일	잡지	『주간 한국』	1964.10.11	'「한국일보」가 낳은 작가들의 공통제 「콩트」'
11	해로(偕老)	잡지	『문학춘추』 1권7호(통권7호)	1964.10	
12	나	잡지	『문학춘추』 2권4호(통권13호)	1965.4	
13	잔설(殘雪) 다 하면	잡지	『주부생활』 1권1호	1965.4	그림 우경희(禹慶熙)
14	인간의 운명(運命)	잡지	『문학춘추』 2권6호(통권15호)	1965.6	
15	춘소(春宵) (총2회)	잡지	『농원』 2권6-7호(통권14-15호)	1965.6-7	'연재 Photo Story' / 촬영 유재력(兪在力)
16	부동표(浮動票) : 군상(群像)	잡지	『문학춘추』 2권8호(통권17호)	1965.12	
17	현부인(賢夫人) (총283회)	신문	≪전남매일신보≫	1965.1.1 -10.17	*≪대전일보≫(1965.1.1-10. 28), ≪대구일보≫(1965.1.1-11.6), ≪부산일보≫(1966.1.1-12.30)에도 수록
18	회전무대(回轉舞臺) (총16회)	잡지	『여원』 12권1호-13권4호	1966.1 -1967.4	
19	소년의 꿈	잡지	『우리들』 1권5호(통권5호)	1966.5	'단편' / 그림 송대현(宋大賢)
20	속물(俗物)	잡지	『여상』 5권6호	1966.6	

구분	작품명	매체	출처	발표 시기	비고
21	송영대(送迎臺)에서	잡지	『문학』(문학사) 1권4호(통권4호)	1966.8	
22	국가(國家)	잡지	『현대문학』 142호	1966.10	
23	어떤 개인 날	잡지	『여학생』 2권11호	1966.11	
24	하늘 가는 밝은 길	잡지	『새생명』 7권1호(통권65호)	1967.1	'단편'
25	누구에게 말하리(총11회)	잡지	『새가정』 14권1호-11호	1967.1-12	그림 송방
26	투시도(透視図)	잡지	『소설계』(삼중당) 10권3호(통권101호)	1967.3	
27	강원도 달비 장수	잡지	『현대문학』 148호	1967.4	
28	또 하나의 고독(총239회)	신문	≪조선일보≫	1967.6.24 -1968.12.30	'제5회 여류문학상 수상작' / *단행본(장문각, 1968) 출간
29	낙향기(落鄕記)	잡지	『농원』 4권5호(통권37호)	1967.6	'단편' / 그림 장은주(張銀珠)
30	인사이동록(人事移動錄)	잡지	『동서춘추』(희망출판사) 1권2호	1967.6	
31	성(性)에 눈뜨는 무렵(총6회)	잡지	『여성동아』 1-6호	1967.11 -1968.4	그림 천경자(千鏡子)
32	안개부인(총231회)	신문	≪서울신문≫	1968.6.17 -1969.3.15	*단행본(국민문고사, 1969) 발간
33	체취(體臭)	잡지	『여성동아』 9호	1968.7	'단편5인선' / 그림 김재문(金載汶)
34	테스트 필(畢)	잡지	『현대문학』 164호	1968.8	
35	인생동업(人生同業)(총240회)	신문	≪영남일보≫	1968.10.15 -1969.7.25	그림 오수산(吳水山) / *≪전남일보≫(1968.10.15-1969.7.27)에도 수록
36	사노라면 잊힐 날도(총222회)	신문	≪국제신보≫	1969.4.15 -12.30	그림 김세종(金世鍾)
37	수련(垂蓮) : 꿈을 더듬어	잡지	『여학생』 5권7호	1969.7	'꽃말 소설' / 그림 황수진(黃秀眞)
38	대지(大志)	잡지	『여성동아』 22호	1969.8	'여류단편특집' / 그림 윤중식(尹仲植)
39	박포씨 후일담(後日譚)	잡지	『현대문학』 178호	1969.10	
40편	나이도 어린데	잡지	『여학생』 5권11호	1969.11	'주우니어의 문제점을 그린 테마별 소설 특집 : 동성 동본 결혼' / 그림 황수진

수필 30편

구분	작품명	매체	출처	발표 시기	비고
1	이젠 밤에 글 쓰지 않아도	신문	≪한국일보≫	1961.4.1	'가작입선소감'
2	『절망 뒤에 오는 것』 : 작자의 말	신문	≪한국일보≫	1962.3.4	
3	나의 설계 : 오붓한 살림을	신문	≪동아일보≫	1962.5.15	
4	췌언(贅言)	잡지	『여상』 2권4호	1963.4	여류소설가
5	남의 일 같지 않게 통분(痛忿)	잡지	『여상』 2권12호	1963.12	'신진작가들에 의한 킬러사건의 재심판 : 답(答)'

구분	작품명	매체	출처	발표 시기	비고
6	오목대(梧木臺)와 고향을 찾아 : 전주, 광주	잡지	『여원』 9권12호	1963.12	
7	30대 여인들의 생태를 파헤치는 역작…『피는 꽃 지는 꽃』: 작가의 말	신문	《서울신문》	1964.2.29	'4월 1일부터 새 연재소설'
8	이 생명 어찌…	잡지	『여상』 3권5호	1964.5	'지정제 수필 : 어머니'
9	내 고향 겨울의 멋 : 장성진(長城鎭)의 강설(降雪)	잡지	『여상』 3권12호	1964.12	
10	한국남성 이것이 문제다 : 안에서는 구두쇠, 밖에서는 갑부(甲富)	잡지	『여상』 4권2호	1965.2	
11	윤락여성선도소(淪落女性善導所)	잡지	『여원』 11권4호	1965.4	
12	희랍(希臘) 다녀온 아줌마	잡지	『정경연구』 1권6호(통권6호)	1965.7	'납량수필향연' / 소설가
13	전원의 유혹	신문	《서울신문》	1966.4.9	'봄을 띈다'(3) / 작가
14	꽃잎 하나 떨어진 후	잡지	『여학생』 2권4호	1966.4	'주우니어 카르테 : 어드바이저' / 소설가
15	까스 중독	잡지	『정경연구』 12권5호(통권6호)	1966.5	소설가
16	다시금 기억하는	잡지	『여학생』 2권8호	1966.8	'체험기특집 : 애인이라 불려져서 느낀 여자의 행복' / 소설가
17	주체의식과 사회참여	신문	《전남일보》	1967.1.1	'신정(新正) 여성논단'
18	4월이면 생각나는 사람	신문	《국민신문》	1967.5.8	'푸른 광장' / 소설가
19	청초한 여성… 고황경(高凰京) : 심심산골에 피는 작은 꽃처럼	잡지	『여학생』 3권5호	1967.5	'특집 : 우리들의 이상적인 여성' / 작가
20	태화강에 이룩된 공업한국의 전초(前哨)	잡지	『여원』 13권8호	1967.8	
21	새연재소설 『인생동업』 : 작가의 말	신문	《강원일보》	1968.10.16	'사고(社告) : 저력 있는 여류작가 전병순 작 21일부터 게재'
22	아베마리아를 불러주던 사람은…	잡지	『주부생활』 4권10호	1968.10	'특집 : 가을에 만난 사람 · 헤어진 사람' / 작가
23	현실과 미래	잡지	『여류문학』 1호	1968.11	
24	이 해의 새 계획을 세우자	신문	《전우신문》 1282호	1969.1.1	
25	자화상을 그리는 마음	잡지	『여학생』 5권2호	1969.2	'특집 : 어머니가 보내는 딸' / 여류작가
26	생명 · 의술(醫術)	신문	《중앙일보》	1969.3.8	
27	예술인들의 과제	신문	《대한일보》	1969.7.24	'발언대' / 작가
28	인간의 약점과 선량을 지닌 사랑스런 존재들	잡지	『주부생활』 5권8호	1969.8	'연재 : 작품 속의 남성연구'⑤ / 그림 배융(裵隆)
29	관가(官家)에 쉬어가는 임시 시녀(侍女) : 여자공무원	잡지	『여원』 15권9호	1969.9	
30편	또 하나의 소망	잡지	『폰 · 코러스』 12호	1969.12	'나의 70년대' / 여류작가

비평 6편

구분	작품명	매체	출처	발표 시기	비고
1	문학의 발견	신문	≪한국일보≫	1961.4.30	
2	문학의 문턱에 서서	잡지	『여원』 7권6호	1961.6	
3	『절망 뒤에 오는 것들』을 잉태할 무렵	잡지	『여상』 1권1호	1962.11	'한국일보 연재소설(500만원 현상입선작)'
4	『피는 꽃 지는 꽃』 연재를 맺고 : (작가) 증오 남기고 싶잖아	신문	≪서울신문≫	1964.10.10	
5	낙선은 분발의 기회 : 응모엔 의욕과 인내와 기개로	신문	≪서울신문≫	1966.1.15	'1백만원 장편소설 응모작 분석 : 예심위원 전병순씨 의견'
6편	약한 듯 강한 삶 : 2년 동안 빠짐없이 읽고	신문	≪서울신문≫	1969.4.19	

전숙희 田淑禧

　1919~2010년. 함남 원산 출생. 이화여전 문과 졸업. 1938년 10월, 『여성』에 소설 「시골로 가는 노파」를 발표하면서 등단. 광복 후 수필 창작에 전념. 1970년 월간 『동서문화』(1985~2004년까지 계간 『동서문학』) 발간. 한국현대문학관 이사장 역임.

소설 5편

구분	작품명	매체	출처	발표 시기	비고
1	미완의 서(書)	잡지	『문화세계』 1권4호	1953.11	
2	두 여인(총3회)	신문	≪태양신문≫	1953.11.17 / 20 / 22	
3	명일(明日)	잡지	『신태양』 2권18호(통권18호)	1954.2	
4	우화	잡지	『신천지』 9권3호(통권61호)	1954.3	
5편	귀로	잡지	『사상계』 5권6호(통권47호)	1957.6	

수필 251편 + 수필 단행본 3권

구분	작품명	매체	출처	발표 시기	비고
1	가두소감(街頭所感)	잡지	『문예』 1권1호(창간호)	1949.8	
2	병상기	잡지	『신천지』 4권7호	1949.8	
3	바둑이	잡지	『새한민보』 3권20호	1949.10	'새한문원(文苑)'
4	어느 날의 심경	잡지	『문예』 1권4호(통권4호)	1949.11	
5	어느 날의 일기	잡지	『여학생』 1권1호	1949.11	
6	눈 오는 거리에서	잡지	『문예』 2권2호(통권7호)	1950.2	

구분	작품명	매체	출처	발표 시기	비고
7	문학소녀 때의 추억 : 시인 Y선생께	잡지	『민성』 6권2호	1950.2	
8	신록과 '마돈나'와	잡지	『부인경향』 1권5호	1950.5	'신록감상(新綠感傷)'
9	열한시 십분전	잡지	『문예』 2권5호(통권10호)	1950.5	
10	망향기(望鄕記)	잡지	『시문학』 3호	1951.6	
11	내일 아침 신문(총2회)	신문	≪부산일보≫	1951.9.15 -16	'문화 : 여류수필'
12	지향(指向)	신문	≪경향신문≫	1951.10.14	
13	제사(祭司)	잡지	『신천지』 7권1호	1951.12	
14	사치 : (1)패물(佩物)	잡지	『문예』 4권1호(통권15호)	1953.1	
15	고모라의 성(총2회)	신문	≪연합신문≫	1953.2.13 -14	
16	여자의 마음	잡지	『코메트』 3호	1953.2.28	
17	'이-부'들과 배암	잡지	『신태양』 2권7호(통권7호)	1953.2	
18	중학생에게 주는 말	잡지	『학원』 2권1호	1953.2	
19	여인 봄편지 리레 : 윤숙(允淑)언니에게(총2회)	신문	≪매일신문≫	1953.3.21 -22	
20	진달래 붉게 피었는데—	잡지	『신시대』	1953.5	'녹음(綠蔭) 여류수필'
21	숙녀가 되기까지	잡지	『문화세계』 1권1호	1953.7	
22	황혼	잡지	『협동』 40호	1953.7	
23	꽃다발을 그대에게 : 총성 그친 터를 찾아서(총2회)	신문	≪경향신문≫	1953.9.17 -18	'문화'
24	나의 처녀비행(處女飛行)	잡지	『코메트』 6호	1953.9	여류작가
25	다시 서울에 돌아와서	잡지	『신천지』 8권4호	1953.9	
26	오늘의 나 어제의 나	잡지	『학원』 2권9호	1953.9	
27	우수기	잡지	『문예』 4권4호(통권18호)	1953.10	
28	숙녀가 되기까지	잡지	『문화세계』 창간호	1953.11	
29	발자국	잡지	『문화세계』 2권1호	1954.1	소설가
30	춘인(春因)	신문	≪서울신문≫	1954.4.8	'수상(隨想)'
31	좀 더 진실하소서! 좀 더 용감하소서!	잡지	『여성계』 3권4호	1954.4	'현대남성에게 보내는 멧세-지'
32	색맹병(色盲病)	잡지	『현대여성』 2권5호	1954.5	
33	역광(逆光)	잡지	『국제보도』 35호	1954.8	'수상(隨想)' / 여류수필가
34	가을밤 이야기	신문	≪연합신문≫	1954.9.5	
35	양장(洋裝)의 피해	잡지	『현대공론』 2권7호	1954.9	
36	생활의 한 토막	잡지	『새가정』 1권10호	1954.11	
37	크리스마스 이-부	신문	≪경향신문≫	1954.12.25	
1권	탕자(蕩子)의 변(辯)	단행본	연구사	1954	'수필집'
38	새로운 싸움터로	신문	≪동아일보≫	1955.1.4	

구분	작품명	매체	출처	발표 시기	비고
39	예고 없는 사건	잡지	『현대문학』 1호	1955.1	
40	사이비 탕자	신문	≪조선일보≫	1955.2.19	
41	판토마임	잡지	『여성계』 4권2호	1955.2	
42	돌아가는 세상	잡지	『희망』 5권4호	1955.4	소설가
43	흘러간 4월의 청춘 : 영화인을 꿈꾸며 동해안에서 즐기던 4월	잡지	『신태양』 4권4호(통권32호)	1955.4	
44	여류의 일일(一日)	신문	≪동아일보≫	1955.1.23	
45	설(楔)과 독서	잡지	『문학예술』 2권1호(통권3호)	1955.6	
46	자매 예술에의 동경 : 해정음(海政音) 30회 연주회를 듣고	신문	≪조선일보≫	1955.7.10	
47	물놀이	신문	≪연합신문≫	1955.7.26	
48	미국의 성탄전야 : 눈부신 '쇼-윈더'의 장치경쟁)	신문	≪경향신문≫	1955.12.25	'성탄축하 특집' / '뉴-욕에서'
49	입원실에서	잡지	『현대문학』 12호	1955.12	
50	내가 미국서 만난 사람들 : 미국에서	잡지	『신태양』 5권1호(통권41호)	1956.1	'체미통신(滯美通信)'
51	내가 본 아메리카(총18회)	신문	≪경향신문≫	1956.2.12 -18 / 23 -28 / 3.5-7	
52	부로오드웨이의 촌띠기 : 뉴우욕에서(총2회)	잡지	『희망』 6권3호-4호	1956.3-4	'미국통신'(상) / '미국에서의 실패담'(하)
53	사랑하는 아들딸에게 주는 글 : 보고 싶은 진이 나의에게	잡지	『여성계』 5권3호	1956.4	
54	내 마음 언제나 푸르러	신문	≪경향신문≫	1956.6.22	'녹색지대' / 수필가
55	내가 본 미국(총10회)	신문	≪경향신문≫	1956.7.18- 19 / 21 / 23-24 / 26-28 / 30-31	'①'힐리웁'이야기, ②'무우랑루우쥬'의 밤, ③쌘프란씨스코-. ④'콜로라도'의 여름, ⑤'캔사쓰'를 거처 '시카고'로, ⑥미쉬간 · 베이, ⑦워싱톤 D · C, ⑧'워싱톤'의 태극기(太極旗), ⑨포트막강의 달밤, ⑩보스톤 뉴-욕'
56	내가 만난 사람들 : 미국시찰을 마치고	잡지	『여원』 2권7호	1956.7	
57	미국유학생들의 생활 진상	잡지	『희망』 6권7호	1956.7	
58	박달방망이	신문	≪연합신문≫	1956.8.13	
59	생활소감(生活所感)	신문	≪연합신문≫	1956.8.14	
60	우감우안(偶感愚案)	신문	≪연합신문≫	1956.8.18	
61	바다 위에서 : 상항(桑港)에서 일본까지	잡지	『자유문학』 1권2호	1956.8	
62	무일푼도 즐거워	신문	≪서울신문≫	1956.9.11	
63	미국의 인상(印象) : 종교의 일면(一面)	잡지	『새벽』 3권5호	1956.9	수필가

구분	작품명	매체	출처	발표 시기	비고
64	직장에서 충실한 나머지 가정을 등한하는 남편을 충분히 이해하고 사랑할 수 있는가	잡지	『여원』 2권9호	1956.9	
65	가을밤의 꿈	신문	《경향신문》	1956.10.4	'가을의 초대'
66	해 뜨기 전의 축원(祝願)	신문	《평화신문》	1956.10.4	
67	미국 여성들의 생활	신문	《평화신문》	1956.11.3	
68	결혼식 풍경	신문	《평화신문》	1956.11.19	
69	벽	신문	《연합신문》	1956.12.1	
70	화두(話頭) 이야기	잡지	『문학예술』 3권12호(통권21호)	1956.12	
2권	이국의 정서	단행본	희망출판사	1956	'미국여행기'
71	만송(晩松) 이기붕씨(李起鵬氏) : 온후와 평범이 천성(天性)	신문	《세계일보》	1957.1.22	'명사대면(名士對面)' / 그림 박기정(朴基禎)
72	동암(東庵) 서상일씨(徐相日氏) : 여생을 후배양성에	신문	《세계일보》	1957.1.23	'명사대면'
73	가인(佳人) 김병노씨(金炳魯氏) : 천재교육이 필요	신문	《세계일보》	1957.1.24	'명사대면'
74	여당(藜堂) 김재원씨(金載元氏) : 외국서 한국문화를 연구	신문	《세계일보》	1957.1.26	'명사대면'
75	청양(青暘) 조정환씨(曹正煥氏) : 정계(政界)의 행운아	신문	《세계일보》	1957.1.29	'명사대면'
76	이재학씨(李在鶴氏) : 집안 싸움엔 질색	신문	《세계일보》	1957.2.1	'명사대면'
77	구용서씨(具鎔書氏) : 반석(盤石) 같은 자신과 정열	신문	《세계일보》	1957.2.2	'명사대면'
78	이호씨(李澔氏) : 미듬직한 인품과 실력	신문	《세계일보》	1957.2.3	'명사대면'
79	김일환씨(金一煥氏) : 청신한 기대와 신뢰	신문	《세계일보》	1957.2.4	'명사대면'
80	유석(維石) 조병옥씨(趙炳玉氏)	신문	《세계일보》	1957.2.10	'명사대면'
81	동주(東宙) 최정우씨(崔珽宇氏) : 학계에서 정계에 투신	신문	《세계일보》	1957.2.12	'명사대면'
82	수주(樹州) 변영로씨(卞榮魯氏) : 서구적인 모더니스트	신문	《세계일보》	1957.2.13	'명사대면'
83	장경근씨(張暻根氏) : 재조(才操)와 노력 겸비	신문	《세계일보》	1957.2.14	'명사대면'
84	희당(希堂) 이세현씨(李世賢氏) : 상도(商道) 지키는 이상론자(理想論者)	신문	《세계일보》	1957.2.15	'명사대면'
85	월탄(月灘) 박종화씨(朴鍾和氏) : 문단에 빛나는 거성(巨星)	신문	《세계일보》	1957.2.16	'명사대면'
86	우용(友龍) 고재봉씨(高在鳳氏) : 성실감 주는 신사	신문	《세계일보》	1957.2.17	'명사대면'

구분	작품명	매체	출처	발표 시기	비고
87	현민(玄民) 유진오씨(兪鎭午氏) : 다망(多忙)한 가운데 저술(著述)	신문	≪세계일보≫	1957.2.18	'명사대면'
88	김용식씨(金溶植氏) : 세련된 외교관	신문	≪세계일보≫	1957.2.19	'명사대면'
89	박현숙씨(朴賢淑氏) : 도의생활(道義生活)의 부활 강조	신문	≪세계일보≫	1957.2.20	'명사대면'
90	일석(逸石) 변영태씨(卞榮泰氏) : '감투'보다는 보건운동	신문	≪세계일보≫	1957.2.21	'명사대면'
91	우당(友堂) 이중재씨(李重宰氏) : 툭티인 인간성이 매력	신문	≪세계일보≫	1957.2.22	'명사대면'
92	이응준씨(李應俊氏) : 성의와 과단으로 일관	신문	≪세계일보≫	1957.2.23	'명사대면'
93	박은혜씨(朴恩惠氏) : 맵고 짭짤한 모습	신문	≪세계일보≫	1957.2.24	'명사대면'
94	성당(晟堂) 윤호병씨(尹皡炳氏) : 금융계의 최원로(最元老)	신문	≪세계일보≫	1957.2.25	'명사대면'
95	삼송(三松) 유찬씨(兪燦氏) : 침착(沈着)한 금융인(金融人)	신문	≪세계일보≫	1957.2.26	'명사대면'
96	박(朴)마리아씨 : 성실한 여성지도자	신문	≪세계일보≫	1957.2.27	'명사대면'
97	해위(海葦) 윤보선씨(尹潽善氏) : 세련된 인격과 신념	신문	≪세계일보≫	1957.2.28	'명사대면'
98	독백	잡지	『현대문학』 26호	1957.2	여류수필가
99	정(情)	잡지	『자유춘추』 1권1호	1957.2	여류수필가
100	우양(友洋) 허정씨(許政氏) : 유유자적(悠悠自適)한 생활	신문	≪세계일보≫	1957.3.1	'명사대면' / 그림 박기정
101	박순천씨(朴順天氏) : 여성운동의 선봉자	신문	≪세계일보≫	1957.3.2	'명사대면'
102	김유택씨(金裕澤氏) : 소박한 인간미	신문	≪세계일보≫	1957.3.3	'명사대면'
103	이산(怡山) 김광변씨(金珖变氏) : 평화롭고 다정한 개성	신문	≪세계일보≫	1957.3.4	'명사대면'
104	삼연(三然) 곽상훈씨(郭尙勳氏) : 강직한 성격과 지조	신문	≪세계일보≫	1957.3.5	'명사대면'
105	용재(庸齋) 백낙준씨(白樂濬氏) : 이상적인 교육이념	신문	≪세계일보≫	1957.3.6	'명사대면'
106	직업과 천성	잡지	『교통』 4권4호(통권28호)	1957.4	여류수필가
107	편지	잡지	『신태양』 6권4호(통권55호)	1957.4	수필가
108	무취미한 남편을 다루는 법	잡지	『주부생활』 1권4호	1957.4	'특집 : 남편을 다루는 비결'① / 여류수필가
109	신록에 오고 가는 글 : 봄은 소리 없이 가고	신문	≪평화신문≫	1957.5.15	

구분	작품명	매체	출처	발표 시기	비고
110	현대여성을 위한 교양있는 인사법	잡지	『여성계』 6권3호(통권92호)	1957.5	
111	소복(素服) 앞에 고별을 : 노천명(盧天命)언니의 입관(入棺)을 마치고	신문	《경향신문》	1957.6.19	
112	꽃집	잡지	『여원』 3권6호	1957.6	
113	당신은 사회의 옵써-버입니까 : 사회는 여대생의 협력과 관심을 요망한다	잡지	『여성계』 6권4호(통권93호)	1957.6	
114	바다와 에피소-드	잡지	『주부생활』 1권7호	1957.7	'녹음수필선(綠陰隨筆選)' / 수필가
115	우울한 봄날	잡지	『신태양』 6권7호(통권58호)	1957.7	수필가
116	말복	신문	《조선일보》	1957.8.14	'성하(盛夏)수필'
117	거칠어진 마음자리	잡지	『문학예술』 4권7호(통권28호)	1957.8	
118	우리 정신을 과시 : 펜·클럽대회 통신	신문	《경향신문》	1957.9.9	'동경(東京)서'
119	내가 본 시민층 주부들의 사치 : 양단(洋緞)·계(稧)·사회악	잡지	『주부생활』 1권9호	1957.9	'특집 : 주부의 허영·사치·노동' / 여류작가
120	독신은 여성의 이상이다	잡지	『여원』 3권9호	1957.9	
121	어떤 창부의 죽음	잡지	『문학예술』 4권8호(통권29호)	1957.9	
122	단풍잎 지는 계절에	신문	《한국일보》	1957.10.7	수필가
123	대만기행(臺灣紀行) (총7회)	신문	《경향신문》	1957.12.15 −21	*'미완(未完)'으로 되어 있음
124	외국인과의 교제 : 교양인으로서의 품격을 지녀야한다	잡지	『여성계』 6권5호(통권94호)	1957.12	'특집 : 명랑하고 건강한 생활'
125	주부를 위한 문장강화 : 일기는 어떻게 쓸 것인가	잡지	『여원』 4권1호	1958.1	
126	봄은 정녕 좋은 계절	신문	《세계일보》	1958.4.5	수필가
127	여류문인의 다방 진출기 : 백환짜리 화제(話題)	신문	《동아일보》	1958.4.19	
128	아늑한 시간	잡지	『주부생활』 2권4호	1958.4	'신춘수필선' / 여류수필가
129	여성의 생활력 배양을 가로 막는 것	잡지	『여원』 4권4호	1958.4	
130	현대여성이 요구하는 남성의 정조관	잡지	『여성계』 7권4호(통권98호)	1958.4	'특집 : 오늘의 정조문제 탐구' / 여류수필가
131	첫여름 여인의 멋	신문	《한국일보》	1958.5.11	수필가
132	도회인(都會人)	신문	《세계일보》	1958.5.31	수필가
133	남편에 대한 애정과 모성애	잡지	『주부생활』 2권5호	1958.5	'특집' / 수필가
134	신혼가정의 유모어와 윗트 : 유모어와 윗트가 있는 곳엔 피로가 없다	잡지	『여성계』 7권5호(통권99호)	1958.5	수필가
135	우리의 민족성	신문	《세계일보》	1958.6.14	'수상(隨想)' / 수필가
136	우정	잡지	『한국평론』 1권2호	1958.6	

구분	작품명	매체	출처	발표 시기	비고
137	이해관계	잡지	『교통』 5권7호(통권43호)	1958.7	여류작가
138	'발'의 정취	신문	≪한국일보≫	1958.8.2	
139	직장연애	잡지	『여원』 4권8호	1958.8	
140	향항기행(香港紀行)	잡지	『자유문학』 3권8호(통권17호)	1958.8	'기행문특집' / 여류수필가
141	행복의 문	잡지	『여성계』 7권8호(통권102호)	1958.9	
142	현대인의 성 윤리	잡지	『신문화』 1호	1958.9	
143	탁상전등(卓上電燈)	잡지	『신문예』 5호	1958.10.10	
144	골목길	신문	≪세계일보≫	1958.11.22	'만추수필'
145	아름다운 여성의 마음씨는 이런 데에서	잡지	『여성계』 7권9호(통권103호)	1958.11	'아릿다운 여성의 맵씨'
146	거리의 명랑화를 위한 나의 제언(提言)	잡지	『주부생활』 2권12호	1958.12	'주부논단'
147	임신과 직장여성의 경우 : 특히 직장장(職場長)에게 바란다	잡지	『여원』 5권1호	1959.1	
148	절망 속의 태양을	잡지	『새교실』 4권1호(통권31호, 1-3학년용)	1959.1	여류수필가
149	감격의 빈곤	신문	≪국제신보≫	1959.3.26	'봄맞이 여류수상' / 수필가
150	여성들의 어깨가 으쓱해졌다 : 황윤석 판사(黃允石判事)의 단독재판의 의의	신문	≪세계일보≫	1959.3.30	'여성' / 수필가
151	나의 하루	잡지	『자유문학』 4권3호(통권24호)	1959.3	여류수필가
152	친정에 계신 어머니에게	잡지	『주부생활』 3권6호	1959.6	'주부의 서간문 강좌'
153	산(山)	잡지	『사상계』 7권9호(통권74호)	1959.9	
154	꿈속에 본 '파리'	신문	≪한국일보≫	1959.10.14	
155	황홀한 고통	신문	≪세계일보≫	1959.12.24	수필가
156	스마일한 태양 있는 가정을 : 59년 마지막 날을 보내면서	신문	≪동아일보≫	1959.12.31	
157	파리의 젊은 의욕	잡지	『학원』 9권1호	1960.1	수필가
158	남성의 폭력 : 사랑의 폭력	잡지	『주부생활』 4권2호	1960.2	수필가
159	여성들의 어깨가 으쓱해졌다	신문	≪세계일보≫	1960.3.30	
160	과거의 애정은 망각하라	잡지	『여원』 6권4호	1960.4	
161	내가 사랑하는 꽃	잡지	『새벗』 101호	1960.5	여류수필가
162	엄마야 누나야 눈물을 거두자	잡지	『여원』 6권6호	1960.6	
163	찬란한 아침	잡지	『주부생활』 4권6호	1960.6	'권두언' / 수필가
164	새 생활을 지향하며 : 마음 있는 곳…사치보다 먼저 살 길을	신문	≪가톨릭시보≫ 242호	1960.8.21	수필가
165	선악과(善惡果)	잡지	『자유문학』 5권10호(통권43호)	1960.10	수필가
166	현대연애강좌(총4회)	잡지	『여원』 6권10호-7권1호	1960.10 -1961.1	

구분	작품명	매체	출처	발표 시기	비고
167	아내와 가정에 애착을	잡지	『명랑』 5권11호(통권59호)	1960.11	'주부의 발언 : 아내는 남편에게 무엇을 바라는가?' / 수필가
168	'크리스마스'는 진실과 검박으로	잡지	『가정교육』 28호	1960.12	「크리스마스」 준비는 생활 정도에 맞도록'
169	50만원 넘는데 적자(赤字)투성이 : 홀가분하게 책이나 읽고 살았으면	신문	《서울경제신문》	1961.1.12	'수입백서(收入白書)'② / 수필가
170	미국·한국 여성들의 알바이트 차이점	잡지	『여성공원』 1호	1961.2	'특집 : 직장과 여성' / 여류수필가
171	식도락(食道樂)	잡지	『가정생활』 1권2호	1961.2	'여류수필' / 수필가
172	삼월의 봄볕을 두시고 : 수주(樹州) 선생 영전에 드립니다	신문	《경향신문》	1961.3.18	'조문(弔文)'
173	흙의 마음	잡지	『수필』 1권2호	1961.5	여류수필가
174	절규	신문	《대한일보》	1961.8.19	
175	저 건너 잔디밭	잡지	『자유문학』 6권7호(통권52호)	1961.8	수필가
176	송편	신문	《민국일보》	1961.9.24	수필가
177	돈	잡지	『최고회의보』 5호	1962.2	
178	스토오부	잡지	『새길』 90호	1962.2	
179	신(神)의 특별한 은총 아래	잡지	『여원』 8권3호	1962.3	
180	그윽한 카네이션 향기와 같이 : 어머니날에 부쳐서	잡지	『가정생활』 2권5호	1962.5	수필가
181	어머니의 세계 딸의 세계	잡지	『여원』 8권5호	1962.5	
182	이 여름을 조용히	잡지	『주간새나라』 45호	1962.6.11	'(학예) : 여인삼제(女人三題)' / 수필가
183	가계부	신문	《경향신문》	1962.6.16	
184	반항하는 운명	잡지	『새길』 95호	1962.7 / 8	
185	상오(上午)의 명상(瞑想)	잡지	『자유문학』 7권5호(통권61호)	1962.7 / 8	
186	비오는 여름밤	신문	《동아일보》	1962.8.1	
187	피곤한 인생	잡지	『신사조』 1권7호(통권7호)	1962.8	여류수필가
188	외국의 꽃 파는 여인	신문	《경향신문》	1962.11.21	
189	라이락 송이	잡지	『최고회의보』 14호	1962.11	
190	슬픈 여인들끼리	잡지	『여상』 1권2호	1962.12	여류수필가
191	나의 건강 유지법 : 아침마다 언덕길 산책	신문	《동아일보》	1963.2.21	
192	사월의 명복을	잡지	『자유문학』 8권4호(통권68호)	1963.4	수필가
193	식(式)을 마치고 친척과 벗에게 보내는 인사(人事)	잡지	『여상』 2권4호	1963.4	'특집 : 결혼'⑦ / 수필가
194	비극은 끝났다, 그러나 문제는 남아있다 : 최영오일병사건(崔永吾 一兵事件)이 남긴 것	잡지	『신사조』 2권4호(통권15호)	1963.5	여류수필가

구분	작품명	매체	출처	발표 시기	비고
195	왜 어머니와 동행(同行)하길 싫어하나 : 딸과 어머니의 단층 고찰(斷層考察)	잡지	『여상』 2권5호	1963.5	'특집 : 어머니' / 여류수필가
196	나의 스승 일석(一石) 이희승(李熙昇) 선생	잡지	『여상』 2권7호	1963.7	
197	포도 익을 무렵	잡지	『새길』 108호	1963.9	
198	덜렁 빈 내면적인 미 : 미모에 대한 불만	잡지	『가정생활』 4권1호	1964.1	수필가
199	내가 나를 말한다 : 선과 악의 교차 속에서	잡지	『여상』 3권5호	1964.5	여류수필가
200	행복하던 시절은 가고	잡지	『여원』 10권5호	1964.5	'결핵에쎄이진단'
201	무지의 매력	잡지	『현대문학』 114호	1964.6	
202	이 엄청난 교육비를 어떻게 대라는 건가	잡지	『여상』 3권6호	1964.6	'특집 : 남성들은 이 현실을 책임져라' / 여류수필가
203	담장 안의 친구들에게	잡지	『새길』 118호	1964.9	
204	성실은 인간의 보배	잡지	『여원』 10권12호	1964.12	
205	가고픈 산천 : 무산	잡지	『여상』 4권1호	1965.1	
206	웃읍시다 하하하	잡지	『세대』 3권4호(통권22호)	1965.5	수필가
207	생활전쟁	잡지	『주부생활』 1권5호	1965.8	수필가
208	물과 불	잡지	『새길』 126호	1965.8 / 9	
209	아름다운 추억이 되도록	잡지	『여상』 4권10호	1965.10	
210	행복한 나	잡지	『재무』 119호	1965.11	
211	초겨울 아침에	잡지	『문학춘추』 2권8호(통권17호)	1965.12	수필가
212	사랑의 말씀 : 딸들에게…	잡지	『여학생』 2권1호	1966.1	수필가
213	그것은 재화(財貨)인가? : 충분조건 못되는 필요조건	잡지	『주부생활』 2권3호	1966.3	'특집 : 우리를 행복하게 하는 것들' / 여류수필가
214	정열과 책임감	잡지	『여학생』 2권3호	1966.3	'체험기특집 : 애인이라 불려져서 느낀 여자의 행복' / 수필가
215	포도원에서의 추억	잡지	『학원』 15권3호	1966.3	'공동제 수필 : 외가' / 수필가
216	별은 이제 어디에…… 박계주(朴啓周)씨의 영전(靈前)에 붙여	신문	《경향신문》	1966.4.11	
217	약혼기간을 보람 있게	잡지	『여상』 5권5호	1966.5	
218	늦바람 시비(是非) : 죄없는 자가 먼저 돌로 쳐라	잡지	『주부생활』 2권6호	1966.6	'특집 : 늦바람' / 수필가
219	또다시 가을	잡지	『문학』 1권7호	1966.11	수필가
220	미국 여성들의 일상생활 : 뉴욕 PEN대회에 다녀와서	잡지	『주부생활』 2권11호	1966.11	수필가
221	미국에 다녀와서	잡지	『새길』 139호	1966.12	
222	선물을 주고받을 때	잡지	『여상』 5권12호	1966.12	
223	미국의 한국여대생들	잡지	『여학생』 3권1호	1967.1	'서정(抒情)의 바다' / 수필가

구분	작품명	매체	출처	발표 시기	비고
224	나의 애정여행(총6회)	잡지	『주부생활』 3권1호-6호	1967.1-6	수필가 / *제목 '나의 애정여행'으로 1회, '애정여행'으로 2-6회 수록
225	그릇된 경제관념	잡지	『여원』 13권3호	1967.3	
226	이제는 비단방석에 앉히고 싶은 분들	잡지	『여학생』 3권3호	1967.3	'옛스승에의 추억' / 수필가
227	사랑은 가고-	잡지	『부부』 7권4호(통권72호)	1967.4	수필가
228	살림간섭은 남성의 우행(愚行)	잡지	『여상』 6권5호	1967.5	
229	오월태양을 닮은 영원한 사랑의 미소 : 김영의(金永義)님	잡지	『여학생』 3권9호	1967.9	'서정(抒情)의 바다 : 그때 그 스승의 모습'<제자> / 여류수필가
230	존경하는 남학생에게(총4회)	잡지	『학원』 17권1-4호	1968.1-4	'①새해 새 아침에 새 계획을…, ②생각하는 사람, ③내 적은 손이 닿는 곳에, ④절제 있는 생활에 대하여' / 수필가
231	글은 인격이다	신문	《동아일보》	1968.4.9	
232	정리학(整理學)	신문	《동아일보》	1968.4.23	
233	오월	신문	《동아일보》	1968.5.7	
234	문화인	신문	《동아일보》	1968.5.21	
235	잊을 수 없는 사랑의 추억 : 내 마음 속에 영원히 살 세 사람	잡지	『학원』 17권5호	1968.5	'회억의 오솔길' / 수필가
236	사고(思考)의 무한(無限)	신문	《동아일보》	1968.6.1	
237	눈물	신문	《동아일보》	1968.6.13	
238	죽음은 우리의 벗	신문	《동아일보》	1968.6.20	
239	제3장 참다운 교제(이성, 동성)란 무엇인가	잡지	『학원』 17권7호	1968.7	'성실한 학생을 위한 캠페인 5장' / 수필가
240	직장연애 부(否) : 너무 잘 알아버린 환멸, 근시안적인 착각 피해야	잡지	『여성동아』 11호	1968.9	'논쟁 : 직장연애' / 수필가
241	생활의 기쁨을 찾아	잡지	『여류문학』 1호	1968.11	
242	여자의 운명	신문	《중앙일보》	1969.2.14	
243	주고받는 기쁨	잡지	『월간문학』 2권3호(통권5호)	1969.3	수필가
244	캠퍼스를 다시 가서 : 이화여자대학교 편	잡지	『세대』 7권3호(통권68호)	1969.3	수필가
245	산(山)이여, 진정 당신의 뜻을 알고 싶소	잡지	『여류문학』 2호	1969.5	
246	없어서 아는 것들	잡지	『정경연구』 5권5호(통권52호)	1969.5	여류수필가
247	상하 없이 가짜 만발	잡지	『여원』 15권7호	1969.7	
248	너무 늦은 배움은 없다 : 뒤늦게 대학원에 들어가서	잡지	『여성동아』 22호	1969.8	여류수필가
249	은행나무	잡지	『월간중앙』 17호	1969.8	수필가
250	의상(衣裳) : 날개는 영원히	잡지	『주부생활』 5권9호	1969.9	'특집 : 여성의 매력' / 수필가
251편	애환의 광장으로	잡지	『현대문학』 178호	1969.10	
3권	밀실의 문을 열고	단행본	국민문고사	1969	'수필집'

비평 8편

구분	작품명	매체	출처	발표 시기	비고
1	박승훈 수필집 『하루살이』를 읽고	신문	≪서울신문≫	1956.12.13	'서평'
2	내가 만난 여류작가들	잡지	『여원』 3권11호	1957.11	
3	수필선후평	잡지	『여원』 4권1호	1958.1	
4	'펄·벅' 저 : 북경서 온 편지	신문	≪서울신문≫	1958.9.27	'서평'
5	최정희 저, 『젊은날의 증언』	신문	≪경향신문≫	1963.1.1	
6	응모작 분석 : 가혹한 수련 거쳐야	신문	≪서울신문≫	1966.1.15	
7	문인가(文人街)의 산책(총5회)	잡지	『월간문학』 2권4-10호(통권6-12호)	1969.4-10	*①이상 ②모윤숙 ③박계주 ④장덕조 ⑤박화성 일화(逸話)
8편	국제 펜클럽 70년 서울대회를 둘러싼 찬(贊)과 반(反)의 설전(舌戰)	신문	≪조선일보≫	1969.10.2	

전순란全純蘭

1931년 평북 신의주 출생. 숙명여대 국문과 졸업. 1958년 『자유문학』에 소설 「배율(背律)」이 추천되면서 작품 활동.

소설 13편

구분	작품명	매체	출처	발표 시기	비고
1	배율(背律)	잡지	『자유문학』 3권6호(통권15호)	1958.6	'소설분과위원회 추천 : 단편'
2	승부	잡지	『교통』 7권8호(통권68호)	1960.8	
3	풍화(風化)	잡지	『자유문학』 6권2호(통권47호)	1961.2	
4	대용품(代用品)	잡지	『보건세계』 8권5호(통권65호)	1961.5	'콩트'
5	영토(領土)	잡지	『자유문학』 6권7호(통권52호)	1961.8	
6	정생(誕生)	잡지	『새길』 92호	1962.4	
7	잃어버린 날	잡지	『자유문학』 7권5호(통권61호)	1962.7 / 8	
8	일기(日記)	잡지	『교통』 11권2호	1963.6	그림 백영수(白榮洙)
9	잃었던 목숨	잡지	『새가정』 10권6호	1963.6	'단편소설'
10	착각	잡지	『교통』 10권12호(통권105호)	1963.12	'창작'
11	골목	잡지	『한양』 6권4호(통권62호)	1967.4	'창작'
12	실험실	신문	≪크리스챤신문≫ 379호	1968.7.27	'납량문단'(1) / '장편(掌篇)'
13편	타부	신문	≪크리스챤신문≫ 440호	1969.11.15	'꽁뜨리레③'

수필 7편

구분	작품명	매체	출처	발표 시기	비고
1	선풍기	잡지	『교통』 7권10호(통권70호)	1960.10	여류작가
2	낙엽	잡지	『새길』 99호	1962.12	
3	명작과 사랑	잡지	『교통』 10권1호(통권94호)	1963.1	'계절의 향기' / 작가
4	놀림 받고 놀리는 것	잡지	『여상』 2권2호	1963.2	여류소설가
5	어머니의 산 교육	잡지	『여상』 4권6호	1965.6	
6	원근법(遠近法)	잡지	『새길』 136호	1966.9	
7편	오른뺨 왼뺨	잡지	『새가정』 16권2호	1969.2	시인

전옥주 田玉柱

1939년 경북 대구 출생. 서라벌예대 연영과 졸업. 『현대문학』에 희곡 「운명을 사랑하라」(1962년 2월)·「방황자들의 대화」(1965년 4월)가 추천된 후 희곡작가로 활동.

소설 2편

구분	작품명	매체	출처	발표 시기	비고
1	어떤 결별(訣別)	잡지	『주간새서울』	1969.4.1	'단편' / 그림 이우경(李友慶)
2편	소소리 바람(총3회)	잡지	『학원』 18권9-11호	1969.9-11	'사진소설'

수필 2편

구분	작품명	매체	출처	발표 시기	비고
1	한 알의 열매를	잡지	『현대문학』 124호	1965.4	'천료소감(희곡)'
2편	헤픈 푸념	신문	《매일신문》	1968.7.28	'한더위 여류수상(女流隨想)' / 희곡작가

희곡 8편

구분	작품명	매체	출처	발표 시기	비고
1	운명을 사랑하라(전1막)	잡지	『현대문학』 86호	1962.2	'추천'
2	밀알	잡지	『경북예술』	1962.3	* '예총 경북지부'에서 편찬
3	용이 승천 못하면	잡지	『경북예술』	1963	
4	선택된 인간	잡지	『경북예술』	1964	
5	방황자들의 대화(전1막)	잡지	『현대문학』 124호	1965.4	'추천'
6	어느 과도기(過渡期)에서(전1막)	잡지	『현대문학』 133호	1966.1	'희곡'
7	초(超) 아담과 이브	잡지	『현대문학』 154호	1967.10	
8편	물방울에 돌이 파여도	잡지	『현대문학』 172호	1969.4	

전혜린 田惠麟

1934~1965년. 평남 순천 출생. 서울대 법대 입학 후 독문학으로 전공 변경, 독일 뮌헨대학 졸업. 성균관대 조교수 역임. 수필가·번역문학가로 활동.

수필 31편 + 수필 단행본 2권

구분	작품명	매체	출처	발표 시기	비고
1	이미륵씨(李彌勒氏)의 무덤을 찾아	잡지	『여원』 5권6호	1959.5	
2	뮌헨이라는 곳	잡지	『여원』 5권8호	1959.7	
3	내가 본 세계의 어린이들 : 독일의 사랑스런 어린이들	신문	《조선일보》	1960.4.24	
4	내가 본 세계의 어린이들 : 오스트리아 상냥한 뷘 어린이, 예쁘고 귀여운 멋장이	신문	《조선일보》	1960.5.8	
5	나의 건강법 : 규율적인 생활을	잡지	『가정생활』 1권3호	1961.3	서울대학교 법대 강사
6	우울을 없애는 째즈	잡지	『여원』 7권3호	1961.3	
7	허망(虛妄)	신문	《경향신문》	1961.7.31	
8	식모와 주부의 노동	잡지	『여원』 7권9호	1961.9	
9	가을에 생각나는 '뮌헨'	신문	《한국일보》	1961.10.9	
10	남녀간의 우정은 가능한가	잡지	『여원』 8권2호	1962.2	
11	어머니를 위한 외국의 시설과 제도 : 독일	신문	《한국일보》	1962.5.2	
12	세계를 연결하는 언어 : 내가 좋아하는 음악	신문	《경향신문》	1962.6.12	
13	이십대와 삼십대의 중간지점에 서서	잡지	『여원』 8권12호	1962.12	
14	직업여성 대우 개선	신문	《한국일보》	1963.1.15	
15	육아일기 (총5회)	잡지	[일부] 『가정생활』 3권3-4, 6호	[일부] 1963.3-4/6	*3-5회 수록[5회로 완결] / 서울대 법대 강사
16	나의 독일유학생활기	잡지	『여상』 2권3호	1963.3	서울법대 강사
17	나의 약혼시절 : 헤아릴 수 없는 편지 교환	잡지	『가정생활』 3권8호	1963.8	
18	남자 / 그 영원한 보헤미안	잡지	『여상』 2권8호	1963.8	'특집 : 고발당한 한국남성' / 이화여자대학 강사
19	남자와 남편은 다르다	잡지	『여상』 2권11호	1963.11	'결혼전후 / 내가 미혼이라면' / 이대 독문학 강사
20	회색의 포도(舖道)와 레온빛 가스 등 : 뮌헨의 가을	잡지	『사상계』 11권12호(통권127호)	1963.11	이대 강사·독문학
21	세모(歲暮)가 되면 찾고 싶은 곳 (6) : '집시'음률 감도는 '빈' 교외주막(郊外酒幕)	신문	《경향신문》	1963.12.25	

구분	작품명	매체	출처	발표 시기	비고
22	기다림에 지친 일생 : 가정에서의 불만	잡지	『가정생활』 4권1호	1964.1	'특집 : 여성의 불만' / 서울법대 강사
23	외국의 자녀교육	잡지	『여상』 3권2호	1964.2	
24	내가 본 영화에서 잊혀지지 않는 장면	신문	≪경향신문≫	1964.3.16	
25	나에게 옮겨준 반항적 낙인 : 뮌헨 대학생의 기질과 전통	잡지	『세대』 2권3호(통권10호)	1964.3	
26	알프스 산정을 향한 젊음 : 독일대학생과 하기휴가	잡지	『세대』 2권8호(통권15호)	1964.8	'엣세이특집' / 이대 강사·독문학
27	무욕(無慾)과 자족(自足) 속의 인생유락(人生遊樂)	잡지	『사상계』 12권10호(통권139호)	1964.10	이대 강사
28	기억에 남은 음식	잡지	『여원』 10권11호	1964.11	
29	한국 남성 베스트 10	잡지	『여상』 3권12호	1964.12	
30	1월생의 점성술 예점	신문	≪조선일보≫	1965.1.10	'신춘수상'
31편	깨달아야할 독서의 진미	잡지	『여상』 4권1호	1965.1	'특집 : 1965년 한국여성의 숙제' / 성대 조교수·독문학
1권	그리고 아무 말도 하지 않았다	단행본	동아PR문제연구소	1966	'유고집'
2권	미래완료의 시간 속에	단행본	광명출판사	1966	'일기·서한모음집'

비평 8편

구분	작품명	매체	출처	발표 시기	비고
1	시인의 사랑[독일 편] : 「시도회(詩禱會)」와 루우 : 젊은 릴케의 체험	잡지	『주부생활』 4권1호	1960.1	
2	현대독일여성문학의 경향 : 정신적·감각적·육체적·지능적인 권리회복	잡지	『자유문학』 5권1호(통권34호)	1960.1	*이하윤이 소개한 <필자소개> 있음
3	체험과 사색의 형식	잡지	『사상계』 8권10호(통권87호)	1960.10	'평론'
4	현대독일문학의 경향	잡지	『자유문학』 5권10호(통권43호)	1960.10	
5	(독일) 린자아의 『생(生)의 한가운데』 : 루이제·린자아론	잡지	『신사조』 1권8호(통권8호)	1962.9	'신사조쌀롱' / 성균관대 강사
6	후지무라 미사오 저, 『번민기』 : 죽음 직시한 예외자 기록	신문	≪조선일보≫	1965.1.21	'신간서평'
7	『데미안』에 대하여 : H.헷세의 경우	잡지	『문학춘추』 2권1호(통권10호)	1965.1	'현대문학의 인간상'
8편	Ingeberg Bachmann의 「만하탄의 선신(善神)」 속에 있어서의 사랑 문제	잡지	『여상』 4권3호	1965.3	'전혜린 추도특집' / '1959년 11월 11일 대학신문'

정광숙鄭光淑

1943년 서울 출생. 서울대 불문과 졸업. 서울예고와 성심여고 교사로 근무. 1969년 도미했다가 1978년 귀국. 1960년 소설 「소낙비구름」으로 제6회 『학원』 문학상 우수상 수상. 1965년 6월, 소설 「고향 : 어른들을 위한 동화」로 제5회 『여상』 신인문학상 당선.

소설 4편

구분	작품명	매체	출처	발표 시기	비고
1	소낙비 구름	잡지	『학원』 9권3호	1960.3	'제6회 학원문학상 우수상 수상'(중등부 부문, 이화여중 재학)
2	고향 : 어른들을 위한 동화	잡지	『여상』 4권6호	1965.6	'제5회 여상 신인문학상 당선소설'
3	리틀우먼	잡지	『여상』 5권1호	1966.1	
4편	크리스마스 카아드	잡지	『새교육』 20권1호(통권159호)	1968.1	'교직작가 시리즈 : 동화' / 그림 김윤식

정무심鄭無心

수필가. 1961년 수필집 『젊은 날의 노오트』(경심사) 출간.

수필 1편 + 수필 단행본 1권

구분	작품명	매체	출처	발표 시기	비고
1권	젊은 날의 노오트	단행본	경심사	1961	'수필집'
1편	아름다운 괴로움	잡지	『여학생』 2권1호	1966.1	'지정제 수필 : 레몬 향기와 같은 소녀의 초록색 마음' / 수필가

정상순鄭祥順

1938년 경북 청도 출생. 국학대학 졸업. 『자유문학』에 시 「초월」(1959년 7월) · 「종각」(1960년 6월)이 추천됨.

시 6편

구분	작품명	매체	출처	발표 시기	비고
1	초월(初月)	잡지	『자유문학』 4권7호(통권28호)	1959.7	'시분과위원회 제1회 추천'
2	종각(鐘閣)	잡지	『자유문학』 5권6호(통권39호)	1960.6	'추천시 3회 완료'
3	후가(後歌)	잡지	『자유문학』 6권1호(통권46호)	1961.1	
4	단풍	잡지	『자유문학』 6권10호(통권55호)	1961.11	
5	빌딩 설화(說話)	잡지	『자유문학』 7권8호(통권64호)	1962.12	

구분	작품명	매체	출처	발표 시기	비고
6편	배꽃	잡지	『여상』 3권1호	1964.1	

수필 1편

구분	작품명	매체	출처	발표 시기	비고
1편	시천완료소감(詩薦完了所感)	잡지	『자유문학』 5권6호(통권39호)	1960.6	

정소영鄭素瑛

1961년 2월, 수필 「얼굴」로 제6회 『여원』 여류신인상 가작 입선.

수필 1편

구분	작품명	매체	출처	발표 시기	비고
1편	얼굴	잡지	『여원』 7권2호	1961.2	'제6회 여류신인상 가작'

정순영鄭順永

1966년 장편소설 『어떤 유산』으로 『청춘』 창간 1주년 신인문예작품 가작 입선.

소설 3편

구분	작품명	매체	출처	발표 시기	비고
1	어떤 유산(遺産)	잡지	『청춘』 3권6-12호(통권19-25호)	1966.6-12	'창간기념 신인문예작품 입선작 발표 : 장편가작' / 그림 박남(朴男)
2	빗나간 청춘	잡지	『소설계』(삼중당) 9권9호(통권95호)	1966.9	
3편	유실(遺失)	잡지	『청춘』 4권7호(통권32호)	1967.7	'본지 창간 1주년기념 당선작 : 장편 「어떤 유산(遺産)」의 처녀작가가 쓴 단편' / 그림 최연석(崔然石)

수필 1편

구분	작품명	매체	출처	발표 시기	비고
1편	사랑의 메아리	잡지	『청춘』 3권9호(통권22호)	1966.9	'창간 1주년 신인문예작품 입선작 : 장편연재 「어떤 유산(遺産)」의 작가가 월남장병에게 드리는 편지'

정양鄭洋

1960년 소설 「방천뚝 사람들」로 제5회 『여원』 여류신인상 가작 입선.

소설 1편

구분	작품명	매체	출처	발표 시기	비고
1편	방천뚝 사람들	잡지	『여원』 6권2호	1960.2	'제5회 여원 여류신인상 가작'

정연희鄭然喜

1936년 서울 출생. 이화여대 국문과 졸업. 1957년 소설 「파류상(破流狀)」으로 ≪동아일보≫ 신춘문예 당선.

소설 44편 + 소설 단행본 2권

구분	작품명	매체	출처	발표 시기	비고
1	파류상(波流狀) (총11회)	신문	≪동아일보≫	1957.1.11 -23	'동아일보 신춘문예 당선'
2	저항	잡지	『신태양』 6권6호(통권57호)	1957.6	
3	나선계단(螺旋階段)	잡지	『자유문학』 3권2호(통권11호)	1958.2	
4	화형(火刑)	잡지	『자유문학』 3권5호(통권14호)	1958.5	
5	작희(作戱)	신문	≪세계일보≫	1958.6.8	'콩트' / 그림 우경희(禹慶熙)
6	유전(流轉)	잡지	『신태양』 7권6호(통권69호)	1958.6	'창작'
7	내일로 미룬 여정(旅程)	신문	≪세계일보≫	1958.8.31	'콩트'
8	조롱복	잡지	『자유문학』 3권9호(통권18호)	1958.9	
9	마스크	잡지	『사조』 11호	1958.11	'창작'
10	조각난 환영(幻影)	잡지	『주부생활』 3권4호	1959.4	'단편' / 그림 우경희(禹慶熙)
11	탈출	잡지	『자유문학』 4권7호(통권28호)	1959.7	
12	세 바퀴	잡지	『자유공론』 2권8호(통권9호)	1959.8	
13	한 뼘의 땅	잡지	『사상계』 7권8호(통권73호)	1959.8	
14	정점(頂點)	잡지	『문예』 2권2호	1960.2	
15	천 딸라 이야기	잡지	『새벽』 7권2호	1960.2	
16	어느 하늘 밑	잡지	『사상계』 8권5호(통권82호)	1960.5	*'200매'라고 원고 분량 표기됨
17	조약돌	잡지	『자유문학』 5권11호(통권44호)	1960.11	
18	나비부인	잡지	『여성공원』(여성공원사) 3호	1961.4	'단편' / 그림 홍성찬(洪性鑽)
19	목마른 나무들 (총19회)	잡지	『여원』 7권10호-9권4호	1961.10 -1963.4	*단행본(여원사, 1963) 발간
20	낙엽에 부치는 마음	잡지	『희망』 1호	1962.1	'단편' / 그림 홍성찬(洪性鑽)
21	달려간 여인	잡지	『새길』 96호	1962.9	

구분	작품명	매체	출처	발표 시기	비고
22	외로운 속력	잡지	『여상』 1권2호	1962.12	'여류작가 단편소설집'
23	조춘(早春)	잡지	『자유문학』 8권5호(통권69호)	1963.5	
24	아가(雅歌) (총16회)	잡지	『여상』 2권9호-3권12호	1963.9 -1964.12	그림 김세종(金世鍾) / *단행본(신태양사, 1966) 발간
25	기(旗)를 올려라	잡지	『신사조』 12권8호(통권9호)	1963.10	
26	바람 타는 깃발	미상	『신사조』	1963	
27	백조의 행진	잡지	『신동아』 1호	1964.9	*'200매'라고 원고 분량 표기됨
28	불타는 신전 (총276회)	신문	≪조선일보≫	1965.1.4 -11.21	
29	달빛 속의 그 돌산 (총4회)	잡지	『농원』 2권8-11호(통권16-19호)	1965.8-11	'연재 Photo Story' / 촬영 유재력(兪在力)
30	당신의 옥토(沃土) (총285회)	신문	≪전남매일신보≫	1965.10.19 -1966.6.21	≪대전일보≫(1965.10.29-1966.7.7), ≪대구일보≫(1965.11.10-1966.7.13), ≪강원일보≫(1965.11.16-1966.7.21)에도 수록
31	미움동이	잡지	『여학생』 2권2호	1966.2	'단편' / 그림 이제하(李祭夏)
32	창구 있는 묘지	잡지	『신동아』 24호	1966.8	
33	웅덩이	잡지	『문학』(문학사) 1권5호(통권5호)	1966.9	
34	별이 숨은 호수 (총15회)	잡지	『주부생활』 3권3호-4권5호	1967.3 -1968.5	*그림 : 1-4회 천경자(千慶子), 5-15회 송방(宋邦)
35	한결 같은 이야기	잡지	『소설계』 10권6호(통권104호)	1967.6	
36	삼만 구천 원	잡지	『동서춘추』(희망출판사) 1권4호	1967.8	
37	주인 없는 여로(旅路) (총217회)	신문	≪국제신보≫	1967.10.4-1968.6.28	그림 김영순(金永淳)
38	제5의 계절	잡지	『사상계』 16권7호(통권183호)	1968.7	'중편소설(550장)'
39	첫사랑	잡지	『여성동아』 9호	1968.7	'단편오인선' / 그림 심죽자(沈竹子)
40	연해(戀海)	잡지	『주부생활』 4권9호	1968.9	'사진소설'
41	바다가 보이는 언덕 (총3회)	잡지	『학원』 17권12호-18권2호	1968.12 -1969.2	'Photo Story' / 촬영 김병주
1권	석녀(石女)	단행본	문예사	1968	
42	일요일의 손님들 (총231회)	신문	≪중앙일보≫	1969.1.1 -9.30	
43	변두리	잡지	『월간문학』 2권1호(통권3호)	1969.1	
44편	주인 없는 잔치	잡지	『여류문학』 2호	1969.5	
2권	백조의 행진	단행본	문예사	1969	

수필 50편 + 수필 단행본 1권

구분	작품명	매체	출처	발표 시기	비고
1	동록초(冬錄抄) : 겨울맛 이야기	신문	≪세계일보≫	1958.2.5	'수감(隨感)' / 여류작가
2	주부와 낭만과	잡지	『주부생활』 2권3호	1958.3	'신춘수필선' / 여류소설가
3	반려(伴侶)	잡지	『주부생활』 2권7호	1958.7	소설가
4	체념이 빠른 회색지대의 고독	잡지	『주부생활』 2권8호	1958.9	'20대의 애정관' / 여류소설가
5	봄이면 생각나는 일 : 봄을 접어두고	신문	≪조선일보≫	1959.4.27	
6	여대생의 연애와 결혼	잡지	『여원』 5권12호	1959.11	
7	신년(新年)에 바라는 일	신문	≪동아일보≫	1960.1.5	
8	행복하기 위한 나의 노력	잡지	『주부생활』 4권5호	1960.5	소설가
9	내가 사귀고 사랑하고 싶은 사람 : 매력과 성실과 조화를	신문	≪동아일보≫	1960.7.16	
10	푸른 깃발	신문	≪국제신보≫	1960.9.23	여류소설가
11	남편에게 주는 편지	잡지	『여원』 6권12호	1960.12	
12	여성의 행복은? : 사랑이야말로 생명	신문	≪동아일보≫	1961.1.7	
13	여성의 말 : 굳건한 자신을	신문	≪동아일보≫	1961.2.9	
14	허망한 아름다움	신문	≪경향신문≫	1961.3.14	
15	마의(麻衣)	신문	≪한국일보≫	1961.6.22	
16	부인이 남편보다 저명(著名)할 경우	잡지	『여원』 7권6호	1961.6	
17	내외(內外)가 원고지(原稿紙) 칸을 메꾸며	잡지	『가정생활』 1권7호	1961.7	'나의 가정생활 수기' / 여류작가
18	사랑이라는 집념의 죄 : '마'일등병과 송인자양(宋仁子孃)의 이야기를 듣고	신문	≪민국일보≫	1962.1.24	'여성' / 작가
19	모든 일에 자기신조(自己信條)를 점잖아야 체모가 서는 줄 알고	신문	≪한국일보≫	1962.2.11	
20	애정과 질정(疾情)의 한계 : 질투는 사랑의 속성	잡지	『가정생활』 2권9호	1962.9	'특집 : 사랑과 윤리의 재평가' / 작가
21	미열(微熱)	잡지	『신사조』 1권10호(통권10호)	1962.11	작가
22	당선할 그 무렵 : 설익은 과실이었지만	잡지	『여상』 2권4호	1963.4	'문학편 : 소설'
23	창백한 험구(險口)	잡지	『자유문학』 8권7호(통권71호)	1963.8	'신세대의 자유발언' / 소설가
24	길따라 정따라 : 춘천·원주	잡지	『여원』 9권12호	1963.12	
25	이백자 소감, 새해에 붙이는 민의(民意) : 정(情)의 샘줄기를 되찾게 하자	신문	≪조선일보≫	1964.1.4	
26	문명의 회색지대에 있는 남성들 : 남성에 대한 불만	잡지	『가정생활』 4권1호	1964.1	소설가

구분	작품명	매체	출처	발표 시기	비고
27	내가 본 영화에서 잊혀지지 않는 장면	신문	《경향신문》	1964.3.24	
28	봄볕과 연인들	신문	《국제신보》	1964.4.2	'봄의 시와 수필' / 소설가
29	저물어 가는 나날	신문	《조선일보》	1964.10.29	
30	잔설(殘雪)의 낙수소리	신문	《부산일보》	1965.2.27	'여류수필릴레이'⑤ : 화신(花信) / 소설가
31	들어라 일본인들아! 한국여성의 소리를 : 딸라로 보상할 수만은 없다	잡지	『여상』 4권5호	1965.5	
32	화풀이	잡지	『세대』 3권4호(통권22호)	1965.5	여류작가
33	내가 보낸 여름방학 : 일기와 교향악과…	신문	《대한일보》	1965.7.17	작가
34	경주 기행 : 신라제와 석가탑	신문	《조선일보》	1965.10.12	
35	고뇌 속의 높은 뜻	잡지	『주부생활』 1권7호	1965.10	'남성에게 부치는 글' / 여류작가
36	소설 새로 연재 : 『당신의 옥토』 작자의 말	신문	《강원일보》	1965.11.14	'사고(社告) : 사랑의 3단계 여인의 신비를 독자와 함께 파헤쳐' / '여류인기작가 정연희씨의 야심작'
37	오실 땐 더 건강하게	신문	《서울신문》	1965.11.16	'파월 장병에 보내는 여류작가들의 기원'
38	무자녀 : 동경(憧憬) 속에 다른 열매를	잡지	『여상』 4권11호	1965.11	
39	고전(古典) 등 차근차근 정독	신문	《영남일보》	1966.1.8	'여류작가들이 말하는 나의 새해 구상'③ / 소설가
40	고향과 어머니	신문	《서울신문》	1966.4.30	소설가
41	기린처럼 슬프던 소년	잡지	『여학생』 3권2호	1967.2	'회상의 나의 청춘 노우트 : 나는 이런 여학생이었지요' / 소설가
42	물들지 않은 사람	신문	《국민신문》	1967.3.20	'푸른 광장' / 소설가
43	신비의 여성 / 김활란(金活蘭) : 싱그런 숲속의 요정같은	잡지	『여학생』 3권5호	1967.5	'특집 : 우리들의 이상적인 여성' / 작가
44	아깝지 않은 것은	잡지	『부부』 7권5호(통권73호)	1967.5	소설가
45	나는 이런 사람에게 투표를 : 참신한 정치에 때묻지 않은 사람들	잡지	『부부』 7권6호(통권74호)	1967.6	소설가
46	한결같은 이야기	잡지	『소설계』 10권6호(통권104호)	1967.6	'에세이'
47	비둘기 한쌍이 짜는 첨단의 복지(服地)	잡지	『여원』 13권11호	1967.11	'기업탐방 시리즈'
48	송년특집 엣세이풍의 창작	잡지	『여원』 13권12호	1967.12	
1권	그대 강가에 나의 등불을	단행본	삼익문화사	1967	'수필집'
49	녹음(綠陰)은 사유(思惟)의 그늘	잡지	『여학생』 4권6호	1968.6	'특집 : 바람에 바람에 청산별곡!' / 소설가
50편	해가 뜰 때 출발을 : 『석녀』의 작가, 홀로 세계를 돌며(총121회)	신문	《경향신문》	1969.9.3 -1970.5.26	

비평 10편

구분	작품명	매체	출처	발표 시기	비고
1	해는 또다시 뜬다 「잃어버린 세대」의 낙수(落穗)	신문	《세계일보》	1958.6.14	
2	소설을 어떻게 읽을 것인가	잡지	『여원』 6권11호	1960.11	
3	김의정 『인간에의 길』: 같은 여성의 입장에서 여러분의 애독(愛讀)을 빈다	신문	《경향신문》	1961.4.1	
4	나와 소설(小說)	잡지	『새교육』 14권5호(통권95호)	1962.9	여류소설가
5	이 우둔한 공범자여! : 김용호씨(金容浩氏)의 「가설·여성악마론」에 부치는 글	잡지	『신사조』 2권10호(통권21호)	1963.12	여류작가
6	신춘문예의 '문제점'	신문	《동아일보》	1964.1.25	
7	『불타는 신전』을 끝맺고	신문	《조선일보》	1965.11.25	
8	나는 지금 어디에 : 문학과 인생을 회의하고 새로운 시발점을 찾고 있는 여류작가의 술회(述懷)	잡지	『여원』 12권11호	1966.11	
9	『별이 숨은 호수』 연재를 끝내면서	잡지	『주부생활』 4권5호	1968.5	
10편	허망한 인생노정(人生路程) : 『주인 없는 여로』를 끝내고	신문	《국제신보》	1968.6.27	

정영자

1962년 2월, 소설 「잃어버린 동화」로 제7회 『여원』 여류신인상 문예작품 가작 입선.

소설 1편

구분	작품명	매체	출처	발표 시기	비고
1편	잃어버린 동화(童話)	잡지	『여원』 8권2호	1962.2	'제7회 여원 여류신인상 문예작품 가작'

정영현鄭英鉉

1940년 충북 보은 출생. 서울대 미학과 졸업. 1968년 소설 「꽃과 제물」로 『여성동아』 50만원 고료 제1회 여류장편소설 당선.

소설 3편

구분	작품명	매체	출처	발표 시기	비고
1	꽃과 제물	잡지	『여성동아』 13호	1968.11	'50만원 고료 제1회 여류장편소설 당선작' / *단행본(동아일보사, 1968) 발간
2	늦잠	잡지	『여성동아』 19호	1969.5	'단편' / 그림 홍정자(洪正子)
3편	어디나 그런 곳	잡지	『현대문학』 175호	1969.7	

수필 1편

구분	작품명	매체	출처	발표 시기	비고
1편	당선소감	잡지	『여성동아』 13호	1968.11	'50만원 고료 제1회 여류장편소설 당선작'

정은영鄭恩榮

1938년 생. 건국대 국문과 졸업. 전직 아나운서. 『현대문학』에 시 「이른 봄」(1960년 12월)이 추천된 후 「세월」·「별빛이 아슬하여」·「학」(1975년 10월)이 추천됨.

시 1편

구분	작품명	매체	출처	발표 시기	비고
1편	이른 봄	잡지	『현대문학』 72호	1960.12	'추천' / *김현승(金顯承) 시인이 추천함

정인숙鄭仁淑

1963년 『새생명』 현상모집에 소설 「길(道)」 가작 입선.

소설 1편

구분	작품명	매체	출처	발표 시기	비고
1편	길(道)	잡지	『새생명』 3권8호(통권28호)	1963.8 / 9	'현상모집 가작 입선작'

정재숙鄭在淑

1946년 경북 영양 출생. 안동교대 졸업. 영양국민학교 교사로 근무. 삼대문학회 회원. '오로라' · '서설시' 동인.

시 1편

구분	작품명	매체	출처	발표 시기	비고
1편	부엉이 : 저와 나의 슬픔이	신문	≪영남일보≫	1967.7.9	'일요시조' / 영양국민학교 교사 · 삼대문학회 / 사진 장원식(張元植)

수필 3편

구분	작품명	매체	출처	발표 시기	비고
1	모성애 속에서	신문	≪영남일보≫	1965.5.12	
2	봄의 여심(女心) : 나의 수첩 속에서	신문	≪영남일보≫	1966.3.30	*안동교대 재학
3편	한 마리의 들짐승처럼	신문	≪영남일보≫	1967.6.28	'데뷔신인릴레이 : 6월에 있었던 사랑 때문에' / 영양국민학교 교사 · 삼대문학동인상(賞)

정정숙鄭貞淑

1964년 장편소설 『오전의 청춘』(인간사) 출간.

소설 단행본 1권

구분	작품명	매체	출처	발표 시기	비고
1권	오전의 청춘	단행본	인간사	1964	'장편소설'

정정자鄭貞子

1960년 1월, 수필 「송아지」로 제5회 『여원』 여류신인상 당선.

수필 2편

구분	작품명	매체	출처	발표 시기	비고
1	송아지	잡지	『여원』 6권1호	1960.1	'제5회 여류신인상 수필 당선작'
2편	유쾌한 생각	잡지	『여원』 7권4호	1961.4	

정충량鄭忠良

1916~1991년. 함남 고원 출생. 이화여전 문과 졸업. ≪경향신문≫ 문화부 기자, ≪연합신문≫조사부장과 논설위원으로 근무. 1959년 평론집『마음의 꽃밭』(서울고시학회), 1964년 수필집『여성과 에티켓』(삼중당) 출간. 이화여대 교수 겸 출판부장 역임.

수필 260편 + 수필 단행본 1권

구분	작품명	매체	출처	발표 시기	비고
1	신년소감	잡지	『예술조선』 2호	1948.2	'여류단상(女流短想)'
2	여름은 오건만	잡지	『예술조선』 4호	1948.9	
3	주방과 독서 : 여성의 각성과 남성의 협조	신문	≪서울신문≫	1949.10.2	'가정'
4	애기의 세계	잡지	『부인경향』	1950.1	'신춘수필' / 경향신문 문화부 기자
5	역사의 저류(低流) : 내일이 없는 생활태도가 가져오는 것(총2회)	신문	≪경향신문≫	1953.7.31 -8.1	'문화 : 시론'
6	직업여성의 현실	잡지	『협동』 40호	1953.7	조사과 근무
7	평화사도의 소지(素地)	신문	≪경향신문≫	1953.10.30	'동란이 가져온 것(3) 여성에게'
8	생활개혁에 선행되어야 할 문제	잡지	『여성계』 3권1호	1954.1	사회평론가
9	만상이제(漫想二題) : 자화상, 여성과 학구(學究)	잡지	『협동』 42호	1954.2	조사과원
10	여성이 보는 선거 : 정치에 기대하는 것 : 권리의 양심적 구사	신문	≪경향신문≫	1954.3.14	'가정과 생활' / 여류평론가
11	전후파적기질에서 이탈하라	잡지	『여성계』 3권4호	1954.4	
12	오늘의 정조문제 : 새로운 관념에의 지향	신문	≪경향신문≫	1954.6.13	'최근의 여성풍조'
13	전쟁에 희생된 사람들 : 전쟁미망인의 걷는 길	잡지	『현대공론』 2권4호	1954.6	
14	우리의 생활과 산아제한 : 올바른 수태정책(受胎政策)은 향상을 의미한다	잡지	『희망』 4권7호	1954.7	'논단'
15	가치 상실한 가계부	잡지	『현대여성』 2권7호	1954.8	
16	불안의 부부상(夫婦像)	잡지	『희망』 4권8호	1954.8	'한장평론'
17	자비에의 모순성	잡지	『협동』 44호	1954.10	조사과 근무
18	내가 만일 재무부장관이 된다면	잡지	『여성계』 3권11호	1954.11	
19	여성과 신문 : 과학심과 독창력을 부식(扶植)하기 위해	잡지	『현대여성』 2권9호	1954.11	
20	젊은 세대의 윤리	잡지	『희망』 4권11호	1954.11	'사회수필'
21	그리운 얼굴들 : 1939년의 고요한 밤	신문	≪경향신문≫	1954.12.25	
22	남성의 방종에 대하여	잡지	『신태양』 3권28호(통권28호)	1954.12	'특집 : 방랑남녀에 대한 대책을 검토한다'

구분	작품명	매체	출처	발표 시기	비고
23	꽃·웃음	잡지	『희망』 5권1호	1955.1	수필가
24	내가 본 농촌부녀자	잡지	『협동』 45호	1955.1	'농촌실태답사기'
25	한없는 하고픈 일	잡지	『여성계』 4권1호	1955.1	'을미신춘(乙未新春) : 새해에 하고 싶은 일' / 금련(金聯) 조사과
26	여성, 애정의 위기를 극복하려면 : 나의 처지로서	잡지	『여성계』 4권2호	1955.2	
27	일하는 여성들의 생활소묘(生活素描)	잡지	『여성계』 4권3호	1955.3	
28	인간의 존엄성	신문	《경향신문》	1955.4.30	'모놀로그' / 수필가
29	춘풍에 부치는 님에의 서(書) : 사남매가 목메어 울고 있어요	잡지	『희망』 5권4호	1955.4	
30	여성과 생활의식	신문	《연합신문》	1955.5.8	
31	사회와 여성 : 무식과 허영은 범죄의 온상	신문	《국제신보》	1955.5.22	'논단' / 사회평론가
32	젊은 세대의 성문제 : 박인수사건(朴仁秀事件)과 여대생의 경우 : 여성의 입장에서	신문	《한국일보》	1955.7.10	'문화' / 여류수필가
33	여성의 위치에서	신문	《연합신문》	1955.7.12	
34	나의 남성관 : 만감(蠻敢)·비굴·이기(利己)	잡지	『여성계』 4권7호	1955.7	문필인
35	명멸(明滅)하는 환상	잡지	『희망』 5권7호	1955.7	평론가
36	농촌부녀자강습회 참관기	잡지	『여성계』 4권8호	1955.8	
37	여성입장에서 본 이혼문제	잡지	『민주여론』	1955.9.10	'문화'
38	전쟁미망인과 생활고와 성문제	잡지	『여성계』 4권9호	1955.9	
39	계절의 단상 : 귀뚜라미와 더불어	신문	《조선일보》	1955.10.8	
40	전후여성의 사회관 : 올바른 항거정신에의 지향	신문	《동아일보》	1955.10.26	
41	농촌여성과 도시여성의 생활상	잡지	『희망』 5권10호	1955.10	
42	주택유감(住宅有感)	신문	《동아일보》	1955.11.1	'유아학대사건의 진상'
43	하루바삐 가족의 품 안으로	신문	《경향신문》	1955.11.24	'기술인사문제'
44	유아학대사건 : 사회평론가의 입장에서	잡지	『희망』 5권11호	1955.11	
45	여성의 지위와 실제	신문	《조선일보》	1955.12.26	
46	기적은 없었다	신문	《경향신문》	1955.12.29	'송년보(送年譜)'
47	얼마나 변했나 : 유행	잡지	『여원』 1권3호	1955.12	
48	축첩생활은 규탄 받아야 한다	잡지	『여성계』 4권12호	1955.12	
49	명랑 그대로	잡지	『명랑』 1권1호(통권1호)	1956.1	
50	사이비 뺑커생활 시말기(始末記)	잡지	『협동』 54호	1956.1	
51	여성과 미의 의식 : 생활의 미화를 위하여	신문	《국도신문》	1956.2.17	'가정' / 여류평론가
52	결혼과 직업	잡지	『여원』 2권2호	1956.2	

구분	작품명	매체	출처	발표 시기	비고
53	전쟁미망인의 미래	잡지	『새벽』 3권2호	1956.3	여류평론가
54	독백	신문	≪경향신문≫	1956.4.11	'문화 : 여류춘상'
55	30대의 연애 : 긍지와 이성(理性)으로서 정당한 사교를!	잡지	『여성계』 5권3호	1956.4	'연애와 현대여성' / 사회평론가
56	나의 선거관 : 의무 이행과 권리 행사	신문	≪조선일보≫	1956.5.2	
57	어머니날을 맞이하며(총2회)	신문	≪연합신문≫	1956.5.6 / 9	
58	약혼시절과 정조문제	잡지	『여성계』 5권5호	1956.6	
59	어느 날 오후	신문	≪조선일보≫	1956.7.28	'납량수필'
60	전쟁미망인의 실업대책	잡지	『신세계』 1권6호	1956.7	평론가
61	전쟁미망인의 미래	신문	≪신한민보≫ 2502-4호	1956.8.9 / 16 / 23	정충량
62	바다의 생리 : 욧트	신문	≪조선일보≫	1956.8.13	
63	여성과 해방	신문	≪평화신문≫	1956.8.25	
64	전통과 교양	잡지	『여성계』 5권8호	1956.8	사회평론가
65	행복의 원천으로서의 여성의 환희	잡지	『여원』 2권8호	1956.8	
66	지성은 교양의 바탕(총3회)	신문	≪연합신문≫	1956.9.12 -14	
67	불신의 고독	신문	≪연합신문≫	1956.9.16	
68	가정을 가진 주부도 딴남성에게 호기심을 갖는가	잡지	『여원』 2권9호	1956.9	
69	30대의 항변 : 처세관·연애관·결혼관·우정관·정치관·사회관·도덕관에 대해서	잡지	『신태양』 5권9호(통권49호)	1956.9	여류평론가
70	여성과 독서 : 풍부한 지성과 사색의 소지(素地)(총2회)	신문	≪국제신보≫	1956.10.24 / 25	'여성 : 수필'
71	남성정조론	잡지	『여성계』 5권10호	1956.10	'특집 : 신시대의 정조관'
72	주택유한(住宅有恨)	잡지	『문학예술』 3권10호(통권19호)	1956.10	
73	지독한 에고이즘의 현상 : 서로 믿지 못하는 시대의 부산물이다	잡지	『여성계』 5권11호	1956.11	'특집 : 현대청년과 혼기(婚期)'
74	학생과 사회 : 여학생의 사회적 입지	잡지	『학원평론』 1호	1956.11	
75	병신년(丙申年) 총평 : 여성운동의 반성과 비판, 금년도 여성활동과 당면과제를 중심으로(총3회)	신문	≪조선일보≫	1956.12.27 -29	
76	부부간의 애정과 질투	잡지	『주부생활』 1권1호	1956.12	'부부생활과 애정' / 평론가
77	생활이념의 확립을	신문	≪동아일보≫	1957.1.8	
78	가계부를 다시는지?	신문	≪서울신문≫	1957.1.29	'설문' / 여류 사회평론가
79	성 자각이 과도한 현세대	잡지	『여성계』 6권1호	1957.1	

구분	작품명	매체	출처	발표 시기	비고
80	소박한 가정애(家庭愛) 되살리자 : '애정'이 보여준 고귀한 교훈	신문	《한국일보》	1957.2.10	'영화에 나타난 가정상(家庭相)' ③ / 여류수필가
81	배리(背理)의 염원	신문	《경향신문》	1957.2.14	'여류대춘보(女流待春譜)'
82	학구제 실천과 그 방법 : 교사와 시설의 균형이 필요(총2회)	신문	《조선일보》	1957.2.20 -21	
83	여성의 지위는 향상되었는가	잡지	『자유춘추』 1권1호	1957.2	'특집 : 민주주의의 한국적 반성'
84	방심한 학생을 어떻게 지도할가 : 봄방학과 낙제생의 가정지도	신문	《조선일보》	1957.3.29	
85	계절과 청소년들	신문	《연합신문》	1957.4.5	
86	청춘을 상실한 한국여성	잡지	『여성계』 6권2호(통권91호)	1957.4	여류평론가
87	모성애와 오늘의 현실, 어머니날에 즈음하여 : 모성애와 오늘의 현실(총2회)	신문	《조선일보》	1957.5.8-9	
88	천명(天命)언니 영전(靈前)에	신문	《세계일보》	1957.6.18	평론가
89	수입과 생활설계 : 주부의 기술적인 가정관리와 부업문제	신문	《경향신문》	1957.7.14	'가정'
90	여름방학을 자연과 함께, 이 기간은 건강과 정서 교육으로	신문	《조선일보》	1957.7.25	
91	시어머니에게 보내는 공개문	잡지	『주부생활』 1권7호	1957.7	'특집 : 고민하는 한국가족제도'
92	증견(憎犬)의 변(辯)	잡지	『현대문학』 32호	1957.8	《연합신문》 논설위원
93	걸인수업여화(乞人修業餘話)	잡지	『문학예술』 4권8호(통권29호)	1957.9	
94	구수한 인간미를 잃는 건 싫다	잡지	『여원』 3권9호	1957.9	
95	여성과 종교	신문	《연합신문》	1957.10.3	
96	도의교육에 앞서는 일, 교육주간을 계기로	신문	《조선일보》	1957.10.10	
97	나의 연애결혼관	잡지	『주부생활』 1권10호	1957.10	'특집 : 행복한 결혼에의 열쇠' / 평론가
98	위대한 어머니는 위대한 자식을 낳는다	잡지	『가정교육』 2호	1957.10	
99	남성의 매력을 구성하는 것	잡지	『여원』 3권11호	1957.11	
100	연말연시에 주부가 꼭 해야할 일들	잡지	『여성계』 6권5호(통권94호)	1957.12	여류평론가 · 연합신문논설위원
101	정유년(丁酉年)의 독신생활에서 얻은 것	잡지	『주부생활』 1권12호	1957.12	'특집 : 정유년(丁酉年)의 회고' / 평론가
102	여성의 갈 길	신문	《조선일보》	1958.1.3	
103	자연과 더불어 살고싶다	신문	《연합신문》	1958.1.6	
104	생활 속에서 울어나는 교육	신문	《연합신문》	1958.1.7	
105	새해 살림은 이렇게 : 농촌생활 간소화에의 제의	잡지	『새살림』 8호	1958.1	
106	주부와 과학하는 마음	신문	《연합신문》	1958.2.13	

구분	작품명	매체	출처	발표 시기	비고
107	여성재벌의 한국적 위치	잡지	『여성계』 7권2호(통권96호)	1958.2	'시사해설'
108	주부들의 교육이념 반성	잡지	『주부생활』 2권2호	1958.2	'주부논단'
109	교문을 나서 사회로 나오는 여성에게(총2회)	신문	《조선일보》	1958.3.6-7	
110	청운(靑雲)의 꿈이 변해서	신문	《세계일보》	1958.3.11	'전공(專攻)의 변(辯)' 37 / 여류평론가
111	열녀의 재평가 : 평가기준이 무너진 여인상(女人像)	잡지	『현대』 2권3호	1958.3	'종합연구 : 새로운 성도덕을 모색한다' / 여류평론가
112	재비판되어야 할 매춘문제	잡지	『여성계』 7권3호(통권97호)	1958.3	'특집 : 오늘의 매춘문제 비판' / 여류평론가
113	신춘(新春)	잡지	『자유문학』 3권4호(통권13호)	1958.4	여류평론가
114	여성의 생활(총6회)	잡지	『여원』 4권4호-9호	1958.4 -1958.9	'마음의 꽃밭'
115	국민권리와 국제우편물사건	잡지	『한국평론』 제1호(창간호)	1958.5	연합신문 논설위원
116	마음의 창을 활작 열고 : 여성의 총명이 기대되는 오월	잡지	『여성계』 7권5호(통권99호)	1958.5	'권두의 말'
117	자녀는 남편보다 더 귀중하다	잡지	『주부생활』 2권5호	1958.5	'특집' / 평론가
118	사회악 조성과 여성의 위치(총3회)	신문	《국제신보》	1958.6.20 -22	
119	녹음(綠陰)과 그네	잡지	『여성계』 7권6호(통권100호)	1958.6	'이달의 수필'
120	시골떠기라고 시달렸다	잡지	『소년계』 1호	1958.6	'내가 중학에 입학했을 때' / 여류평론가
121	죄 될 바 없는 일종의 가족계획 : 가정주부의 입장에서	잡지	『보건세계』 5권5호(통권32호)	1958.8	여류평론가
122	회상의 명사십리(名沙十里)	잡지	『자유문학』 3권8호(통권17호)	1958.8	
123	학교환경정화에 대하여, 이에 병행되어야할 가정교육의 반성	신문	《조선일보》	1958.9.18	
124	전후파 여성의 어제와 오늘	잡지	『여성계』 7권8호(통권102호)	1958.9	'사회의 창(窓)'
125	관용의 죄악	잡지	『지성』 제2호	1958 추계호	여류평론가
126	생활에 예산 세우자 : 합리적소비생활을 마련하는 길	신문	《국제신보》	1958.11.27	'주부교실'
127	균형 잡히지 않은 부부의 경우 : 상대에게 나를 몰입시키는 정신으로	잡지	『여성계』 7권9호(통권103호)	1958.11	'특집 : 오월의 불안과 가정'
128	내가 본 남성의 매력	잡지	『주부생활』 2권11호	1958.11	평론가
129	부녀가 같이 벌도록 하자	잡지	『여원』 4권11호	1958.11	
130	여러 가지 김장 뒤처리, 세밀한 계획을 세우자	신문	《조선일보》	1958.12.7	
131	가정을 중심으로 : 물질보다 성의에서 오는 선물을	신문	《연합신문》	1958.12.13	

구분	작품명	매체	출처	발표 시기	비고
132	전지요양(轉地療養)하는 벗 '희(姬)'에게	잡지	『자유문학』 3권12호(통권21호)	1958.12	'서한문특집' / 여류수필가
133	'붐'과 창의성	신문	≪세계일보≫	1959.1.8	'여인100상(想)' / 사회평론가
134	사교생활의 재검토	신문	≪조선일보≫	1959.1.9	'시론'
135	가정과 부모의 자리 : 동심 밝히는 등불	신문	≪국제신보≫	1959.1.20	여류평론가
136	국가보안법개정안에 이의 있다	잡지	『여원』 5권2호(신년호 증간본)	1959.1	
137	남편의 이해와 협조가 긴요	잡지	『주부생활』 3권1호	1959.1	'특집 : 가정과 직업' / 평론가
138	전통과 교양 : 여성	신문	≪국제신보≫	1959.3.7	
139	서로 이해하고 존중해야 한다 : 현대의 시집살이	잡지	『주부생활』 3권3호	1959.3	'특집 : 시집살이' / 사회평론가
140	인간폐업(人間廢業)	잡지	『자유문학』 4권3호(통권24호)	1959.3	여류수필가
141	가풍을 살리자 : 특히 자녀를 위해	잡지	『가정교육』 11호	1959.5	'교양편 : 여자를 위해 가풍을 살리자' / 여류작가
142	남편 의존의 굴레를 벗어나서 : 긴요한 맞벌이의 올바른 방식 연구	잡지	『주부생활』 3권5호	1959.5	'특집 : 보다 더 잘살기 위한 주부의 노력' / 사회평론가
143	아내는 속물일까	신문	≪조선일보≫	1959.6.5	
144	내가 바라는 아들딸	잡지	『주부생활』 3권6호	1959.6	'특집 : 과년한 자녀의 생활지도' / 사회평론가
145	미망인의 유혹·재가(再嫁)·딸린아이	잡지	『여원』 5권7호	1959.6	
146	방문객	잡지	『신태양』 8권6호(통권80호)	1959.6	사회평론가
147	얼굴	잡지	『자유문학』 4권6호(통권27호)	1959.6	평론가
148	교양을 바탕으로 한 차림새	잡지	『주부생활』 3권7호	1959.7	'특집 : 여성과 교양과 처세' / 평론가
149	남성에게 하곺은 말 : 황혼병자에게	신문	≪동아일보≫	1959.8.22	
150	가정의 등불이 되는 어머니의 교양	잡지	『가정교육』 13호	1959.8	'교양 편'
151	내가 만일 화가였다면	잡지	『새교실』 4권8호(통권38호, 1-2학년용)	1959.8	
152	산과 바다와 주부	잡지	『보건세계』 6권8호(통권44호)	1959.8	'특집 : 산과 바다와 건강' / 여류평론가
153	생활고는 뼈에 저리더라도	잡지	『주부생활』 3권9호	1959.9	'특집 : 불행한 여인의 살길을 위하여' / 사회평론가
154	남편이 외도하면 아내도 바람난다	잡지	『여원』 5권11호	1959.10	
155	독직(瀆職) 뒤에는 여자가 숨어 있다	잡지	『여원』 5권13호	1959.12	
156	웃음이란 이름의 마력	잡지	『문학』 12월호	1959.12	여류평론가
157	쫓기우지 않는 생활	신문	≪동아일보≫	1960.1.7	

구분	작품명	매체	출처	발표 시기	비고
158	식모도 직업인이다	신문	≪조선일보≫	1960.1.13	
159	시간	잡지	『새벽』 7권1호	1960.1	연합신문논설위원
160	꿈	잡지	『학원』 9권2호	1960.2	
161	부모들이 알아둘 여자의 이성 교제	잡지	『가정교육』 18호	1960.2	'옳은 지도' / 여류평론가
162	한국여성운동의 당면과제	잡지	『새벽』 7권2호	1960.2	여류평론가
163	위대한 모성(母性)과 그 여자들 : 어머니는 세계의 창조자	잡지	『가정교육』 19호	1960.3	여류작가
164	학창을 나와 직장에 가는 분에게	잡지	『여원』 6권3호	1960.3	
165	면학에 열중할 시기	잡지	『향학』 2권2호	1960.5	'권두언' / '평론집 『마음의 꽃밭』 중에서'
166	연인가도(戀人街道)를 달리며	잡지	『여원』 6권7호	1960.7	
167	워싱톤 시의 표정	잡지	『새벽』 7권7호	1960.7	'4월 19일 쉘록에서' / 평론가
168	봄을 맞는 정열	신문	≪대한일보≫	1961.2.6	
169	여성과 새생활운동	신문	≪동아일보≫	1961.4.12	
170	세기의 여성 회견기(會見記) (총9회)	잡지	『여원』 7권4호-12호	1961.4-12	
171	조그만 정성도 어머니에겐 큰 기쁨	신문	≪한국일보≫	1961.5.5	
172	아시아영화제와 박남규 군 : 한국이 낳은 아시아 최고의 꼬마 스타	잡지	『학원』 10권3호	1961.5	'아시아영화제 기행' / 여류평론가
173	이름풀이	잡지	『수필』 1권2호	1961.5	여류평론가 · 한국여기자협회장
174	미신(迷信)을 어떻게 없앨 것인가	잡지	『가정생활』 1권7호	1961.7	'특집 : 우리들의 주변에서 미신을 추방하자' / 서울일일신문 조사부장
175	도시와 농촌의 균형적 발전을 위하여	잡지	『시사』 1호	1961.8	
176	안방의 살림살이를 위하여	잡지	『아리랑』 7권8호	1961.8	서울일일신문 논설위원
177	애국에 통하는 생활태세	잡지	『여원』 7권8호	1961.8	
178	혁명업적의 재평가	잡지	『최고회의보』 1호	1961.8	
179	내가 만난 교황 요한 23세	잡지	『여원』 8권1호	1962.1	
180	영어와 딸라	잡지	『새길』 89호	1962.1	
181	시론 : 상도의는 높일 수 없을까	신문	≪조선일보≫	1962.3.5	
182	잘 사는 조건	신문	≪경향신문≫	1962.3.18	
183	꽃과 싸이클의 나라들	잡지	『새길』 91호	1962.3	
184	여성과 혁명 : 여성운동의 새로운 방향	잡지	『신사조』 1권2호(통권2호)	1962.3	여류평론가
185	여행에서 얻은 우정	잡지	『새길』 91호	1962.3	
186	전설과 낭만의 섬 제주(濟州) (총2회)	신문	≪경향신문≫	1962.4.14 / 18	
187	세계는 좁아졌다	잡지	『새길』 92호	1962.4	

구분	작품명	매체	출처	발표 시기	비고
188	법적으로 본 딴 나라 여성의 지위 : 유엔 세미나에 다녀와서	신문	≪조선일보≫	1962.5.25	
189	묘지순례(墓地巡禮)	잡지	『새길』 93호	1962.5	
190	미는 모든 것을 정화(淨化)하며 승화시키는 힘이 있다	신문	≪한국일보≫	1962.6.4	
191	바다를 그리며	신문	≪경향신문≫	1962.6.20	
192	생활의 창조에서 오는 것	잡지	『새길』 94호	1962.6	
193	고가호위배(孤假虎威輩)	신문	≪조선일보≫	1962.7.19	'일사일언(一事一言)'
194	결혼상담소의 의의	신문	≪대한일보≫	1962.7.27	
195	아시아 여러나라 여성의 법적 지위 : 'UN쎄미나'에서 보고 느낀 점	잡지	『가정생활』 2권7호	1962.7	여류평론가
196	푸른 꿈	잡지	『새길』 95호	1962.7 / 8	
197	무릉도원의 꿈	잡지	『새길』 96호	1962.9	
198	여성이란 무엇인가 : 앞으로의 여성미는 외모 40% 내모 60%	잡지	『미의 생활』 2호	1962.9	평론가
199	조상의 재평가	잡지	『여원』 8권9호	1962.9	
200	남기고 싶지 않은 유산	잡지	『새길』 97호	1962.10	
201	순하고 강한 인화력(人和力)	신문	≪한국일보≫	1962.11.9	
202	가시면류관을 쓰고 웃는 어머니들	잡지	『새길』 98호	1962.11	
203	반항답게 반항한 여인 없었다	잡지	『여상』 1권1호	1962.11	'특집 : 반항적 여인상' / 사회평론가
204	자기반성과 개인 향상의 시기는 오다 : 전국여성대회에 참가하고서	잡지	『미의생활』 5호	1962.12	
205	여심(女心)은 여권(女權)을 찾는다	신문	≪동아일보≫	1963.1.7	
206	배움은 인생의 빛	잡지	『새길』 100호	1963.1	
207	잘 사는 선진국을 보고 한국을 생각한다	잡지	『새가정』 10권1호	1963.1	
208	여성의 지위를 높이는 길	잡지	『새길』 101호	1963.2	
209	여성의 애국심과 기미운동(己未運動)	잡지	『새길』 102호	1963.3	
210	결혼을 전후한 여성의 시댁, 친가에 대한 예절	잡지	『여상』 2권4호	1963.4	'특집 : 결혼'⑤
211	부엌에서 본 지도자론	잡지	『여원』 9권4호	1963.4	
212	여성과 직업	잡지	『새길』 103호	1963.4	
213	어머니에 대한 자녀의 도(道)	잡지	『새길』 104호	1963.5	
214	환상과 커피의 나라 과테말라	잡지	『학원』 12권6호	1963.6	
215	시어머니와 며느리에 관한 연구	잡지	『여원』 9권7호	1963.7	
216	일본 · 본대로 들은대로	잡지	『새길』 106호	1963.7	'기행'

구분	작품명	매체	출처	발표 시기	비고
217	재혼가정의 문제점	잡지	『새길』 107호	1963.8	
218	정의감 의협심이라는 그 악세사리	잡지	『여상』 2권8호	1963.8	'특집 : 고발당한 한국남성' / 사회평론가 · 이대학보사 주간
219	정치적관심도 : 지금까지 권리 너무 저버렸다	신문	《한국일보》	1963.10.23	
220	그 방만과 횡포를 누가 조장했던가	잡지	『여상』 2권10호	1963.10	'자유월남 여왕벌 고딘누 여사에 대한 각계의 반향(反響)' / 사회평론가
221	사회 : 북녘의 어머니는 나의 신앙	잡지	『여상』 2권11호	1963.11	'특집 : 나의 입신수련기'②
222	여성과 미신(迷信)	잡지	『새길』 110호	1963.11	
223	새대통령에게 드리는 공개장	잡지	『여원』 9권12호	1963.12	
224	새해엔 적극적 사회 참여를	신문	《조선일보》	1964.1.1	
225	생활에 창의성을	신문	《영남일보》	1964.1.4	수필② / 여류평론가
226	어머니의 정(情)	잡지	『학원』 13권5호	1964.4	'어머니의 수기 : 하늘보다 넓은 사랑' / 언론인 · 평론가
227	참고 견디는 꿋꿋한 의지	잡지	『여원』 10권5호	1964.5	
228	가족제도의 변천과 효도	잡지	『새길』 116호	1964.6	
229	문명의 소외권 농촌 여성에게	잡지	『여상』 3권7호	1964.7	
230	훼미니즘의 한국적 고찰	잡지	『지성계』 1호	1964.7	이대 교수 · 국문과
231	여성의 사회참여	잡지	『새길』 119호	1964.10 / 11	
232	여성과 사회활동	잡지	『자유』 17호	1964.12	이대 교수
1권	여성과 에티켓	단행본	삼중당	1964	
233	들어라 일본인들아! 한국여성의 소리를 : 우리의 상처는 아물지 않았다	잡지	『여상』 4권5호	1965.5	
234	'로망'과 비운(悲運) 신고	신문	《동아일보》	1965.11.9	
235	여성의 애국	신문	《충청일보》	1966.1.7	'교육 · 종교 · 체육 · 여성 : 병오년에는 이렇게' / 이대 교수 · 평론가
236	일상혼(日商魂)에 대응하자	신문	《전남일보》	1966.1.7	
237	매력 : 박노식(朴魯植)－포괄적인 호감, 밉지 않은 난봉에	신문	《조선일보》	1966.1.27	
238	내가 회상하는 남학생 마음	잡지	『여학생』 2권1호	1966.1	
239	결혼식은 되도록 간소히	신문	《경향신문》	1966.3.14	
240	올케와 시누이의 눈흘김	잡지	『가족계획』 33호	1966.8	'행복한 가정의 길잡이'(終)
241	개화(開化)의 파이오니어 · 하란사	잡지	『여원』 12권10호	1966.10	
242	길쌈의 유속(遺俗)	잡지	『새농민』 6권10호(통권60호)	1966.10	'화제의 광장' / 이대 교수
243	이맘때면 생각나는 일들	잡지	『새농민』 6권11호(통권61호)	1966.11	'화제의 광장' / 이화여대 교수
244	꿈을 펴는 계절	잡지	『새농민』 6권12호(통권62호)	1966.12	'화제의 광장'
245	창의	잡지	『새농민』 7권1호(통권63호)	1967.1	'화제의 광장'

구분	작품명	매체	출처	발표 시기	비고
246	부재시대(不在時代)	잡지	『정경연구』 3권10호(통권33호)	1967.10	이화여대 교수
247	여성 신교육 : 이화사(梨花史)에 못다한 말(총2회)	잡지	『여상』 6권10-11호	1967.10 -11	
248	불신부재(不信不在)	잡지	『새길』 149호	1968.2	
249	이 열매를 네가 거두라 : 직장에 대해서	잡지	『여원』 14권2호	1968.2	
250	남녀가 서로 존중하는 자의식과 주체성을	잡지	『주부생활』 4권4호	1968.4	'정조론(Ⅵ) : 오늘의 시점에서 말한다' / 평론가 · 이대 교수
251	심는 마음과 가꾸는 마음	잡지	『자유』 1권1호	1968.6	
252	해련송(海戀頌)	잡지	『여류문학』 1호	1968.11	
253	한국여성과 일본여성	잡지	『여성동아』 14호	1968.12	
254	활동에 대한 신념 키워야	신문	《대한일보》	1969.1.4	'69년의 발언대' / 주부클럽회장
255	108년의 허송(虛送)	신문	《중앙일보》	1969.4.29	
256	구원의 책 『성서』	잡지	『보건세계』 16권9호(통권164호)	1969.9	'이 한권의 책을' / 작가
257	요즘도 연애가 있는가	잡지	『월간중앙』 19호	1969.10	'대학생풍속도' / 신문학 · 이대 교수
258	여성 10년 : 교양활동	신문	《중앙일보》	1969.12.10	
259	마음의 빚	잡지	『주부생활』 5권12호	1969.12	'권말부록 : 송년수상 여류15인집 : 새해를 기다리는 마음들' / 이화여대 교수
260편	10대와 에티켓	잡지	『학원』 18권12호	1969.12	'10대의 인생론'⑤ / 이화여대 교수

비평 4편 + 비평 단행본 1권

구분	작품명	매체	출처	발표 시기	비고
1	권하고 싶은 책 : 빠스칼 저, 『명상록』	신문	《조선일보》	1955.9.17	
2	건실한 세대의 구상, 박화성 저 『고개를 넘으면』	신문	《조선일보》	1956.7.24	
1권	정충량 평론집 : 마음의 꽃밭	단행본	서울고시학회	1959	
3	학원사간(學園社刊) 『학생연감(學生年鑑)』	신문	《국제신보》	1960.2.29	'신간 : 도서실'
4편	작가의 권익과 저너리즘	신문	《조선일보》	1961.1.18	

정태원鄭泰援

　1966년 5월, 소설 「아픈 미소」로 ≪새한신문≫ 창간5주년기념 교육현상소설에 입선. 초등학교 근무. 교직작가로 『새교육』에 소개됨.

소설 2편

구분	작품명	매체	출처	발표 시기	비고
1	아픈 미소	신문	≪새한신문≫	1966.5.5	'창간 5주년기념 교육현상 소설 입선작'
2편	설경(雪徑)	잡지	『새교육』 19권9호(통권155호)	1967.9	'교직작가 시리즈' / 그림 김윤식(金潤湜)

정표년鄭標年

　1948년 대구 출생. 1969년 시 「너 앞에」로 제13회 『여원』 여류신인상 당선. 1973년 『현대시학』에 시 「설일」이 추천됨. '현대율' 동인.

시 5편

구분	작품명	매체	출처	발표 시기	비고
1	너 앞에	잡지	『여원』 15권1호	1969.1	'제13회 여류신인문학상 당선작'
2	비원(悲願)	잡지	『낙강』 3집	1969.11	
3	석별(惜別)	잡지	『낙강』 3집	1969.11	
4	입춘(立春) : 어떤 편지에서	잡지	『낙강』 3집	1969.11	
5편	해바라기	잡지	『낙강』 3집	1969.11	

정혜옥鄭惠玉

　경남 진주 출생. 부산사대 미술과 졸업. '경북수필' 동인. 시인이자 수필가. 교사로 근무.

시 1편

구분	작품명	매체	출처	발표 시기	비고
1편	바람	신문	≪부산일보≫	1958.1.31	'연방시화전에서' / 시인 / 그림 이석우(李錫雨)

수필 2편

구분	작품명	매체	출처	발표 시기	비고
1	구심(求心)	신문	《부산일보》	1957.10.31	'가을수필'
2편	불꽃처럼	신문	《국제신보》	1960.11.30	'수요문원' / 여교사

정화자 鄭和子

1968년 1월, 시 「인종의 불꽃」으로 제7회 『여상』 여류신인상 시 부문 당선.

시 1편

구분	작품명	매체	출처	발표 시기	비고
1편	인종(忍從)의 불꽃	잡지	『여상』 7권1호	1968.1	'제7회 여류신인상 시부문 당선작'

정희경 鄭喜卿

성균관대 교수와 성대 여학생처장 역임.

수필 23편

구분	작품명	매체	출처	발표 시기	비고
1	말띠와 미신(迷信)	잡지	『여학생』 2권1호	1966.1	'특집 : 병오년 / 말띠 여성과 미신'
2	유전(遺傳) 탓일까	신문	《대한일보》	1967.8.19	'서재여록(書齋余錄)' / 성대 교수
3	모처럼의 경사(慶事)	신문	《대한일보》	1967.9.12	'서재여록'
4	메마른 합창	신문	《대한일보》	1967.9.23	'서재여록'
5	학부형 입장에서	신문	《대한일보》	1967.10.14	'교육진단' / 성균관대 여학생처장
6	실망을 딛고 다시 실력발휘를 : 전기중(前期中)에 실패한 어린이 지도	신문	《대한일보》	1967.12.5	
7	어린 숙녀들에 대한 불신과 오해	잡지	『마드모아젤』 1권1호	1969.1	
8	여성교육의 시비(是非)	신문	《조선일보》	1969.3.4	'일사일언(一事一言)'
9	필요악	신문	《조선일보》	1969.3.11	'일사일언'
10	치기(稚氣)	신문	《조선일보》	1969.3.18	'일사일언'
11	외상면학(外上勉學)	신문	《조선일보》	1969.3.25	'일사일언'
12	의외의 착각	신문	《조선일보》	1969.4.8	'일사일언'

구분	작품명	매체	출처	발표 시기	비고
13	한식(韓食)의 사연	신문	《조선일보》	1969.4.15	'일사일언'
14	거울 속의 대화	신문	《조선일보》	1969.4.22	'일사일언'
15	봄마저 서울로	신문	《조선일보》	1969.5.1	'일사일언'
16	호(好)야 안(安)야 어린이날	신문	《조선일보》	1969.5.6	'일사일언'
17	대범한 국민	신문	《조선일보》	1969.5.13	'일사일언'
18	자격상실자	신문	《조선일보》	1969.5.20	'일사일언'
19	다리를 놓자	신문	《조선일보》	1969.5.27	'일사일언'
20	나를 키워준 한사람의 자화상 : 실망의 금기 자화상의 윤곽	잡지	『여학생』 5권7호	1969.7	성대 여학생처장
21	여성사회참여와 교육 : 여성에도 기회균등을	신문	《전남일보》	1969.8.13	
22	여성의 사회참여 길 넓혀야 : 도시여성의 여가활동	신문	《서울경제신문》	1969.10.2	'가정과 생활' / 성균관대학 여학생처장
23편	사모하고 싶은 사람이 발견되었을 때 : 짝사랑, 그 애달픈 기원들	잡지	『여학생』 5권11호	1969.11	'특집 : 십대의 계절풍' / 성대 학생처장

조경희 趙敬姬

1918~2005년. 경기도 강화 출생. 이화여전 문과 졸업. 1938년 소설 「측간단상」으로 『한글』에 당선. 1939년 《조선일보》 학예부 기자, 해방 후 《서울신문》·『여성계』 주간, 《평화신문》 문화부장, 《한국일보》 논설위원 등 역임.

소설 4편

구분	작품명	매체	출처	발표 시기	비고
1	양(羊)	잡지	『신천지』 4권2호(통권33호)	1949.2	'창작'
2	즐거운 일요일 오후	잡지	『신천지』 4권5호(통권36호)	1949.5 / 6	
3	시동생(총2회)	신문	《연합신문》	1953.2.2 / 4	'단편리레–'
4편	눈	잡지	『희망』 4권11호	1954.11	'엽편소설'

수필 156편 + 수필 단행본 4권

구분	작품명	매체	출처	발표 시기	비고
1	봄과 장송곡(葬送曲)	신문	《대중신보》	1947.4.15	
2	집	신문	《문화일보》	1947.5.10	중앙신보 기자
3	기회주의자	신문	《광명일보》	1947.5.20	'여류수필'
4	덕수궁(德壽宮)의 하로	잡지	『민성』 4권4호	1948.4	

구분	작품명	매체	출처	발표 시기	비고
5	걸인찬(乞人讚)	잡지	『문장』 3권3호	1948.10	
6	의상(衣裳)의 미(美)	잡지	『주간서울』 18호	1948.12.13	
7	개와 부자(富者)	잡지	『새한민보』 3권3호	1949.1	'새한문원'
8	판관(判官)과 그들의 부인들	잡지	『주간서울』 38호	1949.5.16	
9	쌀과 학생과 훈련	잡지	『민성』 5권6호	1949.5	
10	헌 것 손질해서	잡지	『부인경향』 1권7호	1950.7	잡지 『직업여성』 기자
11	사바사바	신문	《경향신문》	1951.10.28	'화제'
12	하쪼방 : 가을소묘	신문	《부산일보》	1951.11.6	그림 김환기
13	고서(古書)와 고화(古畵)	잡지	『20세기』 1호	1952.4	
14	우화(寓話)	신문	《경향신문》	1952.5.8-9	'문화' / 총2회
15	여성계에 보내는 글	잡지	『여성계』 1권1호	1952.7	
16	미망인의 모습	신문	《경향신문》	1953.11.2	'동란이 가져온 것(4) 여성에게'
17	'아트리에'서	잡지	『청춘』 1호	1954.1	'신춘수필4인집'
18	여성이 보는 선거 : 정치에 기대하는 것 : 신성엄숙을 기(期)하라	신문	《경향신문》	1954.3.14	'가정과 생활' / 현대여성지 주간
19	3·1운동의 봉화(烽火) : 유관순(柳寬順) 투쟁비화(鬪爭秘話)	잡지	『여성계』 3권3호	1954.3	
20	자동차	신문	《서울신문》	1954.4.15	
21	여행	잡지	『국제보도』 33호	1954.6	작가
22	하얀 꽃들	잡지	『희망』 4권7호	1954.7	
23	가지 못해 그립다 : 생각나는 바다와 산과……	신문	《경향신문》	1954.8.15	'납량단상' / 여성계사 주간
24	귀신과 도깨비	잡지	『희망』 4권8호	1954.8	'평생에 가장 무서웠던 일'
25	전선초(戰線抄)	신문	《서울신문》	1954.10.10	
26	눈	잡지	『희망』 4권11호	1954.11	
27	연애결혼을 성공으로 이끌려면 : 기분주의는 안돼요	잡지	『신태양』 3권28호(통권28호)	1954.12	'특집 : 연애결혼과 중매결혼'
28	긴장된 마음의 실마리를 가다듬자	신문	《동아일보》	1955.1.5	
29	악수라는 것	신문	《경향신문》	1955.1.16	'문화 : 신춘여류수필'
30	구두	신문	《동아일보》	1955.1.18	
31	여류의 일일(一日)	신문	《동아일보》	1955.2.11	
32	봄·물	잡지	『협동』 47호	1955.3	여성계 주간
33	선물	잡지	『현대문학』 3호	1955.3	
34	나의 소년 시절 : 천자문을 배우던 때	잡지	『소년세계』 35호	1955.6	
35	재떨이	잡지	『문학예술』 2권1호	1955.6	
36	모욕물 : 여름의 정신위생	신문	《국제신보》	1955.7.17	여성계사 주간

구분	작품명	매체	출처	발표 시기	비고
37	유행 : 추태적인 기형상(畸型相) : 소화능력과 소지불비(素地不備)	신문	≪중앙일보≫	1955.8.17	'한국민주주의 10년' / 수필가
38	대전행철도연변(大田行鐵道沿邊)	잡지	『희망』 5권9호	1955.9	여류작가
39	가을의 가로수	신문	≪중앙일보≫	1955.10.22	'여성수필' / 『여성계』 주간 · 수필가
1권	『우화(寓話)』	단행본	중앙문화사	1955	'수필집'
40	생활의 목표	신문	≪중앙일보≫	1956.1.14	'생활천자변'
41	조춘(早春)	신문	≪경향신문≫	1956.3.18	'여류춘상' / 수필가
42	팁(tip)	잡지	『새벽』 3권2호	1956.3	월간 여성계 주간
43	네거리	잡지	『현대문학』 16호	1956.4	
44	천렵(川獵) : 꽃을 꺾는 재미	신문	≪중앙일보≫	1956.7.14	
45	여성과 잡지	잡지	『신태양』 5권7호(통권47호)	1956.7	잡지 여성계 주간
46	바다의 생리 : 대천풍경 (총2회)	신문	≪조선일보≫	1956.8.10 -11	
47	나의 처소(處所)	잡지	『자유문학』 1권2호	1956.8	
48	전차란 이름의 승용물(乘用物)	신문	≪평화신문≫	1956.9.20	
49	우울의 비밀	신문	≪연합신문≫	1956.9.21	
50	가을의 광장	신문	≪연합신문≫	1956.10.30	
51	현모양처형의 가정교육은 개성의 무시가 아닌가	잡지	『여원』 2권10호	1956.10	
52	세월	잡지	『여성계』 5권11호	1956.11	'권두의 말' / 주간
53	카렌다	신문	≪조선일보≫	1956.12.31	
54	성탄절	잡지	『심우』 3권12호	1956.12	'수필 : 고요한 밤! 거룩한 밤!' / 여류수필가
55	국산애용	잡지	『신태양』 6권2호(통권53호)	1957.2	수필가
56	여성과 교양문제 : 특히 가정생활을 중심으로	신문	≪평화신문≫	1957.3.3	
57	손수건의 미덕(美德)	잡지	『문학예술』 4권2호(통권24호)	1957.3	
58	신문과 여성 : 「신문주간」 창설에 즈음하여	신문	≪평화신문≫	1957.4.8	
59	골목	잡지	『현대문학』 28호	1957.4	
60	현대남성의 매력은?	잡지	『여성계』 6권3호(통권92호)	1957.5	
61	도시의 주부들 : 생활실정에 맞지 않는 외모	잡지	『주부생활』 1권6호	1957.6	평화신문 문화부장
62	여성과 독서	잡지	『기독교계』 1권1호	1957.8	
63	천명형(天命兄) 영전(靈前)에	잡지	『현대문학』 32호	1957.8	
64	고독이 무서워 결혼했다	잡지	『여원』 3권9호	1957.9	
65	부부생활의 행복과 정신적 결합	잡지	『주부생활』 1권9호	1957.9	'부부와 행복' / 여류수필가
66	비	잡지	『현대문학』 34호	1957.10	여류수필가

구분	작품명	매체	출처	발표 시기	비고
67	악수라는 것 : 대통령도 서슴치 않고 편리한 생활양식	잡지	『가정교육』 3호	1957.11	'시대'
68	대만기행(臺灣紀行) (총10회)	신문	《평화신문》	1957.12.13 -14 / 16-17 / 19-21 / 23-25	'기행'
69	굴레를 못 벗은 불만의 해	잡지	『주부생활』 1권12호	1957.12	'나와 정유년(丁酉年)' / 수필가
70	취미	잡지	『문학예술』 4권11호(통권32호)	1957.12	
71	역행을 일삼지 말 것	신문	《경향신문》	1958.1.29	'조용한 발언 : 직장여성의 단상(短想)' / 여류수필가
72	자녀의 입시와 주부가 할 일	잡지	『주부생활』 2권3호	1958.3	'주부논단'
73	자유중국의 새로운 풍토 : 깨끗하고 검소한 생활	잡지	『희망』 8권4호	1958.4	'세계에서 배우자' / 수필가
74	조춘(早春)	잡지	『자유문학』 3권4호(통권13호)	1958.4	수필가
75	의자를 보고 느낀 것	잡지	『한국평론』 1호(창간호)	1958.5	수필가
76	가정은 애정의 샘터냐 무덤이냐	잡지	『주부생활』 2권6호	1958.6	'주부논단'
77	신록	잡지	『여성계』 7권6호(통권100호)	1958.6	'이달의 수필' / 수필가
78	여행을 하는 것	잡지	『자유문학』 3권6호(통권15호)	1958.6	'수필문학' / 여류수필가
79	열등의식	잡지	『지성』 1호	1958 하계호	여류수필가
80	부채 선풍기 맞바람	신문	《동아일보》	1958.7.25	
81	회상의 강화	잡지	『자유문학』 3권8호(통권17호)	1958.8	'기행문특집' / 여류수필가
82	30대의 애정관 : 정신·애정·본능의 일치로	잡지	『주부생활』 2권9호	1958.9	수필가
83	의상(衣裳)과 '행거'의 거리(距離)	신문	《세계일보》	1958.10.18	
84	만추유감(晩秋有感)	신문	《세계일보》	1958.11.19	'만추수필' / 수필가
85	행복의 문 : 성의와 노력과 사랑	잡지	『여성계』 7권9호(통권103호)	1958.11	
86	눈 내리는 날이면	잡지	『여원』 5권1호	1959.1	
87	자기도취(自己陶醉)	잡지	『현대문학』 49호	1959.1	
88	눈물	잡지	『자유문학』 4권3호(통권24호)	1959.3	여류수필가
89	은사(恩師)나 선배에게 취직을 부탁하는 편지	잡지	『여원』 5권4호	1959.3	
90	신문과 여성	신문	《국제신보》	1959.4.11	수필가
91	시대를 따라 온당한 대인교제를 : 어디까지나 진실성에 입각한 사교인의 활동	잡지	『주부생활』 3권5호	1959.5	'특집 : 보다 더 잘 살기 위한 주부의 노력' / 수필가
92	내조할 수 있는 현명한 아내	잡지	『주부생활』 3권7호	1959.7	'특집 : 여성과 교양과 처세'
93	전등과 석유 등불	신문	《서울신문》	1959.12.11	수필가
94	치한(痴漢)에게 한마디 부탁한다	잡지	『여원』 5권13호	1959.12	

구분	작품명	매체	출처	발표 시기	비고
95	자유부인은 남편의 책임 : 가정교육은 판영	잡지	『가정교육』 17호	1960.1	'반성'
96	책	잡지	『새교실』 5권1호(통권43호, 1-2학년용)	1960.1	
97	그는 가고 아주 가고 : 나의 첫사랑②	잡지	『여원』 6권2호	1960.2	
98	돈의 폭력	잡지	『주부생활』 4권2호	1960.2	'남성의 폭력' / 수필가
99	돌	잡지	『현대문학』 63호	1960.3	
100	뭐니해도 첫째는 건강미	잡지	『여원』 6권11호	1960.11	
101	눈내리는 날이면	잡지	『가정교육』 29호	1961.1	'수필 : 눈(雪)의 이야기' / 수필가
102	가정생활의 재건은 이렇게	잡지	『가정생활』 1권8호	1961.8	'특집' / 수필가
103	독서는 생활을 뒷받침한다	잡지	『여원』 7권8호	1961.8	
104	새 생활을 위한 새 자세로	잡지	『아리랑』 7권8호	1961.8	'새생활' / 수필가
105	노천명(盧天命) : 뜨거운 노래 묻고	신문	《서울경제신문》	1961.9.5	'문인묘(文人墓)'③ / 수필가
106	시험 때면 컨닝만 하고	잡지	『학원』 11권1호	1962.3	'만필 : 나는 염치없는 중학생' / 주간새나라 편집국장
107	무지개타고 해가 뜬 태몽(胎夢)	잡지	『여원』 8권4호	1962.4	
108	가정의 하모니를 위한 설계 : '어린이와 가정주간'에 생각하는 것	신문	《국제신보》	1962.5.4	'여성' / 수필가
109	창마다 꽃을	잡지	『최고회의보』 8호	1962.5	
110	하와이 인상기(印象記) : 상하(常夏)의 나라	잡지	『주간새나라』 45호	1962.6.11	본사편집국장
111	미국기행(총3회)	신문	《서울신문》	1962.7.10 / 24, 8.7	'제1신 하와이 호놀룰루에서, 제2신 뉴욕에서, 제3신 그랜드 캐논에서'
112	직장 얘기	잡지	『자유문학』 7권5호(통권61호)	1962.7 / 8	
113	내가 본 미국 농촌생활	잡지	『주간새나라』 55호	1962.8.27	
114	미국의 여성잡지사(女性雜誌社)들 : 흡사 백화점 같은 인상(印象)	잡지	『가정생활』 2권10호	1962.10	'특별기고 : 뉴욕에서'
115	내가 만난 미국의 BEST 여성들	잡지	『여상』 1권1호	1962.11	
116	'덴막'의 농촌과 가정	신문	《대한일보》	1962.12.4	
117	놋대접의 콩나물국	잡지	『여원』 8권12호	1962.12	
118	내가 보고 온 나라 미국	잡지	『신사조』 2권1호(통권12호)	1963.1	전 주간새나라 주간 · 수필가
119	구미(歐美)의 현대미술관을 보고	신문	《동아일보》	1963.2.4	
120	사회의 소용돌이 속에서	잡지	『여상』 2권5호	1963.5	'특집 : 여성의 사교' / 여류수필가
121	남자들의 그 비속성(卑俗性)	잡지	『여상』 2권8호	1963.8	'특집 : 고발당한 한국남성' / 여류수필가
122	언론 : 억센 선배들 어깨 틈에서	잡지	『여상』 2권11호	1963.11	'특집 : 나의 입신 수련기' 9 / 한국일보 기획위원

구분	작품명	매체	출처	발표 시기	비고
123	천안삼거리에의 향수(鄕愁) : 천안(天安)	잡지	『여원』 9권12호	1963.12	
2권	가깝고 먼 세계 : 여창(旅窓)에 비친 아메리카·유럽	단행본	신태양사	1963	*세계일주기
124	차압(差押)	잡지	『신사조』 3권1호(통권22호)	1964.1	한국일보 기획심의위원
125	증산운동에 앞장서자	잡지	『주간새나라』 131호	1964.4.20	'일주일언(一週一言)' / 한국일보 부녀부장
126	이 불경기 혼란은 하늘에서 떨어진 게 아니다	잡지	『여상』 3권6호	1964.6	'특집 : 남성들은 이 현실을 책임져라' / 한국일보 논설위원
127	농사체험기 쓰는 요령	잡지	『농원』 1권6호(통권6호)	1964.10	'특집 : 농민을 위한 문장강화' / 한국일보 부녀부장·수필가
128	차분히 그린 외교막후(外交幕後) 각국여성 풍모는 이채(異彩)	신문	≪한국일보≫	1964.12.10	
129	철든 다음에 보는 눈	잡지	『여원』 10권12호	1964.12	
130	유치한 여자(女子)	잡지	『새교육』 17권2호(통권124호)	1965.2	
131	'레디·퍼스트'의 나라 기계가 일해주는 생활 : 미국	잡지	『주부생활』 1권2호	1965.5	'특집 : 세계의 주부와 그 생활' / 한국일보 기획위원
132	현대남성의 사랑의 형태 : 상류사회로 가는 사랑의 가교(假橋), 탐욕형(型)	잡지	『여상』 4권5호	1965.5	
133	내 고향에 얽힌 추억	잡지	『여상』 4권7호	1965.7	
134	스탠드빠	잡지	『현대문학』 127호	1965.7	
135	한국여성의 주체성 : 여성이라고 해서 주체성을 달리 해석할 필요는 없다	잡지	『문학춘추』 2권7호(통권16호)	1965.11	
136	적당한 폭력은 애정의 표시	잡지	『주부생활』 1권8호	1965.11	'폭군 남편에게 드리는 편지' / 수필가
137	부풀어 오르는 꽃봉오리 같이	잡지	『여학생』 1권1호	1965.12	'지정제 수필 : 꽃망울 부풀 때' / 수필가
138	매력 : 김승호(金勝鎬), 텁텁하고 구수한 서민형	신문	≪조선일보≫	1966.1.13	
139	봄이 오면 마련될 오두막집 : 우리집의 살림공개	잡지	『여원』 12권2호	1966.2	
140	원을 그리는 마음	잡지	『현대문학』 136호	1966.4	
141	태양을 바라보며	잡지	『여상』 5권5호	1966.5	
142	이민(移民)은 이사가 아니라 그 나라에의 봉사 : 우선 실정을 파악하자	잡지	『여성』 통권25호	1966.11	'부라질 이민 상황 보고' / 주간 한국기획위원
3권	얼굴	단행본	범우사	1966	'수필집'
4권	음치의 자장가	단행본	중앙문화사	1966	'수필집'
143	이중성격을 버려라	잡지	『여상』 6권5호	1967.5	
144	여름밤 유감(有感)	잡지	『세대』 5권8호(통권49호)	1967.8	한국일보 부녀부장

구분	작품명	매체	출처	발표 시기	비고
145	데이트는 바다까지 가도 좋다	잡지	『여상』 6권9호	1967.9	
146	근계(謹啓) 보건사회부장관 귀하	잡지	『세대』 5권10호(통권51호)	1967.10	'행정부에 보내는 시민의 소리' ② / 한국일보 부녀부장
147	검정 두루마기의 모습	잡지	『새교육』 20권2호(통권160호)	1968.2	'잊을 수 없는 스승' / 주간한국 부녀부장
148	아쉬움 없는 도시	잡지	『여원』 14권2호	1968.2	
149	서해안 강화섬 : 그 느티나무엔 옛꿈만이	잡지	『여성동아』 8호	1968.6	'고향에 다시 갔더니'⑥ / 한국일보 주간한국 부녀부장
150	8·15 광복절	잡지	『여류문학』 1호	1968.11	
151	강과 약의 이중주(二重奏)	잡지	『학원』 17권12호	1968.12	'나의 중학시절' / 언론인
152	멋부리다 얼어죽는 유행광신자 (流行狂信者)	잡지	『주부생활』 5권2호	1969.2	'특집 : 현대인의 병폐' / 언론인
153	'보고타'의 하루	잡지	『횃불』 1권3호	1969.3	주간한국 여성부장
154	주부에게 꿈을 주는 잡지	잡지	『주부생활』 5권4호	1969.4	'나와 주부생활' / 여류수필가
155	어느 회혼례	잡지	『여류문학』 2호	1969.5	
156편	해외여행에서의 쇼핑 : 명사(名士)들의 실수록(失手錄)	잡지	『주간여성』 50호	1969.12.10	PEN대회 한국대표

비평 5편

구분	작품명	매체	출처	발표 시기	비고
1	소설적인 테에마	잡지	『문학예술』 3권4호(통권13호)	1956.4	
2	고개를 넘으면	신문	≪평화신문≫	1956.8.20	
3	박현숙론(朴賢淑論)	잡지	『여원』 2권12호	1956.12	
4	시인(詩人) 노천명형(盧天命兄)	잡지	『신세계』 5호	1963.3	'내가 잊을 수 없는 사람들' / 수필가
5편	저널리즘에 있어서의 문학인의 역할 : 문화의 대중화의 매개	잡지	『현대문학』 122호	1965.2	

조계영 趙桂英

1919년 함남 함흥 출생. 이화여전 문과 졸업. 무학여고·서울여고 등에서 교사로 근무하며 수필가로 활동.

수필 5편 + 수필 단행본 3권

구분	작품명	매체	출처	발표 시기	비고
1	환돗바람과 어머니	잡지	『여성계』 3권1호	1954.1	여교사
2	낙천적인 남편을 다루는 법	잡지	『주부생활』 1권4호	1957.4	'남편을 다루는 비결⑤' : 여고 교사
3	마음의 향수(鄕愁)	잡지	『여원』 6권6호	1960.6	

구분	작품명	매체	출처	발표 시기	비고
4	도장(圖章)	잡지	『수필』 1권2호	1961.5	여류수필가
1권	하늘이여 땅이여 말하라	단행본	중앙출판사(3인 공저)	1963	*목해균(睦海均)·강범우(姜凡牛)와 함께 집필한 수필집
5편	당위(當爲)와 소유(所有)	잡지	『문학춘추』 2권8호(통권17호)	1965.12	수필가
2권	별들의 우정	단행본	정신사	1966	
3권	내 사랑 산울림	단행본	청록출판사	1969	

조광자 趙光子

국민학교 교사로 근무. 1965년 소설 「27대 29」로 ≪영남일보≫ 신춘문예 소설부 입선.

소설 1편

구분	작품명	매체	출처	발표 시기	비고
1편	27 대 29	신문	≪영남일보≫	1965.1.9 / 2.28	

수필 1편

구분	작품명	매체	출처	발표 시기	비고
1편	푸르게 장식	신문	≪영남일보≫	1965.1.5	'소설부 입선소감' / 초등학교 교사

조삼주 曺三周

1957년 2월, 수필 「비개인 가을아침에」로 『여원』 1주년기념 여류현상문예 당선.

수필 2편

구분	작품명	매체	출처	발표 시기	비고
1	비개인 가을아침에	잡지	『여원』 3권2호	1957.2	'여원1주년기념 여류현상문예 당선작 수필 2석 당선작'
2편	모진 편달(鞭撻)	잡지	『여원』 3권2호	1957.2	'여원1주년기념 여류현상문예 당선작 수필 2석 : 당선소감'

조수비趙秀妃

　1941년 생. 숙명여대 국문과 수학. 1961년 장편소설 『나상(裸像)의 계집애들』(삼한출판사) 출간. 이후 19년 만에 『내가 죽으면 달이 뜨게 하련다』(세종출판공사, 1978) 출간. 중편 「애마부인」(일종각, 1981)이 1982년 영화화.

소설 1권

구분	작품명	매체	출처	발표 시기	비고
1권	나상(裸像)의 계집애들	단행본	삼한출판사	1961	'장편소설'

조순애趙順愛

　1936년 서울 출생. 숙명여대 국문과 졸업. 1970년 시집 『소복(素服)』을 출간하면서 등단. '숙문회' 동인.

시 1편

구분	작품명	매체	출처	발표 시기	비고
1편	바다	신문	≪세계일보≫	1959.7.15	

조애실趙愛實

　1920~1998년. 호 우성(愚星). 함북 길주 출생. 경성여자신학대학 중퇴. 1946년 시 「새벽제단」을 ≪순간한보≫에 발표하며 작품 활동.

시 14편

구분	작품명	매체	출처	발표 시기	비고
1	새벽제단	신문	≪순간한보≫	1946	
2	제야(除夜)	신문	≪연합신문≫	1950.1.1	
3	고지(高地)의 장송곡(葬送曲)	신문	≪서울신문≫	1951	
4	전적(戰跡)	미상	미상	1951 창작	
5	체온	신문	≪조선일보≫	1957.10.31	
6	봄노리 : 할머니봄날에서-	잡지	『자유문학』 3권4호(통권13호)	1958.4	
7	영산에 꽃이 피다(제1신)	신문	≪조선일보≫	1958.8.2	
8	오월송(五月頌)	잡지	『자유문학』 4권6호(통권27호)	1959.6	
9	도산서원(陶山書院)	잡지	『자유문학』 5권3호(통권36호)	1960.3	

구분	작품명	매체	출처	발표 시기	비고
10	절정	잡지	『자유문학』 6권2호(통권47호)	1961.2	
11	삼일절에 부치는 노래	미상	미상	[미상]	*『신문학 60년 대표작 전집』(정음사, 1968)에 수록
12	산사(山寺)의 오후	잡지	『불교계』 17호	1969.1	
13	이 시점(時點)에서	잡지	『여류문학』 2호	1969.5	
14편	일지(日誌)	잡지	『한국시원』 1호	1969.7	

수필 28편

구분	작품명	매체	출처	발표 시기	비고
1	감방(監房)의 하로	잡지	『신세기』 2권3호	1949.6	
2	버들강아지	잡지	『소년세계』 32호	1955.3	'내가 사랑하는 삼월의 꽃' / 시인
3	만년(萬年)의 시작(詩作)	신문	《연합신문》	1955.4.27	
4	여성과 국기(國旗)	잡지	『여성계』 4권4호	1955.4	여류시인
5	추야잡상(秋夜雜想)	신문	《평화신문》	1956.10.22	
6	내가 좋아하는 꽃 : 목련	신문	《조선일보》	1957.4.1	
7	촛불이 켜지는 방	잡지	『여성계』 5권3호(통권92호)	1957.5	
8	재봉틀	신문	《조선일보》	1957.11.21	
9	꿈 이야기	잡지	『문학예술』 4권10호(통권31호)	1957.11	
10	봄이 오면	신문	《조선일보》	1958.3.13	
11	9월의 녹파(綠波)	신문	《조선일보》	1958.9.11	
12	선방(禪房)의 아침	신문	《자유신문》	1958.11.4	여류시인
13	차중(車中)에서	잡지	『자유문학』 3권11호(통권20호)	1958.11	여류시인
14	자신을 구원하는 길	잡지	『주부생활』 3권2호	1959.2	시인
15	나에게 소원이 있다면	잡지	『자유문학』 4권3호(통권24호)	1959.3	여류시인
16	주택지대 : 첫여름의 교외풍경	신문	《세계일보》	1959.5.20	여류시인
17	할 일은 이제부터	신문	《조선일보》	1960.5.3	
18	너와 나의 대화	잡지	『자유문학』 5권7호(통권40호)	1960.7	시인
19	가을에 부쳐서	신문	《국제신보》	1960.9.16	여류수필가
20	뻐국이 우는 산녘 : 파우(破愚)의 일주기(日週期)에 부쳐	잡지	『자유문학』 6권7호(통권52호)	1961.8	
21	마포유정(麻浦有情)	잡지	『자유문학』 8권5호(통권69호)	1963.5	시인
22	나의 옛 옥중(獄中) 노-트에서	잡지	『새길』 108-113호	1963.9 -1964.12	*'①믿음과 고독과 무지, ②병고 속의 소망, ③꽃잎이 감방을 찾아오다, ④석방과 동시에 끌려간 제이형무소'
23	치마 자락의 멋	잡지	『여상』 3권5호	1964.5	'수필, 자유제' / 여류시인
24	배웅	잡지	『새길』 120호	1964.12	
25	변두리 인생	잡지	『새길』 129호	1965.12	
26	작은 보람	잡지	『새길』 140호	1967.1	

구분	작품명	매체	출처	발표 시기	비고
27	까치	잡지	『주부생활』 3권3호	1967.3	시인
28편	이 마음에 붙은 불 무엇으로 끄나	잡지	『주부생활』 4권2호	1968.2	'내가 받은 사랑의 편지' / 시인

조애영 趙愛泳

1911년 경북 영양 출생. 호 은촌(隱村). 1931년 배화여고에서 항일운동. 이화여전 중퇴. 1958년 시집 『슬픈 동경』(서울신문사) 출간.

시 2편 + 시 단행본 1권

구분	작품명	매체	출처	발표 시기	비고
1권	『슬픈 동경(憧憬)』	단행본	서울신문사	1958	'시집'
1	우리는 양(羊) : 6·25때	잡지	『불교계』 13호	1968.7 / 8	'경인년 유월 비극을 체험한 시조'
2편	학생의거 사월혁명가	잡지	『불교계』 13호	1968.7 / 8	'내방가사'

조연희 趙連姬

수필가. 1969년 수필집 『하나 둘 셋』(한영출판사) 출간.

수필 3편 + 수필 단행본 1권

구분	작품명	매체	출처	발표 시기	비고
1	루비의 사색(思索) (총5회)	잡지	『여상』 2권8-12호	1963.8-12	
2	꽃 피던 그 시절 : 되새겨보는 그 무렵 일기초(日記抄)	잡지	『여상』 3권9호	1964.9	
3편	여인소묘(女人素描)	잡지	『여상』 5권5호	1966.5	
1권	하나 둘 셋	단행본	한영출판사	1969	'수필집'

조옥녀 趙玉女

1959년 7월, 시 「미의 유실(遺失)」이 『자유문학』에 1회 추천됨.

시 1편

구분	작품명	매체	출처	발표 시기	비고
1편	미(美)의 유실(遺失)	잡지	『자유문학』 4권7호(통권28호)	1959.7	'시분과위원회 제1회 추천'

조정자 趙貞子

1941년 서울 출생. 연세대 국문과와 서라벌예대 문창과 졸업. 1964년 제9회 『여원』 여류신인상에 시 「연가」 수상. 1974년 3월 『현대문학』에 시 「가을은」·「안개 속에서」·「겨울 랩소디」 등이 추천됨.

시 4편

구분	작품명	매체	출처	발표 시기	비고
1	연가(戀歌)	잡지	『여원』 10권1호	1964.1	'제9회 여원 여류신인상 당선작'
2	밤의 동공(瞳孔)으로	신문	《목포일보》	1964.4.25	1964년도 여원 여류신인상 시부 당선자
3	겨울바다	잡지	『여원』 12권12호	1966.12	
4편	나의 오래 후	잡지	『자유공론』 12호	1967.7	

수필 1편

구분	작품명	매체	출처	발표 시기	비고
1편	학교점수와 인생점수	잡지	『주부생활』 1권9호(통권9호)	1965.12	

조현례 曺鉉禮

1935년 강원도 준양 출생. 이화여대 영문과 졸업 후 동대학원 수료. 1965년 동화 「비 오는 날」로 《동아일보》 신춘문예 당선. 『여성생활』·《소년한국》 기자, 이화여대·성균관대·단국대 강사 역임. 1976년 미국으로 이민.

동화 5편

구분	작품명	매체	출처	발표 시기	비고
1	비 오는 날	신문	《동아일보》	1965.1.9	'신춘문예 당선작'

구분	작품명	매체	출처	발표 시기	비고
2	내년 봄	신문	《동아일보》	1965.2.27	
3	여자 남자	잡지	『새소년』 2권5호	1965.5	그림 송영방
4	구름 다리	신문	《소년동아일보》	1966.11.29	
5편	버드나무 그늘 밑	잡지	『카톨릭소년』 9권11호(통권 107호)	1968.11	

수필 1편

구분	작품명	매체	출처	발표 시기	비고
1편	엄마 구실을 한 느낌	신문	《동아일보》	1965.1.9	'신춘문예 당선소감'

주미周美

《연합신문》·《동아일보》 문화부 기자 역임. 동화작가이자 수필가. 동화집으로 1962년『푸른 꿈은 하늘 높이』(신화문화사), 1966년『느티나무 있는 마을』(경향잡지사) 출간.

시 1편

구분	작품명	매체	출처	발표 시기	비고
1편	딸은 지금도 울고 있건만	잡지	『새길』 104호	1963.5.15	

소설 3편 + 동화 32편

구분	작품명	매체	출처	발표 시기	비고
1	잃어버린 '핸드·빽'	잡지	『가톨릭청년』 13권6호	1959.6	'콩트'
2	촛불	잡지	『가톨릭청년』 13권11호	1959.11	'콩트'
3	푸른 꿈은 하늘 높이(총10회)	잡지	『카톨릭소년』 1권1-10호	1960.1-10	'연재동화'
4	등(燈)	잡지	『재무』 55호	1960.7	'단편소설'
5	딸기밭	잡지	『카톨릭소년』 2권6호	1961.6	'동화'
6	선물	잡지	『카톨릭소년』 2권11호	1961.11	'동화' / 그림 김규석
7	부상	신문	《경향신문》	1962.6.2	'동화'
8	미워진 운전수	잡지	『새벗』 123호	1962.6	'동화'
9	빨간 부로찌	잡지	『카톨릭소년』 3권6호	1962.6	'동화'
10	새엄마	잡지	『학원』 11권6호	1962.8	'동화' / 그림 김광배
11	큰 아기	잡지	『카톨릭소년』 3권11호	1962.11	'동화' / 그림 금동원
12	동물원엔 못 갔으나	잡지	『학원』 12권5호	1963.5	'동화'
13	밤길에서	잡지	『카톨릭소년』 4권5호	1963.5	'동화' / 그림 금동원
14	시골길	잡지	『학원』 12권9호	1963.9	'동화' / 그림 안홍준

구분	작품명	매체	출처	발표 시기	비고
15	하늘에서 온 것	잡지	『새벗』 137호	1963.10	'동화'
16	사라진 분노	잡지	『카톨릭소년』 4권12호	1963.12	'동화'
17	아버지의 재혼	잡지	『아동문학』 8호	1964	
18	제2의 청춘	잡지	『재무』 102호	1964.6	
19	손님	잡지	『새벗』 146호	1964.7	
20	이사하던 날	잡지	『카톨릭소년』 5권7호	1964.7	
21	느티나무 있는 마을(총50회)	신문	≪매일신문≫	1965.3.14 -1966.4.10	*단행본(경향잡지사, 1966) 발간
22	소풍	잡지	『아동문학』 11호	1965.3 / 4	
23	조개 껍질	잡지	『카톨릭소년』 6권8호	1965.8	그림 금동원
24	털 모자	잡지	『새소년』 2권12호	1965.12	'아기 동화' / 그림 송영방
25	끈 달린 신발	신문	≪매일신문≫	1966.12.18	'동화'
26	아버지의 휴가	잡지	『새가정』 13권11호	1966.12	'동화'
27	크리스마스 날 밤	잡지	『카톨릭소년』 7권12호	1966.12	'동화 : 크리스마스 특집' / 그림 이억영
28	잘못 들어간 교실	신문	≪서울신문≫	1967.3.23	'동화'
29	꿈꾸는 현수	잡지	『학원』 16권7호	1967.7	'동화' / 그림 김정
30	두 손을 모아	잡지	『카톨릭소년』 8권8호	1967.8	'동화' / 그림 김정
31	깨어진 꽃병	잡지	『어깨동무』 2권11호	1968.11	'동화'
32	상을 받던 날	잡지	『카톨릭소년』 9권11호(통권 107호)	1968.11	'동화'
33	돌이의 결심	잡지	『카톨릭소년』 10권4호(통권 112호)	1969.4	'동화'
34	여름방학	신문	≪대한일보≫	1969.8.7	'어린이와 어머니가 함께 읽는 동화' / 그림 유근향
35편	그림이 팔리던 날	잡지	『카톨릭소년』 10권12호(통권 120호)	1969.12	'동화'

수필 70편 + 수필 단행본 1권

구분	작품명	매체	출처	발표 시기	비고
1	다리가 튼튼해야……	잡지	『여성계』 4권9호	1955.9	'나의 여기자생활기' / 연합신문사
2	낙엽 지는 마음	신문	≪중앙일보≫	1955.10.8	'여성수필'
3	주부에의 반역	신문	≪연합신문≫	1956.8.18	
4	유아의 습관에 대하여 : 유아의 시기는 일생에의 스타트	잡지	『여성계』 5권10호	1956.10	기자
5	봄의 여인들	신문	≪경향신문≫	1957.2.16	'여류대춘보'
6	왜? 주부들은 거리를 쏘다니나!	잡지	『주부생활』 1권5호	1957.5	
7	결혼생활에 실패한 여성들의 모습	잡지	『주부생활』 1권6호	1957.6	
8	애정과 연정	잡지	『주부생활』 2권5호	1958.5	'초하수필선(初夏隨筆選)' / 수필가
9	여군장교의 가정생활	잡지	『주부생활』 2권8호	1958.8	'특집'

구분	작품명	매체	출처	발표 시기	비고
10	가정과 청년기	잡지	『가톨릭청년』 13권2호	1959.2	'여인삼제(女人三題)'
11	주부의 용돈	신문	≪국민보≫	1960.1.18	'수상(隨想)'
12	이혼한 남성과 결혼한 처녀의 경우	잡지	『주부생활』 4권2호	1960.2	'시중(市中)스토리'
13	조작의 책임	잡지	『재무』 51호	1960.3	
14	푸른 계절	잡지	『재무』 55호	1960.6	
15	첩이라는 이름의 여성	잡지	『여원』 6권10호	1960.10	
16	기뻐하신 어머니	잡지	『카톨릭소년』 2권1호	1961.1	'어릴 때의 설맞이' / 여류작가
17	당신의 너그러운 손을 주소서	잡지	『가톨릭청년』 15권1호	1961.1	'성모님전상서' / '1961년의 기원'
18	병들었을 때	잡지	『보건세계』 8권2호(통권62호)	1961.2	여류수필가
19	주부로서의 직장생활	잡지	『여성공원』 1호	1961.2	'특집 : 직장과 여성' / 여기자
20	살아가는 마음	잡지	『가톨릭청년』 15권7호	1961.7	
21	가을에 생각나는 것	잡지	『여원』 7권10호	1961.10	
22	남편에게 바라는 주부의 마음	잡지	『가정생활』 1권10호	1961.10	
23	홀로 가는 길	잡지	『가톨릭청년』 15권10호	1961.10	
24	밤길	잡지	『새길』 89호	1962.1	
25	시들지 않는 청춘	잡지	『새길』 92호	1962.4	
26	자극을 피했다	잡지	『여원』 8권4호	1962.4	
27	우정만 있다면	잡지	『가톨릭청년』 16권7호	1962.7	
28	마음을 자연에로	신문	≪가톨릭시보≫ 338호	1962.8.12	
29	사랑의 침묵	잡지	『새길』 97호	1962.10	
30	이대로 가야하나?	잡지	『재무』 82호	1962.10	
31	찬바람 속에서	잡지	『재무』 84호	1962.12	
32	정(情)을 주는 사람	잡지	『새길』 101호	1963.2	
33	소년과 밤길	잡지	『재무』 87호	1963.3	
34	여자의 낭만	잡지	『가정생활』 3권4호	1963.4	'생활 속의 수필'
35	죄의식의 강요	신문	≪가톨릭시보≫ 380호	1963.5.23	'백서(帛書)' / 동아일보 문화부 근무
36	패곡(貝穀)의 밀어(密語)	신문	≪가톨릭시보≫ 386호	1963.8.11	
37	다음 단계	잡지	『재무』 93호	1963.9	
38	바닷가의 여름	잡지	『신세계』 10호	1963.9	여류수필가
39	당신이 살고 있는데	잡지	『재무』 94호	1963.10	
40	다가는데	잡지	『재무』 94호	1963.12	
41	팔벌린 1964년	잡지	『재무』 98호	1964.2	
42	봄비	잡지	『재무』 100호	1964.4	
43	정(情)의 내핍(耐乏)	잡지	『새길』 116호	1964.6	
44	밤의 해변에서	잡지	『재무』 103호	1964.7	
45	찬바람속에서	잡지	『재무』 107호	1964.11	
46	친교(親交)	잡지	『재무』 111호	1965.3	

구분	작품명	매체	출처	발표 시기	비고
47	숨겨진 매력	잡지	『재무』 114호	1965.6	
48	판문점에 다녀와서	잡지	『새벗』 156호	1965.6	
49	너를 꿈꿀 때	잡지	『재무』 117호	1965.9	
50	침묵을 깨지 말고	잡지	『가톨릭청년』 19권11호	1965.11	'여류수필' / 여류문인
51	해가 저물어간다	잡지	『재무』 120호	1965.12	
52	새해 맞이	잡지	『새길』 130호	1966.1	
53	봄은 오는데….	잡지	『재무』 122호	1966.2	
54	슬픔을 모르는 꽃동산에서	잡지	『카톨릭소년』 7권5호	1966.5	'특집 : 나의 어린 시절' / 동화작가 / 그림 이억영
55	푸르름은 꿈이 되어	잡지	『재무』 126호	1966.6	
56	한 줌 흙으로 돌아가는데	잡지	『여원』 12권6호	1966.6	
57	나에게 들려준 마지막 이야기 : 장박사(張博士)는 가시다	잡지	『가톨릭청년』 20권7호	1966.7	
58	장면박사 마지막 가시던 날	잡지	『카톨릭소년』 7권7호	1966.7	
59	감상(感傷)의 가을이라지만	잡지	『새길』 137호	1966.10	
60	내 노래는 끝없이	잡지	『재무』 130호	1966.10	
61	메리·크리스마쓰	잡지	『재무』 132호	1966.12	
62	성년(聖年)을 보내면서	잡지	『가톨릭청년』 20권12호	1966.12	
1권	고통 중의 낭만	단행본	해문사	1966	'수필집'
63	봄을 기다리는 마음	잡지	『새길』 141호	1967.2 / 3	
64	소중한 것	잡지	『정경연구』 3권4호(통권27호)	1967.4	아동문학가
65	붉은 카네이숀의 반성 : 어머니 날에 붙여	신문	≪가톨릭시보≫ 500호	1967.5.7	'수상'
66	아름다운 여인	잡지	『여성동아』 13호	1968.11	수필가
67	국회의원	잡지	『정경연구』 5권2호(통권49호)	1969.2	동화작가
68	겨울 이사(移徙)	잡지	『여원』 15권3호	1969.3	
69	푸르름 속에서	잡지	『월간문학』 2권8호(통권10호)	1969.8	아동문학가
70편	같은 마음	잡지	『아세아』 1권7호	1969.10	'에세이'

비평 1편

구분	작품명	매체	출처	발표 시기	비고
1편	최인학 지음, 『벌판을 달리는 아이』	신문	≪크리스챤신문≫ 150호	1964.1.11	'서평'

주정애朱正愛

1931년 경남 진해 출생. 부산여고 졸업. 『현대문학』에 「기다림」(1959년 5월)·「풍선고」(1962년 2월)·「부엉이」(1963년 7월)가 추천됨. '여류시' 동인.

시 15편

구분	작품명	매체	출처	발표 시기	비고
1	기다림	잡지	『현대문학』 53호	1959.5	
2	풍선고(風船考)	잡지	『현대문학』 86호	1962.2	'추천'
3	부엉이	잡지	『현대문학』 103호	1963.7	'추천'
4	낙과연도(落果連禱)	잡지	『현대문학』 110호	1964.2	
5	찬비 맞는 달	잡지	『현대문학』 119호	1964.11	
6	둔주곡(遁走曲)	잡지	『여류시』 5집	1966.5.25	
7	비	잡지	『여류시』 5집	1966.5.25	
8	추분(秋分) 뒤에	잡지	『여류시』 5집	1966.5.25	
9	가을 일기초(日記抄)	신문	《크리스챤신문》	1966.11.19	
10	다듬이	잡지	『주부생활』 2권12호	1966.12	
11	폐원(廢園)에서	잡지	『주부생활』 3권11호	1967.11	그림 이억영
12	수(數)의 IMAGE	잡지	『현대문학』 161호	1968.5	
13	마리아·막달렌	잡지	『여류시』 6집	1968.6.1	
14	춘수(春愁)	잡지	『여류시』 6집	1968.6.1	
15편	전야(前夜), 직녀의 독백	잡지	『여류문학』 2호	1969.5	

수필 2편

구분	작품명	매체	출처	발표 시기	비고
1	허언실담(虛言實談)	잡지	『현대문학』 103호	1963.7	'천료소감'
2편	어떤 경우	잡지	『주부생활』 5권11호	1969.11	여류시인

비평 1편

구분	작품명	매체	출처	발표 시기	비고
1편	P동인에게	잡지	『여류시』 6집	1968.6.1	

지하련池河連

1912~1960년. 본명 이현욱(李現郁). 경남 거창 출생. 일본 도교 여자경제전문학교 수학. 『문장』에 1940년 소설 「결별(訣別)」이 추천됨. 광복 직후 부군 임화와 조선문학가동맹에 가담 후 1949년경 함께 월북.

시 1편

구분	작품명	매체	출처	발표 시기	비고
1편	어느 야속한 동족이 잇서	신문	《중앙신문》	1946.1.25	*『하병』 2호(1946.3)에 「어느 야속한 동포(同胞)가 있어」라는 제목으로 수록

소설 2편 + 소설 단행본 1권

구분	작품명	매체	출처	발표 시기	비고
1	도정(道程) : 소시민	잡지	『문학』(조선문학가동맹) 1호	1946.7	
2편	광나루	잡지	『조선춘추』 1권1호	1947.12	'콩트'
1권	도정	단행본	백양당	1948	

수필 1편

구분	작품명	매체	출처	발표 시기	비고
1편	봄	신문	《문화일보》	1947.4.10	소설가

비평 1편

구분	작품명	매체	출처	발표 시기	비고
1편	여류문학의 진로(進路) (상)	신문	《부녀신문》	1946.5.12	'문화' / *'하'편은 부재

진복희晉福嬉

1947년 전북 임실 출생. 경희대 국문과 졸업. 『시조문학』에 시조 「진달래」(1967년 2월)·「달밤」(1967년 6월)·「추상(秋想)」(1968년 4월)이 추천됨.

시조 8편

구분	작품명	매체	출처	발표 시기	비고
1	진달래	잡지	『시조문학』 15집	1967.2	'제1회 추천'
2	달밤	잡지	『시조문학』 16집	1967.6	'2회 추천'
3	염원	잡지	『시조문학』 17집	1967.10	
4	추상(秋想)	잡지	『시조문학』 18집	1968.4	'3회 천료작'
5	춘정(春情)	잡지	『시조문학』 18집	1968.4	'전북특집'

구분	작품명	매체	출처	발표 시기	비고
6	엽서	잡지	『시조문학』 20집	1968.11	
7	포프라	잡지	『시조문학』 20집	1968.11	
8편	도회와 소녀	잡지	『시조문학』 21집	1969.6	

진소희陳素熙

1956년 1월, 수필 「미용기」로 『여원』 창간기념 여류현상문예 당선.

수필 1편

구분	작품명	매체	출처	발표 시기	비고
1편	미용기(美容記)	잡지	『여원』 2권1호	1956.1	'여원 창간기념 여류현상문예당선발표 : 수필 1석'

진인숙秦仁淑

1928~2001년. 건국대 영문학과 교수 역임. 1995년 수필집 『영문학 산책』(건국대 출판부) 출간.

수필 1편

구분	작품명	매체	출처	발표 시기	비고
1편	결혼 적령기 신설(新設)	잡지	『여성동아』 18호	1969.4	건국대 교수 · 영문학

비평 1편

구분	작품명	매체	출처	발표 시기	비고
1편	Twenty Letters to a Friend By Svetlana Alliluyeva Translated by P. Johnson McMillan Harper & Row, New York?	잡지	『신상』 2권3호(통권5호)	1969.9	'서평' / 건국대 교수 · 영문학

ㅊ

채희선 蔡熙璇

1964년 소설 『수목(樹木)처럼 살다』로 공보부 주최 문예작품 현상공모 당선.

소설 1편

구분	작품명	매체	출처	발표 시기	비고
1편	수목(樹木)처럼 살다	잡지	『주간 새나라』 151-159호	1964.9.7 -10.26	'공보부 주최 문예작품 현상공모 당선작품' / 그림 전상권

천경자 千鏡子

1924년 전남 고흥 출생. 도쿄여자미술전문학교 동양화과 졸업. 홍익대 동양화 학과장 역임. 한국전쟁 이후부터 『현대문학』 등 문예지에 수필 발표. 동양화가이자 수필가.

시 3편

구분	작품명	매체	출처	발표 시기	비고
1	달	신문	≪조선일보≫	1955.8.10	
2	종(鐘)	신문	≪조선일보≫	1955.12.6	
3편	그리움	잡지	『이방인』 1권1호	1965.1	

소설 1편

구분	작품명	매체	출처	발표 시기	비고
1편	공정(空情)을 그리는 여인	잡지	『희망』 6권3호	1956.3	'화가는 글 쓰고 작가가 그림 그린 영역교환 이채소설…' / 그림 최정희(崔貞熙)

수필 293편 + 수필 단행본 3권

구분	작품명	매체	출처	발표 시기	비고
1	슬픈 유해(遺骸)	잡지	『신천지』 8권5호	1953.10	
2	신부리	잡지	『문예』 4권4호(통권18호)	1953.10	
3	자화상	잡지	『문화세계』 2권1호	1954.1	화가
4	모계가족(母系家族)	잡지	『여성계』 3권3호	1954.3	화가
5	나비	신문	≪서울신문≫	1954.4.29	'봄의 화첩(畵帖)'
6	개	잡지	『문학예술』 1권1호	1954.4	
7	아버지라는 개념	잡지	『교통』 2권5호	1954.4	여류화가
8	추산기(秋産記)	잡지	『현대공론』 2권7호	1954.9	
9	얼룩	신문	≪조선일보≫	1954.11.11	
10	여울	신문	≪동아일보≫	1954.12.26	
11	자장가	신문	≪동아일보≫	1955.1.3	
12	파스	잡지	『현대문학』 1호	1955.1	
13	조춘(早春)	신문	≪조선일보≫	1955.2.26	
14	소녀시절의 추억 : 나의 항해의 집타(執舵)는 작품하는 정신	잡지	『여성계』 4권2호	1955.2	
15	네거리의 구도(構圖)	신문	≪한국일보≫	1955.3.19	'백인백상(百人百想)'⑩
16	여류의 일일(一日)	신문	≪동아일보≫	1955.4.20	
17	재롱	신문	≪경향신문≫	1955.5.6	화가
18	영원의 낙원	신문	≪국제신보≫	1955.5.8	홍대 교수
19	나의 화실 : 애가 울고 화재(畵材)도 없는	신문	≪조선일보≫	1955.6.26	
20	내가 아는 장단점	잡지	『신태양』 4권6호(통권34호)	1955.6	화가
21	아버지라는 관념	잡지	『교통』 2권5호(통권6호)	1955.6	
22	지환(指環)	잡지	『현대문학』 8호	1955.8	
23	철책(鐵柵) 안의 호랑이	잡지	『전망』 1권1호	1955.9	'각계현역의 생활과 의견' / 화가
24	낙엽풍정(落葉風情)	신문	≪서울신문≫	1955.11.29	'수상(隨想)'
25	동백 꽃 피는 섬에서	잡지	『여원』 1권2호	1955.11	
26	'신부리'라는 노총각	잡지	『여성계』 4권12호	1955.12	'크리쓰마쓰에 잊혀지지 않은 일'
1권	여인소묘(女人素描)	단행본	정음사	1955	'수필집'
27	종착역	잡지	『문학예술』 3권1호(통권10호)	1956.1	
28	칠면(漆面)	잡지	『협동』 54호	1956.1	
29	감 이야기	잡지	『신태양』 5권2호(통권42호)	1956.2	'전문(專門)아닌 이야기' / 화가
30	매일 슬픔이 싸여지는 고된 생활	잡지	『여성계』 5권2호	1956.2 / 3	'여류예술인의 하루 생활'
31	힌나리꽃 집	잡지	『현대문학』 15호	1956.3	
32	개구리	잡지	『학원』 5권5호	1956.5	
33	육군소위	잡지	『신태양』 5권5호(통권45호)	1956.5	'자유발언' / 여류화가
34	유월의 하늘 아래	신문	≪평화신문≫	1956.6.22	

구분	작품명	매체	출처	발표 시기	비고
35	남국의 향수	신문	《조선일보》	1956.8.24-25 / 27-28	'①폭포, ②폐가의 화원, ③서귀포의 달, ④바다가 있는 우수'
36	내가 좋아하는 풍경(風景)	신문	《서울신문》	1956.9.13	
37	가을의 독백	신문	《조선일보》	1956.10.27	
38	이사유감(移徙有感)	잡지	『문학예술』 3권10호(통권19호)	1956.10	
39	지나친 고독감 속에서	신문	《평화신문》	1956.12.18	
40	역경에서 더욱 강한 애정 : 자매간	잡지	『여원』 2권12호	1956.12	
41	적요(寂寥)한 낙인(烙印)	잡지	『현대문학』 24호	1956.12	여류화가
42	머무는 봄비처럼	신문	《경향신문》	1957.1.18	'정유유언(丁酉有言)' / 동양화가
43	화가라는 이름의 여성	잡지	『신태양』 6권1호(통권52호)	1957.1	'취미와 생활' / 화가
44	봄의 함촉(咸觸) : 봄을 맞으며	신문	《서울신문》	1957.2.11	
45	나르시스의 환상	신문	《조선일보》	1957.2.20	
46	눈 오는 계절	잡지	『문학예술』 4권2호(통권23호)	1957.3	
47	신발	잡지	『여원』 3권3호	1957.3	
48	봄바람·실바람 : 원시림에의 상념	신문	《서울신문》	1957.4.19	화가
49	진공(眞空) 속의 풍류(風流)	잡지	『야담과 실화』 1권3호	1957.4	'풍류만상(風流漫想)' / 동양화가
50	보리가 팰 무렵	신문	《서울신문》	1957.5.24	
51	지산동(芝山洞)의 향수(鄕愁)	잡지	『여성계』 6권3호(통권92호)	1957.5	'이달의 수필 : 여류수필5인선' / 여류화가
52	가슴 속에 핀 독화(毒花)	잡지	『자유문학』 2권1호(통권4호)	1957.6	화가
53	우울한 골목길	잡지	『신태양』 6권6호(통권57호)	1957.6	화가
54	애수(哀愁)	신문	《연합신문》	1957.7.6	
55	가매미 해변의 월색(月色)	신문	《경향신문》	1957.7.22	'생각나는 산과 바다' / 여류화가
56	가을을 기다리는 마음 : 추정(秋情)	신문	《조선일보》	1957.8.27	
57	초우(初雨)	잡지	『문학예술』 4권7호(통권28호)	1957.8	
58	비약(飛躍)의 자세를 : 색채의 교향악과 더불어	신문	《서울신문》	1957.9.9	'가을에 하고 싶은 일'
59	포푸라	신문	《서울신문》	1957.11.11	화가
60	영화에서 보는 남성의 매력	잡지	『여원』 3권11호	1957.11	
61	찐 호박과 추어탕의 맛	잡지	『아리랑』 3권11호	1957.11	'맛도 좋더라 : 가을철에 가장 맛있던 음식 이야기' / 여류화가
62	갈가마귀의 향수(鄕愁)	신문	《평화신문》	1957.12.2	
63	화원(花園)의 여인	신문	《한국일보》	1958.1.1	
64	나의 화상(畵像)	신문	《조선일보》	1958.1.3	
65	식모여담(食母餘談)	잡지	『현대』 2권1호	1958.1	여류화가
66	나의 의상(衣裳) : 현대적인 감각을 살려	신문	《한국일보》	1958.2.9	
67	조춘(早春)	신문	《자유신문》	1958.2.16	

구분	작품명	매체	출처	발표 시기	비고
68	영춘수필 : 봄의 미상(迷想)	신문	≪조선일보≫	1958.2.26	
69	속·여인 소묘	잡지	『여원』 4권2호	1958.2	
70	안경과 카이젤 수염	잡지	『주부생활』 2권3호	1958.3	'신춘수필선' / 화가
71	종백(柊柏)의 초대(招待)	신문	≪동아일보≫	1958.4.25	
72	육아일기	잡지	『주부생활』 2권4호-3권9호	1958.4 -1959.9	'연재수필' / *17회까지 연재 최종회 표기 없으나 이후 연재 안됨
73	어린이날·어머니날	신문	≪한국일보≫	1958.5.6	'가정'
74	옛사람들은 가고	신문	≪서울신문≫	1958.5.9	서양화가
75	외로운 꽃들	신문	≪서울신문≫	1958.5.25	'아름다운 계절에'
76	진홍의 영혼	잡지	『신문예』 1호(창간호)	1958.6.10	
77	여름과 대결하는 시간	신문	≪한국일보≫	1958.6.15	'가정 : 수상(隨想)' / 동양화가
78	여자의 마음 : 극적인 남자의 사랑을 받고 싶어	잡지	『여원』 4권6호	1958.6	
79	보리이삭	신문	≪자유신문≫	1958.7.6	그림 천경자(千鏡子)-해설
80	산파(山波) 헤치면 바다	신문	≪서울신문≫	1958.7.27	'시원한 내 고장 : 고흥, 봉황산' / 여류화가
81	장미	잡지	『현대문학』 43호	1958.7	
82	예술가의 발언 : 버려야 할 사교악	신문	≪조선일보≫	1958.8.7	
83	바다와 같은 마음	신문	≪한국일보≫	1958.8.8	
84	바사바사	신문	≪동아일보≫	1958.8.10	
85	수박	잡지	『자유문학』 3권10호(통권19호)	1958.10	여류화가
86	싫증난 베레-모(帽)	잡지	『여원』 4권10호	1958.10	
87	가정과 예술 : 향기와 애정의 조화	신문	≪세계일보≫	1958.11.7	동양화가 / 그림 박고석(朴古石)
88	단풍과 아이와	신문	≪조선일보≫	1958.11.14	
89	다음 조간연재소설 : 김예승(金鋭昇)의 「일식(日蝕)」 화가의 말	신문	≪한국일보≫	1958.11.20	
90	여성의 미는 미모에	신문	≪부산일보≫	1959.1.5	
91	소리있는 고독(孤獨)속에	신문	≪서울신문≫	1959.1.15	'나의 신춘일기 : 화작(畵作)' / 여류화가
92	온천장의 비	신문	≪조선일보≫	1959.2.16	
93	내가 좋아하는 음악·그림·영화	신문	≪동아일보≫	1959.2.25	
94	부질없는 환상과 슬픈 단애(斷崖) : 남국의 계절과 어머니의 영향	신문	≪세계일보≫	1959.4.11	'문화 : 화가가 된 동기와 이유'
95	환상의 뜰	신문	≪세계일보≫	1959.4.25	'여인100상(想)' / 화가
96	보리밭 이랑	신문	≪서울신문≫	1959.4.29	'신록의 계절'
97	미(眉)	잡지	『신태양』 8권4호(통권78호)	1959.4	화가
98	오일 칼라 빡스를 안고	잡지	『자유공론』 2권5호(통권6호)	1959.5.1	

구분	작품명	매체	출처	발표 시기	비고
99	오월초(五月抄)	잡지	『신문예』 2권6호(통권12호)	1959.5.20	
100	오와(鳴蛙)	신문	≪한국일보≫	1959.6.9	
101	초연(硝煙) 속에 피던 꽃	신문	≪서울신문≫	1959.6.25	'나의 6·25 회상(回想)' / 화가
102	남성에게 하고픈 말 : 잃어버린 신뢰	신문	≪동아일보≫	1959.7.23	
103	은하수	신문	≪국제신보≫	1959.8.6	'납량수필' / 화가
104	온돌방의 장식	신문	≪동아일보≫	1959.8.27	
105	'화조(花鳥)'에 제(題)하여	잡지	『신태양』 8권8호(통권81호)	1959.8	'표지설명'
106	향기 높은 진선미 : 미술과 인생 : 정서교육에도 으뜸	잡지	『가정교육』 15호	1959.10	여류미술가
107	현대부부에게 드리는 편지	잡지	『여원』 5권11호	1959.10	
108	가을과 여인	신문	≪서울신문≫	1959.11.8	'만추수상(晩秋隨想)' / 화가
109	속 식모여담(續 食母餘談)	잡지	『학원』 8권12호	1959.12	여류화가
110	새해 소망 : 계단 잃은 구년	신문	≪동아일보≫	1960.1.14	
111	난로가의 봄	신문	≪한국일보≫	1960.1.20	
112	숨 쉬는 형상과 색채를	신문	≪서울신문≫	1960.1.20	'나의 신작(新作) 구상(構想)'
113	훈이 모(母)	잡지	『현대문학』 61호	1960.1	'글과 그림'
114	비둘기야 돌아와 주렴	잡지	『현대문학』 62호	1960.2	'글과 그림'
115	크리스마스 이브의 회상	잡지	『현대문학』 63호	1960.3	'글과 그림'
116	설야(雪夜)	잡지	『현대문학』 64호	1960.4	'글과 그림'
117	해산과 여성의 사명	잡지	『여원』 6권4호	1960.4	
118	정릉(貞陵)의 소나무 소리	신문	≪동아일보≫	1960.5.11	
119	모충(毛虫)	신문	≪한국일보≫	1960.5.24	
120	봄의 반항	잡지	『현대문학』 65호	1960.5	'글과 그림'
121	어족(魚族)의 행렬	신문	≪한국일보≫	1960.6.9	
122	소나기	신문	≪한국일보≫	1960.6.13	
123	생활감정과 취미	신문	≪동아일보≫	1960.6.23	
124	어떤 애상(哀傷)	신문	≪경향신문≫	1960.6.30	
125	흐름 속에서	잡지	『현대문학』 66호	1960.6	'글과 그림'
126	나의 한 표는 이런 분에게 : 7·29 총선거를 앞두고 — 음성과 웅변을 갖추어야	신문	≪동아일보≫	1960.7.14	
127	뜸북이 우는 계절	잡지	『현대문학』 67호	1960.7	'글과 그림'
128	가을의 감각	신문	≪동아일보≫	1960.8.26	
129	축제의 밤	잡지	『현대문학』 68호	1960.8	'글과 그림'
130	화요화지(火曜畵誌) : 화제(畵題) '축제일'	신문	≪조선일보≫	1960.9.13	
131	눈물	잡지	『현대문학』 69호	1960.9	'글과 그림'
132	서귀포(西歸浦)의 풍경	잡지	『여원』 6권9호	1960.9	

구분	작품명	매체	출처	발표 시기	비고
133	여름밤의 환상	잡지	『자유문학』 5권9호(통권42호)	1960.9	'성하수필(盛夏隨筆)' / 화가
134	또 여름은 가고	잡지	『현대문학』 71호	1960.11	'글과 그림'
135	내일의 자화상 : 미소짓는 얼굴	신문	《서울신문》	1960.12.3	여류화가
136	묵은 편지	잡지	『현대문학』 72호	1960.12	'글과 그림'
137	부질없는 여름철의 상념	잡지	『인물계』 4권12호	1960.12	화가
138	꿈	신문	《한국일보》	1961.1.1	
139	섬에 있는 교사에게	신문	《서울경제신문》	1961.1.1	
140	카츄샤	잡지	『가정생활』 1권1호	1961.1	'여류수필' / 화가
141	신기루같은 희망이	신문	《한국일보》	1961.2.16	
142	그림의 여인	신문	《동아일보》	1961.3.7	
143	인생기상도(人生氣象圖)	신문	《경향신문》	1961.3.31	
144	봄의 녹크	잡지	『여성공원』 2호	1961.3	
145	아침	잡지	『학원』 10권1호	1961.3	
146	개와 칠면조와 세정(世情)	잡지	『수필』 1권2호	1961.5	화가·여류수필가
147	왜곡된 모성애	잡지	『여원』 7권5호	1961.5	
148	오월의 오후	잡지	『수필』 1권3호	1961.6	동양화가
149	더움이여! 감상(感傷)이여!	신문	《경향신문》	1961.7.18	
150	두꺼비	잡지	『심우』 8권8호	1961.8	여류화가
151	가슴에 서식한 「흰불나방」	신문	《동아일보》	1961.9.8	
152	구월	신문	《한국일보》	1961.9.29	
153	잊혀지지 않는 록크	잡지	『현대문학』 83호	1961.11	
154	낙엽의 협화음	신문	《조선일보》	1961.12.13	
2권	유성(流星)이 가는 곳	단행본	영문각	1961	'수필집'
155	미견계(美犬計)	신문	《조선일보》	1962.1.10	
156	눈 내리는 밤	신문	《경향신문》	1962.1.20	
157	나의 즉석요리 : 모듬냄비	신문	《동아일보》	1962.2.14	
158	전원(田園)의 노래	신문	《경향신문》	1962.3.3	
159	양지(陽地)의 꿈	잡지	『현대문학』 87호	1962.3	*『새길』 91호(1962.3)에도 수록
160	엊저녁 공상을 결말지으려…	잡지	『명랑』 7권3호(통권74호)	1962.3	'나의 아침 시간' / 화가
161	여수(旅愁)	잡지	『최고회의보』 6호	1962.3	
162	주름없는 꿈	신문	《경향신문》	1962.5.7	
163	서글픈 단풍	신문	《조선일보》	1962.5.28	'신록점묘'
164	창포물	잡지	『주간 새나라』 45호	1962.6.11	'여인삼제(女人三題)'
165	여름이 오면	신문	《경향신문》	1962.6.17	
166	가지밭	신문	《경향신문》	1962.7.22	
167	개구리	잡지	『미의 생활』 1호	1962.8	동양화가
168	맥고모자와 선자(扇子)	잡지	『보건세계』 9권8호(통권80호)	1962.8	'특집 : 여름을 시원하게 보내는 비결' / 여류화가
169	화실	잡지	『최고회의보』 11호	1962.8	

구분	작품명	매체	출처	발표 시기	비고
170	산을 바라보는 마음	잡지	『사상계』 10권9호(통권111호)	1962.9	
171	화폭의 가을 : 원	신문	≪조선일보≫	1962.10.2	
172	전라도 : 학생과 용돈	잡지	『학원』 11권8호	1962.10	'특집Ⅱ : 사투리로 엮은 교양수필' / 여류화가
173	옛날이 그립지만	잡지	『신세계』 1권1호(창간호)	1962.11	
174	작가의 말	잡지	『동화그라프』 11월호	1962.11	'화단 루포 : 한국화단의 중견 시문류(詩文流)의 천경자 여사'
175	원색(原色)에의 모정(慕情)	신문	≪동아일보≫	1962.12.19	
176	종점(終點)	신문	≪경향신문≫	1962.12.24	
177	세월	잡지	『현대문학』 96호	1962.12	
178	십오야(十五夜)의 귀로(歸路)	잡지	『신사조』 1권11호(통권11호)	1962.12	여류화가
179	여수(旅愁)	잡지	『새길』 99호	1962.12	*『문학춘추』 1권2호(통권2호, 1964.5)에도 수록
180	그립기만한	신문	≪동아일보≫	1963.1.1	
181	웃는 얼굴 웃기는 얼굴	신문	≪한국일보≫	1963.1.1	
182	그리움	신문	≪국제신보≫	1963.1.3	
183	봄·봄나들이 : 전지(剪枝)	신문	≪대한일보≫	1963.4.3	
184	나의 청춘영화편력(靑春映畵編曆) (2)	잡지	『여상』 2권4호	1963.4	동양화가
185	여류(如流)	신문	≪국제신보≫	1963.6.14	'국제춘추' / 여류화가 / 그림 김혁림(金爀林)
186	장미와 십자가	신문	≪국제신보≫	1963.6.27	'국제춘추'
187	외로운 화상(畵想)	잡지	『신세계』 7호	1963.6	동양화가·수필가
188	풍선이 흐르는 곳	잡지	『가정생활』 3권6호	1963.6	'생활의 창' / 화가
189	꽃게장	신문	≪한국일보≫	1963.7.14	
190	조기(吊旗)와 화환	신문	≪국제신보≫	1963.7.22	'국제춘추' / 그림 김관(金寬)
191	풍선파도(風船波濤)	잡지	『공군』 76호	1963.7	
192	회상하면 되살아오는 아픔	잡지	『여상』 2권7호	1963.7	
193	청산유수(靑山流水)	신문	≪국제신보≫	1963.8.6	'국제춘추' / 그림 김수석(金守錫)
194	매니큐어와 마스크	신문	≪국제신보≫	1963.8.23	'국제춘추' / 그림 김봉진(金奉鎭)
195	소나기	신문	≪국제신보≫	1963.9.16	'국제춘추'
196	벌레 소리	잡지	『현대문학』 105호	1963.9	
197	배추색 전설의 추석	잡지	『여상』 2권10호	1963.10	'수필 지정제 : 추석' / 화가
198	언덕 위의 양옥집(총15회)	잡지	『여상』 2권11호-4권1호	1963.11 -1965.1	'연재엣세이'
199	고향의 비	잡지	『사상계』 11권13호(통권128호)	1963.12	'엣쎄이' / 화가·홍대 교수
200	살구나무	잡지	『새길』 115호	1964.4 / 5	
201	창(窓)·나의 화상(畵想)	잡지	『여원』 10권10호	1964.10	
202	오붓한 겨울 방학	잡지	『학원』 13권12호	1964.12	
203	춘인(春因) 그리움 : 목쉰 인형처럼	신문	≪조선일보≫	1964.4.15	

구분	작품명	매체	출처	발표 시기	비고
204	소박한 한 아름의 꿈처럼 : 살구꽃과 한국의 촌락	잡지	『세대』 2권4호(통권11호)	1964.4	'엣세이 특집 : 꽃에 얽힌 한국인의 초상' / 화가
205	밤비	잡지	『현대문학』 114호	1964.6	
206	가을인가요 : 꽃자락	신문	《전남일보》	1964.8.25	*그림과 짧은 글
207	소쩍새	잡지	『사상계』	1964.8	
208	「가매미」 바다	잡지	『문학춘추』 1권6호(통권6호)	1964.9	동양화가 · 홍대 교수
209	연자(蓮子)	잡지	『세대』 2권11호(통권18호)	1964.11	여류화가
210	오붓한 겨울 방학	잡지	『학원』 13권12호	1964.12	'송년수필' / 동양화가
211	뱀과 나와 화문(花紋)	신문	《부산일보》	1965.1.1	
212	뱀 이야기	신문	《전남일보》	1965.1.1	*그림과 짧은 글
213	담담한 향기에의 추구	신문	《국제신보》	1965.1.5	
214	야자수와 눈보라와 바이러스	잡지	『이방인』 1권1호	1965.1	
215	방년 39세	신문	《부산일보》	1965.2.16	'여류수필릴레이'① / 화가
216	아뜨리에의 여백(총5회)	잡지	『여상』 4권2–6호	1965.2–6	
217	봄의 화신(化身)	신문	《대한일보》	1965.3.30	
218	수선화	잡지	『여원』 11권3호	1965.3	
219	어느 규수화가의 수수께끼	잡지	『신동아』 8호	1965.4	
220	키—	잡지	『주부생활』 1권1호	1965.4	화가
221	우수 속의 희열	잡지	『세대』 3권4호(통권22호)	1965.5	여류화가
222	노·슐리브와 무우즙	신문	《부산일보》	1965.7.15	
223	묘상(描象)과 구상(具象)의 차원	신문	《한국일보》	1965.7.22	'더위를 이기는 독설, 여성의 시평(時評) 4'
224	소나기를 기다리며	잡지	『주부생활』 1권4호	1965.7	'특집 : 올 여름의 피서계획 : 나의 피서법'
225	부조화(不調和)	잡지	『자유』 25호	1965.8	화가
226	예술은 길다?	신문	《동아일보》	1965.9.14	
227	고층(高層)의 생리(生理)	신문	《동아일보》	1965.9.30	
228	제사 유감	잡지	『현대문학』 129호	1965.9	
229	청의(靑衣)의 여인	잡지	『여원』 11권9호	1965.9	
230	낮잠과 다듬잇돌과	신문	《동아일보》	1965.10.16	
231	말띠	신문	《동아일보》	1965.10.30	
232	주는사람 받는사람	신문	《동아일보》	1965.11.11	
233	전라도여성	신문	《동아일보》	1965.11.27	
234	석양머리	잡지	『주부생활』 1권8호	1965.11	
235	항도(港都)서울	신문	《동아일보》	1965.12.25	
236	자호통명(字號通名) 9. 천옥자(天玉子)－천전경(天田鏡)－천옥사(天玉史)－천경자(天鏡子)	신문	《한국일보》	1966.2.20	
237	정형수술	잡지	『세대』 4권4호(통권33호)	1966.4	화가

구분	작품명	매체	출처	발표 시기	비고
238	부운(浮雲)의 바다(총9회)	잡지	『주부생활』 2권4-12호	1966.4 -12	'연재엣세이' 1-9회
239	선암사(仙巖寺)의 비	잡지	『문학』 1권1호	1966.5	화가
240	승화된 투쟁정신 : 여성이 본 사각의 정글	신문	《서울신문》	1966.6.27	화가
241	유월의 꽃너울	잡지	『여학생』 2권6호	1966.6	'지정제수필 : 빛과 바람을 노래하는 젊은 여름날' / 화가
242	수의(壽衣)	신문	《중앙일보》	1966.8.12	
243	사과 : 낭만 씹는 사랑의 맛	신문	《한국일보》	1966.9.25	
244	낭만은 여전히	신문	《국제신보》	1966.9.29	동양화가
245	기분전환이 되는 장보기	잡지	『여상』 5권10호	1966.10	
246	매력 : 팔등신의 현대적 미인	잡지	『여상』 5권11호	1966.11	
3권	언덕 위의 양옥집	단행본	신태양사	1966	'수필집'
247	조부상(祖父像)으로 데뷔	신문	《국제신보》	1967.1.24	'나의 신인시절' / 여류화가
248	길고 섬세한 손이 귀여워 : 불면 터질듯 싶던 그속에 정열도	신문	《대한일보》	1967.5.5	'어머니 마음…딸의 마음' <2> : 어머니(화가)…딸 이남미 양
249	사랑가(歌)	잡지	『동서춘추』 1권1호	1967.5	'수필' / 화가
250	여인상(女人像)	잡지	『여상』 6권6호	1967.6	
251	적막에의 저항	신문	《조선일보》	1967.8.6	'일사일언(一事一言)'
252	어린날들 그리워	신문	《대한일보》	1967.8.12	'납량수필 시리즈' 완 / '공동제목 : 원두막' / 화가
253	삼백년은 살다	신문	《조선일보》	1967.8.13	'일사일언'
254	원색과 샤머니즘	신문	《조선일보》	1967.8.20	'일사일언'
255	우리집 별식 : 열무김치와 깨죽	신문	《한국일보》	1967.8.24	
256	공항풍경	신문	《조선일보》	1967.9.3	'일사일언'
257	인생상담	신문	《조선일보》	1967.9.7	'일사일언'
258	미스터 마이크	신문	《조선일보》	1967.9.14	'일사일언'
259	화단(畵壇)의 색채	신문	《조선일보》	1967.9.24	'일사일언'
260	가을이 오면 : 추석이제(秋夕二題)	잡지	『동화그라프』 9월호	1967.9	'수상(隨想)' / 여류화가
261	현실의 가치	신문	《조선일보》	1967.10.1	'일사일언'
262	나의 입지 : 승화된 혼자만의 행복	잡지	『여학생』 3권10호	1967.10	'젊은 시절의 수상' / 여류화가
263	낭만과 사랑, 그리고 영원한 여심(女心)	잡지	『여상』 6권11호	1967.11	
264	고요한 밤의 의미	신문	《경향신문》	1967.12.23	
265	꿈	신문	《대한일보》	1967.1.1	'여류신춘수필 시리즈'①
266	개구리에 얽힌 사연	신문	《국제신보》	1968.1.5	
267	봄의 음성	신문	《중앙일보》	1968.3.5	
268	금이 간다	신문	《대한일보》	1968.4.30	'서재여록(書齋余錄)' / 동양화가
269	불교인의 생활 : 의(依)	잡지	『법륜』 3호	1968.4	

구분	작품명	매체	출처	발표 시기	비고
270	풀치의 향수(鄕愁)	신문	《대한일보》	1968.5.23	'서재여록' / 동양화가
271	미남론(美男論)	잡지	『여성동아』 7호	1968.5	동양화가
272	인생과 사랑의 리얼리티	잡지	『신동아』 45호	1968.5	'영화수상(映畵隨想) : 『남과여』 / 동양화가
273	서울의 지붕밑	신문	《대한일보》	1968.6.4	'서재여록' / 동양화가
274	표지(表紙)의 말	잡지	『주간 한국』 203호	1968.8.11	
275	아카시아의 황혼	잡지	『신상』 1권1호(창간호)	1968.9 (가을)	
276	가정을 다시 생각한다	잡지	『여성동아』 12호	1968.10	
277	선글라스	잡지	『신동아』 51호	1968.11	
278	달에의 향념(向念)	신문	《부산일보》	1969.1.1	'신춘화상(新春畵像)'
279	원색(原色)의 인상	신문	《대한일보》	1969.1.7	'여류수상' / 화가
280	눈 뒤에 비	잡지	『월간중앙』 10호	1969.1	동양화가
281	뱀을 그리게 된 사연	잡지	『마드모아젤』 1권1호	1969.1	
282	표지(表紙)의 말	잡지	『여성동아』 15호	1969.1	*원고지2매 짧은 후감
283	눈은 마음을 어리게	잡지	『주간여성』 7호	1969.2.12	'대춘수상(待春隨想)'
284	낮과 밤이 없는 공간	잡지	『현대문학』 170호	1969.2	
285	차차차, 맘보를 즐기시는 멋쟁이	잡지	『주부생활』 5권5호	1969.5	'권말부록 : 어머니, 지금은 어디에…' / 여류화가
286	아침산책	잡지	『여학생』 5권6호	1969.6	'내 일상의 여백에서' / 화가
287	생(生)의 신세계를 창조한다	잡지	『여원』 15권7호	1969.7	
288	아메리칸사모아 풍물(風物) (총5회)	신문	《전남일보》	1969.9.28, 10.1 / 5 / 8 / 12	
289	타히티 화신(畵信) (총5회)	신문	《중앙일보》	1969.10.2 / 4 / 7 / 9 / 11	
290	타히티 화첩(畵帖) (총5회)	신문	《전남일보》	1969.10.15 / 19 / 21 / 26 / 29	
291	파리화신(畵信) (총6회)	신문	《중앙일보》	1969.11.27 / 29/ 12.2 / 6 / 10 / 11	
292	천경자 여사의 사모아 화신(畵信)	잡지	『여성동아』 25호	1969.11	
293편	파리 화첩 (총6회)	신문	《전남일보》	1969.12.7 / 10 / 12 / 14 / 17 / 19	

비평 10편

구분	작품명	매체	출처	발표 시기	비고
1	그림에 뜻을 둔 이들에게	잡지	『새벗』 49호	1956.1	'새해에 주시는 말씀'
2	여류미술가가 되려는 분에게	잡지	『여원』 2권1호	1956.1	

구분	작품명	매체	출처	발표 시기	비고
3	우정 속에서 제작	신문	《서울신문》	1956.12.9	'나의 처녀작' / 동양화가
4	내가 그리는 이상형의 남성	잡지	『여성계』 7권5호(통권99호)	1958.5	'여류화가 천경자씨의 말'
5	순수한 마음의 표현 : 제4회 세계아동미술 심사를 마치고	신문	《서울신문》	1958.11.9	
6	개성을 살려주자 : 어린이의 그림 지도 방법	신문	《동아일보》	1959.2.19	
7	내가 좋아하는 소재(素材) : 운명을 암시	신문	《동아일보》	1961.10.3	
8	희한한 작가의 역량	신문	《한국일보》	1962.10.7	
9	샤갈의 예술세계	신문	《전남일보》	1964.6.17	
10편	최정희 선생(崔貞熙 先生)님께	잡지	『주간경향』 2호	1968.11.24	'주말에 띄운 편지' / 화가

천양희千良姬

1942년 부산 출생. 이화여대 국문과 졸업. 『현대문학』에 「정원 한때」·「작은 노래」(1965년 8월)와 「아침」(1966년 1월)·「바람의 높이만큼」(1967년 4월)이 추천 완료됨. '기독교시단' 동인.

시 7편

구분	작품명	매체	출처	발표 시기	비고
1	오늘이 통한 난간(欄干)	잡지	『신세계』 1권3호(통권3호)	1963.1	
2	작은 노래	잡지	『현대문학』 128호	1965.8	'추천'
3	정원(庭園) 한 때	잡지	『현대문학』 128호	1965.8	'추천'
4	아침	잡지	『현대문학』 133호	1966.1	'추천'
5	바람의 높이만큼	잡지	『현대문학』 148호	1967.4	'완료 추천'
6	여자	잡지	『현대문학』 173호	1969.5	
7편	화음(和音)	잡지	『현대문학』 173호	1969.5	

수필 2편

구분	작품명	매체	출처	발표 시기	비고
1	늘 푸른 나무로	잡지	『현대문학』 148호	1967.4	'천료소감'
2편	양품점(洋品店)을 내고서	잡지	『주부생활』 5권11호	1969.11	'사업가의 병아리' / 시인

최귀동崔貴童

1925년 서울 출생. 호 서정(西庭). 이화여대 영문과 졸업. 1946년 『서울』에 「젤뜨루다의 사랑」을 발표. 벨기에 루뱅카톨릭대 종교철학과 수료 후 프랑스 유학. 서강대 강사와 배재대 교수 역임.

시 8편 + 시 단행본 2권

구분	작품명	매체	출처	발표 시기	비고
1	젤뜨루다의 사랑	잡지	『서울』	1946	
1권	젤뚜루다의 사랑	단행본	갑진문화사	1954	'시집'
2권	인생	단행본	숭문사	1955	
2	부렌·랄러우의 숲속	잡지	『현대문학』 17호	1956.5	
3	쾌락의 거리 : 1968년 파리에서	잡지	『신상』 1권1호(창간호)	1968.9	
4	무덤의 노래	잡지	『신상』 1권2호(통권2호)	1968.12	「LeBonheur」(불문으로도 게재) / 동인·서강대 강사·불문학
5	명상(瞑想)의 봄	잡지	『신상』 2권1호(통권3호)	1969.3	「LePrintemps」(불문으로도 게재)
6	글라디올르	잡지	『신상』 2권2호(통권4호)	1969.6	「NACHTBLUME」(불문으로도 게재)
7	비극	잡지	『신상』 2권3호(통권5호)	1969.9	
8편	작품 Ⅰ. 샤마니즘의 여인	잡지	『신상』 2권4호(통권6호)	1969.12	

수필 2편

구분	작품명	매체	출처	발표 시기	비고
1	벨기에의 기후, 브랏셀 통신	신문	《조선일보》	1955.11.11	
2편	파리 산책	잡지	『주부생활』 5권3호	1969.3	문박·서강대 강사

비평 1편

구분	작품명	매체	출처	발표 시기	비고
1편	보들레르의 여성을 통해 본 죄악관(罪惡觀)	잡지	『신상』 2권4호(통권6호)	1969.12 (겨울)	시인·서강대 강사·불문학

최금숙崔今淑

1962년 1월, 시 「아가(雅歌)」로 제7회 『여원』 여류신인상 당선.

시 1편

구분	작품명	매체	출처	발표 시기	비고
1편	아가(雅歌)	잡지	『여원』 8권1호	1962.1	'제7회 여원 여류신인상 당선작'

최니

서양화가. ≪영남일보≫에 시와 수필 발표.

시 2편

구분	작품명	매체	출처	발표 시기	비고
1	초여름	신문	≪영남일보≫	1963.5.25	
2편	강	신문	≪영남일보≫	1963.5.30	

수필 16편

구분	작품명	매체	출처	발표 시기	비고
1	여름의 소묘	신문	≪영남일보≫	1963.7.19	
2	녹음	신문	≪영남일보≫	1963.7.23	
3	거리의 군상들	신문	≪영남일보≫	1963.7.24	
4	절	신문	≪영남일보≫	1963.7.26	
5	인연	신문	≪영남일보≫	1963.8.13	
6	바다	신문	≪영남일보≫	1963.8.30	
7	울적한 마음	신문	≪영남일보≫	1963.10.2	
8	동명이인(同名異人)	신문	≪영남일보≫	1963.10.22	
9	국화	신문	≪영남일보≫	1963.11.19	
10	바람	신문	≪영남일보≫	1963.11.21	
11	토끼해를 보내면	신문	≪영남일보≫	1963.12.17	
12	너와 나	신문	≪영남일보≫	1965.5.21	'애정의 샘터'
13	'아담'과 '이브'와 나	신문	≪영남일보≫	1966.1.9	서화가
14	결혼	신문	≪영남일보≫	1966.4.1	서화가
15	지게꾼	신문	≪영남일보≫	1966.9.16	서화가
16편	여행	신문	≪영남일보≫	1966.10.23	'여행도중 경주에서'

최리영崔梨英

고려대 철학과 졸업. ≪신아일보≫ 문화부 기자로 근무. 1965년 소설 「구름의 의식」으로 『여상』 창간3주년 기념 현상모집 입선.

소설 2편

구분	작품명	매체	출처	발표 시기	비고
1	구름의 의식(儀式) (총15회)	잡지	『여상』 4권12호-6권2호	1965.12 -1967.2	'본지 창간3주년기념현상 입선작'

구분	작품명	매체	출처	발표 시기	비고
2편	소년기(少年期)	잡지	『주부생활』 3권2호	1967.2	'단편소설' / 그림 송방(宋邦)

최미나崔美娜

　1932년 전남 여수 출생. 본명 최은례(崔恩禮). 전남여고 졸업. 1957년 1월, 『여원』에 수필 「옥양목과 우리 하늘」로 1석 당선. 1957년 12월, 소설 「등반(登攀)」으로 제3회 『여원』 창간기념 여류현상문예 당선. 1959년 3월, 『현대문학』에 소설 「고갯길」이 추천됨.

소설 35편 + 소설 단행본 1권

구분	작품명	매체	출처	발표 시기	비고
1	등반(登攀)	잡지	『여원』 4권1호	1958.1	'제3회 여원 창간기념 여류현상문예 당선작'
2	고갯길	잡지	『현대문학』 51호	1959.3	'추천 완료'
3	그림자	잡지	『현대문학』 56호	1959.8	
4	사과	잡지	『호남문화』 23호	1959.8	
5	합류(合流)	잡지	『현대문학』 63호	1960.3	'창작'
6	고독의 성곽(城廓)	잡지	『여원』 6권5호	1960.5	'단편소설' / *『새가정』 16권2호(1969.2)에 「외로운 성곽」으로 재수록
7	전족(纏足)	잡지	『현대문학』 78호	1961.6	
8	만학선생(晩學先生)	잡지	『현대문학』 89호	1962.5	
9	불협화음(不協和音)	잡지	『현대문학』 100호	1963.4	'전북 문화상 수상'
10	반전(反轉)	잡지	『여상』 2권7호	1963.7	'단편소설'
11	결론 없는 종장(終章)	잡지	『여원』 9권11호	1963.11	
1권	합류	단행본	선명문화사	1963	'단편집'
12	매화틀	잡지	『현대문학』 112호	1964.4	
13	결혼의 윤리	잡지	『소설계』 7권5호(통권69호)	1964.5	그림 이제하(李祭夏)
14	특급탈선(特急脫線)	잡지	『문학춘추』 1권7호(통권7호)	1964.10	
15	야학(野鶴)	잡지	『현대문학』 121호	1965.1	
16	여자의 유산(遺産)	잡지	『현대문학』 130호	1965.10	
17	이대이혼(二代離婚)	잡지	『문학춘추』 2권8호(통권17호)	1965.12	
18	미풍(微風)	잡지	『여원』 12권5호	1966.5	
19	묘포(苗圃)	잡지	『새교실』 11권6호(통권120호)	1966.6	'꽁트' / 그림 안호범(安浩範)
20	이별의 곡(曲)	잡지	『여상』 5권8호	1966.8	
21	야유회(野遊會)	잡지	『현대문학』 144호	1966.12	
22	초설(初雪)	잡지	『주부생활』 3권1호	1967.1	'단편소설' / 그림 이제하(李祭夏)

구분	작품명	매체	출처	발표 시기	비고
23	흐느끼는 백조(총13회)	잡지	『여원』 13권5호-14권5호	1967.5 -1968.5	
24	절대자	잡지	『현대문학』 150호	1967.6	
25	먼 어느 날에(총221회)	신문	《삼남일보》	[일부] 1967.4.4 -1967.9.22	
26	태양의 흑점	잡지	『현대문학』 157호	1968.1	
27	어떤 역설(逆說)	잡지	『주간새서울』	1968.8.5	'꽁뜨'
28	금침(衾枕)	잡지	『여류문학』 1호	1968.11	
29	고빗길에서	잡지	『새길』 156호	1968.12	
30	과정(過程)	잡지	『월간문학』 1권2호(통권2호)	1968.12	
31	백색 무지개	잡지	『주부생활』 5권1호	1969.1	'사진소설' / 촬영 박창해(朴彰海)
32	원앙(鴛鴦)	잡지	『주부생활』 5권4호	1969.4	'신춘여류단편 5인선' / 그림 이협
33	황혼의 양지(陽地)	잡지	『새생명』 9권7호(통권93호)	1969.7	'단편소설'
34	미행(尾行)	잡지	『주간여성』 35호	1969.8.27	'신예작가 10인의 특선 납량콩트'
35편	금니	잡지	『주부생활』 4권8호	1969.8	'납량 콩트 10인선'

수필 16편

구분	작품명	매체	출처	발표 시기	비고
1	옥양목(玉洋木)과 우리하늘	잡지	『여원』 3권1호	1957.1	'수필 1석 당선'
2	슬픈 변모(變貌)	잡지	『여성계』 6권3호(통권92호)	1957.5	
3	나의 꽃 나의 파랑새	잡지	『여원』 3권11호	1957.11	
4	즉흥속필(卽興速筆)	잡지	『현대문학』 51호	1959.3	'천료소감(薦了所感)'
5	이 마을을 보라	잡지	『여원』 5권7호	1959.6	
6	비굴이 아니다	신문	《삼남일보》	1964.5.16	
7	걸인들을 구제하는 어느 손길	잡지	『여원』 10권7호	1964.7	
8	들어라 일본인들아! 한국여성의 소리를 : 상처를 씻은 후에 우정을 맺자	잡지	『여상』 4권5호	1965.5	
9	남자의 극적 탐구 : 손·팔	잡지	『여상』 4권10호	1965.10	
10	작가의 변(辯)	잡지	『문학춘추』 2권8호(통권17호)	1965.12	*소설 「이대이혼」과 함께 수록
11	삼월 문전(三月門前)의	잡지	『여상』 5권3호	1966.3	
12	버들강아지 눈뜰 무렵	잡지	『여학생』 2권4호	1966.4	'주우니어 카르테 : 어드바이저' / 소설가
13	내가 회상하는 남학생 마음 : 허공에 뜬 <위대해서>란 속삭임	잡지	『여학생』 2권7호	1966.7	'체험기특집 : 애인이라 불려져서 느낀 여자의 행복' / 소설가
14	단상(斷想)	잡지	『문학춘추』 4권1호(통권25호)	1967.1	소설가
15	벗을 수 없는 의상(衣裳)	잡지	『여상』 6권6호	1967.6	
16편	햇병아리 문학도 시절	잡지	『학원』 18권2호	1969.2	'나의 중학시절' / 소설가

비평 2편

구분	작품명	매체	출처	발표 시기	비고
1	너에게 가는 시심(詩心)	잡지	『여학생』 4권3호	1968.3	소설가
2편	심사평(審査評)	잡지	『주부생활』 5권11호	1969.11	'6만원 고료의 독자수기 당선작 발표'

최봉희 崔鳳姬

1938년 전남 순천 출생. 춘천사범학교와 수도여사대 국문과 졸업. 1958년 6월, 『자유문학』에 시 「유월에」가 추천됨. 경기도 덕소교 교사로 근무. '원탁시회', '시누대' 동인.

시 7편

구분	작품명	매체	출처	발표 시기	비고
1	밤의 정차장	잡지	『희망』 5권7호	1955.7	
2	오후	잡지	『희망』 5권7호	1955.7	
3	유월에	잡지	『자유문학』 3권6호(통권15호)	1958.6	'시분과위원회 추천'
4	풍경	잡지	『새교실』 3권6호(통권24호, 1-3학년용)	1958.6	경기도 양주군 덕소교 교사
5	낙엽	잡지	『자유문학』 6권11호(통권56호)	1961.12	
6	능금	잡지	『자유문학』 7권2호(통권58호)	1962.4	
7편	역설(逆說)	신문	《전남일보》	1964.1.23	

최선령 崔鮮玲

1938년 경북 영천 출생. 이화여대 대학원 국문과 졸업. 고려대 교육학 박사. 1959년 시 「노원(露原)」으로 《경향신문》 신춘문예 가작 입선. 1959년 『자유문학』에 「역사」(2월)·「온실」(4월)·「소심(素心)」(10월)이 추천됨. 효성카톨릭대 교육학과 교수 역임. '여류시' 동인.

시 25편 + 시 단행본 1권

구분	작품명	매체	출처	발표 시기	비고
1	노원(露原)	신문	《경향신문》	1959.1.8	'본사신춘문예 시 가작 입선'
2	역사(歷史)	잡지	『자유문학』 4권2호(통권23호)	1959.2	'시분과위원회 제1회 추천'
3	온실(溫室)	잡지	『자유문학』 4권4호(통권25호)	1959.4	'시분과위원회 제2회 추천'
4	묵상(默想)	신문	《평화신문》	1959.8.9	

구분	작품명	매체	출처	발표 시기	비고
5	가을 하늘	잡지	『새교실』 4권10호(통권40호, 5~6학년용)	1959.10	자유문학 추천 여류시인
6	소심(素心)	잡지	『자유문학』 4권10호(통권31호)	1959.10	‘시분과위원회 제3회 추천’
7	바위의 서정(抒情)	잡지	『자유공론』	1959.12	
8	램프를 끌 무렵 (2)	잡지	『자유문학』 6권1호(통권46호)	1961.1	
9	밤의 환상(幻想)	잡지	『자유문학』 6권8호(통권53호)	1961.9	
10	주박(呪縛)	잡지	『자유문학』 7권3호(통권59호)	1962.5	‘시단’
11	화병(花瓶)의 시(詩)	잡지	『한양』 1권10호(통권10호)	1962.12	
12	오후의 한 때	잡지	『신세계』	1963.1	*《영남일보》(1963.9.15)에도 수록
13	오월은 하늘빛 식탁	잡지	『자유문학』 8권5호(통권69호)	1963.5	‘시단’
14	가을에 돌아오는가	잡지	『여상』 2권11호	1963.11	‘여상시단’
15	오월에	신문	《영남일보》	1964.6.4	그림 신석필(申錫弼)
16	해변착상(海邊着想)	잡지	『여류시』 1집	1964.9.5	
17	가을이 오는 정원	잡지	『여류시』 2집	1964.12.5	
18	별리(別離)의 시간은	잡지	『여류시』 2집	1964.12.5	
19	나목(裸木)	신문	《영남일보》	1964.12.19	
1권	램프를 끌 무렵	단행본	정연사	1964	‘시집’
20	회색(灰色)만큼이나	잡지	『돌과사랑』 7집	1965.1	
21	귀로(歸路)	잡지	『여류시』 3집	1965.4	
22	내가 귤껍질을	잡지	『여류시』 3집	1965.4	
23	산에 올라가면	잡지	『여류시』 4집	1965.8	
24	연못가에	잡지	『여류시』 4집	1965.8	
25편	가을의 시(詩)	신문	《영남일보》	1965.11.3	

수필 15편

구분	작품명	매체	출처	발표 시기	비고
1	형극(荊棘)의 시도(詩道)를	신문	《경향신문》	1959.1.8	‘본사 신춘문예 시 가작 입선소감’
2	남도여정(南都餘情)	잡지	『수필』 1권2호	1961.5	여류시인
3	이해하는 미덕	신문	『가톨릭시보』 345호	1962.10.7	‘제언(提言)’ / 교사
4	불면(不眠)의 밤에 띠우는 글발	신문	《영남일보》	1963.11.8	
5	조용한 환호성	신문	《매일신문》	1964.3.18	
6	바닷가의 별장서	신문	《영남일보》	1964.7.21	‘납량수필릴레이’
7	철씨에게 붙임	신문	《매일신문》	1964.7.29	‘녹음에 뿌리는 사연’
8	멍게장수와 나의 일과	잡지	『여류시』 제1집	1964.9.5	
9	가을이 와서	신문	《매일신문》	1964.10.16	‘가을의 여심’
10	휴일	잡지	『여류시』 제2집	1964.12.5	
11	승산도 없고 결산도 없는…	신문	《매일신문》	1964.12.30	‘64년이여 아듀’ / 시인

구분	작품명	매체	출처	발표 시기	비고
12	결혼한 친구에게	잡지	『여상』 3권12호	1964.12	
13	버스, 합승(合乘)의 횡포 막아줘요…모성(母性)은 호소한다 : 어린 영혼이 가엾다	신문	≪영남일보≫	1965.3.26	'하루의 안녕이 이젠 두렵다 : 버스 승차의 횡포 막아줘요 : 이 비극은 언제까지 계속되나? : 모성은 호소한다'
14	햇빛 쏟아지는 이윤복(李潤福)의 집	잡지	『여상』 4권5호	1965.5	
15편	그 애국하는 마음씨	신문	≪매일신문≫	1965.7.4	'단식투쟁' / 시인

비평 2편

구분	작품명	매체	출처	발표 시기	비고
1	가을에 돌아오는가 : 시작(詩作) 노트	잡지	『여상』 2권11호	1963.11	'여상시단'
2편	나와 시작(詩作) : 인체의 머리카락	잡지	『여류시』 제4집	1965.8.25	

최숙경

이화여대 사회생활과 조교 재직 중, 1960년 동화 「작은 씨앗의 꿈」으로 ≪한국일보≫ 신춘문예 당선. 이화여대 교수 역임.

동화 5편

구분	작품명	매체	출처	발표 시기	비고
1	작은 씨앗의 꿈	신문	≪한국일보≫	1960.1.9	'신춘문예 당선작'
2	소녀와 아기쥐	신문	≪한국일보≫	1961.5.31	
3	장난감 나라의 사랑의 잔치	잡지	『새소년』 1권7호	1964.11	'특집·동화 11인집 : 동생과 함께' / 그림 백영수
4	추운 날 아침 : 살랑바람의 이야기 중에서	잡지	『새소년』 2권4호	1965.4	'아기동화' / 그림 송영방
5편	까치집 : 살랑 바람의 이야기 가운데서	잡지	『어깨동무』 1권7호	1967.7	

최영애崔永愛

1924년 4월, 『어린이』에 10살 나이로 동시 「꼬부랑할머니」 입선. 1969년 동화 「도토리나무는 서서 잔다」로 《서울신문》 제2분기 서울문예 당선.

동화 1편

구분	작품명	매체	출처	발표 시기	비고
1편	도토리 나무는 서서 잔다	신문	《서울신문》	1969.8.28	'1969년 제2분기 서울문예동화 당선작'

수필 1편

구분	작품명	매체	출처	발표 시기	비고
1편	아이들 사랑하는 분에게 감사	신문	《서울신문》	1969.8.14	'1969년 2분기 서울문예 동화 당선소감'

최영이崔影伊

1940년 서울 출생. 본명 최정자(崔正子). 수도여사대 영문과 졸업 후 숙명여대 가정학과 수료. 1967년 소설 「사랑이 꽃잎 질 때」로 『로맨스』 창간3주년기념 십만원고료 가작 입선. 잡지사상 최초로 1981년 『소설문학』 1천만원고료 장편소설 모집에 「귀환회로」가 김광수의 「내사랑 우수의 마적」과 공동으로 당선됨. '거제문학회' 회원.

소설 2편

구분	작품명	매체	출처	발표 시기	비고
1	사랑이 꽃잎 질 때(총8회)	잡지	『로맨스』 5권1호-8호(통권38-45호)	1967.1-8	'창간 3주년 기념 십만원 고료 가작' / 그림 최연석(崔然石)
2편	애정 있는 종말(終末)	잡지	『청춘』 5권4호(통권41호)	1968.4	'특선 문제단편 : 청춘소설' / 그림 최연석(崔然石)

수필 1편

구분	작품명	매체	출처	발표 시기	비고
1편	당선소감	잡지	『로맨스』 5권1호(통권38호)	1967.1	'창간3주년기념 십만원 고료가작 당선작 : 신연재장편소설 「사랑이 꽃잎 질 때」'

최영자 崔暎子

1961년 시나리오 「푸른 하늘 저 멀리」로 『새살림』 '영화 오리지날 씨나리오'에 당선.

시나리오 1편

구분	작품명	매체	출처	발표 시기	비고
1편	푸른 하늘 저 멀리(총2회)	잡지	『새살림』 20-21호	1961.10 -12	'새살림 영화·오리지날 씨나리오 당선작품'

최예순 崔禮純

1956년 12월, 소설 「탈각(脫殼)」으로 제2회 『여원』 창간기념 여류현상문예 당선.

소설 1편

구분	작품명	매체	출처	발표 시기	비고
1편	탈각(脫殼)	잡지	『여원』 3권1호	1957.1	'제2회 여원 창간기념 여류현상문예 당선작'

최옥자 崔玉子

1919년 생. 일본 동방대 대학원 의학박사. 1948년 부군 주영하와 서울가정보육사범학교 설립. 수도여자사범대학(현 세종대학교) 교수 겸 대학원장, 세종호텔 대표이사, 세종대 명예총장 등 역임.

시 2편 + 시 단행본 1권

구분	작품명	매체	출처	발표 시기	비고
1	어머니의 기도	신문	《한국일보》	1960.5.19	
2편	어머니가 왔다	신문	《조선일보》	1960.6.5	
1권	포도밭에서	단행본	수도여자사범대학출판부	1960	'시화집'

소설 1편

구분	작품명	매체	출처	발표 시기	비고
1편	귀국(歸國)	잡지	『자유문학』 7권2호(통권58호)	1962.4	'꽁트' / 수도여사대 학장

수필 48편 + 수필 단행본 3권

구분	작품명	매체	출처	발표 시기	비고
1	비율빈(比律賓)의 대학교육 (총2회)	신문	≪경향신문≫	1956.4.25 -26	'문화' / 수도여자사대 부학장
2	영원한 청춘의 꿈	잡지	『여원』 3권3호	1957.3	
3	여성과 가정은 교육자다	신문	≪평화신문≫	1957.10.27	
4	확고한 신념의 결합	잡지	『주부생활』 1권10호	1957.10	'나의 결혼회고' / 수도여사대 부학장
5	연말에 주부들이 알아둘 몇가지 일들	신문	≪한국경제신문≫	1957.12.26	
6	성격이 비슷한 부부의 생활감정	잡지	『주부생활』 2권7호	1958.7	'특집' / 수도여사대 부학장
7	'행복'이라는 말	신문	『여성계』 7권7호(통권101호)	1958.8	'권두의 말'
1권	어머니의 편지 : 구라파 기행중	단행본	수도녀자사범대학출판부	1958	
8	구라파(歐羅巴)를 다녀와서	잡지	『주부생활』 3권1호	1959.1	수도여자사범대학 부학장
9	지식을 올바르게 반영시키자 : 졸업을 앞둔 여대생들에게	신문	≪한국일보≫	1959.2.1	
10	새로 직장을 가지는 여성에게	신문	≪한국일보≫	1960.4.11	
11	내가 본 세계의 어린이들 : 덴막, 안델센의 동화 속에서 무럭무럭, 부지런하기로도 세계 제일	신문	≪조선일보≫	1960.5.22	
12	내가 본 세계의 어린이 : 스위스편	잡지	『가정교육』 23호	1960.7	수도여사대 부학장
13	틈틈이 : 닥치는 대로 고치고 옮기며	신문	≪조선일보≫	1960.8.23	
14	한국엔 과연 대학이 많은가	신문	≪민국일보≫	1960.11.22	'논단' / 수도여사대 부학장 · 생리학
15	두꺼비실험하던 시절	신문	≪서울신문≫	1961.3.16	'수상(隨想)' / 수도여사대 부학장 · 의박
16	군자란(君子蘭)	신문	≪경향신문≫	1961.3.30	
17	연구실 제2악장	잡지	『수필』 1권2호	1961.5	의박 · 수도여사대 부학장
18	사랑	잡지	『교통』 8권8호(통권80호)	1961.9 / 10	의박 · 수도여사대 학장
19	편안히 잠자면 늙지 않는다	잡지	『보건세계』 8권10호(통권70호)	1961.10	'나의건강좌우명' / 수도여자사범대 학장
2권	군자란(君子蘭)	단행본	수도여자사범대학출판부	1961	'수필집'
20	설날풍속과 예의 : 탄탄한 계획 세워 새 출발 합시다	신문	≪경향신문≫	1962.1.3	
21	서로 사양하는 미덕을 기르자	신문	≪대한일보≫	1962.1.4	
22	내가 그리는 조국	잡지	『신사조』 1권3호(통권3호)	1962.4	수도여사대 학장
23	내가 본 세계의 어린이들 : 스위스, 명랑하고 소박한 인상, 우표 모으는 어린이도 많고	신문	≪조선일보≫	1962.5.29	
24	찬란한 여름밤	신문	≪경향신문≫	1962.6.24	

구분	작품명	매체	출처	발표 시기	비고
25	명사들의 중학시절 : 최옥자 선생	잡지	『학원』 11권6호	1962.8	
26	산과 나 : 마니산의 낙조	신문	≪조선일보≫	1962.11.2	
27	정치생활을 앞둔 국민의 제언(提言)	잡지	『최고회의보』 14호	1962.11	
3권	회고(回顧)	단행본	수도여자사범대학출판부	1962	'수필집'
28	비록 밤길은 어두워도	잡지	『여상』 2권3호	1963.2	'지방으로 간 새 학사님에게' / 수도여사대 학장
29	공명선거를 위한 국민의 제언(提言)	잡지	『최고회의보』 24호	1963.9	
30	밀알 하나 땅에 떨어져서	잡지	『여상』 2권11호	1963.11	'나의입신수련기'① : 교육 / 수도여자사범대학장
31	성(誠)아!	잡지	『신세계』 15호	1964.2	수도여사대 부학장·의박
32	봄철의 풍미 : 향긋한 그 물쑥 된장국	신문	≪조선일보≫	1964.4.30	
33	어떤 미소	잡지	『여상』 3권7호	1964.7	
34	회중시계	잡지	『세계공론』 1권1호	1964.12	
35	한국 여성교육자론	잡지	『새교육』 17권2호(통권124호)	1965.2	'논단' / 수도여자사범대학 부학장
36	결혼기념일	잡지	『신동아』 10호	1965.6	
37	여름의 옷차림	잡지	『여상』 4권8호	1965.8	
38	임신의 인공중절은 살인행위다 : '의(義)' 상실한 생명의 존엄성 침해, 잔인무도한 '고려장(高麗葬)' 재현 우려	신문	≪크리스챤신문≫ 246호	1965.11.27	수도여자사범대학 부학장
39	기다리는 곳, 참는 곳, 준비하는 곳	잡지	『새길』 131호	1966.2	
40	노리개	잡지	『여상』 5권3호	1966.3	
41	서양의 현모양처 : 참된 이해와 믿음의 조언자	잡지	『주부생활』 2권4호	1966.4	'특집 : 현모양처를 재평가한다' / 수도사대 부학장·의박
42	내가 회상하는 남학생 마음 : 나의 여학생 시절의 남성	잡지	『여학생』 2권6호	1966.6	'체험기특집 : 애인이라 불려져서 느낀 여자의 행복' / 수도사대부여중고교 교장
43	보자기와 여인	신문	≪대한일보≫	1966.9.26	수도여사대 부학장 / 그림 박내현(朴崍賢)
44	결혼기념일은 잊지 말고 축복하자	잡지	『여원』 14권6호	1968.6	
45	대통령 조찬(朝餐) 기도회	잡지	『새교실』 13권6호(통권144호)	1968.6	수도여사대 대학원장
46	장·노리개·의상(衣裳)	신문	≪대한일보≫	1969.4.7 / 8 / 10	'도락십화(道樂十話)'(65-67) : 제10화 / 수도여사대 대학원장
47	가부장은 종이호랑이	잡지	『여원』 15권7호	1969.7	
48편	한 여름의 동해 바다	잡지	『여학생』 5권8호	1969.8	'지정제 수필 : 바람도 빛나는 8월 향심(向心)' / 수도사대 대학원장

최옥주崔玉珠

1930년 경주 출생. 숙명여대 국문과 졸업. 희곡집『전중파』(청우출판사, 1959) · 수필집『사랑과 조국과 방랑』(한일출판사, 1963) 출간. 희곡작가. 동양미술사 연구. 도서출판 선문각 대표 역임.

소설 1편

구분	작품명	매체	출처	발표 시기	비고
1편	포옹(抱擁)	단행본	『전중파(戰中派)』(청우출판사)	1959	

수필 16편 + 수필 단행본 1권

구분	작품명	매체	출처	발표 시기	비고
1	매화를 즐기는 마음	신문	《한국일보》	1960.3.9	
2	놀라운 어른들	신문	《한국일보》	1960.5.1	
3	뻗쳐 보내는 선(線)	잡지	『재정(財政)』	1960.7	
4	이 작열(灼熱)하는 계절에	잡지	『재무』 55호	1960.7	
5	향기 있는 인간	잡지	『민주경찰』	1960.7	
6	한국의 젊은 태양들	신문	일본 《동화신문(東和新聞)》	1960.12.4	
7	조국애의 재검토	신문	일본 《동화신문(東和新聞)》	1961.4.20	
8	금선의 꿈	신문	《조선일보》	1961.8.14	'소하산제'
9	문화와 국가의 흥망	신문	일본 《동화신문(東和新聞)》	1961.9.15	
10	금선(金扇)의 꿈	신문	일본 《동화신문(東和新聞)》	1962.10.1	
11	한국 가정의 민주화	신문	일본 《동화신문(東和新聞)》	1963.4.20	
1권	사랑과 조국과 방랑	단행본	한일출판사	1963	'수필집'
12	우아한 몸가짐	잡지	『여상』 4권6호	1965.6	
13	잘난 한국인의 시대	잡지	『문학춘추』 18호(3권1호)	1966.1	수필가
14	선진국의 여성들	잡지	『주부생활』 3권11호	1967.11	수필가
15	골동품과 나	잡지	『현대문학』 168호	1968.12	
16편	나의 어느 친구	잡지	『학원』 17권12호	1968.12	'수필 : 마음의 꽃다발' / 희곡작가

희곡 3편 + 희곡 단행본 1권

구분	작품명	매체	출처	발표 시기	비고
1	군밤(총7회)	신문	《부인신문》	1950.4.12 -19	
1권	전중파(戰中派)	단행본	청우출판사	1959	'희곡집'
2	고운 마음 착한 사람	잡지	『주부생활』 4권5호	1968.5	'엄마와 함께 놀이하는 가정극' / 그림 김정
3편	들놀이	잡지	『주부생활』 4권8호	1968.8	'엄마와 함께 놀이하는 가정극' / 그림 김정

최은희崔恩喜

1904~1984년. 호 추계(秋溪). 황해도 연백 출생. 니혼여자대학 사회사업학부 수학. ≪조선일보≫ 기자·학예부장 역임. 언론인이자 사회평론가.

수필 23편

구분	작품명	매체	출처	발표 시기	비고
1	나의 기자 시절 : 시대의 첨단에서	신문	≪조선일보≫	1957.4.8	
2	여총(女總)의 근본정신 살리자	신문	≪서울신문≫	1957.4.16	'여성수필'
3	송충을 구제하자 : 심는 것만이 녹화운동 아니다	신문	≪서울신문≫	1957.6.8	'여성수필'
4	삼일절에 생각나는 사람들	신문	≪조선일보≫	1958.3.1	
5	'논산'훈련소를 재인식 : 군대에 나갈 아들을 둔 어머니에게	신문	≪서울신문≫	1959.1.10	'부인수필' / 여류사회평론가
6	나의 삼일 회고 : 버선발로 담을 넘어	신문	≪서울신문≫	1959.3.1	여류수필가
7	부부중심의 가정이 통례	신문	≪서울신문≫	1959.5.19	'설문 : 이상적인 가족제도는' / 여류수필가
8	아름다운 마음씨를 : 풍수해 재민에게	신문	≪서울신문≫	1959.10.3	여류사평가
9	국방을 위한 여성의 투쟁 : 후반기는 자체의 지위 향상에	신문	≪서울신문≫	1959.12.22	'10년 동안의 여성계 변천 : 여성운동' / 여류평론가
10	오늘의 영광을 받으소서 : 어머니날을 맞으며	신문	≪한국일보≫	1960.5.7	
11	어느 노여기자의 청춘 회상(총5회)	잡지	『희망』 6권9호-7권3호(통권 69-74호)	1961.9-12 / 1962.3	'수기'
12	내가 바라는 민족 9 : 관료주의(官僚主義) 뿌리 뽑고	신문	≪대한일보≫	1962.10.1	
13	천대꾸러기 넷째딸	잡지	『여원』 8권10호	1962.10	
14	교우반백세(交友半百歲) (총12회)	잡지	『여원』 11권1호-12호	1965.1 -12	'연재수필'
15	만우절 수상(隨想)	신문	≪서울신문≫	1965.4.1	
16	젊은 어머니들에게	잡지	『주간 새나라』 187호	1965.5.10	'일주일언(一週一言)' / 여류수필가
17	여성의 사회참여 : 비바람 속을 달려온 횃불	잡지	『여상』 4권6호	1965.6	
18	장한 여성 십일인 : 지도자	잡지	『여원』 11권8호	1965.8	
19	철창에 나란히 섰던 삼성(三星)이	잡지	『여학생』 2권2호	1966.2	'내가 회상(回想)하는 남학생 마음' / 언론인
20	삼일운동에 앞장선 전국여류(全國女流)	잡지	『여상』 5권3호	1966.3	
21	교육사상(教育史上) 단 한분, 최정숙	잡지	『여원』 12권10호	1966.10	

구분	작품명	매체	출처	발표 시기	비고
22	우리는 자랑스런 여기자	잡지	『여원』 12권12호	1966.12	'한국 최초로 여기자와 본사초청의 전미국여기자협회장과의 종횡담'
23편	홀시어머니는 고적해	잡지	『여원』 15권1호	1969.1	

최의선崔義善

장편소설 『벽 속의 여자』(삼애사, 1968) 출간. 여학생잡지 『여학생』 기자로 양인자·김수현 등과 참여. 장편소설 『겨울이 끝나는 날』(학원서적, 1992) 출간. KBS 라디오 '청소년 극장' 집필.

소설 1편 + 소설 단행본 1권

구분	작품명	매체	출처	발표 시기	비고
1권	벽(壁) 속의 여자	단행본	삼애사	1968	'장편소설' / *1970년 박종호 감독이 영화화
1편	노상(路上)의 여자	잡지	『주간여성』 2호	1969.1.8	'단편소설' / 그림 정준용(鄭駿溶)

최의순崔義順

1904~1969년. 1928년부터 1933년까지 ≪동아일보≫ 학예부 기자이자 부인기자로 활약. 1929년 9월 『삼천리』에 「나의 연애와 결혼관」 발표.

시 1편

구분	작품명	매체	출처	발표 시기	비고
1편	성묘(省墓)	신문	≪신아일보≫	1967.10.21	'토요시단'

소설 6편

구분	작품명	매체	출처	발표 시기	비고
1	노랭이집 : 옥주(玉珠)의 마지막 편지	잡지	『신천지』 1권5호(통권5호)	1946.6	'인형의 변주'
2	잠꼬대	신문	≪새한민보≫ 1권3호	1947.7	
3	부엌의 비극	신문	≪새한민보≫ 1권7호	1947.9	*'차호(次號)계속'이라고 기재되어 있음
4	김부인	신문	≪새한민보≫ 1권15호	1947.11	
5	민자의 춤	신문	≪새한민보≫ 2권16호	1948.10	
6편	곰팽이	잡지	『부인』 4권4호	1949.1	

수필 2편

구분	작품명	매체	출처	발표 시기	비고
1	작자의 말	잡지	『신천지』 1권5호	1946.6	'신인창작 「노랭이집」'
2편	우리의 할 일	신문	≪부인신보≫	1947.5.8	'여성시평'

최이순崔以順

1911~1987년. 황해도 안악 출생. 이화여전과 미국 오리건대 대학원 졸업. 이화여전 교수, 연세대 교수 및 가정대 학장, 적십자사 부총재 등 역임.

수필 34편

구분	작품명	매체	출처	발표 시기	비고
1	귀여운 자녀라면 우선 책임감과 자립심	신문	≪조선일보≫	1949.5.23	
2	가정생활은 과학적으로(총2회)	신문	≪조선일보≫	1949.12.19 / 26	
3	금년도 여대졸업생에게 보내는 글	잡지	『여성계』 5권2호	1956.2 / 3	이화대학교 학생처장
4	내일이면 늦으리 : 사춘기의 고민과 여성	잡지	『여성계』 5권4호	1956.5	'특집 : 성의 문제와 사춘기의 분석 : 여성연구' / 연대 가정학과 교수
5	이상(理想)과 현실의 불일치가 준 것 : 여대생과 혼기문제(婚期問題)	잡지	『여성계』 5권11호	1956.11	'현대청춘과 혼기(婚期)' / 연대 여학생처장
6	어머니날에 즈음하여	신문	≪동아일보≫	1957.5.8	
7	6·25사변을 통하여 여성은 무엇을 배웠나	잡지	『여원』 3권6호	1957.6	
8	청소년 범죄와 지도 : 가정에서 어떻게 해야 하나(총3회)	신문	≪조선일보≫	1957.7.4~6	
9	부부론 : 대립하는 공동체	잡지	『주부생활』 1권8호	1957.8	연대 교수
10	생활지도관 교육	잡지	『새교육』 10권3호(통권60호)	1958.3	
11	사춘기의 자녀를 가진 양친을 위하여	잡지	『가정교육』 5호	1958.6	'특고(特高)' / 연세대학교 여학생처장
12	아동을 중심으로 본 : 가정교육과 학교교육	잡지	『가정교육』 7호	1958.9	연세대학교 여학생처장
13	겨울방학과 아이들 지도 : 새로운 힘과 희망의 준비기간	신문	≪조선일보≫	1958.12.28	
14	여대생을 가진 어머니들에게 스승도 되어주고 동무도 되어주자	신문	≪동아일보≫	1959.1.15	

구분	작품명	매체	출처	발표 시기	비고
15	자신을 갖도록 하자 : 사춘기의 자녀 지도를 위하여 (총2회)	신문	《서울신문》	1959.3.28 / 31	그림 김기창 / 대한가정학회 회장
16	특히 어머님들에게 알리는 여대생을 위한 가정교육	잡지	『가정교육』 10호	1959.4	연세대학교 여학생처장
17	59년도의 여성계 : 도시생활만은 진일보	신문	《동아일보》	1959.12.17	
18	여성들이여 잠을 깨자 : 특히 위정자의 아내들에게	신문	《동아일보》	1960.4.30	
19	나의 한 표는 이런 분에게 : 7·29 총선거를 앞두고─실력 있는 '새사람'을	신문	《동아일보》	1960.7.14	
20	일하러가는 마음과 몸차림을	신문	《한국일보》	1961.3.26	
21	'에티켓'과 여성	신문	《서울경제신문》	1961.5.17	연세대 여학생처장
22	대학신입생 위한 가정 지도	신문	《한국일보》	1962.3.14	
23	물가통제(物價統制)와 계란	신문	《경향신문》	1962.11.29	
24	먼저 생활에 의욕을	잡지	『신세계』 1권1호(창간호)	1962.11	
25	'스포츠'와 방석	신문	《대한일보》	1963.11.7	
26	공짜를 바라는 마음	신문	《대한일보》	1963.11.27	
27	가정과 가보(家寶)	신문	《대한일보》	1966.3.22	'고반수록(考槃隨錄)'
28	인구와 사회악(社會惡)	신문	《대한일보》	1966.4.5	'고반수록'
29	'선도(善導)'의 진면목	신문	《대한일보》	1966.5.10	'고반수록'
30	구두닦이 유감(有感)	신문	《대한일보》	1966.5.24	'고반수록'
31	우주시대와 광란시대(狂亂時代)	신문	《대한일보》	1966.6.7	'고반수록'
32	멍석자리의 구수한 낭만	잡지	『주부생활』 2권8호	1966.8	연대 가정대 학장
33	창의적인 여성생활	잡지	『여상』 5권8호	1966.8	
34편	선물	신문	《경향신문》	1967.1.11	

최정숙崔貞淑

1961년 12월, 소설 「공원 근경」으로 제7회 『여원』 여류신인상 당선.

소설 1편

구분	작품명	매체	출처	발표 시기	비고
1편	공원 근경(近景)	잡지	『여원』 8권1호	1962.1	'제7회 여원 여류신인상 당선작'

최정순崔貞順

숙명여대 국문과 졸업. ≪조선일보≫ 문화부 기자로 근무. 소설가.

소설 10편 + 동화 2편

구분	작품명	매체	출처	발표 시기	비고
1	어설픈 풍경화	잡지	『자유문학』 3권7호(통권16호)	1958.7	
2	맞는 대답은 하나뿐	잡지	『새벗』 86호	1959.2	'동화'
3	이색지(異色地)	잡지	『자유문학』 4권2호(통권23호)	1959.2	
4	잘한 일 못한 일	잡지	『새벗』 86호	1959.2	'동화'
5	월분이	잡지	『자유문학』 4권4호(통권25호)	1959.4	
6	구둣방할아버지	신문	≪동아일보≫	1959.8.23	
7	고독(孤獨)	잡지	『자유문학』 4권9호(통권30호)	1959.9	
8	어떤 모녀	신문	≪세계일보≫	1959.10.25	
9	그 이튿날	잡지	『자유문학』 5권1호(통권34호)	1960.1	
10	역전(逆轉)	잡지	『자유문학』 5권6호(통권39호)	1960.6	
11	부자(父子)	잡지	『자유문학』 5권11호(통권44호)	1960.11	
12편	고함(高喊)	잡지	『자유문학』 6권5호(통권50호)	1961.6	

수필 3편

구분	작품명	매체	출처	발표 시기	비고
1	애인에게 부치는 글	잡지	『교통』 7권3호(통권63호)	1960.3	여류작가 · 조선일보 문화부 기자
2	하몽편상(夏夢片想)	신문	≪조선일보≫	1960.8.1	'동인산제(同人散題)'
3편	봄 · 편상(片想)	잡지	『수필』 1권2호	1961.5	여류소설가

최정희崔貞熙

1906~1990년. 함남 단천 출생. 숙명여고보와 중앙보육학교 졸업. 1931년 『삼천리』에 「램프」·「정당한 스파이」(10월), 1935년 『조광』에 「흉가(凶家)」(4월)를 발표하면서 본격적으로 작가 활동.

소설 79편 + 동화 1편 + 소설 단행본 3권

구분	작품명	매체	출처	발표 시기	비고
1	봉수와 그 가족	미상	미상	1946.8 창작	
2	점례(占禮)	잡지	『문화』 1권2호	1947.7	
3	풍류 잽히는 마을	잡지	『백민』 3권5호(통권10호)	1947.8 / 9	

구분	작품명	매체	출처	발표 시기	비고
4	청량리역 근처	잡지	『백민』 3권6호(통권11호)	1947.10 / 11	
5	꽃피는 계절	신문	《새한민보》 1권13호	1947.11	'새한문원 : 콩트'
6	베갯모	잡지	『대조』 2권3호	1947.11	
7	고추	잡지	『백민』	1948.2	
8	우물 치는 풍경	잡지	『신세대』 22~23호	1948.2-5	
9	수탉	신문	《평화신문》	1948.8	
10	하늘이 좋던 날	잡지	『부인』 3권4호	1948.10	*「바람처럼」이라는 제목으로 소설집 『풍류 잡히는 마을』(어문각, 1949)에 수록
11	청탑이 서 있는 동리(총3회)	잡지	『부인』 4권1-3호	1949.1-4	
12	비탈길	잡지	『문예』 1권1-2호(통권1-2호)	1949.8-9	*'미완' 작품
13	아기별(총9회)	신문	《국도신문》	1949.9.4 -12	
14	포도원(葡萄園)	잡지	『새교육』 2권5 / 6호(통권8 / 9호)	1949.9	문인
1권	풍류 잽히는 마을	잡지	어문각	1949	
15	봄	잡지	『문예』 2권1호(통권6호)	1950.1	
16	봉황녀	잡지	『백민』 6권2호(통권21호)	1950.3	*「어느 산촌의 전설」(『협동』 42호, 1954.2)과 같은 내용
17	낙화(落花)	잡지	『여학생』 2권4호	1950.6	*『문예』 4권1호(1953.1)에도 수록
18	선을 보고	잡지	『부인경향』 1권6호	1950.6	*「맞선을 보던 날」이라는 제목으로 소설집 『바람 속에서』(인간사, 1955)에 수록
19	바람 속에	잡지	『신천지』 7권2호(통권50호)	1952.3	
20	자장가	잡지	『철경』(철도경찰본부) 9호	1952.7	
21	산울림	잡지	『소년세계』 3호	1952.9	'사진소설' / *『식량과 농업』 2권2호(1958.2)에도 수록
22	유가족	잡지	『코메트』 1호	1952.11	
23	꽃이 피는 마을(총4회)	잡지	『신태양』 1권4-5호, 2권6-7호 (통권4-7호)	1952.11 -1953.2	그림 이순재(李舜在)
24	산모롱이 저쪽으로	잡지	『공군순보』 17-18호	1952.12	
25	임하사와 그 어머니	잡지	『협동』 37호	1952.12	
26	사고뭉치 서억만	잡지	『훈장』(공군본부정훈감실)	1952	
27	낙엽 지는 날	잡지	『학원』 2권1호	1953.1	
28	녹색의 문	신문	《서울신문》	1953.2.25 -7.8	*단행본(정음사, 1954) 발간
29	해당화 피는 언덕	잡지	『신천지』 8권4호(통권55호)	1953.9	
30	추락된 비행기	잡지	『문예』 4권4호(통권18호)	1953.10	
31	두 개의 나무 : 언니의 일기	잡지	『학원』 2권11호	1953.11	
32	어느 새가 먼저 : 언니의 일기	잡지	『소년세계』 18 · 19 합병호	1953.12 / 1954.1	
33	신혼(新婚)	잡지	미상	1953	

구분	작품명	매체	출처	발표 시기	비고
34	산가초(山家抄)	잡지	『신천지』 9권1호(통권59호)	1954.1	
35	눈 오는 계절(季節)(총7회)	잡지	『현대여성』(현대여성사) 2권 1-9호	1954.1-11	그림 김영주(金榮注)
36	돌팔매	잡지	『학원』 3권4호	1954.4	
37	별을 헤는 소녀들(총8회)	잡지	『학생계』(학생계사) 1권1-8호	1954.4-11 / 12	1-4,7회 '연재소녀소설', 5-6,8회 '연재소설' / 그림 김영주 / *단행본(학원사, 1962) 발간
38	반주(飯酒)	잡지	『문학과 예술』 1권2호(통권2호)	1954.6	
39	불어라 봄바람	잡지	『지방행정』 3권7호	1954	
40	출동 전야	전시 간행물	『전시한국문학선 : 소설편』(국방부 정훈국)	1954	
41	그들의 가족	잡지	『가톨릭청년』 9권1호	1955.1	
42	그와 나의 대화	잡지	『신태양』 4권1호(통권29호)	1955.1	
43	수난의 장(章)	잡지	『현대문학』 1호	1955.1	
44	수난의 장 : 속(續)(제2절)	잡지	『새벽』 2권1호	1955.1	
45	바다가 보이는 교정(총5회)	잡지	『학원』 4권1-5호	1955.1-5	
46	인정(人情)	잡지	『사상계』 3권2호(통권19호)	1955.2	
47	요지경	잡지	『새벗』 40호	1955.4	'동화'
48	전설(傳說)	잡지	『코메트』 13호	1955.4	
49	탄금(彈琴)의 서(書)	잡지	『희망』 5권5호	1955.5	그림 이순재(李舜在)
50	소용돌이(총13회)	신문	≪조선일보≫	1955.8.30 -9.13	
51	초상(肖像)	잡지	『신태양』 4권8호(통권36호)	1955.8	
52	정적일순(靜寂一瞬)(총2회)	잡지	『현대문학』 9-10호	1955.9-10	
53	흑의(黑衣)의 여인 : 속(續) 녹색의 문(총13회)	잡지	『여원』 1권1호-2권10호	1955.10 -1956.10	*단행본(민중서관, 1958) 발간
54	하얀 꽃	잡지	『여성계』 4권11호	1955.11	
55	남으로 향하는 길	잡지	『희망』 5권12호	1955.12	'현대소설' / 그림 김영주(金榮注)
2권	바람 속에서	단행본	인간사	1955	'소설집'
56	푸른 계절	잡지	『명랑』 1권1호(창간호)	1956.1	
57	떼드마스크의 비밀	신문	≪평화신문≫	1956.1-3	
58	광활(廣闊)한 천지(天地)(총12회)	잡지	[일부]『희망』 6권1호-12호	[일부] 1956.1-12	그림 운보(雲甫) / *1회 '신연재현대소설', 2-4회 '현대장편소설'로 장르 기재
59	찬란한 한낮(총3회)	잡지	『문학예술』 3권6-8호(통권15-17호)	1956.6-8	
60	다리 긴 아저씨(총10회)	잡지	『학원』 5권7호-6권4호	1956.7 -1957.4	
61	점례(占禮)의 사(死)	잡지	『아리랑』 2권8호	1956.8	'농촌소설' / 그림 유병희(柳秉熙)
62	그와 그들의 연인(戀人)(총150회)	신문	≪국제신보≫	1956.9.1 -1957.2.8	
63	핏줄	잡지	『지방행정』 5권8호	1956	

구분	작품명	매체	출처	발표 시기	비고
64	해방 직후(총2회)	신문	≪세계일보≫	1957.2.14 -15	
65	윤한승(尹漢承) 노인	잡지	『아리랑』 3권3호	1957.3	'농촌소설' / 그림 우경희(禹慶熙)
66	인생찬가(人生讚歌)	잡지	[일부] 『여성계』 6권2호-7권9호(통권91-103호)	[일부] 1957.4 -1958.11	*11회(통권103호)에 '다음호에 계속'이라고 되어 있음
67	사춘기	잡지	『아리랑』 3권5호	1957.5	'순정소설' / 그림 한홍택(韓弘澤)
68	형제 별	잡지	『새교실』 2권8호(통권14호, 4-6학년용)	1957.8	문인
69	너와 나와의 청춘(총18회)	잡지	『주부생활』 1권9호-3권3호	1957.9 -1959.3	그림 김영주(金榮注)
3권	끝없는 낭만	단행본	동학사	1958	'장편소설'
70	『인간사(人間史)』	잡지	『사상계』 8권8-12호(통권85-89호)	1960.8-12	'제1회 한국여류문학상 수상작'('65) / *『신사조』(2권9호-3권3호, 1963.11-1964.3) 수록작은 『사상계』 연재 중단본의 후반부. 『사상계』에는 700회, 『신사조』에는 5회 연재 / 『여원』(10권10호, 1964.10) 수록작은 단편축약본임 / *단행본(신사조사, 1964) 발간
71	『어머니』(총5회)	잡지	『보건세계』 7권12호-8권4호(통권60-64호)	1960.12 -1961.4	그림 장은주(張銀珠)
72	채녀(彩女)	잡지	『수필』(수필사) 1권4호	1961.7	'단편소설'
73	어느 마을의 풍경(총5회)	잡지	『새농민』 1권1호-2권2호(통권1-5호)	1961.10 -1962.2	그림 이순재
74	숲속에 바람이 일던 날	잡지	『새길』 89호	1962.1	
75	이별(離別)	잡지	『새길』 110호	1963.11	
76	귀뚜라미	잡지	『현대문학』 108호	1963.12	
77	『강물은 또 몇 천리』(총23회)	잡지	『현대문학』 113-136호	1964.5 -1966.4	
78	여자의 풍경	잡지	『문학』(문학사) 1권1호(창간호)	1966.5	
79	제2, 여자의 풍경	잡지	『현대문학』 144호	1966.12	
80편	가을	잡지	『현대문학』 167호	1968.11	

수필 210편 + 수필 단행본 2권

구분	작품명	매체	출처	발표 시기	비고
1	수첩중(手帖中)에서	신문	≪경향신문≫	1946.10.24	'경선덕소(京慶線德沼)에서'
2	동창(冬窓) 앞에서 : 초가산(草家山)	신문	≪문화시보≫	1947.2.16	'12월 12일' / *≪문화시보≫(1950.11.26)에도 수록
3	가을하늘	신문	≪경향신문≫	1947.10.14	
4	나의 하루	신문	≪부인신보≫	1947.11.2	
5	꽃피는 계절이야기	잡지	『민성』 4권1호	1948.1	
6	생활의 변(辯)	잡지	『민성』 4권4호	1948.4	

구분	작품명	매체	출처	발표 시기	비고
7	창공에 부치는 호소	잡지	『예술조선』 3호	1948.4	'여류이제(女流二題)'(1)
8	오월송(五月頌)	잡지	『국제보도』 13호	1948.7	
9	작가의 로맨쓰 : 영여계적(令女界的) 사랑	잡지	『백민』 4권4호(통권15호)	1948.7 / 8	
10	푸르른 매력	잡지	『예술조선』 4호	1948.9	
11	여성과 예술	신문	≪국민신문≫	1948.10.18	'여성'
12	잠자리 같은 여자 : 여성과 독서	잡지	『대조』 3권4호	1948.12.1	
13	나의 남녀교제론	잡지	『신태양』 1권1호	1949.1	
14	새를 날려 보내고	잡지	『농촌』 7호	1949.7	
15	청추성(聽秋聲)	신문	≪서울신문≫	1949.10.26	
16	미용(美容)	신문	≪경향신문≫	1949.12.11	'여인변(女人辯)' / 소설가
17	전진(前進)하는 시대와 함께	신문	≪조선일보≫	1950.1.1	'가정'
18	자꾸 울고만 싶었다	잡지	『민성』 6권3호	1950.3	소설가
19	여자된 자랑	잡지	『부인』 5권2호	1950.4	소설가
20	속이다가 망신	잡지	『혜성』 1권3호	1950.5	
21	오월의 구상(構想)	잡지	『신경향』 2권5호	1950.5	'오월의 창공을 향하여' / 소설가
22	두모습의 영결(永訣)	잡지	『민성』 6권5호	1950.6	
23	애증교착기(愛憎交錯記)	잡지	『시문학』	1951.6	'여류작가수필편'
24	난중일기(亂中日記)에서	전시 간행물	『적화삼삭구인집』(국제보도연맹)	1951	*35~52쪽에 수록
25	나의 여학생 시절	잡지	『수험생』 2권1호	1952.9	문인
1권	사랑의 이력(履歷)	단행본	계몽사	1952	'수필집'
26	중학생에게 주는 말	잡지	『학원』 2권2호	1953.2	
27	꽃 : 라일락	잡지	『학원』 2권4호	1953.4	
28	서울에서	잡지	『신태양』 2권11호	1953.6	'공개서한'
29	나는 「도로꼬」의 아이	신문	≪경향신문≫	1953.9.1 / 3	'문화 : 서울에 돌아와서'(7-8)
30	오는 것만이 능(能)이 아니라우 : 미복귀우인(未復歸友人)에의 멧세-지	잡지	『신태양』 2권14호	1953.10	'서울 살림 이모저모'
31	하나의 기록(記錄)	잡지	『문화세계』 1권4호	1953.11	'중추수필5인집' / 소설가
32	사신공개(私信公開)	잡지	『문화세계』 2권1호	1954.1	
33	춤	잡지	『현대공론』 1권2호	1954.1	
34	박꽃 피는 내 고향 전설도 많다	잡지	『신태양』 2권18호(통권18호)	1954.2	'내 고장 자랑 : 함경도편'
35	잊을 수 없는 사람들	잡지	『교통』 2권2호(통권3호)	1954.2 / 3	
36	봄	잡지	『소년세계』 21호	1954.3	
37	봄은 창(窓)을 열고	신문	≪연합신문≫	1954.4.12	
38	『별을 헤는 소녀들』 '작가의 말'	잡지	『학생계』 1권1호	1954.4	
39	두 어머니 이야기	신문	≪조선일보≫	1954.5.3	

구분	작품명	매체	출처	발표 시기	비고
40	녹색의 문 앞에서	신문	《연합신문》	1954.6.3	
41	소나기 뒤에 오는 것	잡지	『국제보도』 34호	1954.7	'수상(隨想)'
42	첫애인의 이야기	잡지	『여성계』 3권7/8호	1954.7 / 8	'첫사랑 공개장(公開狀)'
43	가지 못해 그립다 : 생각나는 바다와 산과……	신문	《경향신문》	1954.8.15	
44	달밤의 공포	잡지	『희망』 4권8호	1954.8	'평생에 가장 무서웠던 일'
45	벗에게(여학생)	잡지	『학생계』 1권5호	1954.8	'방학 중 서간문 쓰기'
46	수복지구(收復地區)의 표정	신문	《조선일보》	1954.9.23 -25	*①모자탑이 있는 거리, ②정다운 눈과 눈, ③향로봉에서 온 화환
47	동해의 가을	신문	《한국일보》	1954.9.27	소설가
48	갈매촌(葛梅村)의 추억	잡지	『현대공론』 2권7호	1954.9	
49	내가 갖고 있는 남자친구들	잡지	『신태양』 3권25호(통권25호)	1954.9	'남자친구이야기'
50	작가로 출세하기까지 : 꿈꾸던 시절의 회상	잡지	『신태양』 3권25호(통권25호)	1954.9	
51	집터를 닦기까지	신문	《조선일보》	1954.11.11	
52	동해의 향수(鄕愁)	잡지	『신태양』	1954.11	'제1군단 수복지구 인상기(印象記)'
53	왼손	신문	《동아일보》	1954.12.19	
54	크리쓰마쓰 성가(聖歌)	잡지	『여성계』 3권12호	1954.12	'크리쓰마쓰의 추억'
55	청청푸른 나무와 같이 : 귀여운 우리자녀 고이 키우자	신문	《서울신문》	1955.1.1	
56	행복된 순간	신문	《연합신문》	1955.1.1	
57	금년에 벼르는 것	신문	《동아일보》	1955.1.6	
58	여자된 자랑	잡지	『새가정』 2권1호	1955.1	
59	수첩	잡지	『여성계』 4권2호	1955.2	'여류수필집'
60	나는 이런 것을 보았다	신문	《조선일보》	1955.3.1	
61	언제 돌아오시렵니까?	잡지	『희망』 5권3호	1955.3	
62	연초록색 언덕을 향하야 : 꽃보다 아이들이 더좋아	신문	《경향신문》	1955.5.5	여류작가
63	낮잠 자는 이야기	신문	《경향신문》	1955.5.11	'모놀로그' / 작가
64	행복한 계절	신문	《경향신문》	1955.5.24	그림 손응성(孫應星) / 제(題) 최정희(崔貞熙) / '신록에 붙여서' / *《서울신문》(1955.5.24)에도 수록
65	비련의 여시인(詩人) 김일엽여사를 찾다 : 선정(禪定)의 법열경(法悅境)에서 해탈(解脫)을 맛보는	잡지	『희망』 5권5호	1955.5	
66	꽃도둑	신문	《경향신문》	1955.6.12	'6월의 수필' / 작가
67	파리	잡지	『예술원보』 1호	1955.6	여류소설가
68	세월이란 슬픈 것……	신문	《경향신문》	1955.12.18	'1955년 송년보(送年譜)' / 여류작가

구분	작품명	매체	출처	발표 시기	비고
69	이 해에 하고픈 것	신문	《동아일보》	1956.1.8	
70	속아사는 최정희(崔貞熙) : 속아사는 것도 풍류일까?	잡지	『신태양』 5권1호(통권41호)	1956.1	'신변잡기'
71	새벽 오시까지 글써야하고 살림을 돌봐야하는 바쁜 생활	잡지	『여성계』 5권2호	1956.2 / 3	'여류예술인의 하루생활'
72	좌수(左手)로 쓴 엽편소설(葉片小說) : 어느 상이군인에게 부치는 글	신문	《경향신문》	1956.3.24	'여류춘상'
73	모든 것은 흘러간다	신문	《동아일보》	1956.4.28	
74	어머님에의 송가(頌歌)	신문	《평화신문》	1956.5.8	
75	시원찮은 취미	신문	《동아일보》	1956.6.15	
76	지난날의 여기자생활 : 싸움의 기록	신문	《동아일보》	1956.7.14	
77	누에가 실을 뽑듯이	잡지	『여원』 2권7호	1956.7	
78	보이지 않는 힘	잡지	『여성계』 5권9호	1956.9	'권두(卷頭)의 말'
79	나는 이러한 동기에서	잡지	『소년세계』 40호	1956.10	
80	언제나 만나리 : 장롱 속에서 우는 그 이 모자(帽子)	잡지	『주부생활』 1권2호	1957.2	'특집 : 오늘도 새벽별을 가슴에 안고' / 파인 김동환씨 부인
81	잘 살아 보고싶다	신문	《평화신문》	1957.1.1	
82	크리스마스와 나 : '싼타크로스' 대역의 즐거움	잡지	『여성계』 6권1호	1957.1	
83	작가의 발언 : 유임운동	신문	《조선일보》	1957.2.4	
84	닥아오는 중학입시(中學入試)	신문	《경향신문》	1957.2.6	'여류대춘보'
85	식모여담(食母餘談)	신문	《연합신문》	1957.2.21	
86	뽀오얀 기체(氣體)와……	신문	《동아일보》	1957.3.8	'신춘유감(新春有感)'
87	나의 기자 시절 : 대필과 편지로서	신문	《조선일보》	1957.4.9	
88	아름다운 것과 미운 것	잡지	『야담과 실화』 1권3호	1957.4	'풍류만상(風流漫想)' / 여류작가
89	신록에 오고 가는 글 : 그저 즐겁기만한 훈풍	신문	《평화신문》	1957.5.14	
90	꽃이라도 피어라	잡지	『주부생활』 1권5호	1957.5	'신춘수필선' / 소설가
91	성실과 미(美)	잡지	『여원』 3권5호	1957.5	
92	유쾌한 보고	잡지	『사상계』 5권5호(통권46호)	1957.5	
93	자기를 알자	잡지	『여원』 3권6호	1957.6	
94	행복	잡지	『여원』 3권7호	1957.7	
95	독서의 미(美)	잡지	『여원』 3권9호	1957.9	
96	새해를 맞는 마음 : 의지를 기르며	신문	《조선일보》	1958.1.3	
97	여자의 마음 : 찰떡같은 것이 여자의 마음	잡지	『여원』 4권2호	1958.2	

구분	작품명	매체	출처	발표 시기	비고
98	사랑 삼제(三題)	신문	《동아일보》	1958.4.4	
99	소년 범죄와 어머니 사랑 : 어머니날에 강오원(姜五元)에 보내는 글	신문	《세계일보》	1958.5.8	소설가
100	더욱 끈기있게 살아가십시오 : 친애하는 재헌군에게 주는 글	잡지	『여원』 4권5호	1958.5	*안암동 네 가족 자살사건에서 혼자 살아남은 장남이 엮은 절절한 수기에 대한 감상문
101	통곡(痛哭)	신문	《경향신문》	1958.6.3	'경향춘추' / 여류소설가
102	집을 판 이야기	잡지	『한국평론』 1권2호	1958.6	
103	나의 문학소녀시절	신문	《동아일보》	1958.7.2	
104	작가의 발언 : 아시는가? 선량들	신문	《조선일보》	1958.7.28	
105	철로(鐵路) 옆에서	신문	《한국일보》	1958.7.28	
106	사랑하는 선주 양에게 : 여학생을 위한 생활 노트(총3회)	잡지	『학원』 7권3호-5호	1958.7-9	
107	우리 집의 건국 10년 : 아이들이 자랐다	신문	《동아일보》	1958.8.29	
108	문학적 자서전	잡지	『신문예』 4호	1958.9.10	
109	노래와 함께 오는 것	신문	《동아일보》	1958.9.13	
110	싱싱한 마음	신문	《세계일보》	1958.12.15	'여인100상(想)'(1)
111	명랑한 새해를… : 딸에게 주는 글	신문	《한국일보》	1958.12.27	
112	외로움 그림자 : 묵은해를 보내며	신문	《서울신문》	1958.12.30	여류소설가
113	어머니의 변 : 어머니는 적막한 것	신문	《조선일보》	1959.5.15	
114	어느 날	신문	《연합신문》	1959.6.16	
115	꽃을 기르는 마음	신문	《국제신보》	1959.7.28	'납량수필' / 소설가
116	잘 익으면 맛이 날만한 소재(素材)들	잡지	『자유공론』 2권9호(통권10호)	1959.9.1	
117	김장	신문	《서울신문》	1959.11.27	'수상(隨想)' / 소설가
118	딸들아 듣거라	신문	《동아일보》	1960.1.5	
119	참을성은 아름다운 열쇠 : 남편에 애인이 생겼을 때	신문	《서울경제신문》	1961.1.24	'가정 : 작가 최정희 여사의 애정처방'
120	말봉선생(末峯先生)님의 영전(靈前)에	신문	《한국일보》	1961.2.10	
121	통곡(痛哭) 속에서 : 4 · 19 한돌에 생각되는 것	신문	《민족일보》	1961.4.21	작가
122	골목길	신문	《대한일보》	1961.7.15	
123	포푸라 치열	신문	《조선일보》	1961.8.1	'소하산제'
124	내가 그리고 싶은 주부형 : 2. 어제보다 오늘은 낫게 살고 매사를 깊이 생각하는 여성	신문	《조선일보》	1961.10.18	
125	신여성 독본(讀本)(총5회)	잡지	『가정생활』 1권11호-2권3호	1961.11 -1962.3	'수필'
126	나의 일년	잡지	『자유문학』 6권11호(통권56호)	1961.12	

구분	작품명	매체	출처	발표 시기	비고
127	내 소신(所信) 끝까지 굽힘 없을 터 : 최정희 여사, 박의장을 만나다	신문	≪조선일보≫	1962.1.1	
128	내가 본 일선고지(一線高地)	신문	≪동아일보≫	1962.1.7	'기행'
129	어머니가 아기에게 : 문예책 많이 읽기를	신문	≪한국일보≫	1962.1.24	
130	노은사(老恩師)를 찾고 나서	잡지	『최고회의보』 4호	1962.1	
131	봄이 오는 소리 : 기다리는 자세	신문	≪조선일보≫	1962.2.19	
132	시골서 살던 때	잡지	『주간 새나라』 30호	1962.2.26	'상록수(常綠樹)'
133	강원도 길에서	잡지	『주간 새나라』 34호	1962.3.26	'특별(特別)루포' / 소설가
134	몇 마디 이야기	신문	≪조선일보≫	1962.4.13	
135	내가 본 농촌의 살림살이	잡지	『새농민』 2권5호(통권8호)	1962.5	소설가
136	나의 소하법(銷夏法)	신문	≪한국일보≫	1962.6.6	
137	신생활운동	신문	≪조선일보≫	1962.7.5	'일사일언(一事一言)'
138	탐라일기(耽羅日記)	잡지	『여원』 8권11호	1962.11	'기행'
2권	젊은 날의 증언(證言)	단행본	육민사	1962	'수필집'
139	『두려운 삶』 되지 않기를	신문	≪동아일보≫	1963.1.24	
140	계순(桂順)이	잡지	『신세계』 4호	1963.2	'내가 잊을 수 없는 사람들' / 여류작가
141	경칩(驚蟄) 이상(二想)	신문	≪한국일보≫	1963.3.6	
142	동백(冬栢)	잡지	『자유문학』 8권4호(통권68호)	1963.4	'명가(名家)의 일문(一文)'
143	지금의 처지를 행복의 기회되게 하기를	잡지	『새길』 103호	1963.4	
144	즐겨듣는 방송 : 각국(各局)의 주파수(周波數)도 안외워	신문	≪동아일보≫	1963.5.28	
145	방만(放漫)한 것들	잡지	『자유문학』 8권5호(통권69호)	1963.5	
146	바닷소리·뱃고동소리	신문	≪한국일보≫	1963.7.23	
147	인간의 의지	잡지	『공보 / 오늘과 내일』 창간호	1963.8	
148	찬성 : 서로가 철저히 알아야…	잡지	『학원』 12권9호	1963.9	'특집Ⅱ : 내가 생각하는 남녀학생교제' / 작가
149	새로 나라를 맡은이에게	신문	≪한국일보≫	1963.10.17	
150	묘산도서관(妙山圖書館)	잡지	『여상』 2권11호	1963.11	'권두언(卷頭言)' / '창간1주년기념호'
151	『인간사(人間史)』 작가의 말	잡지	『신사조』 2권9호(통권20호)	1963.11	
152	말 못하는 변(辯) : 대전	잡지	『여원』 9권12호	1963.12	
153	새해의 꿈을 노크한다 : 보고픈 사람들 많으나	신문	≪조선일보≫	1964.1.8	
154	그때 잃어 버린 나라의 상징(象徵)처럼…	신문	≪한국일보≫	1964.1.31	
155	자기(自己)를 넘어서는 힘 앞에	신문	≪한국일보≫	1964.4.18	
156	해금강(海金剛)이 보이는 일선(一線)	신문	≪경향신문≫	1964.6.24	

구분	작품명	매체	출처	발표 시기	비고
157	경남 기행	잡지	『새길』 117호	1964.7 / 8	
158	독서에의 제언 : 사랑의 대화 책으로 이어가라	신문	《조선일보》	1964.9.25	
159	관동 기행 : 동해안의 바쁜 걸음, 사흘 밤, 나흘 낮	잡지	『학원』 13권9호	1964.9	
160	관동팔경유람기(關東八景遊覽記)	잡지	『여상』 3권9호	1964.9	
161	가난을 멋으로 이기는 길	신문	《매일신문》	1964.10.7	'문학강연초(文學講演抄)' / '30분 강연'
162	신금단(辛今丹) 부녀 상봉기사를 읽고 : 금단 네 설움, 우리 모두의 설움	신문	《조선일보》	1964.10.11	
163	농사일기(農事日記)	잡지	『농원』 1권6호(통권6호)	1964.10	'특집 : 농민을 위한 문장강화(文章講話)'
164	설악기행(雪嶽紀行)	신문	《동아일보》	1964.11.12	'서사여화(書舍餘話)'
165	애국가(愛國歌)	신문	《동아일보》	1964.11.26	'서사여화'
166	새해 설맞이 여류수상 : 윷놀이	신문	《조선일보》	1964.12.31	
167	이야기 세토막	신문	《동아일보》	1965.1.5	
168	종 소리	신문	《동아일보》	1965.1.16	
169	퀴즈프로	신문	《동아일보》	1965.1.28	
170	체험(體驗)	잡지	『신동아』 7호	1965.3	소설가
171	내 추억 속의 그 꽃 : 「천명(天命)」과 꽃편지	잡지	『여상』 4권4호	1965.4	
172	여성을 위한 여성 자신의 발언(發言) : 푸른 계절에 꿈을	잡지	『여상』 4권6호	1965.6	
173	머리속의 산과 바다	잡지	『정경연구』 1권6호(통권6호)	1965.7	'납량수필연(納凉隨筆宴)' / 소설가
174	굳어진 얼굴 떨리는 손 : 비준서(批准書) 교환(交換)을 참관하고	신문	《한국일보》	1965.12.19	
175	매력 : 신영균(申榮均), 안아주고 싶은 개구장이	신문	《조선일보》	1966.1.1	
176	어린 것들의 건강과 행복	신문	《영남일보》	1966.1.1	'여류작가들이 말하는 나의 새해 구상'①
177	사랑의 노오트 : 숙제	잡지	『여상』 5권1호	1966.1	
178	우리 교포학교들	잡지	『한양』 5권1호(통권47호)	1966.1	
179	정(情)이 넘치는 섬나라	잡지	『여원』 12권1호	1966.1	
180	대만의 이모저모	잡지	『새길』 133호	1966.5	
181	어머님과 추석	잡지	『주간새나라』 257호	1966.9.26	'내 고향의 추석'
182	농사짓던 이야기	잡지	『우리들』 1권9호(통권9호)	1966.9	'이 달의 시와 수필' / 여류작가
183	작가의 애환(哀歡)	신문	《전남일보》	1966.11.6	
184	사랑의 노오트 : 편지	잡지	『여상』 5권11호	1966.11	
185	남편을 잘못 택했다는 생각에 대하여	잡지	『여원』 13권1호	1967.1	

구분	작품명	매체	출처	발표 시기	비고
186	사랑하는 병사들에게 (총2회)	신문	≪동아일보≫	1967.2.28 / 3.2	
187	월남을 다녀와서	잡지	『주간 새나라』 281호	1967.3.13	파월국군위문단장 · 작가
188	공화당 부산유세	신문	≪조선일보≫	1967.4.25	
189	월남(越南)에 다녀와서	잡지	『새길』 142호	1967.4	
190	칭찬은 너만의 것이 아니다 : 어머니로부터	잡지	『새농민』 7권5호(통권67호)	1967.5	'고국의 편지' / 소설가 / '1967년 3월 일, 어미로부터'
191	월남 땅에 한국을 심다	잡지	『주부생활』 3권6호	1967.6	'월남전(越南戰) 종군기' / 여류소설가
192	가지지 않은 즐거움	잡지	『여상』 6권8호	1967.8	
193	감격 속의 혼란	잡지	『시사』 6권8호(통권47호)	1967.8	'수필 : 8 · 15와 나' / 작가
194	다시 찾아 본 문제작의 고향 : 찬란한 대낮	잡지	『동서춘추』 1권4호	1967.8	'문제작의 고향'
195	어떤 날 생각한 일	잡지	『주부생활』 3권8호	1967.8	'여인(女人)의 창변(窓邊)'
196	추석이면…	신문	≪경향신문≫	1967.9.16	작가
197	다시 어떤 날 생각한 일	잡지	『주부생활』 3권9호	1967.9	'여인의 창변'
198	교육은 길고 깊은데	신문	≪한국일보≫	1967.10.24	
199	다시 없이 소중한 것들	잡지	『세대』 5권10호(통권51호)	1967.10	'편지에 얽힌 인정'④ / 작가
200	어떤 부러운 일	잡지	『주부생활』 3권10호	1967.10	'여인의 창변(窓邊)'
201	유원지(遊園地) 험담(險談) : 제주도(濟州道)	잡지	『여상』 6권10호	1967.10	
202	보모(保姆)와 여기자와 처녀작(處女作)과	잡지	『여상』 6권11호	1967.11	
203	어느 날	잡지	『여상』 7권1호	1968.1	
204	18년의 세월	신문	≪중앙일보≫	1968.6.26	
205	냉소받는 애국심	잡지	『여원』 14권8호	1968.8	
206	어승생(御乘生)에 피는 새 생활의 작업	잡지	『주부생활』 4권11호	1968.11	
207	천경자(千鏡子) 여사께	잡지	『주간경향』 4호	1968.12.8	'주말에 띄운 편지' / 작가
208	어머니를 그리는 마음	신문	≪서울신문≫	1969.5.8	
209	어리석었던 사람들의 무안	신문	≪대한일보≫	1969.5.22	'발언대' / 작가 · 여류문학인회장
210편	배는 여자에 시샘한다지만… : 여류작가의 해군 군함시승기(軍艦試乘記)	잡지	『주간경향』 31호	1969.6.22	

비평 75편

구분	작품명	매체	출처	발표 시기	비고
1	여류작가군상	잡지	『예술조선』 2호	1948.2	
2	나의 문학생활자서	잡지	『백민』 4권2호(통권13호)	1948.3	
3	『리라기(梨羅記)』를 읽고	신문	≪동아일보≫	1949.1.30	'신간평'

구분	작품명	매체	출처	발표 시기	비고
4	문단교우록(文壇交友錄)	잡지	『민성』 5권9호	1949.9	'7월 10일 기(記)'
5	노천명론	잡지	『주간서울』	1949.12	'문화인호평기(文化人互評記)'
6	여성과 문학 : 참된 생활에의 정서(情緖)	잡지	『부인경향』 1권1호	1950.1	소설가
7	내가 묘사한 남성	신문	《조선일보》	1950.2.23	
8	빛나는 아기 눈 : 윤석중 선생과 동요(총2회)	신문	《조선일보》	1953.2.4. / 8	
9	현상소설 선자의 평	신문	《조선일보》	1954.2.15	
10	선자(選者)의 말 : 세 가지 부탁	잡지	『학생계』 1권1호	1954.4	
11	선평(選評)	잡지	『학생계』 1권3호	1954.6	'학생현상문예 선평'
12	산문(散文)…여학생 : 선평(選評)	잡지	『학생계』 1권5호	1954.8	
13	선평(選評)	잡지	『학생계』 1권6호	1954.9	
14	쨍그린 표정 속에 : 숨은 정열… 김광섭씨(金珖燮氏)	신문	《서울신문》	1954.11.28	'호평(互評) : 백안청안(白眼靑眼)'
15	동요백곡집	신문	《조선일보》	1955.1.11	'서평'
16	『우화(寓話)』의 세계, 조경희의 인간과 문학	신문	《조선일보》	1955.12.11	'독서'
17	신춘문예 선후평 소설 : 좀더 노력을	신문	《조선일보》	1956.1.3	
18	여류작가가 되려는 분에게	잡지	『여원』 2권1호	1956.1	
19	내가 본 김동리	잡지	『문학예술』 3권9호(통권18호)	1956.9	
20	호승환(扈昇煥) 저, 『불행한 행복자』	신문	《조선일보》	1956.10.8	'신간서평'
21	「시집가는 날」을 보고	신문	《평화신문》	1957.2.18	
22	설주를 두고 떠나는 여인의 마음	잡지	『여성계』 6권2호(통권91호)	1957.4	'내가 쓴 소설에서 가장 불쌍한 여주인공'
23	심사 경위 및 천기	잡지	『문학예술』 4권6호(통권27호)	1957.7	'신인 특집'
24	아름다운 태도	신문	《조선일보》	1958.1.3	
25	나와 예술	신문	《조선일보》	1958.12.7	
26	나의 제작과정 베일을 벗다 : 새벽에 업드려서	신문	《동아일보》	1958.12.22	
27	유감스런 소감(所感)	신문	《조선일보》	1959.1.2	'신춘문예 심사평'
28	소설선기후(小說選記後)	잡지	『현대문학』 51호	1959.3	
29	정충량 평론집 『마음의 꽃밭』	신문	《조선일보》	1959.4.10	'서평'
30	칠월의 아침 : 시인 천명을 생각하다	신문	《동아일보》	1959.7.5	
31	신인(新人)들의 역량(力量)이 문제(問題)	신문	《조선일보》	1960.1.26	
32	문학작품 어떻게 읽을 것인가 : 먼저 문학전집을	신문	《조선일보》	1960.2.7	
33	삼천리문학	잡지	『사상계』 8권2호(통권79호)	1960.2	'40년간의 문예지'

구분	작품명	매체	출처	발표 시기	비고
34	삼천리(三千里)의 회상	잡지	『주간삼천리』 1권1호	1960.5	
35	『젊은 느티나무』의 향기	잡지	『사상계』 8권10호(통권87호)	1960.10	'동인상 선후평(東仁賞選後評)'
36	아쉬운 작가정신	신문	≪조선일보≫	1961.1.1	'신춘문예 심사평'
37	출판의 계획과 창작의 자유, 연재소설 『인간사』의 중단을 두고 : 침해 받은 작가의 창작 의지	신문	≪조선일보≫	1961.1.12	
38	소설천기	잡지	『현대문학』 73호	1961.1	
39	이효석(李孝石) : 비문(碑文) 없는 비문(碑文)	신문	≪서울경제신문≫	1961.9.19	'문인묘(文人墓)' / 소설가
40	자세(姿勢)를 갖춘 작가라야	잡지	『사상계』 9권10호(통권99호)	1961.10	'제6회 동인상 선후평'
41	천경자 저, 『유성이 가는 곳』, 사랑스러운 수필들	신문	≪조선일보≫	1961.12.9	'신간서평'
42	소설 당선 없어 유감(遺憾)	신문	≪조선일보≫	1962.1.2	'신춘문예 심사소감'
43	응모소설 독후감	잡지	『현대문학』 85호	1962.1	
44	애쓰며 살아야죠 : 김광섭(金珖燮) 선생에게	잡지	『희망』 3호	1962.3	
45	선후평(選後評) : 당선작 없어 유감(有感)	잡지	『가정생활』 2권6호	1962.6	'제1회 여류신인상 문예작품'
46	잊을 수 없는 책 한 권 : 성서(聖書)와도 같이	신문	≪대한일보≫	1962.8.22	
47	권하고 싶은 책들	신문	≪한국일보≫	1962.11.6	
48	소설선후평(小說選後評) : 기본자세부터 갖췄으면	신문	≪서울신문≫	1963.1.1	'신춘문예 당선작 결정'
49	흠 없는 문장	신문	≪조선일보≫	1963.1.4	
50	추천작품 심사위원의 변	잡지	『현대문학』 100호	1963.4	
51	나의 처녀작을 말한다 : 「흉가」를 쓴 무렵	잡지	『현대문학』 102호	1963.6	
52	소설 심사소감 : 결선(決選)에 올랐던 세 편	잡지	『여상』 2권6호	1963.6	'제1회 여류신인문학상 발표'
53	소설 심사후기	잡지	『여상』 2권12호	1963.12	'제3회 여류신인문학상 발표'
54	심사후평 : 묘사의 밀도감(密度感) 있어	신문	≪서울신문≫	1964.1.1	'신춘문예 당선작 발표'
55	선후기 : 설명적인 게 흠	잡지	『농원』 1권1호(창간호)	1964.5	'신인소설 당선자 발표'
56	나의 어린 시절과 내 소설의 주인공	잡지	『주간 한국』	1964.10.25	'작가노트'
57	추천후기(推薦後記)	잡지	『문학춘추』 1권8호(통권8호)	1964.11	'추천작품 : 황선락의 「심상주변(心像周邊)」'
58	감정 낭비 않고 사는 저자 닮은 주인공들	신문	≪한국일보≫	1964.12.10	
59	응모소설독후기	잡지	『현대문학』 122호	1965.2	
60	선후평(選後評)	잡지	『새교실』 10권3호(통권105호)	1965.3	'지우문예(誌友文藝) : 산문편'

구분	작품명	매체	출처	발표 시기	비고
61	문학과 생활	신문	《전남일보》	1965.6.30	
62	선후감(選後感)	잡지	『새교실』 10권6호(통권108호)	1965.6	'지우문예 : 산문편'
63	소설 : 심사소감	잡지	『여상』 4권6호	1965.6	
64	김광섭(金珖燮) 시인(詩人)	잡지	『자유』 24호	1965.7	작가
65	심사소감 : 안타까운 작품들	신문	《경향신문》	1965.8.2	'평론'
66	선후감(選後感)	잡지	『새교실』 10권10호(통권112호)	1965.10	'지우문예 : 산문편'
67	참된 「유머」나 슬픔을 알게 해 주는 영화를	잡지	『영화예술』 2권5호	1966.5	'특집 : 한국영화 이것이 문제다'
68	사실(事實) 충실(充實)한 「동학(東學)」	신문	《경향신문》	1966.7.2	
69	동심(童心)에 바친 신사(紳士), 마해송(馬海松)	잡지	『세대』 4권12호(통권41호)	1966.12	작가
70	소설 선후평(選後評)	잡지	『여상』 5권12호	1966.12	
71	심사평	신문	《한국일보》	1967.1.10	
72	응모작품 심사후기	잡지	『현대문학』 147호	1967.3	
73	노벨상 작가 문학전집	신문	《경향신문》	1967.9.30	'주부들이 읽을 책' / 여류작가
74	김수영 추모 특집 : 거목(巨木) 같은 사나이	잡지	『현대문학』 164호	1968.8	
75편	나의 애송시 : 유치환(柳致環), <그리움>	잡지	『여성동아』 15호	1969.1	

최현옥崔玄玉

'영남문학회' 회원. 시인과 수필가로 활동.

시 2편

구분	작품명	매체	출처	발표 시기	비고
1	백도라지	잡지	『영문』 9집	1951.11	
2편	편지	잡지	『영문』 9집	1951.11	

수필 5편

구분	작품명	매체	출처	발표 시기	비고
1	심적사(深寂寺)	잡지	『민성』	1949.10	
2	마음의 창(窓)	잡지	『부인경향』 1권3호	1950.3	'여인독백'
3	마음의 화장(化粧)	잡지	『부인경향』 1권4호	1950.4	'여인독백'
4	마음의 태양	잡지	『부인경향』 1권5호	1950.5	'여인독백'
5편	남이	잡지	『부인경향』 1권7호	1950.7	

최형숙崔瀅淑

시조 동인 '달무리' 회원으로 활동.

시 7편

구분	작품명	매체	출처	발표 시기	비고
1	청빈(清貧)의 노래	신문	≪국제신보≫	1961.2.15	
2	향수이제(鄕愁二題) : 압록강(鴨綠江)	신문	≪국제신보≫	1961.4.19	'달무리회 회원 작품'
3	향수이제(鄕愁二題) : 용만(龍灣) : 의주(義州)	신문	≪국제신보≫	1961.4.19	'달무리회 회원 작품'
4	다시 육이오 날에	잡지	『시조문학』 4집	1962.4	'시조'
5	백합(白合)	잡지	『시조문학』 4집	1962.4	'시조'
6	온실(溫室)	잡지	『시조문학』 4집	1962.4	'시조'
7편	용만(龍灣)	잡지	『카톨릭청년』 18권1호	1964.1	

최희숙崔姬淑

1938~2001년. 서울 출생. 이화여대 국문과 중퇴. 1958년 1월, 시 「반월」로 제3회 『여원』 여류신인상 당선. 이화여대 재학 중 장편소설 『슬픔은 강물처럼』(신태양사) 출간. 시나리오 「말띠여대생」(1963), 「바람난 고양이들」(1964) 발표 후 영화화. 결혼 후 미국으로 이민.

시 3편

구분	작품명	매체	출처	발표 시기	비고
1	반월(半月)	잡지	『여원』 4권1호	1958.1	'제3회 여원창간기념 여류현상 문예 당선작'
2	비가 올 줄만 알았어요	신문	≪세계일보≫	1958.12.17	이화여대 국문과 2년
3편	작곡을 위한 시 : 달의 노래	잡지	『음악』	1959.10	

소설 14편 + 소설 단행본 6권

구분	작품명	매체	출처	발표 시기	비고
1권	슬픔은 강물처럼	단행본	신태양사	1959	
2권	하늘이 울던 날	단행본	무하문화사	1960	
1	귀로(歸路)	잡지	『가정생활』 2권4호	1962.4	'단편소설' / 그림 이일녕(李逸寧)
2	녹 쓸은 화요일	잡지	『소설계』 7권4호(통권68호)	1964.4	그림 이제하(李祭夏)
3	목마른 하늘	잡지	『보건세계』 11권8호(통권104호)	1964.8	그림 김목우(金木雨)
4	비틀거리는 강(총13회)	잡지	[일부]『로맨스』 3권1호(통권14호)	[일부] -1965.1	그림 김재문(金載文)

구분	작품명	매체	출처	발표 시기	비고
3권	부딪치는 육체들	단행본	구미서관	1964	
5	사방(四方)으로 막힌 방은	잡지	『소설계』 8권1호(통권75호)	1965.1	그림 전성보(全聖輔)
6	털을 세운 고양이 (총7회)	잡지	『아리랑』 11권1-9호(통권121-129호)	1965.1-8	그림 이우범(李友範)
7	눈 오는 날 : 그 여자를 위한 쏘나타	잡지	『보건세계』 12권2호(통권110호)	1965.2	'그 여자를 위한 쏘나타' / 작가
8	내 마음 나도 몰라	잡지	『소설계』 8권4호(통권78호)	1965.4	'원제 <창부(娼婦)의 이력서> 제1부' / 그림 이성박(李星博)
9	너와 나와의 미완성(未完成)	잡지	『부부』 5권4-11호(통권48-52호)	1965.4-11	그림 전성보
10	오월이 되면	잡지	『소설계』 8권5호(통권79호)	1965.5	그림 홍성찬(洪性鑽)
11	지하실의 몬도가네 패들 (총7회)	잡지	『청춘』 2권6-12호(통권7-13호)	1965.6-12	그림 박행남(朴幸男)
12	차가운 계절 (총10회)	잡지	『사랑』 6권9호-7권6호(통권59-68호)	1965.9 -1966.6	그림 이제하(李祭夏)
13	정사(情死)를 원했을 때	잡지	『소설계』 8권10호(통권84호)	1965.10	그림 이지랑(李紙廊)
14편	고독한 관계 (총11회)	잡지	『로맨스』 3권11호-4권9호(통권24-34호)	1965.11 -1966.9	그림 : 2-3회 조계언(趙季彦), 4-6회 최연석(崔然石), 8회 박남(朴男)
4권	창부의 이력서	단행본	청춘사	1965	*신문연재로 구상된 「창부의 이력서」와 다른 단편소설임[≪동아일보≫ 2013.11.11 보도기사 참조]
5권	사랑할 때와 헤어질 때	단행본	문교출판사	1966	*신문에 연재하려던 장편소설 『창부의 이력서』을 제목을 바꾸어 출간[≪동아일보≫ 2013.11.11 보도기사 참조]
6권	사랑과 젊음의 긴 여로(旅路)	단행본	문교출판사	1967	

수필 4편 + 수필 단행본 1권

구분	작품명	매체	출처	발표 시기	비고
1	영화편편상(映畵片片想)	잡지	『씨나리오 문예』 5호	1960.3	
2	새 일꾼을 위한 샘물	잡지	『학원』 10권1호(속간호)	1961.3	'축 학원속간' / 「슬픔은 강물처럼」의 작자
3	뻬취	잡지	『가정생활』 1권7호	1961.7	'여류수필'
1권	부딪치는 육체(肉體)들	단행본	구미서관	1964	'수필집'
4편	가난한 사람들의 당사주(唐四柱)	잡지	『여원』 12권6호	1966.6	

비평 2권

구분	작품명	매체	출처	발표 시기	비고
1	『비틀거리는 강』을 끝내면서	잡지	『로맨스』 3권1호(통권14호)	1965.1	
2편	『고독한 관계』를 끝내면서	잡지	『로맨스』 4권9호(통권34호)	1966.9	

추영수秋英秀

1937년 경남 창원 출생. 호 수인(水仁). 부산대 졸업. 중앙여고 교사로 근무. 『현대문학』에 「꽃나무」(1959년 6월)·「해로성(薤露聲)」(1961년 6월)·「바위에게」(1961년 9월)가 추천됨. '청미회' 동인.

시 42편 + 시 단행본 1권

구분	작품명	매체	출처	발표 시기	비고
1	꽃병	잡지	『운석』 3	1956.2	
2	창(窓)	잡지	『운석』 4	1956.4	
3	밤	잡지	『운석』 5	1956.7	
4	꽃나무	잡지	『현대문학』 53호	1959.5	'추천'
5	해로성	잡지	『현대문학』 78호	1961.6	'추천'
6	바위에게	잡지	『현대문학』 81호	1961.9	'추천'
7	분향(焚香)	잡지	『현대문학』 87호	1962.3	'여류신인시특집'
8	귀한 건	잡지	『신사조』 1권5호(통권5호)	1962.6	
9	꽃뱀의 노래	잡지	『보건세계』 9권8호(통권80호)	1962.8	*『돌과 사랑』 1집(1963.4)에도 수록
10	길	잡지	『현대문학』 95호	1962.11	
11	당신이 오셨읍니까?	신문	《서울신문》	1963.2.5	'사랑의 시'
12	거짓말이란다	잡지	『돌과사랑』 1집	1963.4	
13	그늘에서 드리는 노래	잡지	『현대문학』 100호	1963.4	
14	까치가 날 불러	잡지	『여원』 9권4호	1963.4	
15	피안(彼岸)의 오뇌(懊惱) : 『오뇌의 제단』에 부침	잡지	『여상』 2권5호	1963.5	
16	옛일	잡지	『돌과사랑』 2집	1963.6	
17	흐름의 소묘(素描)	잡지	『돌과사랑』 2집	1963.6	*『아세아』 1권4호(1969.5)의 '동인지시대④ : 청미회편'에 재수록
18	나무는	잡지	『시단』 3집	1963.9	'시단Ⅲ : 여류시단'
19	당신은 모르셔야 합니다만	잡지	『돌과사랑』 3집	1963.9	
20	소묘(素描)	잡지	『돌과사랑』 3집	1963.9	
21	흐름의 소묘(素描)(Ⅱ)	잡지	『보건세계』 10권11호(통권95호)	1963.11	
22	무제(無題)	잡지	『돌과사랑』 4집	1964.1	
23	물길이 보이는 골짝에	잡지	『돌과사랑』 4집	1964.1	
24	수선(水仙)을 놓아	잡지	『돌과사랑』 5집	1964.4	
25	철장(鐵墻) 앞에서	잡지	『돌과사랑』 5집	1964.4	
26	강변초(江邊初)	잡지	『돌과사랑』 6집	1964.8	
27	계가(季歌) 1	잡지	『돌과사랑』 6집	1964.8	
28	황혼(黃昏)에	잡지	『문학춘추』 1권5호(통권5호)	1964.8	
29	예불 종소리	잡지	『현대문학』 119호	1964.11	
30	광장에서 2	잡지	『돌과사랑』 7집	1965.1	

구분	작품명	매체	출처	발표 시기	비고
31	너와 나	잡지	『돌과사랑』 7집	1965.1	
32	석등(石燈)	잡지	『여원』 11권4호	1965.4	
33	사슴만 같이	잡지	『여상』 4권5호	1965.5	
34	대화(對話)	잡지	『시문학』 7호	1965.10	
35	내해는	잡지	『여상』 5권3호	1966.3	
36	아가(雅歌)	잡지	『여상』 6권8호	1967.8	
37	가을날 바람은	잡지	『주부생활』 3권10호	1967.10	
38	하루	잡지	『여류문학』 1호	1968.11	
39	아가	신문	《경향신문》	1969.4.14	'생활의 시' / 그림 이용자(李龍子)
40	꽃밭	잡지	『여원』 15권4호	1969.4	
41	당신에게	잡지	『여류문학』 2호	1969.5	
42편	파도	잡지	『월간문학』 2권9호(통권11호)	1969.9	
1권	흐름의 소묘(素描)	단행본	선명문화사	1969	

수필 16편

구분	작품명	매체	출처	발표 시기	비고
1	알제에게	잡지	『현대문학』 81호	1961.9	'천료소감'
2	새싹이 익는 계절에 : 바람을 타고 오는 산의 숨소리	잡지	『보건세계』 9권5호(통권77호)	1962.5	여류시인
3	애정(哀情)	잡지	『여상』 2권3호	1963.3	시인 · 중앙여중 교사
4	가을의 수상(隨想)	잡지	『난초』 59호	1963.9 / 10	시인
5	이 가을을 위한 기도	잡지	『가정생활』 3권10호	1963.10	'여류수필5인선' / 시인
6	나의 애송시 : 고려가사 「청산별곡(青山別曲)」	잡지	『보건세계』 11권7호(통권103호)	1964.7	'해설'
7	나의 일요일 : 참 엄마가 되는 하루	잡지	『여상』 3권8호	1964.8	
8	여교사의 교권(教權) 문제	잡지	『새교육』 17권3호(통권125호)	1965.3	'이달의 연구과제' / 시인 · 서울중앙여고 교사
9	사슴만 같이	잡지	『여상』 4권5호	1965.5	
10	봄바람 때문에	잡지	『주부생활』 2권4호	1966.4	'여류시인의 수필'
11	회상의 나의 청춘 노우트 : 신화의 뒤뜰에	잡지	『여학생』 2권11호	1966.11	'체험기특집 : 애인이라 불려져서 느낀 여자의 행복' / 시인
12	십대의 하이 눈	잡지	『여학생』 4권6호	1968.6	'신록예찬' / 시인
13	사회에 봉사하는 참된 보람	잡지	『주부생활』 5권4호	1969.4	'특집 : 주부의 보람을 어디서 느낄 것인가' / 여류시인
14	그리운 날의 내 소년들	잡지	『여학생』 5권5호	1969.5	시인
15	가랑잎이 굴러도」	잡지	『여학생』 5권11호	1969.11	'지정제 수필 : 여학생의 버릇' / 시인 · 중앙여중 교사
16편	아빠, 기운 내세요	잡지	『여성동아』 25호	1969.11	시인

추은희秋恩姬

1930년 대구 출생. 숙명여대 국문과 및 동대학원 졸업. 일본 동경대 대학원 수료. 청주사범대 교수 역임. 첫 시집 『시심(詩心)의 계절』(동아출판사, 1957) 출간.

시 32편 + 시 단행본 2권

구분	작품명	매체	출처	발표 시기	비고
1권	시심(詩心)의 계절	단행본	동아출판사	1957	'시집'
1	잃어버린 회화(會話)	신문	《연합신문》	1958.2.8	
2	파문(波紋)	신문	《평화신문》	1958.3.4	*《세계일보》(1958.7.16)에도 수록
3	오월은 엄마의 가슴처럼	신문	《경향신문》	1958.5.1	'5월 메모'
4	뛰어 있는 곳을 향해서	잡지	『자유문학』 3권5호(통권14호)	1958.5	'자유문학시단'
5	나상(裸像)	잡지	『신태양』 7권7호(통권70호)	1958.7	
6	길목에 서서	잡지	『현대문학』 49호	1959.1	
7	달은 밝은 탓이 아닙니다	잡지	『주부생활』 3권5호	1959.4	
8	논리는 정연(整然)하지만	잡지	『자유공론』 2권5호(통권6호)	1959.5	
9	꽃을 안고	잡지	『자유문학』 5권1호(통권34호)	1960.1	
10	슬픔인 줄 알면서	잡지	『여원』 6권3호	1960.3	
11	육월의 하늘가에서	신문	《한국일보》	1960.6.5	
12	아가에게	잡지	『시작업』 2집	1960.8	'여류시8인집'
13	가슴과 가슴으로 익어가는 밤에	신문	《경향신문》	1960.11.19	
14	가을 밤의 서정(抒情)	신문	《경향신문》	1961.9.10	
15	파아란 하늘을 이마에 얹고	신문	《한국일보》	1961.9.17	
16	내가 큰 죄를 지었나 부다	잡지	『신사조』 1권11호(통권11호)	1962.12	
17	밤이 앓고 있다	신문	《대한일보》	1963.2.6	
18	빈 자리에 서서	잡지	『여상』 2권4호	1963.4	
2권	파아란 하늘을 이마에 얹어	단행본	선명문화사	1963	시집
19	봄의 기도	잡지	『가정생활』 4권3호	1964.3	'신춘여류시단'
20	그 종장(終章)에서 시작된 미지(未知)에	잡지	『현대문학』 120호	1964.12	
21	삼월의 연시(戀詩)	신문	《한국일보》	1965.3.21	
22	감상서장(感傷序章)	잡지	『여학생』 2권1호	1966.1	
23	그 아지랑이가	잡지	『기계』	1966.2.28	'명시'
24	어떤 영점(零點)	잡지	『시문학』 18호	1966.9	'여류시특집'
25	감상서설(感傷序說)	잡지	『주부생활』 3권5호	1967.5	
26	유실된 시공(時空)에	잡지	『현대문학』 157호	1968.1	
27	다방(茶房)에서 교향곡 No 9과	잡지	『월간사월』 2권5/6호	1968.5/6	
28	가을 단장(斷章)	잡지	『여류문학』 1호	1968.11	
29	어느 휴일에	잡지	『여성동아』 13호	1968.11	

구분	작품명	매체	출처	발표 시기	비고
30	일기 1	잡지	『현대문학』 178호	1969.1	
31	경이의 행복을	잡지	『학원』 18권2호	1969.2	
32편	연서(戀書)	잡지	『월간문학』 2권7호(통권9호)	1969.7	

소설 1편

구분	작품명	매체	출처	발표 시기	비고
1편	하늘이 보이는 곳	잡지	『재무』 120호	1965.12	

수필 36편

구분	작품명	매체	출처	발표 시기	비고
1	엄마의 낙서	신문	≪세계일보≫	1958.8.22	'여류수감(女流隨感)' / 여류시인
2	새벽 등산과 규율적인 생활	잡지	『가정생활』 1권4호	1961.4	'우리집의 건강법' / 여류시인
3	내일을 기다리던 나의 성격	잡지	『여원』 9권2호	1963.2	
4	두고 온 마음 담아온 정(情) : 제주·충주	잡지	『여원』 9권12호	1963.12	'기행'
5	진정한 남성을	잡지	『여상』 2권12호	1963.12	'수필·지정제 : 공처가(恐妻家)' / 여류시인
6	잃어진 축일의 끝	잡지	『음악세계』 2호	1964.5	
7	불쾌하게 한 남성	잡지	『여상』 3권6호	1964.6	'지정제 수필 : 어떤 이성(異性)' / 시인
8	집단 속의 고독 나의 방에서	잡지	『여원』 10권6호	1964.6	
9	작가들의 푸로필	잡지	『여상』 3권8호	1964.8	
10	시(詩)가 있는 풍경(風景) (총17회)	잡지	『여원』 11권1호-12권6호	1965.1 -1966.6	*단행본(여원사, 1969) 발간
11	공동운명체로서의 남성	잡지	『여상』 4권7호	1965.7	
12	이방인(異邦人)	잡지	『재무』 117호	1965.9	
13	남자의 극적 탐구 : 어깨	잡지	『여상』 4권10호	1965.10	
14	나직한 속삭임	신문	≪대한일보≫	1965.12.30	그림 박서보(朴栖甫) / 숙대 강사·시인
15	무료유죄(無聊有罪)	잡지	『여상』 5권2호	1966.2	
16	봄비	신문	≪서울신문≫	1966.3.5	'여류의 봄' / 그림 박근자(朴槿子)
17	이야기	잡지	『주부생활』 2권4호	1966.4	'여류시인의 수필'
18	만나고 사랑하고 헤어져가는	잡지	『여상』 5권5호	1966.5	
19	찢어버린 남학생의 마음	잡지	『여학생』 2권5호	1966.5	'내가 회상하는 남학생 마음' / 시인
20	창변(窓邊)의 환상(幻想)	신문	≪대한일보≫	1966.8.6	시인
21	가문(家門) : 황실(皇室)의 후예와 같은	잡지	『여상』 5권11호	1966.11	
22	50환짜리 동전	잡지	『학원』 15권12호	1966.12	'명사수필' / 시인
23	사랑과 미남(美男)	잡지	『여상』 6권2호	1967.2	

구분	작품명	매체	출처	발표 시기	비고
24	바깥과 집안생활의 이중성(二重性)	잡지	『여원』 13권3호	1967.3	
25	맞벌이 아내를 특수하게 사랑하라	잡지	『여상』 6권5호	1967.5	
26	오월의 구름밭에는 : 오월의 하늘	잡지	『여학생』 3권5호	1967.5	'서정의 바다' / 시인
27	사랑과 미움의 다리에서	잡지	『여상』 6권6호	1967.6	
28	운명(運命)의 고삐와 미더운 개성	잡지	『여상』 7권2호	1968.2	
29	어떤 독백	잡지	『주부생활』 4권3호	1968.3	시인·숙대 강사
30	무더운 여름탓일까요? : 남자의 꼴불견 10태(態)	잡지	『여성동아』 9호	1968.7	시인
31	겨울밤에 돌려세운 연인	잡지	『여원』 14권10호	1968.10	
32	경이의 행복을	잡지	『학원』	1969.2	'수필 : 마음의 꽃다발' / 시인
33	남편들이여, 아내에게 보람을	잡지	『주부생활』 5권4호	1969.4	'특집 : 주부의 보람을 어디서 느낄 것인가' / 여류시인
34	회상의 오솔길 : 추억의 히마리 아시이다 그늘	잡지	『여학생』 5권8호	1969.8	'청춘상수(靑春想隨)' / 시인
35	남성 우위가 깨어지는 곳 : 여교사	잡지	『여원』 15권9호	1969.9	
36편	충만하는 생활의 기쁨 속에서	잡지	『주부생활』 5권9호	1969.9	'특집 : 여성의 매력·생활의 창조자' / 시인

비평 1편

구분	작품명	매체	출처	발표 시기	비고
1편	김의정 『인간에의 길』 : 정(貞)아! 이봄, 그 영광을!	신문	《경향신문》	1961.4.1	

추창영秋蒼影

1938년 경남 마산 출생. 『현대문학』에 시 「등불」(1959.5)이 추천되어 등단. '백치' 동인.

시 2편 + 시 단행본 1권

구분	작품명	매체	출처	발표 시기	비고
1	등불	잡지	『현대문학』 53호	1959.5	'추천'
1권	오월 한낮에	단행본	문원출판사	1968	
2편	기러기	잡지	『주부생활』 5권8호	1969.8	

ㅎ

하경자 河瓊子

이화여대 대학원 재학 중, 1965년 희곡 「비행장 옆 자선병원」으로 ≪동아일보≫ 신춘문예 가작 입선.

수필 2편

구분	작품명	매체	출처	발표 시기	비고
1	영혼의 해방(解放)을 의미하는 "폭풍의 언덕"	잡지	『가정생활』 2권10호	1962.10	'가장 감명 깊었던 책' / 이대 대학원생
2편	이 영광(榮光) 어머님께 : 이젠 게으름피우지 않겠어요	신문	≪동아일보≫	1965.1.12	'신춘문예 희곡입선 당선소감' / 가작 「비행장 옆 자선병원」

희곡 1편

구분	작품명	매체	출처	발표 시기	비고
1편	비행장 옆 자선병원	신문	≪동아일보≫	1965.1.9.	'신춘문예 가작' / *극단 드라마센터 상연(연출 김경옥) : 1965.1.25-28.

하향녀 河鄕女

1957년 2월, 시 「산딸기」로 『여원』 1주년 기념 여류현상문예 가작 입선.

시 1편

구분	작품명	매체	출처	발표 시기	비고
1편	산딸기	잡지	『여원』 3권2호	1957.2	'여원 1주년 기념 여류현상문예 당선작 : 시 가작 당선'

수필 1편

구분	작품명	매체	출처	발표 시기	비고
1편	가을과 써어커스	잡지	『여원』 3권3호	1957.3	'여원 1주년 기념 현상수필 가작 당선'

한말숙韓末淑

1931년 서울 출생. 서울대 언어학과 졸업. 『현대문학』에 단편 「별빛 속의 계절」(1956년 12월)·「신화의 단애」(1957년 6월)가 추천됨.

소설 38편 + 소설 단행본 4권

구분	작품명	매체	출처	발표 시기	비고
1	별빛 속의 계절	잡지	『현대문학』 24호	1956.12	'추천작'
2	신화의 단애(斷崖)	잡지	『현대문학』 30호	1957.6	
3	어떤 죽음	잡지	『현대문학』 35호	1957.11	'소설'
4	동화(童話)의 시절	잡지	『주부생활』 2권2호	1958.2	그림 상적(常寂)
5	현금애화(絃琴哀話)	잡지	『아리랑』 4권2호	1958.2	
6	세탁소와 여주인	잡지	『여성계』 7권3호(통권97호)	1958.3	
7	한우가(寒雨歌)	잡지	『야담』(희망사) 4권4호	1958.4	'역사소설' / 그림 김세종(金世鍾)
8	노파와 고양이	잡지	『현대문학』 42호	1958.6	'소설'
9	최초(最初)의 고백(告白)	잡지	『아리랑』 4권7호	1958.7	
10	그대 품이 그립지만	잡지	『아리랑』 4권8호	1958.8	
11	낙루 부근(落淚附近)	잡지	『사상계』 6권8호(통권61호)	1958.8	
12	잃어버린 노래	잡지	『신조문학』 1권2호	1958.9	
13	낙조전(落照前)	잡지	『현대문학』 48호	1958.12	'창작'
14	파충류의 환무(歡舞)	잡지	『현대문학』 55호	1959.7	'창작'
15	장마	잡지	『사상계』 7권9호(통권74호)	1959.9	
16	검은 장미	잡지	『여원』 5권12호	1959.11	
17	Q호텔	잡지	『현대문학』 59호	1959.11	'창작'
18	어떤 부부	잡지	『새교실』 5권1호(통권43호, 3-4학년용)	1960.1	'단편' / 소설가
19	하얀 도정(道程) (총15회)	잡지	『현대문학』 64-78호	1960.4 -1961.6	'창작'
1권	신화의 단애(斷崖)	단행본	사상계사	1960	'소설집'
20	방관자(傍觀者)	잡지	『현대문학』 84호	1961.12	'창작'
21	행복(幸福)	잡지	『현대문학』 92호	1962.8	'창작'
22	실직(失職) 후	잡지	『미의 생활』 3호	1962.10	'단편소설' / 그림 김광배(金光培)
23	순자(順子)네	잡지	『현대문학』 95호	1962.11	'창작'
24	결혼전야(結婚前夜)	잡지	『여상』 1권2호	1962.12	'단편소설'
25	고백(告白)	잡지	『새농민』 3권4호(통권18호)	1963.4	
26	흔적(痕迹)	잡지	『세대』 1권6호(통권6호)	1963.11	
27	광대 김선생(金先生)	전후 간행물	『전후 정예작가 신작 15인집』 (육민사)	1963	
28	이 하늘 밑	잡지	『사상계』 12권7호(통권136호)	1964.7	
29	피선자(被選者)	잡지	『현대문학』 121호	1965.1	'본지 추천작가 특집'

구분	작품명	매체	출처	발표 시기	비고
30	한 잔의 커어피	잡지	『현대문학』 131호	1965.11	'소설'
2권	별빛 속의 계절	단행본	휘문출판사	1965	'제1창작집'
3권	이 하늘 밑	단행본	휘문출판사	1965	'제2창작집'
31	어느 여인의 하루	잡지	『현대문학』 135호	1966.3	'소설'
32	상처(傷處)	잡지	『현대문학』 141호	1966.9	'준장편소설특집'(186매)
33	초설(初雪)	잡지	『문학』(문학사) 1권6호(통권6호)	1966.10	
34	아기 오던 날	잡지	『현대문학』 149호 별책부록(『현역작가10인작집』)	1967.5	
35	우울한 청춘	잡지	『신동아』 36호	1967.8	
36	신(神)과의 약속	잡지	『월간중앙』(중앙일보사) 5호	1968.8	그림 손동진(孫東鎭) / *『주간한국』 224호(1969.1.12)에 '제1회 한국 창작문학상 수상작'으로 소개
4권	신과의 약속	단행본	휘문출판사	1968	'제3창작집'
37	방황의 계절(총39회)	잡지	『주간경향』 34-72호	1969.7.13 -1970.4.15	그림 이일녕(李逸寧)
38편	사랑에 지친 때	잡지	『월간중앙』(중앙일보사) 21호	1969.12	'단편소설' / 그림 김경우(金敬祐)

수필 47편

구분	작품명	매체	출처	발표 시기	비고
1	옛날에…	잡지	『현대문학』 30호	1957.6	'추천완료소감'
2	대전・전주・광주	잡지	『현대문학』 38호	1958.2	'지방문예강연행각기(地方文藝講演行脚記)'
3	20대 남성의 매력 : 젊음의 전성시대	신문	《한국일보》	1958.2.9	소설가
4	나의 생활 속의 애정 포인트 :「쌕크・드레스」와「-그립지만-」의 여화(餘話)	잡지	『주부생활』 2권9호	1958.9	'10대의 애정관' / 여류소설가
5	신진(新進) 여류 예술인들이 말하는 한국남성	잡지	『자유공론』 2권3호(통권4호)	1959.3.1	
6	즐거운 풍경	잡지	『여원』 5권7호	1959.6	
7	나의 문학수업	잡지	『현대문학』 61호	1960.1	
8	젊은 여세대의 발언 : 우선 하나의 인간으로「이아고」같은 생각은 버릴 것	신문	《동아일보》	1960.6.30	
9	구세대의 모랄을 신세대에 기대하지 마라	잡지	『가정교육』 27호	1960.11	'20대는 항의한다' / 소설가
10	알짜는 겉보다 속에 있다	잡지	『여원』 6권11호	1960.11	
11	돌아가신 어머님 생각	신문	《서울경제신문》	1960.12.31	'송년수상 : 제야에 부치는 글월' / 소설가
12	뵈울줄 몰랐어요	잡지	『여원』 7권1호	1961.1	
13	좋은 가야금이 연주되듯	신문	《서울일일신문》	1961.2.8	'새해의 작품 구상' / 소설가

구분	작품명	매체	출처	발표 시기	비고
14	여성의 말 : 시시한 꼬락서니들	신문	《동아일보》	1961.2.14	
15	주변(周邊)	신문	《경향신문》	1961.3.18	
16	연애결혼은 이상형일가 : 사랑은 이상(理想)이 아니다 내가 「나」일 수 있는 과정이다	잡지	『여성공원』 2호	1961.3	'종합특집 : 걱정해야 할 우리의 앞길 : 결혼 편' / 여류작가
17	바다에 못가는 마음	신문	《한국일보》	1961.8.6	
18	무지(無知)와 죽음의 인간 : 복어 알 연쇄중독사를 보고	신문	《민국일보》	1962.1.31	작가
19	자아에 눈뜬 대학청춘(大學靑春)의 신의(信義)	잡지	『여원』 8권2호	1962.2	
20	애국자 시비(是非)	잡지	『최고회의보』 8호	1962.5	
21	복중수상(伏中隨想)	잡지	『가정생활』 2권9호	1962.9	'그림 있는 수필' / 작가
22	여성의 능력과 위치를 재인식하라	잡지	『여원』 9권5호	1963.5	
23	또다시 속고 싶지 않다 : 나는 여(與)에 이것을 바란다	잡지	『가정생활』 3권10호	1963.10	'특집 : 공명선거와 여성의 참견' / 소설가
24	어머니 신입생 작가론 『제로』	잡지	『여상』 2권11호	1963.11	'결혼전후 : 내가 미혼이라면'① / 여류소설가
25	일본물(日本物)이 왜 횡행하나	잡지	『한양』 3권3호(통권25호)	1964.3	
26	고마운 현상	잡지	『현대문학』 112호	1964.4	'제9회 현대문학사 신인문학상 발표 수상소감' / *원문과 달리, 발표지 목차에는 제목을 '반가운 현상'이라고 기재
27	피서지에서 있었던 일 : 바닷가에 천막 친 신파들 돈 없다고 여관서 쫓겨나	신문	《조선일보》	1964.7.31	
28	송편에 담긴 정회(情懷)	잡지	『여원』 10권9호	1964.9	
29	새해에는 역작(力作)을 쓰고 싶다	잡지	『여원』 11권1호	1965.1	
30	백차(白車)	잡지	『여원』 11권4호	1965.4	
31	하일(夏日)	잡지	『주간한국』	1965.8.1	'금주의 수상(隨想)' / 여류작가
32	햇살	신문	《서울신문》	1966.3.8	'여류의 봄' / 그림 한진수(韓珍洙)
33	못가보는 바다	신문	《중앙일보》	1966.8.13	
34	불쾌한 선물(膳物)	신문	《중앙일보》	1967.2.9	
35	생각하는 생활 : 축첩(蓄妾)	신문	《동아일보》	1967.3.30	
36	날카롭고 정확하던 P선생님	잡지	『여학생』 3권3호	1967.3	'서정의 바다 : 옛스승에의 추억' / 소설가
37	하얀 처녀지(處女地), 신부(新婦)의 환희	잡지	『여상』 6권3호	1967.3	
38	몰래 먹던 옥수수	신문	《중앙일보》	1967.7.20	
39	TV소지세(所持稅) 유감(有感)	신문	《중앙일보》	1968.1.13	
40	봄은 오건만	신문	《경향신문》	1968.2.5	'여성 : 여류대춘부(女流待春賦)' / 그림 천경자

구분	작품명	매체	출처	발표 시기	비고
41	불구자(不具者)	잡지	『신상』 1권1호(창간호)	1968.9 (가을)	
42	추석의 달	신문	≪경향신문≫	1968.10.5	작가
43	겨울철 나의 서재	신문	≪가톨릭시보≫ 656호	1969.2.16	
44	주간시대(週刊時代)	잡지	『월간중앙』 12호	1969.3	작가
45	봄에 생각하는 것	잡지	『여학생』 5권6호	1969.6	'지정제 수필 : 유혹의 계절' / 소설가
46	방황의 계절 : 작가의 말	잡지	『주간경향』 33호	1969.7.6	'20대의 청춘…그 사랑·섹스·모럴을 추구한 중견여류의 새 야심작'
47편	세모(歲暮)엔 언제나	잡지	『주부생활』 5권12호	1969.12	'권말부록 : 송년수상 여류 15인집 : 새해를 기다리는 마음들' / 작가

비평 8편

구분	작품명	매체	출처	발표 시기	비고
1	여인다운 박경리선생(朴景利先生)	잡지	『현대문학』 43호	1958.7	'상호인물평'
2	닭 천 마리면 봉 한 마리	잡지	『현대문학』 100호	1963.4	'추천 출신 작가의 변'
3	영화속의 여인상 : 파니에서	신문	≪경향신문≫	1963.5.28	
4	체홉 작(作) 「귀여운 여인」	신문	≪서울신문≫	1963.7.4	'소설 속의 여인상' / 소설가
5	7월의 작품에서	신문	≪동아일보≫	1963.8.20	'영화수상(映畵隨想)'
6	8월의 작품에서	신문	≪동아일보≫	1963.9.17	'영화수상'
7	일본 문학을 저격(狙擊)한다	잡지	『세대』 2권2호(통권9호)	1964.2	소설가
8편	문예작품에 나타난 결핵환자	잡지	『여원』 10권6호	1964.6	'결핵에쎄이진단'

한무숙韓戊淑

1918~1993년. 호 향정(香庭). 부산고등여학교 졸업. 1942년 『신시대』에 「등불 드는 여인」 당선되어 등단. 1948년 소설 『역사는 흐른다』로 ≪국제신보≫ 장편소설 모집에 당선.

시 1편

구분	작품명	매체	출처	발표 시기	비고
1편	육월	잡지	『여성계』 6권4호	1957.6	

구분	작품명	매체	출처	발표 시기	비고
1	등잔불 드는 여인	잡지	[일부]『새살림』1권7호-2권3호(통권7-10호)	[일부] 1947.11 / 12-1948.5 / 6	*1-4회만 수록. 최종회 표기 없음 / *1942년『신시대』에 발표한「燈を持つ女」의 한글판 / *일본어원고는 작고 후 찾아 영인본으로 발행(2000)
2	역사는 흐른다	신문	≪국제신보≫	1948	*자양당(1950), 정음사(1956)에서 단행본으로 발간
3	램프(람푸)	잡지	『민성』5권10호(통권39호)	1949.10	
4	내일 없는 사람들	잡지	『신천지』4권10호(통권41호)	1949.11	
5	수국(水菊)	잡지	『희망』	1949.12	
6	삼층장	잡지	『혜성』1권3호	1950.5	
7	관상사(觀相師) 송명운(宋明雲)	잡지	『문학』2호 /『백민』23호	1950.6	*「부적(符籍)」이란 제목으로『감정이 있는 심연』(현대문학사, 1957)에 수록
8	정의사(鄭醫師)	잡지	『문예』2권6호(통권11호)	1950.6	*『전선문학』6호(1953.6)에도 수록
9	화심이	잡지	『부인경향』1권6호	1950.6	
10	파편(破片)	잡지	『희망』	1951.5	*『피난민은 서글프다』(수도문화사, 1957)에도 수록
11	김일등병	잡지	『신조』1호	1951.6	
12	대구로 가는 길	잡지	『희망』	1951.9	
13	소년 상인	잡지	『백민』	1951	*소설집『월훈』(정음사, 1956)에도 수록
14	아버지	잡지	『문예』13호	1952.1	
15	귀향(歸鄕)	잡지	『협동』36호	1952.9	
16	떠나는 날	미상	미상	1952	*『감정이 있는 심연』(현대문학사, 1957)에도 수록
17	군복(軍服)	미상	미상	1953.6	*『전쟁문학집』(육군본부, 1962)에도 수록
18	노인(老人)	잡지	『문예』4권2호(통권16호)	1953.6	*판권지에 '통권17호'로 오기됨. 순서상 16호가 맞으며 다음호 판권지에 '통권17호'로 표기됨
19	허무러진 환상(幻想)	잡지	『신천지』8권3호(통권53호)	1953.6	
20	굴욕의 고백(총10회)	신문	≪서울신문≫	1953.7.31 -8.8	*『한무숙문학전집5』(을유문화사)에는「굴욕(屈辱)」으로 수록
21	명옥이	잡지	『수도평론』3호	1953.8	'창작'
22	모닥불	미상	미상	1953	*『보건세계』7권6호(1960.6)에도 수록
23	환희(幻戱)	미상	미상	1953	*『감정이 있는 심연』(현대문학사, 1957)에 수록
24	봉창돈	잡지	『신태양』3권17호(통권17호)	1954.1	
25	얼굴	미상	미상	1954	*『감정이 있는 심연』(현대문학사, 1957)에 수록
26	집념(執念)	미상	미상	1954	*『감정이 있는 심연』(현대문학사, 1957)에 수록

구분	작품명	매체	출처	발표 시기	비고
27	월훈(月暈)	잡지	『현대문학』 8호	1955.8	
28	돌	잡지	『문학예술』 2권7호(통권9호)	1955.12	
29	천사	잡지	『현대문학』 19호	1956.7	
1권	월훈(月暈)	단행본	정음사	1956	'소설집'
30	감정이 있는 심연(深淵)	잡지	『문학예술』 4권1호(통권22호)	1957.2	'자유문학상 수상('57)'
2권	감정이 있는 심연	잡지	현대문학사	1957	'소설집'
31	그대로의 잠을	잡지	『사상계』 6권12호(통권65호)	1958.12	
32	빛의 계단(총150회)	신문	≪한국일보≫	1959.9.6 -1960.2.5	*단행본(현대문학사, 1960) 발간
33	대열(隊列) 속에서	잡지	『사상계』 9권11호(통권101호)	1961.11	
34	그늘	잡지	≪예술원보≫ 8호	1962.6	'창작'
35	배역(配役)	잡지	『사상계』 10권11호(통권113호)	1962.11	
36	축제와 운명의 장소	잡지	『현대문학』 95호	1962.11	
37	자류(柘榴) 나무집 이야기(총18회)	잡지	『여상』 1권1호-3권6호	1962.11 -1964.6	그림 우경희(禹慶熙)
38	심노인(沈老人)	잡지	『새길』 109호	1963.10	
39편	유수암(流水庵)	잡지	『현대문학』 106호	1963.10	
3권	축제와 운명의 장소	잡지	휘문출판사	1963	'소설집'

수필 67편 + 수필 단행본 1권

구분	작품명	매체	출처	발표 시기	비고
1	공백의 진실	잡지	『부인경향』 1권1호	1950.1	
2	신년을 맞이하여	잡지	『부인』 5권1호	1950.1	
3	사선(死線)	신문	≪경향신문≫	1951.8.25	'성하(盛夏), 여류, 오제(五題)'(1)
4	추야장(秋夜長)	잡지	『신천지』 7권1호	1951.12	
5	문화 : 아이들 상(총2회)	신문	≪서울신문≫	1952.3.19-20	
6	애감	잡지	『문예』 4권4호(통권18호)	1953.10	
7	병상(病床)에서	신문	≪서울신문≫	1954.6.17	
8	이숲의 까마귀	잡지	『보건세계』 1권	1954.9	여류작가
9	잠 안 오는 밤에	잡지	『현대문학』 1호	1955.1	
10	해후(邂逅)·부재(不在) : 젊은 벗들(총2회)	신문	≪경향신문≫	1957.2.7-8	'여류대춘보(女流待春譜)'
11	신춘유감(新春有感) : '돌아온' 봄	신문	≪동아일보≫	1957.3.17	
12	돌아온 봄	신문	≪신한민보≫	1957.4.4	
13	내가 시집가던 날	잡지	『여성계』 6권3호(통권92호)	1957.5	김진흥씨(金振興氏) 부인
14	유월	잡지	『여성계』 6권4호(통권93호)	1957.6	'권두의 말'
15	추석	신문	≪한국일보≫	1957.9.8	소설가

구분	작품명	매체	출처	발표 시기	비고
16	생리(生理)에 맞는 한복(韓服) : 빛 갈은 조촐한 것이 좋아	신문	《한국일보》	1958.2.23	'나의 의상(衣裳)' / 소설가
17	「그림소녀」의 독백이	신문	《세계일보》	1958.3.2	'전공의 변' / 여류소설가
18	해마다 되풀이 되는 설계	잡지	『주부생활』 2권3호	1958.3	'나의 신춘설계' / 소설가
19	나의 문학수업 : 영란(鈴蘭)꽃 향기가 번지는 아픔 속에서	잡지	『여성계』 7권4호(통권98호)	1958.4	'자유문학상수상작가' / 소설가
20	빛의 계단 : 작자의 말	신문	《한국일보》	1959.9.3	
21	회상앨범 : 육척 장신과 나	신문	《조선일보》	1959.12.21	
22	나는 보았다	신문	《경향신문》	1960.4.28	
23	나의 한 표는 이런 분에게 : 7 · 29 총선거를 앞두고—무엇보다 양심을	신문	《동아일보》	1960.7.14	
24	무력해진 마음	신문	《서울경제신문》	1960.12.26	'올해 못다한 얘기' / 소설가
25	초청후감(招請後感)	잡지	『여원』 7권1호	1961.1	
26	돌아온다는 계절	신문	《경향신문》	1961.3.21	
27	순백의 인생	잡지	『여원』 7권7호	1961.7	
28	나의 특권지대	신문	《한국일보》	1961.9.18	
29	스스로와의 약속을…	신문	《서울경제신문》	1962.1.1	'수상(隨想)' / 여류작가
30	보다 신선한 시간을……	신문	《동아일보》	1962.1.6	
31	신부같이 곱게만 사신 어머니	잡지	『여원』 8권5호	1962.5	
32	모방(模倣)	신문	《경향신문》	1962.6.26	
33	구차한 독백	잡지	『최고회의보』 9호	1962.6	
34	태몽 없는 연년생(年年生)	잡지	『여원』 8권10호	1962.10	
35	동경기행 : 저항과 공감—인류애에의 기원	잡지	『사상계』 11권3호(통권118호)	1963.3	
36	희한한 발견	잡지	『신세계』 6호	1963.4 / 5 합본	'공통제 수필 : 꽃과 민주주의' / 소설가
37	죽음보다 강한 모성(母性)의 극치	잡지	『가정생활』 3권5호	1963.5	'인생교서(人生教書)' / 작가
38	문학가 : 성공은 건강에서 부터	잡지	『학원』 12권8호	1963.8	'성공특집 : 신념은 길이 빛나리' / 여류작가
39	추석의 노래 : 만월(滿月)	신문	《한국일보》	1963.10.2	
40	실향인의 변(變)	신문	《대한일보》	1963.10.11	
41	고약한 버릇 : 나의 독서법	잡지	『공군』 79호	1963.10	여류작가
42	여원향(女苑向)한 연대의식(連帶意識)	잡지	『여원』 9권12호	1963.12	
1권	열길 물속은 알아도	단행본	신태양사	1963	'수필집'
43	새해의 꿈을 노크한다 : 올해엔 정자(亭子) 하나 짓고	신문	《조선일보》	1964.1.8	
44	일본에서 만난 한국인들	잡지	『신사조』 3권2호(통권23호)	1964.2	작가
45	돈아(豚兒)	잡지	『가정생활』 4권6호	1964.6	'나의 낙서첩' / 작가
46	성당종(聖堂鐘) 소리	신문	《가톨릭시보》 453호	1965.1.1	'신년수필' / 글라라, 여류작가

구분	작품명	매체	출처	발표 시기	비고
47	착각 속에서 (총2회)	신문	《동아일보》	1965.11.25 / 27	
48	'성냥팔이 소녀'가 켜는 천상(天上)의 추억	신문	《가톨릭시보》 500호	1965.12.25	'성탄수상' / 여류작가
49	주름살 느는 것 모른 채 너무너무 바빴던 세월	신문	《서울신문》	1965.12.27	'세모수상(歲暮隨想)' / 작가
50	주체의식과 여성의 책임	신문	《전남일보》	1966.1.1	
51	매력 : 김진규(金振奎), 선량 풍기는 천의 얼굴	신문	《조선일보》	1966.1.6	
52	주마간산(走馬看山)에 덧붙인 착각	잡지	『새길』 130호	1966.1	
53	빛, 하늘, 산과 희랍여행	잡지	『재무』 122호	1966.2	
54	구황실(舊皇室)	신문	《서울신문》	1966.3.5	'청우첩(晴雨帖)' / 소설가
55	'루빈스타인' 그를 보내면서 : 보다 높은 세계에의 흐름	신문	《한국일보》	1966.7.19	
56	누구나 이야기를 가지고 있다 (총3회)	잡지	『자유공론』 4호	1966.7-8 -1967.1	
57	바다에 뜬 배를 헤아리던 소녀	잡지	『여학생』 3권3호	1967.3	'돌아보는 청춘삼면' / 소설가
58	손찌검을 하는 짓	잡지	『여원』 13권3호	1967.3	
59	귀가시간 '12시'는 말이 아니다	잡지	『여상』 6권5호	1967.5	
60	전보(電報) 한장	잡지	『여원』 13권3호	1967.6	
61	생각하는 생활 : 남자의 원색 옷차림	신문	《동아일보》	1967.8.10	
62	한그루 나무를 가꾸는 마음	신문	《경향신문》	1968.3.25	작가
63	신문에 한마디 : 사회 접촉의 가교(架橋)	신문	《중앙일보》	1968.4.6	
64	파라솔	신문	《경향신문》	1968.7.24	'아마추어납량화첩' / 작가
65	싼달 : 내키 잖는 바다행 기다려지게 해 : 소녀적 임간학교(林間學校) 그려보는 화려한 신발	신문	《가톨릭시보》 632호	1968.8.25	'여름서정(抒情)' / 작가
66	겨울철 나의 서재	신문	《가톨릭시보》 652호	1969.1.19	
67편	가을에 그곳을 (총15회)	신문	《서울신문》	1969.9.27 / 30, 10.2 / 4 / 7 / 9 / 14 / 16 / 20 / 23, 11.11 / 15, 12.2 / 4 / 6	

구분	작품명	매체	출처	발표 시기	비고
1	하나의 작품을 남기는 건 하나의 회한(悔恨)을 남기는 것 : 「빛의 계단」을 마치고	신문	≪한국일보≫	1960.2.7	
2	진혼(鎭魂)의 길을 : 문학자로서 부끄럽다	신문	≪동아일보≫	1960.4.30	
3	내가 구상하는 작중인물 : 무개성의 개성	신문	≪조선일보≫	1960.5.16	
4	김의정 「인간에의 길」: 그의 첫인상이 기대를 한층 돋우어	신문	≪경향신문≫	1961.4.1	
5	아아 김말봉선생(金末峰先生)	잡지	『여원』 7권4호	1961.4	
6	『자류(柘榴)나무집 이야기』: 초석(礎石)	잡지	『여상』 1권1호	1962.11	'구상(構想)의 여가(餘假)'②/그림 우경희씨(禹慶熙氏)
7	우리가 본 일본문학 : 깜깜한 우리 문학	신문	≪영남일보≫	1963.5.15	
8	"에마, 보바리" : 「보바리부인에서…	신문	≪서울신문≫	1963.5.28	'소설 속의 여인상' / 소설가
9	특집 공초 오상순 추도 : 늘 고맙다시던 공초 선생	잡지	『현대문학』 103호	1963.7	
10	응모·당선(應募·當選) 또 응모·당선	잡지	『소설계』 6권12호(통권64호)	1963.12	'우리가 문단에 나올 무렵'
11	여한(餘恨)있는 연재(連載)	잡지	『여상』 3권11호	1964.11	
12	알 핀 봐이올렡 : 전혜린씨(田惠麟氏)의 추억	잡지	『여상』 4권3호	1965.3	'전혜린 추도특집' / 여류작가
13	전후한국문학	신문	≪신한민보≫	1965.10.8	
14	등불 드는 여인	잡지	『사상계』 15권3호(통권167호)	1967.3	'나의 처녀작과 그 주변' / 작가
15	내가 영향 받은 작가 : 읽어서 체험한 도스토예프스키	잡지	『현대문학』 159호	1968.3	
16	내 작품 속의 4·19 : 규탄 받는 자의 양심을 : 단편 「대열(隊列)」 속에서」	신문	≪서울신문≫	1968.4.19	
17편	싸늘한 눈과 따스한 가슴의 조화 : 사이덴스테커	잡지	『여원』 14권12호	1968.12	*사이덴스테커 : 야스나리의 『설국』을 영문번역한 미국 미시건 대학 교수

한분순 韓粉順

1943년 충북 음성 출생. 호 난사(蘭士). 서라벌예대 문창과 졸업. 『동광』에 1964년 「생명」·「어머니」, 1965년 「크리스마스이브」 발표. 1970년 시 「옥적(玉笛)」으로 ≪서울신문≫ 신춘문예 당선. ≪국민신문≫ 기자, 서울신문사의 『퀸』 편집부국장 역임.

시 3편

구분	작품명	매체	출처	발표 시기	비고
1	생명	잡지	『동광』	1964.5	
2	어머니	잡지	『동광』	1964.5	
3편	크리스마스 이브	잡지	『동광』	1965	

한수정

1969년 1월, 시 「양산도」로 제13회 『여원』 여류신인문학상 당선.

시 1편

구분	작품명	매체	출처	발표 시기	비고
1편	양산도(陽山島)	잡지	『여원』 15권1호	1969.1	'제13회 여류신인문학상 당선작'

한숙희 韓淑姬

1957년 2월, 희곡 「눈먼 왕자」를 『녹원』에 발표.

희곡 1편

구분	작품명	매체	출처	발표 시기	비고
1편	눈먼 왕자	잡지	『녹원』(녹원사) 1호	1957.2	'전 1막 3장'

함혜련咸惠蓮

　　1931년 강원도 강릉 출생. 호 혜강(兮江). 강릉사대 졸업. 1960년 『문예』 4월호에 시 「아침에의 기도」·「밤에 듣는 '요들'」이 추천됨. 첫 시집 『문안에서』(백문당, 1969) 출간. '청포도' 동인.

시 13편 + 시 단행본 1권

구분	작품명	매체	출처	발표 시기	비고
1	만가(輓歌)	잡지	『청포도』 1집	1952.6	
2	박꽃	잡지	『청포도』 1집	1952.6	
3	보리밭	잡지	『청포도』 1집	1952.6	
4	카네숑	잡지	『청포도』 1집	1952.6	
5	묘상(描像)	잡지	『청포도』 2집	1953.10	
6	옛날	잡지	『청포도』 2집	1953.10	
7	피리의 바다	잡지	『청포도』 2집	1953.10	
8	서투른 표정	잡지	『여원』 2권2호	1956.2	'독자문예란'
9	달밤	잡지	『여원』 2권3호	1956.3	'독자문예란'
10	밤에 듣는 '요들'	잡지	『문예』 2권4호	1960.4	'박기원(朴琦遠) 추천'
11	아침에의 기도	잡지	『문예』 2권4호	1960.4	'박기원(朴琦遠) 추천'
12	개나리꽃 그늘	잡지	『문예』 2권6호	1960.6	
13편	꽃	잡지	『새생명』 9권10호(통권96호)	1969.11	
1권	문 안에서	단행본	백문당	1969	

수필 1편

구분	작품명	매체	출처	발표 시기	비고
1편	사향(思鄕)의 봄	잡지	『문예』 2권6호	1960.6	

허근욱許槿旭

　　1930년 서울 출생. 이화고녀 졸업. 1948년 이화여대 영문학과 재학 중 남로당 당수이자 북한최고인민위원회 의장이던 부친 허헌을 따라 월북. 평양러시아어대학 수학. 한국전쟁 중 월남하여 '간첩' 혐의로 수감. 수기집 『내가 설 땅은 어디냐』(신태양사, 1961)·『흰 벽 검은 벽』(신태양사, 1963) 등 출간.

소설 10편 + 동화 1편

구분	작품명	매체	출처	발표 시기	비고
1	기찻길이 보이는 언덕	잡지	『가톨릭소년』 2권7호	1961.7	'동화'
2	우울한 지대	미상	미상	1963.7	*『멩가나무열매이야기』(창진사, 1976)에 재수록

구분	작품명	매체	출처	발표 시기	비고
3	역류(逆流) (총5회)	잡지	『소설계』 7권2-6호(통권66-70호)	1964.2-6	그림 전성보(全聖輔)
4	표적(標的)녘	잡지	『여상』 3권8호	1964.8	
5	멩가나무 열매 이야기	잡지	『여상』 4권3호	1965.3	
6	공백지대	잡지	『문학춘추』 2권6호(통권15호)	1965.6	*「우울한 지대」와 내용이 유사함
7	산 창작물	잡지	『여상』 5권4호	1966.4	
8	혼례의 축가(총310회)	신문	≪전남매일신보≫	1967.6.14-1968.7.4	*≪대전일보≫(278회, 1967.7.6-1968.7.9), ≪전북일보≫(미상-1968.7.6)에도 연재
9	목련꽃 필 무렵(총2회)	잡지	『학원』 17권6-7호	1968.6-7	'사진소설'
10	끊어진 대화	잡지	『여류문학』 1호	1968.11	
11편	굴레	잡지	『여류문학』 2호	1969.5	

수필 21편 + 수기 2편

구분	작품명	매체	출처	발표 시기	비고
1	내가 설 땅은 어디냐(총15회)	잡지	『여원』 5권11호-6권12호	1959.10-1960.12	*총15회 / ≪신한민보≫(총112회, 1969.3.7-1971.12.23) 연재 '수기' / *단행본(신태양사, 1961)으로 발간
2	회색광장(灰色廣場)	잡지	『수필』 1권4호	1961.7	여류소설가
3	우울한 창가의 벗	신문	≪가톨릭시보≫ 290호	1961.8.13	'납량수필' / 여류작가
4	흰 벽 검은 벽(총14회)	잡지	『가정생활』 1권11호-2권12호	1961.11-1962.12	'연재장편수기' / 그림 김영주(金榮注) / *단행본(신태양사, 1963) 발간
5	아무 보상없는 우정	잡지	『여원』 8권2호	1962.2	
6	천국은 마음에서부터	잡지	『여원』 8권11호	1962.11	
7	매력 있는 남성	잡지	『여상』 2권8호	1963.8	'특집 : 고발당한 한국남성' / 소설가
8	단풍(丹楓) 들 무렵이면	잡지	『여상』 2권11호	1963.11	'수필 지정제 : 단풍(丹楓) 들 무렵' / 여류작가
9	주락(週落)의 시간을 해풍(海風)곁에서 : 마산	잡지	『여원』 9권12호	1963.12	'기행'
10	고절(孤絶) 속에서 찾은 자유와 평화	잡지	『여상』 3권1호	1964.1	
11	폐(肺)를 앓던 「무란의 기억」	잡지	『여원』 10권8호	1964.8	'결핵에쎄이진단'
12	한국남성 이것이 문제다 : 여성을 멸시하는 그 독선성(獨善性)	잡지	『여상』 4권2호	1965.2	
13	남자의 극적 탐구 : 눈	잡지	『여상』 4권10호	1965.10	
14	재혼(再婚) : 교도소(矯導所)에서 싹튼 인연	잡지	『여상』 4권11호	1965.11	
15	내가 회상하는 남학생 마음 : 청파동(靑坡洞) 언덕길	잡지	『여학생』 2권5호	1966.5	작가
16	남대생을 재는 지성능력을	잡지	『여상』 6권4호	1967.4	
17	'술'을 마신다고 영웅이냐	잡지	『여상』 6권5호	1967.5	

구분	작품명	매체	출처	발표 시기	비고
18	냉담성 : 사랑을 모르는 하아트	잡지	『여학생』 3권7호	1967.7	'특집 : 여학생을 위한 아름다운 고발8음계' / 여류작가
19	3월이 오면	잡지	『세대』 57호(6권4호)	1968.4	작가
20	주의와 사상을 넘어 : 인간적인 아버지를 되새기며	신문	《조선일보》	1968.6.30	
21	벽(壁)을 넘어선 인간애	신문	《중앙일보》	1968.8.27	
22	이국땅의 오여사(吳女史)에게	잡지	『여학생』 4권12호	1968.12	'사랑의 송사(送辭) : 소녀가 가고 이해를 보내며…' / 작가
23편	여성의 의미를 알기 전에	잡지	『여학생』 5권7호	1969.7	'주우니어의 사랑과 성(性)'② / 소설가

비평 1편

구분	작품명	매체	출처	발표 시기	비고
1편	내가 설 문학의 땅	잡지	『여원』 7권6호	1961.6	

허미자 許米子

1931년 강원도 강릉 출생. 아호 혜란(兮蘭). 이화여대 국문과와 동 대학원 석사 졸업. 단국대 대학원 박사. 1962년 10월, 동인지 『시인』 창간.

시 2편

구분	작품명	매체	출처	발표 시기	비고
1	가을을 안고	잡지	『여성계』 5권2호	1956.2 / 3	이대 국문과 3년
2편	코스모스	잡지	『자유문학』 2권1호(통권4호)	1957.6	'2석'

비평 1편

구분	작품명	매체	출처	발표 시기	비고
1편	현대시감(現代詩感)에 대한 소론(小論)	잡지	『자유공론』 2권5호(통권6호)	1959.5	

허영숙許英肅

1895~1975년. 일본 도쿄여자의학전문학교 수학. 1918년 조선총독부 시행 의사시험에 최초로 합격한 조선 여성. 1920년 조선 최초의 산부인과병원 '영혜의원' 개업. 1925년부터 1927년까지 ≪동아일보≫에서 한국 언론 최초의 의학전문기자로 활약. 춘원 이광수 부인.

수필 7편

구분	작품명	매체	출처	발표 시기	비고
1	내 생명의 원동력 : 당신의 방 당신의 책상 앞에서	신문	≪경향신문≫	1954.6.25	춘원 이광수씨 부인
2	그 애의 약혼식은 지난 성탄절에 치루었읍니다	잡지	『주부생활』 1권2호	1957.2	춘원 이광수씨 부인
3	춘원(春園)과 자하문(紫霞門)집	신문	≪한국일보≫	1963.2.24	
4	서양인술(西洋仁術)의 박사·박에스더	잡지	『여원』 12권10호	1966.10	
5	딸에게 보내는 편지	잡지	『여성동아』 2호	1967.12	춘원 이광수씨 부인
6	춘원(春園)과의 한 평생	잡지	『주부생활』 4권6호	1968.6	'허영숙 여사의 장편수기 원고 350매 전재'
7편	첫 아이를 낳은 숙(淑)에게	잡지	『여성동아』 25호	1969.11	

허영자許英子

1938년 경남 함양 출생. 숙명여대와 동대학원 국문과 졸업. 『현대문학』에 1961년 시 「도정연가(道程連歌)」(2월)·「연가삼수」(9월), 1962년 「사모곡」(4월)이 추천됨. '청미회' 동인. 성신여대 교수 역임.

시 59편 + 시 단행본 1권

구분	작품명	매체	출처	발표 시기	비고
1	낙엽유서(落葉遺書)	신문	≪국도신문≫	1958.12.4	'제3회 전국대학생자작시, 낭독 콩클」대회 : 2등작품' / 숙대
2	바위	신문	≪세계일보≫	1959.2.25	'대학특집 숙명여대편 : 시' / 국문과2
3	도정연가(道程連歌)	잡지	『현대문학』 74호	1961.2	'추천'
4	연가3수(戀歌三首) : 꽃	잡지	『현대문학』 81호	1961.9	'추천'
5	연가3수 : 바람	잡지	『현대문학』 81호	1961.9	'추천'
6	연가3수 : 봄날에	잡지	『현대문학』 81호	1961.9	'추천'
7	사모곡(思母曲)	잡지	『현대문학』 88호	1962.4	'추천'
8	또 별리(別離)	잡지	『현대문학』 93호	1962.9	'시'
9	우기(雨期)·이별	잡지	『현대문학』 93호	1962.9	'시'

구분	작품명	매체	출처	발표 시기	비고
10	피리	잡지	『현대문학』 93호	1962.9	'시'
11	소품이제(小品二題) : 1. 항아리	잡지	『신사조』 1권11호(통권11호)	1962.12	'송년여류시10인선'
12	소품이제 : 2. 이제 나두	잡지	『신사조』 1권11호(통권11호)	1962.12	'송년여류시10인선'
13	빙화(氷花)	신문	《서울신문》	1963.1.29	'사랑의 시'
14	흑발(黑髮)	신문	《대한일보》	1963.2.1	
15	이별소곡(離別小曲)	잡지	『여상』 2권2호	1963.2	
16	관음보살전(觀音菩薩前)	잡지	『여원』 9권4호	1963.4	
17	별리삼제 : 미소(微少)	잡지	『돌과사랑』 1집	1963.4	
18	별리삼제(別離三題) : 바람노래	잡지	『돌과사랑』 1집	1963.4	
19	별리삼제 : 부재(不在)	잡지	『돌과사랑』 1집	1963.4	
20	하늘같은 임	잡지	『돌과사랑』 1집	1963.4	
21	낙화서신(落花書信)	잡지	『현대문학』 101호	1963.5	'시'
22	기도실(祈禱室)	잡지	『돌과사랑』 2집	1963.6	
23	가을에	잡지	『돌과사랑』 3집	1963.9	
24	국화(菊花)	잡지	『돌과사랑』 3집	1963.9	
25	하늘	잡지	『시단』 3집	1963.9	'시단Ⅲ : 여류시단'
26	한줌흙	잡지	『돌과사랑』 3집	1963.9	
27	가을날	잡지	『신사조』 12권8호(통권9호)	1963.10	
28	가을 어느 날	잡지	『현대문학』 109호	1964.1	'시'
29	나비	잡지	『돌과사랑』 4집	1964.1	
30	비곡(悲曲)	잡지	『돌과사랑』 4집	1964.1	
31	상(床)을 차리며	잡지	『돌과사랑』 4집	1964.1	
32	강설(降雪)	잡지	『가정생활』 4권3호	1964.3	'신춘여류시단'
33	자수(刺繡)	잡지	『돌과사랑』 5집	1964.4	
34	꽃 2	잡지	『문학춘추』 1권5호(통권5호)	1964.8	'신진여류시10인집'
35	녹음(綠陰)	잡지	『돌과사랑』 6집	1964.8	
36	한 밤중의 글월	잡지	『돌과사랑』 6집	1964.8	
37	축배(祝杯)	신문	《서울신문》	1964.10.10	'금주의 시단'
38	씨앗을 받으며	잡지	『현대문학』 119호	1964.11	
39	단가(短歌) 1	잡지	『돌과사랑』 7집	1965.1	
40	사년 동안	잡지	『돌과사랑』 7집	1965.1	
41	관음보살(觀音菩薩)님 Ⅱ	잡지	『시문학』 2호	1965.5	
42	찾아보면	신문	《서울신문》	1965.8.7	'금주의 시단' / 그림 한진수(韓珍洙)
43	가을	잡지	『주부생활』 1권7호	1965.10	
44	창마다 불을	잡지	『여상』 4권11호	1965.11	
45	촌부(村婦)	잡지	『주부생활』 1권8호	1965.11	
46	고독(孤獨)	잡지	『현대문학』 135호	1966.3	
47	반려(伴侶)	잡지	『현대시학』 1권2호	1966.3	

구분	작품명	매체	출처	발표 시기	비고
48	신연가(新戀歌)	잡지	『세대』 4권3호(통권32호)	1966.3	
49	진달래	잡지	『현대문학』 135호	1966.3	'시'
50	유월의 소녀	잡지	『여학생』 2권7호	1966.7	'이달의 시'
1권	가슴엔 듯 눈엔 듯	단행본	중앙문화사	1966	'시집'
51	지난 날	잡지	『여상』 6권5호	1967.5	
52	사랑에게	잡지	『주부생활』 3권6호	1967.6	
53	구름	잡지	『동서춘추』 1권3호	1967.7	
54	춘설(春雪)	신문	《서울신문》	1968.2.3	
55	눈물	잡지	『여원』 14권5호	1968.5	
56	막달라 마리아	잡지	『현대문학』 164호	1968.8	
57	아가의 웃음	잡지	『여류문학』 1호	1968.11	
58	홀로인 때	잡지	『월간문학』 2권2호(통권4호)	1969.2	
59편	임에게	잡지	『아세아』 1권4호	1969.5	'동인지시대④ : 청미회편'

수필 27편

구분	작품명	매체	출처	발표 시기	비고
1	굶주림이 없는 나라	잡지	『새벽』 7권7호	1960.7	'의거학생들의 제언' / 숙명여대
2	대학을 나오면서(6) : 힘껏 살겠다	신문	《경향신문》	1961.3.3	
3	제자로서 딸로서	잡지	『현대문학』 88호	1962.4	'천료소감'
4	이별소곡(離別小曲)	잡지	『여상』 2권2호	1963.2	
5	4월의 전통 숙대 편 : 오직 「검소」의 전통 : 명경(明鏡) 앞에선 지성의 자세	신문	《대한일보》	1963.4.27	
6	여인송(女人頌)	잡지	『난초』 57호	1963.5	시인
7	신변기(身邊記)	잡지	『여상』 3권2호	1964.2	
8	재기와 존경을 갖춘 시인(김송희)	잡지	『여상』 3권7호	1964.7	'동창·동향 상호뎃상'
9	나의 일요일 : 밑거름을 위한 24시	잡지	『여상』 3권8호	1964.8	
10	가을 편지	신문	《크리스챤신문》 189호	1964.10.10	'가을의 여류수필'③
11	운명적인 여성의 여로(旅路)	잡지	『여상』 3권11호	1964.11	
12	강가에 나가서	신문	《크리스챤신문》 212호	1965.4.3	'봄의 초대'⑧ / 여류시인·기독교학술원 근무
13	되찾은 꿈	잡지	『여상』 4권5호	1965.5	
14	새싹	신문	《서울신문》	1966.3.19	'여류의 봄' / 그림 이용자(李龍子)
15	여인·정절	잡지	『주부생활』 2권4호	1966.4	'여류시인의 수필'
16	유월 스케취	잡지	『재무』 통권125호	1966.5	
17	문학풍토기 : 숙명여대편	잡지	『현대문학』 138호	1966.6	
18	야구선수와 의학도(醫學徒)	잡지	『여학생』 2권12호	1966.12	'체험기특집 : 애인이라 불려져서 느낀 여자의 행복 : 회상의 나의 청춘 노우트' / 시인
19	거짓말	잡지	『새길』 143호	1967.5	

구분	작품명	매체	출처	발표 시기	비고
20	나의 여름 소식은…①	신문	≪가톨릭시보≫ 577호	1967.7.16	'합즉선' / 그림 김광배(金光培)
21	공주(公州)가 되는 영혼의 영토	잡지	『여상』 6권11호	1967.11	
22	「경이」의 무덤에도	잡지	『여학생』 4권5호	1968.5	'어머니날과 카아네이션의 향기' / 시인
23	가을 과실(果實)	신문	≪중앙일보≫	1968.10.4	
24	지우산을 함께 쓰고	잡지	『학원』 18권7호	1969.7	'나의 처음 데이트' / 시인
25	선생님 별명은요	잡지	『여학생』 5권11호	1969.11	'지정제 수필 : 여학생의 버릇' / 시인, 계성여중 교사
26	첫아기를 낳는 숙(淑)에게	잡지	『여성동아』 25호	1969.11	시인·계성여중 교사
27편	나의 레크리에이션 : 사교춤	잡지	『현대문학』 180호	1969.12	

비평 2편

구분	작품명	매체	출처	발표 시기	비고
1	노천명시의 특질 : 그 형태와 소재	잡지	『돌과사랑』 1집	1963.4	'평론'
2편	나의 애송시 : 레미·드·구르몽 「낙엽」	잡지	『보건세계』 11권11호(통권107호)	1964.11	'감상'

허옥랑 許玉娘

진주사범대와 동국대 교육대학원 졸업. 1958년 12월, 『민족문화』에 「길」·「박꽃」이 노산 이은상의 추천을 받음. 뒤에 『한맥문학』으로 등단. 서울 용동국민학교 교사로 근무. 진주학생동인 '청천' 회원, '남강문우' 동인.

시 3편

구분	작품명	매체	출처	발표 시기	비고
1	길	잡지	『민족문화』 3권12호	1958.12	'노산(鷺山) 추천시'
2	박꽃	잡지	『민족문화』 3권12호	1958.12	'노산 추천시'
3편	바위	잡지	『민족문화』 4권5호	1959.5	

홍명희洪明姬

1932년 생. 이화여대 국문과 졸업. 1967년경 영국 유학. 1978년 『현대문학』에 「범부(凡婦)의 서(書)」·「나와 같은 이」(1월), 「한 마리 새 되어」·「당신」(12월)이 추천됨. '울림회' 회원.

시 3편

구분	작품명	매체	출처	발표 시기	비고
1	한가위	신문	《중앙일보》	1955.9.30	이대 국문과
2	마음	신문	《인천신문》	1967.9.6	
3편	석굴암대불	신문	《경기매일신문》	1967.9.28	

수필 12편

구분	작품명	매체	출처	발표 시기	비고
1	영국생활점묘(英國生活点描)	잡지	『한양』 4권11호(통권45호)	1965.11	
2	애국(愛國)은 감상(感傷)이 아니다	잡지	『한양』 5권2호(통권48호)	1966.2	
3	민족의 자랑	잡지	『한양』 5권4호(통권50호)	1966.4	
4	「초록방」이야기	잡지	『한양』 6권7호(통권65호)	1967.7	'1967.5.8. 영국에서'
5	수획(收獲)의 계절	신문	《인천신문》	1967.9.16	'천자수필'
6	산골에 앉아서	신문	《경기매일신문》	1967.11.1	'가을의 엽신(葉信)'
7	영국에서 이 해를 보내면서	잡지	『한양』 6권12호(통권70호)	1967.12	
8	내 생활의 분기점(分岐點)	신문	《인천신문》	1968.6.19	'신록여성수상 / 인천사회복지관
9	무제(無題)	잡지	『한양』 7권6호(통권76호)	1968.6	
10	김치당(党)	잡지	『한양』 7권9호(통권79호)	1968.9	
11	외지(外地)에서 봄을 맞으며	잡지	『한양』 8권1호(통권83호)	1969.1	
12편	팔월의 감회(感懷)	잡지	『한양』 8권9호(통권91호)	1969.10 / 11	

홍윤숙洪允淑

1925년 평북 정주 출생. 호 여사(麗史). 서울사대 교육학과 수학. 1947년 『문예신보』에 「가을」(11월), 1948년 『신천지』에 「낙엽의 노래」(11 / 12월)를 발표하면서 등단. 1958년 희곡 「원정」으로 《조선일보》 신춘문예 당선.

시 54편 + 시 단행본 3권

구분	작품명	매체	출처	발표 시기	비고
1	가을	잡지	『문예신보』	1947.11	
2	소녀	신문	《서울대학신문》	1948.11.15	

구분	작품명	매체	출처	발표 시기	비고
3	낙엽의 노래	잡지	『신천지』 3권10호(통권31호)	1948.11 / 12	*'1948. 추석다음날'이라고 기재
4	까마귀	미상	미상	1948 창작	
5	너의 장도(壯途)에	신문	≪새한민보≫	1949.4.8	*≪새한민보≫ 3권8호(1949.5. 21)에도 수록
6	황혼(黃昏)	잡지	『민성』 5권11호	1949.11	
7	산상(山上)에서	잡지	『민성』	1949	
8	백양(白楊)에 부치는 노래	신문	≪국제신보≫	1953.11	*『1953년판 연간시집』(문성당, 1954)에도 수록 / 작품 말미에 '국제신보, 11월'로 기재
9	하나의 약속을	잡지	『시작』 1집	1954.4	
10	귀가일기(歸家日記)	신문	≪평화신문≫	1958.1.21	
11	역로(歷路)	잡지	『자유문학』 3권4호(통권13호)	1958.4	
12	흐르는 창변에	잡지	『자유문학』 3권12호(통권21호)	1958.12	
13	다리 아래 물은 흐르고	잡지	『현대문학』 49호	1959.1	
14	봄은 또 하나의 실화(失話)를	잡지	『자유문학』 4권6호(통권27호)	1959.6	
15	사랑과 계절과 분별	신문	≪조선일보≫	1960.1.14	
16	방(房)	잡지	『자유문학』 5권1호(통권34호)	1960.1	
17	여인이 부르는 야상곡(夜想曲)	잡지	『자유문학』 5권6호(통권39호)	1960.6	
18	어느 여정(旅程)	잡지	『자유문학』 5권12호(통권45호)	1960.12	
19	시간	잡지	『자유문학』 7권4호(통권60호)	1962.6	'시단'
20	정밀한 계절	잡지	『신사조』 1권11호(통권11호)	1962.12	
1권	여사시집	단행본	동국문화사	1962	
21	신설(新雪)	신문	≪대한일보≫	1963.1.22	
22	풍차(風車)	신문	≪서울신문≫	1963.1.22	'생활의 시'
23	이 좋은 가을이 다 가기 전	잡지	『한양』 12권2호(통권2호)	1963.2	
24	과원(果園) 일기 3	잡지	『현실』 1집	1963.4	
25	과원 일기 4	잡지	『현실』 1집	1963.4	
26	아내의 화원(花園)	잡지	『여원』 9권4호	1963.4	
27	여인좌상(女人坐像)	잡지	『사상계』 11권6호(통권121호)	1963.5	
28	우기(雨期)의 시(詩)	잡지	『여상』 2권8호	1963.8	'납량시화5인전' / 그림 김종원(金鍾元)
29	돌아오지 않는 교정(校庭)에	신문	≪한국일보≫	1963.10.25	
30	나이와 더불어	잡지	『돌과사랑』 5집	1964.4	
31	계절의 전령(傳令)	신문	≪서울신문≫	1964.9.12	
2권	풍차	단행본	신흥사	1964	'시집'
32	장식론(裝飾論) 1	잡지	『현대문학』 124호	1965.4	
33	장식론 2	잡지	『신동아』 8호	1965.4	
34	먼 후일	잡지	『재무』 113호	1965.5	
35	망향 8월	신문	≪조선일보≫	1965.8.1	

구분	작품명	매체	출처	발표 시기	비고
36	초옥(草屋)의 노래	잡지	『현대문학』130호	1965.10	
37	문답(問答)	잡지	『한양』4권12호(통권46호)	1965.12	
38	장식론 X	잡지	『문학춘추』2권8호(통권17호)	1965.12	
39	장식론 4	잡지	『세대』4권3호(통권32호)	1966.3	'시와 시작 노오트'
40	막은 내리고 : 시극공연(詩劇公演)을 끝내고	잡지	『문학춘추』3권3호(통권20호)	1966.4	
41	이 밤 그 전화(電話)는	잡지	『현대시학』1권5호	1966.6	
42	칠석야제(七夕夜祭)	잡지	『여상』5권7호	1966.7	
43	잡초 환상	잡지	『주부생활』2권8호	1966.8	
44	초추(初秋)의 대화	신문	《서울신문》	1966.9.7	
45	여행 1	잡지	『세대』6권2호(통권55호)	1968.2	
46	춘곤(春困)	신문	《서울신문》	1968.4.13	
47	오늘, 우리는	잡지	『현대문학』164호	1968.8	
48	귀로(歸路)	잡지	『여원』14권11호	1968.11	
49	여행 2	잡지	『여류문학』1호	1968.11	
50	회상기(回想記)	잡지	『월간문학』1권2호(통권2호)	1968.12	
3권	장식론	단행본	하서출판사	1968	'시집'
51	할미꽃처럼 살으셨네 : 어머니 날에	신문	《동아일보》	1969.5.8	
52	적자(赤字)	잡지	『여류문학』2호	1969.5	
53	여행인(旅行人)	잡지	『현대시학』5호	1969.8	
54편	지난 여름	잡지	『월간문학』2권10호(통권12호)	1969.10	

수필 30편

구분	작품명	매체	출처	발표 시기	비고
1	뜻을 둔 지 십 년	신문	《조선일보》	1958.1.3	
2	어느날의 치화(癡話)	잡지	『자유문학』4권3호(통권24호)	1959.3	여류시인
3	봄이면 생각나는 일 : E마을의 봄	신문	《조선일보》	1959.4.25	
4	유월과 꽃	신문	《세계일보》	1959.6.29	'여인100상(想)'(33)
5	여름이 오면	잡지	『수필』1권4호	1961.7	여류시인
6	사색과 우정의 시간에	잡지	『가정생활』3권5호	1963.5	'생활의 창'
7	신록순례(新綠巡禮)	잡지	『신사조』2권6호(통권17호)	1963.7	여류시인
8	63년의 부적(負積)을 위하여	잡지	『여원』10권1호	1964.1	
9	한복(韓服)의 멋	잡지	『한양』3권3호(통권25호)	1964.3	
10	나와 어머니 : 딸 하나를 위해 바친 인생	잡지	『가정생활』4권5호	1964.5	'나와 어머니' / 시인
11	포도가 익어갈 무렵	잡지	『여상』3권10호	1964.10	
12	미발(美髮)·가발(假髮)·유한(有恨)	잡지	『재무』112호	1965.4	

구분	작품명	매체	출처	발표 시기	비고
13	봄바람과 해와 대화	잡지	『세대』 3권4호(통권22호)	1965.5	여류시인
14	나의 납량(納凉) 북녘에의 꿈	잡지	『재무』 128호	1966.8	
15	내가 회상하는 남학생 마음 : 엷은 수채화같이	잡지	『여학생』 2권9호	1966.9	'체험기 특집 : 애인이라 불려져서 느낀 여자의 행복' / 시인
16	제야(除夜)의 종소리 속에	잡지	『새길』 139호	1966.12	
17	좌절감이 주는 영향	잡지	『여원』 13권3호	1967.3	
18	미루나무 환상	잡지	『주부생활』 3권6호	1967.6	'초하(初夏)의 수필' / 시인 / 그림 박근자(朴槿子)
19	모래 위의 발자국	잡지	『주부생활』 3권9호	1967.9	'나의 첫사랑' / 시인
20	가을 나그네	잡지	『세대』 5권12호(통권53호)	1967.12	시인
21	30대의 생활과 문제 : 제2의 스타트라인	잡지	『여성동아』 2호	1967.12	'특집 : 30대의 현실과 이상'
22	바다, 그 카멜레온의 얼굴속에	잡지	『여학생』 3권9호	1967.9	'수색(水色)의 서정(抒情)' / 시인
23	시간의 찬 손	잡지	『여학생』 4권3호	1968.3	'자서적인 답사 : 졸업식이란 추억을 음미' / 시인
24	꿈을 지닐 수 있는 특권	잡지	『여학생』 5권1호	1969.1	'특집 : 바람직한 세대에 대한 제언' / 시인
25	서울 유감(有感)	잡지	『세대』 7권3호(통권68호)	1969.3	시인
26	어머니의 마음 : 스스로를 괴롭히는 지독한 자기집념	잡지	『학원』 18권5호	1969.5	어머니 홍윤숙(시인) / 딸 양규연 (경기기여고 1)
27	달의 신비는 가고	신문	《대한일보》	1969.7.17	'발언대' / 시인
28	사춘기의 하아트를 그린다 : 나는 너를 위한 해바라기	잡지	『여학생』 5권8호	1969.8	'특집 : 십대, 그 개화를 위한 취주악' / 여류시인
29	새댁의 이웃사교(社交)	잡지	『여성동아』 22호	1969.8	시인
30편	세밑의 소란 속에	신문	《서울신문》	1969.12.18	

희곡 3편

구분	작품명	매체	출처	발표 시기	비고
1	원정(園丁)	신문	《조선일보》	1958.1.3	'신춘문예 당선작'
2	무너진 땅	잡지	『현대문학』 46호	1958.10	
3편	여자의 공원	잡지	『현대문학』 136호	1966.4	'시극'

비평 3편

구분	작품명	매체	출처	발표 시기	비고
1	「백치(白痴) 아다다」의 비극	신문	《서울신문》	1963.6.25	'소설 속의 여인상' / 시인
2	나의 시(詩)는 감정의 미분(微分)이며 욕망의 분해였다	잡지	『세대』 4권3호(통권32호)	1966.3	'시와 시작 노오트 : 장식론④'
3편	심사평	신문	《조선일보》	1968.12.31	'심사평'

홍윤정洪允靜

1969년 1월, 시 「과원(果園)」으로 제13회 『여원』 여류신인문학상 당선.

시 3편

구분	작품명	매체	출처	발표 시기	비고
1	우리는 1학년생	신문	≪연합신문≫	1953.4.23	
2	비행기 만들자	신문	≪연합신문≫	1953.5.2	
3편	과원(果園)	잡지	『여원』 15권1호	1969.1	'제13회 여원 여류신인문학상 당선작'

홍은순洪銀順

1917~2008년. 서울 출생. 동경여대 사범과 졸업. 1945년 동화집 『은방울』(경향신문사) 출간. 아동문학가 겸 유치원 교육가.

시 2편

구분	작품명	매체	출처	발표 시기	비고
1	누가 왔을까?	잡지	『가톨릭소년』 9권11호(통권107호)	1968.11	
2편	우리 아가	잡지	『가톨릭소년』 10권12호(통권120호)	1969.12	

동화 7편 + 동화 단행본 1권

구분	작품명	매체	출처	발표 시기	비고
1	쌀 호박	잡지	『월간 어린이』 127호	1948.10	
1권	은방울	단행본	경향신문사	1949	'동화집'
2	병원놀이	잡지	『소년세계』 33호	1955.4	'꼬마동화'
3	설탕 항아리	잡지	『소년세계』 33호	1955.4	'꼬마동화'
4	일환짜리	잡지	『소년세계』 33호	1955.4	'꼬마동화'
5	가고 싶은 유치원	잡지	『소년세계』 35호	1955.6	'꼬마동화'
6	놀고 싶은 동무	잡지	『소년세계』 35호	1955.6	'꼬마동화'
7편	메리	신문	≪민국일보≫	1962.3.17	그림 나병재 / *『새소년』 1권3호(1964.7)에도 수록

수필 5편

구분	작품명	매체	출처	발표 시기	비고
1	유치원과 보조를 맞추자	잡지	『여원』 2권9호	1956.9	

구분	작품명	매체	출처	발표 시기	비고
2	가정은 보모를 믿고 : 유치원과 손을 잡자	잡지	『가정교육』 12호	1959.6	유치원 교육가
3	어머니가 아기에게 : 예쁜 말을 쓸 때까지	신문	《한국일보》	1962.2.24	
4	불만 많았으나 그때 그리워	신문	《소년동아일보》 1호	1964.7.15	'아동문학가들이 이야기하는 어린 시절'
5편	틈 있는 대로 배웁시다	잡지	『주간 새나라』 209호	1965.10.11	'신생활을 위한 주부의 제언' / 아동문학가

홍징자 洪澄子

1961년 2월, 소설 「총명의 종말」로 제6회 『여원』 여류신인문예작품 가작 입선.

소설 1편

구분	작품명	매체	출처	발표 시기	비고
1편	총명의 종말	잡지	『여원』 7권2호	1961.2	'제6회 여원 여류신인상문예작품 가작'

홍혜린 洪惠麟

1962년 2월, 시 「송도」로 제7회 『여원』 여류신인상 가작 수상.

시 1편

구분	작품명	매체	출처	발표 시기	비고
1편	송도(松島)	잡지	『여원』 8권2호	1962.2	'제7회 여류신인상 가작'

황명희

1962년 동화 「내 이름이 최고다」로 제3회 ≪소년한국≫ 신인문학상 수상.

동화 1편

구분	작품명	매체	출처	발표 시기	비고
1편	내 이름이 최고다	신문	≪소년한국일보≫	1962.5.18. / 8.4	'제3회 소년한국 신인문학상 수상작' / 그림 김광배 / *5월 18일에 후보작으로, 8월 4일에는 당선작으로 각각 수록됨

황양미黃良美

부산 출생. 서울대 문리대와 동대학원 국문과 졸업. 1973년 『현대시학』에 「타(他)의 바람」·「나부(裸婦)」로 등단.

시 4편

구분	작품명	매체	출처	발표 시기	비고
1	구름	잡지	『학원』 10권3호	1961.5	
2	온실에서	잡지	『학원』 10권5호	1961.7	
3	가로수	잡지	『학원』 11권1호	1962.3	
4편	산정(山頂)	잡지	『청맥』 4권1호(통권24호)	1967.3	

황영애黃英愛

1938년 서울 출생. 이화여대 불문과 졸업. 동화책 『하아프 타는 소년』(대한기독교교육협회, 1961) 출간. 현재 미국 거주. 동화작가.

소설 2편 + 동화 78편 + 동화 단행본 1권

구분	작품명	매체	출처	발표 시기	비고
1	롤리와 사슴	잡지	『새벗』 90호	1959.6	
2	눈송이 꽃송이	잡지	『새벗』 96호	1960.1	
3	하늘이 담긴 눈	잡지	『새벗』 97호	1960.2	
4	봄을 찾는 아이들(총54회)	신문	≪서울일일신문≫	[일부]–1960.11.30	

구분	작품명	매체	출처	발표 시기	비고
5	고만 고만한 또래들(총133회)	신문	《서울일일신문》	1961.8.4 -12.31	
6	새 식구	잡지	『새벗』 117호	1961.12	
1권	하프 타는 소년	단행본	대한기독교교육협회	1961	
7	푸른 눈의 소녀	잡지	『새벗』 123호	1962.6	
8	밖에는 밝은 햇살이(총5회)	신문	《동아일보》	1962.8.25, 9.1 / 8 / 15 / 22 / 29	
9	은실이와 꾸러기들	잡지	『새벗』 128호	1962.12	
10	아기 비둘기	신문	《동아일보》	1963.2.2	'싹트는 지혜'
11	아기와 꼬꼬	신문	《동아일보》	1963.2.9	'싹트는 지혜'
12	왜 그럴까요?	신문	《동아일보》	1963.2.16	'싹트는 지혜'
13	염소형제들	신문	《동아일보》	1963.2.23	'싹트는 지혜'
14	여보와 당신	신문	《동아일보》	1963.3.2	'싹트는 지혜'
15	새싹과 햇님	신문	《동아일보》	1963.3.9	'싹트는 지혜'
16	'뚜뚜빵빵' 가지고 놀다가	신문	《동아일보》	1963.3.30	'싹트는 지혜'
17	대추나무와 나팔꽃 덩굴	신문	《동아일보》	1963.4.6	'싹트는 지혜'
18	늑대와 아기 토끼	신문	《동아일보》	1963.4.13	'싹트는 지혜'
19	비니루 우산	신문	《동아일보》	1963.4.27	'싹트는 지혜'
20	창경원 꽃구경	신문	《동아일보》	1963.5.4	'싹트는 지혜'
21	창가에 카네션을…	신문	《동아일보》	1963.5.11	'싹트는 지혜'
22	거울 속에 아기	신문	《동아일보》	1963.5.18	'싹트는 지혜'
23	콩싹과 비둘기	신문	《동아일보》	1963.5.25	'싹트는 지혜'
24	강아지 '옥이'와 소녀 '희연'이	신문	《동아일보》	1963.6.1	'싹트는 지혜'
25	앞니 빠진 '용이'	신문	《동아일보》	1963.6.8	'싹트는 지혜'
26	깨어진 백자 항아리	신문	《동아일보》	1963.6.15	'싹트는 지혜'
27	양귀비꽃	신문	《동아일보》	1963.6.22	'싹트는 지혜'
28	신발 내어주는 사람	신문	《동아일보》	1963.6.29	'싹트는 지혜'
29	학이와 쏟아지는 비	신문	《동아일보》	1963.7.6	'싹트는 지혜'
30	송충이	신문	《동아일보》	1963.7.13	'싹트는 지혜'
31	아기도마도	신문	《동아일보》	1963.7.27	'싹트는 지혜'
32	꿀돼지	신문	《동아일보》	1963.8.10	'싹트는 지혜'
33	빛·수세미꽃	신문	《동아일보》	1963.8.17	'싹트는 지혜'
34	참 이상해요	신문	《동아일보》	1963.8.24	'싹트는 지혜'
35	심부름	신문	《동아일보》	1963.8.31	'싹트는 지혜'
36	담이 높은 집	신문	《동아일보》	1963.9.7	'싹트는 지혜'
37	호박씨	신문	《동아일보》	1963.9.21	'싹트는 지혜'
38	추석명절	신문	《동아일보》	1963.9.28	'싹트는 지혜'
39	'용이'의 낮잠	신문	《동아일보》	1963.10.5	'싹트는 지혜'

구분	작품명	매체	출처	발표 시기	비고
40	개에게 절을 한 섭이	신문	≪동아일보≫	1963.10.26	'싹트는 지혜'
41	딸꾹질	신문	≪동아일보≫	1963.11.2	'싹트는 지혜'
42	편지	신문	≪동아일보≫	1963.11.9	'싹트는 지혜'
43	꿰맨 주머니	신문	≪동아일보≫	1963.11.16	'싹트는 지혜'
44	멍멍이	신문	≪동아일보≫	1963.11.26	'싹트는 지혜'
45	콩나물	신문	≪동아일보≫	1963.12.7	'싹트는 지혜'
46	박선생님	신문	≪동아일보≫	1963.12.14	'싹트는 지혜'
47	어리광장이	신문	≪동아일보≫	1964.1.11	
48	구멍가게집 삼형제(총12회)	잡지	『새벗』 140-151호	1964.1 -1965.1	
49	아기 염소	신문	≪크리스챤신문≫ 166호	1964.5.2	
50	여울(총7회)	신문	≪소년한국일보≫	1964.4.15 -22	그림 송훈
51	외로운 아기 오리	잡지	『새소년』 1권1호	1964.5	
52	귀여운 예삐	잡지	『새소년』 1권5호	1964.9	그림 정준용
53	푸른 말의 전설 : 제1부(총45회)	신문	≪소년동아일보≫	[일부] -1965.3.30	그림 김호성
54	보글보글 비눗방울	잡지	『새소년』 1권9호	1965.1	'동화'
55	놈(총20회)	신문	≪신아일보≫	1965.5.12 -6.29	*『어깨동무』 1권1-4호(1967.1-4)에 총4회 연재 [그림 백인수]
56	동생과 함께	잡지	『새소년』 1호	1965.5	'동화'
57	외로운 아기 오리	잡지	『새소년』 1호	1965.5	그림 김광배
58	하얀 쪽배(총8회)	잡지	[일부]『새소년』 2권5-12호	[일부] 1965.5-12	'순정소녀소설' / 그림 정준용 *8회에 <계속>으로 표시되어 있음
59	삼형제 별	잡지	『새소년』 2권7호	1965.7	*'한국 쿠오레'
60	새 언니의 구슬 상자	잡지	『가톨릭소년』 6권11호	1965.11	
61	용이의 파란 우산	신문	≪소년한국일보≫	1965.7.10	'어머니가가 들려줄 동화' / 그림 송영방
62	꽃나라에서 온 소녀들(총16회)	잡지	『새벗』 166-181호	1966.5 -1967.10	
63	아빠와 딸기죽	신문	≪소년한국일보≫	1966.6.8	'어머니가가 들려줄 동화' / 그림 정준용
64	여름 오후	신문	≪서울신문≫	1966.8.18	
65	고양이의 크리스머스	신문	≪서울신문≫	1966.12.22	
66	국화싹	신문	≪소년한국일보≫	1967.2.15	'어머니가가 들려줄 동화' / 그림 정준용
67	두 개의 코끼리 저금통	신문	≪서울신문≫	1967.2.16	
68	잠자리	신문	≪서울신문≫	1967.5.25	
69	대장님의 당나귀(총40회)	신문	≪신아일보≫	1967.7.25 -10.28	
70	겁 없는 우석이	신문	≪서울신문≫	1967.8.10	

구분	작품명	매체	출처	발표 시기	비고
71	지참금(持參金) 이백오십만원	잡지	『소설계』(삼중당) 10권10호(통권108호)	1967.10	'직장소설' / 그림 임희배(林喜培)
72	주먹코 영감님의 이야기자루	신문	《서울신문》	1968.5.4	
73	애린이	신문	《대한일보》	1968.5.30	
74	지네와 고깔모자(총10회)	잡지	『어깨동무』 2권7호-3권4호	1968.7 -1969.4	
75	슬기와 아리의 이야기(총4회)	잡지	『새벗』	1969.1-4	그림 김광배
76	바이올렛 꽃묶음	잡지	『가톨릭소년』 10권4호(통권112호)	1969.4	
77	말총머리 동주(총5회)	신문	《대한일보》	1969.5.29 -6.26	'어린이와 어머니가 함께 읽는 동화'
78	숲속의 초록 거미	잡지	『횃불』 1권6호	1969.6	
79	써굴늪의 우화	잡지	『어깨동무』 3권10호	1969.10	그림 박동일
80편	토끼와 곰	잡지	『가톨릭소년』 10권12호(통권120호)	1969.12	

수필 17편

구분	작품명	매체	출처	발표 시기	비고
1	인간멀미	잡지	『수필』 1권3호	1961.6	
2	소설 『고만 고만한 또래들』 작자의 말	신문	《서울일일신문》	1961.7.28	'황영애 선생이 써주실 새연재 소설 「고만고만한 또래들」, 8월4일부터 싣는다'
3	톰 쏘우야 같이	신문	《동아일보》	1962.11.10	
4	비둘기가 있는 집	잡지	『여상』 2권3호	1963.3	'생활 속의 수상' / 여류아동문학가
5	첫아기를 낳고 어머니에게	잡지	『여상』 2권5호	1963.5	'특집 : 어머니' / 여류아동문학가
6	삿갓부대 회고	신문	《크리스챤신문》 130호	1963.8.12	'바다의 계절' / 동화작가
7	코스모스 고(考)	잡지	『신세계』 10호	1963.9	
8	살찌는 가을	잡지	『여상』 2권11호	1963.11	'지정제 : 단풍 들 무렵' / 아동문학가
9	나의 인형	잡지	『여상』 4권2호	1965.2	
10	하이틴의 생태 : 틴에이저와 아프레	잡지	『여상』 4권7호	1965.7	
11	어린이의 독서 : 이상적인 독서 지도	잡지	『여상』 4권11호	1965.11	
12	X마스는 X를 위한 X마스냐	신문	《신아일보》	1965.12.25	'동화작가들이 보내는 「크리스마스」 수상(隨想)' / 동화작가
13	여성에 대한 세 가지 형태 : 페미니스트	잡지	『여상』 5권5호	1966.5	
14	그리운 고향 울진(蔚津), 그 바닷가	잡지	『학원』 15권8호	1966.8	'나의 중학시절의 여름방학' / 아동문학가
15	홀몸이 아니십니다	잡지	『여원』 13권3호	1967.3	

구분	작품명	매체	출처	발표 시기	비고
16	지겹게 말이 많던	잡지	『여학생』 3권5호	1967.5	'돌아보는 청춘삼면' / 아동문학가
17편	나의 그 어느 날	잡지	『여원』 13권7호	1967.7	

희곡 1편

구분	작품명	매체	출처	발표 시기	비고
1편	폭풍서곡(暴風序曲)	잡지	『예술시보』	1956.8.17 / 25	'학생문단'

비평 1편

구분	작품명	매체	출처	발표 시기	비고
1편	『구멍가게집 삼형제』를 끝내며	잡지	『새벗』 151호	1965.1	

작가 색인

편저자 소개

　　구명숙 숙명여자대학교 한국어문학부 교수

　　김진희 숙명여자대학교 한국어문화연구소 책임연구원

　　송경란 숙명여자대학교 한국어문화연구소 책임연구원

한국 여성문학 자료집 ❻

해방 이후부터 1960년대까지 한국 여성작가 작품목록

초판 인쇄 2013년 12월 13일

초판 발행 2013년 12월 20일

편저자 구명숙 김진희 송경란

펴낸이 이대현

편　집 권분옥 이소희 박선주

펴낸곳 도서출판 역락

주　소 서울시 서초구 반포 4동 577-25 문창빌딩 2층

전　화 02-3409-2058, 02-3409-2060

팩　스 02-3409-2059

등　록 1999년 4월 19일 제303-2002-000014호

e-mail youkrack@hanmail.net

정　가 35,000원

ISBN 979-11-85530-78-9 94810

　　　978-89-5556-901-8(세트)

*잘못된 책은 바꿔 드립니다.

이 도서의 국립중앙도서관 출판시도서목록(CIP)은 서지정보유통지원시스템 홈페이지(http://seoji.nl.go.kr)와 국가자료공동
목록시스템(http://www.nl.go.kr/kolisnet)에서 이용하실 수 있습니다.(CIP제어번호: CIP2014007212)